CONSTANZE WILKEN

Die Malerin von Fontainebleau

Buch

Siena 1537. Die junge Luisa Paserini arbeitet in der Stuckateurwerkstatt ihrer Familie, als ihr Bruder Armido mit der Nachricht aus Rom kommt, dass er nach Frankreich berufen wurde. Franz I. lässt seine Residenzen von italienischen Künstlern ausbauen und dekorieren. Das Lieblingsschloss des französischen Königs ist Fontainebleau, und die dortige Galerie wird von dem genialen Florentiner Künstler Rosso Fiorentino ausgeschmückt. Die begabte Luisa hat nur den einen Wunsch – sie will mit dem von ihr verehrten Meister Rosso arbeiten.

In Männerkleidern macht sie sich auf den Weg nach Frankreich, wo sie mit Armidos Hilfe als Luca in der Werkstatt des Meisters aufgenommen wird, doch der Hof ist ein Vipernnest. Die Rivalität von Meister Rosso und dem ehrgeizigen Primaticcio erschwert die Arbeit der Künstler, und Luisa schwebt in ständiger Gefahr, als Frau erkannt zu werden. Franz I. ist ein Kunst- und Frauenliebhaber, dessen Toleranz durch die ausbrechenden Religionskriege in seinem Land auf die Probe gestellt wird. Als regierendes Oberhaupt des katholischen Frankreich ist Franz auf die Unterstützung der Konservativen angewiesen.

Die Lage spitzt sich dramatisch zu, als Armido sich in eine Waldenserin verliebt und dadurch beim König in Ungnade fällt. Luisa steht plötzlich allein zwischen dem geliebten Meister Rosso und dem Wunsch, ihren verurteilten Bruder zu retten. Die Zeit drängt, denn der Inquisitor Sampieri will die Ketzer brennen sehen, und das Schicksal nimmt seinen Lauf …

Autorin

Constanze Wilken, geboren 1968 in St. Peter-Ording, wo sie auch heute wieder lebt, studierte Kunstgeschichte, Politologie und Literaturwissenschaften in Kiel und promovierte an der University of Wales in Aberystwyth. Constanze Wilken wurde als Autorin großer Frauenromane bekannt, bevor sie mit »Die Tochter des Tuchhändlers« ihren ersten sehr erfolgreichen historischen Roman geschrieben hat. Weitere Titel der Autorin sind bei Goldmann in Vorbereitung.

Weitere Informationen unter:
www.goldmann-verlag.de/wilken-malerin

Von Constanze Wilken außerdem bei Goldmann lieferbar:

Die Tochter des Tuchhändlers. Roman (46667)

Constanze Wilken

Die Malerin von Fontainebleau

Roman

GOLDMANN

FSC
Mix
Produktgruppe aus vorbildlich
bewirtschafteten Wäldern und
anderen kontrollierten Herkünften

Zert.-Nr. SGS-COC-1940
www.fsc.org
© 1996 Forest Stewardship Council

Verlagsgruppe Random House FSC-DEU-0100
Das FSC-zertifizierte Papier *München Super* für dieses Buch
liefert Arctic Paper Mochenwangen GmbH.

1. Auflage
Originalausgabe September 2009

Umschlaggestaltung: Uno Werbeagentur München
Umschlagfoto: Collage: © Whitford & Hughes,
London / Bridgemanart.com (Frauenporträt von Frederic
Leighton) und © Heini Schneebeli / Bridgemanart.com
(Schmuckecken)
BH · Herstellung: Str.
Redaktion: Regine Weisbrod
Abbildung Seite 6/7: Jana Riedl
Satz: deutsch-türkischer fotosatz, Berlin
Druck und Bindung: GGP Media GmbH, Pößneck
Printed in Germany
ISBN: 978-3-442-46686-3

www.goldmann-verlag.de

Non hauria Ulysse o qualunqu'altro mai
Piu accorto fù, da quel diuino aspetto
Pien di gratie, d'honor e di rispetto
Sperato qual i sento affani e guai.

Odysseus hätte nicht, noch irgendwer,
Der klüger war, von diesem Götterbild,
Das Würde, Grazie und Ernst erfüllt,
Jemals geglaubt, es quäle mich so sehr.

Sonett von Louise Labé
(Um 1524–1565)

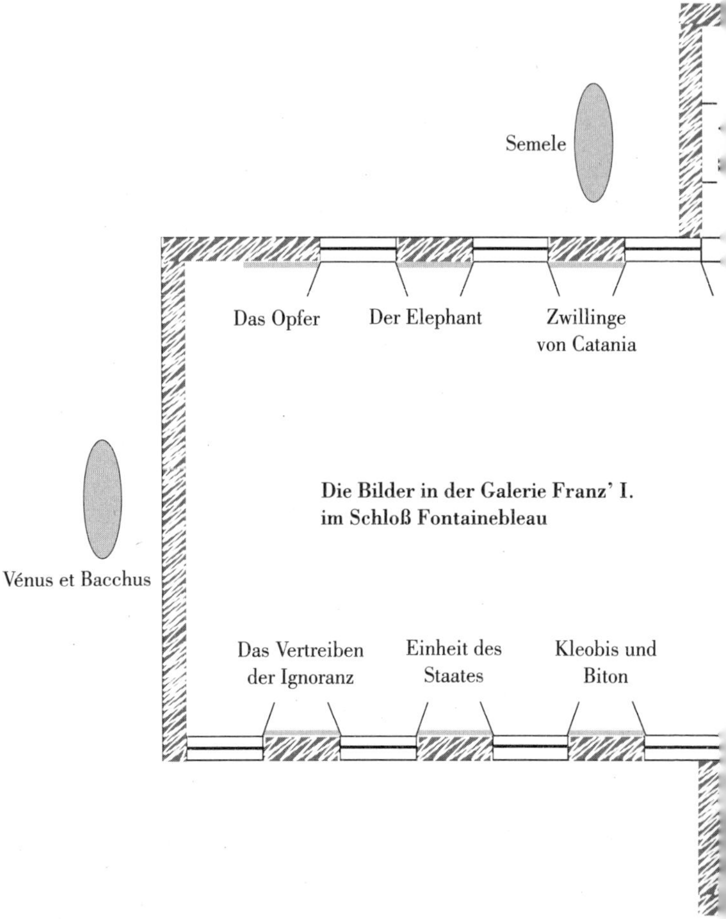
Semele
Das Opfer
Der Elephant
Zwillinge von Catania
Die Bilder in der Galerie Franz' I. im Schloß Fontainebleau
Vénus et Bacchus
Das Vertreiben der Ignoranz
Einheit des Staates
Kleobis und Biton

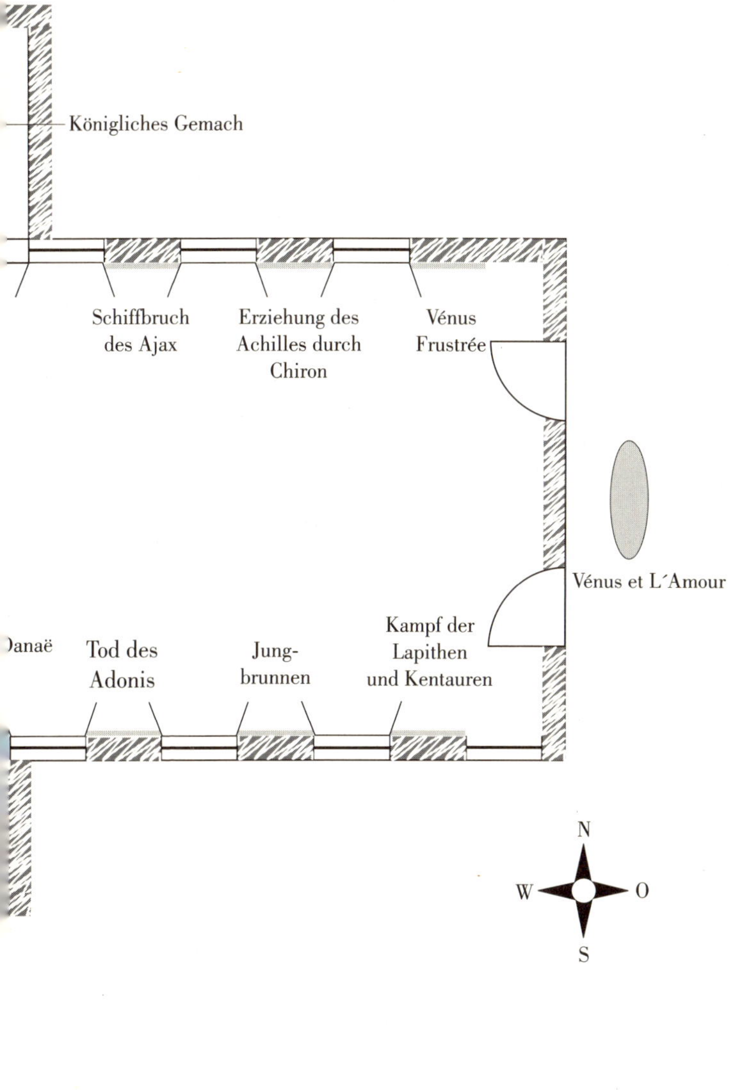

Königliches Gemach
Schiffbruch des Ajax
Erziehung des Achilles durch Chiron
Vénus Frustrée
Vénus et L´Amour
)anaë
Tod des Adonis
Jung-brunnen
Kampf der Lapithen und Kentauren
N
W
O
S

Fontainebleau

Oktober 1547

Der Dianengarten von Fontainebleau lag still in der Abenddämmerung. Vertraut und doch so fremd ragten die Umrisse des Schlosses vor ihr auf. Die Frau in dem schlichten Reisekleid zupfte nervös an der Kapuze ihres Umhangs. In weniger als einer Stunde würde es dunkel sein, und sie wollte die Galerie sehen, wenn zumindest noch etwas Tageslicht durch die Fenster fiel. Die Farben strahlten nur bei Tageslicht in voller Pracht. Den jungen Stallburschen neben sich hatte sie bestochen. »Ich brauche ein Licht, wenn ich herauskomme«, sagte sie leise.

»Kein Licht, Madame. Ich werde am Eingang auf Euch warten.«

Er schien den Weg auch blind finden zu können, so sicher bewegte er sich zwischen Bäumen, Sträuchern und Kübeln hindurch auf den Trakt zu, der das alte Schloss mit dem neuen verband. Sie vertraute nicht ihm, sondern dem Goldscudo, den sie ihm gegeben hatte. Menschen zu vertrauen war ein Risiko, das sie schon lange nicht mehr einging. Nur ein paar Schritte über den freien Platz trennten sie noch von dem Treppenaufgang, der zur Galerie hinaufführte. Sie meinte die Küchen riechen zu können, die sich im Kellergeschoss befanden. Darüber lagen die Bäder und im ersten Stock die Galerie. »Und es ist wirklich niemand dort?«

»Nein, Madame. Der König kommt erst morgen, und

Meister Primaticcio will nicht, dass die Hofleute allein durch die Galerie gehen.«

Sie huschten über den Kies. Die kleinen Steine knirschten unter ihren Schuhen, und sie meinte, das Geräusch müsste das gesamte Schloss alarmieren, doch alles blieb ruhig. Im Schatten des Treppenaufgangs drückte der Stallbursche ihr einen Schlüssel in die Hand. »Hier, und jetzt beeilt Euch. Sie sind alle beim Essen.«

»Woher hast du den?«, fragte sie, doch der Bursche schubste sie ungeduldig zur Treppe.

»Geht schon, geht!«

Sie würde keine zweite Gelegenheit erhalten. Also nahm sie all ihren Mut zusammen und rannte die Stufen hinauf, bis sie mit klopfendem Herzen vor den Flügeltüren stand. So viele Jahre waren vergangen, seit sie hier an seiner Seite gestanden hatte. So viel war seither geschehen. König Franz I. war im Frühjahr verstorben, und sein Sohn Henri war nun Herrscher von Frankreich. Vor vier Monaten war Matteo nach Siena gekommen und hatte ihr das Unglaubliche erzählt. Die Galerie. Ängstlich sah sie sich um, während sie den Schlüssel vorsichtig im Schloss drehte, bis es klickte und die Tür knarrend aufschwang. Rasch schob sie sich hindurch.

Ihre Reisegefährten hatten aufgeregt erzählt, dass der König nach Fontainebleau käme. Ein König, der niemals den Thron hätte besteigen sollen. Henri hatte Fontainebleau nie so geliebt wie sein Vater, und das war einer der Gründe, weshalb sie gekommen war. Sie wollte das Schloss sehen, wie Franz es geschaffen hatte. Fontainebleau war sein Kunstwerk, das Lebenswerk eines Mannes, der einen Traum von Italien gehabt hatte. Ein König mit dem Herzen eines Ritters, der Seele eines Künstlers und dem Geist eines Gelehrten, ein König, dessen Zeitalter Vergangenheit war. Henri

II. würde dem Schloss seinen eigenen Stempel aufdrücken wollen. Er würde verändern oder zerstören, was ihm nicht gefiel. Frankreich sah schweren Zeiten entgegen.

Langsam gewöhnten sich ihre Augen an das diffuse Licht der Dämmerung, das noch durch die hohen Fenster hereinschien. Sie hielt den Atem an. Der Fußboden! Scibec konnte stolz sein auf seine Arbeit. Die hölzernen Intarsien entsprachen dem komplizierten Muster der Decke. Und dann fiel ihr Blick auf die Wände, an denen sich Figuren und Früchte, Säulen und Baldachine aus weißem Stuck um farbenprächtige Bilder rankten. Tränen liefen ihr über die Wangen.

»Giovanni«, flüsterte sie. Alle Gefühle, die sie stets tief in sich verborgen hatte, brachen auf, als sie das gewaltige Kunstwerk sah, das Rosso Fiorentino in Fontainebleau geschaffen hatte.

Die Gerüste waren fort, und der langgestreckte Raum wirkte nun in seiner ganzen Größe. Sie schloss die Augen und meinte die Stimmen der Künstler, der Maler, Stuckateure und Arbeiter zu hören: Thiry mit seinem niederländischen Akzent und Matteo, der hübsche Florentiner, der ihr das Geheimnis der Herstellung des *azzurro oltramarino* verraten hatte. Sie ging ans östliche Ende der Galerie zum Fresko der Venus. Mit den Händen fuhr sie die Vertäfelung entlang. Sie kletterte auf die hölzerne Bank mit den kunstvoll geschnitzten Armlehnen und griff nach den schlanken Fesseln der weiblichen Figur, die das Fresko rechts flankierte. Hier hatte alles angefangen. Zärtlich fuhr sie über die glatte Oberfläche der weiblichen Karyatide, deren weißer Stuck hell im Licht schimmerte.

»Es tut mir so leid, Armido, aber ich werde ihn finden, das habe ich dir versprochen«, flüsterte sie und lehnte ihre Wange an den kühlen Stuck. Sich von den Erinnerungen losreißend, drehte sie sich um und betrachtete die Sammlung antiker Büsten und Skulpturen, die in der Galerie aufgestellt worden war.

Unter Franz I. war Meister Primaticcio auf der Suche nach seltenen Kunstobjekten der Antike häufig in Italien gewesen und hatte den Grundstein für die königliche Sammlung gelegt. Primaticcio, der Bologneser. Sie fuhr zusammen, als sie hörte, wie die Tür am anderen Ende der Galerie geöffnet wurde und sich Stimmen und Schritte näherten. Nein!, schrie alles in ihr. Ich gehe nicht fort, ohne es gesehen zu haben. Die Galerie war so lang, dass die schlechten Lichtverhältnisse und die Statuen es ihr ermöglichen würden, unbemerkt bis zur Mitte zu gelangen. Dort befanden sich die königlichen Kabinette. Eines davon musste sie sehen.

Leise sprang sie von der Bank und huschte im Schutz der Büsten und antiken Figurengruppen weiter. Gleich hier musste der Durchgang sein. Mit einem Satz sprang sie hinter einer Hermesstatue hervor und direkt durch den Bogen in das Kabinett.

»Heda!«, rief eine männliche Stimme von hinten. Eine Stimme, die ihr nicht unbekannt war.

Atemlos kauerte sie in der Fensternische gegenüber dem Kamin. Die Kapuze ihres Umhangs war nach hinten gerutscht, und einige Strähnen ihres langen Haares hatten sich aus der aufgesteckten Frisur gelöst. Doch davon bemerkte sie nichts, denn sie starrte wie gebannt auf das Bild über dem Kamin.

»He! Wer seid Ihr? Was tut Ihr hier?«, riss die Stimme sie aus ihren Träumereien.

Sie sprang auf und vergaß vollkommen, wer sie war. »Meister Primaticcio, verzeiht, ich …« Aber da war es bereits zu spät.

Meister Primaticcio sah sie verwundert an. Die Jahre waren nicht spurlos an ihm vorübergegangen. Ein grauer Bart und tiefe Furchen auf der Stirn ließen ihn grimmig aussehen. Er war nicht allein. Eine schlanke Frau, deren schwarzweißes Kleid nach spanischer Mode geschnitten war, war neben ihn getreten. Diane de Poitiers schien noch hochmütiger, und ihre Augen blickten noch kälter als damals. Diese Augen kannten keine Gnade, und wehe dem, der sich ihr in den Weg stellte. In Dianes Begleitung waren zwei junge Hofdamen und ein Mann, bei dessen Anblick die Frau am Fenster erschauerte.

Jean de Mallêt lächelte charmant. Er war alt geworden, doch seiner Wirkung auf Frauen schien er sich noch immer gewiss. »Eine schöne Unbekannte. Was für eine entzückende Überraschung. Verratet Ihr uns Euren Namen, Madame?«

Im Gegensatz zu Primaticcio, der sie verärgert musterte und noch zu überlegen schien, reichte Mallêt ihr seinen Arm. Zaghaft legte sie die Finger auf das Wams des verhassten Mannes und antwortete: »Montecatini, mein Name ist Leonora Montecatini.«

»Ah, Meister Primaticcio, eine Landsmännin von Euch. Was bringt Euch in unser Land?«, flötete Mallêt, wurde jedoch rüde von Diane de Poitiers unterbrochen.

»Lasst das, Mallêt. Zu Euch kommen wir gleich, Madame. Meister Primaticcio, Ihr wolltet uns etwas erläutern, bevor wir von dieser Person gestört wurden. Bitte.«

Primaticcio räusperte sich. »Wie ich schon sagte, würde ich bei einem Umbau der Galerie dieses Kabinett abreißen lassen.« Verunsichert warf er wieder einen Blick auf die Unbekannte.

»Und das Fresko?«, wandte Madame de Poitiers ein und zeigte mit spitzem Finger auf das farbenprächtige Bild über dem Kamin. »Meister Rosso wäre damit sicher nicht einverstanden.«

Abreißen! Sie trat einen Schritt zurück, wo sie die Nische

und ein Fenster wusste. Ihr Kabinett! Sie blickte auf das Fresko und erstarrte. Wie hatte sie das nicht sofort erkennen können! Sie presste eine Hand an die Lippen und unterdrückte ein Schluchzen. Matteo hatte es angedeutet, doch niemand außer ihr würde je wissen, was die Semele wirklich verbarg, und da zog ein Lächeln über ihr Gesicht.

»Was ist mit Euch?« Mallêt betrachtete sie nachdenklich.

Madame de Poitiers sah ungeduldig auf das Bild. »Was stellt es überhaupt dar, Meister Primaticcio? Ich gestehe meine mangelnde Bildung.«

»Semele und Jupiter«, flüsterte sie. Keiner der Anwesenden bemerkte es. Keiner sah es. Ihre Knie zitterten so stark, dass sie meinte, sie würden jeden Augenblick unter ihr einbrechen, doch sie zwang sich zur Selbstbeherrschung. Primaticcio sagte etwas, das sie nicht verstand. In ihren Ohren rauschte es, und sie wünschte sich nichts sehnlicher, als dass diese Leute endlich gingen und sie allein ließen.

Doch sie gingen nicht. Meister Primaticcios Miene wurde immer düsterer, und Diane de Poitiers musterte sie mit gerunzelter Stirn. Am beunruhigendsten aber war der tückische Ausdruck auf dem Gesicht Jean de Mallêts, als er plötzlich leise sagte: »Euer Name und das Kleid haben mich verwirrt. Aber ich vergesse nie ein Gesicht.«

Todesangst kroch kalt und langsam ihre Glieder hinauf. Es war genau wie damals. Nur gab es nun weder Rosso noch sonst jemanden, der ihr beistehen würde. Sie waren alle fort oder tot. Jemand rief nach der Wache. Sie straffte die Schultern und sah auf den Ring an ihrer Hand. Und doch gab es einen Menschen, auf dessen Hilfe sie hoffen durfte. Entschlossen hob sie den Kopf und sah Mallêt herausfordernd an.

I

Die Stukkadorwerkstatt der Paserini in Siena

1537

Das Hämmern und Rufen der Steinmetze und Handwerker drang vom Hof weit bis auf die Via di Fontebranda. In der Werkstatt der Paserini herrschte Hochbetrieb, denn Andrea di Antonio Piccolomini hatte einen Großauftrag für seine Villa in Asciano erteilt.

Ein Ochsenkarren ratterte über die Pflastersteine, deren Unregelmäßigkeit das mit Fässern und Kisten schwer beladene Gefährt bedenklich ins Schwanken brachte. Fluchend stemmte sich der Mann, den der muskulöse Oberkörper und ein mit Werkzeugen gespickter Ledergürtel als Steinmetzen auswiesen, gegen das Gefährt.

»Brauchst du Hilfe?«

Für einen Moment sah der Steinmetz auf. Ihm gegenüber stand ein Dominikanermönch, dessen ausgefranste Kutte über den nackten Knöcheln endete.

»Nein, ich komme allein zurecht.« Der Steinmetz ging auf die andere Seite des Wagens, dessen Räder zwischen den Pflastersteinen feststeckten, und hob den Wagen unter großer Kraftanstrengung an.

Es ging auf die Mittagszeit zu, und die Sonne brannte von einem wolkenlosen Julihimmel herab. Ein Schwein lief grunzend umher, und eine alte Frau saß auf einem Stuhl vor ihrem Hauseingang und pulte Bohnen. Der Dominikanermönch trollte sich seines Weges durch den Unrat der Straße. Als die Alte ihn sah, bekreuzigte sie sich rasch und murmelte etwas.

Der Steinmetz spuckte demonstrativ aus und murmelte: »Domini canes …« Hunde des Herrn wurden die Dominikaner genannt, weil jeder wusste, dass sie sich mit Überzeugung für die Durchsetzung der Inquisition einsetzten. Dann wischte sich der Steinmetz den Schweiß aus dem Gesicht und lächelte, als ein junger Mann aus dem Torbogen trat, der zur Stukkadorwerkstatt führte. Mit Kennermiene ließ der Junge den Sand aus einem der Fässer durch die Finger gleiten. »Guter Kalksand, Giuffredo.«

»Dreieinhalb Jahre alt, nass gelöscht und eingesumpft, beste Qualität.« Der Steinmetz blinzelte.

Guter Kalk war das Hauptarbeitsmaterial der Stukkadore, und die Herstellung war eine Wissenschaft für sich. Zuerst musste Kalkstein in speziellen Öfen gebrannt werden. Luisa, denn der Junge war niemand anderer als die in Männerkleidung arbeitende Luisa Paserini, hatte Giuffredo oft begleitet, um neuen Kalksand zu holen, und wusste um jeden Arbeitsschritt bei der Herstellung des kostbaren Materials. Der Kalkbrenner musste das Feuer eines Ofens vier Tage und Nächte in Gang halten und brauchte für eine Ladung Kalkstein eine doppelte Menge an Fichtenscheiten. Über Generationen wurde das Wissen um das komplizierte Brennverfahren innerhalb der Kalkbrennerfamilien weitergegeben. Der gebrannte Kalk oder Stückkalk wurde dann gelöscht. Für einfache Maurerarbeiten reichte das Trockenlöschen, bei dem nur so viel Wasser zugeführt wurde, dass der Kalk nass glänzte. Besser und bei den Stukkadoren beliebter war der eingesumpfte Kalk. Staunend hatte Luisa bei ihrem ersten Besuch in der Kalkbrennerei die flachen Erdmulden gesehen, die über einen Ablauf mit einer tieferen Grube, dem Sumpf, verbunden waren. In einem eineinhalb mal drei Meter langen Kasten wurde dann der Kalk im Verhältnis eins zu zwei mit Wasser vermengt. Dabei begann das Wasser zu kochen, und man musste Sorge tragen, dass der Kalk nicht verbrannte. Luisa lernte, dass auch nicht zu wenig Kalk verwendet werden durfte, weil der Kalk sonst zu nass und ebenfalls unbrauchbar wurde.

Luisa Paserini nestelte an ihrer Kappe, unter der sie dichte lange Haare verbarg, und half Giuffredo, den Wagen durch das Tor zu lotsen. Seit Pietros Unfall vor fünf Jahren trat sie in der Werkstatt als Junge auf, und bisher hatte sich niemand daran gestört, denn sie arbeitete besser als die meisten Gesellen, auch wenn sie den Männern physisch unterlegen war. Ihre Entwürfe waren originell, und sie hatte ein sicheres Stilempfinden, was ihr bei der Zusammenstellung der Stuckelemente zugute kam. Erst heute Morgen war sie von Signor Piccolominis Verwalter für ihren Entwurf zur Gestaltung der Gesimse gelobt worden. Natürlich wusste der Mann nicht, dass er einer Frau zugehört hatte, denn in einer Stukkadorwerkstatt hatten Frauen nichts verloren. Armer Pietro, aber ohne seinen Unfall hätte man ihr nie erlaubt zu helfen, und jetzt gehörte sie genauso zur Werkstatt wie Giuffredo und die anderen Gesellen und Lehrlinge. Sie entdeckte ihren Bruder im Eingang zur Werkstatt, wo er auf seinen Stock gestützt stand und die Arbeit überwachte. »Pietro! Sieh nur, Giuffredo hat die neue Lieferung gebracht.«

Pietro war mit knapp dreißig Jahren der älteste der Paserini-Geschwister, zu denen neben Luisa ihr Lieblingsbruder Armido, der zurzeit in Rom weilte, sowie zwei weitere Schwestern zählten. Simonetta war seit fünf Jahren mit Tomaso, dem leitenden Bildhauer der Werkstatt, verheiratet und hatte vor einem Monat ihr drittes Kind zur Welt gebracht. In wenigen Wochen würde auch Francesca niederkommen, die ihr erstes Kind erwartete. Mit der nur ein Jahr älteren Francesca hatte Luisa sich nie verstanden und war froh, dass diese einen Schriftgießer in Florenz geehelicht hatte. Solange Luisa denken konnte, war Pietro das Oberhaupt der Familie gewesen, denn ihre Eltern waren vor vielen Jahren bei einem Fuhrwerkunfall ums Leben gekommen. Pietro hatte die Werkstatt geleitet und mit seiner Fröhlichkeit und Tatkraft alle mitgerissen, doch der Unfall hatte alles verändert. In einem Moment der Unachtsamkeit war er auf der Baustelle des Palazzo Petrucci vom Gerüst gestürzt und hatte sich zahlreiche Knochenbrüche im linken Bein, der Schulter und den Händen zugezogen. Wochenlang hatten ihn die Verletzungen ans Bett gefesselt, und niemand hatte geglaubt, dass er überleben würde.

Wenn Luisa ihn manchmal ansah, fragte sie sich, ob er es bedauerte, dass der Sturz nicht tödlich verlaufen war. Pietro war ein Krüppel, der sich mit seinem Gehstock mühsam durch die Werkstatt schleppte und dessen linke Hand nahezu gebrauchsunfähig war. Doch wenn er sie anlächelte, während sie zeichnete, und sie für die gelungene Ausführung eines Entwurfs lobte, dann schämte sie sich ihrer Gedanken. Pietro war die Seele der Werkstatt, und alle respektierten ihn, selbst der arrogante Tomaso zollte ihm Achtung für seine Fachkenntnisse.

»Ah, sehr schön …« Pietro hielt inne und sah nicht auf sie oder den Karren, sondern auf etwas hinter ihr.

Luisa drehte sich um. Ihr Herz machte einen Satz. »Armido!«

Ein großer dunkelhaariger Mann, dem die Ähnlichkeit mit seiner Schwester und Pietro ins Gesicht geschrieben stand, trat in den Hof.

»Luisa! Ich hätte gedacht, dass du langsam zu alt für diese Maskerade wirst.« Liebevoll drückte er Luisa an sich, die sich in seine Arme geworfen hatte.

»Dass du zurück bist! Warum hast du nicht geschrieben? Schau dich nur an, Armido, ein großer Herr bist du!« Sie zupfte an seinem Hemd, das aus gutem Leinen gefertigt war, und auch seine Lederstiefel waren solide gearbeitet. »Wie ist Rom, groß und herrlich, nicht wahr? Giuffredo, das ist mein Bruder, Signor Armido, der mit *maestro* Michelangelo gearbeitet hat!«

Ergriffen neigte Giuffredo den Kopf. »Signore, es ist mir eine Ehre. Ich kümmere mich um die Ladung.«

Armido schulterte seinen Lederbeutel und legte seiner Schwester den Arm um die Schultern. Die Ähnlichkeit war unverkennbar, beide hatten gerade geschnittene Nasen und einen schön geschwungenen Mund in einem ovalen Gesicht.

Gemeinsam gingen sie über den Hof, in dessen Mitte der Ochsenkarren von mehreren Männern entladen wurde. Überall lagen Bretter und Steine. Kisten mit Kalksand und Tonkrüge mit verschiedenen Flüssigkeiten standen an den Wänden neben halbfertigen Gesimsteilen, Gussformen und Arbeitstischen, an denen gesägt und gehämmert wurde.

Armido fragte leise: »Wie geht es ihm?«

»Er wird noch oft von Schmerzen geplagt, auch wenn er es nicht zugibt, und er hasst es, wenn ihm Dinge aus der Hand fallen. Erst gestern hat er zwei fertige Muscheln zerbrochen und sich furchtbar geärgert. Aber erwähne das nicht …«

Pietro lehnte im Türrahmen und streckte seine gesunde Rechte nach ihnen aus. »Mein Bruder!«, rief Pietro laut, und das Hämmern in der Werkstatt verstummte. Neugierige Gesichter tauchten hinter Pietro auf. Einige Gesellen und vor allem die Lehrlinge waren noch nicht lange bei den Paserini und kannten Armido, der drei Jahre in Rom gewesen war, nur aus den Erzählungen seiner Geschwister.

Luisa spürte, wie ein Ruck durch Armido ging, der sich

verschämt räusperte, bevor er seinen älteren Bruder in die Arme schloss.

Stolz klopfte Pietro ihm auf die Schulter. »Seht her, das ist Signor Armido. Er kommt aus Rom, wo er mit *maestro* Michelangelo gearbeitet hat! Wir alle können viel von ihm lernen!«

Obwohl Tomaso halb hinter einer Säule verborgen stand, konnte Luisa die Missbilligung auf seinem Gesicht sehen. Ihr Schwager war klein und von unregelmäßigem Wuchs, die Arme waren muskulös, der knorrige Körper von der harten Steinbildnerei gestählt. Seine grauen Augen verengten sich, während er den Neuankömmling musterte. Er fürchtete dessen Konkurrenz, denn sicherlich würde von nun an Armido die Leitung der Auftragsgestaltung übernehmen.

Ein anerkennendes Raunen ging durch die Werkstatt, doch Armido hob abwehrend die Hände. »Es tut mir leid, aber ich bin nur auf der Durchreise!«

Pietro war die Enttäuschung anzusehen, während Tomaso triumphierend schnaufte und sich abwandte.

»Na los, es gibt nichts zu sehen. Macht euch wieder an die Arbeit!«, scheuchte Pietro seine Leute zurück und legte dann Armido eine Hand auf den Arm. »Komm mit und erzähl, was dich zu uns bringt. Simonetta wird etwas zu essen bereithalten.«

Armido wollte seinem Bruder die Stufen in den Hof hinunterhelfen, doch Pietro machte eine energische Handbewegung und wandte sich dem Karren zu, von dem Giuffredo gerade eine Kiste auf seine Schultern hob. »Hast du den Sand geprüft? Ist er fein und gut durchgesumpft?«

»Ja, *maestro*.« Der kräftige Steinmetz grinste. »Deshalb schickt Ihr mich doch. Die hauen mich nicht übers Ohr. Einmal haben sie es versucht, aber meine Fäuste haben ihnen schon klargemacht, dass das keine gute Idee war …« Mit geübtem Griff klemmte er einen kleinen Krug unter den freien Arm und ging ins Haus.

»Guter Mann, ich bin froh, dass ich ihn habe. Tomaso hat drei Steinmetze mitgebracht, die mir nicht gefallen. Aber was soll ich machen ...« Armido schlug mit seinem Stock gegen den Karren. »Ich bin ein Krüppel. Letzten Endes bin ich auf Hilfe angewiesen.«

Der bittere Tonfall traf Luisa bis ins Mark. »O Bruder, sprich nicht so. Alle haben dich gern, und ohne dich würde die Werkstatt nicht funktionieren! Das weißt du ganz genau!«

»Leistet Tomaso denn wenigstens gute Arbeit?«, fragte Armido, während sie quer über den Hof auf ein Nebengebäude zugingen, aus dem ihnen Düfte von Gebratenem entgegenwehten.

Die Werkstatt der Paserini bestand seit vielen Generationen, und die Gebäude waren über die Jahre mitgewachsen, was sich in den nach und nach angestückten Wohnräumen zeigte. Das Kernstück war die Werkstatt, flankiert von zwei wenig ansehnlichen, aber zweckmäßigen einstöckigen Gebäuden. Auf der linken Seite lebten Pietro, Luisa und Simonetta mit Tomaso und den Kindern. Gegenüber waren der Stall, ein Lager und kleine Schlafräume für die Lehrlinge. Giuffredo wohnte zwei Straßen weiter mit seiner Frau, deren Eltern und fünf Kindern.

Luisa machte eine vage Handbewegung. »Seine Entwürfe sind solide, aber nicht originell.«

Sie standen vor der offenen Tür zum Wohnhaus der Paserini. Luisa nahm die Kappe ab und steckte sie in ihren Hosenbund. Über den weiten Hosen und einem unförmigen Hemd und Weste trug sie eine lange Lederschürze, die jegliche weibliche Form vor neugierigen Blicken verbarg. Simonetta rümpfte ständig die Nase über Luisas Verkleidung, und Tomaso ignorierte sie, soweit es möglich war. Augenblicke wie heute Morgen, als Piccolominis Verwalter ihre Entwürfe gelobt hatte, machten Luisa glücklich und ließen sie die missgünstigen Blicke ihres Schwagers und Frotzeleien seiner Gesellen ertragen, die sie fast täglich über sich ergehen lassen musste.

Aus dem schmalen Korridor vor ihnen ertönte Kindergeschrei, gefolgt von Fußgetrappel auf der Holztreppe. »Kommt sofort zurück, wir sind noch nicht fertig!«

Luisa hörte den Ärger in Simonettas Stimme, die so kurz nach der Entbindung noch gereizter als gewöhnlich war. Die Ankunft Armidos würde eine willkommene Abwechslung sein. »Simonetta!«, rief sie nach oben. »Wir haben Besuch!«

»Geht in die Küche. Ich bin gleich unten.«

Über einen ausgetretenen Steinfußboden gelangten sie in Pietros *ufficio*, wie er den kleinen Raum mit dem Schreibtisch, einer Truhe und zwei großen Regalen nannte, in denen sich Papiere und Kassenbücher stapelten.

Armido sah sich kurz um. »Es hat sich nichts verändert … Hast du immer noch niemanden, der sich um die Bücher kümmert?«

»Eh, was ist da schon groß zu tun … Jetzt komm weiter. Das riecht nach Fleischeintopf.« Pietro schnupperte, stieß die gegenüberliegende Tür mit seinem Stock auf und humpelte vor ihnen durch ein Vorratslager in die Küche.

Luisa band die schwere Lederschürze ab und hängte sie auf einen Haken neben dem Eingang. Über dem offenen Feuer hing ein Topf, in dem die Köchin Gulasch zubereitete. Giuseppa war seit zehn Jahren bei ihnen und kochte nicht nur für die Familie, sondern auch für die Lehrlinge und Gesellen, die mittags nicht nach Hause gingen. Sie war launisch, aber ihr Essen war köstlich. Selbst aus den einfachsten Zutaten machte sie etwas Schmackhaftes. Zwei Mägde und ein Küchenjunge gingen ihr zur Hand. Luisa sah, wie der Junge, ein schmutziger kleiner Bengel, sich gerade eine Feige in den Mund stopfte. Die Köchin hatte es auch gesehen und gab dem Jungen eine so heftige Ohrfeige, dass seine Wange feuerrot anlief, er sich verschluckte und jammernd und hustend dastand wie ein Häufchen Elend. Erst jetzt bemerkte Giuseppa die Geschwister. »Oh, Signori, oh …!« Sie wischte sich die Hände an ihrer Schürze ab und machte eine Art Knicks. »Bitte, nehmt Platz. Signor Armido, welche Ehre!«

Luisa setzte sich mit ihren Brüdern an den großen Esstisch, der in der Mitte der Küche stand. Giuseppa rief eine der Mägde, und kurz darauf standen Becher, Schüsseln mit Oliven und Kapern und ein Laib Roggenbrot auf dem Tisch. Pietro goss Wein aus einem Tonkrug ein.

Armido hob seinen Becher. »Zum Wohle! Und nun will ich euch sagen, warum ich nicht bleiben kann.« Er machte eine bedeutsame Pause und steckte sich eine Olive in den Mund.

Es schien eine Ewigkeit zu dauern, bis er die Frucht gegessen und den Kern ausgespuckt hatte. Luisa starrte ihm gebannt auf die Lippen.

»Man hat mich nach Fontainebleau gerufen. *Maestro* Primaticcio hat nach mir und einigen anderen Stukkadoren, mit denen er damals in Mantua gearbeitet hat, gesandt, ihm bei den Arbeiten im Schloss des Königs zu helfen.« Genüsslich nahm er sich eine weitere Olive und kostete das Staunen seiner Geschwister aus.

»Frankreich …«, flüsterte Luisa ehrfürchtig.

»Arbeitest du dann für Primaticcio oder für *maestro* Rosso?«, fragte Pietro.

»Für Primaticcio, denke ich. Darüber habe ich mir noch keine Gedanken gemacht. Aber du hast recht – *maestro* Rosso ist der erste Künstler am Hof von Franz I.« Armido fuhr mit der Hand durch die Luft. »Ich weiß, was ich kann. Domenico del Barbiere ist auch dort, soviel ich weiß. Selbst der ist Rosso unterstellt, und ich habe gehört, dass Luca Penni ebenfalls nach Fontainebleau kommt.«

Luisa atmete tief ein. Luca Penni war ein Bruder von Giovan Francesco Penni, ein Schüler des viel gerühmten Raffael in Rom. Was für ein Glück für ihren Bruder, mit solchen Meistern arbeiten zu dürfen. Wie gern würde sie selbst wenigstens ein Mal nach Rom oder Venedig reisen, um die Werke Michelangelos oder Tizians zu sehen. Noch nicht einmal in Florenz war sie gewesen, um Sandro Botticellis wundervolles »Primavera« oder die »Venus« zu sehen, geschweige denn Werke von Bronzino oder Pontormo. Und gar Rosso! Sie war vierzehn Jahre alt gewesen, als Armido sie mit nach Volterra genommen hatte. Nie würde sie vergessen, wie sie die Kapelle der Compagnia della Croce di Giorno in San Francesco betreten hatte. Ihr Bruder hatte ihr von diesem exzentrischen Maler erzählt, der die Kreuzabnahme auf eine vollkommen neue Art dargestellt hatte. Aber was sie erwartete, übertraf alle ihre Vorstellungen. Diese leuchtenden Farben! Diese wunderbaren Figuren, die sich in dramatischer Weise, fast wie in einer griechischen Tragödie, voller Schmerz wanden und den Körper Christi hielten. Die Frauen, deren schöne Gewänder nicht ablenkten von ihrem Schmerz, sondern deren Bewegungen sich einfügten in die Komposition und aus dem bekannten Motiv eine Szene menschlicher Schicksale, erhöht durch die geniale Kunst Rosso Fiorentinos, machten. Niemand konnte sich der Faszination dieser Kreuzabnahme entziehen. Luisa hatte gesehen, wie Frauen und Männer, die das Gemälde zum ersten Mal sahen, sich ehrfürchtig bekreuzigten, staunend stehen blieben und dann die Darstellung zu diskutieren begannen.

»Ich komme mit. Ich will auch nach Frankreich!« Erschrocken hielt sie sich die Hand vor den Mund, doch es war zu spät.

Verärgert runzelte Pietro die Stirn. Armido lächelte, er wusste, was sie bewegte. »Schwesterchen, was willst du im kalten Frankreich? Dein Platz ist hier bei deiner Familie. Was würde Pietro ohne dich anfangen? Du weißt, dass Tomasos Entwürfe nicht gut genug sind.«

»Schlag dir den Unsinn aus dem Kopf, Luisa. Du hast mehr Freiheiten als die meisten Frauen«, knurrte Pietro.

»Ja, aber ich habe auch mehr Talent als die meisten Frauen!«

»Genug!« Pietro stieß seinen Stock auf den Boden.

Sie kannte das Funkeln in seinen Augen gut genug, um zu wissen, dass es nun klüger war, den Mund zu halten.

»Ich werde dir schreiben, wie es am Hof von Fontainebleau zugeht. Der König ist ein großer Förderer der Künste, und er soll die Frauen lieben.« Armido lachte. »Ein Mann ganz nach meinem Geschmack!«

Kindergelächter und die energische Stimme ihrer Schwester kündigten Simonetta an. Zuerst liefen ein fünfjähriger Junge und ein dreijähriges Mädchen in die Küche, wobei sie fast die Magd, die eine Schüssel mit *zuppa di farro* trug, zu Fall gebracht hätten. Die Suppe wurde aus Dinkelkörnern gemacht, eine einfache nahrhafte Speise, die fast vor jedem Mahl aufgetragen wurde.

Mit dem kritischen Blick der Hausherrin inspizierte Simonetta die Küche, bevor sie sich ihrem Bruder zuwandte. Simonetta war etwas größer als Luisa und hatte nach drei Geburten deutlich an Gewicht zugelegt. Unter ihren Augen zeigten sich dunkle Ränder, doch ihre vollen Lippen lächelten gerne und machten Simonetta zu einer anziehenden Frau. Herzlich begrüßte sie Armido, der den Kindern zärtlich über die Haare strich, und setzte sich zu ihnen an den Tisch. »Wo ist Tomaso? Wollte er nicht mit uns essen?«

Luisa vermisste ihren Schwager nicht und verzog den Mund, als Simonetta ihren Sohn in die Werkstatt schickte, um den Vater zu holen. »Muss er denn immer …«

»Er ist mein Mann, Luisa. Iss deine Suppe.« Simonetta gab jedem eine Schöpfkelle voll in eine Schale und trank selbst einen Schluck Wein. »Armido, was verschlägt dich hierher? Hast du keine Aufträge mehr in Rom?«

Immer sah Simonetta zuerst das Negative. Luisa hatte sich deshalb schon oft mit ihr gestritten. »Er geht nach Frankreich und soll mit *maestro* Rosso arbeiten!«, antwortete Luisa anstelle ihres Bruders.

Erstaunt hob Simonetta die Augenbrauen. »Frankreich?«

»Ja, Primaticcio hat mich und vier weitere Stukkadore zu sich nach Fontainebleau gerufen. Der französische König will aus seinem Schloss das prächtigste in Frankreich machen. Und er soll gesagt haben, dass die besten Künstler aus Italien kommen.«

»Ach ja? Das macht er doch alles nur, um Kaiser Karl zu beeindrucken«, kam es abfällig von Tomaso, der eben durch die Tür getreten war, sich einen Stuhl heranzog und den Becher Wein, den seine Frau ihm reichte, in einem Zug leerte.

»Du willst doch wohl nicht bestreiten, dass wir die großartigsten Künstler hervorgebracht haben?« Pietro schob seine Suppenschale von sich und fixierte seinen Schwager.

»Das nicht, aber ob alles, was aus Italien kommt, so großartig ist …« Er machte eine vielsagende Pause.

Luisa schluckte. Sie wusste genau, dass der eifersüchtige Tomaso nichts anderes bezweckte, als Armido zu verärgern.

»Du Wurm! Bist hier in unserem Haus, teilst das Bett mit meiner Schwester und wagst es, mich zu beleidigen?!« Wütend sprang Armido auf und wollte seinen Degen ziehen, doch Pietro schlug mit seinem Stock auf den Tisch.

»Hört auf! Genug! Wir alle profitieren von Armidos Auftrag. Es wird sich herumsprechen und uns mehr Arbeit bescheren, und das ist für alle wichtig.«

Tomaso murmelte etwas, knetete die Hände, dass es knackte, und goss sich Wein nach. Seine grimmige Miene ließ keinen Zweifel daran, was er von Armidos Auftrag hielt. »Franzosenpack«, zischte er.

Doch Armido hatte sich wieder beruhigt. »Es waren aber nicht die Franzosen, die Rom vor zehn Jahren dem Erdboden gleichgemacht haben. Hast du das schon vergessen?«

1527 war als das dunkelste Jahr in die Geschichte der Stadt am Tiber eingegangen, denn im Mai hatten die Truppen Karls V. Rom mit unvorstellbarer Grausamkeit erstürmt, geplündert und niedergebrannt. Noch immer waren nicht alle Gebäude aus den Trümmern wieder erstanden, und der Schock des Sacco di Roma saß tief.

»Vielleicht nicht, aber sie hätten es sicher genauso gern getan, wenn sie die Gelegenheit dazu gehabt hätten«, blaffte Tomaso zurück.

»Unsinn! Du weißt doch gar nicht, worüber du sprichst. König Franz liebt Italien. Zwar meint er, einen Anspruch auf Mailand und Savoyen zu haben, aber niemals hätte er die Verwüstung Roms zugelassen, niemals!«, widersprach Armido.

Simonetta seufzte. »Könnt ihr das zu anderer Zeit austragen? Wie lange bleibst du?«

»Morgen mache ich mich auf den Weg, um die anderen in Pisa zu treffen. Dort wartet eine Gruppe französischer Kaufleute auf uns, mit denen wir nach Fontainebleau reisen. Unter ihnen ist auch einer der königlichen Agenten, die regelmäßig Kunstwerke in Rom kaufen. Allein deswegen werden wir uns um unsere Sicherheit keine Sorgen machen müssen.« Rasch löffelte Armido seine Schüssel leer, denn die Köchin stellte einen Topf mit dampfendem Wildschweingulasch auf den Tisch.

»Was denn für Agenten?« Luisa wusste kaum etwas über Frankreich. Was man sich über König Franz erzählte, waren Geschichten über seinen Hofstaat und seine Touren durch Frankreich. Einmal hatte sie gehört, dass der König mit zwanzigtausend Pferden durch die Lande zog, begleitet von einem fast ebenso großen Gefolge. Das war unvorstellbar!

»Köstlich, Giuseppa!« Pietro hatte das Fleisch gekostet und fuhr sich genießerisch mit der Zunge über die Lippen. Die Köchin strahlte und ging wieder zur Feuerstelle, wo der Küchenjunge mit rotem Gesicht Holz nachlegte.

»Jetzt lass ihn doch essen, Luisa!«, ermahnte Simonetta sie.

Doch Armido nickte lächelnd. »Genaues weiß ich auch nicht, nur, dass der König regelmäßig seine Leute nach Italien schickt, wo sie alles, was von besonderem Wert ist, aufkaufen. Diese Agenten laden auch die Künstler an den Hof. Michelangelo soll sich geweigert haben, und deshalb hat er *maestro* Rosso geholt.«

»Er wollte *maestro* Michelangelo nach Frankreich holen? Gott, niemand kann einen solchen Mann bezahlen!«, staunte Luisa.

»Der französische König schon. Er hat sogar Leonardo da Vinci bis zu dessen Tod bei sich gehabt.«

»Da war der *maestro* schon alt und hat keine Bilder mehr gemalt«, sagte Tomaso und steckte eine Gabel Fleisch in den Mund.

»Eigentlich ist es zwecklos, jemanden belehren zu wollen, der so ignorant ist wie du. *Maestro* Leonardo hat wissenschaftliche Traktate verfasst und an Maschinen gearbeitet, die sich dein erbsengroßes Gehirn nicht einmal vorstellen kann. Der König hat ihn oft im Schloss von Amboise besucht, wo der *maestro* mit seinen Lieblingsbildern, der *Mona Lisa*, der *Anna Selbdritt* und dem *Johannes der Täufer* lebte. So große Stücke hielt König Franz auf den *maestro*, dass er in der Stunde seines Todes bei ihm war. Solch ein Mann ist der französische König!«

Tomaso sagte nichts mehr, und Luisa freute sich im Stillen, dass ihm endlich jemand den Kopf zurechtsetzte. Aber Armido würde schon morgen wieder fort sein!

Rastlos lief Luisa den Rest des Tages durch die Werkstatt und wartete nur darauf, ihren Bruder allein sprechen zu können. Diese Gelegenheit ergab sich erst spät am Abend nach dem Essen. Simonetta hatte die Kinder zu Bett gebracht und sich mit Tomaso zur Ruhe begeben. Auch Pietro hatte sich bereits zurückgezogen, denn die Verletzungen machten ihm mehr zu schaffen, als er zugegeben hätte. Der Hof lag im Dunkeln. Nur aus der Werkstatt schien noch Licht, und vor den Stallungen brannte eine Laterne. Giuffredo deckte eine der Kisten mit Kalksand ab und streckte sich.

»Gute Nacht, Luisa!«

»Geh nach Hause, Giuffredo, deine Frau und deine Kinder warten. Ist Armido noch drinnen?« Sie nickte in Richtung Werkstatt.

»Ja.« Der Steinmetz machte sich auf den Heimweg, und Luisa ging die Stufen hinauf.

Sie hatte sich umgezogen und trug jetzt ein schlichtes dunkelgrünes Kleid über dem weißen Unterhemd. Da sie den ganzen Tag in Hosen und Arbeitsschürze herumlief, fühlte sie sich in den Frauenkleidern unwohl und schutzlos, aber Simonetta und Pietro bestanden darauf, dass sie zumindest außerhalb der Werkstatt wie eine anständige Frau auftrat. Unter ihren Nägeln klebte noch immer Steinstaub, aber es lohnte sich kaum, sich gründlich zu säubern, denn schon morgen früh würde sie erneut Zierleisten und Vorzeichnungen anfertigen. Die Piccolomini sollten so beeindruckt von ihren Arbeiten sein, dass sie keiner anderen Stukkadorwerkstatt je wieder einen Auftrag geben würden.

Vorsichtig öffnete sie die Tür, darauf bedacht, nicht doch auf Tomaso zu treffen, aber nein, nur ihr Bruder stand vor einem der Musterschränke und begutachtete die Leisten und Dekorationen.

»Die Fruchtstäbe habe ich entworfen«, sagte Luisa leise.

Ihr Bruder drehte sich überrascht um. »Ich habe dich nicht kommen hören. Du?« Anerkennung schwang in seiner Stimme mit und machte Luisa stolz auf ihre Arbeit.

»Ich will die Rahmungen in der Piccolomini-Villa damit ausschmücken.« Der Verwalter war sich noch nicht sicher gewesen, ob es Fresken an den Wänden und den Decken geben würde, doch die Rahmungen für etwaige Bildfelder wurden in jedem Fall benötigt.

»Mir gefallen die gedrehten Blattornamente mit den Perlen, oder sollen das Beeren sein?« Interessiert strich er über die Musterstäbe, die erst vor wenigen Tagen gegossen worden waren.

»Beeren, aber das ist eigentlich nicht wichtig. Ich wollte etwas mehr Lebendigkeit in die statische Leiste bringen.« Sie räusperte sich und stellte sich so, dass ihr Bruder sie ansehen musste.

Amüsiert hob er eine Augenbraue. Die Jahre in Rom hatten Spuren in seinem Gesicht hinterlassen, die Falten um die Augen und die Linie über der Nase waren tiefer geworden. Aber sie fühlte sich ihm so nahe wie damals, als er sie mit nach Volterra genommen hatte. Er war ihr Vertrauter, der Einzige, der verstand, was ihr die Kunst bedeutete, und es nicht als die Grille eines jungen Mädchens abtat, das gerne in Hosen herumlief.

»Was hast du auf dem Herzen, Schwesterchen?« Liebevoll strich er ihr eine Strähne aus der Stirn.

»Weißt du noch, wie du mir *maestro* Rossos *Kreuzabnahme* gezeigt hast?«

Er nahm eine der Rosetten in die Hände und begutachtete sie. »In Volterra? Aber ja. Du warst ganz besessen von dem Bild und hast wochenlang über nichts anderes gesprochen. Diese hier ist fehlerhaft.« Unsanft ließ er das schadhafte Stück auf den Tisch fallen.

»Ich möchte mit nach Frankreich. Ich möchte den *maestro* sehen und mit ihm arbeiten!«

Armido warf den Kopf in den Nacken und lachte. »Du bist wirklich verrückt! Erstens arbeitet er nicht mit Frauen, ich meine, niemand tut das – und zweitens kannst du einfach nicht mitkommen, weil du nicht eingeladen wurdest.«

Flehentlich nahm sie seine Hand. »Aber du könntest mich mitnehmen, als deinen Gehilfen. Niemand würde wissen, dass ich eine Frau bin. Der Verwalter der Piccolomini hat es auch nicht gemerkt, keiner der Kunden hier hat das!«

»Schlag es dir aus dem Kopf, Luisa. Hier in Siena, in unserer Werkstatt, ist das etwas anderes. Hier bist du inmitten der Familie, unter Freunden, aber in Frankreich … O Gott!« Er raufte sich die Haare. »Wir sind in Fontainebleau am königlichen Hof. Du weißt ja gar nicht, was das heißt! Da sind Hunderte von Leuten, die nichts Besseres zu tun haben, als sich gegenseitig zu bespitzeln und Intrigen zu spinnen, um sich beim König einzuschmeicheln. Rom war schon schlimm genug. Die päpstlichen Schmeichler, die alles tun würden, um sich Vorteile zu verschaffen. Die gehen über Leichen! Luisa, ich könnte dich nicht beschützen. Ich bin nur ein Stukkador, ein Gehilfe ohne Einfluss. Wenn sie herausfinden, wer du bist, wärest du verloren!«

»Warum?« Ihre Augen wurden feucht, und eine Träne lief ihr die Wange herunter. »Du hast doch selbst gesagt, dass der König Frauen liebt. Vielleicht findet er Gefallen an einer Künstlerin!«

»Willst du vielleicht in seinem Bett landen? Wahrscheinlicher ist es, dass einer dieser Höflinge … Nein! Sieh doch nur, was du hier tun kannst. Deine Arbeit wird geschätzt, und Pietro braucht dich.«

Sie schluchzte, als sie erkannte, dass er nicht zu erweichen war. Niemals würde sie Rosso Fiorentino kennenlernen, von dem sich die Leute erzählten, dass er den Beinamen Rosso wegen seiner Haarfarbe erhalten hatte. Er war nicht nur ein exzentrischer Künstler, sondern darüber hinaus ein schöner Mann, ähnlich wie einst Leonardo, hieß es. »Armido, ich will malen wie der *maestro*«, flüsterte sie mit tränenerstickter Stimme.

Mitfühlend nahm Armido sie in die Arme und drückte sie an sich. »Kleine verrückte Luisa. Warum kannst du dich nicht mit dem zufrieden geben, was du hast? Mehr kann dir niemand geben.« Er küsste sie auf die Stirn und hielt sie auf Armeslänge. »Alles, was möglich ist, hast du hier.«

Sie blinzelte die Tränen fort. Alles, was möglich war. Vielleicht.

II

Auf der Via Francigena

Die Wellen schlugen wütend gegen das schwankende Gefährt, das jeden Moment umzukippen drohte. Niemand hatte diesen Sturm vorhergesehen, obwohl das steigende Wasser des Flusses Warnung genug hätte sein müssen. Luisa klammerte sich an ihr Bündel und versuchte, nicht nach draußen zu sehen, wo die Männer gegen die entfesselten Naturgewalten kämpften. Neben ihr saßen zwei kleine Mädchen, weinten und riefen ständig nach ihrer Mutter, die jedoch nicht hier war, sondern in Lucca auf sie wartete. Ihr gegenüber saßen die Großeltern der Mädchen, denen der Kutschwagen gehörte. Der Wind peitschte das Wasser durch die ungeschützten Fensteröffnungen. Unwillkürlich griff Luisa nach ihrem Hut. Den Zopf hatte sie zwar abgeschnitten und die Locken auf Kinnlänge gestutzt, doch sie befürchtete noch immer, dass ihre weichen Gesichtszüge sie verraten könnten.

In der heimischen Werkstatt war sie Kunden sicher in ihrer Hosenrolle gegenübergetreten, doch im Fall einer Entdeckung hätte ihre Familie sie beschützt. Hier draußen dagegen war sie auf sich allein gestellt, konnte niemandem trauen, musste sich entlegene Plätze zum Verrichten ihrer Notdurft suchen und immer auf der Hut sein. Eine Unachtsamkeit, und die Knechte oder Soldaten würden über sie herfallen, aber solch furchtbare Gedanken verdrängte sie sofort wieder.

Im Gasthaus von Castelfiorentino war sie auf die Vettorini getroffen, die sich gegen ein geringes Entgelt bereit erklärt hatten, sie mitzunehmen. Wahrscheinlich hatten sie auf ein kräftiges Paar Hände mehr gehofft. Signor Vettorini, ein Kornhändler aus dem Elsatal, warf ihr nun einen vorwurfsvollen Blick zu. Erschrocken sprang sie auf und stolperte in das Unwetter hinaus. »Verflucht, was habe ich mir nur aufgehalst«, murmelte sie und warf sich dem Wind entgegen.

Es dämmerte, und das Ufer der überfluteten Elsa war kaum auszumachen. Zwei Knechte hielten die scheuenden Maultiere, und drei Männer versuchten, den Wagen aus dem Morast zu ziehen, in den die Hinterräder immer tiefer versanken. In einiger Entfernung entdeckte sie einen Mast, von dem ein Seil über den Fluss führte. Die dazugehörige Fähre jedoch sah sie nicht. Bei diesem Sturm war an ein Übersetzen ohnehin nicht zu denken.

»Eh!«, rief sie einem der Knechte zu. »Warum bleiben wir nicht hier? Hat doch keinen Sinn, auf die Fähre zu warten!«

Das Wasser lief dem Mann, der die Maultiere zu beruhigen versuchte, in Kragen und Hemd. Er war völlig durchnässt, und seine Miene verhieß nichts Gutes. »Bist 'n ganz Schlauer, was? Hättest den Kopf mal zum Fenster raushalten sollen während der letzten Stunden. Alle Straßen sind überflutet. Wir können nicht mehr zurück. Wenn die verdammte Fähre nicht kommt, ersaufen wir hier! Na los, pack mit an!«

Er hatte recht. Jetzt erkannte sie, dass auch auf der anderen Straßenseite alles unter Wasser stand. Einzig die befestigte Uferstraße hatte der Flut etwas länger standgehalten, doch auch damit war es nun vorbei, wie der einsinkende Wagen zeigte.

»Eins, zwei und drei!«, schrien die Männer von hinten, und sie stemmte sich bei drei mit gegen den Wagen, der schließlich ächzend und quietschend nach vorn rollte.

Sie ging Richtung Fährmast und spähte in die Dämmerung. Schemenhaft machte sie auf der anderen Seite einen Turm und Gebäude aus, und plötzlich entdeckte sie in der Flussmitte die Fähre, die so stark hin- und herschaukelte, dass sie jeden Augenblick zu kentern drohte. Nacheinander gesellten sich die Knechte zu ihr und brüllten dem Fährmann aufmunternde Rufe zu. Einer schwenkte eine Laterne, und nach bangen Minuten blinkte es von der Fähre zurück.

»Bravo! Das heißt doch, er ist außer Gefahr, nicht wahr?« Ängstlich wandte sich Luisa an den Burschen neben ihr.

»Mann, du bist aber noch grün hinter den Ohren!« Er gab ihr einen Klaps gegen den Hinterkopf. »Machst dir gleich in die Hosen!« Sein raues Lachen unterschied sich kaum vom Geheul des Windes.

Luisa zog den Hut in die Stirn und hielt von jetzt an den Mund. Wenn Armido auch nur die leiseste Ahnung hätte, wo sie war – er würde sie sofort nach Hause schicken lassen. Pietro machte sich wahrscheinlich große Sorgen, aber sobald sie die Alpen erreicht hatte, würde sie eine Nachricht schicken. Vorher nicht, sonst würde er sie zurückholen lassen. Nur das nicht! Nach Armidos Abreise hatte sie fieberhaft überlegt, wie sie nach Frankreich gelangen konnte. Dass sie Geld brauchte, war die erste Hürde, und sie hatte wochenlang mit sich gerungen, aber es gab keine andere Möglichkeit – sie musste ihre eigene Familie bestehlen. Von da an hatte sie jede Gelegenheit genutzt, sich in Pietros *ufficio* zu schleichen und einen oder zwei Scudi aus seiner Schatulle zu nehmen. Sie wusste, dass Pietro es nicht sofort bemerken würde, denn seine Buchführung war ein einziges Durcheinander, was ihre Gewissensbisse jedoch nicht minderte. Vielleicht hatte er inzwischen das Fehlen des Geldes bemerkt, es mit ihrem Verschwinden in Verbindung gebracht und war wütend auf sie. Was Simonetta und Tomaso sagten, wollte sie sich gar nicht erst ausmalen.

Aber sie hatte keine andere Lösung gesehen. Ihre Familie hätte ihr niemals erlaubt zu reisen, und über eigenes Geld verfügte sie nicht. »Lieber Gott«, flüsterte sie, »Vergib mir. Nur du allein weißt, was die Kunst mir bedeutet. Hättest du nicht gewollt, dass ich male, hättest du mir kein Talent schenken dürfen!« Sie ballte die Fäuste und starrte in die zunehmende Dunkelheit hinaus. Den Regen, der ihr hart ins Gesicht schlug, spürte sie nicht.

»Betest du schon für die Überfahrt, Bürschlein?« Der Knecht stieß sie unsanft in die Rippen und schwenkte die Laterne. »Da kommt die Fähre!« Er drehte sich um und winkte den anderen, die im Schutz des Wagens warteten.

Es bedurfte einiger Überredung und Signor Vettorinis Versprechen auf die Verdopplung des Fährgelds bei Ankunft, bis der Fährmann sich mürrisch wieder auf seinen wenig vertrauenerweckenden Kahn begab. Bei dem Versuch, auf die Fähre zu rollen, wären die Maultiere samt Wagen fast in die aufgewühlten Fluten gerissen worden, doch die Knechte brüllten und rissen die armen Tiere mit aller Kraft an den Halftern, bis sie auf den schwankenden Planken standen. Mit Schaum vor den angstgeweiteten Nüstern standen die Maultiere zitternd an Bord, doch außer Luisa schien das niemanden zu kümmern.

»Ist ja gut.« Beruhigend strich sie den Maultieren über die Köpfe. Die Wärme der Tierkörper war tröstlich und lenkte sie von der schwankenden Fähre ab. Die Vettorini saßen in ihrem Wagen, einem schlecht gefederten, aber solide gezimmerten Gefährt. Während der Fahrt hatte Signora Vettorini den Mädchen aus der Bibel vorgelesen. Wenn diese gottesfürchtigen Leute entdeckten, dass sie eine Frau war, würden sie sie sofort der Blasphemie bezichtigen und dem nächsten Kirchengericht, schlimmer noch, der Inquisition ausliefern. Luisa schauderte. Allein das Wort war furchterregend. Zu viele Unschuldige waren bereits auf den Scheiterhaufen gestorben, und ein Ende des Alptraums schien nicht in Sicht. Schuld war der neu ernannte Kardinal Gian Pietro Carafa, der Papst Paul III. ständig mit neuen Forderungen nach strengerer Verfolgung der Ketzer in den Ohren lag. In Frankreich war alles anders, musste es besser sein. Marguerite d'Angoulême, die Schwester des Königs, stand den reformistischen Kreisen nahe und sympathisierte sogar mit dem ketzerischen Luther.

»Träumst du? Los, pack mit an, Bursche. Wir sind gleich da!« Einer der Männer, die zu Vettorinis Reisegruppe gehörten, klopfte den Maultieren auf die Flanken und deutete in die nun fast undurchdringliche Dunkelheit. Wind und Regen schienen eher zu- als abzunehmen, und Luisa musste die Augen zusammenkneifen, um das Licht am anderen Ufer ausmachen zu können. Das Wasser hing in dicken Tropfen an ihren Wimpern, und ihre Kleidung war vollständig durchweicht. Die Angst vor dem Ertrinken wich der Kälte, die ihre Glieder emporkroch und ihre Zähne klappern ließ.

Das Gefährt von der Fähre herunterzulotsen war deutlich einfacher als das Auffahren, denn sobald die Maultiere das sichere Ufer witterten, hatten sie kein anderes Ziel, als den schwankenden Kahn zu verlassen.

»Gibt es hier ein Gasthaus?«, fragte sie den Fährmann, der sich den versprochenen Lohn von Signor Vettorini auszahlen ließ.

»Da drüben. Ob die euch noch aufmachen, weiß ich allerdings nicht.« Der mürrische Mann zog den gewachsten Umhang, an dem das meiste Wasser abperlte, enger um die Schultern und machte sich mit seinem Gehilfen daran, das Fährboot sicher zu vertäuen.

Auf dieser Seite schlugen die Fluten der Elsa zwar ebenso heftig gegen das Ufer, doch gab es hier eine befestigte Kaimauer, die wesentlich höher war als auf der anderen Flussseite. Unförmige Schatten ließen Gebäude erahnen. Der Turm, den sie von drüben gesehen hatte, musste einer von ihnen sein. Luisas Zähne klapperten so heftig, dass sie sich ernsthafte Sorgen um ihre Gesundheit zu machen begann. Bisher hatte sie Glück gehabt. Der Herbst war warm und trocken gewesen, doch seit einer Woche war das Wetter umgeschlagen und hatte seinen vorläufigen Höhepunkt in diesem Sturm erreicht.

Niemand schien von ihr Notiz zu nehmen. Zwei der Knechte halfen den Vettorini mit dem Gepäck und hielten Decken über sie, um sie notdürftig vor dem Regen zu schützen. Die anderen Männer befreiten die Maultiere aus dem Geschirr und führten die entkräfteten Tiere zu den Ställen des Gasthauses. Anscheinend ging Signor Vettorini davon aus, dass man ihnen Unterkunft geben würde. Luisa holte ihr Bündel aus dem Wagen, den die Männer hinter einen Verschlag am Kai geschoben hatten. Dann folgte sie der kleinen Gruppe, wobei ihre Stiefel knöcheltief im Matsch versanken.

Der Turm, den sie als Silhouette ausgemacht hatte, war Teil einer ehemaligen Stadtmauer. Die beiden halbverwesten Leichname, welche der Sturm gegen die Mauer schlug, machten die Siedlung nicht einladender. Was auch immer die Männer verbrochen hatten, jetzt dienten sie nur noch der Abschreckung von Gesindel. Luisa wich dem Fuß eines Gehenkten aus, der ihr vor das Gesicht geweht wurde.

Im Windschatten der Mauer duckte sich das Gasthaus, das seinen Namen kaum verdiente, denn es war nicht mehr als ein stinkender Schankraum, in dem in den Ecken Stroh aufgeschüttet war. Der Lehmboden war stellenweise feucht, und Luisa starrte angeekelt auf die schnarchenden Gestalten, die sich in Lumpen gehüllt bereits zum Schlafen niedergelegt hatten.

Signor Vettorini holte eine Münze hervor und zeigte sie dem Wirt, der sie mit gierigen Händen ergreifen wollte. »Nein, zuerst zeigst du uns eine Kammer. Für mich und meine Familie.« Der toskanische Kornhändler war alt, aber noch immer eine Ehrfurcht gebietende Erscheinung.

Grinsend hob der Wirt die Hände. Seine schwulstige rote Nase und die zahnlose Mundhöhle, der ein fauliger Gestank entwich, ließen Vettorini zurücktreten. »Ich habe keine Gästekammer. Müsst schon hier liegen wie die anderen auch.« Erneut griff er nach der Münze.

Doch Signor Vettorini ließ sich nicht abweisen. »Dann gib uns deine Kammer!«

Die Mädchen wimmerten und versteckten sich hinter ihrer Großmutter. Die Gier des Wirtes siegte, und die Vettorini zogen in dessen Kammer, aus der nun eine schlechtgelaunte Frau und drei Kleinkinder kamen, die sich sofort auf eines der Strohlager legten. Da Luisa kaum genug Geld für ihre Reise hatte, musste sie sich mit dem Einfachsten zufriedengeben, was in diesem Fall wahrlich einer Strafe gleichkam. Überall an den Wänden und auf dem Boden schien es sich zu bewegen, und sie war davon überzeugt, dass die Wanzen nur darauf warteten, sich auf sie stürzen, sobald das Licht erloschen war. Es gab noch zwei Ecken mit Strohhaufen, auf denen sich drei der Knechte bereits niederließen. Die beiden anderen verkündeten, lieber bei den Tieren zu nächtigen.

»Ich komme mit euch!«, sagte sie rasch und ging wieder in den Regen hinaus.

Der Stall war zugig und bot kaum genügend Raum für die vier Maultiere und drei Pferde, doch Luisa kauerte sich an einem Pfosten auf eine Kiste und legte die Arme um die angezogenen Beine. Ihre nassen Sachen konnte sie nicht ausziehen, und es gab auch kein Feuer, an dem sie sich hätte trocknen können. »Madonna, lass mich nicht schon auf diesem ersten Stück meiner Reise scheitern«, murmelte sie, drückte ihr Bündel mit den Werkzeugen und Zeichnungen an sich und driftete in einen Zustand zwischen Wachen und Träumen, aus dem sie erwachte, weil etwas sie berührte.

»Was …?«

Einer der Knechte kniete neben ihr und versuchte offensichtlich, ihr den Lederbeutel zu entwenden. »Verdammt! Hau ab!« Wütend trat sie nach dem Burschen, dessen Blick nichts Gutes verhieß.

Er hatte kurze Haare, eine schiefe Nase, und eine Narbe zog sich quer über seine Stirn. Ihre Tritte bewirkten, dass er umso fester zupackte. »Gib schon her. Du fährst doch nach Frankreich, habe ich gehört. Dann hast du bestimmt auch Geld dabei.«

Gegen seine rohe Gewalt hatte sie kaum eine Chance, und Tränen der Wut liefen ihr über die Wangen, während sie verzweifelt ihren Beutel verteidigte. »Das ist alles, was ich habe! Versteh das doch!« Ihre Stimme wurde höher und schriller und weckte den zweiten Knecht auf, der im Heu hinter den Pferden gelegen hatte.

»He, gebt Ruhe! Fosco, lass den Jungen zufrieden. Der ist doch noch ein halbes Kind.«

Fosco ließ den Beutel los, spuckte aus und stieß Luisa zurück. »Hast Glück gehabt, aber sieh dich vor, noch sind wir nicht in Lucca …« Dann trollte er sich zu den Maultieren.

Für den Rest der Nacht machte Luisa kein Auge mehr zu und erhob sich, sobald es hell wurde. Ihr ganzer Körper schien zu schmerzen, und ihr war heiß. Wahrscheinlich hatte sie Fieber. Der Umhang war noch immer feucht. Sie warf einen vorsichtigen Blick zu den Knechten, die beide noch schliefen. So leise, wie es ihr möglich war, stieg sie über Halfter und Kisten und drückte die Stalltür auf. Die Tiere schnaubten und stapften unruhig hin und her.

Der Sturm hatte sich gelegt und der Regen aufgehört. Die Wege waren noch immer aufgeweicht, doch zumindest sichtbar. Luisa war sich darüber im Klaren, dass sie zu Fuß wesentlich länger brauchen würde, doch wenn der hinterhältige Fosco ihr den Beutel stahl, wäre ihre Reise zu Ende, noch ehe sie richtig begonnen hatte. Es war nicht nur das Geld, sondern vor allem ihre Zeichnungen und die Gussformen, die sie mitgenommen hatte und wie einen Schatz hütete. Im Grunde genommen waren es ihre Formen, in Pietros Werkstatt von ihr hergestellt. Sie biss sich auf die Lippen. Natürlich würde Pietro die Formen vermissen, aber er konnte neue machen. Sie brauchte die Stücke. Allein mit diesen Beweisen ihrer Kunstfertigkeit würde sie Zugang zu Rossos Werkstatt finden. Sie wusste nicht, wie Armido reagieren würde, aber wenn sie Meister Rosso ihre Arbeit zeigte und der sie akzeptierte, dann konnte selbst ihr Bruder nichts dagegen sagen, wenn sie in Frankreich blieb.

Frankreich! Ein Lächeln glitt über Luisas Gesicht, während sie tapfer durch den Schlamm schritt, immer auf der Hut vor dem Wagen der Vettorini. Zwei Tage hielt sie ihren Fußmarsch nach Lucca durch, wo sie für eine Nacht Zuflucht in einem Kloster fand. Auf der Via Aurelia ging sie weiter Richtung Massa, doch am vierten Tag wehrte sich ihr Körper gegen die Strapazen der Reise mit völliger Entkräftung und Fieber. Ihre Knie versagten ihr beinahe den Dienst, als sie kurz vor Sonnenuntergang Hundegebell und Kinderstimmen hörte. Zu ihrer Linken lag irgendwo das Tyrrhenische Meer, und rechts von ihr begannen die Apuanischen Alpen, doch während sie noch darüber nachdachte, ob sie vielleicht ein Schiff nach Marseille hätte nehmen sollen, verließen ihre Kräfte sie endgültig, und sie sank besinnungslos zu Boden.

Etwas Feuchtes wischte ihr über das Gesicht und brachte

sie wieder zu Bewusstsein. Sie schlug die Augen auf und sah eine Hundeschnauze vor sich.

»Beppo, was machst du da? Komm her!« Eine energische Jungenstimme rief den zotteligen Hund zurück.

Später erinnerte Luisa sich nur noch daran, dass man sie auf einen Wagen gelegt und in einem Heuschober warm zugedeckt hatte. Es war noch dunkel, als sie die Augen öffnete. Zuerst griff sie nach ihrem Filzhut, der sich während der Reise in ein unförmiges Gebilde verwandelt hatte, und dann nach ihrem Beutel. Beides lag neben ihr im Heu. Milchkühe und Ziegen drängten sich dicht neben ihrem Heuboden und ließen den Stall auch in der Nacht nicht auskühlen. Sie hörte das Scharren der Tiere und wollte aufstehen, doch der Kopf schmerzte ebenso wie die Glieder, und sie sank erneut in tiefen Schlaf.

»Signorina, aufwachen.« Jemand rüttelte sanft an ihrer Schulter.

Das Licht blendete sie. Blinzelnd schaute sie in eine Laterne, die jemand vor ihr in die Höhe hielt. Plötzlich durchfuhr sie die Erkenntnis, dass dieser jemand hinter dem Licht sie als Frau erkannt hatte, und Angst schnürte ihr die Kehle zu. »Ich …«, stotterte sie hilflos und griff nach ihren Sachen.

»Mein Sohn hat Euch gefunden, völlig entkräftet. Ihr habt drei Tage und Nächte geschlafen.«

Ihre Nervosität legte sich etwas. Vor ihr kniete eine Frau und hielt die Laterne so, dass Luisa ihr Gesicht erkennen konnte. Es war ein freundliches Gesicht mit sanften Augen. »Wie, ich meine, warum habt Ihr mich hierher …?«

Die Frau lächelte und legte eine kräftige Hand auf die Luisas. »Ihr seid eine Frau in Not, und ich habe Euch geholfen. Aber heute kommt mein Mann zurück. Ihr müsst gehen. Hier.« Sie reichte Luisa einen Korb. »Brot, Käse und etwas Schinken. Davon könnt Ihr drei bis vier Tage essen.«

Luisa erhob sich mit Hilfe ihrer unerwarteten Retterin und stieg hinter ihr die Stiege in den Stall hinunter. Ihr Kopf schmerzte kaum noch, die Glieder fühlten sich steif an, doch der Schwindel und das Fieber schienen verflogen. »Ich danke Euch. Wie kann ich mich …?«

Die Bäuerin drehte sich zu ihr um. »Helft einer anderen, wenn Ihr könnt, und sagt mir doch, nur wenn es Euch möglich ist, warum verkleidet Ihr Euch als Mann?« Kaum hörbar setzte sie hinzu: »Gehört Ihr zu den Armen Christi, die man die Waldenser nennt?«

Im flackernden Licht der Laterne versuchte Luisa, Arglist in den Zügen der Frau zu entdecken, doch diese sah sie nur neugierig an. »Nein, ich will zu meinem Bruder nach Frankreich. Ich bin eine Künstlerin.«

»Dann sind das Eure Zeichnungen in dem Beutel? Eine Frau, die malt, ist nicht weniger eine Ketzerin als eine, die dem neuen Glauben anhängt. Nehmt Euch in Acht.«

Eine Ziege meckerte, und die Kühe wurden unruhig, denn es wurde langsam hell. »Wer sind die Waldenser?« Sie wusste kaum etwas über diese Gruppe, die den Reformisten nahestand, aber es hieß, sie gehörten zu den schlimmsten Ketzern und würden alle im Höllenfeuer brennen.

Die Bäuerin löschte die Laterne. »Kommt jetzt. Mein Mann würde mich zu Tode prügeln, wenn er erführe, dass ich überhaupt davon gesprochen habe.«

Vorsichtig drückte die Bäuerin die Tür auf, spähte in das morgendliche Zwielicht und deutete auf eine dunkle Masse in der Ferne. »Hinter dem Wald liegt die Straße nach Pontremoli, dann seid Ihr schon fast am Apennin. Gott mit Euch!«

Luisa stülpte ihren Hut über und schulterte ihren Beutel. Den Korb nahm sie in eine Hand. »Danke! Gott möge es Euch vergelten!«

Während sie sich orientierte und einen ausgetretenen

Pfad quer durch den Wald fand, dachte sie über ihre Retterin nach. Was für ein seltsamer Zufall hatte sie ausgerechnet vor die Füße dieser Bäuerin geführt, die Sympathien für die Reformisten zu hegen schien. Luisa warf einen Blick auf den Korb und dankte der Frau im Stillen noch einmal für ihre Großzügigkeit. Der Gedanke an die Armen Christi ließ sie nicht los. Wer war diese geheimnisvolle Gruppe? Zu Hause wurde nie über Religion gesprochen. Pietro hatte seine eigenen Sorgen, und Tomaso trug seine Gläubigkeit als guter Katholik zur Schau, als sei es eine Trophäe. Ihre Schwestern gingen zur Messe und beichteten wie alle. Auch für Luisa war die Messe eine Selbstverständlichkeit, über die sie nicht nachdachte. Sie ging hin, weil man es erwartete, doch während der Priester seine Litanei abspulte, war sie mit ihren Gedanken meist bei ihren Entwürfen für neue Formen oder hing ihrem Traum vom Malen eines Freskos nach.

Nur Armido hatte früher manchmal mit ihr über seinen Glauben gesprochen, aber das war lange her, und sie war noch zu jung gewesen, um ihn zu verstehen. Sie hatte immer geglaubt, es ginge Armido in erster Linie um die Kunst. Das Malen und Erfinden neuer Gussformen war schließlich auch ihre einzige Leidenschaft. Aber was wusste sie schon von ihrem Bruder? Sie waren Jahre getrennt gewesen, und in den wenigen Briefen hatte er neben etwas gesellschaftlichem Klatsch nur von seiner Arbeit in Rom geschrieben.

Sie trat auf einen Zweig, der unter ihrem Gewicht knackte, und schrak zusammen, doch es rührte sich nichts. Außer den Vögeln und anderen tierischen Geräuschen war nichts zu vernehmen. Ein Satz von Armido kam ihr plötzlich in den Sinn und schien eine neue Bedeutung zu gewinnen. »Ich habe einen Prediger getroffen, Luisa, der mir die Augen geöffnet hat.«

Damals hatte sie nicht verstanden, dass ein Prediger kein

Priester war, und Armidos Bemerkung keine Beachtung geschenkt. Ihr Bruder war sehr ernst gewesen, als er ihre Hände genommen und ihr fest in die Augen gesehen hatte. Heute wusste sie zumindest, dass es Männer gab, die den neuen Glauben predigten. Diese Prediger zogen durch die Lande und verkündeten die Worte der Bibel, und alles hing mit einem Luther aus den deutschen Landen zusammen. Seine Anhänger nannte man Protestanten. War es diese neue Lehre, die ihren Bruder in Bann zog? In Frankreich gab es mehr Anhänger des neuen Glaubens, und sie genossen eine größere Freiheit als in Spanien oder Italien. Die freundliche Frau hatte von den Waldensern gesprochen, einer Glaubensgemeinschaft, von der in letzter Zeit häufiger im Zusammenhang mit den Protestanten gesprochen wurde. Die Waldenser sollten im Piemont und in Frankreich Anhänger haben. Wollte ihr Bruder deshalb nach Frankreich? Aber was wusste sie schon? Niemand sprach über diese Dinge mit ihr. In der Werkstatt ging es nur darum, die Aufträge zu erfüllen, und die Arbeit war weiß Gott hart genug.

Im Schatten des Waldes, der sich noch ein Stück die Straße entlangzog, ging Luisa in Gedanken versunken weiter. Als die Sonne aufgegangen war, suchte sie sich einen geschützten Platz hinter einem Baum und aß von ihrem Proviant. Der würzige feste Käse und das Brot erschienen ihr wie eine Festmahlzeit, den Schinken sparte sie sich für später auf. Genau wie mit ihrem Nahrungsmittelvorrat versuchte sie auch mit ihren Kräften hauszuhalten, und so brauchte sie einen Tag länger bis Pontremoli, als sie geplant hatte.

Dort hörte sich Luisa in verschiedenen Gasthäusern nach Reisenden in den Norden um. Im »Roten Löwen« hatte sie Glück. Ein Bursche drängte sich mit wichtiger Miene an ihr vorbei und befahl dem Wirt: »Mach uns ein anständiges Essen, hörst du! Mein Herr ist ein wichtiger Mann und wird vom Bischof in Piacenza erwartet. Jetzt eil dich! Wir wollen gleich aufbrechen.«

Luisa räusperte sich. Sie hatte die Haare zusammengebunden und den Hut ins Gesicht gezogen. Etwas Ruß am Kinn verlieh ihr ein maskulineres Aussehen, zumindest hoffte sie das. »Habe ich recht gehört, dass ihr nach Piacenza geht?«

Der Bursche musterte sie. Er mochte sechzehn oder siebzehn Jahre alt sein, seine Kleidung war geflickt, aber seine Stiefel waren aus gutem Leder, und wie es schien, ließ sich sein Herr gutes Essen etwas kosten. »Und was willst du?«

»Ich bin ein Künstler auf dem Weg an den königlichen Hof in Fontainebleau«, sagte sie, nahm die Schultern zurück und reckte stolz das Kinn vor. »Kann ich mit euch über den Passo della Cisa reisen?«

»Ein Künstler? Das kann ja jeder sagen. Was machst du denn?« Abschätzig sah er auf ihre verschmutzte Reisekleidung.

Für einen Fremden mochte sie tatsächlich aussehen wie ein dahergelaufener Taugenichts. Rasch nahm sie den Beutel vom Rücken und holte ihre Zeichnungen hervor. Das Wachspapier hatte den meisten Regen abhalten können, doch stellenweise waren Wasserflecken zu sehen. Luisa rollte einen Bogen auf einem der Schanktische aus. Die Männer stellten ihre Becher ab und begutachteten neugierig, was sie zu zeigen hatte.

»Sieh mal! So was Feines! Und das hast du junger Spund gemacht?«, staunte ein beleibter Mann mit roten Wangen.

Der Bogen zeigte die Heilige Familie auf der Flucht und Studien zu kleineren Engeln. Luisa hatte die Entwürfe vor eineinhalb Jahren gemacht.

»Sieh an. Du bist zwar jung, aber tatsächlich ein Künstler. Ich werde Monsignore von dir berichten.« Der Bursche hob den Kopf und blickte suchend durch den Raum, der sich mit immer neuen Reisenden zu füllen begann. Es war noch früh am Morgen, und um den Pass bei Tageslicht zu überwinden, mussten die Gruppen früh aufbrechen.

Luisa folgte seinem Blick und entdeckte einen dünnen Mann in schwarzer Soutane, der verärgert mit seinem Stock auf ein Bündel am Boden deutete und dem Burschen mit einer herrischen Handbewegung bedeutete, zu ihm zu kommen.

»Monsignor Sampieri«, überschlug sich der Bursche vor Eilfertigkeit, während Luisa ihm folgte und beobachtete, wie der Geistliche mit zusammengekniffenen Lippen auf seinen Stock gestützt zusah, bis der Bursche sich den schweren Reisesack auf die Schultern gewuchtet hatte. »Wohin soll ich …?«

»Nach draußen natürlich, du Trottel! Die Träger sind dort und warten, aber zuerst will ich essen. Hast du bestellt?« Sampieris Stimme war kalt und schneidend und passte zu seinen undurchdringlichen, grauen Augen, die alles zu registrieren schienen, was um ihn herum vorging.

Ein Mann, mit dem man sich nicht anlegen und den man fürchten sollte, dachte Luisa und beneidete den Burschen nicht um seine Arbeit.

»Wo, Rutilio?« Ungeduldig sah Sampieri sich um.

Selbst mit dem Sack auf der Schulter war Rutilio behände genug, seinem Herrn den Tisch zu weisen und dem Wirt das Zeichen zum Auftragen zu geben.

Luisa verdrückte sich in eine Ecke und wartete auf die Rückkehr Rutilios. Dabei überlegte sie, woher sie den Namen Sampieri kannte oder ob sie sich das nur einbildete. Die Soutane des Monsignore war schwarz und hatte violette Knöpfe und Knopflöcher. Sein Zingulum war ebenfalls schwarz. Sampieri aus Florenz? Nein, das war er nicht. Wahrscheinlich täuschte sie sich. Der Wirt setzte dem Geistlichen einen Teller Bohnensuppe und ein Stück Fleisch vor. Der Duft der Speisen ließ Luisas Mund wässrig werden und machte ihr schmerzhaft bewusst, dass ihr eigener Vorrat zur Neige ging und sie kaum mehr als fünf Goldscudi für die Reise übrig hatte.

Schließlich kam Rutilio zurück. Er wischte sich den Schweiß von der Stirn und ging an ihr vorbei zu seinem Herrn. »So weit ist alles bereit, Monsignore. Allerdings könnten wir für den Aufstieg noch einen Träger gebrauchen.«

»Was belästigst du mich damit? Such einen! Irgendein Bursche wird sicher Arbeit brauchen. Aber achte darauf, dass er ein ehrliches Gesicht hat. Wir sind oft genug bestohlen worden.« Schmatzend löffelte der Monsignore die Suppe.

»Nun, ich denke, dann habe ich jemanden.« Rutilio winkte Luisa herüber. »Dieser junge Mann ist ein Künstler, der nach Frankreich reist. An den Hof des Königs.«

Letzteres schien das Interesse des Geistlichen zu wecken, denn er sah auf, während er sein Brot in die Suppe stippte. »In der Tat? Wie ist dein Name?«

Ohne zu zögern erwiderte Luisa: »Luca.« Seit ihrer heimlichen Flucht aus Siena benutzte sie diesen Namen.

»Und woher kommst du, Luca? Wer war dein Lehrmeister, und warum willst du nach Frankreich?«

Lieber Gott, gib, dass er niemanden in Siena kennt, betete Luisa. »Ich habe bei den Paserinis gelernt und soll als Gehilfe von Armido Paserini bei Meister Rosso arbeiten.« Das war nur zum Teil gelogen. Gott würde ihr diese Sünde sicher verzeihen.

»Meister Rosso, so, so. Du siehst mager aus, aber wenn du mit anpacken kannst, gebe ich dir einen Viertelscudo für die Passüberquerung.« Damit winkte er sie fort und widmete sich weiter seiner Mahlzeit.

Ein Viertelscudo war wenig, aber zumindest konnte sie

davon ihr Essen bezahlen. Sie schlenderte nach draußen, wo zwei Dutzend Träger lässig um Gepäckstücke, eine Sänfte und mehrere schwer beladene Esel herumstanden. »Gehört ihr zum Monsignore?«, fragte Luisa einen der Männer, der nickte und auf die Sänfte zeigte.

Der Herr würde also über den Pass getragen werden. Luisa betrachtete die merkwürdige Sänfte, die aus einem Sitz bestand, der auf Weidenruten montiert war. Ein kräftiger Mann mit wettergegerbtem Gesicht und einem Lederüberwurf, der ihn sein ganzes Leben begleitet zu haben schien, nickte ihr zu. »Na, Bürschlein. Noch nie unsere Tragsessel gesehen?«

Sie schüttelte den Kopf und berührte die leichte Konstruktion aus Weidengeflecht.

»So können wir einen oder zwei der feinen Herrschaften durchs Gebirge tragen und die Stangen auch an Maultieren befestigen. Auf den schmalen Pfaden ist für große Sänften gar kein Platz.«

Diese Männer schienen ihr Geschäft zu verstehen, und Luisa war froh, dass sie mit ihnen den Cisapass überqueren konnte. Da traten aus der Gaststube zwei offensichtlich wohlhabende Kaufleute, ihre Gewänder waren reich bestickt, und sie trugen kostbare Waffen in ihren Gürteln. Die beiden waren in eine angeregte Unterhaltung vertieft, und Luisa hätte kaum hingehört, wäre nicht Sampieris Name gefallen.

Einer der Männer hatte einen französischen Akzent, der andere war Römer. Letzterer sagte gerade: »Und wenn ich's doch weiß – Sampieri ist vom Papst erst kürzlich zum Monsignore erhoben worden. Ein ganz einfacher Priester war das, aus einem Kaff irgendwo im Norden. Nur durch seine gnadenlose Ketzerjagd hat er sich einen Ruf gemacht, und zuerst ist natürlich Kardinal Carafa auf ihn aufmerksam geworden.« Der römische Kaufmann senkte die Stimme und sah sich vorsichtig um. »Ich bin gläubiger Katholik, mein Freund, aber das ist mir zuwider, diese Hetzerei gegen jeden. Ich meine, da werden Unschuldige vor die Inquisitionsgerichte gezerrt und …«

Mehr konnte Luisa nicht verstehen, denn die Kaufleute gingen auf die andere Hofseite, wo Maultiere und weitere Träger standen. Sampieri war ein Ketzerjäger! Natürlich, daher kannte sie den Namen. Er war im Zusammenhang mit Carafa und dessen schnellem Aufstieg zum Kardinal gefallen. Unwillkürlich griff sie nach ihrem Hut und prüfte den Sitz ihres Wamses. Bisher hatte sie Glück gehabt, und niemand hatte ihre Tarnung entdeckt. Doch Sampieris stechende Augen waren alles andere als beruhigend.

III

Domini canes

Eure Heiligkeit, verzeiht meine Direktheit, aber die Zeiten haben sich geändert, auch in Italien. Die faule Saat von diesem Luther ist schneller aufgegangen, als wir dachten. Wir müssen die Ketzer mit aller Schärfe verfolgen!« Kardinal Carafa redete sich bei seinem Lieblingsthema leicht in Rage und musste sich zügeln, denn Seine Heiligkeit liebte Gefühlsausbrüche nicht. Dieser Papst gab sich gern großmütig und großzügig, vor allem seiner Familie gegenüber, was ihm den Ruf der Vetternwirtschaft eingebracht hatte. Außerdem pflegte Paul III. einen Hang zu Reformen. Aber Carafa vertraute seinem angeborenen Durchsetzungsvermögen.

Paul III., geboren als Alessandro Farnese, lehnte sich nachdenklich in seinem Stuhl zurück. Er war fast siebzig Jahre alt, und sein Rücken machte ihm zu schaffen. »Ich kenne Euren Hass auf Häretiker, Carafa. Hass ist keine gute Triebfeder, mäßigt Euch. Wir müssen unsere heilige Kirche von innen heraus reformieren. Dann brauchen wir auch Leute wie Luther, Calvin, Bucer, oder wie sie alle heißen, nicht zu fürchten. Wir müssen neue Stärke erlangen und unser Ansehen beim Volk zurückgewinnen.«

Das rote Samtcape lag schwer auf den päpstlichen Schultern, aber das gebrechliche Äußere Pauls täuschte, dachte Carafa. Der Farnese-Papst war noch lange nicht am Ende seiner Tage angelangt, dazu war er zu zäh. Und deshalb setzte Carafa ein diplomatisches Lächeln auf. Seine Zeit würde kommen. »Da stimme ich Euch vollkommen zu, Eure Heiligkeit. Und genau deshalb brauchen wir neue Instrumente.«

Argwöhnisch sah der Papst ihn an. »Ich werde eine Inquisition, wie sie in Spanien praktiziert wird, niemals dulden!«

»Aber nein!«, beschwichtigte Carafa eilig. Zu oft schon hatte er seinem Herrn mit dem Wunsch nach strengeren Mitteln zur Ketzerverfolgung in den Ohren gelegen. »Ich meine treue Diener unserer Kirche, die gleichsam unsere Augen und Ohren sind. Sozusagen eine Verlängerung des kirchlichen Arms.«

»Und an welche Art Diener habt Ihr gedacht?« Paul III. strich sich über den langen weißen Bart und reckte sein Kinn vor.

Ah, ich habe deine Neugier geweckt. »Verdiente Männer wie Monsignor Sampieri. Dominikanermönche, die stark im Glauben und überzeugend im Wort sind. Ihr selbst habt die Ernennung Sampieris zum Monsignore erlassen, und er wird Euch nicht enttäuschen.«

»Habe ich das? Ja, ja, da waren einige Ernennungen. Gut denn, wenn es darum geht, sollt Ihr meinen Segen haben. Überzeugungsarbeit muss auf allen Ebenen geleistet werden. Was ist mit Euren Theatinern?«

Carafa gehörte neben Cajetan, Bonifacio da Colle und Paolo Consiglieri zu den Gründern des Theatinerordens, der sich seit nunmehr dreizehn Jahren der Reform der Kirche widmete. Mit Carafa als Ordensoberhaupt war die konservative Orientierung des Ordens nicht verwunderlich. »Unser Wirkungsgebiet ist bislang auf Italien beschränkt, was unter anderem an der noch geringen Zahl unserer Ordensbrüder liegt. Aber wo wir tätig sind, werden die Ketzer merklich verdrängt.«

»So ist es recht. Tragt die Richtlinien der heiligen Mutter Kirche zum Volk! Priester und Ordensbrüder, die sich natürlichen Respekt verdienen, sind unser bestes Aushängeschild!«

Die Ordensbrüder der Theatiner waren für die strenge Einhaltung ihrer Gelübde bekannt und ein Vorbild für Orden, deren Vertreter weltlichen Genüssen allzu oft nicht abgeneigt waren. Du Scheinheiliger, dachte Carafa, der um die unkeuschen päpstlichen Vergnügungen wusste. Wie viele päpstliche Bastarde Rom bevölkerten, wusste wahrscheinlich nicht einmal Seine Heiligkeit selbst. »Es wäre noch eindrucksvoller, wenn so verdienstvolle Männer wie Monsignor Sampieri eine Vollmacht Eurer Heiligkeit vorweisen könnten, den Zweiflern, meine ich.« Doch Carafa kam nicht mehr dazu, die Art der Vollmacht erläutern, die nichts anderes als die Legitimation zu Befragungen darstellte, denn die Tür schwang auf.

Der päpstliche Sekretär kam herein, verneigte sich tief, so dass man seine Tonsur sehen konnte, und sagte im Flüsterton: »Seine Exzellenz Kardinal Sadoleto wünschen Euch zu sprechen, Eure Heiligkeit.«

Carafa unterdrückte ein genervtes Stöhnen und faltete ergeben die Hände über dem Bauch. Er war stolz auf seinen sehnigen Körper, den er mit täglichen Spaziergängen und kalten Bädern in Form hielt. Selbstverständlich gab er sich nicht der Völlerei hin wie die meisten Dummköpfe, die dann spätestens mit dreißig ihren ersten Gichtanfall hatten und mit vierzig bereits wie alte Männer aussahen.

Sadoleto war einer der neun Kardinäle, mit denen er auf Geheiß Seiner Heiligkeit in langen, mühseligen Sitzungen die Reformen der Kirche diskutiert hatte. Dabei hatten sich Sadoleto und Contarini, diese venezianische Schlange, als besonders harte Gegner erwiesen. Beide vertraten die gemäßigte Richtung und wollten eine Aussöhnung mit den Protestanten. Niemals! Wenn es sein musste, würde Carafa selbst die Scheiterhaufen anzünden. Und bei Gott, es würde ihm eine Freude sein, die Ketzer brennen zu sehen.

Der Papst machte eine zustimmende Kopfbewegung, und sein Sekretär öffnete die Tür, um Sadoleto hereinzulassen. Das rote Zingulum spannte über Sadoletos massigem Leib, den er mit durchgedrücktem Kreuz vor sich herschob. Seine hohe Stirn wölbte sich über klugen Augen. Jacopo Sadoleto war ein Gelehrter für klassische Sprachen und ehemals Sekretär Leos X., weshalb ihm der Vatikan seit Jahren vertraut war. »Eure Heiligkeit!«

Trotz seines Gewichts kniete der Kardinal mit überraschender Eleganz vor dem Papst und küsste den dargereichten Ring.

»Nun, mein Guter, was führt Euch zu Uns?«, fragte Paul III. wohlwollend.

Sadoleto warf einen missmutigen Blick auf Carafa. »Dass Ihr hier seid, hätte ich mir denken können. Umso besser, denn um Eure unerträgliche Ignoranz geht es.«

Carafa kniff die Lippen zu einem schmalen Strich zusammen. Sollte Sadoleto seinen Standpunkt darstellen, er kam zu spät.

»Contarini und ich sowie zwei weitere Mitglieder der Kommission sind für eine Aussöhnung mit den Protestanten. Es hat sich gezeigt, dass sie zäher und einflussreicher sind, als wir dachten, und genau genommen können wir ihnen ihre Kritik nicht einmal verübeln.« Sadoleto setzte ein um Verständnis bittendes Lächeln auf, das der Papst erwiderte.

»Da wir unter uns sind, können wir zugeben, dass wir dem Volk nicht immer ein gutes Beispiel gewesen sind. Leider sind wir auch nur Menschen. Eh, Carafa, was schaut

Ihr so überheblich? Das gilt auch für Euch! Oder denkt Ihr, ich weiß nichts von Euren nächtlichen Besuchern? Die Eltern, die ihre Kinder zu Euch schicken, werden wohl wissen, wofür sie gut bezahlt werden.« Paul III. sah seinen Kardinal scharf an.

Carafa jedoch verzog keine Miene, auch wenn er innerlich vor Wut zitterte und fieberhaft überlegte, wer ihn verraten hatte. »Natürlich, Eure Heiligkeit. Wir alle sind Sünder. Aber wir können um Vergebung für unsere Sünden bitten, und die Vergebung wird uns gewährt. Womit wir bei einem der wichtigsten Punkte wären!« Er hatte seine Selbstsicherheit wiedererlangt. »Die ganze Ketzerbrut leugnet das Sakrament der Beichte, die Eucharistie, und sie lehnen die Heiligenverehrung ab. Das ist unerträglich! Unsere Heilige Gottesmutter zu verleugnen! Und überhaupt, jetzt ist die Heilige Schrift auch noch ins Französische übersetzt worden. Den Laien ist es verboten, die Worte Gottes zu lesen. Wir sind das Sprachrohr des Herrn!«

Hüstelnd bemerkte Sadoleto: »Euer Denken ist rückwärtsgewandt, Carafa. Die Buchdruckkunst ist nicht aufzuhalten, genauso wenig wie die Entdeckung der Welt. Oder habt Ihr vergessen, dass Kolumbus Land im Westen gefunden hat, Amerigo Vespucci die Neue Welt erkundet und Magalhães ein weiteres Meer auf der anderen Seite der Welt entdeckt hat?«

»Ihr selbst bewegt Euch auf dünnem Eis, Sadoleto.« Carafa spie den Namen förmlich aus. »Die griechische Sprache ist ketzerisch, genau wie die Texte von Aristoteles und Vergil, denen Ihr so gewogen seid.«

Seufzend ließ Sadoleto sich auf einem Stuhl nieder. »Eure Heiligkeit, es liegt mir fern, jemanden in Eurer Gegenwart zu beleidigen, aber Ihr müsst zugeben, dass die Worte unseres Carafa von großer Dummheit sprechen.«

Vor den geöffneten Fenstern der päpstlichen Gemächer zwitscherten Spatzen, die sich unten im Sand badeten und jedes Mal aufflogen, wenn eine Katze vorbeischlich. Die Blätter der Laubbäume verfärbten sich, der Oleander verlor seine leuchtenden Blüten. Der Papst wandte langsam den Blick von seinem Garten und sagte mit hörbarer Resignation: »Es liegt eine Wahrheit in beiden Meinungen.«

»Was?«, entrüstete sich Sadoleto.

Doch der Papst hob warnend seine Hand. »Eine unangenehme Wahrheit für den, der gelehrt ist und dessen Glaube nicht erschüttert wird von den alten Schriften, weil er weiter sieht als der Ungebildete, der entzündet wird von einem Funken, dessen Tragweite er nicht versteht.«

Carafa war erleichtert, er hatte Seine Heiligkeit nicht unterschätzt. Die innere Kirchenreform war eine Sache, aber ohne die Verteidigung durch Feuer und Schwert würde das Fundament der heiligen römischen Kirche brüchig werden. Und der Zweck heiligte die Mittel, stand das nicht irgendwo geschrieben?

IV

Fontainebleau

Galerie Franz' I.

Armido strich mit der Hand über das wohlgeformte Bein der Frau. Es fühlte sich kalt und glatt an, die Proportionen waren perfekt. »Wundervoll!«

Er trat drei Schritte zurück und begutachtete sein Werk aus der Entfernung. Nun, es war nicht ganz sein Werk, denn Meister Rosso hatte die Entwürfe gemacht, aber er hatte die Figur ausgeführt, hatte der Karyatide, die rechts neben dem Fresko den Betrachter einzuladen schien, Leben eingehaucht. Jemand klopfte ihm auf die Schulter.

»Gut gemacht, Alter! War ein schweres Stück Arbeit. Ich beneide dich nicht darum.« Francesco Scibec de Carpi war ein schlanker Norditaliener, der seine kurzen Haare unter einer Lederkappe versteckte. Die Kappe schützte ihn gegen umherfliegende Splitter oder Schuttbrocken, denn die königliche Galerie war eine riesige Baustelle, auf der de Carpi für die Holzvertäfelung zuständig war.

Bereits am Tag seiner Ankunft in Fontainebleau hatte Armido den feinen Humor und das großzügige Wesen des Schnitzers kennen und schätzen gelernt. »Danke, Francesco. Bin ich froh, dass sie endlich steht. War verflixt kompliziert, sie genau zwischen den Säulen zu platzieren.«

Scibec nickte und tippte mit einem Fuß auf den Boden. »Uneben. Wir haben genug Probleme, die einzelnen Tafeln anzupassen, aber Holz ist geduldiger und lässt sich einfacher bearbeiten.« Sein Blick glitt über die prächtigen Tafeln, die den unteren Wandbereich des langgestreckten Raumes schmücken sollten und zur Begutachtung aufgestellt worden waren. Solange die bildnerischen Dekorationen noch nicht fertig waren, konnte das Holz nicht angebracht werden, denn die Feuchtigkeit im Raum war zu hoch und hätte das Holz zum Quellen gebracht. Scibec hatte seine Tafeln unter dem Fresko der *Vénus frustrée* aufgestellt, neben dem Armido seine Karyatide platziert hatte.

»Wird sich die Dreiteilung unter den Fresken überall finden?«, fragte Armido den Kunsttischler.

»Ja. Ich hätte einen Wechsel vorgezogen, aber Meister Rosso hat darauf bestanden, und inzwischen sehe ich den Grund dafür – eine gewisse Regelmäßigkeit im unteren Bereich erlaubt ihm mehr Spielraum oben und wirkt mit den aufgesetzten Wappenschnitzereien nicht ermüdend.«

Die Schnitzereien waren von exquisiter Handwerkskunst und teilweise vergoldet, eine Variante, die sich auch in der kassettierten Decke fand. Kräftige Holzbalken unterteilten die Decke in fünfzehn Felder, welche die gegenüberliegenden Wand- und Fensterflächen einer Travée verbanden. Die Galerie maß etwas mehr als vierundsechzig Schritte in der Länge und etwa sechs Schritte in der Breite. Sie befand sich in der Beletage des dreigeschossigen Verbindungsflügels zwischen dem alten Schloss und der Mathuriner-Abtei, die in absehbarer Zeit dem neuen Flügel würde weichen müssen. Die Mathuriner waren ein Trinitarier-Orden, zu erkennen an ihrer weißen Tracht mit blaurotem Kreuz.

Armido war von den Ausmaßen des Raumes immer noch beeindruckt und fand die Aufteilung im Vergleich zu italienischen Anlagen ungewöhnlich. Aber das entsprach Meister Rosso. Durchschnittliches zu schaffen war seine Sache nicht. Und dieser Raumtypus war etwas völlig Neues.

»Hast du schon etwas Ähnliches gesehen, Francesco?« Armido sah zu den hohen Fenstern, durch die man in den Garten blickte, an dem ebenfalls gearbeitet wurde.

Scibec machte eine vage Handbewegung. »Nein, in dieser Art noch nichts. Was Meister Rosso und der eigenwillige Breton – selbst der König soll ja seinen Anteil an der Idee gehabt haben – hier entworfen haben, ist eine neue Form von Wandel- und Laubengang in einem, und dazu kommt der Besucher in den Genuss großer Kunst.« Der Schnitzer grinste. »Unsere Kunst kann nicht anders als groß sein, eh?«

Armido legte seinem Freund einen Arm um die Schulter. »Wir sind Italiener, oder nicht?« Er hatte noch etwas sagen wollen, brach aber ab, als er einen Mann in höfischer Kleidung zwischen den Handwerkern hindurchstolzieren sah.

Scibec stutzte und drehte sich um. »Oh, nicht der! Ich kann diesen Laffen nicht ausstehen! Wann immer er auftaucht, bedeutet das Ärger. Was er wohl wieder im Schilde führt …«

»Monsieur!« Armido hakte die Daumen in seinen Arbeitsgürtel, an dem ein Lederbeutel mit kleineren Werkzeugen hing, und stellte sich lässig dem Neuankömmling entgegen.

»Die Handwerker.« Jean de Mallêt sprach dies mit so viel Herablassung aus, dass es wie eine Beleidigung klang, und er erzielte die erwünschte Wirkung.

Armido kochte innerlich vor Wut und sah Francesco an, dass es ihm genauso ging. Aber sich de Mallêt zu widersetzen wäre töricht, denn der Adlige war ein enger Vertrauter Diane de Poitiers', der Geliebten von Thronfolger Henri. Wohl jeder anständige Mensch am Hof bedauerte täglich den Tod des Dauphins François vor einem Jahr. Im Gegensatz zum intellektuellen François war Henri ein einfältiger, intriganter Tunichtgut, der nichts außer seinem Vergnügen im Sinn hatte und sich in politischen Dingen ausschließlich auf das Urteil seiner zwanzig Jahre älteren Geliebten verließ. Er war von dieser Frau geradezu besessen, und das verlieh Diane de Poitiers die Macht am Hof, die sie sich immer erträumt hatte.

Ihr gegenüber standen Madame d'Étampes und ihre liberalen Freunde. Madame d'Étampes, eigentlich Anne de Pisseleu, war die langjährige Geliebte von König Franz I. und wegen ihrer Klugheit und ihres Charmes allseits beliebt. Diane und ihre konservativen und intriganten Anhänger waren Anne ein Dorn im Auge, besonders seit dem vor drei Jahren ausgebrochenen Religionskonflikt. Dieser Streit spaltete den Hof und Frankreich in zwei Lager, wobei die höchste Bildungsinstitution, die Sorbonne, auf Seiten der Kirche und der Inquisition stand. Und niemand, nicht einmal der König, konnte es sich erlauben, die Kirche zum Feind zu haben.

All dies schoss Armido durch den Kopf, als er den verhassten Jean de Mallêt vor sich sah. Die Italiener am Hof hielten zusammen und hatten Armido bald über die verfeindeten Parteien aufgeklärt. »Kommt Ihr zum Schauen, oder beehrt Ihr uns mit Eurer Anwesenheit aus einem besonderen Grund?«

Mallêt trug eine dunkelblaue Samtweste, Beinkleider derselben Farbe und ein smaragdgrünes Wams. Sein Dolch und der Degen waren mit Edelsteinen besetzt und funkelten im Sonnenlicht. Mit seinen vierzig Jahren war er eine stattliche Erscheinung und als Fechter gefürchtet. Er hatte scharf geschnittene Gesichtszüge und zog die Frauen in Bann, doch die kühlen grauen Augen standen im Gegensatz zu dem ständigen Lächeln, das er wie eine Maske vor sich hertrug. »Beides, mein Guter, beides. Scibec, Ihr solltet Euch um Eure Männer kümmern, dahinten liegt gutes Holz, das sie falsch zugeschnitten haben. Solche Verschwendung duldet Seine Majestät nicht.«

Nicht nur, dass er Scibec seinen Titel nicht zugestand, er maßregelte ihn auch noch vor seinem Landsmann. Armido kannte Scibecs aufbrausendes Temperament und drückte ihm kameradschaftlich die Schulter. »Du wirst das schon ausbügeln. Vielleicht hat sich der verehrte Monsieur ja auch getäuscht. Na geh schon.«

Einen derben italienischen Fluch murmelnd, ging Scibec davon.

»Ich verstehe Eure Sprache leider nur zum Teil. Vielleicht war das in diesem Fall zum Wohle Eures Freundes«, lächelte Mallêt verschlagen.

»Wie Ihr meint, Monsieur.« Armidos Französisch war gebrochen, aber er hatte in Rom oft Gelegenheit gehabt, die Sprache mit Künstlern und Kaufleuten zu üben.

Mallêt lachte. »Ihr seid klüger als Euer Freund. Das gefällt mir, Paserini. Aber seid nicht zu klug, hört Ihr!« Er trat dicht an Armido heran, so dass dieser das Parfum des Franzosen riechen konnte. »Ich weiß von Euren Verbindungen zu Marot und seinen ketzerischen Gesellen!«

»Marot wird bei Hof als Poet wieder geschätzt. Seine Majestät hat ihn gnädig aufgenommen und seine neuesten Verse gutgeheißen. Was könntet Ihr da gegen Marot haben?« Armido wusste nur zu gut, dass Clément Marots Verse von den Protestanten gefeiert worden waren und seine Rückkehr nach Paris ein Wagnis gewesen war. Marot war 1534 in die »Plakataffäre« verwickelt gewesen, Auslöser für das rigorose Vorgehen der Sorbonne gegen die Lutheraner, von denen viele auf dem Scheiterhaufen geendet hatten. Der Dichter hatte aus Paris fliehen müssen und Schutz bei Marguerite d'Angoulême, Königin von Navarra und Schwester von König Franz I., gefunden.

»Das wisst Ihr ganz genau, verlasst Euch bloß nicht zu sehr auf Euren Künstlerstatus. Ihr seid kein Meister Rosso und auch kein berühmter Dichter – vergesst das nicht! Ihr seid nur ein kleiner Stukkador, für den die Königin von Navarra keinen Finger krümmen würde, solltet Ihr vor einem Inquisitionsgericht landen.« Mallêt machte eine bedeutungsvolle Pause. »Und das mag schneller gehen, als Ihr glaubt …« Schwungvoll drehte er sich auf dem Absatz um und stolzierte davon, wobei er noch im Hinausgehen Handwerker zurechtwies. Eine Welle italienischer Flüche folgte ihm.

»Verfluchter Mistkerl!«, entfuhr es Armido.

Léonard Thiry, einer von Meister Rossos engsten Mitarbeitern, der vor allem für die farblichen Ausführungen an den Fresken zuständig war, hatte in Hörweite auf einem Gerüst gestanden. Er arbeitete an einer Szene, die die Erziehung des Achilles durch Chiron darstellte. Thiry war ein Besserwisser. »Selber schuld, Armido. Was treibst du dich auch mit diesem Protestantenpack herum. Bleib bei deinesgleichen, kümmere dich um deine Arbeit und lass die Finger von verbotenen Früchten. Gibt es hier vielleicht nicht genug hübsche Frauen?« Er schnalzte vielsagend mit der Zunge.

»Ach, lass mich doch in Ruhe. Du nimmst doch alles, was einen Rock anhat und nicht bei drei auf den Bäumen ist. Kein Wunder, wenn man so aussieht …« Jetzt wurde es Zeit zu verschwinden, und schon flog der erste farbgetränkte Lappen herunter. Léonard, der aus Flandern stammte und für einige namhafte Meister gearbeitet hatte, war blass, hatte eine gebrochene Nase, und ihm fehlten zwei Vorderzähne.

Armido ging auf die königlichen Gemächer zu. Für heute hatte er genug Ärger gehabt, dabei hatte der Tag gerade erst begonnen. Er stand im Halbdunkel des Flures, als er eine hübsche junge Frau auf sich zukommen sah. Ihr Gesicht hellte sich bei seinem Anblick auf. »Armido! Komm mit mir, schnell!«

Josette, Zofe von Élodie de Tavannes, einer der vielen

Hofdamen von Madame d'Étampes, hatte dichtes, rotbraunes Haar, einen üppigen Busen und einen Kirschmund, den Armido schon oft gekostet hatte. Bevor sie protestieren konnte, hatte er sie um die Hüften gefasst und an sich gezogen. »Küss mich, Josette, sonst komme ich nicht mit.«

Die junge Frau folgte der Aufforderung allzu gern, doch dann befreite sie sich aus seiner Umarmung. »Nicht jetzt. Jules ist hier und will dich sprechen.«

Erschrocken sah Armido sich um. »Hier im Schloss? Ist er wahnsinnig? Mallêt hat mich gerade besucht und wegen meines Kontakts zu Marot bedroht.«

Josette schürzte die Lippen. »Ach, komm schon, Mallêt ist ein Schwätzer …«

»Nein, Josette. Er weiß genau, was er tut.« Er packte Josettes Arm fester als beabsichtigt. »Hör mir zu!«

»Au, du tust mir weh!« Verstimmt schüttelte sie seine Hand von sich.

»Entschuldige, aber du denkst, dieser Hof ist ein großer Spielplatz. Süße Josette.« Armido legte einen Finger unter ihr Kinn und zwang sie, ihn anzusehen. »Verscherzt man es sich mit der falschen Person, kann einen das den Kopf kosten.«

»Ah, und du glaubst, das weiß ich nicht? Ich lebe schon etwas länger hier, und außerdem solltest du lieber auf deinen eigenen Kopf achten. Wer sich mit Jules Dubray trifft, gehört automatisch auf die Liste der Verdächtigen. Warum gibst du dich überhaupt mit ihm ab? Er ist kein Dichter, kein Maler, kein …«

»Nein, aber ein kluger Mann, der erkannt hat, was an unserer Kirche falsch ist.« Armido mochte Josette und hatte sein Vergnügen mit ihr, aber alles anvertrauen würde er ihr nicht, dazu war sie zu oberflächlich.

»Falsch? Wie will er das wissen. Ein Theologe ist er auch

nicht!« Damit raffte sie ihre Röcke und schritt mit erhobenem Haupt vor ihm her.

Kopfschüttelnd folgte er ihr. Sie war ein Geschöpf des Hofes, kapriziös, verspielt und verführerisch, aber er wusste nie so recht, woran er mit ihr war. Hinter der Galerie lagen die Gemächer des Königs und der Königin, die jedoch so gut wie nie anwesend war. Armido war noch nicht allzu lange in Frankreich und hatte bisher keine Gelegenheit gehabt, Königin Eleonore von Österreich zu sehen, doch man sagte, sie sei hässlich und schüchtern und halte sich deshalb vom Hof fern.

Die Renovierungsarbeiten in den königlichen Gemächern wurden von Primaticcio geleitet, und Armido sah dessen Männer in einem der Räume mit dem Aufbau eines Kamins beschäftigt. Wie Meister Rosso hatte auch Meister Primaticcio einen großen Stab an italienischen Künstlern und Handwerkern, die seine Entwürfe ausführten.

»Armido! Komm mal her!« Das war die Stimme Primaticcios, und auch wenn Josette verärgert die Stirn runzelte, musste er der Aufforderung des Meisters nachkommen.

Francesco Primaticcio kam hinter einer Leiter hervor und stellte sich mit vor der Brust verschränkten Armen neben die hohe Fensteröffnung. Der Meister war einen halben Kopf kleiner als Armido, hatte große, leicht vorquellende Augen und eine breite Nase. Mit dreiunddreißig Jahren war er zehn Jahre jünger als Rosso Fiorentino, doch wirkte er durch seine schwerfälligeren Gesten fast genauso alt wie der unumstrittene *peintre ordinaire du Roi* von Fontainebleau.

Armido arbeitete lieber für Rosso, aber natürlich würde er das Primaticcio niemals wissen lassen, denn ihm hatte er es zu verdanken, überhaupt hier zu sein. Primaticcio war forsch und launenhaft. Rosso dagegen blieb stets aufgeräumt und zu einer Plauderei aufgelegt, besonders, wenn es um mythologische Themen ging. Selbstverständlich war Rosso exzentrisch und von der Unübertrefflichkeit seiner Kunst überzeugt, aber welcher große Künstler war das nicht? Entscheidend war, dass Rosso ständig neue Ideen entwickelte und zu Experimenten bereit war, während Primaticcio sich lieber an Bewährtes hielt.

»Ja, Meister?« Armido ließ Josette stehen und trat in den Raum, in dem sich sechs kräftige Gesellen mit dem Kaminvorbau abmühten.

»Was sagst du dazu?« Die düstere Miene Primaticcios verhieß nichts Gutes.

Armido betrachtete den Kaminvorbau, den die Gesellen vor die Wandöffnung geschoben hatten. An den Kanten kauerten aus Stuck gefertigte Sphinxen, die mit anderen ägyptisierenden Motiven korrespondierten. »Die Sphinxen sind einzigartig, und wenn Ihr mich fragt, gibt es nichts Vergleichbares in Frankreich.«

Primaticcio schnaubte. »Sie sind nach Rossos Entwürfen gefertigt, dabei war das Einfügen ägyptischer Motive meine Idee! Meine!«

Im Palazzo del Te in Mantua hatte Primaticcio in den Fresken viel mit Hieroglyphen gearbeitet, weshalb Armido davon ausgegangen war, dass auch dieser Kamin nach Primaticcios Entwürfen entstanden war. Letztendlich hatte aber immer Rosso zu entscheiden, was in Fontainebleau realisiert wurde. Der König hatte ihm die alleinige Entscheidungsvollmacht erteilt, ein Recht, von dem der Meister ausgiebig Gebrauch machte. »Aber alles andere stammt von Euch, da fallen die Sphinxen kaum ins Gewicht. Die gesamte Raumkonzeption habt Ihr entworfen!«, suchte er den aufgebrachten Primaticcio zu beruhigen.

»Was nutzt es, wenn alle nur auf diese verdammten Sphinxen starren! Ach, geh schon! Du arbeitest jetzt auch für ihn, dabei habe ich dein Talent erkannt und dich gerufen. Aber ewig wird das nicht so weitergehen, Rosso …« Plötzlich drehte er den Kopf zum Fenster. »Wenn man vom Teufel spricht …«

Hufgetrappel erklang, und Armido hörte Rossos melodische Stimme im Hof vor der Galerie. »Francesco, befiehl allen, in die Galerie zu kommen. Ich sehe mir noch kurz die Bauarbeiten am Pavillon an …« Damit entfernte sich die Stimme des *peintre ordinaire du Roi*, und Armido hob in gespielter Verzweiflung die Hände. »Ihr habt es gehört, wir sind zum Appell gebeten worden.«

»Gebeten? Du machst Witze. Befohlen hat er uns!« In Primaticcios Gesicht spiegelten sich Widerwille und Ärger, und Armido nutzte die Gelegenheit, den missgelaunten Künstler zu verlassen.

Josette zupfte ungeduldig an ihren Röcken. »Jetzt komm schon, oder willst du, dass sie deinen feinen Freund entdecken und einer Befragung unterziehen?«

Armido zögerte nur einen Moment. »Wo ist er?«

»Im Dianengarten, am Uhrenturm.«

»Josette, ich bitte dich, geh zu Monsieur Pellegrino und sag ihm, dass ich sofort bei ihnen bin. Du bist ein kluges Mädchen, dir fällt schon etwas ein.«

Ein Page stellte sich mit gewichtiger Miene im Flur auf und rief mit lauter, näselnder Stimme: »Der Erste Künstler Seiner königlichen Majestät wünscht jeden, der an der Galerie arbeitet, daselbst zu sehen.«

Armido verschloss Josettes Mund, der sich protestierend öffnen wollte, mit einem Kuss, gab ihr einen freundlichen Klaps auf den Hintern und eilte davon. Ohne auf die Stukkadore, Tischler, Steinmetze und Maler zu achten, die von Gerüsten herunterkletterten oder sich den Staub aus den Hemden klopfend ihre Werkbänke verließen, eilte er durch die Zimmerfluchten des Untergeschosses. Das Schloss war um einen Hof herum angelegt. Die Gemächer des Königs lagen im alten Donjon, der an die Galerie grenzte, auf einer Seite gefolgt von den Räumen der Königin und der königlichen Kinder und auf der anderen Seite von Loggien, dem Uhrenturm, dem Ballsaal, der Kapelle und am hinteren Ende dem Saal der Wachen.

Im Stockwerk über der Galerie befand sich die umfangreiche Bibliothek, die mit Tausenden wertvollen Bänden ein einzigartiges Kompendium des derzeitigen Wissenschaftsstands bot. Geleitet wurde sie von Guillaume Budé und dem für Franz I. in Mailand tätigen Griechen Andreas Johannes Lascaris. Seit der vor kurzem erlassenen »Verfügung von Montpellier« mussten Drucker und Buchhändler von jedem Werk eine Kopie an den Bibliothekar von Fontainebleau übersenden. Seltene Schriften wurden von Gesandten und Botschaftern aus Italien und dem Nahen Osten gebracht. Auch eine Druckerei gehörte zur Bibliothek, was im Zuge des königlichen Bildungsprogramms bemerkenswert war. Im Untergeschoss der Galerie lagen die Bäder, die in Luxus und Umfang als einzigartig in Europa galten.

Die Gartenanlagen waren noch im Planungsstadium. Von einem strukturierten Park konnte man nicht sprechen, aber die Ausmaße der Schlossanlage würden gewaltig sein. Der König hatte Ländereien der benachbarten Abtei aufgekauft, nicht nur, um seine Jagdgründe zu erweitern, sondern auch, um einen größeren Fischteich und verschiedene Gärten anzulegen. An einem Ende der zukünftigen Parklandschaft entsprang auch die Quelle, der das Schloss seinen Namen verdankte. Josette hatte Armido die Legende erzählt, die sich darum rankte. Bereits im elften Jahrhundert nutzten die französischen Monarchen, die im Schloss von Melun wohnten, die guten Jagdmöglichkeiten im nahegelegenen Wald von Brière. Bei einer solchen Jagd war mit einem Mal Bleau, der Lieblingshund des Königs, verschwunden. Man fand das Tier mitten im Wald, wo es sich an einer bis dato unbekannten Quelle erfrischte. Zu Ehren ihres »Entdeckers« nannte man die Quelle Fontaine-de-Bleau und ließ hier später die ersten königlichen Jagdhäuser errichten.

Armido fuhr sich durch die Haare, die ihm während des Laufens ins Gesicht gefallen waren. Die Mittagssonne strahlte warm durch die offenen Fenster, und er spürte, wie ihm der Schweiß auf die Stirn trat.

Die dreistöckigen Pavillons des Schlosses waren durch niedrigere Bauteile verbunden, und überall gab es Treppen und schmale Flure, ein Labyrinth, das sich Armido inzwischen erschlossen hatte. Außer Atem sprang er eine enge Treppenflucht hinunter und stieß eine Tür neben dem Uhrenturm auf. Die frische Luft des Herbstes schlug ihm entgegen, und er atmete tief durch. Eine Allee zog sich entlang des Sees, die Gärtner hatten mit dem Trimmen einiger Hecken begonnen, und Grabungen und gefällte Bäume deuteten auf die geplanten Änderungen der Parkanlage hin. In einiger Entfernung hackte jemand Holz, und ein Bursche führte ein Pferd, das einen mit Ästen und Steinen beladenen Karren zog, auf die provisorischen Lagerhallen am Rande des Parks zu. Suchend drehte Armido sich in alle Richtungen, doch von Jules war nichts zu sehen.

Der helle Sandstein der dicken Schlossmauern hob sich im Sonnenlicht von den grauen Dächern ab, eine Architektur, an die sich Armido erst hatte gewöhnen müssen. Er vermisste die warmen Farben der Toskana.

»Armido!«, rief jemand leise, und kurz zeigte Jules sein Gesicht. Er hatte sich in einer von Efeu umrankten Baumgruppe neben dem Turm versteckt.

Armido sah sich um, doch die Arbeiter waren beschäftigt,

und von den Hofleuten war niemand zu sehen. Rasch trat er zu seinem Freund hinter die Bäume. Die beiden Männer umarmten sich kurz, dann holte Jules mit ernster Miene ein verschnürtes Päckchen aus seinem Wams. Es hatte die Form eines Buches.

»Hier, mein Freund. Das ist eine Abschrift der Bibel von Olivétan. Hüte sie gut. Viele Exemplare sind nicht im Umlauf. Dazugelegt habe ich dir auch unsere wichtigsten Regeln, damit du sie bis zum nächsten Treffen auswendig lernen kannst.« Jules, schlank und hochgewachsen, mit braunen Haaren und blauen Augen, drückte Armido das Buch in die Hand.

Das unerwartete Geschenk wog schwer, und Armido fragte sich sofort, wie er es am besten vor den Hofspionen verbergen konnte. »Danke, Jules, aber du hättest nicht kommen sollen. Ich hätte bald eine Möglichkeit gefunden, euch in Paris aufzusuchen.«

»Ein *barbe* kommt nächste Woche, deshalb die Eile. Das ist ein großer Glücksfall, weil er dich in unsere Gemeinschaft aufnehmen kann und weil es immer weniger Prediger gibt, die sich bis hier herauf trauen.«

Die Prediger der »Armen von Lyon«, wie sich die protestantische Glaubensgemeinschaft nannte, wurden *barbes* genannt, eine Bezeichnung, die bei den Häschern der Kirche keinen Verdacht erweckte. Zum ersten Mal war Armido vor einigen Jahren in Rom Mitgliedern der Glaubensgemeinschaft begegnet und hatte Interesse an den neuen Ideen gefunden. Er hatte gelernt, dass die »Armen von Lyon«, wie sie sich selbst nannten, von der heiligen Inquisition als Waldenser bezeichnet wurden, nach Valdes, dem Begründer der Bewegung in Lyon um 1170. Über die letzten Jahre hatte Armido immer wieder Kontakt zur Gruppe gesucht, doch zum Beitritt hatte er sich erst entschlossen, nachdem er Jules' Schwester Aleyd kennen gelernt hatte. Aleyd war nicht nur schön, sondern auch tugendhaft und würde nur einen Mann ihres Glaubens heiraten. Ein leiser Seufzer entfuhr Armido.

»Was ist? Schaffst du es nicht bis nächste Woche? Gibt es Probleme?«, fragte Jules.

»Nein, nein, das werde ich einrichten können. Ich muss in die Galerie, Meister Rosso ist hier. Wie geht es Aleyd?«

Jules lächelte. »Danke. Es geht ihr gut. Sie lässt dich grüßen.«

Armidos Gesicht erhellte sich. »Wird sie anwesend sein, wenn der *barbe* mit mir spricht?«

»Natürlich. Alle Brüder und Schwestern, die kommen können, werden dort sein.«

Stimmen näherten sich. Armido drückte den Efeu auseinander und sah zwei Wachmänner, die Richtung Seeufer gingen.

»Du solltest gehen, Jules. Auch wenn Marot beim König wieder gut gelitten ist, heißt das nicht, dass die Herren von der Sorbonne aufhören, zu sticheln und zu hetzen. Soweit ich weiß, ist Seine Majestät noch immer krank und in Paris. Dann fühlen sich die Poitiers und ihre Schergen überlegen, und Mallêt ist zurzeit hier in Fontainebleau.«

»Dieser Widerling!«, schimpfte Jules leise. »Er hat es geschafft, seinen Sohn Guy als Sekretär bei Kardinal Tournon unterzubringen.«

»Noch eine Ratte, die sich am kirchlichen Busen nährt.«

»Und wenn sie fett genug ist, wird sie genauso beißen wie ihr Herr. Ah, mein Freund, was nützt es, hier zu lamentieren, wir müssen stark werden, mehr Anhänger finden, damit unsere Stimme nicht mehr überhört werden kann!« Jules' Augen leuchteten. Er legte Armido die Hände auf die Schultern. »Wir werden unsere Botschaft verkünden, jedem, der sie hören will! Und irgendwann werden sie uns dafür nicht mehr töten können, weil es zu viele von uns gibt.«

Armido wünschte sich das nicht weniger als sein eifriger französischer Freund, doch die Realität war ernüchternd – die Gemeinden der »Armen von Lyon« waren klein und über Frankreich, Italien und die deutschen Lande verstreut. Und auch die sehr viel größere Gruppe der Lutheraner war noch immer massiven Anfechtungen seitens der katholischen Kirche ausgesetzt. Nein, die katholische Kirche würde nicht einfach zusehen und klein beigeben, das hatte sie noch nie getan. »Irgendwann, Jules. Aber jetzt musst du verschwinden, damit man uns nicht der Konspiration anklagen kann.« Er versteckte das Buch in seinem ledernen Arbeitskittel.

»Im Wald von Fontainebleau, am Rand des Birkenhains, Mittwochnacht.« Damit verabschiedete sich Jules Dubray von Armido, wartete, bis alle Arbeiter beschäftigt waren, und rannte dann auf die nächste Baumgruppe zu.

Die beiden Wachen waren noch nicht vom See zurück, und Armido wartete so lange, bis er seinen Freund nicht mehr sehen konnte und in Sicherheit wähnte. Erst dann machte er sich leise fluchend auf den Rückweg. Bevor er sich in der Galerie sehen lassen konnte, musste er die Bibel verstecken, was eine weitere Verzögerung und noch mehr Ärger mit Meister Rosso bedeutete, der Verspätungen hasste.

Als Armido später durch das letzte der königlichen Gemächer lief, um in die Galerie zu treten, hörte er den Meister bereits. Rosso schien guter Stimmung und mit den Arbeiten zufrieden. Hoffnungsvoll steckte Armido den Kopf zur Tür hinein.

»Ah, beehrt Ihr uns mit Eurer Anwesenheit? Wie schön.« Rossos Ton war zynisch, aber er lächelte. »Wir haben von diesem reizenden Kind gehört, warum Ihr nicht kommen konntet. Geht es Euch besser?«

Verwirrt kam Armido näher und warf Josette, die mit Unschuldsmiene an ein Gerüst gelehnt stand, einen um Aufklärung bittenden Blick zu. Es blieb ihm nichts anderes übrig, als mitzuspielen. »Ja, Meister, danke.« Er räusperte sich und gesellte sich zu Scibec de Carpi.

Rosso Fiorentino hatte das Auftreten eines Fürsten, und wie ein solcher wurde er von Franz I. behandelt und so reich entlohnt, dass er sich ein prächtiges kleines Schloss und eine seinem Stand entsprechende Garderobe leisten konnte. Von schlankem Wuchs und mit einem klassisch proportionierten Gesicht wirkte der Meister in seiner Brokatrobe, einem blütenweißen Hemd, Samtwams und bestickten Schuhen wie ein Aristokrat des königlichen Hofrats. Seinen Beinamen Rosso hatte er aufgrund seiner kastanienroten Haare erhalten. Die Damen des Hofes vergötterten den Meister, der charmant plaudern und unterhalten konnte und dessen melancholische Augen sein Gegenüber auf anziehende Weise betrachten und gleichzeitig auf Distanz halten konnten. Rosso war eine schillernde Künstlergestalt und ein faszinierender Mann, einer, aus dem Armido noch nicht ganz schlau geworden war.

Wie er zum Beispiel eben jetzt von Josette gesprochen hatte, obwohl Armido davon überzeugt war, dass Meister Rosso einen schönen Jüngling jedem Mädchen vorziehen würde. Schließlich trat Rosso immer in Begleitung von Francesco Pellegrino auf, einem eleganten jungen Florentiner. Pellegrino hatte sich nur aus Liebhaberei der Malerei gewidmet und war mehr Freund und Vertrauter des Meisters als sein Mitarbeiter, obwohl er gelegentlich auch Zeichnungen anfertigte und malte. Armido musterte Pellegrino, während Rosso sich den Holzvertäfelungen zuwandte und die Goldaufmalungen kontrollierte. Francesco Pellegrino war sehr schlank und hatte weiche Gesichtszüge. Wenn er sprach, gestikulierte er viel mit den Händen, wobei er die kleinen Finger geziert abspreizte. Er schien eifersüchtig darüber zu wachen, wem Rosso sich näherte.

Primaticcio hielt sich mit betont gelassener Miene im Hintergrund. Zwei Hähne auf einem Hof waren einer zu viel, dachte Armido, doch Meister Rosso ließ sich von niemandem einschüchtern. Er verbreitete die Aura eines gänzlich in seiner Arbeit aufgehenden Künstlers, der über irdischen Querelen zu stehen schien. Jetzt legte er nachdenklich einen Finger an Mund und Kinn und begutachtete Scibecs Schnitzereien.

»Gute Arbeit, Scibec, wirklich, ich bin zufrieden. Die Schnitzereien der Blattranken sind ebenmäßig, jedes Detail ist mit gleicher Sorgfalt herausgestellt. Der königliche Salamander erhält durch den Goldauftrag mehr Gewicht und gibt dem Raum im Wechselspiel mit dem F auf den benachbarten Paneelen auch im unteren Teil rhythmische Erhabenheit, ohne zu erdrücken. So habe ich mir das vorgestellt. Nur …«

Es wurde still in der Galerie, und die Anwesenden, über einhundert Handwerker und Künstler, hielten den Atem an. Wenn Rosso Kritik übte, bedeutete das fast immer einen erheblichen Mehraufwand an Arbeit.

Scibec zog an seiner Kappe und trat nervös von einem Fuß auf den anderen. »Ja, Meister?«

»Die Inschriften sind unregelmäßig, die Buchstaben wirken linkisch. Hier, bei ›Francorum Rex‹ ist das O viel größer als das C, und der Schriftzug zieht rechts zu sehr nach oben. So kann das nicht bleiben!«

Alle Augen richteten sich auf den Fehler, und Armido musste zugeben, dass der Meister wieder einmal recht hatte. Armer Scibec. Im schlimmsten Fall würde er die Paneele entfernen, eine neue fertigen und die Materialkosten selbst tragen müssen.

Zu Armidos Erleichterung fand seine Karyatide das Wohlwollen des Meisters. Léonard Thiry äffte Armidos Verbeugung hinter Rossos Rücken nach. »Hast Glück gehabt, dass dich deine kleine Freundin gerettet hat. Noch einmal wird dir das wohl kaum gelingen.«

»Wart's ab, Thiry. Und jetzt konzentriere dich besser auf deine Farben, allzu begeistert scheint mir Meister Rosso nicht ...« Armido nickte in Richtung des Freskos, an dem Thiry arbeitete.

Rosso warf Pellegrino seinen dunkelblauen Mantel zu und kletterte auf das Gerüst. Das Rascheln von Seidenröcken zeigte an, dass mittlerweile zahlreiche Hofdamen hinzugekommen waren, Ledersohlen auf staubigem Holzfußboden und leises Gemurmel war alles, was von den Anwesenden zu hören war. Von unten waren nur Rossos athletische Waden und der schimmernde Überrock zu sehen. Plötzlich drehte sich Rosso Fiorentino um, kam zum Rand des Gerüsts und beugte sich zu Thiry: »Wie lautet das Thema dieses Freskos?«

Thiry erbleichte und stotterte: »Der Jungbrunnen.«

»Und weiter? Was beinhaltet die Darstellung?« Rossos Stimme war gleichbleibend freundlich, als spräche er zu einem Schüler und nicht zu einem Mann, der schon an anderen wichtigen Projekten mitgewirkt hatte.

Der Niederländer war ein hervorragender Maler, aber mit Kritik konnte er nicht umgehen. Verärgert schwieg er.

»Nun, mein guter Thiry, ich will es Euch sagen – zur Darstellung des Jungbrunnens gehört die verlorene Jugend und damit das Alter. Aber ich sehe keine alten Menschen!« Mit einer dramatischen Geste deutete er auf das halbfertige Fresko. »Ich wollte morgen die junge Frau und den Esel malen, aber wo bitte sind die alten Leute?«

»Aber da stehen sie doch, neben dem Adler, genau, wie

Ihr es gezeichnet habt!«, murrte Thiry, und alle Augen begutachteten die drei Figuren, die sich in gebeugter Haltung auf Stöcke stützten.

Rosso lächelte geduldig. »Die Figuren sind nach meinem Entwurf gemalt, aber ich sehe nur Menschen mit Linien im Gesicht. Das Inkarnat ist das von jungen Menschen! Es ist viel zu rosig! Welche Farbe hast du verwendet?«

»Terra Rossa, aber …«, setzte Thiry zu einer Erklärung an, wurde jedoch von Rosso unterbrochen.

»Alte Männer und Frauen werden mit Terra Gialla Abbrucciata gemalt. Gelbe Erde zu brennen, um diesen Farbton herzustellen, ist aufwendig, aber der Effekt ist unübertrefflich. Ich will, dass Ihr diesen Teil erneuert. Der Adler kann bleiben.« Ohne dem weiter beleidigt auf das Bild starrenden Thiry noch einen Blick zu schenken, stieg Rosso die Leiter hinunter, ließ sich von Pellegrino seinen Mantel umlegen und schritt die Galerie der Länge nach ab. Schließlich drehte er sich schwungvoll um und breitete die Arme aus. »Seine Majestät wird zufrieden mit uns sein!«

Handwerker und Künstler murmelten zustimmend und wandten sich wieder ihren Projekten zu, während die Hofdamen begeisterte Schreie ausstießen und klatschten. Die in Fontainebleau verbliebenen Hofdamen und ihre Zofen waren von ausgesuchter Schönheit, wofür Armido dem französischen König täglich dankte. Franz hatte eine Vorliebe für alles Schöne und war ein Ästhet, Genießer und Kunstkenner. Darüber hinaus war er belesen und an allen neuen Errungenschaften der Wissenschaft interessiert. Auch wenn der König ständig auf Reisen oder im Krieg war, Fontainebleau war sein Lieblingsschloss, und die Sorgfalt, die er der Neugestaltung des Anwesens angedeihen ließ, zeigte sich in jedem Detail. Gedankenverloren sah Armido dem Meister zu, wie er sich charmant mit den Hofdamen unterhielt, und bewunderte eben den zarten Schwung eines Nackens, als er unsanft von Thiry zur Seite gestoßen wurde.

»Terra Gialla Abbrucciata …« Der Niederländer spuckte verächtlich aus. »Ich habe schon viele Fresken gemalt und immer mit Terra Rossa gearbeitet!«

»Tja, man lernt nie aus, nicht wahr? In Rom …«

»Halt den Mund und geh mir aus dem Weg!« Wütend riss Thiry Hammer und Meißel von seinem Werktisch, kletterte auf das Gerüst und begann den noch feuchten Putz von der Wand zu schlagen.

Armido hatte ein wenig Mitleid mit ihm, und doch war Rossos Beobachtung richtig – den Alten in dem Fresko fehlte das Grünstichige, das der Haut die typische Altersfarbe verlieh. Doch das sollte seine Sorge nicht sein. Auf ihn warteten weitere Entwürfe zu Rahmungen mit Putti und floralem Beiwerk, deren Herstellung aufwendig war, weil er für jede Figur eine neue Form anfertigen musste. Rosso hatte für jedes der sich gegenüberliegenden Freskenpaare individuelle Stuckelemente entworfen.

»Bis später, Scibec.« Armido klopfte seinem Freund, der grübelnd vor der Paneele stand, auf die Schulter und verließ die Galerie durch eine der bodentiefen Fensteröffnungen. Die Werkstatt der Stuckateure war in einem eigens dafür errichteten Schuppen untergebracht, nicht weit vom Pavillon des Armes entfernt. Während Armido über den sandigen Hof ging, dachte er jedoch nicht nur an die noch ausstehenden Arbeiten, sondern auch an Olivétans Bibel, die er in seinem Zimmer im Schloss versteckt hatte, und an die meergrünen Augen von Aleyd, für die er zum neuen Glauben übertreten wollte.

V

Monsignor Sampieri und die Gebrüder Lavbruch

Es war trocken, aber ein kalter Wind wehte von den Bergen herunter, und Luisa fühlte ihre Hände kaum noch. Die Tragriemen des Bücherbündels von Monsignor Sampieri schnitten ihr tief in die Haut. Den Viertelscudo musste sie sich hart verdienen, der Diener Gottes verschenkte nichts. Als Schutz gegen die immer strenger werdende Kälte hatte sie sich ihren Schal um Hut und Hals geschlungen und ihn vorn über die Nase gezogen. So tränten ihre Augen zwar noch vom Wind, doch ihre Lippen platzten nicht weiter auf. »O Armido. Wenn du wüsstest, was ich auf mich genommen habe. Schick mich nicht zurück! Bitte schick mich nicht zurück!«, murmelte sie vor sich hin und träumte sich bereits nach Frankreich.

Vor ihr stapfte Rutilio den steiler werdenden Pfad hinauf. Sein Herr saß in dem Tragestuhl und las laut aus dem Alten Testament. Offensichtlich hoffte er, dadurch zur Erbauung der Träger beizutragen. Möglicherweise wollte er aber auch die anderen Mitreisenden ärgern, denn zu ihrer Gruppe gehörten ein jüdischer Kaufmann und drei Straßburger Saitenmacher. Samuel Katz nahm von dem provozierenden Verhalten des Monsignore keine Notiz. Er strich sich gelegentlich über seinen langen weißen Bart und setzte mit stoischer Miene einen Fuß vor den anderen. Obwohl er sich hätte tragen lassen können, zog er das Gehen vor. Sein Gehilfe war ebenso schweigsam, trug ein Lederbündel und hatte stets eine Hand an seinem Degen.

Interessanter noch als Katz fand Luisa Peter Lavbruch und seine Brüder, mit denen sie bereits einige Worte gewechselt hatte. Die drei gingen hinter ihr und waren in ein leises Gespräch vertieft. Untereinander sprachen sie einen deutschen Dialekt, doch Peter war des Italienischen mächtig und lächelte ihr ermunternd zu, wenn sie sich umdrehte.

»Du hast schwer zu tragen, Junge. Gib uns die Bücher. Hier, mein Bruder Thomas hat kräftige breite Schultern. Weiter vorn wird es richtig steil, und dann schaffst du es nicht.« Peter, selbst ein kräftiger Hüne mit blonden Haaren und einem offenen Gesicht, zeigte hinter sich, woraufhin sein Bruder grinste.

Thomas und Josef Lavbruch waren jünger als Peter und trugen je ein Musikinstrument und diverse kleinere Koffer, in denen sich ihr Werkzeug und Saiten, die sie in Piacenza verkaufen wollten, befanden.

Luisa schüttelte den Kopf. »Danke, aber das geht nicht.« Sie wartete, bis Rutilio außer Hörweite war, und sagte: »Wenn ich die Bücher nicht trage, bekomme ich meinen Viertelscudo nicht, und ich brauche das Geld.«

Peter verzog abfällig den Mund. »Der Monsignore lässt sich tragen, und deine Hände sehen aus, als wären sie bereits taub.«

Rutilio hatte bemerkt, dass sie zurückgeblieben waren, und rief: »Was ist los? Wir müssen uns beeilen, wenn wir vor der Dunkelheit drüben sein wollen.«

Luisa seufzte, rückte ihre Last gerade, und wollte weitergehen, doch Peter nahm ihr die schwere Büchertasche einfach von der Schulter und hängte ihr dafür seine um, die überraschend leicht war.

»Was ist da drin?«

»Eine Violine und Saiten. Jetzt geh, bevor der Stiefellecker des Monsignore etwas bemerkt.«

»Dank Euch, Signor Lavbruch!« Damit sprang sie leichten Schrittes den steinigen Weg hinauf und hörte Peter und seine Brüder hinter sich lachen.

»Was gab es denn?«, fragte Rutilio neugierig.

»Gar nichts. Ich habe nur gefragt, wie lange es noch dauert, bis wir oben sind.«

»Das hätte ich dir auch sagen können. Dafür musst du dich nicht mit denen abgeben.« Rutilio kniff die Augen zusammen und warf ihr einen warnenden Blick zu. Obwohl er nicht älter sein konnte als sie, wirkte er an Jahren erfahren und verschlagen. Harte Linien zeichneten bereits sein junges Männergesicht.

Luisa folgte ihm vorsichtig, um nicht an der steil abfallenden Wegeskante abzurutschen. »Warum nicht? Was hast du gegen sie?«

»Ich habe eine Nase für solches Gesindel, genau wie der Monsignore. Habe ich dir schon erzählt, wie wir gemeinsam drei Ketzer in einem Dorf bei Bozen entlarvt haben?« Die Begeisterung in seiner Stimme war nicht zu überhören, während er den Berg hinaufstieg, links eine steil abfallende Schlucht und rechts die bemooste Felswand.

Luisa zwang sich, nicht nach links zu sehen, und hätte am liebsten die Ohren vor Rutilios Geschichte verschlossen, doch er redete laut weiter. »... und dann haben wir sie zur Befragung mitgenommen. Ich selbst durfte die peinliche Befragung an dem Mädchen durchführen, und glaub mir, es hat nicht lange gedauert, bis sie alles gestanden hat. Der Teufel kam nur so aus ihr herausgesprudelt, doch sie war nicht mehr zu retten. Satan hatte sie schon fest in seinen Klauen. Da konnten nur noch die reinigenden Flammen helfen.«

Erschauernd machte sie einen Schritt nach dem anderen. Dieser unscheinbare Junge vor ihr hatte ein Mädchen gefoltert, denn nichts anderes bedeutete »peinliche Befragung«, auf den Scheiterhaufen gebracht und war auch noch stolz darauf. Eisig fuhr ihr der Wind des Apennins durch die Glieder, und eiskalt wurde es ihr ums Herz, als sie Monsignor Sampieri in selbstgefälliger Manier deklamieren hörte: »*Abrenuntio tibi, Satana, et conjungo tibi, Deus. Et Verbum caro factum est et habitavit in nobis* ...«

Peter Lavbruch hatte keineswegs untertrieben, der Weg zum Passo della Cisa wurde auf dem letzten Abschnitt so steil, dass sie sich bei jedem Schritt nach vorn legen musste. Mit jedem Höhenmeter wurde es kälter, und da sie seit dem Morgen nichts gegessen hatte, verließen Luisa langsam ihre Kräfte. »Rutilio! Machen wir denn keine Pause?«, keuchte sie. Ihre Füße schmerzten, weil sich an einigen Stellen spitze Steine durch die Ledersohlen gebohrt hatten.

Der Bursche des Monsignore hatte selbst mit seinem Gepäck zu kämpfen und schüttelte nur stumm den Kopf. Zwei weitere Stunden vergingen, die Luisa endlos lang erschienen. Immer wieder wanderte ihr Blick zum Himmel, an dem sich graue Wolken zusammenzogen. Wenn es anfing zu regnen, würde der Aufstieg noch gefährlicher, denn die unbefestigten Pfade brachen auch trocken unter ihren Tritten weg. Mit nassen Schuhen hätten sie noch weniger Halt. Ein einzelner entlaubter Baum hatte sich mit seinen Wurzeln zwischen den Felsen festgeklammert. Die Berghänge fielen dramatisch ins Tal und boten eine spektakuläre Aussicht, deren Schönheit Luisa jedoch nicht wahrnahm, zu sehr konzentrierte sie sich auf das Geröll vor ihr.

»Da oben ist es!«, rief Rutilio plötzlich.

Luisa schreckte auf, verlor das Gleichgewicht und wäre gefallen, wenn Peter nicht dicht hinter ihr gewesen wäre und sie gepackt hätte. Für Sekunden spürte sie seine Hände auf ihren Brüsten, die sie zwar abgebunden und unter Hemd, Weste und Wams versteckt hatte, doch würde ein Mann sich täuschen lassen?

»Eh, du musst besser aufpassen! Brichst dir sonst die Beine, Bürschchen!« Lachend gab er ihr einen sanften Schubs.

Luisa drehte sich erschrocken um, doch Lavbruch nickte nur und bedeutete ihr weiterzugehen. Nach wenigen Metern, die ihre letzten Kraftreserven forderten, erreichten sie endlich den höchsten Punkt des Bergmassivs. Samuel Katz und sein Begleiter standen wartend neben einem kleinen Häuschen, das sich an die Felswand schmiegte. Das Haus diente als Notunterkunft, war aber unbewohnt. Die Träger des Monsignore saßen auf Steinen und Kisten und aßen Käse und Brot. Einer holte ein Stück Dörrfleisch heraus und ließ die anderen davon abschneiden. Luisa musste so hungrig auf die einfache Nahrung gestarrt haben, dass einer ihr sein Brot hinhielt. »Da, nimm!«

»Danke!« Gierig schlang sie das trockene Brot hinunter und nahm erst dann das Gepäck von den Schultern. Ihre Finger zitterten vor Schmerz und Kälte, während sie sich am Ende ihrer Kraft auf den Boden gleiten ließ. Die Pause währte jedoch nicht lange, denn es war bereits nach Mittag, und sie mussten ihr Nachtquartier, ein Gasthaus am Fuße des Bergmassivs, vor dem Abend erreichen.

Die Träger verstauten die Reste ihrer Brotzeit und zeigten auf die dunklen Wolken. »Auf! Gleich gibt es Regen, und der Wind wird heftiger.«

Wie zur Bestätigung fegte eine Böe durch den Pass und trieb die kleine Gruppe zur Eile an. Rutilio stand in eine Unterhaltung vertieft beim Monsignore, Katz und sein Begleiter hielten sich wie immer abseits, als Peter zu ihr trat und ihr einen Beutel Wein und ein Stück Schinken reichte. »Nimm. Wir haben genug dabei.«

Sie war zu hungrig, um das Angebot auszuschlagen, und der Wein wärmte ihre Glieder von innen. Der Saitenmacher wartete, bis sie genug hatte und ihm den Weinbeutel zurückgab. »Besten Dank, Signor Lavbruch.«

»Luca, das ist doch dein Name?« Er lächelte, doch seine Augen blieben ernst.

Sie nickte, vermied seinen Blick und wickelte sich den Schal wieder um das Gesicht.

Er wollte noch etwas sagen, doch Rutilio rief zum Aufbruch. Die Träger hoben den Tragstuhl mit Monsignor Sampieri auf und setzten sich in Bewegung. Der Abstieg war kaum weniger beschwerlich, weil es nach wenigen Metern zu regnen begann, der Boden aufweichte und das Geröll ins Rutschen kam. Zumindest wurde die kleine Reisegruppe nicht von Wegelagerern heimgesucht, die sich zuhauf vor allem in der Garfagnana und den Gebirgszügen des Apennins herumtrieben, wo die teils abgeschiedenen Täler guten Schutz vor Verfolgern boten.

Der Regen peitschte den Reisenden jetzt in die verfrorenen Gesichter, und als Luisa nach drei Stunden die Lichter der Herberge erblickte, schickte sie ein stummes Dankgebet zum Himmel.

Es handelte sich um ein solides, aus Feldsteinen gemauertes Gebäude mit zwei Stockwerken. In der großen Gaststube brannte ein wärmendes Feuer im mannshohen Kamin, und alles wirkte recht sauber. Monsignores Träger brachten das Gepäck herein, und Luisa stellte das Bücherbündel dazu, das sie vorher mit Peter gegen seine Violine getauscht hatte. Rutilio bestellte für sich und seinen Herrn Abendessen und Nachtquartier, doch Luisa schien er völlig vergessen zu haben. Vorsichtig zupfte sie ihn am Mantel. »Was ist mit meinem Lohn?«

»Ach, das Malerbüblein. Wirst dich wohl noch gedulden

müssen. Eh, Wirt, bring uns einen guten Tropfen und lass das Zimmer säubern. Der Monsignore will sich nicht von Wanzen beißen lassen!« Rutilio nahm den nassen Mantel von den Schultern und ließ sie stehen.

Enttäuscht lehnte Luisa an einem Pfeiler und beobachtete, wie der Wirt ein fettiges Stück Schweinebraten auf einen Teller legte. Das Wasser lief ihr im Mund zusammen, aber sie würde sich mit einem Teller Suppe bescheiden müssen. Von dem Viertelscudo hätte sie sich eine anständige Mahlzeit gegönnt, aber der Monsignore schien seine Versprechen nicht einhalten zu wollen.

»Habt Ihr einen Eintopf? Und was kostet eine Kammer für heute Nacht?«, wandte sie sich an den rotgesichtigen Wirt, der zwei Mägde losscheuchte, die neuen Gäste zu bedienen.

Mit dem Handrücken wischte er sich die Nase, packte eine Scheibe Roggenbrot mit auf den Teller und goss von der öligen Bratensoße dazu. »Milla, poussier nicht mit den Kerlen herum! Komm her und bring das dem Monsignore!« Er stellte einen Krug Wein und zwei Becher daneben und blinzelte Luisa aus verquollenen Augen an. »Eine Schüssel Linseneintopf, einen Becher Bier und ein Platz in einer Kammer mit den Trägern macht einen halben Scudo.«

»Nein, ich will eine Kammer für mich allein«, beharrte Luisa.

Die verquollenen Augen wurden kleiner und musterten sie skeptisch. »Hast du zwei Scudi?«

Luisa schlug die Augen nieder.

»Habe ich mir gedacht. Setz dich da rüber zu den anderen. Die Suppe bringt Milla dir.«

Suchend glitten ihre Augen über die Anwesenden. Katz und sein Begleiter saßen allein in einer Ecke, Sampieris Träger hatten sich zu sechs Männern gesetzt, die ebenfalls Einheimische zu sein schienen und wohl zu fünf orientalisch aussehenden Männern gehörten, die an einem Tisch neben dem Monsignore saßen. Interessiert musterte Luisa die Fremden und kam zu dem Schluss, dass es sich um muselmanische Botschafter oder Kaufleute handeln könnte. Aber wo waren die Lavbruchs? Da schwang die Eingangstür auf und ließ die drei Brüder mit einem Schwall kalter Luft herein. Fast erleichtert machte Luisa einen Schritt auf die Straßburger zu, denen sie mehr Vertrauen entgegenbrachte als irgendjemandem sonst in der Gaststube.

Peter grinste. »Was ist das für eine trübe Gesellschaft hier!« Als hätten seine Brüder auf diese Worte gewartet, holten sie sofort ihre Instrumente hervor.

»Jetzt verdienen wir uns unser Abendessen und das Quartier. Pass nur auf, Luca!« Peter klemmte sich seine Violine unter den Arm, ging zum Wirt, wechselte kurz einige Worte mit ihm und kam mit zufriedener Miene zurück.

Staunend schaute Luisa den großen Männern beim Stimmen der filigran wirkenden Instrumente zu. Sie hatte schon oft Musiker auf den Märkten gesehen, aber diese Violinen waren etwas anderes als die größeren Lauten oder Knieschrammeln. Mit sicheren Bewegungen legten Josef und Thomas die flachen Klangkörper auf die Schulter unter das Kinn und entlockten ihren Instrumenten erste zarte Töne mit Hilfe der mit Pferdehaaren bespannten Bögen.

Peter zupfte prüfend an seiner Violine, doch bevor er ebenfalls zu spielen begann, zog er Luisa den Hut vom Kopf und drückte ihn ihr in die Hand. »Nach dem ersten Stück gehst du herum und sammelst für uns.«

Ängstlich strich sich Luisa über die zerwühlten Haare und wollte den Hut wieder aufsetzen. »Nein, nein, das geht nicht.«

»Luca«, sagte Peter eindringlich. »Ich sehe keinen Grund, der dagegen spricht.« Er sprach die Worte leise, aber mit großem Nachdruck aus, als wolle er sie beruhigen. Seine Brüder spielten ein bekanntes toskanisches Volkslied und tippten den Takt mit der Fußspitze. Peter hob den Bogen und fiel in die heitere Melodie ein. Es dauerte nur wenige Takte, bis der Geräuschpegel in der Gaststube merklich leiser wurde und die Gäste der Musik lauschten.

Die Gebrüder Lavbruch waren ein eingespieltes Trio, und nach dem ersten Lied nahm Luisa allen Mut zusammen, packte ihren Hut und sammelte für die Musiker. Außer dem Monsignore, der sich nur eine Kupfermünze abringen konnte, gaben alle großzügig, die Orientalen sogar einen goldenen Dukaten. Einer der fünf winkte Luisa zu sich. Er hatte wache dunkle Augen, trug einen sorgfältig gestutzten Bart und edle Kleidung, allein der juwelenbesetzte Dolch in seinem Gürtel schien ein Vermögen wert. »Sag deinen Freunden, sie sollen nach dem Spielen zu uns an den Tisch kommen. Die Instrumente interessieren mich.«

Er sprach mit starkem Akzent, doch sein Italienisch war fehlerfrei. Anscheinend war er es gewohnt, dass man seinen Befehlen Folge leistete, denn er wartete ihre Antwort nicht ab, sondern entließ sie huldvoll mit einer Handbewegung. Luisa strich sich die Haare hinter die Ohren und stellte sich während des restlichen Vortrags an einen Pfeiler neben der Tür. Die Musik erfüllte den Raum zusammen mit den Gerüchen von gebratenem Fleisch und frischem Brot. Für einige Minuten vergaß Luisa, wo sie war, und ließ sich von den perlenden Tönen davontragen an den imaginären Hof von Franz, dem legendären König der Franzosen. Wie mochte er sein, der König, der die Frauen und die Kunst liebte? Standen die Frauen an seinem Hof wirklich in so hohem Ansehen, wie man sich erzählte? Was machte Armido? Vielleicht tanzte er gerade auf einem Fest mit einer bezaubernden Französin. Und Meister Rosso! Würde er ihre Arbeit akzeptieren?

Sie schloss die Augen und stellte sich den Meister vor, wie er in eleganter Robe die Galerie entlangschritt und ihr zusah, während sie an einem Fresko arbeitete. Oh, das zu glauben war vermessen! Niemals würde er sie malen lassen, aber vielleicht durfte sie die Stuckleisten gießen.

Josef, der jüngste der Lavbruchs, setzte seine Violine ab und hub mit einer weichen Tenorstimme an zu singen:

»Eines Morgens sah ich einst die Sonne
goldstrahlend über dem Meer aufgehen,
so lichtgefärbt erschien ihr Antlitz,
dass sie das Wasser in Flammen setzte.

Ich sah im Morgentau die Rose sich
so flammend hell entfalten, dass ein jeder,
aus der Ferne schauend, meinen musste,
ein Feuer brenne über dem grünen Dorn.

Ich sah das weiche, jugendliche Gras,
wie es im frühen Lenz am Morgen
seine Blätter zart entfaltet,

und eine schöne Frau sah ich anmutig
Rosen pflücken im ersten Sonnenschein,
die alles andere an Schönheit übertraf.«

Die Verse waren so zart und entrückt wie die Melodie, die Josef begleitete. Verträumt öffnete Luisa die Augen und ließ den Blick über die Gäste gleiten, die entweder aßen oder sich ebenfalls der Schönheit der Musik hingegeben hatten. Plötzlich erschauerte sie, als sie den Hass in Monsignor Sampieris Augen sah. Warum? Die Verse Matteo Boiardos waren unschuldig genug.

Bevor Sampieri ihren Blick auffangen konnte, wandte sie sich ab und reichte den Brüdern, die ihre Darbietung unter dem Applaus der Gäste beendeten, ihren Hut. Peter warf einen kurzen Blick hinein, gab ihr den Golddukaten der Orientalen und steckte den Rest in seine Börse. Für Josef und Thomas schien es selbstverständlich, dass der Älteste die Finanzen regelte. Thomas fragte nur: »Was wollten die Muselmanen?«

»Oh, sie bitten euch zu sich, wegen der Instrumente.«

Peter grinste. »Na dann.«

Luisa hielt ihn am Arm zurück und flüsterte: »Der Monsignore. Ich weiß nicht, aber ich befürchte, er will euch Böses ...«

»Keine Sorge. Wir sind anständige Bürger. Iss jetzt, du brauchst Kraft für den Marsch morgen.« Dann ging er mit seinen Brüdern zu den Muselmanen, die sie bereits neugierig erwarteten. Luisa indes bestellte sich Fleisch zu ihrer Suppe und Wein anstelle des warmen Bieres. Mit dem Dukaten konnte sie sich auch die Kammer leisten und freute sich schon jetzt auf eine Nacht ungestörten erholsamen Schlafes.

Samuel Katz und sein Begleiter verließen die Gruppe in Parma. Obwohl der Jude ein schweigsamer Weggefährte gewesen war, vermisste sie seine ruhige Art und ging nicht auf Rutilios gehässige Bemerkungen über den Juden ein. Erst in Parma hatten sie einen Wagen mit Kutscher und vier Pferden gefunden und saßen jetzt zu sechst in dem zugigen Gefährt, das sie über Fidenza und Fiorenzuola d'Arda nach Piacenza bringen sollte.

Luisa saß neben Rutilio und dem Monsignore, gegenüber den Gebrüdern Lavbruch, die auch in den anderen Wirtshäusern, in denen sie Rast gemacht hatten, mit Erfolg gespielt hatten.

Sampieri warf den Musikern unter halbgeschlossenen Lidern lauernde Blicke zu. »Eure Musik ist gottlos!«, sagte er plötzlich.

Thomas runzelte die Stirn. Er war impulsiver als der ruhige Peter, der lächelnd erwiderte: »Wie kann Gott nicht gewollt haben, dass wir Musik machen, wenn er uns doch die Fähigkeit dazu geschenkt hat?«

»Gottgefällige Musik! Was ihr spielt, ist ketzerisch! Es regt die Sinne an, und diese sollen wir kontrollieren.« Sampieris Hände lagen gefaltet in seinem Schoß, doch alles an seiner Haltung deutete auf höchste Anspannung hin.

»Singen denn die Mönche nicht Choräle, um den Herrn zu preisen?«, fragte Peter, ohne dem bohrenden Blick des Geistlichen auszuweichen.

»Sie haben ihr Leben dem Herrn geweiht, und ihre Zungen sind rein. Eure sind es nicht!«

Rutilios spitzes Gesicht glühte vor Genugtuung, doch Luisa drückte sich in ihre Ecke und hoffte, dass Peter den Angriffen des Geistlichen standhalten werde.

»Wir sind fromme Christen, Monsignore. Unsere Musik ist nichts anderes als Ausdruck unserer Liebe zu Gott.« Peter senkte demütig den Blick und lächelte.

Erleichtert atmete Luisa aus, doch Sampieri gab nicht nach. »Das zu entscheiden ist nicht an Euch! Wir, die wir Gott näher stehen als die Gläubigen, sind allein befähigt zu entscheiden, ob etwas zu Gottes Wohlgefallen geschieht oder nicht und eure Musik …«

Weiter kam er nicht, denn ein lautes Krachen beendete Sampieris Redefluss, gefolgt vom Umstürzen des Wagens, das alle Insassen durcheinanderwarf. Der Wagen lag auf der Seite, und Luisa, die sich geistesgegenwärtig in der Fensteröffnung festgehalten hatte, konnte hinausklettern, wobei sie sich an Rutilios Körper abstieß, was dieser laut protestierend monierte. Nacheinander kamen auch die anderen aus dem Wagen gekrochen. Gott sei Dank war niemand ernsthaft verletzt. Die blauen Flecken und Schürfwunden waren kaum der Rede wert.

»Verflucht, was ist denn …?« Thomas klopfte sich den Staub aus seinem Wams, und Josef schüttelte seinen Instrumentenbeutel, in dem es verdächtig nach zerbrochenem Holz klang.

Ein Schlagloch war die Ursache für das zerbrochene Rad gewesen. Nachdem der Schaden behoben war, konnten sie noch am selben Tag weiterreisen, und ohne weitere unvorgesehene Aufenthalte trafen sie am nächsten Tag in Piacenza ein.

Es regnete, als der Wagen über die gepflasterten Straßen der alten Festungsstadt holperte, die vor mehr als zwanzig Jahren von den päpstlichen Truppen besetzt worden war.

Sampieri hatte sich seit dem Radbruch in Schweigen gehüllt, während Luisa sich in ihre Ecke drückte und die Brüder Lavbruch über das Saitenmachen ausfragte.

»Das Deckblatt ist aus Fichtenholz, der Boden aus Ahorn, und für die Wirbel und das Griffbrett nimmt man Ebenholz«, erklärte Peter gerade, während sie am gotischen Backsteinbau des Rates von Piacenza vorüberfuhren. In der spitzbogigen offenen Halle schien eine Versammlung stattzufinden, denn zahlreiche gut gekleidete Männer, Vertreter der Zünfte oder Ratsherren, gingen diskutierend zwischen den Marmorpfeilern umher.

Rutilio flüsterte seinem Herrn etwas ins Ohr, das dieser unkommentiert ließ, stattdessen starrte er weiter geradeaus, als könne er es nicht abwarten, den Wagen endlich zu verlassen.

Josef, feingliedriger als seine Brüder und mit weichen Gesichtszügen, meinte: »Was die wieder aushecken …?«

»Sie diskutieren eine Steuererhöhung, was sonst?«, ätzte Peter.

»Wir sind im Krieg!«, kam es bissig von Sampieri.

»Das ist mir neu! Ich dachte, die Habsburger metzeln derzeit auf französischem Territorium?«, meinte Peter.

»Wir sind ständig im Krieg gegen den Unglauben und die Ketzerei!« Sampieris blasse Wangen röteten sich, und seine Augen brannten vor Fanatismus.

»Das hatte ich ganz vergessen …« Peter lächelte und lehnte sich zurück, wobei er Thomas einen raschen Blick zuwarf, doch sein Bruder schwieg mit ernster Miene.

»Wirst du dein Instrument retten können?«, fragte Luisa Josef. »Und was ist mit den Botschaftern des Sultans? Wie lange werdet ihr brauchen, um zehn Violinen für sie zu bauen?« Die fünf Orientalen in jenem Gasthaus unterhalb des Passo della Cisa hatten sich als Botschafter des berüchtigten Suleiman des Prächtigen, Herrschers des Osmanischen Reiches, vorgestellt.

»Nicht wir, Luca, wir sind nur Saitenmacher. Aber hier in der Stadt und in Cremona leben zwei der besten Instrumentenbauer. Wir liefern die Saiten, und sie werden die Violinen fertigen. Ich glaube, wir sind gleich da.« Josef Lavbruch sah durch die offenen Fenster, durch die der Straßenlärm und der Gestank von Abfällen, Kot und Kadavern drangen, eine übel riechende Mischung, die der Regen kaum minderte.

Fragend sah er Peter an, der sich vorbeugte und mit der Faust gegen die Wand hinter dem Kutscher schlug. »He, halt an! Wir steigen hier aus!« Der Wagen blieb neben einem Torbogen stehen, hinter dem eine schmale Gasse mit zweistöckigen Wohnhäusern lag. Die Brüder nahmen ihre Beutel und Taschen und kletterten aus dem Wagen.

Luisa stieg ebenfalls aus und sah traurig ihren Reisegefährten zu, die ihr Gepäck ordneten. Sie hatte gehofft, dass sie noch weiter mit ihnen reisen konnte, doch für die drei war hier eine längere Rast eingeplant, bevor sie in die Schweiz und dann nach Straßburg weiterreisen würden.

Peter legte ihr seine kräftige Hand auf die Schulter. »Gib auf dich acht, Luca. Und geh zum ›Goldenen Eber‹. Dort findest du ganz gewiss einen Kaufmann, der nach Frankreich unterwegs ist.«

Sie hatten ihr erklärt, dass jenes Gasthaus, das in der Nähe von San Sisto lag, der Treffpunkt französischer und deutscher Kaufleute war und sie dort mit großer Wahrscheinlichkeit eine Reisemöglichkeit Richtung Paris finden werde.

Rutilio rief aus dem Wagen: »Jetzt komm! Wir wollen weiter!«

»Vielleicht braucht man auch in Paris Saiten ...«, sagte Luisa lächelnd und schüttelte den Brüdern nacheinander die Hände.

»Oh, das glaube ich doch! König Franz ist ein Connaisseur der schönen Künste. Viel Glück und auf bald!«, sagte Peter und nickte aufmunternd.

Rutilio streckte seinen Kopf zur Tür heraus. »Wir fahren auch ohne dich.«

»Auf bald ...«, brachte Luisa leise hervor und stieg in den Wagen zurück. Unglücklich sah sie den drei hochgewachsenen Männern nach. Die blonden Haare der Lavbruchs stachen deutlich aus der Menge hervor. Sie würde sie vermissen, hatte sie doch zum ersten Mal seit langer Zeit das Gefühl, Freunde gefunden zu haben. Aber wer vermochte zu sagen, was die Zukunft bringen würde? Als Nächstes musste sie zum »Goldenen Eber«, und dann würde sie weitersehen.

VI
Gefährliches Versteckspiel

Der November hatte Regen und Kälte gebracht. Armido stand am Fenster seines Zimmers im Schloss und starrte nach draußen, wo der See dunkel zwischen den Bäumen lag. Seit Tagen ging der Regen mit einer zermürbenden Dauerhaftigkeit hernieder. Die Wege um das Schloss waren aufgeweicht und zum Teil unpassierbar. Rosso hatte sich kaum auf der Baustelle sehen lassen, sondern verbrachte viel Zeit in seinen Gemächern, die sich im Trakt neben den vergleichsweise winzigen Räumen der anderen Künstler befanden. Da der König Rosso mit Aufträgen für Entwürfe aller Art überschüttete, zog sich der Florentiner Künstler zum Arbeiten gerne in die Abgeschiedenheit seiner Gemächer zurück.

Armido schloss das Fenster und wischte sich den Regen aus dem Gesicht. Im Grunde war er vor allem deshalb verärgert, weil das Treffen mit Jules und dem *barbe* geplatzt war, da die Wege aufgrund des starken Regens unpassierbar waren und er weder sein Gelübde abgelegt noch Aleyd gesehen hatte. Noch nie hatte er eine Frau derart begehrt. Dabei fiel es ihm schwer zu erklären, warum. Aleyd war schön, aber das war auch Josette, die sich eben auf seinem Bett rekelte und eine Hand nach ihm ausstreckte.

»Komm her. Beweis mir, dass das Blut in deinen Adern heißer fließt als das unserer dekadenten Aristokraten.« Ihre

Stimme klang wie das Gurren einer Taube und verhieß angenehme Ablenkung, denn Josette war eine phantasievolle Gespielin.

Im Kamin krachte ein Holzscheit. Auf einem Tisch stand eine Flasche Rotwein, französischer Burgunder, aber durchaus trinkbar, und Armido löschte seinen Durst mit einem Glas, bevor er die Schnüre seiner Hose löste und sich von Josette auf das Bett ziehen ließ. Es war unschwer zu erkennen, wonach ihm der Sinn stand, und Josette bog ihren schlanken Leib, damit er ihre vollen weißen Brüste koste. Er zögerte nicht, doch als seine Lippen die roten Knospen berührten, sah er Aleyds klares Profil, wie es sich gegen den blauen Himmel abhob, die hellen Locken spielten im Wind, und dann wandte sie den Kopf und sah ihn an. »Armido«, flüsterte sie.

»Was?«, fragte er atemlos, doch das Bild zerbrach, und Josette starrte ihn wütend an.

»Du hast an eine andere gedacht! Mistkerl!« Ihre Hand traf seine Wange unvorbereitet und voller Wucht, so dass er aufschrie und auf die Seite rollte.

»Verdammt! Was soll das? Du weißt, es gibt keine andere hier im Schloss!«

»Ah, nicht hier im Schloss! Aber anderswo. So ist es doch? Habe ich recht? Natürlich habe ich das! Ihr Männer seid doch alle gleich! Ein wenig Vergnügen wollt ihr haben, o là là, dafür versprecht ihr uns alles …« Mit ihren zerwühlten dunklen Locken, die ihren üppigen weißen Körper umflossen, den erhitzten Wangen und den blitzenden Augen sah sie aus wie eine Furie.

In ihrer Wut war sie noch verführerischer, und er wäre ein Idiot, ließe er sie gehen. »Josette, glaub mir doch, du bist die Einzige für mich. Wie könnte ich Augen für eine andere haben, wenn ich dich sehe. Du hast den Körper einer Göttin! Venus selbst würde neben dir verblassen. Ich bin dein Sklave.«

Seine Worte verfehlten ihre Wirkung nicht. »Dann gehorch mir, Elender.« Die Wut schien verraucht, und was jetzt in ihren Augen stand, war pure Lust.

Ohne nachzudenken folgte Armido seinen Trieben und gab sich ihr hemmungslos hin. Sie kniete rittlings über ihm, während er ihr Becken hielt, als es plötzlich laut an die Tür pochte. »Nein!«, fluchte er, und Josette hielt erschrocken inne.

»Monsieur Paserini! Es ist wichtig! Monsieur, bitte, hier wartet jemand auf Euch.« Die Stimme gehörte einem jungen Diener, ein harmloser Bursche, der für einige Silberlinge Augen und Ohren verschloss.

»Wer ist es? Ich erwarte niemanden!«, rief Armido.

»Euer Bruder, Monsieur. Er sagt, er sei Euer Bruder.«

Unsanft schob Armido seine Gefährtin zur Seite und sprang aus dem Bett. In kürzester Zeit hatte er sich Hemd, Hose und Stiefel übergestreift und öffnete dem Diener die Tür. »Was sagst du? Mein Bruder? Das ist unmöglich!« Pietro war in Siena und hilflos ohne seine Krücken.

Der Junge, ein schmächtiger Provenzale, dessen Dialekt Armido anfangs kaum verstanden hatte, verzog abschätzig den Mund. »Hab ich mir doch gleich gedacht. Er sieht nämlich auch nicht so aus. Ein schmutziger kleiner Betrüger, wenn Ihr mich fragt. Ich hätte mich gar nicht mit ihm befasst, aber er zeigte mir Zeichnungen und sagte, er sei Maler wie Ihr. Nur deshalb habe ich ihn angehört. Na, der kann was erleben …« Er wollte sich umdrehen, doch Armido hielt ihn zurück.

»Warte! Zeichnungen?« Er ahnte das Schlimmste. »Wo ist der Bursche?«

»In der Gesindestube. Ich habe ihm einen Teller Suppe erlaubt, weil er so geschwächt war.« Entschuldigend hob der Diener die Schultern.

»Schick ihn rauf.«

Erstaunt öffnete der Diener den Mund, schloss ihn jedoch, ohne etwas zu sagen, und lief davon.

Armido schlug die Tür zu und sah zum Bett. »Du musst gehen, Josette. Mein Bruder ist gekommen.«

Sie schürzte die Lippen und rollte sich auf den Bauch. »Aber das macht doch nichts. Wenn er so hübsch ist wie du, können wir auch zu dritt Spaß haben.«

»Nein! Geh jetzt, bitte.« Er betonte das letzte Wort, warf ihr einen unwirschen Blick zu und begann, die auf dem Boden herumliegenden Kleidungsstücke aufzusammeln.

»Na, du bist auch ein launischer Kauz.« Langsam erhob sich die Zofe und stieg in ihr Unterkleid. Dann legte sie sich ihr Korsett um und drehte Armido den Rücken zu. »Wärst du so freundlich, mir zu helfen?«

Geistesabwesend zog er die Schnüre fest. Pietro war krank und in Siena, und es gab nur eine Person in seiner Familie, die unbedingt nach Frankreich hatte kommen wollen – seine Schwester.

»Au! Du ziehst zu fest!«, beschwerte sich Josette und funkelte ihn über die Schulter hinweg an. »Was ist das überhaupt für ein Getue? Ist dein Bruder ein Mönchlein oder was?«

»Nimm dich in Acht, wenn du über meine Familie sprichst. Ich weiß nicht, warum er hier ist, aber ich werde es gleich erfahren, wenn du jetzt fertig bist.« Fragend sah er sich um.

»Ph.« Mit einer Hand fischte sie nach ihrem seidenen Überkleid, befestigte aufreizend langsam die Knöpfe und schlüpfte danach in zierliche Pantöffelchen, die mit glitzernden Schnallen besetzt waren. Dann ließ sie sich ruhig auf einem Stuhl nieder und drehte ihre Haare auf. Als alle Locken zu ihrer Zufriedenheit festgesteckt waren, erhob sie sich und strich über ihre schmale Taille. »So, jetzt bin ich fertig, und ob ich mit dir fertig bin, wird sich noch herausstellen. Wenn du glaubst, mich behandeln zu können wie die letzte Magd, hast du dich getäuscht, und es wird dir leidtun …«

»Das hier ist eine Ausnahmesituation, und ich werde mich bei dir zu entschuldigen wissen.« Er drückte ihr einen Kuss in den Nacken und schob sie zur Tür. »Danke, Josette, du bist ein Engel.«

»Dass ich das nicht bin, weiß ich …« Sie drehte sich um und küsste ihn zum Abschied auf die Lippen. Dann ging sie mit schwingenden Hüften davon.

Seufzend lehnte sich Armido von innen gegen die Tür und ließ den Blick über sein Zimmer schweifen, in dem sich das Bett, mehrere Stühle, ein größerer runder Tisch, eine Truhe und ein Waschtisch befanden. Seine wenigen Kleidungsstücke und die Bibel bewahrte er in der verschlossenen Truhe auf. Rasch deckte er das Bett zu und wusch sich das Gesicht. Kaum hatte er seine Haare geordnet, klopfte es wieder an die Tür.

Es war noch früh am Abend, und im Schloss herrschte reger Betrieb, was auch damit zusammenhing, dass der König in naher Zukunft erwartet wurde. Wann genau Seine Majestät tatsächlich zu Besuch kam, war nie genau zu sagen, doch dann musste alles vorbereitet sein. Nervös rieb Armido sich die Stirn. Was hatte seine Schwester sich nur dabei gedacht. Wenn sie es überhaupt war, aber wer sollte es sonst sein? Sie würden beide in große Schwierigkeiten geraten.

Armido öffnete die Tür. »Mein Gott!«, entfuhr es ihm. »Bring sie rein, bring sie doch rein! Sie sieht ja mehr tot als lebendig aus!«, rief er und stieß die Tür weit auf, damit der Page, der eine schmächtige Gestalt stützte, hereinkommen konnte.

Verunsichert sah der Junge sich um. »Sie?«

Armido spähte auf den Gang hinaus, sah niemanden und warf die Tür ins Schloss. »Ihn natürlich. Ich bin ganz durcheinander. Bring uns Essen, etwas Kräftigendes, Fleisch, Brot, Käse, was du findest. Nur bring es schnell.«

Der Page hatte Luisa auf einen Stuhl gesetzt. Sie war kaum mehr ein Schatten ihrer selbst. Zitternd hockte sie dort in ihren durchnässten Kleidern und nahm alles um sie herum nur wie durch einen dicken Nebel wahr. Aber sie hörte die vertraute Stimme ihres Bruders. »Armido?«

Ihr Bruder wartete, bis der Diener gegangen war, kam zu ihr und nahm ihre Hände in seine. »Du bist ganz kalt. Luisa, wie konntest du überhaupt bis hierher kommen? Aber erzähl mir das erst, nachdem wir dich aufgewärmt haben. Zieh deine Sachen aus. Du siehst aus wie ein Landstreicher, kein Wunder, dass der Junge kaum glauben konnte, dass du ein Maler bist.« Er nahm ihr den zerknautschten Hut vom Kopf und erblickte verfilzte Haare, die wirr um Luisas abgemagertes Gesicht hingen. Ihr Hals war dunkel von Schmutz, und die ursprüngliche Farbe ihres Hemdes ließ sich nur noch erraten. »Wann hast du zuletzt gegessen, geschweige denn, dich gewaschen?« Er half ihr aus dem zerschlissenen Wams und warf es angewidert auf den Boden.

Sie zuckte die Schultern. »Vor zwei Tagen. Ich weiß nicht. Armido, ich bin so froh, dich zu sehen!« Schluchzend fiel sie ihm in die Arme. Die Angst und die Strapazen der vergangenen Wochen hatten sie an die Grenzen dessen gebracht, was sie ertragen konnte. Besonders die letzten zwei Wochen in Frankreich waren furchtbar gewesen. Sie sträubte sich, als ihr Bruder ihr auch das Hemd ausziehen wollte.

»Luisa, es ist nass, und es stinkt. Du musst es ausziehen, und außerdem habe ich viele Frauen gesehen, also bitte.« Entsetzt sah er zu, wie sie das Tuch, mit dem sie ihre Brüste abband, abwickelte. Sie war so mager, dass ihr Oberkörper sich kaum von dem eines Jungen unterschied. Die blasse, teilweise blau verfärbte Haut spannte über den Rippen, und unter den Armen und an den Ellenbogen zeigten sich Schrunden, die durch Schmutz und Hunger entstanden waren. Ihre Stirn brannte vor Fieber. Sie war wohl im letzten Moment zu ihm gekommen. Noch einen oder zwei Tage, und ihre Kräfte hätten sie gänzlich verlassen.

»Mir ist kalt.« Zitternd schlang sie die Arme um den Körper.

Armido holte eines seiner Hemden, zog es ihr über, legte sie in sein Bett und deckte sie zu. »Zuerst aber musst du etwas essen, in der Zwischenzeit lasse ich dir ein Bad ein, und dann kannst du schlafen.«

Es dauerte nicht lange, und der Provenzale kam mit einem Tablett appetitlich riechender Speisen zurück. »Den Künstlern soll es an nichts mangeln, hat der Großkämmerer uns angewiesen, und Euer Bruder sieht so aus, als hätte er großen Hunger.«

»Danke.« Armido sah eine Terrine mit Hühnersuppe, Pastete und Weizenbrot und ein Stück Eiertorte. In einem Krug dampfte heißer Gewürzwein. »Sehr schön, das wird ihn kräftigen. Außerdem braucht er ein Bad.«

Der Page lächelte. »Nebenan wird ein Zuber mit heißem Wasser gefüllt. Und ich habe mir erlaubt, saubere Kleidung für den Bruder von Monsieur herauszulegen.«

Da der Diener stehenblieb, fragte Armido: »Und?«

»Wir sind auf alles vorbereitet. Darauf hat der Großkämmerer ein Auge. In jedem Schloss Seiner Majestät können zu jeder Zeit Gäste empfangen und bewirtet werden.« Der Provenzale hob Luisas verdreckte Kleidung vom Boden auf. »Ich werde das in die Wäscherei geben. Sollen wir Euch im Nebenzimmer ein Bett bereiten?«

Armido war überrascht von der bereitwilligen Hilfe des Dieners, der anscheinend entsprechende Anweisungen erhalten hatte. Umso besser. »Bitte.«

Der Diener verabschiedete sich mit einer knappen Verbeugung und hielt die übel riechenden Kleidungsstücke von sich weg.

Vom Bett erklang ein Husten. Armido nahm das Tablett mit hinüber, stellte es neben der hustenden Luisa auf das Bett und goss etwas Gewürzwein in einen Becher. »Trink das.«

Es tat weh, ihr zuzusehen, wie sie die mageren Hände um den Becher legte, um ihn unsicher an die Lippen zu führen. Doch sie trank in kleinen Schlucken, und langsam stieg etwas Farbe in ihre blassen Wangen. Nachdem sie drei Löffel Suppe und ein kleines Stück Eierkuchen gegessen hatte, ließ sie sich in das Kissen zurücksinken.

»Danke, Armido. Mehr kann ich jetzt nicht essen.« Sie war unendlich müde, und ihre Augenlider schienen viel zu schwer.

»Nicht schlafen, Luisa. Erst baden wir dich. Deine Haut sieht fürchterlich aus. Aber Baden und etwas Salbe werden helfen.« Josette konnte ihm sicher dabei helfen, etwas zu finden, das gegen die Schrunden half. Er biss sich auf die Lippen. Eigentlich war Josette eine reizende Person, und er hoffte, dass sie irgendwann einen wohlhabenden Aristokraten oder Kaufmann fand, der sie heiratete. Von ihm konnte sie in dieser Hinsicht nichts erwarten.

Es klopfte an der Verbindungstür zum Nebenzimmer. Der Diener öffnete sie einen Spalt breit und sagte: »Das Bad ist bereit, Monsieur. Ich kümmere mich um Euren Bruder.«

»Danke, das brauchst du nicht. Wie ist dein Name?« Armido war sicher, ihn schon gehört zu haben, doch er hatte ihn vergessen.

»Didier, Monsieur.«

Einen kurzen Blick auf Luisa werfend, die mit geschlossenen Augen bis zum Hals zugedeckt in seinem Bett lag, ging Armido zum Tisch, auf dem sein Geldbeutel lag, und nahm einen Écu heraus, den er Didier in die Hand drückte. »Mit meinem Bruder verhält es sich so, Didier, dass er, wie soll ich sagen, sehr eigen ist mit seinem Körper und sich gern allein wäscht.«

»Aha. Ich verstehe, Monsieur.« Didier steckte die Münze ein. Seiner Miene war nicht anzusehen, was er dachte.

»Gut. Dann bedürfen wir deiner Hilfe heute nicht mehr. Wo ist Scibec überhaupt? Ich dachte, er schläft hier?«

»Nicht mehr, Monsieur. Monsieur Scibec de Carpi hat es vorgezogen, in das Zimmer gegenüber zu wechseln, das größer ist und eine bessere Aussicht hat.«

Scibec war ein echter Freund, aber dass Luisa seine Schwester war, würde Armido auch ihm nicht erzählen. Niemand durfte es erfahren. Didier entfernte sich, und Armido trat in das Nebenzimmer. Der Raum war größer als seiner und wie alle Räume des Schlosses nur spärlich möbliert. Der König reiste ständig durch Frankreich, und zu seinem riesigen Tross gehörten auch Möbel, Bilder und Teppiche, mit denen er seine Gemächer für die Dauer seines Aufenthalts ausstatten ließ.

Sie befanden sich im ersten Stock, im Trakt neben dem Uhrenturm. Die Wände waren zum Teil mit Holz vertäfelt oder mit schlichten Stofftapeten bespannt. Außer dem Bett, das vier Pfosten, aber keinen Baldachin hatte, gab es lediglich einen Stuhl und einen schlichten Holztisch, bestückt mit einem dreiarmigen Kerzenleuchter. In der Mitte des Raumes hatte Didier den Zuber aufstellen lassen. Weißes Leinenzeug hing über dem Rand des Zubers, und auf dem Bett lagen Hemd, Hose und ein Wams aus braunem Samt bereit.

»Armido?«, rief Luisa ängstlich. Sie war kurz weggedämmert und hatte ihren Bruder beim Aufwachen vermisst.

Da es bereits dunkel wurde, zündete Armido noch rasch die Kerzen an. Dann ging er zu seiner Schwester hinüber und hob sie auf die Arme. Sie war so leicht, dass er ihr Gewicht kaum spürte. »Mein Gott, Luisa, du hättest sterben können!«

»Aber ich musste zu dir. Ich will hier arbeiten, Armido. Genau wie du! Tomaso wollte mich nicht länger in der Werkstatt haben. Er meinte, es sei eine Schande für die Familie, wenn jemand herausfindet, dass eine Frau als Stukkadorin arbeitet.«

»Tomaso ist ein Trottel. Er sollte dankbar für deine Hilfe sein. Warum hat Pietro sich nicht für dich eingesetzt?« Er setzte Luisa mit Hemd in den Zuber.

»Ist das heiß!«, rief sie, doch nachdem sich ihr Körper an die Temperatur gewöhnt hatte, entspannte sie sich und schloss die Augen. »Pietro ging es nicht gut, und außerdem hatte ich meinen Entschluss gefasst. Ich musste allerdings etwas Geld nehmen. Das war das Schlimmste, aber wir können ihm jetzt einen Brief schreiben und das Geld schicken, nicht wahr?«

Armido zog sich den Stuhl heran. »Mmm, ja. Und dann?«

Sie berichtete von ihrer abenteuerlichen Reise. Als sie den Namen des Monsignore erwähnte, horchte Armido auf. »Sampieri? Ganz sicher?«

»Ja! Ein unangenehmer Mensch. Ich möchte kein Ketzer sein und ihm in die Hände fallen.«

»Und die Saitenmacher? Lavbruch war deren Name?« Er meinte, diesen Namen in Verbindung mit den »Armen von Lyon« bereits gehört zu haben. »Und wie bist du dann weitergekommen?«

»Ich habe zwei Tage in dem Gasthaus gewartet, bis ich

endlich auf einen französischen Kaufmann traf, der Madonnenbildnisse gekauft hatte und damit auf dem Weg nach Reims war. Ich konnte bis Bar-sur-Aube mit ihm reisen, aber ich hatte kein Geld mehr, und von da an wurde es schwierig. Ich habe mich allein zu Fuß bis Troyes durchgeschlagen, mich nachts in Ställe geschlichen und gegessen, was die Bauern den Tieren gaben.« Die Erinnerung an schimmeliges Brot und faulige Fleischreste drehten ihr auch jetzt noch den Magen um. »Dann habe ich einen Flussschiffer gefunden, der mich gegen Arbeit die Seine mit hinaufnahm. Ich habe Holz gestapelt und den Kahn gefegt. Irgendwann habe ich dann meine Hände nicht mehr gespürt. Die Kälte und diese alles durchdringende Nässe, ich musste an Deck schlafen, mir Platz zwischen den Holzstämmen schaffen.« Von ihrer fortwährenden Furcht, entdeckt zu werden, wenn sie sich einmal wusch oder ihre Notdurft in einen Eimer oder in Lumpen verrichtete, sprach sie nicht. Diese Angst war ihr Begleiter geworden und hielt sie dazu an, ständig auf der Hut zu sein. Nur ein Moment der Unachtsamkeit, und ihr Traum würde sich in nichts auflösen, denn er war so zerbrechlich wie eines der fragilen Stuckornamente, die sie für Meister Rosso schaffen wollte.

Ihr Bruder hörte schweigend zu und fand es unbegreiflich, dass seine Schwester diese Reise überlebt hatte. Ihre Zielstrebigkeit und ihr Mut waren bewundernswert.

»Ich weiß, dass ich nicht hier sein dürfte, Armido, aber ich bitte dich von ganzem Herzen, schick mich nicht sofort zurück! Lass mich Meister Rosso sehen. Die Galerie. Wie weit seid ihr? Sind die Fresken fertig? Könntet ihr nicht noch ein gutes Paar Hände gebrauchen?« Sie war so müde, und es fiel ihr schwer, sich zu konzentrieren, aber sie war hier! Hier in Fontainebleau, und ihr Bruder musste verstehen, dass er sie nicht einfach wegschicken durfte!

Fürsorglich strich er ihr die nassen Haare aus der Stirn und sagte: »Wenn du zu Kräften gekommen bist, sehen wir weiter, aber ich könnte mir vorstellen, dass wir eine Lösung finden.«

»Danke«, flüsterte sie, und ihr Lächeln überstrahlte die fiebrig glänzenden Augen und die eingefallenen Wangen.

Armido wusste, dass nur die Hoffnung sie am Leben halten würde. Und wer weiß, vielleicht fand sich wirklich eine Möglichkeit. Seit Jahren spielte sie die Rolle des Jungen überzeugend, warum sollte es hier nicht funktionieren?

Zwei Tage lang stand es kritisch um Luisa, und Armido wurde fast wahnsinnig vor Sorge, doch am dritten Tag sank das Fieber endlich, und die Krisis war überwunden. Ob es am guten Essen lag oder daran, dass Armido mit Rosso gesprochen und ihm Luisas Zeichnungen gezeigt hatte, die dieser wohlwollend zur Kenntnis genommen hatte, konnte er nicht sagen. Doch seine Schwester erholte sich in den folgenden zwei Wochen so schnell, dass es sie bald nicht mehr im Bett hielt.

An diesem Morgen saß sie in Hose und Hemd am Tisch, auf den sie einen kleinen Spiegel gestellt hatte, den Didier gegen entsprechende Bezahlung herbeigeschafft hatte. Mit einer Schere schnitt sie sich die Locken ab, die ihr bereits über die Schultern fielen und sie allzu weiblich aussehen ließen. »Kannst du mir helfen?«

Armido nahm die Schere und kürzte die restlichen Haare auf Schulterlänge. Wenn sie die Kappe aufsetzte, sah sie aus wie ein hübscher Jüngling, zu hübsch, fürchtete Armido, als er an Pellegrino und einige französische Edelmänner mit einer ausgeprägten Vorliebe für das eigene Geschlecht dachte. »Können wir dir nicht eine Warze ins Gesicht kleben?«

»Warum denn? Ich schmiere ein wenig Ruß auf die Wangen, dann sieht es aus wie Bartflaum. Das habe ich unterwegs auch getan, und es hat noch jeden getäuscht. Das dürfte genügen. Zum Glück habe ich an weiblichen Attributen nicht viel vorzuweisen.« Sie strich zufrieden über ihre flachen Brüste, die unter dem stramm gewickelten Tuch nicht zu sehen waren.

»Aber du bewegst dich immer noch zu sehr wie eine Frau. Das muss besser werden.« Nachdenklich musterte Armido sie. »Dass dich auf der Reise niemand als Frau erkannt hat, grenzt an ein Wunder, aber das Glück ist mit den Unschuldigen und den Narren … Pellegrino jedoch ist gefährlich. Er ist die rechte Hand des Meisters, was Organisation und finanzielle Belange angeht. Außerdem pflegen die beiden eine sehr enge Freundschaft. Nicht nur, dass er dir vielleicht an die Wäsche will, weil er dich für ein Knäblein hält, sondern auch, weil er furchtbar eifersüchtig ist, und Meister Rosso wird ganz sicher auf dich aufmerksam werden.«

Luisa stand auf und nahm Armido die Schere aus der Hand. »Danke. Ich weiß nicht, wieso, aber ich dachte immer, der Meister sei ein Liebhaber der Frauen.«

»Das ist er auch, er ist ein vollkommener Ästhet und liebt alles Schöne.« Armido lächelte schief, während er das Wort »alles« betonte.

»Oh«, sagte Luisa, die nicht so recht wusste, was sie damit anfangen sollte. »Ich fühle mich gut, Armido. Zeigst du mir die Galerie?«

Seufzend reichte er ihr das Wams, das ihre schmalen Schultern und die weiblichen Hüften verbarg, und nickte. »Na komm.«

Sie traten auf den Gang hinaus, der von einem Fenster und dem offenen Treppenhaus erhellt wurde. Zwei Mägde liefen mit gesenkten Köpfen an ihnen vorbei. Von den Künstlern und Handwerkern war niemand zu sehen. Sie waren bereits mit den ersten Sonnenstrahlen an die Arbeit gegangen.

»Hattest du nicht gesagt, dass der König bald kommt?« Luisa staunte über die reich verzierten Deckenbalken und den Ausblick aus dem Treppenhaus. Es war kühl, doch trocken, und auf den breiten Sandwegen paradierten berittene Wachsoldaten.

»Zumindest hatte ich das läuten hören, aber genau weiß man es erst, wenn er tatsächlich da ist. Nur zu deiner Orientierung: Hinter uns liegen der Salle de Bal und die Kapelle, und wir gehen auf den Salle des Gardes und die Gemächer Seiner Majestät zu.«

Luisa war überwältigt von den Ausmaßen der Schlossanlage, auch wenn weite Teile und auch die Gärten noch in der Entstehung begriffen waren. Ihr Bruder führte sie die Treppen hinunter und zeigte ihr den Hof. »Das ist der Cour Ovale mit der Porte Dorée. Gilles Le Breton, der königliche Baumeister hat sie entworfen, ein merkwürdiger Kauz übrigens, Maurermeister und selbsternannter Architekt.«

Ein massiger dreistöckiger Bau mit kleinen Giebeln und hoch herausragenden Kaminabzügen, die das spitz zulaufende Dach umringten, verband die angrenzenden Gebäudeteile. In jedem Stockwerk befand sich eine offene Loggia, flankiert von je zwei übereinandergelagerten Fenstern.

»Primaticcio hat gesagt, dass er die Porte mit mythologischen Motiven freskieren soll. Breton hat den ursprünglichen Eingang abreißen lassen und dafür die Porte errichtet. Eigentlich ist sie nur noch Durchgang vom Cour Ovale zu den Gärten.« Armido machte eine vage Handbewegung Richtung Park und angrenzendem Wald.

Einen Teil des Waldes von Fontainebleau hatte Luisa bei ihrer Anreise durchqueren müssen und erfahren, dass er einer Wildnis gleichkam – zerklüftete Hügelrücken, Schluchten, alte Tannen und dichtes Unterholz, das kein Mensch zuvor durchwandert zu haben schien.

»Die Gesimse müssen vereinheitlicht werden, aber, wie gesagt, bislang stehen erst Teile des Schlosses, es sind noch weitere Flügel geplant.« Armido zog sie wieder ins Innere, und sie folgte ihm durch eine Reihe hoher Räume, in denen bereits gearbeitet wurde.

»Guten Morgen, Armido! Lässt du dich auch mal blicken? Ist anstrengend, die Kleine, was?« Ein Landsmann mit Bologneser Akzent lachte und machte eine eindeutige Geste von seinem Gerüst herunter.

»Eh, Nestore.« Armido überging die Bemerkung. »Das ist mein Bruder Luca.«

»Ich wusste ja gar nicht, dass dein Bruder kommt. Wie alt bist du, Luca? Siehst aus, als wärst du gerade aus den Windeln!« Er lachte, und die anderen Stuckateure und Maler, die unter Primaticcio an der Ausschmückung der königlichen Gemächer tätig waren, fielen ein.

Luisa errötete. Derbe Scherze war sie gewöhnt, aber im Schutz der eigenen Werkstatt war das etwas ganz anderes, und sie fühlte sich unsicher. Ihr Bruder kam ihr zu Hilfe und klopfte ihr auf die Schulter.

»Wirst dich wundern, was er kann, Nestore. Manchmal sind die Kleinen die Größten. Seine Zeichnungen haben Meister Rosso jedenfalls gefallen.«

»Schöne Worte überzeugen uns nicht. Er wird sich erst beweisen müssen, der Signor *artista*.« Nestore stand lässig auf dem Gerüst, das bis unter die Decke reichte. Er war ein kräftiger Kerl und erfahrener Gießer, aber ein Künstler war er nicht.

Ohne sich auf ein Wortgefecht einzulassen, gingen die Geschwister weiter und standen endlich im Durchgang zur Galerie, auf deren Anblick Luisa hingefiebert hatte. Nervös griff sie nach Armidos Hand, der sie jedoch sanft abschüttelte. »Luca!«

»Ich bin nur so überwältigt! Unterwegs habe ich ja schon einiges gehört von Franz' prachtvollem Schloss, das alles übertreffen soll.«

Armido betrachtete die lichtdurchflutete Galerie, deren Fußboden mit schützenden Tüchern abgedeckt war. Das erste Freskenpaar waren die *Vénus frustrée* zu ihrer Linken und *La Bataille des Centaures* zu ihrer Rechten. Die Decke war bereits fertig. An den Wänden in der zweiten Hälfte der Galerie standen Gerüste, in der Mitte Werkbänke, und überall herrschte rege Betriebsamkeit. Mit dem Fuß schob Armido das Tuch zur Seite. »Das ist die Arbeit von Francesco.«

»Wundervoll!« Luisa bestaunte das kunstvoll in Rauten und Quadraten verlegte Parkett, dessen Muster sich in den dreidimensionalen geometrischen Formen der Decke spiegelte. Wieder und wieder wechselte ihr Blick zwischen der perfekt abgestimmten Symmetrie von oben nach unten.

»Grüß dich, Armido.«

»Ah, Francesco, darf ich dir meinen Bruder vorstellen? Luca, das ist unser Kunstschnitzer Francesco Scibec de Carpi.«

Luisa räusperte sich, schüttelte die dargereichte Hand und bemühte sich um eine tiefere Stimmlage. »Freut mich, Francesco.« Der drahtige Mann war kaum größer als sie, und sein offener Blick und das einnehmende Lächeln machten ihn ihr sofort sympathisch.

»Armido hat von dir erzählt. Du bist ein mutiger junger Mann, dass du unaufgefordert die gefährliche Reise auf dich genommen hast. Respekt! Ah, da kommt der Meister. Meine Bänke sind endlich fertig. Die ersten beiden habe ich heute Morgen zur Probe hier vorn aufstellen lassen. Hast du sie schon gesehen, Armido?« Stolz wies Scibec auf das erste Freskenpaar, unter dem je eine große Holztafel mit drei flankierenden schmaleren Paneelen an der Wand lehnte. In der Mitte stand eine schlichte Bank mit Chimären als Armlehnen und Cabriolebeinen mit Klauenfüßen. Die Vergoldung korrespondierte mit der dezenten Verwendung des Edelmetalls in den Paneelen. Da die Holzvertäfelung erst angebracht werden konnte, sobald Fresken und Stuckaturen und die damit verbundenen feuchten Arbeitsgänge abgeschlossen waren, hatte der Kunsttischler seine Werke kurzzeitig zur Demonstration in die Galerie gebracht.

»Hervorragende Arbeit, Francesco. Der Meister wird zufrieden sein.«

»Was hast du gemacht, Armido?«, fragte Luisa.

Ihr Bruder wies auf die Karyatide, doch Luisa kam nicht mehr dazu, ihre Bewunderung in Worte zu fassen, denn von hinten kam Bewegung in die Handwerker, und alle Augen starrten wie gebannt auf den Mann, der langsam mit prüfendem Blick durch die Galerie schlenderte.

»Rosso Fiorentino«, flüsterte Luisa ehrfürchtig und hätte fast einen Hofknicks gemacht, erinnerte sich jedoch rechtzeitig an ihre Rolle und nahm stattdessen die Schultern zurück.

»Er ist ohne seinen Schatten hier«, bemerkte Scibec leise.

»Schatten?«, fragte Luisa ebenso leise und verfolgte gebannt jede Bewegung des schönen Mannes, der in seinem goldbraunen Wams wie einem Gemälde entstiegen schien.

»Francesco Pellegrino ist sein Gehilfe, ein aufgeblasener, schleimiger Tropf, Sohn aus reichem Hause, der es sich leisten kann, den Meister zu begleiten, und dafür gelegentlich zum Pinsel greifen darf«, erklärte Armido.

Scibec hielt sich die Hand vor den Mund. »Treffender hätte es wohl niemand ausdrücken können, mein Freund, den Pinsel halten, wirklich …« Mühsam unterdrückte er ein Lachen.

Luisa warf den Männern einen verwirrten Blick zu und wartete nervös, bis Rosso Fiorentino vor ihnen stand. Er hatte dunkle Augen und einen gestutzten Bart. An der rechten Hand, mit der er eine Pergamentrolle hielt, funkelten zwei kostbare, mit Edelsteinen besetzte Ringe. Der Duft von Sandelholz und Lavendel stieg ihr in die Nase, als er eine Bewegung mit dem linken Arm machte und auf die Bänke deutete.

»Sie entsprechen nicht ganz meiner Zeichnung, aber die Chimären sind eine gelungene Variation meines Entwurfs. Auch die Inschrift sieht besser aus. Danke, Scibec!«

Francesco Scibec de Carpi lächelte und nickte. Armido wunderte sich, dass heute kaum Hofdamen anwesend waren, vielleicht bereiteten sie sich auf die Ankunft Seiner Majestät vor.

Rosso trat einen Schritt auf ihn zu, sah aber Luisa an und fragte: »Und das ist Euer Bruder, Armido? Er ist jünger, als ich dachte.«

Luisa schlug die Augen nieder, dann fiel ihr ein, dass ein Mann das sicher nicht tun würde, und sie erwiderte Rosso Fiorentinos forschenden Blick. »Ich werde im Dezember neunzehn Jahre alt, Meister.«

»Wirklich?« Erstaunt hob er eine Augenbraue und spielte gedankenverloren mit der Rolle in seinen Händen. »Was könnt Ihr? Wie war Euer Name?«

»Luca. Ich bin ein guter Stukkador und Zeichner, und Fresken habe ich auch schon gemalt«, beeilte sie sich zu sagen und hoffte, dass es nicht zu vorlaut klang. Ein Fresko hatte sie zwar noch nicht selbst gemalt, aber in einem Sieneser Palazzo mitgeholfen.

»Meister Rosso!«, ertönte eine schrille Frauenstimme aus dem Durchgang hinter ihnen. Es raschelte, und schon rauschte eine wenig attraktive, aber reich gekleidete Frau mittleren Alters an ihnen vorbei, baute sich vor dem Künstler auf und fächelte sich mit einem spanischen Fächer Luft zu. »Wir erwarten Euch!«

»Geht schon vor, Madame Monpézat. Ich bin in Kürze bei Euch.«

Mit hochrotem Kopf machte die beleibte Dame eine Drehung, raffte ihre Röcke und ging hinaus.

Rosso schüttelte den Kopf. »Ich habe so viele Aufträge, wie soll ich da noch eine Madonna für sie malen? Aber sie steht Seiner Majestät sehr nahe. Und Seine Majestät zu verärgern wäre unklug ...«

Armido grinste, und Scibec hüstelte verständnisvoll.

Mit einem gespielten Seufzer sagte Rosso: »Nun, fürs Erste können die Brüder Paserini zusammenarbeiten. Für detaillierte Überlegungen bleibt mir keine Zeit, wie Ihr selbst gesehen habt ...« Er schenkte Luisa ein Lächeln und ging federnden Schrittes davon.

Ein Hauch von Sandelholz hing noch in der Luft, als er gegangen war.

VII
Geheimnisse in Paris

Jules Dubray spülte seinen Ärger mit einem Becher Rotwein hinunter. »Verdammt sollen sie sein!«, fluchte er und hätte den Becher am liebsten in die offene Feuerstelle geworfen, aber er befand sich im Haus von Freunden, und sein Gastgeber war ein bedächtiger Mann.

»Nun, nun«, beschwichtigte Robert Estienne, ein renommierter Buchdrucker, der sich durch kritische Bibelkommentare einen Namen, aber auch Feinde an der konservativen Sorbonne gemacht hatte.

Sie befanden sich in der Buchhandlung von Thibault Ariès unweit der Rue Saint Jean de Beauvais in Saint Germain. Die Seine und die Universität waren nur einen Steinwurf entfernt. Thibault hatte die Türen seines Geschäftes abgeschlossen, obwohl es noch früh am Nachmittag war, aber heute hatte er Besuch, und ungebetene Zuhörer waren nicht erwünscht.

Aleyd Dubray saß auf einem Schemel und blätterte in einem illustrierten Stundenbuch. »Jules, reg dich nicht auf. Es hat keinen Sinn! Wir können sie nur überzeugen, indem wir weitermachen und uns nicht einschüchtern lassen. Wir kämpfen für unseren Glauben, für unsere Freiheit, für unsere Überzeugungen! Zumindest unsere Gedanken kann uns niemand verbieten!« Ihre grünen Augen leuchteten.

Robert sah sie bewundernd an. »Deine Schwester ist noch

schöner, wenn sie sich kämpferisch für deine Sache einsetzt, Jules. Wenn ich kein verheirateter Mann wäre …«

»Robert, lass das. Wir sind hier, um eine Strategie zu entwickeln.« Jules stellte den Becher schwungvoll auf einen kleinen Tisch neben der Feuerstelle, einem offenen Kamin, der mehr Ruß in das Zimmer blies, als er Wärme spendete. »Du solltest dich mal um den verfluchten Abzug kümmern, Thibault.«

»Setz dich, Jules. Du machst mich ganz nervös, wenn du dauernd hin- und herläufst wie ein angeschossenes Kaninchen«, murrte Thibault, ein behäbiger Mann mit struppigen grauen Haaren. Seine Kleidung war schäbig und sein Laden staubig, aber das täuschte über die Schätze hinweg, die der kundige Buchhändler in seinen Regalen verwahrte. Er sprach fließend Latein und übersetzte Griechisch, und er hatte eine Schwäche für revolutionäre Ideen und deren Vertreter. Eine Schwäche, die ihn 1534 fast das Leben gekostet hätte. Nur die Fürsprache seines Freundes Robert Estienne, der den persönlichen Schutz des Königs genoss, hatte ihn vor dem Scheiterhaufen gerettet.

Wie alle Räume seines schmalen Hauses war auch dieser mit Bücherstapeln vollgestellt. Thibault pflegte in diesem Hinterzimmer seiner Buchhandlung auch zu essen, und manchmal nächtigten Freunde hier, weshalb ständig ein Topf mit Eintopf über dem Feuer hing. In einem Armlehnstuhl saß der letzte Gast dieses Nachmittags, ein hochgewachsener Mann mit langem Bart, dessen Umhang nass und dreckverkrustet war. *Barbe* George, wie er genannt wurde, war ein Prediger von Dubrays Glaubensgemeinschaft, den »Armen von Lyon«, wie sie sich selbst nannten. Die Theologen der Sorbonne nannten sie Vaudois, Waldenser, was für die Konservativen gleichbedeutend mit Ketzern war.

»Wie soll ich denn ruhig bleiben, wenn sie immer neue

Unwahrheiten über uns säen? Mein Gott, erst gestern habe ich wieder gehört, dass die Herren Theologen uns der Hexerei bezichtigen. Sie behaupten, dass wir das Christentum zerstören.« Jules lachte trocken. »Das Schönste war, dass sie verbreiten, wir hätten eine Salbe, mit der wir uns einreiben, bevor wir den Teufel anbeten!«

Aleyd warf die langen rotblonden Haare zurück und lachte schallend. »Das ist so lächerlich, Jules, dass es einfach niemand glauben kann! Ich meine, das ist kompletter Unsinn!«

»Leider nicht, Schwester«, meldete sich *barbe* George mit tiefer Stimme zu Wort. »Die Menschen glauben diesen Irrsinn, weil sie ihn glauben wollen. Das war schon immer so. Sie brauchen einen Feind, auf den sie ihre Ängste und ihr eigenes Versagen projizieren können.«

»Als ob der Krieg uns nicht genug abverlangt …«, meinte Jules.

Robert Estienne streckte die langen Beine aus. »Anscheinend nicht genug, außerdem ist doch vor wenigen Wochen Waffenstillstand geschlossen worden. In Mozzon?«

»Mozzon in Aragón, ja, ja. Jetzt verhandeln sie in Leucate. Montmorency und der Kardinal von Lothringen und auf der habsburgischen Seite Francisco de los Lobos und Nicolas Perrenot.« Der Prediger beugte sich vor und betrachtete sehnsüchtig den Eintopf.

Thibault rieb sich den Leib und ging zum Feuer. »Woher weißt du das so genau, *barbe* George?« Er hob den Deckel ab und rührte um.

»Ich komme herum. In meiner Position ist es immer gut zu wissen, was passiert. Gefährlich lebe ich ohnehin.« Er grinste. »Das riecht so gut, mein bester Thibault, dass mir der Speichel gleich das Kinn herunterläuft.«

»Dagegen müssen wir etwas tun …« Thibault holte eine Kelle und Holzschüsseln und füllte jedem eine Portion ein.

Der *barbe* aß schnell und lehnte eine zweite Portion nicht ab. »Danke, mein guter Thibault. Ich weiß gutes, nahrhaftes Essen zu schätzen. Der Herr segne dich!«

»Was bedeutet das mit der Akademie in Lausanne, *barbe*? Dürfen Laien jetzt nicht mehr predigen?«, fragte Jules.

»Nein, ganz so ist es nicht. Aber die Gemeinden werden größer, und es gibt schon jetzt nicht genügend *barbes*. Die Verfolgungen haben zugenommen. Zu viele mussten bereits sterben, und es wird immer schwieriger, in den Dörfern auszubilden, ohne aufzufallen. Es wird darauf hinauslaufen, dass der Nachwuchs an *ministres*, wie man die Prediger jetzt nennt, in den neuen Akademien der Reformation ausgebildet wird. Lausanne und Genf sind ein Anfang, mehr Akademien werden folgen.«

»Sind unsere Barbenschulen plötzlich nicht mehr gut genug?« Jules gefiel diese Entwicklung nicht, bedeutete sie doch, dass das Wort Gottes wieder nur von Privilegierten gelehrt werden durfte, genau wie bei den Katholiken. Bisher hatte jedes Tal der Vaudois im Süden Frankreichs und im Piemont eine eigene Barbenschule gehabt, in der die Laienprediger ausgebildet wurden.

Barbe George seufzte. »Doch, sie sind es. Aber willst du die Gefahr denn nicht sehen, Jules? Solange wir die Vaudois sind, die Ketzer, eine teuflische Sekte, stehen wir allein da und sind schutzlos. Wenn wir aber zu den Reformierten gehören, dann kann man uns nicht länger willkürlich vernichten. Hast du schon vergessen, wie es dem armen Martin Gonin letztes Jahr ergangen ist?«

Jules und Aleyd schüttelten den Kopf, doch Robert fragte: »Wem?«

Aleyd erklärte: »Martin Gonin war einer unserer Brüder und auf dem Weg von Genf nach Angrogna. Dort hat ihn der Sieur de Champoléon gefangen genommen und behauptet, er sei ein Spion. Gonin hatte reformatorische Schriften bei sich und wurde nach kurzer Anhörung in Grenoble nachts in der Isère ertränkt.«

»Mein Gott. Und es gab nicht einmal einen Prozess?« Robert Estienne war entsetzt.

»Das wundert dich? Nach der Plakataffäre hier in Paris ist mein Vertrauen in Gerechtigkeit oder die Weitsicht des Königs zerstört.« Jules war wütend. »Hast du nicht selbst Freunde auf dem Scheiterhaufen brennen sehen?«

Robert hob abwehrend die Hände. »Ja. Ich hatte gehofft ...«

»Hoffen? Nach allem, was geschehen ist, hast du noch Hoffnung?« Jules brüllte die letzten Worte geradezu.

»Hör auf! Jules, beruhige dich!« Der *barbe* stand auf und packte Jules bei den Schultern. »Natürlich hoffen wir auf eine Veränderung der Verhältnisse. Was wären wir denn ohne Hoffnung?«

Aleyd sagte ruhig: »Jules, wir dürfen uns nicht hinreißen lassen. Wir mussten unseren Glauben bisher im Verborgenen leben. Wenn wir Reformierte werden, dann genießen wir den Schutz der deutschen Fürsten. Es sind mehr, und ihre Stimmen können irgendwann nicht mehr überhört werden. Sie können doch nicht alle töten!«

»Du auch? Willst du uns auch verraten?« Enttäuschung stand in Jules' Augen, und er machte sich aus dem Griff des *barbe* frei.

»Nein. Keiner von uns will unseren Glauben aufgeben. Das weißt du auch. Aber wir können doch unter dem Mantel der Reformation leben, und wenn die Zeiten sich ändern, sprechen wir für uns und bekennen uns!« Seine Schwester sah *barbe* George um Zustimmung ersuchend an.

Dieser nickte. »Genauso ist es, Bruder. Chanforan war ein erster Schritt in diese Richtung. Mit der Resolution haben wir uns den Reformierten angenähert. Franz' Schwester wird sich für uns einsetzen. Sie befürwortet die …«

»Gar nichts wird sie tun!«, unterbrach Jules ihn. »Denn sie kann nichts mehr tun! Franz hört nicht mehr auf sie. Unser König ist besessen von seinem Hass auf Karl und von Italien! Ihm ist völlig egal, was aus uns wird, solange er seine Prachtschlösser finanzieren kann und nicht um seine Macht fürchten muss!«

Jetzt war es an Robert zu widersprechen. »Du solltest in deinem Zorn nicht ungerecht werden. Franz hat die Einsetzung Graf Wilhelm von Fürstenbergs als französischen Gouverneurs im Clusontal befürwortet. Farel führt dort die Verwaltungsgeschäfte.«

»Farel?« Jules und Aleyd waren überrascht, denn Guillaume Farel war einer der führenden Reformatoren und ein Anhänger Johann Calvins.

»Gauchier Farel, Guillaumes Bruder. Franz duldet die Einmischung Farels in unseren Tälern, obwohl er weiß, dass Farel die Reformierten unterstützt.«

»Seit wann leitet Gauchier die Verwaltung?«, fragte Jules.

»Fürstenberg ist seit wenigen Wochen Gouverneur, und Gauchier Farel ist mit ihm gegangen. Er ist schon seit zwei Jahren im Dienst des Grafen.«

»Na schön, Robert«, meinte Jules. »Dann duldet unser König, dass wir in den Tälern leben und unsere Religion als Reformierte ausüben. Aber trotzdem sollten wir unsere Identität nicht aufgeben. Wir sind keine Lutheraner! Wir haben unseren eigenen Glauben und leben nach unseren Regeln!«

»Und wenn es uns alle das Leben kostet, Jules? Willst du das?«, fragte Aleyd sanft.

Er sah seine schöne Schwester an, die er über alles liebte. Sie waren zusammen zur Schule gegangen, und ihr Vater, selbst ein anerkannter *barbe*, der im vergangenen Jahr während einer Befragung gestorben war, hatte sein Wissen an sie beide weitergegeben. Aleyd war eine Kämpferin und genauso von ihrem Glauben überzeugt wie er. Und sie war sein Gewissen, die mahnende Stimme, die ihn zur Besinnung brachte, wenn seine Wut ihn blind für die Realität machte. »Nein, Aleyd. Zu viele mussten bereits sterben.« Jules atmete tief durch. »Ich habe Armido Olivétans Bibel gegeben. Er wird bei unserer nächsten Zusammenkunft im Wald von Fontainebleau dabei sein.«

»Dem Italiener? War das klug? Man könnte die Schrift im Schloss entdecken!«, warf George ein.

»Er weiß auf sich achtzugeben. Es ist wichtig, neue Brüder zu gewinnen. Außerdem wird niemand vermuten, dass er das Buch hat.« Jules vertraute Armido, über dessen aufrichtiges Interesse an den »Armen« ihm Glaubensbrüder aus Rom berichtet hatten. Darüber hinaus hatte er in Armido einen Freund gefunden, und er wusste, dass der Stuckateur seine Schwester liebte. Und auch wenn Aleyd es nicht zeigte, so glaubte er, dass seine Schwester Armidos Zuneigung erwiderte. Es war nicht üblich unter den »Armen«, die Frauen allzu jung zu verheiraten. In den Dörfern des Luberon lebten viele Frauen, die mit zwanzig noch unvermählt waren. Denn bei der Wahl des Ehepartners war eine Regel zwingend, und die lautete, nur einen aus der Gemeinschaft zu wählen.

VIII
Mars und Venus

Seit jener ersten Begegnung mit Rosso Fiorentino waren zwei Wochen vergangen, in denen Luisa an der Seite ihres Bruders ausschließlich mit dem Anfertigen von Zierleisten beschäftigt gewesen war. Sie beschwerte sich nicht, obwohl die Arbeit keine Herausforderung für sie war, sondern bemühte sich, die ihr aufgetragenen Aufgaben mit größter Präzision auszuführen.

Heute Abend war es ruhig in der Galerie. Bis auf zwei Diener, die Böden fegten und Tücher ausschüttelten, war niemand mehr hier. Die anderen waren vor einer Stunde zum Essen gegangen, doch Luisa hatte sich angewöhnt, länger in der Galerie zu bleiben, um mit den Fresken allein zu sein. Sie befestigte einen Bogen Papier auf einer Holztafel und versuchte sich am Kopieren der *Vénus frustrée*. Ohne die vielen Menschen und die Kohlebecken, die von den Dienern tagsüber am Glühen gehalten wurden, war es empfindlich kalt in der Galerie. Die kühle Feuchtigkeit schien alles zu durchdringen.

Ihre Finger waren steif und klamm, während sie mit sicheren Strichen die Komposition des Freskos mit roter Kreide zu skizzieren versuchte. Sie hatte sich auf die Bank an der gegenüberliegenden Wand gesetzt und spürte den kalten Luftzug, der durch das Fenster hinter ihr drang. Obwohl sie sich in Schal und Umhang gehüllt und die Beine in den warmen Stiefeln, die ihr Bruder ihr geschenkt hatte, untergeschlagen hatte, begann sie zu zittern. Seufzend hob sie den Kopf. Vielleicht konnte sie die noch glimmende Kohle in dem Becken schräg vor ihr etwas länger am Leben halten.

Sie legte die Tafel zur Seite und stand auf. Ihr Magen knurrte. »Musst dich noch gedulden«, murmelte sie, nahm den eisernen Haken, der neben dem Kohlebecken hing, und stocherte in der Glut, bis Funken stoben und ihr Gesicht von der ausströmenden Wärme zu glühen begann.

Plötzlich wehte ein eisiger Luftzug durch die Galerie und löschte die Kerzenleuchter am östlichen Ende aus. Schritte erklangen, und Luisa wartete mit dem eisernen Haken in der Hand, bis sich die Gestalt eines Mannes aus der Dunkelheit löste.

»Meister Rosso.« Wie ein Kaninchen, das vom Blick der Schlange gebannt ist, verharrte sie neben dem Kohlebecken, den Eisenhaken in der Hand.

Er war allein und schien geritten zu sein. Der Pferdegeruch haftete ihm an, und er trug Handschuhe aus feinem Leder und ebensolche Hosen, die sich eng um seine Beine schmiegten, sowie gut geschnittene Stiefel und einen wollenen Umhang. In seinem Gürtel steckten ein Dolch und ein Degen, mit dem er umzugehen verstand, wie sie gehört hatte.

»Wollt Ihr mich erschlagen, Luca?« Er zog die Kapuze des Umhangs zurück und blieb stehen.

Ihre ohnehin schon roten Wangen wurden noch dunkler, und verlegen hängte sie den Haken an seinen Platz. »Entschuldigt.«

»Was macht Ihr noch hier? War der Tag nicht lang genug?« Er stemmte die Hände in die Hüften und sah sich um. Eine Antwort schien er nicht zu erwarten, denn sein Blick glitt prüfend über die schwach von flackernden Kerzen erleuchteten Fresken und Stuckfiguren, die sich grotesk im Spiel der Schatten zu winden schienen.

»Ich bin gern allein hier. Dann fühle ich mich den Figuren nahe. Sie sind voller Bewegung und Dramatik, sie sind fleischlich.« Sie hatte leise, mehr zu sich selbst gesprochen, doch Rosso Fiorentino wandte ihr das Gesicht zu.

Ein feines Lächeln umspielte seine Lippen. »Sie leben, lösen Gefühle aus, nicht wahr? Die Sphinxe und Chimären, die Engel dort oben, meine schöne Venus und die gigantischen Zentauren, alles ist miteinander verbunden durch die Symmetrie der Gegenüberstellung, durch die Wiederholung der Motive auf verschiedenen Ebenen. Auf den ersten Blick ist die verzahnte Vielschichtigkeit des Raumes nicht zu fassen. Der Betrachter glaubt zu erkennen, sieht sich beim Nähertreten getäuscht und entdeckt eine weitere Facette des Gesamtkunstwerks.« Bedächtig schritt er in die Raummitte und drehte sich in alle Richtungen. »Sinn und Bedeutung des Ganzen erschließen sich nur, wenn man sich einlässt auf diese große Komposition, dieses Konzert aus Farben, Formen und Raum! Der Raum, versteht Ihr? Der gesamte Raum ist das Kunstwerk! Und jedes Element für sich genommen ebenfalls, aber nur zusammen ergibt es Sinn!«

Er winkte sie zu sich. »Stellt Euch hierher. Was seht Ihr?«

Sie blickten auf die nördliche Wand, an der bereits drei Fresken fertiggestellt waren. »Die *Vénus frustrée*, die *Erziehung des Achilles* und daneben die *Rache des Nauplius*.« Eingebettet waren die Fresken in Rahmungen aus gegossenen Zierleisten, die wiederum von Stuckreliefs getragen wurden und sich mit bemalten Mosaiken schnitten.

»Ah, da ist viel mehr!« Rosso ging zum Fresko der Venus.

Luisa folgte ihm und hoffte, er werde ihre Zeichnung nicht entdecken, die auf der Bank hinter ihnen lag.

»Diese Galerie habe ich zu Ehren Seiner Majestät konzipiert. Mythologie und Rätselhaftigkeit gefallen Seiner Majestät, und nicht jeder, der hier zum ersten Mal steht, wird erkennen, was dargestellt ist. Das Vordergründige, natürlich. Wer belesen ist, erkennt die Venus, die uns mit einladender Geste von der weiblichen Karyatide, die Euer Bruder wirklich hervorragend gestaltet hat, präsentiert wird. Unsere Venus steht vor dem schlafenden Amor. Sie ist von ihrem Liebhaber Mars verlassen worden. Amoretten tragen die Waffen des Kriegsgottes, der in den Krieg ziehen muss, und Venus ringt verzweifelt die Hände.« Rosso legte den Kopf schräg. »Aber ich hatte einen Grund, gerade diese Szene zu wählen.«

Sie wartete. Es war faszinierend, den Worten des Meisters zu lauschen, und sie wollte ihn keinesfalls unterbrechen. Zu kostbar war ihr dieser seltene Moment von fast intimer Zweisamkeit mit Rosso Fiorentino, den sie mehr bewunderte als jeden anderen lebenden Künstler. Und auch wenn es unsinnig war, schlug ihr Herz in seiner Nähe schneller. Verstohlen musterte sie ihn von der Seite und strich in Gedanken über sein ebenmäßiges Profil.

»Die verzweifelte Venus und ihr Kriegsgott verweisen auf den Krieg mit Karl. Anfang letzten Jahres wurden die Kampfhandlungen wieder aufgenommen. Immer wieder Karl. Diese ewige Rivalität überschattet das Leben Seiner Majestät. Alles, was er tut, hat nur einen Zweck – den Kaiser zu übertrumpfen.«

Luisa wusste, dass die Kaiserwahl vor achtzehn Jahren und die Niederlage bei Pavia sechs Jahre später Franz tief getroffen hatten und schuld am Zerwürfnis zwischen Frankreich und dem Habsburger Reich waren. Franz I. hatte die lange Gefangenschaft in Madrid nie verwunden. Sein Hass auf Karl für diese Demütigung musste grenzenlos sein. Und trotzdem liebte dieser französische König das Leben, die

Kunst und Italien. Letzteres war schließlich der Grund, warum sie hier waren. »Wie ist Seine Majestät?«

»Wie? Oh, ein Herrscher, der sich seines Erbes und seiner Verantwortung bewusst ist, aber auch ein Mensch, der Prunk und Vergnügen liebt – ein König eben.« Der Künstler lächelte und zeigte auf den goldenen Salamander, der sich aus seinem Stuckrahmen herauszuwinden schien. »Der Salamander verkörpert die Unverwundbarkeit durch das Feuer und hat die Macht, Feuer zu löschen – *nutrio et extinguo*.«

Luisa hatte den Wahlspruch schon oft gelesen, aber nie darüber nachgedacht. »Was so viel bedeutet wie, ich ernähre und zerstöre. Ist Franz ein gerechter König?«

Rosso lachte. »Ihr solltet Euch selbst ein Urteil bilden, mein hübscher Luca. Am nächsten Sonntag findet im Louvre ein Fest statt, ein Maskenball. Ich selbst habe die Masken entworfen.«

Stimmen und das Geklapper von Pferdehufen kündigten neue Besucher an, und Rosso trat zum Fenster auf der gegenüberliegenden Seite. »Ah, Pellegrino. Ich habe ganz vergessen, weshalb ich gekommen bin. Also, Ihr könnt Euren Bruder begleiten. Ich habe meine wichtigsten Mitarbeiter eingeladen.« Während er vom Fenster zurücktrat und zum Ausgang ging, sagte er noch: »Die Zeichnung ist gut. Vielleicht habe ich eine Aufgabe für Euch.«

Armido saß neben Scibec auf einer der langen Bänke im Speiseraum neben der Küche. Der Duft von gebratenem Lamm stieg ihm in die Nase, und er nahm sich ein neues Stück von dem großzügig belegten Tablett in der Tischmitte. Auch mit Wein und Bier wurden die Künstler reichlich bedacht.

Scibec bediente sich mit Rotwein, und Armido tippte an

seinen Becher. »Gib mir auch noch etwas. Ich habe mich an den Geschmack gewöhnt.«

»Muskateller, kräftig. Auf unser herrliches Italien!« Scibec leerte seinen Becher in einem Zug. Seine Wangen waren bereits gerötet und die Augen glasig.

Unwilliges Gemurmel erhob sich auf der anderen Seite des Tisches, an der Thiry und einige französische Maler saßen.

Armido nahm den Wasserkrug und füllte damit den Becher seines Freundes. »Hier, trink das und iss von dem Lamm. Das ist ausgezeichnet. Was ist los mit dir?«

Scibec nahm seine Kappe ab und rieb sich die kurzen Haare. »Ich habe Heimweh. Meine jüngste Tochter hat geheiratet, und ich hätte dabei sein sollen. Verflucht! Manchmal habe ich dieses Vagabundenleben satt.« Er hob den Becher an die Lippen, setzte ihn jedoch rasch wieder ab. »Was ist das denn?« Schwungvoll kippte er das Wasser hinter sich auf den Boden und griff nach dem Muskateller. Ein Hund jaulte auf. Auf dem Hof und im Erdgeschoss fanden sich ständig große und kleine Hunde und Katzen, deren Aufgabe das Dezimieren der Ratten und Mäuse war. Das Ungeziefer war jedoch so dreist, dass man es dennoch oft genug über Tische und hinter Truhen und Schränke huschen sah.

Als Gemüsebeilage gab es heute Wirsingkohl, den Armido besonders mochte, vor allem, wenn die Köchin den Kohl nicht gänzlich zerkocht hatte. Mit dem Messer spießte er mehrere Stücke aus einer Schüssel auf und legte sie auf seinen Teller. An der königlichen Tafel hatte er bereits zweizinkige Gabeln gesehen, die in Italien schon seit einigen Jahren in Mode waren. Nun, es dauert alles etwas länger hier im Norden, dachte Armido und stieß Scibec an, der schon wieder angriffslustig Richtung Thiry starrte. Glücklicherweise entdeckte dieser sein Interesse für eine junge Magd, die mit zwei Weinkrügen an den Tisch kam. Da sie nicht schüchtern war, über ein pralles Dekolleté verfügte und gegen Kniffe und derbe Zoten nichts einzuwenden hatte, waren die Niederländer und Franzosen um Thiry allzu abgelenkt, um noch länger auf den weinseligen Scibec zu achten.

Wo war Luisa heute Abend? Sie blieb des Öfteren länger in der Galerie, um zu zeichnen, was Armido nur ungern sah, wollte er doch nicht, dass sie unnötig Aufmerksamkeit auf sich zog. Seit sie hier war, hatte sich sein Leben verändert. Luisa betonte zwar ständig, dass sie gut auf sich allein aufpassen könne, aber er wusste es besser. Im Grunde hätte er sie sofort nach Siena zurückschicken sollen. In ihrer Hosenrolle fühlte sie sich sicher, doch jederzeit konnte jemand herausfinden, dass sie eine Frau war, und dann hätte auch er selbst mehr Fragen zu beantworten, als ihm lieb sein konnte. Armido seufzte. Sie war so glücklich, wenn sie zeichnete, und seine Schwester war gut, sehr gut sogar. Schon als kleines Mädchen war ihre Begabung deutlich geworden, und es hatte ihm immer in der Seele wehgetan, das wissbegierige Kind zu entmutigen. Als Mädchen blieb ihr der Weg in die Werkstätten der Meister verschlossen.

Er erinnerte sich an jenen Tag in Volterra, als sie verzückt vor Meister Rossos *Kreuzabnahme* gestanden hatte. Ihre Reaktion hatte ihn verwundert und berührt, was musste Rossos Gemälde für sie bedeutet haben? Seine kleine Schwester war eine besessene Künstlerin, keine Frage, aber dieses Schloss war eine Schlangengrube, und er konnte nicht verantworten, dass sie einer der bissigen Vipern zum Opfer fiel. Schnell aß er auf und sagte: »Bin gleich zurück, Francesco. Heb mir noch etwas Wein auf!«

Scibec nickte abwesend. Von den über dreißig Männern waren die meisten mit Essen oder Trinken beschäftigt und nahmen keine Notiz von Armido, der aufstand und den

Speisesaal durch die Küche verließ. In den Gängen war es empfindlich kalt. In der Galerie wurde mit Kohlebecken für etwas Wärme gesorgt, was Meister Rosso jedoch mit gemischten Gefühlen sah. Er ließ nur so viele Kohlebecken zu, dass der Trocknungsprozess der Fresken kaum beeinflusst wurde.

An Fässern mit Salz und Kisten voller Rüben und Kohlköpfen vorbei ging Armido hinauf in die Galerieetage. Er öffnete eine schmale Tür und trat in den spärlich erleuchteten Gang vor den königlichen Gemächern.

Ein älterer Kammerdiener kam mit zwei jungen Burschen, die Bettwäsche und Nachtgeschirr trugen, um die Ecke. Die drei gingen in die königlichen Gemächer, die im alten Donjon, dem gewaltigen Turm, lagen. Josette hatte davon gesprochen, dass der König mit Gefolge am morgigen Tag erwartet wurde, denn der Hofstaat war im Louvre geblieben, wo ein Maskenball veranstaltet wurde. Bisher hatte Armido noch an keinem der legendären Feste teilgenommen und freute sich auf das außergewöhnliche Ereignis, das eine willkommene Abwechslung von der Arbeit war. Meister Rosso hatte in großzügiger Weise dafür gesorgt, dass auch seine engsten Mitarbeiter eingeladen waren. Armido rieb sich die Stirn. Doch das Schicksal wollte es so, dass ausgerechnet Freitagnacht ein wichtiges Treffen der Gläubigen im Wald stattfand. Jules hatte ihm eine Nachricht gesandt, dass *barbe* George bereit war, ihn und zwei weitere Männer in die Gemeinschaft aufzunehmen. Noch wusste Armido nicht, was er tun sollte.

Als er in den Durchgang zur Galerie trat, stutzte er. Seltsame Geräusche drangen an sein Ohr. Entweder ein Liebespaar hatte sich hier verbotenerweise verabredet, oder jemand war in Bedrängnis. »Heda!«, rief er und ließ seinen Blick durch den weitläufigen Raum schweifen.

An einem Gerüst standen Besen und Eimer, und in einem Becken verglühten letzte Kohlereste. Armido, der sich auch blind in der Galerie zurechtgefunden hätte, ging zur ersten Bank, neben der er einen Leuchter wusste, und entzündete die Kerzen. Dabei fiel sein Blick auf Luisas Zeichnung. Ein Stück Rötelkreide lag auf dem angefangenen Blatt. Die unterdrückt klingenden Geräusche wurden lauter. Etwas fiel zu Boden, gefolgt von einem Fluch.

Da er in der Galerie niemanden sah, blieben nur die Kabinette. Kaum hatte er sich in Bewegung gesetzt, um nachzusehen, kam auch schon seine Schwester herausgestürmt.

»Armido! O Gott, wie gut, dass du da bist! Er wollte …« Luisa atmete schwer. Ihre Augen waren angstvoll geweitet, und sie klammerte sich an ihren Bruder, der sie hinter seinen Rücken schob und den Leuchter absetzte.

Dann erschien der Grund ihrer Besorgnis, ein junger Mann mit hochmütigen Gesichtszügen. Er war gekleidet wie ein Edelmann, doch waren sein kurzer Schoßrock und auch die gepolsterten Kniehosen schwarz. Nur das Hemd war weiß, und die strenge Kleidung kennzeichnete ihn als Mitglied der Konservativen um Diane de Poitiers. Armido überlegte, woher er den Mann kannte.

»Geh mir aus dem Weg!« Herrisch wollte der Höfling Armido zur Seite schubsen und wich überrascht zurück, als Armido ihn mit beiden Händen vor die Brust stieß.

»Was willst du, Laffe?« Sein südländisches Temperament flammte auf. Er kannte diese Art von rücksichtslosen Aristokraten, die nur ihrem Vergnügen nachstrebten und dafür im wahrsten Sinne des Wortes über Leichen gingen. In Rom hatte er mehr als ein Mal erlebt, wie es zuging in den hohen Häusern. Hinter den dicken Mauern der Palazzi, in denen er gearbeitet hatte, war der Tod von Lustknaben oder Kindern, die heimlich gekauft oder entführt wurden, keine Seltenheit. Und dabei gab es keinen Unterschied zwischen Mitgliedern des geistlichen Standes und reichen Patriziern. Solche Erinnerungen schossen Armido durch den Kopf, als er den gierigen Blick sah, mit dem der Höfling seine Schwester, die er für einen Jungen halten musste, verfolgte.

»Du wagst es? Ich bin Guy de Mallêt! Sekretär von Kardinal Tournon!« Genugtuung und das Wissen um seinen mächtigen Herrn standen dem Spross Mallêts ins Gesicht geschrieben.

Hinter dem Rücken ihres Bruders hervor wagte Luisa einen Blick auf ihren Angreifer. Nachdem Meister Rosso gegangen war, hatte sie die restlichen Dekorationen der Nordwand und das Kabinett Seiner Majestät erkundet, als Guy de Mallêt unerwartet aufgetaucht war. Er hatte sie über ihren Bruder und ihren Glauben aushorchen wollen und anzügliche Bemerkungen gemacht. Als sie nicht darauf einging und das Kabinett verlassen wollte, stellte er sich ihr in den Weg. Panisch hatte sie sich gegen seine Hände gewehrt, doch ohne Armidos Auftauchen wäre sie ihm wohl kaum entkommen.

»Und ich bin Armido Paserini, der Bruder von Luca, dem Ihr zu nahe getreten seid, wie es den Anschein hat. Ich bin es gewohnt, mein Recht mit dem Degen zu verteidigen, und bereit, mich mit Euch zu schlagen, falls Ihr das wünscht!« Mit diesem hühnerbrüstigen Geck würde er es allemal aufnehmen und dem unerträglichen Sohn Mallêts nur zu gern eine Lektion erteilen. Der Apfel fällt nicht weit vom Stamm, dachte Armido.

Doch Guy de Mallêt legte es nicht auf eine Konfrontation an und sagte mit vor Wut brüchiger Stimme: »Das wirst du bereuen, Paserini. Letzten Endes bist du nur ein Fremder in meinem Land. Denk an meine Worte! Und deinen Bruder bekomme ich, früher oder später …« Er machte einen gezierten Schritt rückwärts und warf Luisa eine Kusshand zu. Mit erhobenem Kinn schritt er davon.

Zum ersten Mal, seit sie in Fontainebleau war, schnürte tiefe Angst ihr den Hals zu. Alle ihre Instinkte sagten ihr, dass dieser Mann Unheil brachte. »Armido, das hättest du nicht tun dürfen. Jetzt haben wir einen Feind«, flüsterte sie und starrte in den dunklen Durchgang, durch den Guy de Mallêt verschwunden war.

»Ach, mach dir keine unnötigen Sorgen. Er ist ein Weichling, einer, dessen Worte schärfer sind als sein Schwert. Wir stehen unter dem Schutz Seiner Majestät, und wir tun nichts Unrechtes.« Aber seinen Worten fehlte die Überzeugungskraft, das wusste er selbst. »Hat Mallêt dich berührt?«

Erschrocken starrte Luisa ihn an. »Nein! Gott bewahre! Er hat mich an den Armen gepackt, aber zu mehr kam es nicht, weil ich mich losreißen konnte, und dann warst du da. Nein, er weiß nicht, dass ich eine Frau bin.«

»Gut, gut. Hoffentlich bleibt es dabei. Solange er hier ist, solltest du auf einsame Zeichenstunden verzichten.« Um Luisa auf andere Gedanken zu bringen, führte Armido seine Schwester zur Bank unter das Fresko des *Kampfes der Zentauren*. »Ist die Zeichnung von dir?«, fragte er und bewunderte die sichere Linienführung

Ihr zitterten noch die Knie, und ihr Mund war trocken. »Ja. Meister Rosso hat gesagt, sie gefällt ihm, und er hat mich nach Paris eingeladen.«

Armido hob eine Augenbraue. »Aha?« Es war jedoch nicht ungewöhnlich, dass Rosso sich seinen Mitarbeitern gegenüber großzügig zeigte. Der Meister residierte in einem feudalen Haus in Paris. Dort gab er regelmäßig Bankette und intime Feste, zu denen er vor allem seine Landsleute einlud, wie Armido aus eigener Erfahrung wusste.

Luisa schien seine Gedanken gelesen zu haben. »Ich bewundere Rosso sehr! Er ist so elegant und freundlich.«

»Sein Einkommen ist noch größer geworden, nachdem der König ihm das Kanonikat für Sainte Chapelle übertragen hat. Aber ich neide es ihm nicht. Keiner von uns, außer Meister Primaticcio vielleicht.« Armido räusperte sich. Es gefiel ihm nicht, dass Primaticcio aus seiner Rivalität mit Rosso keinen Hehl machte. Alle wussten, dass Meister Rosso Großes leistete und dem Bologneser an Genialität und Einfallsreichtum weit überlegen war.

»Nein, das ist nicht richtig von Primaticcio. Rosso hat mir die Fresken erklärt, seine Ideen, nun ja, einen Teil davon. Er hat so viele Visionen. Dieser Raum ist wie das Innere einer kostbaren Schatulle, findest du nicht, Armido?«

Vielleicht arbeitete er schon zu lange hier, hatte den Blick für das Ganze verloren, aber seine Schwester hatte recht – was sie hier schufen, war außergewöhnlich, es war ein Teil Italiens mitten in Frankreich. Aus einem naiven nationalistischen Grund erfüllte ihn dieser Gedanke mit Genugtuung. Möglicherweise lag es an der Begegnung mit Guy de Mallêt, der genauso verschlagen wie sein Vater zu sein schien. Mallêt ließ jeden fühlen, auf welcher gesellschaftlichen Stufe er stand, und Fremde kamen für ihn gleich nach dem Gesinde.
»Hm? Ja. Entschuldige, ich war noch bei unserem reizenden jungen Freund. Er ist Sekretär bei Kardinal Tournon.«

Noch hatte Armido seiner Schwester nichts von seiner Sympathie für die »Armen von Lyon« erzählt, aber er würde sie endlich aufklären müssen über die Verhältnisse am Hof und die Vertreter der einzelnen Parteien – um ihrer Sicherheit willen. »Hast du Guys Kleidung gesehen?« Er nahm das Brett und hielt es Luisa hin.

Vorsichtig löste sie die Nägel und rollte die Zeichnung zusammen. »Ja, was hat es damit auf sich?«

»Morgen kommt der König mit seinem Gefolge, und bald wirst du auch Madame de Poitiers und ihre unerfreuliche Bagage zu Gesicht bekommen. Seit ihrer Witwenschaft hat sie Schwarz zu ihrer Farbe erkoren, und wenn du mich fragst, passt es ganz ausgezeichnet zu ihrem düsteren Charakter. Sie favorisiert die spanische Mode und die katholische Kirche. Der Kardinal und seinesgleichen sind ihre Schützlinge oder umgekehrt, und man sollte sich hüten, es sich mit ihr zu verderben.«

Besorgt hörte Luisa ihrem Bruder zu.

»Ich will dir keine Angst einjagen, dich nur zur Vorsicht ermahnen. Besonders unter den Umständen.« Er strich ihr über die weichen Wangen. »Wenn dir doch nur ein wenig Bart wachsen würde …«

»Aber wir gehören doch eigentlich nicht zum Hof? Außerdem sind wir Katholiken.« Sie hielt inne und beobachtete ihren Bruder, dessen Kinnmuskeln zuckten.

Er blickte an ihr vorbei in den Durchgang zu den königlichen Gemächern. Man konnte nie wissen, wer sich hinter der nächsten Ecke oder einer geheimen Tür verbarg. »Komm jetzt. Du musst etwas essen. Wie soll ich Pietro erklären, dass du vor lauter Arbeit nicht zum Essen kommst?«

»Oh, ich vermisse ihn sehr. Inzwischen müsste er doch den Brief und das Geld erhalten haben, meinst du nicht?« Gemeinsam verließen sie die Galerie und stiegen hinunter zur Küche.

Bereits kurz nach ihrer Ankunft in Fontainebleau hatte Armido die Summe, die Luisa entwendet hatte, und ein erklärendes Schreiben mit einem Boten der *scarsella dei lombardi* nach Siena geschickt. »Er wird sich schon melden. Gib ihm etwas Zeit, immerhin hast du ihn enttäuscht und im Stich gelassen, darüber muss er erst einmal hinwegkommen.«

Traurig ließ Luisa den Kopf hängen. Bisher hatte sie es

nicht bereut, dieses große Wagnis eingegangen zu sein, nicht einmal nach Mallêts Angriff. Seit sie Rossos Gemälde in Volterra gesehen hatte, hatte der Wunsch in ihr gebrannt, den Meister zu sehen und mit ihm zu arbeiten. Dafür war sie bereit, jedes Opfer zu bringen. Nur wenn sie an Pietro dachte, wurde ihr schwer ums Herz. Aber er hätte sie niemals gehen lassen, und deshalb hatte sie keine andere Wahl gehabt. Laute Stimmen, Gelächter und Bratengerüche kündigten den Speisesaal an, und sie spürte plötzlich, wie hungrig sie war.

Der Speisesaal hatte sich geleert. Thiry und die Niederländer waren gegangen, aber Scibec saß noch an seinem Platz, den Kopf in die Hände gestützt. Armido und Luisa setzten sich neben ihn.

»Alles in Ordnung, Francesco?«, erkundigte sich Armido. Die Antwort des Holzschnitzers war ein Brummen.

Luisa nahm sich Brot und Pastete und schnitt ein Stück Fleisch ab, das inzwischen kalt war, doch das störte sie nicht. Sie hielt ihrem Bruder den Becher hin. Der Muskateller rann wärmend die Kehle hinunter, und langsam gewann sie ihre Selbstsicherheit zurück. »Bastard ...«, fluchte Luisa und spülte ihren Ärger mit einem großen Schluck Wein hinunter.

Die anderen Handwerker beachteten sie nicht, denn sie waren mit Würfelspielen beschäftigt oder unterhielten sich lautstark. In Gesellschaft ihrer Landsleute fühlte Luisa sich sicher. Sie konnte sich bereits auf Französisch verständigen, doch war ihr die Sprache noch fremd, und sie mochte die gezierte Art der Hofleute nicht. Obwohl sie verstand, dass ihr Bruder Bedürfnisse hatte, und durchaus Josettes äußerliche Vorzüge sah, brachte sie auch der kapriziösen und launischen Zofe wenig Sympathie entgegen.

Ihr Gedankengang wurde jäh unterbrochen. Draußen ratterten Karren über den Hof, Pferdehufe klapperten, Hunde bellten, und laute Stimmen klangen auf. Kurz darauf trat eine Gruppe Männer und Frauen herein, deren Kleidung und herrisches Auftreten sie als Personal des Königs auswies.

Die Köchin, die bisher für die Schlossküche zuständig gewesen war, wurde nach den vorhandenen Vorräten ausgefragt, und dann übernahm der königliche Quartiermeister die Leitung des Haushalts.

Armido und die anderen Handwerker verharrten gelassen auf ihren Bänken. »Das ist das Vorkommando«, erklärte er seiner Schwester, die staunend den plötzlichen Aufruhr betrachtete. »Der Quartiermeister geht jetzt durchs Schloss und teilt die Unterkünfte ein. Wirst gleich sehen, dass überall auf den Türen mit Kreide steht, wer dort nächtigen soll. Wenn wir Pech haben, werden wir ausquartiert.«

»Und wohin kommen wir dann?«

»Einige schlafen in den Werkstätten. Meister Rosso und Meister Primaticcio behalten natürlich ihre Quartiere.« Armido war bereits einmal umquartiert worden und hatte die Gastlichkeit seines Meisters kennengelernt, der sie bereits des Öfteren in seinen Privatgemächern aufgenommen hatte. Nein, auf Rosso ließ er nichts kommen, auch wenn Primaticcio gegen ihn stichelte.

Schlaftrunken wachte Luisa am nächsten Morgen auf. Es war noch stockfinster, und dennoch drang Lärm vom Korridor und auch von draußen zu ihr herein. Da fiel es ihr wieder ein – heute kam der König! Gestern hatte der Quartiermeister mit dem Vorkommando das Schloss auf den Kopf gestellt, doch die Künstler hatten in ihren Zimmern bleiben dürfen, weil der größte Teil des Trosses im Louvre verblieben war. Fröstelnd schlug Luisa die Decken zurück, bekreuzigte sich, wie sie es jeden Morgen tat, und murmelte ein Paternoster, während sie die Füße auf die Dielen stellte und überlegte, ob sie sich warmes Wasser bringen lassen sollte.

Da klopfte es an der Verbindungstür zu Armidos Zimmer, und ihr Bruder streckte den Kopf herein.

»Guten Morgen. Mach dich gleich fertig. Wenn hoher Besuch da ist, sollten wir früh in der Galerie sein. Auf dem Tisch hier findest du noch Gewürzwein und Grütze.« Armido fuhr sich durch die dichten Haare. Die halbe Nacht hatte er sich mit der Resolution von Chanforan um die Ohren geschlagen. Schon in wenigen Tagen sollte er vor die Brüder und Schwestern treten und seinen Aufnahmewunsch begründen. Im Grunde war der Zeitpunkt günstig, denn während der Reise nach Paris würde seine Abwesenheit kaum auffallen, da alle viel zu sehr mit sich selbst beschäftigt waren.

»Armido! Komm schnell her, das musst du dir ansehen!« Bartolomeo, ein Stukkador aus Arezzo, rief ihn von draußen.

»Bis gleich!«, rief Armido seiner Schwester zu und eilte davon.

Seufzend ging Luisa zu ihrer Waschschüssel und rieb sich mit dem eiskalten Wasser ab. Ihre Haut hatte sich von der entbehrungsreichen Reise erholt, und die Ausschläge waren fast abgeheilt. Die reichhaltige Kost hatte ein Übriges getan und ihr Körper seine Eckigkeit verloren. Das wiederum bedeutete, dass sie ihren Busen umso fester einschnüren musste, damit sich keine verräterische Rundung zeigte. Aber das war ein kleines Opfer im Vergleich zu dem, was sie hier lernte.

Mit geübtem Griff wickelte sie sich den Tuchstreifen um den Oberkörper, steckte den letzten Zipfel fest, strich sich über den flachen Bauch und die schmalen Hüften und fragte sich, wie es sich anfühlen würde, wenn Meister Rossos Künstlerhände sie berühren würden. »Dummes Ding!«, sagte sie laut und drehte den kleinen Spiegel um, der auf ihrem

Tisch lag und das einzige Tribut an ihre Weiblichkeit war. Rosso blieb ihr ein Rätsel. Sie hatte verstanden, dass Pellegrino mehr als nur sein Assistent war, andererseits wurden Rosso Affären mit Frauen in Rom nachgesagt.

Luisa kleidete sich vollständig an, knöpfte ihr Wams zu und schlang einen Schal um den Hals. Schließlich bürstete sie die Haare, wand ein Lederband um den kurzen Zopf und setzte ihre Kappe auf. Seit es kalt geworden war, trugen die meisten Künstler eine Mütze, und Scibec schien mit seiner ohnehin verwachsen zu sein. Auf ihre Bitte hin hatte Didier ihr halbe Handschuhe machen lassen, mit denen sie zeichnen und arbeiten konnte. Diese streifte sie nun über und ging ins Zimmer ihres Bruders, das er augenscheinlich stehenden Fußes verlassen hatte, denn seine Sachen waren überall verstreut.

»Das schöne Hemd!« Sie hob ein gutes Leinenhemd vom Boden auf und fand darunter einen dicht beschriebenen Bogen Papier. Das war nicht Armidos Handschrift. Neugierig ging Luisa zur Kerze, die auf dem Tisch brannte, trank einen Schluck Wein und tippte mit dem Finger in die lauwarme Grütze, die nach Honig schmeckte. Dann setzte sie sich und hielt den Bogen ins Licht. »*Resolution von Chanforan vom 12. September 1532*«, las sie halblaut und hielt den Atem an, denn was nun folgte, war Häresie!

Die Ohrenbeichte ist nicht von Gott befohlen. Die Schrift sagt, dass der Christ allein Gott, dem Ehre und Ruhm gebühren, beichten soll. Die zweite Art von Beichte ist die Versöhnung mit dem Nächsten nach Matthäus 5, Jakobus 5 und desgleichen. Die dritte Art handelt nach Matthäus 18 von dem, der gegen mich sündigt. Und ich weiß, dass ich zu ihm muss und nicht er zu mir. Und wenn er sich weder durch mich noch durch Zeugen korrigieren will, dann durch die Gemein-

de vor Gott. Wie er öffentlich gesündigt hat, so muss er auch seine Sünde öffentlich bekennen. Eine andere Beichte finden wir in der Schrift nicht.

Ihr Herz raste. O Armido, auf was hast du dich da eingelassen? Sie starrte auf das Blatt und versuchte zu verstehen. Die Beichte war heilig, jeder wusste das. Wer daran zweifelte, war ein ... Sie wollte das Wort nicht einmal denken.

»Entschuldigt die Störung, Monsieur, aber alle werden von Meister Rosso Fiorentino in der Galerie erwartet.«

»Himmel! Wie könnt Ihr nur ...!« Sie drehte den Bogen mit der Schriftseite nach unten, fuhr herum und entdeckte Didier, der sich so leise wie eine Katze hereingeschlichen haben musste. »Du! Was schleichst du herum und erschreckst einen anständigen Menschen zu Tode!«

Der junge Provenzale senkte den Kopf. »Ich bitte um Entschuldigung, aber ich habe Auftrag, alle Künstler sofort in die Galerie zu senden. Und ich habe geklopft, Monsieur.«

Hatte er etwas gesehen? Luisa suchte nach Anzeichen in seinem blassen Gesicht, entdeckte jedoch nur ein unterwürfiges Lächeln. Vielleicht konnte er gar nicht lesen. Wie viele Diener konnten schon lesen oder gar schreiben! »Ich komme sofort, danke.« Sie machte keine Anstalten, sich zu erheben, sondern wartete, bis Didier sich mit einer Verbeugung entfernt hatte.

Was war nur los mit Armido, dass er diesen kompromittierenden Text hier vergessen konnte? Rasch faltete sie das Blatt zusammen und verstaute es in ihrem Wams. Kopfschüttelnd stand sie auf, aß einen Löffel Grütze und machte sich auf den Weg in die Galerie des Königs.

Meister Rosso selbst war noch nicht anwesend, doch hatte er Order geben lassen, dass alle ihren Arbeitsplatz aufräumen und überflüssiges Gerät aus der Galerie schaffen sollten, um dem König ungehinderten Zutritt zu den schon fertigen Werken zu gewähren. Des Weiteren sollte jeder wie gewohnt seiner Tätigkeit nachgehen.

Vor den ersten beiden Freskenpaaren standen bereits keine Gerüste mehr. Bei dem dritten Paar, welches *Le Naufrage*, den Schiffbruch, im Norden und *La Mort d'Adonis*, den Tod des Adonis, im Süden darstellte, waren noch Kleinigkeiten an den Dekorationen zu korrigieren. Armido stand auf einer Leiter vor dem *Schiffbruch*, der auch *Rache des Nauplius* genannt wurde. Thiry war auf der gegenüberliegenden Seite beschäftigt, Dutzende Handwerker eilten hin und her. Hier und dort klopfte jemand Gipsreste ab, ein Diener fegte den Staub zusammen. Auf dem Teil des Fußbodens, der noch nicht fertig war, sollten Tücher ausgebreitet werden.

»Armido!«, rief sie hinauf.

Ihr Bruder drehte den Kopf. »Was ist? Gib mir den Spachtel, der in der Kiste liegt.«

Sie kletterte hinter ihm die Leiter hinauf und reichte ihm das gewünschte Werkzeug. »Armido, ich habe diese Resolution von Chanforan bei dir gefunden. Was hat das zu bedeuten?«

Erschrocken wandte er den Kopf. Fast hätte er das Gleichgewicht verloren. »Um Gottes willen, sei still! Wo ist sie jetzt?«

Sie klopfte auf ihr Wams. »Sie lag unter deinem Hemd. Ich habe nicht geschnüffelt.«

Seine Hände waren plötzlich feucht. Wie auch immer sie das Papier gefunden hatte, er hatte vergessen, es zu verbergen, und das war unverzeihlich. Mit einer schwungvollen Bewegung strich er den Mörtel in eine Rille und wischte mit seinem Ärmel die Kanten glatt. »Hör zu.« Er beugte sich dicht zu ihr. »Kein Wort darüber. Ich erkläre dir später alles. Gib her.«

Sie nestelte an ihrem Wams, doch jemand ruckte an der Leiter.

»Eh, ihr zwei Turteltäubchen. Seid ihr fertig, oder kann ich helfen?« Pellegrino stand unten mit seinem Gehilfen, einem untersetzten Florentiner.

Schnell zog Luisa die Hand aus dem Wams und sprang behände die Leiter hinunter. Armido folgte ihr und nahm die Leiter von der Wand. Prüfend warf er danach einen Blick auf die verputzten Bereiche neben dem Fresko.

»Zufrieden, Paserini?«, fragte Pellegrino.

Armido nickte.

»Gut.« Pellegrino wandte sich an Luisa. »Der Meister sagt, Ihr könnt zeichnen, und trägt Euch auf, die Büste Seiner Majestät zu kopieren.«

»Jetzt sofort?« Überrascht starrte Luisa Pellegrino an, der die Augen verdrehte.

»Natürlich sofort. Setzt Euch dort auf die Bank und zeichnet.« Er schüttelte ein nicht vorhandenes Haar von seinem Ärmel, dessen Brokatstoff im Licht der aufgehenden Sonne schimmerte.

Sobald Tageslicht durch die hohen Fenster der Galerie fiel, veränderte sich der Raum und gewann eine luftige Leichtigkeit, die an eine offene Loggia denken ließ. Luisa sah Hilfe suchend zu Armido, doch der bürstete die Stuckaturen ab. Pellegrino ließ sie leicht verwirrt stehen und erteilte weiter seine Befehle.

Nun, wenn sie zeichnen sollte, würde sie das eben tun. Luisa holte sich eine Tafel und Kreide, befestigte ein Blatt Papier und ging zu der Bank, die schräg gegenüber einem der königlichen Kabinette stand. Oberhalb der Tür stand die Büste Franz' I. und blickte würdevoll in den Raum. Luisa machte sich ans Werk und vergaß die Geräusche und Bewegungen um sie herum. Wie viel Zeit verstrichen war, hätte sie nicht zu sagen vermocht, so versunken war sie in ihre Arbeit, doch als sie aufblickte, weil es plötzlich still geworden war, schien ihr die Sonne hell ins Gesicht.

Sie blinzelte und legte die Kreide nieder. Seine Majestät Franz I., König von Frankreich, stand hinter einem mit Orden geschmückten Höfling inmitten seines Hofstaats, der aus mehreren wunderschönen Damen und Dutzenden eleganter Herren bestand. Mit offenem Mund starrte Luisa auf das prächtige Bild, das sich ihr am Eingang der Galerie bot. Rasch stand sie auf, hätte fast einen Knicks gemacht, besann sich eines Besseren und verneigte sich stattdessen, wie es auch die anderen Männer taten. Sie hob den Blick erst wieder, als ein Raunen durch die Menge ging und der König eine einladende Geste machte.

»Seine Majestät wünscht keine Unterbrechung der künstlerischen Tätigkeiten«, verkündete der Höfling, der eine Art Zeremonienmeister zu sein schien, und die Künstler nahmen ihre Arbeit wieder auf.

Luisa setzte sich auf ihre Bank und nahm die Kreide in die Hand. Doch was sich ihr bot, war viel zu faszinierend, als dass sie sich wieder ihrer Zeichnung hätte widmen können. König Franz war eine stattliche Erscheinung, und das lag nicht nur an seiner Robe, die aus einem Wams, kurzer gegürteter Pelzschaube, Pluderhosen und Strumpfhosen bestand, gefertigt aus Brokat und Seide. Seine Waffen waren aus edelstem Metall, und die Griffe glitzerten von Edelsteinen. Noch beeindruckender war seine Körpergröße, mit der er die meisten Herren überragte. Dazu kamen breite Schultern, eine gerade Haltung und ein offener Blick, der freundlich beobachtete. Dieser König hatte nichts Gekünsteltes oder Gespreiztes. Das ovale Gesicht war von dichtem schwarzem Haar und einem seidig gekämmten Bart umrahmt. Wie alle Herren seines Hofstaats trug er einen schwarzen, mit Straußenfedern geschmückten Hut. Möglicherweise waren seine Augen etwas schmal und die Nase zu lang, aber das fiel bei seinem einnehmenden Wesen kaum ins Gewicht.

Armido hatte die Gelegenheit genutzt und war zu Luisa getreten. »Und was sagst du zu unserem König?«, flüsterte er.

»Er ist beeindruckend, ganz anders, als ich dachte.« Luisa sah, wie Franz mit den Künstlern sprach, ihnen auf die Schultern klopfte oder eine der Damen auf ein Detail der Ausschmückungen hinwies, das ihm besonders gefiel.

»Wir haben Glück, aber lass dich nicht blenden. Er ist der Schönheit und den Künsten ergeben, aber er ist auch Politiker.« Armido dachte an die berüchtigte Plakataffäre, die vor drei Jahren Hunderte französische Lutheraner, darunter viele Buchdrucker, das Leben gekostet hatte. In seiner Position den Protestanten gegenüber unschlüssig, hatte Franz sich letztlich für die katholische Kirche entschieden. Nicht einmal seine liberale Schwester, Marguerite de Navarre, hatte die furchtbaren Scheiterhaufen und die Verfolgung Unschuldiger verhindern können. »Gib mir das Papier!«, forderte er seine Schwester auf.

Keiner sah zu ihnen hin. Alle waren von der Anwesenheit des Monarchen gebannt. »Das hatte ich ganz vergessen.« Sie reichte Armido das Blatt, der es zusammenfaltete und in seinen Stiefelschaft steckte. »Armido, was …?«

Am östlichen Ende der Galerie wurde es unruhig. Rosso Fiorentino kam mit Pellegrino und drei weiteren Assistenten im Laufschritt auf den König zugeeilt.

Mit einer tiefen Verbeugung begrüßte er seinen Mäzen. »Eure Majestät, ich bin untröstlich, aber ich hatte Euch diese Entwürfe versprochen und … Nun, hier sind sie!«

Als hätte er auf dieses Stichwort gewartet, ging Pellegrino

zu den Assistenten, jungen Italienern, die Luisa noch nicht gesehen hatte, und nahm ihnen eine Maske und ein Zaumzeug aus den Händen, um es dem König zu präsentieren.

»Ah! Mein lieber Rosso!« Sichtlich begeistert ergriff Franz die goldene Maske, die man mittels eines Stieles vor das Gesicht halten konnte. Das dargestellte Gesicht war eine Mischung aus griechischer Tragödie und Groteske, bizarr und zugleich erhaben. Die Hofdamen drängten näher und kicherten entzückt. Franz reichte ihnen die Maske und nahm nun das Halfter mit den reich beschlagenen Lederriemen und wendete es hin und her.

»Prächtig! Und die Rüstung für mein Pferd?«

»Sie wird eben gebracht. Wenn Ihr damit in die Stadt einzieht, wird das einem Triumphzug gleichkommen.«

Es dauerte tatsächlich nur wenige Augenblicke, und drei Pagen brachten die glänzenden Teile der Rüstung herein, die von allen ausgiebig bewundert und beklatscht wurde. Als der Neugier Genüge getan war, wandte sich Rosso wieder an den König: »Was sagt Ihr zu den Fortschritten in der Galerie?«

»*Formidable*, in der Tat!« Franz war mit seinem Gefolge bis zur Mitte der Galerie gekommen und war nun in Höhe von Luisa und Armido, die dem Gespräch aufmerksam folgten.

Der König machte eine ausgreifende Geste. »Hier müssen die großen Geister der Antike wiederbelebt werden! Was oben in der Bibliothek literarisch versammelt ist, soll sich hier in Marmor zeigen. Wenn meine Agenten nicht schon damit beschäftigt wären, würde ich sofort jemanden nach Italien schicken, um römische Büsten einzukaufen.«

Es raschelte, wenn sich die Männer und Frauen in ihren kostbaren Gewändern bewegten. Alle trugen Mäntel, und die Frauen wärmten ihre Hände in Hermelin- oder Fuchsstolen.

»Eine Büste haben wir bereits hier, und sie ist, mit Verlaub, die bedeutendste in dieser Galerie.« Rosso hob den Blick in Richtung des Türrahmens, über dem Franz' Büste stand.

Beifälliges Gemurmel erklang aus den Reihen des Hofstaats. Franz nickte. »Im Zentrum der Galerie und im Durchgang zu meinen Kabinetten. Seht euch nur um, *mesdames et messieurs*, sobald Meister Rosso sein Werk vollendet hat, könnt ihr es nur noch in meiner Begleitung sehen.«

Ausrufe des Bedauerns erklangen. Eine der Hofdamen, eine zierliche Brünette, deren Nasenspitze von der Kälte bereits rot war, sagte: »Aber Monsieur! Wie könnt Ihr nur so grausam sein und uns diesen Genuss verwehren!«

»Vielleicht erweise ich Euch meine Gunst. Nur ich besitze den Schlüssel. Findet einen Weg, mich zu überzeugen, Madame.« Mit einem vielsagenden Lächeln drehte er sich um, die Situation anscheinend genießend, und entdeckte Luisa, die vorgab, sich auf ihre Zeichnung zu konzentrieren. »Und wer ist dieser junge Knabe, Meister Rosso?«

Als plötzlich die beiden Männer vor ihr standen, die sie am meisten verehrte, wäre sie am liebsten im Boden versunken. Rosso Fiorentino legte ihr eine Hand auf die Schulter und nahm ihr das Zeichenbrett aus der Hand.

»Das, Sire, ist Luca Paserini, der Bruder meines trefflichen Stukkadors aus Siena. Luca versteht sich besonders auf das Zeichnen, aber seht selbst.«

Der König begutachtete das Porträt, das Luisa nach seiner Büste gezeichnet hatte. Währenddessen brannte ihre Haut unter der Wärme von Rossos Hand auf ihrer Schulter.

»Wahrhaftig. Wenn ich so aussehe, müssen mich die Damen tatsächlich um meiner selbst willen verehren! Malt es in Öl!«

Ein solches Lob vom König zu erhalten war unerhört für

jemanden wie Luisa, einen unbedeutenden Lehrling. Sie konnte nicht verhindern, dass sie errötete, und senkte den Kopf. Rosso gab ihr das Brett zurück.

»Bravo. Über ein Gemälde sprechen wir noch, Luca.«

Dort, wo Rossos Hand gelegen hatte, war es kalt, und Luisa stand wie versteinert, außerstande zu antworten. Stumm sah sie dem Meister nach, der Franz erklärte, wie die Stuckaturen angebracht werden sollten. Da fiel ihr wieder ein, was sie heute Morgen entdeckt hatte. Ihr Bruder brachte sich und sie mit seinem unbedachten Verhalten in Gefahr, und diese einmalige Gelegenheit einer Zusammenarbeit mit Rosso wollte sie weniger denn je verlieren.

IX

Die Jagd

An einem kalten Dezembermorgen im Jahre des Herrn 1537 ging Franz I. auf die Jagd im Wald von Fontainebleau. Der König hatte sich anscheinend gut erholt von seiner Krankheit, die ihn im Sommer gezwungen hatte, das Schlachtfeld bei Thérouanne zu verlassen.

Luisa war glücklich, im Gegensatz zu ihrem Bruder, der nicht aufhörte, ihr verärgerte Blicke zuzuwerfen. Als Luca hatte sie sich die Anerkennung des Meisters und die Aufmerksamkeit des Königs erworben und saß mit roten Wangen im Sattel eines braunen Reitpferds, dessen geschmeidiger Gang es ihr leicht machte, sich an die ungewohnte Haltung zu gewöhnen. Meister Rosso hatte ihr das Privileg zuteil werden lassen, an der Hirschjagd teilzunehmen.

Die Jagdgesellschaft war klein, fast intim, wenn man bedachte, dass die Vorbereitungen sonst Tage brauchten und mindestens zweihundert Personen umfassten. Einer von Franz' Jagdjunkern hatte gestern Abend von einem kapitalen Hirsch berichtet, den er gesichtet hatte. Von einem Achtender war die Rede. Luisa verstand nichts von der Jagd und konnte die Aufregung nicht ganz verstehen. In Siena gingen die Paserini nicht auf die Jagd. Sie kauften ihr Fleisch auf dem Markt.

»Armido! Jetzt sieh mich nicht so an! Es war doch nicht meine Idee mitzukommen!«

Armido war ein guter Reiter. Unter anderen Umständen hätte er diese seltene Gelegenheit, mit dem französischen König auf die Jagd zu gehen, geschätzt. Stattdessen musste er auf seine unvernünftige Schwester aufpassen, die ihre Tarnung als Mann überschätzte und bis an die äußerste Grenze strapazierte. Sie hätte eine Entschuldigung vorbringen können, und sie beide wären nicht in diese missliche Lage geraten. »Nein«, zischte er leise zurück, denn vor ihnen ritten verschiedene Höflinge, die er nicht kannte, ein venezianischer Botschafter und Jean de Mallêt. Ein falsches Wort, und der Adlige wäre überglücklich, sie auszuliefern. »Nein, aber du hättest ablehnen können! Was denkst du nur! Du bist kein Mann, nur ein dummes Mädchen, das bis jetzt unverschämtes Glück gehabt hat!«

»Wenigstens trage ich keine ketzerischen Dokumente mit mir herum!«

»Sei still!« Furchtsam sah Armido sich um, doch die Jagdhörner, das Hundegebell und Dutzende Pferdehufe auf hartem Boden ließen ihre Worte untergehen. Eine Gruppe Hofdamen ritt in der Nähe des Königs auf gemütlichen Zeltern. Für die Jagdgesellschaft würden auf einer Lichtung Feuer angezündet und Tische aufgestellt werden, an denen bis zum Ende der Jagd getafelt werden konnte. Armido wunderte sich, dass den Damen die Kälte nichts anzuhaben schien, aber er wusste auch, dass sie es gewohnt waren, den königlichen Tross durch Frankreich zu begleiten.

Der Weg wurde so schmal, dass nur zwei Pferde nebeneinander gehen konnten. Luisa drängte ihren Braunen neben das Tier ihres Bruders. »Du kannst mir nicht immer ausweichen, du musst mir endlich sagen, was du vorhast, Armido. Wenn ich nicht weiß, was du treibst, kann ich dir im schlimmsten Fall auch nicht helfen.« Bislang hatte Armido stets mit Ausflüchten auf ihre Fragen geantwortet, oder er war erst in sein Quartier gekommen, nachdem sie längst eingeschlafen war.

»Ich habe nichts vor. Ich …« Er durfte seine Schwester keiner zusätzlichen Gefahr aussetzen. »Es geht um eine Frau.«

»Was hat das Dokument denn mit einer Frau zu tun?«

»Ich liebe diese Frau. Aber sie gehört zu den ›Armen von Lyon‹, und deshalb werde ich konvertieren. Das ist alles.« Sein Pferd schnaubte, und der warme Atem stieg sichtbar in die kalte Morgenluft.

»Einer Frau wegen willst du zum Ketzer werden und dein Leben aufs Spiel setzen? Das glaube ich dir nicht!«

Armido drehte sich ängstlich um, doch die beiden jungen Edelleute hinter ihnen lachten und tauschten Blicke mit den ihnen folgenden Damen. »Bitte! Nicht hier und jetzt! Später.«

»Versprochen?«

Er nickte. »Halte dich während der Jagd hinter mir oder, noch besser, bleib bei den Damen am Tisch.«

»O nein! Das ist meine erste Jagd! Ich will sehen, wie sie den Hirsch erlegen!« Und sie wollte in Meister Rossos Nähe sein.

»Dann verhalte dich wie ein Mann! Töten ist eine blutige Angelegenheit.«

Die Jagdgesellschaft machte auf einer unbewaldeten Anhöhe Halt. Von hier aus hatte man eine gute Sicht auf den nun vor ihnen liegenden Mischwald, aus dem sich an mehreren Stellen zerklüftete Felsmassive erhoben. Die Jäger hatten immer größere Mühe, die Hundemeute zu bändigen, die den nahen Jagdbeginn spürte. Die Edelleute halfen den Damen von den Pferden, und derselbe Mann, der im Schloss die Quartiere eingeteilt hatte, übernahm die Organisation des Lagerplatzes. Die Maultiere wurden von ihren Lasten befreit, und Diener bauten drei lange Tafeln auf. Etwas unterhalb des Plateaus floss ein kleiner Bach, an dem die Hunde bereits gierig ihren Durst löschten. Die Reiter gestatteten nun auch ihren Pferden zu trinken.

Luisa hielt sich mühevoll im Sattel, während ihr Tier den Kopf senkte.

»Ihr reitet wohl nicht oft?«

Der starke italienische Akzent ließ Luisa aufhorchen, und sie antwortete in ihrer Muttersprache: »Nein, Signore. Und ich bin auch zum ersten Mal auf der Jagd.«

»Marino Giustiniani, Botschafter Venedigs und meines Amtes müde, aber verratet das niemandem, junger Freund.« Der Botschafter saß auf einem schlanken Grauen und fasste sich mit gequälter Miene an den Rücken. Seine Kleidung entsprach der italienischen Mode und war edel, aber viel schlichter als die Gewänder der französischen Höflinge. Der Mann hatte einen grauen Spitzbart und lächelte verschmitzt.

Armido trabte heran, und Luisa stellte ihn vor: »Signor Giustiniani ist Botschafter der Republik Venedig, Armido. Mein Bruder, Armido Paserini. Wir sind Künstler«, fügte sie voller Stolz hinzu.

Giustiniani schnalzte mit der Zunge, damit sein Pferd den Kopf hob. Als er bequemer im Sattel saß, sagte er: »Die Brüder Paserini. Ich war dabei, als Meister Rosso Seiner Majestät die Galerie gezeigt hat. Fabelhaft! Bravissimo! Ein Stück Italien in Frankreich! Wir haben die größten Künstler, daran besteht kein Zweifel! Oder hat Frankreich einen Michelangelo, einen Tizian oder einen Rosso? Nein!«

Armido neigte den Kopf. »Dank Euch, werter Signore. Aber sagt mir, was gibt es Neues aus der Heimat?«

»Ah, die Muselmanen bedrängen weiter Ungarn und die östlichen Grenzen des Habsburger Reiches. Barbarossa beherrscht das Mittelmeer, ein beschämender Zustand. Aber das Schlimmste ist, dass Seine Majestät einen Pakt mit Suleiman geschlossen hat.« Marino strich sich mit der behandschuhten Hand über den Bart. »Sehr dumm war das, sehr dumm …«

»War das nicht schon im letzten Jahr?« Armido hatte davon gehört, und das Entsetzen über Franz' Annäherung an Suleiman war überall groß.

»Ein furchtbares Jahr für Seine Majestät. Der Tod des Dauphins und die Frage, ob er durch eine von Karl angezettelte Verschwörung vergiftet wurde. Als ob die Gefangenschaft nach Pavia nicht genug Schmach gewesen wäre. Nur Rache und sein Wunsch, Karl endlich zu besiegen oder zumindest zu übertrumpfen, haben Franz in Suleimans Arme getrieben. Für den einen Moment des Triumphs über Karl würde Seine Majestät alles tun!« Marino blickte sich schnell um, doch nur zwei Hundeführer standen in der Nähe. »Die Rückeroberung Mailands ist immer noch sein größter Wunsch. Durch den Pakt mit Suleiman hofft er, Karl in die Enge zu treiben, so dass dieser nachgeben und ihm seine geliebte Stadt zurückgeben muss.«

»Aber was hat er Suleiman versprochen?« Armido konnte sich nicht vorstellen, dass der Herrscher des muselmanischen Reiches Franz aus Nächstenliebe zu Hilfe eilen würde.

Aufmerksam hörte Luisa zu, um die politischen Zusammenhänge verstehen zu lernen. Und der Botschafter wusste, wovon er sprach.

»Versprochen hat er dem Sultan eine ganze Menge, nämlich, dass er in diesem Frühjahr in die Lombardei einfallen werde. Das aber hat Franz, wie wir alle wissen, nicht getan. Stattdessen haben Seine Majestät die nördlichen Grenzen belagert und Karls Schwester Maria, die seit sechs Jahren die Niederlande regiert, derartig mit seinem Aufmarsch erschreckt, dass sie zu einem Waffenstillstand bereit war. Danach haben sie im Südosten weitergekämpft, und es ging wieder um Piemont, Savoyen und Mailand. Aber Suleiman wartet, o ja, der große Herrscher des Osmanischen Reiches ist geduldig. Er hat nicht umsonst eine so gewaltige Expedition ausgestattet.«

Die Vorstellung von Tausenden bis an die Zähne bewaffneten Muselmanen, die in Ungarn und am Mittelmeer nur darauf warteten, Europa zu überrollen, war beängstigend. Luisa dachte an die Botschafter des Sultans, die sie auf ihrer Reise im Gasthaus getroffen hatte, und sie erinnerte sich mit Wehmut an die Gebrüder Lavbruch, denen sie viel verdankte. Die Jagdhörner bliesen ein Stakkato, und sofort horchten die Hunde auf. Auch die Pferde kannten die Hörner und scharrten unruhig mit den Hufen.

Marino Giustiniani seufzte. »Reiten, Jagen, immer unterwegs ... Ich habe es satt, aber das ist das Los eines Botschafters. Ich weiß, dass Franz alles Mögliche versucht, uns loszuwerden, aber man erwartet von mir, dass ich ihm auf den Fersen bleibe und die diplomatischen Beziehungen verbessere.« Er gab seinem Pferd die Sporen und trieb es hinter der bereits davonpreschenden Gruppe her, zu der auch der König gehörte.

Luisa und Armido hatten Mühe, dem wesentlich älteren, aber erfahrenen Mann zu folgen. Sie brauchten ihre ganze Konzentration, um entgegenschlagenden Zweigen auszuweichen, sich unter Ästen zu ducken oder über kleinere Hindernisse zu springen. Die Hatz trieb sie tief in den Wald, und Luisa hielt sich, wie Armido ihr geraten hatte, krampfhaft an der Mähne ihres Pferdes fest, als sie zu galoppieren begannen. Endlich erklangen Jagdhörner, und die Reiter sammelten sich auf einer kleinen Lichtung.

Rosso war neben dem König, gefolgt von Jean de Mallêt, der sich elegant auf seinem Vollblut hielt, eine Hand lässig an seinem Jagdschwert. Er schien sich ganz auf den Jagdmeister zu konzentrieren, der laut erklärte, dass sich das Bett des Hirsches in jenem Gehölz befand.

»Was ist das, sein Bett?«, fragte sie Armido.

»Der Schlafplatz. Siehst du den anderen Jäger dort vorn, der den Hund am Seil führt? Das ist der Leithund, der die Witterung des Hirsches aufgenommen hat. Sie warten, was der Jagdmeister sagt. Schau!«

Mit dem Gesicht legte sich der Jäger auf das verlassene Tierlager, hob gleich darauf den Kopf und rief: »Keine fünf Minuten!«

Er gab dem weiter entfernt wartenden Jäger mit dem Leithund ein Zeichen, und die beiden rannten los, gefolgt von den anderen Jägern mit der Hundemeute. Die Augen des Königs leuchteten, und er ritt, als wäre er mit seinem Pferd verwachsen. Rosso trabte neben dem König her. Wie stets waren außer den Höflingen auch mehrere Bewaffnete und berittene Jäger im Umkreis des Königs zu finden.

»Hat der König Angst vor einem Überfall?«, fragte Luisa. Sie drehte sich um, konnte ihren Bruder jedoch nirgends mehr entdecken.

Dafür lenkte Mallêt sein Pferd zu ihr. »Wie gefällt Euch die Jagd, junger Paserini?«

Luisa kniff die Lippen zusammen.

»Warum so schweigsam? Mein Sohn sendet Euch seine Empfehlung. Womit Ihr seine Aufmerksamkeit verdient habt, weiß ich nicht.«

Seine Arroganz war ekelerregend. »Danke, aber ich brauche seine Empfehlung nicht.«

»Genauso störrisch und hochnäsig wie Euer Bruder. Ihr seid noch sehr jung, aber lasst Euch einen Rat geben – das Leben ist ein fragiles Ding. Wie leicht passiert etwas, das man nicht vorhersehen konnte, und …« Er schüttelte mitleidig den Kopf und fixierte sie mit undurchdringlichen grauen Augen. Er löste die Halterung seiner Armbrust und nahm die Waffe in die Hände.

Luisa erstarrte. Wollte er sie hier erschießen? Sie hatte ihm nichts getan, und wimmelte es hier nicht von Zeugen? Allerdings verteilten sich die Jäger und Edlen zwischen den Bäumen, und ein Jagdunfall war keine Seltenheit.

»Sehe ich eine Taube?« Seine Worte troffen vor Sarkasmus. Er hielt die Waffe in ihre Richtung. Die Armbrust war gespannt. Ein Ruck, ein Zucken seiner Hand, und alles wäre vorbei.

»Tut das nicht …« Ihre Stimme war kaum mehr als ein Flüstern. Plötzlich klickte es, und ein Pfeil zischte mit Wucht aus der Armbrust. Sie warf sich zur Seite und wäre dabei fast vom Pferd gefallen. Doch dann hörte sie Mallêts Lachen. Ein Vogel schrie, Hunde kläfften, und etwas prallte dumpf auf den Waldboden auf.

»Ihr seid sehr schreckhaft! Eh, Bursche, hol die Taube!«

Einer der Hunde apportierte die Beute, und ein Jagdpage kam mit der vom Pfeil durchbohrten Taube zu Mallêt. »Bitte, Monsieur.«

Blut sickerte durch das grauweiße Gefieder und tropfte auf den Boden. Mit roher Geste riss Mallêt den Pfeil aus dem toten Körper und warf ihn den Hunden zum Fraß vor.

Luisa drehte sich der Magen um. Es ging nicht um das erlegte Tier. Sie wusste, dass Mallêts Demonstration seiner Treffsicherheit eine Warnung war, eine Botschaft, die sie nur zu gut verstanden hatte. Sie riss sich zusammen. »Bravo! Wahrlich ein guter Schuss, Monsieur, auch wenn das Tier sicher keine Herausforderung für Euch war, schwach und langsam, wie Tauben sind.«

»Täuscht Euch nicht, Monsieur Paserini. Das plumpe Äußere ist nur Tarnung. Ich habe sie getroffen, weil sie einen

Moment lang unaufmerksam war.« Er beobachtete die Hunde, die den Vogel in wenigen Minuten in Stücke gerissen und gefressen hatten.

Inzwischen war sie mit ihrer männlichen Rolle derart verwachsen, dass sie die Anrede als natürlich empfand, auch wenn das Leben als Mann weitaus gefährlicher schien als das Dasein einer Frau. Aber da mochte sie sich täuschen, denn weder Scheiterhaufen noch Hofintrigen machten Halt vor weiblichen Opfern. Seufzend ergriff Luisa die Zügel und machte sich auf die Suche nach Armido, der in ein Gespräch mit Giustiniani verwickelt war und ihr nun zuwinkte. »Entschuldigt, Monsieur, mein Bruder.«

»Ah, da ist ja auch der ältere Paserini. Wo hat er denn gesteckt, Euer Bruder?« Mallêt wendete ebenfalls sein Pferd und folgte ihr.

Als Armido Mallêt sah, zog er die Augenbrauen zusammen. »Was wollt Ihr von … von meinem Bruder? Reicht es nicht, dass Euer Sohn sich fast an ihm vergangen hätte?«

»Macht Euch nicht lächerlich! Mein Sohn hat die Weihen der Dominikaner empfangen. Er lebt das Zölibat, und jeder, der das Gegenteil behauptet, ist ein Lügner!« Mallêt drängte sein Pferd dicht an das Armidos. Den blutigen Pfeil, den er noch immer in der Hand hielt, wischte er an seinen Hosen ab und steckte ihn in den Gürtel. Die Armbrust hatte er wieder auf dem Rücken befestigt.

Stumm schüttelte Luisa den Kopf und suchte Armidos Blick. Bitte, dachte sie, lass dich nicht provozieren, nicht meinetwegen. Darauf wartet dieser hinterhältige Mistkerl nur.

Am liebsten hätte Armido diese Unverschämtheit mit einem Schlag beantwortet, doch sich auf einen Zweikampf mit Mallêt einzulassen wäre töricht, denn der Franzose hatte Erfahrung im Duellieren, und wie seine Präsenz belegte, war er immer als Sieger aus den Kämpfen hervorgegangen. »Das Zölibat?« Armido spuckte aus. »Komm, Luca, wir wollen sehen, wie Seine Majestät den Hirsch erlegt. Signor Giustiniani!« Ins Italienische fallend wandte Armido sich ab. Marino Giustiniani und Luisa ließen ihre Tiere in Trab fallen und folgten dem Leitbruch, den von den Jägern abgebrochenen Zweigen, in den Wald.

Nach einer Weile lichtete sich der Baumbestand, und sie trafen auf einen Bach, an dem die von König Franz angeführte Jagdgesellschaft entlangritt. Die Hunde jaulten und bellten jetzt in höchster Erregung, und zum ersten Mal in ihrem Leben hörte Luisa den verzweifelten Schrei eines gestellten Hirsches. Das Brüllen ging ihr durch Mark und Knochen, aber sie durfte keine Schwäche zeigen und umklammerte die Zügel und den Sattelknauf. Der Hirsch war am Ende seiner Kräfte, und auf einer Lichtung am Ufer des Baches fanden sie ihn, wie er mit seinem prächtigen Geweih nach den angreifenden Hunden schlug. Doch der Übermacht konnte er nicht länger standhalten, seine Flanken zeigten blutige Bisswunden, sein Atem ging keuchend. Mit letzter Anstrengung hob er die Hufe und trommelte zwei Hunde nieder, die winselnd davonkrochen.

»Jetzt, Majestät!«, schrie der Jagdmeister.

König Franz hatte die Armbrust bereits angelegt und zielte, bevor er den Pfeil davonschnellen ließ. Die Metallspitze drang dem Hirsch direkt in die Brust. Das mächtige Tier hielt in seiner Bewegung inne, blickte mit gebrochenem Auge sekundenlang seine Angreifer an, bevor es langsam zu Boden ging. Die Hunde wurden von den Jägern zurückgehalten, denn noch hob und senkte sich der Brustkorb des Hirsches, und sein Atem ging schwer und röchelnd.

»Mach dem ein Ende«, murmelte Luisa. Ihre Hände waren schweißnass, und ihr war schlecht. Das hier war kein gerechter Kampf, kein ehrenvolles Sterben dieser schönen und edlen Kreatur. Von Anfang an hatte der Hirsch keine Aussicht auf Entkommen gehabt.

Der König winkte dem Jagdmeister, der darauf gewartet zu haben schien, denn sofort zog er ein langes Messer und stieß es dem Hirsch zwischen die Rippen. Ein Zittern durchlief den Körper des Tieres, und endlich war es von seinen Qualen erlöst. Die Jagdhörner bliesen »Hirsch tot«.

»Mutter Gottes«, entfuhr es Luisa.

Armido warf ihr einen strafenden Blick zu. »Reiß dich zusammen! Jetzt wird der Hirsch zerwirkt, und dann kommt die Curée.«

»Die Curée?«

»Das wird eine Weile dauern. Steigen wir ab.« Armido nahm die Zügel von Luisas Pferd. »Geh zum Bach und trink etwas. Halt dich endlich wie ein Mann, Luca, so blass wie du aussiehst, könnte man denken, du hast das zarte Gemüt einer Dame!«

»Ihr seid sehr hart mit Eurem Bruder, Paserini.« Meister Rosso trat zu ihnen, sein Pferd ebenfalls am Zügel führend. Er atmete tief durch. »Herrliche Luft! Eh, Giustiniani, immer wachsam?«

Marino Giustiniani rang sich ein Lächeln ab. »Mein Schicksal, *maestro*, das ist mein Schicksal. Ich wünschte, ich hätte Euer Talent und dürfte in Ruhe meinen Ideen nachgehen und zeichnen.«

»So ruhig geht es in meinem Leben auch nicht zu. Denkt nur an den Maskenball im Louvre diese Woche. Die Ausrichtung ist mir zugefallen, eine Aufgabe, um die ich mich wahrlich nicht bemüht habe … Ah, mein junger Freund!« Rosso sah Luisa wohlwollend entgegen.

Sie wischte sich den Mund. Das kalte Wasser hatte sie belebt und ihren Magen beruhigt. »Meister Rosso!« Er schien sich durch Kälte, das Reiten und die Jagd nicht beeindrucken zu lassen, seine Kleidung war makellos und seine Haltung entspannt. Sie sah, wie dem Hirsch der Kopf abgetrennt wurde, und musste sich abwenden.

»Mir scheint, Ihr habt den Magen eines Mädchens!«, lachte Rosso, was Armidos Miene nur noch mehr verdüsterte.

Doch Rosso Fiorentino hatte Mitleid mit dem jungen Künstler. »Der Hirsch ist ein edles Tier, und er hatte einen ehrenvollen und schnellen Tod. Alles wird verwertet. Man nennt es aus der Decke schlagen, was die Jäger jetzt tun. Nur vom Kopf trennt man das Fell nicht ab, denn das ist die Trophäe. Ich persönlich bevorzuge jedoch die Schwarzwildjagd. Ein Eber ist eine echte Herausforderung, und ihm allein mit dem Schwert gegenüberzutreten erfordert Mut und Geschicklichkeit. Unser König verfügt über beides.«

Sie beobachteten, wie der Hirsch zerteilt und einzelne Stücke abtransportiert wurden. Der König spazierte derweil mit den Höflingen den Bachlauf entlang. »Was ist die Curée?«, fragte Luisa.

Meister Rosso zeigte auf die Hundemeute, die noch mit Gertenschlägen zurückgehalten wurde. Der Jagdmeister ließ den Leithund am Hirschkopf zerren und sprach lobend auf ihn ein, während die Jäger mit geübten Schnitten und speziellen Messern das Fleisch zerschnitten und auf die ausgebreitete Decke warfen. Jetzt wurden den Hunden einige Stücke ihrer Belohnung zugeworfen.

Plötzlich rief der Jagdmeister: »Tiel au!« und hielt das Gedärm in die Höhe. Die anderen Jäger trieben die Hunde mit Gerten von ihrem Fleisch fort und zu dem Jagdmeister hin, wobei sie »Appelle! Appelle!« riefen. Der Jagdmeister rief nun: »Outre à lui! Outre à lui!« und warf den Hunden das Gedärm zu, um das die Tiere zu kämpfen begannen.

»Warum machen sie das?«, fragte Luisa verständnislos.

»Das gehört zur Tradition. Das Gescheide, so heißt das

Gedärm, ist die größte Belohnung für die Hunde. Seht!«, sagte Rosso.

Erneut rief der Jagdmeister: »Outre à lui! Outre à lui!« Und die Hunde wurden mit den Gerten wieder auf ihre Curée, das Fleisch, zugetrieben, das sie jetzt auffressen sollten.

Marino Giustiniani stand mit vor der Brust verschränkten Armen und betrachtete das Geschehen. »Gute Hunde sind wertvoller als nutzlose Knechte. Sie entscheiden, ob die Jagd erfolgreich ist oder nicht. Seht den kastanienfarbenen Windhund dort vorn. Was für ein prächtiges Tier. Ich wette, der stellt jedes Rotwild.«

»Nun, junger Paserini, was haltet Ihr von Eurer ersten Jagd?« Rosso klopfte ihr jovial auf die Schulter.

»Ein wahrhaft königliches Vergnügen …«, meldete Armido sich trocken zu Wort.

In gelöster Stimmung machte sich die Jagdgesellschaft auf den Weg zurück zum Lager, wo sie bereits von den Damen erwartet wurde. Luisa erblickte Josette, die einer rothaarigen Hofdame ein Kissen brachte. Nachdem die Männer abgesessen waren, ließen sie sich an den Tischen nieder, die so üppig gedeckt waren, wie Luisa es hier draußen nicht für möglich gehalten hätte. Vier Feuer im Umkreis sorgten für Wärme, und wem das nicht genügte, der nahm sich von dem dunklen Rotwein, der in rauen Mengen ausgeschenkt wurde. Die Sonne stand hoch und hatte die feuchten Nebelschwaden des Morgens verdrängt.

Luisa betrachtete die aufgekratzte Gesellschaft, die die erfolgreiche Jagd feierte. Der König saß am Ende einer Tafel und prostete den herausgeputzten Damen und Höflingen zu, die sich unablässig um seine Gunst zu bemühen schienen. Über einem der Feuer wurde ein großes Stück des Hirsches gebraten, doch auf den Tischen standen bereits Schüsseln und Platten mit Brot, Schinken und Pasteten. Die Herrschaften brauchten nicht mit knurrendem Magen auf das Wildbret zu warten.

Rosso saß mit Pellegrino in der Nähe des Königs. Giustiniani musste sich mit einem Platz am zweiten Tisch begnügen. Franz ignorierte ihn ebenso wie die anderen Botschafter, zwei weitere Italiener, ein Engländer und ein Deutscher.

Luisa rückte unsicher ihren Hut gerade und überprüfte den Sitz ihres Zopfes. Als sie sich unbeobachtet glaubte, griff sie in einen Lederbeutel, den sie am Gürtel trug, und schmierte sich Asche um Kinn und Wangen. Ihr Bruder kam von den Pferden herüber.

»Komm, wir wollen essen.« Ohne auf ihre Antwort zu warten, schob er sie in Richtung des Damentischs und setzte sich neben Josette, die kicherte und ihm gleich einen Becher Roten einschenkte.

»Für deinen Bruder auch? Oder ist er noch zu grün hinter den Ohren für Wein? Er sieht so blass aus. Die Jagd war wohl zu viel für ihn.« Die Kammerzofe ließ keine Gelegenheit aus, Luisa zu necken.

»Meine erste Jagd, und ich nehme einen Becher Roten, danke«, erwiderte Luisa und riss sich ein Stück Brot von dem vor ihr liegenden Laib ab.

»Uh, du bist aber empfindlich. Gibt es noch andere Stellen, an denen du so empfindlich bist?« Josette amüsierte sich köstlich und sah in ihrem blauen Kleid mit dem pelzverbrämten Umhang so anziehend aus, dass Armido seine große Liebe schon wieder zu vergessen schien, denn seine Hand lag bereits auf Josettes Schenkel.

»Welche ist deine Herrin?«, erkundigte Luisa sich und versuchte, ihren Bruder zu verstehen, aber vielleicht hatte sie einfach zu wenig Erfahrung in Liebesdingen.

»Die Rothaarige. Élodie de Tavannes. Sie ist eine Cousine des berühmten Marschalls de Tavannes und bei Hofe gut gelitten. Außerdem habe ich ein leichtes Leben bei ihr.« Josette blickte zu den Hofdamen, die bei den Höflingen in der Nähe des Königs saßen. Jean de Mallêt unterhielt sich mit Madame de Tavannes, was Luisa mit Unbehagen erfüllte.

»Verflucht …«, schimpfte der Reiter, während ihm erneut ein Zweig ins Gesicht schlug. Doch die Dunkelheit erlaubte nur langsames Vorankommen, und er kannte den Weg nicht gut genug, so dass er sich auf seinen Instinkt hätte verlassen können. Zumindest schien das Pferd zu wissen, wann eine Untiefe im Boden oder überfrorener Felsboden zur Vorsicht rieten.

Seine Fackel hatte Armido erst angezündet, nachdem er sicher gewesen war, dass ihm niemand folgte. Die Nachricht hatte ihn unerwartet erreicht, doch es hatte alles gepasst. Nach der Jagd hatte die Gesellschaft sich zum Feiern nach Fontainebleau zurückgezogen. Zu Josette hatte er gesagt, dass er sich nicht wohlfühle, was sie mit hochgezogener Augenbraue quittiert und ihm versichert hatte, dass sie sich auch ohne ihn bestens unterhalten werde. Sollte sie. Er war ihrer Launen überdrüssig. Nur ihres verführerischen Körpers wegen erduldete er ihre Spielchen, aber das würde aufhören, sobald er verheiratet war. Seltsamerweise schreckte ihn der Gedanke nicht. Im Gegenteil, er wünschte sich nichts mehr, als Aleyd endlich in den Armen halten zu dürfen und mit ihr eine Familie zu gründen.

Die Hufe des Braunen klapperten laut auf dem gefrorenen Boden. Er hätte sie mit Stofffetzen umwickeln sollen, aber dafür war es zu spät. Der Mond stand hoch, warf sein silbernes Licht jedoch nur schwach durch die Wolken. Unter dem alten Römeraquädukt hindurch, hatte Jules gesagt. Den Aquädukt hatte Armido bereits vor einer halben Stunde hinter sich gelassen und damit mehr als die Hälfte des Weges zum *mare aux fées* zurückgelegt. Ein Feenteich war der passende Ort für ein geheimes Treffen.

Plötzlich hielt er inne und lauschte in die stille Nacht. Hier gab es kein Echo, und doch meinte er, ein weiteres Pferd zu hören. Er hielt die Zügel straff und wartete. Tatsächlich! Die Huftritte wurden deutlicher. Der Reiter konnte nicht weit entfernt sein. Sofort löschte Armido seine Fackel, stieg ab und führte sein Pferd ins dichtere Gehölz. Hinter einer Tanne machte er es fest und ging zurück zum Weg, wo er sich hinter einem Felsen versteckte. Olivétans Bibel lag gut verschnürt hinter seinem Sattel. Wenn jemand diese Ketzerschrift bei ihm fand, würde er auch mit Rossos Fürsprache, derer er sich nicht einmal sicher war, kaum ungeschoren davonkommen. Vielleicht würde das Gericht ihn nicht sofort zum Scheiterhaufen verurteilen, aber Folter und Gefängnis waren ihm sicher, und das waren keine erfreulichen Aussichten.

Es dauerte nicht lange, bis ein Reiter vorsichtig um die Kurve kam. Der Mann musste Katzenaugen haben, denn er ritt ohne Licht. Armido konnte das Gesicht unter dem Hut nicht erkennen, doch die Kleidung schien die eines Jägers. Diese Männer kannten sich besser aus in den Wäldern als jeder andere. Aber was tat ein Jäger des Königs mitten in der Nacht im Wald? Jemand musste ihn auf ihn angesetzt haben. Als Einziger kam ihm dafür Mallêt in den Sinn. Luisa hatte ihm von dessen beunruhigender Vorstellung auf der Jagd berichtet.

Armidos Gedanken jagten, während der Jäger sich vorsichtig näherte. Er musste heute zu diesem Treffen! Sie würden ihn nicht noch einmal einladen, und er konnte die Bibel auf keinen Fall wieder mit ins Schloss bringen, nicht unter diesen Umständen. Wenn er seinen Verfolger passieren ließ, konnte der ihm auflauern, und er kannte keinen zweiten

Weg zum Feenteich. Es gab keine andere Möglichkeit, er musste seinen Verfolger unschädlich machen. Nicht töten, aber außer Gefecht setzen.

Armido klemmte sich seinen Dolch zwischen die Zähne, tastete sich hinter dem Felsen hervor und sprang auf den Jäger zu. Den Überraschungsmoment nutzend, riss Armido den Mann vom Pferd, warf ihn auf den Boden und kniete sich auf ihn. Dabei verlor der Jäger seinen Hut, und Armido erkannte den Hundeführer von heute Morgen. Doch der war gewandt und kampferfahrener als Armido. Ein Faustschlag hätte den Jäger betäuben sollen, doch dieser drehte sich blitzschnell zur Seite. Gott steh mir bei, dachte Armido, nahm den Dolch und stieß ihn dem Jäger zwischen die Rippen. Bevor er die Klinge wieder herauszog, fühlte er, wie alle Spannung aus dem Körper seines Gegners wich.

Mit ausgebreiteten Armen lag der Hundeführer auf dem Rücken und starrte in den Nachthimmel. Sein Pferd stand in einiger Entfernung und suchte den Boden nach Fressbarem ab. Stoßweise floss Blut aus der Wunde, und Armido wusste, dass er dem Mann nicht mehr helfen konnte. Mit blutigen Händen würde er nun zum Treffen mit dem *barbe* kommen, mit einer Todsünde auf dem Gewissen sollte er den neuen Glauben annehmen. Verzweifelt presste er seine Hand auf die Wunde.

»Wer hat Euch geschickt? Was wollt Ihr von mir?«

Eine Hand des Sterbenden zitterte, und er stammelte: »Ketzer … Ihr … Inquisitor kommt …« Hier brach seine Stimme, und Blut rann ihm aus dem Mund. Der Kopf sackte zur Seite.

Armido ließ ihn los und wischte das Messer an der Kleidung des Toten ab. Was sollte er mit der Leiche machen? Der Mann könnte einem Räuber zum Opfer gefallen sein. Häufig trieben sich welche hier in den Wäldern herum. Damit ein Raubüberfall glaubhaft war, durchsuchte Armido die Leiche nach Geld und nahm auch die Waffen an sich, denn die Jagdmesser waren von guter Qualität. Ein Gesetzloser hätte die Leiche bis auf die nackte Haut geplündert, aber das brachte Armido nicht über sich. Als Letztes packte er den Toten an den Armen und zerrte den Körper, der ihm bleischwer vorkam, hinter einen Busch. Dem grasenden Pferd gab er einen Klaps auf das Hinterteil, dass es sich in Bewegung setzte und Richtung Fontainebleau davontrabte. Weder in den Satteltaschen noch bei dem Jäger hatte er einen Hinweis auf den Auftraggeber dieser Verfolgung gefunden, aber das war auch nicht notwendig.

Armido holte sein eigenes Pferd aus dem Wald, entzündete seine Fackel und machte sich auf den Weg zum Feenteich. Er musste sich beeilen, wollte er noch vor dem Morgengrauen unbemerkt zum Schloss zurückkehren.

X

Der Feenteich

Zum vierten Mal in dieser Nacht stand Luisa auf, um nachzusehen, ob ihr Bruder zurück war. Sie wusste, dass Armido nicht bei Josette war, denn die hatte bis spät in die Nacht mit den Höflingen gefeiert und Luisa nur ein Mal gefragt, wo Armido stecke. Da Luisa keine passende Entschuldigung eingefallen war, hatte sie nur mit den Schultern gezuckt und sich abgewendet. Aber sie hoffte, dass Josette zu sehr mit den schmeichlerischen Edelleuten beschäftigt war, die sie umschwirrten wie die Motten das Licht, als dass die Zofe Zeit hätte, sich über Luisas Verhalten zu ärgern.

Nachdem sie Armidos Bett immer noch leer vorgefunden hatte, streifte sie ihr Wams über und öffnete vorsichtig die Tür zum Flur. In einer Hand hielt sie einen Kerzenleuchter, denn die Gänge waren spärlich oder überhaupt nicht beleuchtet. Bei Scibec gegenüber war alles ruhig. Der Holzschnitzer hatte dem Rotwein wohl wieder einmal mehr zugesprochen, als ihm guttat, und sein Schnarchen drang bis nach draußen.

Nach Armidos kryptischen Andeutungen während der Jagd, denen keine Erklärung gefolgt war, nahm Luisa an, dass er sich mit einem dieser Vaudois traf. O Bruder, auf was hast du dich da eingelassen?

Selbst die Diener schienen zu schlafen, denn niemand lief eilfertig über die Flure, um die Wünsche der Herrschaften zu erfüllen. Rasch ging Luisa zum Treppenhaus, folgte den Stufen bis in den ersten Stock und horchte in Richtung der königlichen Gemächer, doch auch Seine Majestät schien sich der Nachtruhe hinzugeben. Der Diener vor der Tür des Königs hockte auf einem Stuhl, den Kopf zurückgelehnt und den Mund im Schlaf halb geöffnet. Sie nutzte die Gelegenheit und huschte um die Ecke zu der schmalen Tür, die hinunter in die Küchen führte. Vielleicht war Armido in der Galerie, aber die erreichte man nur durch die königlichen Gemächer oder von Westen, dort, wo die Mathuriner-Abtei angrenzte. Einige Trakte des Klosters hatten den Bauplänen des Königs weichen müssen, und Luisa dachte, dass es nur eine Frage der Zeit sei, wann auch der Rest des Konvents verschwinden würde. Eine Ratte rannte quietschend vor ihr davon. »Hau ab!«, schimpfte Luisa und hielt den Leuchter höher, um nicht über die Kisten und Fässer zu stolpern, die herumstanden.

Jemand hustete, vor dem verglimmenden Feuer der Kochstelle lagen die Küchenjungen, und etwas abseits verursachte ein Paar eindeutige Geräusche, die aber niemanden zu stören schienen. Schnell wandte Luisa den Blick ab und wollte durch die nächste Küche laufen, doch sie stoppte. Die Bäder! Ein guter Ort für ein heimliches Treffen! Bisher hatte sie nur einen kurzen Blick in die Bäder des Schlosses geworfen. Die kleinen dunklen Räume hatten sie enttäuscht. Es verwunderte sie, dass sie als Rarität in Frankreich galten, in ihren Augen konnten sie sich nicht mit den großartigen Thermen Italiens messen.

Die sieben Baderäume mit Fenstern, die auf den nördlichen Garten blickten, lagen parallel zu den Küchen. Bevor sie die nur angelehnte Tür zum ersten Bad aufdrückte, horchte sie eine Weile. Als alles still blieb, trat sie ein und wurde von einer Welle feuchtwarmer Luft getroffen. Ihre Kerze flackerte, und Wachs tropfte auf ihre Hand. »Au!« Fast hätte sie den Leuchter fallen lassen. Das unruhige Licht zeigte ihr das Heißbad, in dem sich Wassergefäße, Bestecke zum Hautreinigen und ein Ofen befanden. Die Tür zum nächsten Raum stand offen, und die Wärme nahm zu. Eine Wanne stand an der Wand, und von der gewölbten Decke tropfte Schwitzwasser. Der dritte Raum war größer und beinhaltete das viereckige Wasserbecken.

Ihre Hand lag schon am Türriegel, als sie erstarrte. Stimmengemurmel erklang aus dem Innern, und Wasser plätscherte. Sie blies die Kerze aus und überlegte, wie sie unbemerkt einen Blick in das Bad werfen konnte. Luisa tastete sich zum Fenster, das sich leicht öffnen ließ, und kletterte nach draußen. Nach der feuchten Wärme erschien ihr die frostige Dezembernacht doppelt kalt. Zitternd drückte sie sich an der Mauer entlang und schob den Kopf über das Fenstersims des Baderaums. Die unterschiedlich dicken Glasscheiben erschwerten die Sicht, ließen aber erkennen, dass mehrere Kerzen den Raum in flackerndes Licht hüllten und dass sich ein Mann im Becken befand und eine Frau auf der Holztreppe saß, die ins Wasser führte. Ihre langen offenen Haare verdeckten ihr Gesicht, und Luisa konnte nur die Umrisse eines schlanken nackten Frauenkörpers erkennen. Der Mann stand bis zur Brust im Wasser, und das Licht erhellte das unverkennbar arrogante Profil Jean de Mallêts. Gedämpft drangen Gesprächsfetzen zu Luisa.

»... und wenn Seine Majestät die Gefahr nicht sehen will, ich sehe sie!«, sagte Mallêt. »Und ich handle danach, genau wie mein Sohn!«

»Aber es werden immer mehr! Die Lutheraner rotten sich in so vielen deutschen und schweizerischen Städten zusammen, dass man sie bald nicht mehr bändigen kann!«, erwiderte die Frau.

»Deshalb muss diese Teufelsbrut im Keim erstickt werden, wo immer man auf sie trifft. Vor allem ihre Rädelsführer müssen ausgerottet werden. Sie sind schlau, besuchen katholische Gottesdienste und praktizieren ihre ketzerischen Riten nur im Geheimen, aber ich finde sie!« Mallêt schlug mit der Faust ins Wasser, dass es spritzte und die Frau den Kopf wandte.

»Aber nicht alle sind schlecht …«

Mallêt war mit zwei Schritten bei der Frau und zog sie ins Wasser. »Nein? Was soll das heißen? Hat der Ketzer …«

Der Rest ging in spritzendem Wasser und einer Umarmung unter, mit der die Frau Mallêt zum Schweigen brachte. Luisa hatte genug gesehen, und sie zitterte vor Kälte. Im Schatten der Mauer lief sie zum westlichen Ende des Galerietrakts. Aus der Mathuriner-Abtei drang monotones Gemurmel, hier und da blinkte ein Licht durch das Gemäuer. Es musste kurz vor der Frühmesse sein. Vielleicht war ihr Bruder inzwischen zurückgekehrt. Sie stieg die Treppen zur Galerie hinauf und fand die Tür verschlossen.

Notgedrungen lief sie denselben Weg zurück und betete, dass Mallêt und seine Gespielin noch beschäftigt waren. Bemüht, kein Geräusch zu machen, kletterte sie durch das Fenster und vergaß, dass sie den Leuchter auf dem Sims abgestellt hatte. Klirrend ging der Bronzeleuchter zu Boden. »O Gott!«

In blinder Panik rannte Luisa nun aus den Schwitzkammern, durch die Küche, ohne darauf zu achten, dass sie eine Flasche umwarf und damit die Schlafenden aufweckte, schaffte es durch die Tür in den ersten Stock und hinauf ins Treppenhaus. Rufe ertönten hinter ihr. Sie rannte den langen Flur entlang, bog um die Ecke und wähnte sich schon fast in der Sicherheit ihres Zimmers, als sie gegen die Brust eines hochgewachsenen Mannes prallte, der sie mit festem Griff packte und damit vor dem Fallen bewahrte. Der Duft von Sandelholz ließ sie erstarren.

»Meister Rosso!«

Rosso ließ sie los und musterte sie amüsiert. »Und ich dachte, ich wäre der Einzige, der sich schon frühmorgens um seine Arbeit kümmert, oder was treibt Ihr hier?«

Plötzlich ertönten Schritte, und ein Knecht kam mit einer Laterne um die Ecke. »Heda! Haltet den Burschen fest!«

Zitternd schüttelte Luisa den Kopf und sah Rosso flehentlich an.

Der Knecht kam auf Meister Rosso zu, der Luisa zur Seite schob und einen Schritt nach vorn machte. »Was ist denn los? Was brüllst du so?«

»Der Bursche da! Übergebt ihn mir, Meister. Der war's ganz sicher. Hat in der Küche gestohlen.«

»Wie das?« Rosso stemmte selbstsicher die Hände in die Hüften. »Wie könnte er das, wo er doch mit mir an Entwürfen gearbeitet hat und eben mit in die Galerie gehen wollte. Da hast du dich getäuscht. Und jetzt halte uns nicht auf, wir haben zu arbeiten! Kommt, Luca!« Damit drängte sich Rosso Fiorentino an dem verdutzten Knecht vorbei, gefolgt von einer nicht minder überraschten Luisa.

Nachdem sie außer Hörweite waren, sagte Luisa: »Habt vielen Dank, Meister! Ich weiß nicht, wie …«

»Ihr habt nicht gestohlen, nicht wahr?«

»O nein! So etwas würde ich niemals tun!« Entrüstet schüttelte Luisa den Kopf.

»Hätte ich auch nicht von Euch gedacht.« Seine Miene war undurchdringlich, während er sich über den kurzen Bart strich, der mehr Grau aufwies als seine rotbraunen Haare.

»Es war wegen meines Bruders.« Sie konnte Rosso nicht anlügen. »Ich habe mir Sorgen um ihn gemacht, weil er die ganze Nacht fort war – und wohl noch immer nicht zurückgekehrt ist.«

Schweigend stieg Rosso die Treppen hinunter und ging

mit ihr nach draußen. In der Abtei hatten die Glocken bereits zur Frühmesse geläutet, und es dämmerte. Der gefrorene Sand knisterte unter ihren Sohlen. »Sollte sich nicht eher Armido um Euch sorgen? Ihr klingt fast wie seine Schwester?« Wieder das amüsierte Lächeln.

»Ich, o nein …«, stotterte Luisa.

Rosso rieb sich die Hände. Sein Atem dampfte in der kalten Luft. »Hört zu, Luca Paserini. Ich halte Euch für begabt, und ich mag Euch. Also gebe ich Euch einen Rat – schleicht nicht nachts herum. Wir sind bei Hofe, und hier hat jeder Geheimnisse und spinnt Intrigen. Wenn man Euch fälschlich erwischt, könnte Euch das den Kopf kosten, und lasst Euch versichern, es gibt noch weitaus unangenehmere Methoden, sein Leben zu lassen. Euer Bruder ist ein erwachsener Mann.« Seine Stimme wurde sanfter. »Ihr seid mir ein Rätsel, Luca.«

Nachdenklich betrachtete er sie. »Armido und Ihr – verschiedener könnten Brüder nicht sein.« Er strich ihr über die Wange, die Finger waren kalt, doch Luisa errötete und sah zu Boden.

Noch nie hatte ein Mann ähnliche Gefühle in ihr ausgelöst, und es hatte genügend Gelegenheiten in Siena gegeben, bei denen sie mit einem hübschen jungen Burschen getändelt hatte. Einmal war es zu einem Kuss gekommen, doch ihre Gefühle damals waren nichts im Vergleich mit der Verwirrung, die Rosso Fiorentinos Berührung in ihr auslöste. Er sieht nur einen Jungen, dachte Luisa und sah dem verehrten Meister in die Augen. »Meister, ich muss Euch etwas sagen …«

Weiter kam sie nicht, denn Rosso senkte seine Lippen auf ihre und hielt ihr Gesicht sanft mit beiden Händen. Trotz des Bartes waren seine Lippen weich, und der Kuss raubte ihr alle Sinne, machte sie willenlos und ihren Herzschlag rasend.

Nein, rief sie sich mit aller noch verbleibenden Kraft zur Räson. Nein! Das ist nicht richtig! Sie öffnete die Augen und löste seine Hände von ihren Wangen. »Nein«, flüsterte sie.

»Weil ich ein Mann bin?« Es funkelte scherzhaft in seinen Augen.

»Nein!« Sie strich sich die Haare in den Zopf zurück, die sich während ihrer Flucht gelöst hatten. Dann trat sie einen Schritt zurück, wie um sich aus seinem Bannkreis zu befreien. Obwohl sie wusste, dass das unmöglich war. Jetzt mehr denn je.

Er lachte leise, ein tiefes warmes Lachen. »Luca, mein schöner junger Freund. Was gibt es Verführerischeres als die Jugend, die unbeschwerte Süße der Jugend und der Schönheit? Allem kann ich widerstehen, nur der Versuchung nicht, und Ihr seid eine betörende Versuchung. Aber ich will Euch nicht in Verlegenheit bringen. Seid mein Freund, mein Schüler und vielleicht eines Tages mehr …«

Sie schluckte und hätte am liebsten geweint, weil sie ihm nicht sagen konnte, was sie empfand. Doch sie kämpfte die aufsteigenden Tränen nieder und brachte ein verzweifeltes Lächeln zustande. »Ich danke Euch und stehe tief in Eurer Schuld.«

»Ah, jetzt kommt. Mir ist kalt, und ich will mir noch etwas in der Galerie ansehen, bevor wir nach Paris müssen.«

Rosso schlug die Hände zusammen und strebte mit weit ausholenden Schritten dem westlichen Ende der Galerie zu. Aus der Abtei trat ein Mönch. Seine weiße Kutte hob sich beinahe strahlend von den grauen Mauern und dem morgendlichen Dunst ab.

»Gott mit Euch.« Der Mönch faltete die Hände und neigte den Kopf.

»Und Gott mit Euch, Bruder«, sagte Rosso. »Wie viele arme Seelen habt Ihr in diesem Jahr retten können?«

»Oh.« Das ernste Gesicht des Mönchs hellte sich auf. Er versteckte die Hände in den weiten Ärmeln seiner Kutte. Die nackten Füße steckten in offenen Sandalen, doch die Kälte schien ihm nichts anzuhaben. »Mehr als vierhundert afrikanische Sklaven haben wir den Korsaren abkaufen können. Vierhundert arme Seelen, die ein zweites Leben beginnen können. Mögen die Teufel, die Profit mit ihnen treiben, in der Hölle schmoren!«

»Gott segne Euch, Bruder, Euch und Euren wohltätigen Orden.«

Der Mönch nickte und ging davon.

»Sklaven?«, fragte Luisa.

Rosso zog einen Schlüssel aus seinem Gürtel und öffnete die Tür zur Galerie. »Die Mathuriner sind ein Trinitarier-Orden, die sich der Befreiung von Sklaven verschrieben haben. Ihr Verdienst ist außerordentlich. Einmal ist es ihnen gelungen, über tausend Sklaven von einer osmanischen Galeere loszukaufen.«

»Das wusste ich nicht. Ich dachte, sie wären ein Bettelorden.« Spärliches Dämmerlicht fiel durch die Fenster. In den Kohlebecken glühte es kaum noch.

In einem Becher standen Hölzer, von denen Rosso eines an den glühenden Kohlen entzündete, um damit anschließend mehrere Kerzen und zwei Öllampen anzubrennen. Die Bilder und Skulpturen schienen sich im Spiel der unruhigen Lichter zu bewegen. Luisa betrachtete das Schauspiel fasziniert und vergaß, warum sie hier mit Meister Rosso stand.

»Seine Majestät liebt Fontainebleau mehr als alle seine anderen Schlösser«, sagte Rosso und ging zur Raummitte, wo er zwischen den Kabinetten anhielt.

»Ich habe die anderen Schlösser nicht gesehen, aber ich kann verstehen, dass allein diese Galerie der Grund dafür ist.«

»Hm, Amboise ist massiv, beeindruckend, Chambord ist extravagant, von gewaltigen Ausmaßen und ein Labyrinth. Das verdrehte zweispiralige Treppenhaus von Leonardo ist einmalig. Fontainebleau muss noch wachsen, architektonisch. Ich meine, seht Euch die zusammengesetzten Bauteile an – dort der alte Donjon, da die neuen Türme mit ihren Zwischentrakten, einschließlich Kapelle, die den Cour Ovale umschließen. Gut, meine Treppe ist verwirklicht worden, aber verglichen mit Chambord fehlt hier die *grandezza.*« Rosso ging zu einem der Werktische und nahm eine Zeichnung auf. »Aber die Galerie – ja, die hebt Fontainebleau heraus.« Er rollte das Blatt aus und studierte den Entwurf. Dann zeigte er in eines der Kabinette, wo eine ovale, noch leere Rahmung von mächtigen Karyatiden flankiert wurde, darüber prangten zwei ovale Teller. »In diesen Rahmen werde ich die *Danaë* malen. Ihr sollt die Engel im Hintergrund malen. Traut Ihr Euch das zu?«

»Was?« Sie musste sich verhört haben. »Ich …« Sie zögerte. Stuckieren war eine Sache, Zeichnen eine andere, aber Malen, nass in nass, das war eine ganz andere Kunst. Da musste jeder Pinselstrich beim ersten Mal sitzen.

Die Tür ging auf, und Pellegrino kam herein. Als er Rosso mit Luisa entdeckte, verdüsterte sich seine Miene. »Hier seid Ihr! Ich habe Euch gesucht!« Er klang beleidigt.

»Also?« Rosso ignorierte seinen Assistenten und wartete auf Luisas Antwort.

»Ja, ich mache es!«

Zufrieden nickte er und winkte Pellegrino zu sich. »*Danaë* im ovalen Rahmen, gekrönt von den Tellern mit gemalten Mosaiken, daneben die Karyatiden, deren Leiber in Sockel übergehen. Was sagt Ihr?«

»Ich finde noch immer, dass die Symmetrie durch die zwei Teller gestört wird.« Pellegrinos Kleidung war wie immer makellos, seine Haare schimmerten seidig unter dem breitkrempigen Hut. Vertraut legte er Meister Rosso eine Hand auf die Schulter.

»Keineswegs!« Ein wenig ungeduldig erklärte Rosso: »Jedes Element in der Galerie hat seine Entsprechung, aber eben nicht immer dort, wo man es erwartet. Der Betrachter wird zum Mitdenken gezwungen, zum Rätseln, zum Phantasieren. Die großen Freskenpaare sind eindeutige Pendants, daneben die Skulpturen, die sich kreuzweise ergänzen, aber eben auch die Fresken inhaltlich verstärken. Die darunterliegenden Mosaiken und Malereien entsprechen sich ebenfalls über Kreuz. Und die Karyatidentrios als Vollskulpturen stehen den großen Satyrn am Westende entgegen und korrespondieren mit den unteren Reliefs sowohl in der Form als auch im Inhalt.«

»Ja, aber dieses komplizierte Konzept wird dem unbedarften Besucher, wenn ich das so sagen darf, entgehen«, wandte Pellegrino vorsichtig ein.

»Das, mein lieber Pellegrino, ist Absicht, denn wie anders könnte der König als der universal gebildete Gelehrte auftreten und seinem Gast das Geheimnis seiner einzigartigen Galerie enthüllen? Franz wird als Einziger den Schlüssel zur Galerie besitzen und sie nur auserwählten Gästen öffnen. So ist es geplant. Und sein Ruf als der größte Förderer der Künste, als Gelehrter und intellektueller Monarch wird sich verbreiten und Karl in den Schatten stellen.« Rosso lächelte schmal. »Auch das ist beabsichtigt.«

»Verzeiht mir, verehrter Rosso, aber es mangelt Seiner Majestät an Weitblick. Wie kann man so ein herrliches Kunstwerk in Auftrag geben, Dutzende von Schlössern renovieren oder neu erbauen lassen und gleichzeitig einen Pakt mit einem Teufel wie Suleiman schließen und den bigotten Hetzern der Sorbonne freie Hand lassen?«

Erstaunt hörte Luisa Pellegrino zu, dem sie politisches Interesse nicht zugetraut hatte.

Doch Rosso Fiorentino zuckte nur mit den Schultern. »Mein lieber Pellegrino, zum Glück bin ich nur ein Künstler. Ich sehe davon ab zu hinterfragen, woher Franz die Mittel für seine Kunstprojekte nimmt, denn ich bin kein Moralapostel. Dafür gibt es mutigere Männer, wie zum Beispiel unseren guten Marot oder Étienne Dolet. Übrigens habe ich gehört, dass Dolet den Maler Compaign in Lyon erstochen hat. Ob die Königin von Navarre ihm da heraushelfen kann …«

»Wenn es jemand kann, dann sie!«, sprach Pellegrino im Brustton der Überzeugung. »Es ist ein Elend, dass sie nicht mehr am Hof ist und diese Schlange von Poitiers so an Einfluss gewonnen hat.« Plötzlich hielt Pellegrino inne und warf Luisa einen abschätzenden Blick zu.

»Paserini, haltet Euch an die Kunst.« Rosso lachte, aber es fehlte seinem Lachen an Wärme.

»Ich habe mein Leben einzig der Kunst gewidmet«, sagte sie schlicht.

»Hört, hört!«, spottete Pellegrino. »Große Worte aus dem Mund eines kleinen Mannes. Wobei Ihr noch nicht einmal wie ein Mann ausseht! Kein Bart, zart wie ein Hühnchen …«

»Lasst ihn in Ruhe, Francesco. Luca wird die Mosaikmalereien an der *Danaë* übernehmen. Er hat mehr Talent im kleinen Finger, als einige dieser flämischen Rüpel in ihrem ganzen Leben zustande bringen.«

Luisa errötete und hoffte inständig, dass sie die Erwartungen des Meisters nicht enttäuschen werde. Aber sie ahnte auch, dass sie von nun an vor Pellegrino auf der Hut sein musste. Eifersüchtig würde er sie mit Argusaugen beobachten und jeden noch so kleinen Fehler von ihr sofort aufdecken. Ihr Mund war trocken, und ihre Augen brannten, weil sie kaum Schlaf gefunden hatte in dieser Nacht. Und dann wanderten ihre Gedanken wieder zu ihrer größten Sorge: Wo steckte Armido?

Armido ritt wie gehetzt durch den Wald. Zum ersten Mal in seinem Leben hatte er einen Menschen getötet. Das Gefühl, wie das Messer die Kleidung des Jägers durchstochen hatte, kratzend an den Rippen entlanggefahren war und das weiche Fleisch durchschnitten hatte, würde er nie vergessen. Es war so leicht gewesen, und das erschreckte Armido zutiefst. Vor Gott war er ein Sünder, und nur vor Gott musste er sich verantworten. Die Kirche würde ihm nach der Beichte Absolution erteilen, und er hätte sein Gewissen reingewaschen. Sein neuer Glaube erlaubte ihm das nicht, nun erschien es ihm richtiger denn je, dass er der Kirche den Rücken gekehrt hatte.

»Verlogenes Papistengeschmeiß«, fluchte Armido und gab seinem Pferd die Sporen. Der Wald lichtete sich, und er erkannte den pilzförmig geformten Felsen, auf den Jules ihn hingewiesen hatte. Er bog rechts ab, folgte einem ausgetrockneten Bachlauf und kam bald darauf zu einer Weide, deren blattlose Zweige weit über dem Bachlauf hingen. Hier stieg Armido ab und führte sein Pferd die Böschung hinauf.

»Bist du allein?« Es war die raue Stimme einer Frau.

»Ja. Wo ist Jules?« Armido wandte den Kopf. Neben ihm stand Aleyd, die leuchtenden Haare unter einer Kapuze verborgen. Im Fackellicht war sie schön wie eine Amazone. Die hellen Augen musterten ihn ernst.

»Mein Bruder und der *barbe* erwarten dich. Komm mit.« Sie führte ihn durch dicht stehende Nadelbäume zu einer Lichtung. »Der Feenteich.«

Er band sein Pferd an einen Baumstamm und trat hinter ihr zu den drei Männern, die am Ufer des von hohem Schilf umwachsenen Teichs warteten. Neben Jules stand ein hochgewachsener Mann mit langem grauen Bart, *barbe* George, wie Armido vermutete. Der andere Mann, kräftig und mit wachen Augen, die Armido neugierig und prüfend musterten, war bewaffnet und wirkte nervös. »Endlich. Lasst uns beginnen. Der Morgen ist nah, und ich muss nach Paris.«

Jules begrüßte seinen Freund mit einer Umarmung und stellte die Männer vor: »*Barbe* George, und das ist David Louven, ein Bruder aus Straßburg, der deine Aufnahme bezeugen wird. Hast du Olivétans Bibel mitgebracht?«

»Natürlich. Sie ist …«, doch Aleyd hatte sich bereits umgedreht und ging zu seinem Pferd.

David, dessen helle Haare im Mondlicht schimmerten, fragte: »Warum willst du einer von uns werden? Die Kirche verfolgt uns als Ketzer. Dir drohen Befragung, Folter und Hinrichtung, und wenn du uns verrätst, werden wir dich töten.«

Aleyd kam mit der Bibel zurück und reichte sie dem *barbe*. David hatte wohl bemerkt, wie Armido Aleyd ansah, denn seine Miene wurde zusehends finsterer. Doch Armido ließ sich nicht beirren und sagte fest: »Ich erkenne die Autorität des Papstes nicht an, und ich lehne die Beichte, den Ablasshandel und die Heiligenverehrung ab. Ich bin allein Gott verantwortlich, und die Bibel allein verkündet Gottes Wort.«

Barbe George nickte. »Brav gesprochen, Paserini. Ich werde dich einer kurzen Befragung unterziehen.«

Aleyd schlug ihre Kapuze zurück und stellte sich mit gefalteten Händen neben ihren Bruder. »Schon bald geht die Sonne auf. Wir sollten uns tatsächlich beeilen. Denn die Wachen des Königs streifen durch die Wälder, vor allem jetzt, wo er in Fontainebleau ist.«

Armido schluckte. »Ich habe einen Mann des Königs getötet. Er ist mir gefolgt. Ich hatte keine Wahl!«

»Oh, ich habe es doch geahnt! Er macht uns nur Schwierigkeiten! Sobald sie die Leiche finden, werden sie uns wieder hetzen«, wetterte David.

»Nein! So hört doch! Es war nur ein Mann, ein Jäger. Und er ist nicht im Auftrag des Königs unterwegs gewesen, sondern er war ein Spitzel von Mallêt. Ich habe es wie einen Überfall aussehen lassen. Seine Sachen werfe ich hier in den Teich. Niemand wird sie finden«, verteidigte Armido sich verzweifelt.

»Großartig! Dann kennen sie auch noch unseren geheimen Treffpunkt ...« David Louven legte eine Hand auf seinen Degen und sah Armido wütend an.

»Beruhige dich, David. Wenn er die Wahrheit spricht und es kein Mann des Königs war, haben wir nichts zu befürchten. Wer ist dieser Mallêt?« *Barbe* George strahlte eine natürliche Autorität aus, die David respektierte.

»Jean de Mallêt ist ein geldgieriger intriganter Adliger, der zu den Konservativen um Diane de Poitiers und Montmorency gehört. Sein Sohn, Guy, ist Kardinal Tournons Sekretär.« Armido konnte den Blick nicht von Aleyd wenden.

Jules verzog das Gesicht. »Tournon und Mallêts Sohn – das überrascht mich nicht. Von Marot haben wir gehört, dass Montmorency wahrscheinlich das Amt des Connétable erhält, und nicht Madame d'Étampes' Favorit Admiral de Brion. Dann wird die Partei der Poitiers noch stärker.«

Durch den Sacco di Roma vor zehn Jahren war der Connétable de Bourbon eine Berühmtheit in Italien geworden, wenn auch eine tragische. Das Amt des Connétable war das wichtigste in Frankreich und dessen Inhaber nach dem König der mächtigste Mann. Bourbon war einer der reichsten und einflussreichsten Männer Frankreichs gewesen und hatte den Neid und den Argwohn von Königinmutter Louise erregt. Diese hatte eine infame Intrige gegen Bourbon angezettelt und ihn um sein Vermögen und seine Ehre gebracht und ihn damit in die Arme Karls V. getrieben. Bourbon hatte sich durch Ritterlichkeit und Ehrenhaftigkeit in jenem Feldzug durch Italien und auch vor den Mauern Roms ausgezeichnet. Beim Sturm auf Rom hatte der vom Schicksal gebeutelte Mann sein Leben gelassen, und seitdem war das mächtigste Amt im Königreich verwaist. Louise war tot, und Franz überlegte, wen er mit diesem Amt, das keine geringen Gefahren in sich barg, auszeichnen sollte.

»Na, das wird doch immer besser!«, schimpfte David. »Dann hat Paserini einen Gefolgsmann von der Partei umgebracht, die wahrscheinlich die einflussreichste werden wird. Dieser Mallêt gehört zur Poitiers und dem zukünftigen Connétable Frankreichs. Sie werden keinen Stein auf dem anderen lassen, bevor sie uns nicht allesamt umgebracht haben!«

Armido fand die cholerische Reaktion Davids ungerechtfertigt. »Aber niemand kann beweisen, dass ich den Jäger getötet habe, und noch ist Montmorency nicht ernannt worden!«

»Nein«, zischte David. »Beweisen kann dieser Mallêt es nicht, aber er weiß es! Und wenn der Tag kommt, an dem sein mächtiger Freund der zweite Mann hinter dem König ist, wird er sich rächen, bei Gott, darauf gebe ich dir mein Wort!«

»Schon gut, David. Es ist geschehen und lässt sich nicht ändern. *Barbe*, wir sind aus einem anderen Grund hier. Bitte, beginne mit der Befragung«, wandte Jules sich an George.

Doch David war nicht zu bremsen. »Aleyd, du bist so still. Warum sagst du nichts dazu? Sonst bist du doch auch nicht um Worte verlegen! Wir sollten den Italiener nicht aufnehmen. Er bringt uns nur Schwierigkeiten. Reicht das nicht, was er heute angerichtet hat?«

Für Armido stand nun fest, dass der Straßburger selbst ein Auge auf Aleyd geworfen hatte.

»Ich bin dafür, dass Armido aufgenommen wird, und du, Jules?« Aleyds Stimme war klar und entschieden.

Ihr Bruder nickte. »Ich bin auch dafür. Dann unterzeichnen eben wir beide, Aleyd.«

»Tut, was ihr nicht lassen könnt. Falls ihr es noch nicht bemerkt habt, die Sonne geht auf. Ich verschwinde, denn ich habe keine Lust, wegen eines Fremden am Galgen zu baumeln.« Wütend stapfte David zu seinem Pferd.

»David, bitte!«, rief Jules.

»Wir sehen uns in Paris. Hoffentlich hast du deinen Verstand bis dahin wiedergefunden, Aleyd! Gott mit dir, *barbe*!« Er schnalzte mit der Zunge und ritt davon.

Unglücklich sah Aleyd von einem zum anderen. »Ich weiß nicht, was mit ihm los ist …«

Barbe George hielt noch immer die schwere Bibel im Arm. »In einem hat er recht, wir haben kaum noch Zeit, uns fehlt ein Zeuge, und deine Tat hat uns in Gefahr gebracht. Armido, ich kann dich jetzt nicht befragen. Außerdem erwartet mich auf der Straße nach Paris ein Bruder aus Lyon.«

Enttäuscht sagte Armido: »In einigen Tagen feiert der König einen Maskenball im Louvre. Luca und ich werden auch dort sein. Bitte, *barbe*, gib mich nicht auf!«

Der Prediger lächelte. »Dir ist es wirklich ernst, nicht wahr? Gut. Paris. Jules wird sich mit dir in Kontakt setzen. Und jetzt lasst uns aufbrechen!«

Armido löschte seine Fackel im Teich, denn die zunehmende Dämmerung tauchte bereits alles in diffuses Zwielicht. Die Fichten waren als spitze Schatten erkennbar, und die Tiere des Waldes erhoben ihre Stimmen. Er sah Jules, George und Aleyd zu den Pferden gehen. »Aleyd!«, rief er leise. Sie drehte sich um.

Er ging zu ihr und ergriff ihre Hand, die kalt und klein in seiner lag. »Aleyd, ich …« Ihre grünen Augen machten ihn sprachlos.

»Ich werde warten.« Mehr sagte sie nicht, und doch war es

mehr, als er zu hoffen gewagt hatte. Sie drückte seine Hand kurz an ihre Wange und lief dann zu ihrem Bruder, der ihr Pferd bereits am Zügel hielt.

»Wo finde ich euch in Paris, Jules?«

»Frag bei dem Buchhändler Thibault Ariès in Saint Germain nach uns.«

Aleyd bestieg ihr Pferd, stülpte die Kapuze über und war kurz darauf hinter ihrem Bruder und dem *barbe* zwischen den Bäumen verschwunden. Jetzt hatte es auch Armido eilig, nach Fontainebleau zurückzukehren. Er wollte auf keinen Fall zu spät in der Galerie erscheinen. Rosso war ein großzügiger und gerechter Meister, aber auch seine Geduld hatte Grenzen. Rasch zog Armido aus der Satteltasche die Messer des Jägers und dessen Geldbeutel, den er entleerte, und warf alles in den Teich, dessen Wasseroberfläche nur am Rand zugefroren war. Dann schleuderte er die gelöschte Fackel in den Wald und führte sein Pferd zum Bach hinunter. Da er nur diesen einen Weg zurück kannte, würde er dort vorbeikommen, wo er den Jäger getötet hatte.

»*Confiteor Deo omnipotenti* ...«, betete Armido das Schuldbekenntnis und verschwendete keinen Gedanken daran, dass der neue Glaube ihm verbot, die Jungfrau Maria und die Heiligen um Schutz zu bitten. »Ich bekenne meine Sünden und bitte euch, für mich zu beten: *orare pro me ad Dominum, Deum nostrum.*«

XI
Media erundae veritatis

Sie stießen ihn die schmale Treppe hinunter in einen Folterkeller. David hatte ähnliche Geräte schon einmal gesehen und brauchte wenig Phantasie, um sich vorzustellen, wozu die hölzerne Bank mit den Seilwinden an beiden Enden, der Stuhl mit der stacheligen Rückenlehne und die verschieden geformten Zangen an der Feuerstelle dienten.

Fackeln entlang den Wänden warfen flackernde Schatten an das unverputzte, feucht glänzende Kreuzgewölbe. An einer Seite befanden sich vergitterte Verliese, und am Ende des Gewölbes stand etwas erhöht ein schlichter Tisch, hinter dem Davids Richter saß, dessen Gesicht im Schatten lag. Guy de Mallêt stand mit arroganter Miene in erhabener Pose an einen Stuhl gelehnt, vor sich auf dem Tisch mehrere dicke Bücher und einen Weinkelch.

Die Knechte stießen den gefesselten David nach vorn. Die Riemen schnitten ihm tief ins Fleisch, und David fluchte. Doch mehr noch als über seine Peiniger ärgerte er sich über seine eigene Dummheit, die ihn in diese missliche Lage gebracht hatte. Warum auch hatte er sich von Jules überreden lassen, mit zum Feenteich zu kommen? Jules war ein Idealist, ein blauäugiger Narr, der jeden in die Gemeinschaft aufnehmen wollte. Und *barbe* George war nicht anders. Wahrscheinlich hielten sie sich für die Retter unglücklicher Seelen. Dabei sah ein Blinder, warum dieser italienische Stuckfresser konvertieren wollte. Armido hatte es auf Aleyd abgesehen, und er wusste, dass Aleyd ihrem Glauben treu war und niemals jemanden heiraten würde, der nicht zur Gemeinschaft gehörte. Aber sie hörten ja nicht auf ihn. Er war nur David, der ewige Zweifler, der Skeptiker. Dabei hatte er jeden Grund, an den Motiven gewisser Leute zu zweifeln, denen es plötzlich gefiel, zu den »Armen von Lyon« zu kommen. Warum gingen sie nicht einfach zu den Protestanten?

Jemand riss an seinen Fesseln und holte ihn aus seinen Gedanken in die genauso unerquickliche Gegenwart zurück.

»Was hast du zu deiner Verteidigung zu sagen?« Guy de Mallêts Stimme hallte durch das Gewölbe.

David Louven hob den Blick. Eine blonde Strähne klebte an seiner blutverkrusteten Schläfe. Was er sah, ließ ihn erzittern. Der Tisch, die Bücher, Mallêt in seinem schwarzen Gewand – alles deutete auf eine Befragung hin. Aber Mallêt war kein Inquisitor. Das wusste er mit Bestimmtheit. Mallêt war der Sekretär von Kardinal Tournon. »Ich glaube den wahren Glauben. Ich glaube alles, was ein Christ glauben muss«, sagte David und drückte die schmerzenden Schultern nach hinten.

Wie ein Schatten hatte der hagere Mann mit dem Gesicht eines Raubvogels im Schatten hinter Mallêt verharrt. Als er jetzt vortrat, um David eindringlich zu mustern, erschauerte dieser. Der Tod hatte ein Gesicht bekommen. Das Böse breitete seine Schwingen aus und legte sich wie eine alles Leben und jede Wahrheit erstickende Wolke über das Gewölbe.

»Ich kenne eure Schliche. Ihr haltet das, was die Mitglieder eurer Ketzersekte glauben, für den wahren Glauben. Aber wir verlieren nur Zeit mit diesem Wortgeplänkel.« Als Monsignor Sampieri seine kalte Stimme erhob, ging eine Veränderung durch die Anwesenden. Selbst die Knechte erstarrten, und in der einsetzenden Stille hätte man eine Nadel zu Boden fallen hören. Sampieri trat an den Tisch, stützte die Hände auf und beugte sich leicht vor. »Glaubst du an den Einen Gott, den Vater, den Sohn und den Heiligen Geist?«

Ohne zu zögern antwortete David: »Ich glaube.«

Ein unscheinbarer Junge mit hässlichem Grinsen rückte dem Monsignore einen Stuhl heran. Nachdem der Geistliche sich gesetzt hatte, ließ sich auch Guy de Mallêt nieder. »Monsignor Sampieri ist mit direkten Vollmachten vom Heiligen Stuhl ausgestattet. Was der Kaiser schon lange als notwendig erachtet und in Spanien und den Niederlanden legitimiert hat, wird nun endlich auch in Frankreich zur Durchsetzung kommen – die heilige römische Inquisition!«

In den letzten drei Worten Mallêts lagen Triumph, Genugtuung und das Wissen um die Schrecken, die diese Institution seit Generationen verbreitete. Davids Nackenhaare stellten sich auf, und dennoch konnte er nicht glauben, dass Seine Majestät Franz I. dieses totalitäre Instrument fanatischen Glaubens in seinem Königreich duldete. Hatte Franz nicht gerade erst einen Sieg gegen Karl errungen und damit seine Macht gefestigt? Sie, die Vaudois, wie sie im Volksmund hießen, waren doch nur eine verschwindend kleine Minderheit, die die Krone Frankreichs nicht gefährden konnte. Und doch – hatte die Plakataffäre nicht gezeigt, wie unberechenbar der König war?

»Rutilio!«, sagte Sampieri knapp zu seinem Burschen, der ein versiegeltes Schreiben aus einer Schatulle nahm und auf den Tisch legte. »Seine Heiligkeit Paul III., einziger rechtmäßiger Stellvertreter Jesu Christi auf Erden, hat mir die Autorität verliehen, im Namen der Kirche Befragungen durchzuführen. Diese Befragungen dienen der Rettung von Seelen und sind kein Übel, sondern Öl für die Seelenwunden, die da sind die ketzerischen Ansichten.« Sampieri beugte sich vor und wurde lauter, wobei er den Zeigefinger in die Höhe hielt. »Die heilige Inquisition rächt nicht, nein, sie rettet! Sie bestraft nicht, nein, sie ringt dem Teufel die menschliche Seele ab! Sie verfolgt nicht, nein, sie heilt die Seelen verirrter Schafe der Kirche!« Mit fanatisch stierendem Blick erfasste Sampieri jeden der Anwesenden, zu denen außer den Knechten zwei Dominikanermönche, ein Notar und vier reiche Pariser Bürger gehörten.

Einem der reichen Herren gehörte das Pariser Stadthaus, in dem sie sich befanden. David überlegte, woher er das Gesicht des Grauhaarigen mit dem kostbaren Pelzmantel kannte. Selbstgefällig lauschten die hohen Herren den Ausführungen des Ketzerjägers, denn nichts anderes war Sampieri. Und Monsignore fühlte sich in seiner Rolle anscheinend sehr wohl. Immerhin, rhetorisch war der Geistliche gut geschult.

»Du lächelst?« Monsignor Sampieris Raubvogelblick entging nichts.

David schalt sich einen Narren, dass er seine Gesichtszüge nicht besser unter Kontrolle hatte.

»Du verkennst den Ernst der Lage. Wo waren wir stehengeblieben?« Sampieri warf einen Blick in eines der aufgeschlagenen Bücher. »Also, glaubst du an Jesum Christum, geboren aus der Jungfrau, der gelitten hat und auferstanden und aufgefahren ist gen Himmel?«

Nein, wollte David rufen, doch was nutzte sein Tod? »Ich glaube«, sagte er stattdessen.

»Dein Zögern spricht für eine Schuld. Glaubst du dann auch, dass bei der von einem Priester zelebrierten Messe Brot und Wein durch göttliche Kraft in den Leib und das Blut Jesu Christi verwandelt werden?« Sampieri beobachtete ihn scharf, während sich Guy de Mallêt bereits zu langweilen schien und Wein in seinen Kelch goss.

David biss sich auf die Unterlippe. Wenn er zustimmte, verriet er alles, wofür sie kämpften, andererseits war es sinnlos, vor einem Inquisitionsgericht die Wahrheit zu sagen, denn hier auf Gerechtigkeit zu hoffen wäre töricht.

Mallêt wischte sich den Mund mit seinem Ärmel ab. »Macht doch nicht so ein Aufhebens um diesen Kerl. Wir haben ihn mit einer Bibel von Olivétan erwischt und wissen von unserem Informanten, dass er zu diesen Vaudois gehört.«

»Die der König offiziell nicht verboten hat«, wandte der Grauhaarige ein.

»Noch nicht, Viennet«, sagte Mallêt. »Mein Vater arbeitet mit einigen Ministern und Montmorency an einer Gesetzesänderung. Und da dem König sehr an innerer Stabilität gelegen ist und er einen Aufruhr wie vor drei Jahren verhindern will, wird er der Ausrottung von Häretikern bald zustimmen.«

Jetzt erinnerte sich David an Robert Viennet, einen engen Freund von Diane de Poitiers, der durch eine Glashütte und dubiose Geschäfte zu Reichtum gekommen war. Viennet hatte fast alles erreicht, nur in den Adelsstand war er noch nicht erhoben worden. Da hatte sich die richtige Gesellschaft zusammengefunden: Fanatiker, Macht- und Karrierebesessene. Von diesem Gericht hatte er nichts als den Tod zu erwarten.

»Was ist, Louven? Hast du die Zunge verschluckt? Oder sollen wir dein Schweigen als Antwort werten?«, hakte Sampieri nach.

»Ich glaube alles, was Ihr mir zu glauben vorschlagt.« Die Fesseln schnitten so tief, dass David seine Hände nicht mehr spürte.

Der Monsignore senkte seine Stimme. »Ich frage noch einmal. Glaubst du, dass der Leib unseres Herrn Jesu Christi auf dem Altar ist?«

»Glaubt Ihr es denn?«

»Natürlich!«, fauchte Sampieri.

»Ich glaube es ebenso.«

»Du denkst, du kannst mit mir spielen. Ich frage nicht, ob du glaubst, was ich glaube, sondern ob du selbst es glaubst.« Sampieri gebot Rutilio, der ihm etwas ins Ohr flüsterte, zu schweigen.

»Ich bin ein einfacher Mann. Wenn Ihr alle meine Worte verdreht, weiß ich nicht mehr, was ich sagen soll«, versuchte David Zeit zu gewinnen.

»Dann antworte mir einfach und ohne Ausflüchte.«

Einer der Dominikanermönche, er hatte gelbe Zähne und wässrige Augen, bemerkte: »Nutzen wir *media erundae veritatis*.«

»Dazu ist immer noch Zeit. Ich denke, dieser Mann ist schlauer, als er vorgibt. Willst du also schwören, Louven, dass du nie etwas gelernt hast, was dem Glauben, den wir für wahr halten, widerspricht?« Sampieris scharfes Profil wurde als teuflischer Schatten an die Wand geworfen.

»Wenn ich muss, schwöre ich.«

»Du musst nicht, ich frage, ob du schwören willst? Ist es nicht vielmehr so, dass du Eide für ungesetzlich hältst und mir, der ich dich zwinge, die Sünde zuschieben könntest?«

Mallêt und die Herren in ihren edlen Mänteln nickten anerkennend.

David riss an seinen Fesseln. Seine Wut machte ihn unvorsichtig. »Warum soll ich schwören, wenn Ihr es nicht befehlt?«

»Damit du den Verdacht, ein Ketzer zu sein, von dir weist. Wenn du nur schwören willst, um dem Scheiterhaufen zu entgehen, werden selbst tausend Eide nicht genügen. Bekenne deinen Irrtum, und du könntest Gnade finden.« Sein huldvolles Lächeln geriet zur Fratze.

»Ich schwöre! Gott helfe mir, dass ich kein Ketzer bin!«

»Das reicht nicht!«, rief der Dominikanermönch, und auch Mallêt schüttelte den Kopf.

»Er will sich herausreden. Helfen wir ihm ein wenig nach, die rechten Worte zu finden.« Mallêt grinste genüsslich und sah vielsagend auf die Folterbank.

»Nein!« Panische Angst erfasste David. Dem Tod durch den Galgen oder einen Schwertstreich konnte er gefasst entgegensehen, aber nicht der Folter. »Ich schwöre, was Ihr wollt! Verdammt, sagt mir, was Ihr hören wollt!«

Doch die Entscheidung war gefallen. Monsignore gab den Knechten einen Wink, und diese zogen David mit brutaler Gewalt auf die hölzerne Bank. Mit geübten Griffen warfen sie ihn auf den Rücken, rissen seine Arme zurück und befestigten Knöchel und Handgelenke mit Lederriemen. Noch nie war David gefoltert worden, doch er hatte genügend Opfer gesehen und wusste, was ihm bevorstand.

»Bitte, so hört doch! Ich sage alles, alles, was Ihr wollt!«, flehte er und sah mit angstgeweiteten Augen, wie die Knechte die Riemen auf Seile zogen, die über Winden liefen. Man erzählte sich, dass Menschen auf der Streckbank um eine Elle länger geworden waren. Die Winden an beiden Enden wurden gedreht, und sein Körper spannte sich. »O Gott! Lasst das nicht zu! Ich schwöre bei allem, was Ihr wollt, nur lasst mich hier herunter!«

Sampieris widerlicher Bursche kam als Erster heruntergelaufen und stellte sich neben die Streckbank. »Wir sollten ihm die Birne geben, bis er den ersten Grad überstanden hat.«

Der Monsignore, Mallêt, die beiden Mönche und die hohen Herren erhoben sich und traten ebenfalls hinzu. Was zum Teufel war die Birne? Die Antwort kam schnell genug. Davids Schreckensschrei wurde mit einem eisernen Instrument in Form einer Birne erstickt, das ihm ein Knecht zwischen die Zähne presste. Dabei brach ein Schneidezahn ab, den David verschluckte, während er sich verzweifelt zu wehren versuchte. Doch seine Kieferbewegungen hatten nur zur Folge, dass die Schmerzen zunahmen und er einen weiteren Zahn verlor. Die Seile wurden straffer gezogen, und tausend Dolchstiche wollten seine Schulter- und Fußgelenke schier auseinanderschneiden. Der Schweiß trat ihm aus allen Poren, sein Atem ging stoßweise, und sein Herz raste. Als er das Gefühl hatte, nicht schnell genug atmen zu können, und seine Lungen sich zusammenkrampften, ließ der Schmerz plötzlich nach. David öffnete die Augen, blind vor Tränen. Jemand presste seinen Mund auf und riss die Folterbirne heraus. Er schmeckte Blut und tastete mit der Zunge nach einem losen Backenzahn.

Ein Knecht goss ihm einen Eimer Wasser über den Kopf. David hustete und spuckte aus.

»Das war ein kleiner Vorgeschmack dessen, was dich erwartet, Louven. Wie steht es nun mit deinem Gedächtnis?«, fragte Sampieri ruhig.

Guy de Mallêt nickte beifällig. »Sehr gut, so kommen wir voran.«

David wollte sprechen, brachte jedoch nur unzusammenhängendes Gestammel hervor. Er wollte nicht sterben, er war nicht so fanatisch wie Jules und Aleyd. Er war auch kein *barbe*, der sich für seinen Glauben opfern würde. O Aleyd, wie konntest du mich nur so enttäuschen? Du musst doch wissen, was ich für dich empfinde! Warum nur hatte er sich ihr nicht schon früher offenbart. Dieser italienische Stukkador mit seinem schneidigen Äußeren hatte sie geblendet. Hier war seine Chance, sich des Nebenbuhlers zu entledigen und seine eigene Haut zu retten. »Ja, ich gehöre zu denen, die Ihr die Vaudois nennt.« Er schluckte. Verrat war eine schwere Sünde, aber wer war schon frei von Schuld?

Erstaunt sah Rutilio seinen Herrn an. »Das ging aber schnell. Sonst braucht es mindestens den vierten Grad, bis sie reden.«

»Wie ich dachte, er ist schlau, nicht wahr, Louven? Was hast du anzubieten? Ich will Namen!« Monsignor Sampieri verschränkte die Arme vor der Brust.

»Macht mich los, dann gebe ich Euch einen Namen.«

»So billig kommst du nicht davon. Aber fangen wir mit einem Namen an.« Auf ein Zeichen Sampieris lösten die Knechte Davids Handfesseln.

Der Gequälte richtete den Oberkörper auf und rieb sich die geschundenen Handgelenke. Falls sie ihn gehen ließen, würde er sich eine gute Erklärung für Jules und die anderen überlegen müssen, denn niemand würde ihm glauben, dass er der Folter ohne Gegenleistung entkommen war.

Guy de Mallêt trat an die Bank. »Wer gehört noch zu euch? Jemand bei Hof?«

»In Fontainebleau«, brachte David hustend hervor.

Der Sekretär von Kardinal Tournon rieb sich die Hände. »Wer?«

»Einer von Rossos Leuten.« Es war heraus.

Sampieri hob die Augenbrauen. »Ein Italiener?«

»Armido Paserini.«

»Ah! Und sein jüngerer Bruder, dieser Luca, gehört natürlich auch dazu!« Mallêt lächelte äußerst zufrieden. Es kam noch besser, als er es sich erhofft hatte, denn nun hatte er etwas gegen Luca in der Hand. Der hübsche Jüngling war ihm seit jenem Abend in der Galerie nicht aus dem Kopf gegangen.

»Nein, nein. Ich weiß nur von Armido, sein Bruder ist keiner von uns«, versicherte David schnell, denn er kannte Luca nicht, und als er den Hass in Mallêts Augen aufflackern sah, bereute er seine Schwäche beinahe.

Monsignor Sampieri rieb sich nachdenklich das Kinn. »Kennen wir nicht einen Paserini? Rutilio!«

Der Bursche mit dem Wieselgesicht sagte: »Aber ja, Monsignore. Das war doch dieser junge Maler, Luca, der mit uns den Passo della Cisa überquert hat.«

»Richtig. Unsere kleine Reisegesellschaft bestand weiter aus einem Juden und drei Saitenmachern, die mir suspekt waren. Ich müsste mich sehr täuschen, wenn das keine Ketzer waren. Wie hießen sie noch, Lavbach?«

»Lavbruch, Monsignore«, verbesserte Rutilio seinen Herrn.

David erbleichte. Die Gebrüder Lavbruch gehörten zu einer der ältesten Familien der Glaubensgemeinschaft. Die Brüder reisten unter dem Deckmantel ihres Berufs, um mit den führenden reformistischen Denkern in Genf, den deutschen Landen und dem Piemont zu sprechen. Und der älteste der Lavbruch-Brüder wurde zum nächsten großen Treffen der Gemeinde in Lyon erwartet.

»Warum fragen wir nicht einen, der es wissen muss?« Viennet legte eine Hand auf seinen Degen.

»Ich, nein …« Was hatte er angerichtet? Natürlich gaben sie sich mit einem Namen nicht zufrieden. Aber er konnte doch nicht ehrenwerte Brüder preisgeben. Brüder, von denen er wusste, dass sie eher in den Tod gehen als ihren Glauben, geschweige denn einen aus ihrer Gemeinschaft verraten würden.

Sampieri hob kurz die Schultern und sagte mit gespielt ergebener Miene zu den Knechten: »Weiter.«

Sofort wurden Davids Arme nach hinten gerissen, erneut gefesselt und die Winden mit doppelter Kraft angezogen. David brüllte, als die rechte Schulter aus dem Gelenk sprang, und verwünschte den Tag, an dem er geboren worden war. Als die linke Schulter auskugelte, gingen seine Schreie in heiseres Schluchzen über.

»Genug!«, befahl Sampieri und beugte sich über sein Opfer, nachdem man die Seile gelockert hatte. »Wie steht es mit deiner Erinnerung?«

»Lasst Ihr mich gehen, wenn ich Euch verrate, wo das nächste große Treffen stattfindet?« Sie wollten Informationen, und das war das Einzige, was er zum Tausch für sein Leben bieten konnte.

Mallêt verzog den Mund und schien etwas sagen zu wollen, doch Sampieri legte ihm schnell eine Hand auf den Arm. »Ja, du bist frei, wenn du meine Fragen zu meiner Zufriedenheit beantwortest.«

»Das ist mir zu vage«, keuchte David. Er konnte den Kopf nicht heben, um seine Gegner zu sehen. Alles, was er sah, war das rußgeschwärzte Gewölbe und die eisernen Haken, an denen die Seile hingen.

Aus einem der Kerker vernahm er das Scheuern von Eisen auf Stein, und jemand rief: »Die lassen dich sowieso nicht gehen!«

Ehe der Häftling mehr von sich geben konnte, wurde gegen die Gitter geschlagen, eine Tür quietschte, und Schreie erklangen. Die danach einsetzende Stille sprach deutlich.

»Das ist alles, was du bekommst!«, zischte Sampieri dicht an Davids Ohr.

»Dann fahrt zur Hölle!«, fluchte David und spuckte Sampieri ins Gesicht.

Monsignor Sampieri beherrschte seine Gefühle meisterlich und wischte sich langsam mit dem Ärmel über Mund und Wange. Mit steinerner Miene wandte er sich an Guy und die anderen. »Leider haben wir hier das unverbesserliche Exemplar einer verlorenen Seele vor uns.« Wie nebenbei bedeutete Sampieri den Folterknechten, mit ihrer grausamen Arbeit fortzufahren.

Diesmal wurden die Winden so lange gedreht, bis David das Bewusstsein verlor. Als er erwachte, hoffte er, die irdische Hölle hinter sich gelassen zu haben, doch unerträgliche Schmerzen, die seinen Körper in ein Flammenmeer zu tauchen schienen, brachten die ernüchternde Erkenntnis, noch immer in Viennets Pariser Folterkeller zu sein. Davids Atem ging flach und stoßweise. Wie aus weiter Ferne drang Sampieris Stimme durch Wogen rauschenden Blutes und pochender Qual zu ihm durch. Aleyd, war alles, was David denken konnte. Warum nicht mich, Aleyd?

XII
Der Tote in der Seine

Der Regen prasselte auf ihren Umhang. Die Krempe ihres Hutes hing herunter und ließ das Wasser über ihr Gesicht in den Kragen laufen. Ihr war kalt, aber Luisa biss die Zähne zusammen, hielt sich gerade im Sattel und suchte nach den Schönheiten der vielgerühmten Stadt. An diesem trüben Dezembermorgen jedoch wirkte Paris düster und erdrückend. Die engen Straßen waren aufgeweicht, und wenn es Pflastersteine gab, stellten sie eher Hindernisse dar, als dass sie den Boden befestigten. Sie waren zwei Tage geritten, und Luisa tat jeder Knochen weh. Zwei Ferkel rannten quiekend vor ihnen davon. Die meisten Türen der anliegenden Häuser waren verschlossen und nur wenige Fensterläden offen. Weder fliegende Händler noch Verkaufsstände waren bei diesem Wetter zu sehen.

»Saint Germain des Prés«, sagte Rosso, der neben ihr ritt, und zeigte auf eine große dreischiffige Basilika inmitten einer weitläufigen Klosteranlage.

»Franziskaner?«, fragte Luisa und staunte über die Ausmaße der Gebäudeflügel und die Gartenanlagen.

»Benediktiner. Kardinal Tournon ist hier Abt *commendatario*.«

Eine reiche Abtei, kein Zweifel. »Wird der Kardinal auch auf dem Ball sein?«

Pellegrino drängte sein Pferd zwischen sie. »Meister, Ihr

müsst die Masken für Madame d'Étampes und ihre Damen noch begutachten. Sie sind fertig, aber …«

»Jaja, sie werden schon gefallen. Schlimm genug, dass ich meine Zeit mit solchen Nichtigkeiten vertun muss«, murrte Rosso Fiorentino, und seine Miene verfinsterte sich.

Der Tross, der aus Künstlern und niederen Höflingen bestand, überquerte eine mit Häusern bebaute Brücke über die Seine. Luisa dachte an den Ponte Vecchio in Florenz und unweigerlich an ihre Familie. Während ihr der kalte Regen über das Gesicht lief und die Pferdehufe langsam über das Pflaster klapperten, sah sie Pietro in der Werkstatt vor sich, wie er auf seinen Stock gelehnt die Güsse und Entwürfe begutachtete. Sie vermisste ihn, und es tat noch immer weh, ihn enttäuscht zu haben. Und jetzt diese Sorgen um Armido …

»Lass den Kopf nicht hängen, Luca! Sieh nur, der Louvre!« Scibec de Carpi war zu ihr aufgerückt und klopfte ihr aufmunternd auf die Schulter.

Sie hob den Blick und sah einen massigen, düsteren Bau am Seineufer in den grauen Himmel ragen. Die Ausmaße schienen gewaltig, doch die ganze Anlage wirkte wie eine mittelalterliche Festung und nicht wie der luxuriöse Wohnsitz des französischen Königs. Luisa war enttäuscht.

»Franz lässt den Donjon abreißen und die ganze Anlage umgestalten. Noch fehlt die Finesse eines italienischen Architekten.« Francesco Scibec de Carpi drängte sein Pferd so dicht an ihres, dass sie sein Bein spürte. »Ich weiß, du machst dir Sorgen um Armido. Aber er ist kein Dummkopf.«

»Dessen bin ich mir nicht mehr so sicher.« Verdrossen starrte sie auf die abweisenden Mauern, hinter denen der Maskenball stattfinden sollte. An jenem Morgen, der sie in die rettenden Arme von Meister Rosso getrieben hatte, war Armido erst spät und völlig entkräftet in der Galerie erschienen. Für sein blutverschmiertes Hemd hatte er eine fadenscheinige Ausrede erfunden und sich seitdem in Schweigen gehüllt. Heute Morgen hatte er sich erneut ohne Erklärung davongemacht und sie in Angst zurückgelassen. Zum Ball wollte er im Palast sein. Großartig, dachte Luisa und biss sich auf die Lippen.

»Na, komm schon. Es geht um eine Frau, und wer könnte das besser verstehen als wir Männer.« Scibec lachte.

Luisa blieb das Lachen im Hals stecken. »Hat Armido dir das erzählt?«

»Ja doch! Wart nur ab, bis dir die ersten Barthaare sprießen, dann locken dich die Weiber auch in ihre weichen Arme.« Der Tischler machte anzügliche Bewegungen. Als Luisa nichts erwiderte, setzte Scibec nach: »Oder sind es gar nicht die Weiber, die dich interessieren? Wundern tät's mich nicht. So ein hübsches Knäblein.« Er senkte die Stimme. »Pellegrino ist schon richtig eifersüchtig auf dich. Sieh dich vor ...« Wie über einen gelungenen Scherz lachte Scibec in sich hinein.

»Hmm ...«, war alles, was Luisa herausbrachte, zu verlegen machten sie Scibecs Andeutungen, und zu besorgt war sie um Armido. Wenn es nur eine Frau wäre. Sie wusste es besser, und auch wenn er ihr nichts sagte und alles herunterspielte, war sie davon überzeugt, dass Armido sich in große Gefahr begab. Sie hatte ihn gebeten, ihr zu sagen, wohin er ging, damit sie ihm im Notfall helfen könne, doch das hatte er strikt abgelehnt. Er wolle sie nicht mit in Schwierigkeiten bringen. Luisa stieß hörbar die Luft aus. Als ob er das nicht ohnehin tat! Sie hatte ihn auf die Resolution von Chanforan angesprochen und keine Erklärung bekommen. Wurde jemand der Ketzerei verdächtigt, standen immer die gesamte Familie und auch die Freunde unter Verdacht. Nun, immerhin waren sie in Frankreich, wo die heilige Inquisition von Franz nicht unterstützt wurde.

Die Palasttore waren weit geöffnet, um den Tross aus

Höflingen, Künstlern und Wagen mit Möbeln und Geschirr hereinzulassen. Obwohl der König sich im Louvre öfter aufhielt als in seinen übrigen Schlössern, wurden auch hier seine Gemächer stets aufs Neue mit den persönlichen Möbeln Seiner Majestät ausgestattet. Der Regen hatte endlich aufgehört, und Luisa hatte Gelegenheit, sich den quadratischen Innenhof der königlichen Residenz genauer anzusehen.

Gerüste an den Fassaden sowie Haufen von Bauholz und Steinen wiesen darauf hin, dass an zwei Flügeln gebaut wurde. Im Moment schienen die Arbeiten zu ruhen, was auf den bevorstehenden Maskenball zurückzuführen sein mochte. Die Anlage wirkte, als wäre sie noch lange nicht fertiggestellt. Allein die Stallungen deuteten auf ungeheure Dimensionen hin. Herbeigeeilte Knechte halfen beim Absitzen und Entladen der Wagen. Luisa streckte sich und legte die Hände ins schmerzende Kreuz. Sie ritt zu selten, als dass sie sich wirklich daran gewöhnt hätte. Während sie den nassen Hut abnahm und ausschüttelte, ertönten laute Rufe und das Klappern zahlreicher Pferdehufe. Ehe sie wusste, wie ihr geschah, wurde sie von ihrem scheuenden Pferd zur Seite gedrückt und stürzte auf das nasse Pflaster.

Verärgert rappelte sie sich auf und suchte nach dem Grund des Aufruhrs. Eine herrschaftliche Karosse mit sechs prachtvollen Pferden stand im Hof. Eifrige Lakaien sprangen um das Gefährt herum, als handele es sich um den König persönlich. Doch der war bereits hier und probierte Kostüme an, wie Luisa von Meister Rosso wusste. Gespannt wartete sie darauf, wer dem mit einem Wappen beschlagenen Gefährt entsteigen mochte.

Da trat Léonard Thiry hinzu und sagte dicht an ihrem Ohr: »Das, kleiner Paserini, ist einer der mächtigsten Männer des Königreichs. Einer, vor dessen Macht selbst unser Franz demütig wird.«

Fasziniert starrte Luisa auf die Trittstufen, die man an die Wagentür gelehnt hatte, und sah einen großen Mann in schwarzrotem Mantel aussteigen. Der rote, charakteristisch gefaltete Hut saß über einem herrischen Gesicht. Scharfe Falten rechts und links der dominanten Nase und kühl abwägende Augen zeugten von einem Mann, der sich seiner Position bewusst war. Der sorgfältig gestutzte graue Bart sollte seinem Träger Würde verleihen, doch Luisa fröstelte. Sie ahnte, dass dieser Mann zu mörderischem Hass fähig war. Da flüsterte ihr Thiry ins Ohr: »Kardinal Tournon. Er hat den Vertrag von Madrid unterzeichnet, der Seiner Majestät nach der Gefangenschaft in Madrid die Freiheit gebracht hat. Auch an der Befreiung von Franz' Kindern war Tournon maßgeblich beteiligt, außerdem hat er die Ehe mit Kaiser Karls Schwester, Eleonore von Österreich, eingefädelt.«

Luisa wollte von Thiry und seinem alkoholschweren Atem wegrücken, doch der flandrische Maler hielt sie am Ärmel fest. »Tournon ist nach Rom gegangen, um die Gefahr der Exkommunikation von Franz' Haupt abzuwenden, und als die kaiserlichen Truppen letztes Jahr in die Provence eingefallen sind, hat der König ihn zum Generalleutnant an Montmorencys Seite gemacht. Tournon war dabei nicht nur als Stratege erfolgreich, sondern hat auch für die Bezahlung der Truppen gesorgt. Er wurde zum Abt von Tournon und Saint Florent de Saumur ernannt, und das ist gewiss nicht das Ende seiner Karriere.«

Thirys Haare stanken ranzig, sein Atem roch nach Alkohol, und Luisa hatte genug. »Lass mich los! Wozu erzählst du mir das überhaupt?«

»Eine kleine Warnung, denn du scheinst mir begabter als dein unverschämter Bruder. Wo ist er überhaupt? Wäre doch schade um ein junges Talent.« Thiry ließ sie los, räusperte sich und spuckte aus. »Man kann über mich geteilter Meinung sein, aber einen guten Künstler weiß ich zu schätzen.«

Jetzt war es an Luisa, überrascht zu sein. Hatte sie Thiry falsch eingeschätzt, oder war das nur eine weitere seiner kleinen Intrigen gegen Armido, den er vom ersten Tag an mit üblen Scherzen verfolgt hatte?

Scibec, der seine Satteltaschen abgeschnallt und sich über die Schulter geschwungen hatte, trat hinzu. »Was gibt's, Léonard? Machst du dich wieder mal unbeliebt?«

Doch Thiry winkte nur ab und ließ sie stehen.

»Was war denn das?«, fragte Scibec.

Luisa strich sich eine nasse Strähne aus der Stirn. »Ich weiß nicht. Er hat mir erklärt, was der Kardinal alles Großartiges für den König getan hat, und meinte, ich solle mich in Acht nehmen.« Sie zitterte. Feuchtigkeit, Kälte und die Anstrengungen der Reise forderten ihren Tribut. »Wo ist unser Quartier, Francesco? Ich glaube, mir ist nicht gut.«

Der Kunsttischler schüttelte den Kopf. »Du bist viel zu empfindlich. Ganz anders als Armido. Den haut so rasch nichts um. Manchmal denke ich, an dir ist ein Weib verloren gegangen.«

Luisa versuchte sich nichts anmerken zu lassen und bemühte sich um einen betont männlichen Gang und eine tiefere Stimmlage. Da sie von Natur aus eine dunkle, rauchige Stimme hatte, fiel ihr das nicht schwer. »Also, wohin sollen wir?« Energisch griff sie nach ihrer Tasche, die einer der Knechte für sie vom Pferd genommen hatte.

»Immer der Menge nach, und dann wird uns eine Hofschranze einweisen.« Scibec grinste und marschierte hinter Thiry und den anderen Künstlern her. Heimlich hatte Luisa gehofft, dass Meister Rosso sie in sein Pariser Haus einladen würde, denn sie wusste von seinem Domizil in der Hauptstadt, und Armido hatte die Großzügigkeit und Gastfreundschaft des Meisters betont. Doch ihre Wünsche und Hoffnungen waren weit von der ernüchternden Wirklichkeit entfernt.

»Bist du schon einmal im Louvre gewesen, Francesco?«, fragte Luisa und hob trotzig das Kinn. Dann trat sie durch einen Torbogen in eine von vielen Empfangshallen. Diese war klein und der Treppenaufgang schmal. Trotzdem standen auf Mauervorsprüngen und in Nischen Kanopenvasen und römische Statuen. Ein ovales Marmorrelief, das drei Grazien zeigte, zierte die Seitenwand am oberen Treppenabsatz. Der Geist Italiens hatte Einzug gehalten in das mittelalterliche Gemäuer des Louvre.

Ein blasierter Diener geleitete sie in den zweiten Stock, wo ihnen die Schlafräume zugeteilt wurden. Luisa erschrak, als ihr bewusst wurde, dass sie sich mit Armido und Scibec ein Zimmer teilen musste. Ihr Protest stieß jedoch auf taube Ohren. Unglücklich fand sie sich in einem kleinen Raum wieder, in dessen Mitte ein Bett und am Fenster ein Schemel vor einem Waschtisch standen. Kein Paravent, kein Ankleidezimmer, in dem sie sich allein hätte umziehen können. Sie konnte doch nicht drei Tage lang diese Kleider anbehalten! Doch ihre Erschöpfung ließ keine weiteren Überlegungen zu. Müde warf sie sich auf das muffig riechende Bett. Die Federn stachen durch die Bezüge, und sicherlich waren sie voller Flöhe. Als sie sich das erste Mal kratzte, war sie bereits eingeschlafen.

Sie erwachte vom lauten Zuschlagen der Tür. Verschlafen öffnete sie die Augen und entdeckte Scibec, der mit einem Leuchter vor dem Bett stand. »Wir sollen dem Meister bei den Kostümen und einigen Bühnenaufbauten helfen. Auf, Luca, genug geschlafen. Zumindest ein Paserini muss Flagge zeigen.«

Seufzend richtete Luisa sich auf. Ihr Mund war trocken, und sie hatte Hunger. Wo zum Teufel steckte Armido? Sie warf die Decke zurück und kratzte sich an Armen und Beinen. »Mistviecher!«

»Hast du dich immer noch nicht an die französischen Flöhe gewöhnt? Sie sind schlimmer als unsere!« Scibec lachte. »Weil sie unseren zahlenmäßig überlegen sind!«

»Hmm.« Wäre sie zu Hause im beschaulichen Siena geblieben, hätte sie einen sauberen Strohsack und gutes Essen gehabt. Aber dann hätte sie dank Tomaso kaum noch in der Werkstatt arbeiten dürfen. Luisa zwang sich zu einem Lächeln. Ihr Magen knurrte.

»Auf dem Weg zu den Festsälen gehen wir in der Küche vorbei. Das wird dich für einiges entschädigen.« Scibec wartete, bis Luisa sich Wasser ins Gesicht gespritzt und die Hände gewaschen hatte. Anschließend führte er sie durch die weitläufige Anlage.

In den dunklen Ecken quietschte und scharrte es. Geschäftig eilten die Kammerdiener mit Wäsche und Eimern voller Kammerlauge an ihnen vorbei.

»Oh, wie das hier stinkt!« Luisa rümpfte angeekelt die Nase. »Hier ist es noch schlimmer als in Fontainebleau.«

»Ganz Paris ist ein rottender Pfuhl. Ratten und Getier überall, und mit Getier meine ich auch solches …« Scibec nickte bedeutungsvoll zur Seite. Sie durchquerten die Zimmerfluchten des ersten Stocks, in dem die Räume nur durch Türen getrennt aufeinander folgten. Wollte man zum anderen Ende des Traktes, musste man notgedrungen alle Räume durchlaufen.

In diesem mit einem Baldachinbett und einem prächtigen Gobelin ausgestatteten Gemach waren zwei Diener dabei, die roten Festtagsgewänder ihres Herrn auszupacken. »Der Kardinal …«, sagte Luisa leise und beschleunigte unwillkürlich ihren Schritt. »Du kannst ihn auch nicht leiden, Francesco, nicht wahr?«

»Pfaffen sind mir schon immer zuwider. Sie nutzen die Unwissenheit des Pöbels und bereichern sich an den Bauern. Überleg mal, was es für einen armen Bauern bedeutet, wenn er noch einen Zehnten abgeben muss, wo sein Herr ihm kaum genug zum Leben lässt. Hier entlang!« Er öffnete eine schmale Tür in der hölzernen Wandverkleidung, die Luisa nicht aufgefallen wäre.

»Pass auf die Stufen auf, sie sind unregelmäßig.« Scibec ging in der Dunkelheit vorweg. »Und ich kann dir auch sagen, worauf meine schlechte Meinung vom Kirchenvolk gründet«, nahm er das Gespräch wieder auf. »Meine ganze Familie stammt vom Land, und bevor mein Vater als Tischler in der Stadt Arbeit gefunden hat, waren wir arm wie die Kirchenmäuse und hatten im Winter außer altem Brot und Bohnen oft genug nichts zu essen. Von zehn Kindern, die meine Tante geboren hat, sind nur zwei am Leben geblieben. Was ist mit euch? Eure Familie hat keinen ins Kloster geschickt, soweit ich weiß?«

Es galt bei den meisten Familien als ehrenvoll, wenigstens einen Sohn ein geistliches Amt erlernen zu lassen. Luisa tastete sich an der rauen Wand entlang. »Alle wurden in der Werkstatt gebraucht, weil meine Eltern früh gestorben sind. Mein Bruder …« Weiter kam sie nicht, weil von unten Licht heraufschien.

»Wer ist da oben? Macht Platz! Ich bringe die Abendmahlzeit für Seine Exzellenz!« Die hochmütige Stimme kündigte einen älteren Kammerdiener mit grauem Zopf und einem mit Schüsseln und Kerzenleuchter beladenen Tablett an.

Luisa und Scibec drückten sich an die Wand und ließen den Mann passieren, der sie keines Blickes würdigte. Der Duft von Gebratenem hing in der Luft und kündigte die nahe Küche an.

Am Ende des schmalen Treppenhauses stieß Scibec eine

Tür auf, die sie in ein Gewölbe entließ, von dem aus mehrere Gänge abzweigten. Einer war erleuchtet und brachte sie direkt in eine der großen Küchen des Louvre. Fontainebleau war Luisa bereits riesig erschienen, doch was sich ihr hier bot, war außerordentlich. An vier Feuerstellen wurde gekocht und gebraten, an den Wänden reihten sich auf Regalen Körbe mit Früchten, Gemüse, Gewürztöpfchen und Krüge mit exotischen Essenzen. Dutzende von Mägden, Köchen und Küchenjungen waren dabei, das Festmahl für den Ball am heutigen Abend vorzubereiten. Auf langen Tischen stapelten sich Brotlaibe, Weinkrüge, riesige Teller und Tabletts für die Braten, Schüsseln mit gekochten Möhren, grünen Bohnen, Pasteten, Kuchen und anderen Näschereien. Und es wurde immer noch mehr zubereitet.

Luisa blieb angesichts dieser Vielfalt der Mund offen stehen. »Wer soll das alles essen?«

»Der König und seine Gäste. Los jetzt, nimm dir was, und dann müssen wir zum Meister«, drängte Scibec. »Hast du überhaupt schon ein Kostüm für heute Nacht?«

»Ich?«, fragte Luisa überrascht und biss in ein Stück Pastete, die köstlich nach Wild und Beeren schmeckte.

»Natürlich. Wir helfen zwar, die Kostüme zu fertigen, aber wir sind auch als Gäste geladen. Der König ist uns Künstlern gegenüber sehr großzügig.«

Während sie die Geschmackssensation von Früchten, Fleisch und Gewürzen auf der Zunge zergehen ließ, kam ihr eine Idee. Lächelnd aß sie die Pastete auf und war voller Erwartung dessen, was kommen sollte.

Die Straßen waren nass, und die Hufe seines Pferdes versanken bei jedem Schritt tief im Unrat. Armido kümmerte sich nicht um die Bettler, die ihre Hände nach ihm ausstreckten, und stieß einen von ihnen sogar grob mit dem Fuß zurück.

Für derlei hatte er keine Zeit. Seit er den königlichen Tross verlassen hatte, konnte er sich des Gefühls nicht erwehren, verfolgt zu werden. Der Regen machte es nicht leichter, Verfolger vor dem Grau der Mauern und des düsteren Himmels zu entdecken. Hinter der nächsten Hausecke drängte er sein Pferd in den Durchgang, wendete und wartete. Als auch nach geraumer Zeit niemand vorbeigekommen war, schnalzte Armido leise mit der Zunge und lenkte sein Pferd weiter durch die engen Gassen im Viertel um Saint Germain.

Immer wieder blickte er sich um, doch außer einem Jungen, der ein Bündel Holz trug, und zwei Männern, die einen Karren hinter sich herzogen, war niemand zu sehen. Wer würde sich bei diesem Wetter auch vor die Tür wagen, wenn es nicht unbedingt sein musste. Armido schniefte. Seine Hände waren rot von der Kälte, sein Umhang nass und schwer, doch er brauchte nur an sie zu denken, und es wurde ihm warm. Aleyd. Es war gefährlich und unvernünftig gewesen, sich vor dem Ball davonzuschleichen, doch eine Erklärung für sein Fortbleiben würde ihm noch früh genug einfallen. Meister Rosso hatte sich lobend über seine Arbeit geäußert und war auch von seiner Schwester ganz angetan. Die Art, wie der Meister Luisa ansah, gefiel Armido zwar nicht, doch im Moment half ihm die Gunst, in der seine Schwester stand, und er hütete sich, Rossos Absichten zu hinterfragen. Mit dem feuchten Ärmel wischte er sich über das Gesicht und schob die Kapuze des Umhangs zurück, um die Schilder besser lesen zu können, die über den Ladentüren hingen.

Ein Lokal mit dem klingenden Namen »Zum goldenen Eber« war neben einem Papiermacher gelegen, dann folgte ein Buchdrucker »Martin«, er schien im richtigen Viertel zu sein. In einem Ladenfenster waren Bücher ausgestellt, und hinter den verschmutzten Scheiben brannte Licht. Lediglich ein verwittertes Brett an der Tür zeigte an, dass man hier Bücher kaufen konnte, als Inhaber war ein Th. Ariès genannt. Armido ließ das Pferd weitergehen und zügelte es erst am Ende der Gasse. Dort stieg er ab und blickte sich um, doch die Männer mit dem Karren waren in einen Durchgang gebogen, und nur einige Ratten huschten die Wand des Gasthauses hinauf. Während er noch überlegte, wo er sein Pferd unterstellen sollte, ging die Tür von Ariès' Laden auf, und Jules stellte eine Kiste an die Mauer. Armido hob eine Hand, und Jules nahm die Kiste auf und kam zu ihm.

»Los, nimm mir die Kiste ab«, flüsterte Jules und drückte seinem Freund die roh gezimmerte Holzkiste in die Arme. »Sag laut danke und geh um die Ecke. Auf der Rückseite vom ›Eber‹ ist ein Stall. Da kannst du dein Pferd abstellen, und dann klopfst du hinten an der Ladentür.«

»Danke«, sagte Armido vernehmlich und tat, wie Jules ihn geheißen. Die leere Kiste hatte er im Stall gelassen, die Sattelgurte seines Pferdes gelockert, und nun stand er knöcheltief im Matsch vor der Hintertür von Ariès' Buchladen. Das Gemäuer war brüchig und von einem Schwamm überzogen, stellenweise kam Stroh zum Vorschein.

Endlich öffnete sich die Tür. Jules sah heraus.

»Mann, jetzt lass mich hinein, oder wer, denkst du, steht hier sonst im Regen?« Verärgert drängte Armido sich an seinem Freund vorbei ins Haus.

»Du hast keine Ahnung, was los ist, Armido!« Jules packte ihn am Arm.

Sie befanden sich in einer kleinen Küche, in der eine Druckerpresse und Bücherstapel in einer Ecke standen. Der Kamin zog nicht richtig ab, und der Rauch biss in Augen und Hals. Armido hustete.

»David ist tot!« Jules schüttelte seinen Arm. »Hörst du mir überhaupt zu?«

Armido räusperte sich und wandte den Blick von der Tür, die ins Nebenzimmer führte, wo er Aleyd entdeckt hatte. Sie war in ein Gespräch mit einem beleibten Grauhaarigen vertieft. »Was? David? Wieso?«

Jules raufte sich die Haare und begann auf- und abzugehen. »Er ist gefoltert worden, seine Leiche haben sie in die Seine geworfen. Es war Zufall, dass der Flussschiffer, der den Toten noch in derselben Nacht gefunden hat, ein Freund von Thibault ist. Später hätte das Wasser alle Spuren gelöscht gehabt.«

»Aber warum …?« Armido verstand nicht.

»Mein Gott, Armido, begreifst du nicht? Ein Inquisitionsgericht hat David zu Tode gefoltert, und womöglich hat er uns verraten. Ich weiß es nicht. Keiner weiß etwas Genaues!«

Während er seinen nassen Umhang über einen Stuhl hängte, sagte Armido: »Ich dachte, der König von Frankreich ist gegen die Inquisition? Wir sind doch nicht in Spanien oder Italien.«

»Nein, wir sind in Frankreich, wo der König rauschende Feste feiert und seine Augen vor der Wirklichkeit verschließt.« Aleyds warme Stimme drang Armido bis in die Magengrube und ließ sein Herz höher schlagen. Ihr schlichtes, dunkles Kleid betonte ihre schlanke Figur, und er konnte den Blick nicht von ihr wenden.

»Aber hier in Frankreich gilt das Inquisitionsrecht doch nicht …« Natürlich wusste Armido von der konservativen Opposition, aber in Rom war stets die Toleranz der französischen Königs gerühmt worden. Erst nach seiner Ankunft in Fontainebleau hatte Armido durch Jules von den Schwierigkeiten der Protestanten gehört, sie aber nicht sonderlich ernst genommen. Bis zu jener Nacht, in der er den Jäger erstochen hatte.

Der beleibte Grauhaarige kam herein. Sein Wams war von Tinte und Druckerschwärze verschmiert. »Wir legen auf Förmlichkeiten keinen Wert. Bist du allein gekommen? Thibault.«

Armido drückte die dargereichte Hand. »Armido. Ja. Erwartet ihr noch mehr?«

»Robert, Gérard und *barbe* George wollten kommen.« Thibault Ariès rieb sich das stoppelige Kinn.

»Robert und Gérard?«, fragte Armido.

Aleyd lehnte in der Tür. »Robert Estienne, ein fabelhafter Buchdrucker, und Gérard Vitry, Thibaults Freund.«

David war tot. Langsam wurde Armido das Ausmaß bewusst. Auch wenn er den jungen Glaubensbruder kaum gekannt hatte, erschütterte ihn, dass sein Tod religiös motiviert war. Die Gefahr war real geworden und die Zeit des Spielens, falls es sie jemals gegeben hatte, vorüber. »Ist es denn sicher, dass David gefoltert wurde?«

Thibault schnaufte unwillig. »Glaub mir, wir wissen, wenn einer von den Inquisitionsschergen gefoltert wurde. Die Plakataffäre hat einige unserer besten Kämpfer das Leben gekostet. Ich war im Gefängnis und habe versucht, meinen Freunden zu helfen. Was ich gesehen habe, war so grauenhaft ...« Der kräftige Mann rang nach Worten, und Jules legte ihm eine Hand auf die Schulter.

»Schon gut, Bruder.«

»Es tut mir leid.« Hilflos suchte Armido Aleyds Blick. Sie nickte und winkte ihn in den Nebenraum.

»Lasst uns etwas essen. Thibault ist dafür bekannt, dass er immer eine heiße Suppe bereithält.« Sie ging zum Kamin, über dessen Feuer ein Topf hing, aus dem es appetitlich roch.

Dankbar nahm Armido die heiße Schüssel entgegen, die Aleyd ihm reichte. Er setzte sich auf einen Schemel und überließ die beiden Armlehnstühle Thibault und Jules. Aleyd gab jedem eine Portion des Haseneintopfs und ein Stück Brot. Schweigend aßen sie, jeder wischte auch den letzten Tropfen Suppe mit seinem Brotstück auf.

»Und du willst einer von uns werden?«, fragte Thibault und wischte sich den Mund mit seinem Ärmel sauber.

Armido nickte. »Ich kenne alle Glaubensregeln, und der *barbe* hätte mich aufgenommen, wenn ich nicht zu spät gekommen und David des Wartens müde gewesen wäre.« Er hielt inne. »Warum David? Ich meine … Ich habe den Jäger erstochen, eigentlich …«

»Zerbrich dir nicht den Kopf, Armido. Du kannst nichts dafür. Wir haben uns später mit David getroffen, und er hat die Bibel mit nach Paris genommen. Er wollte sie *barbe* Joseph geben, doch da ist er nie angekommen. Sie müssen David auf dem Weg zum Treffen abgefangen haben«, sagte Jules.

»Sie?«, wollte Armido wissen.

Aleyd nahm den Männern die Schüsseln aus den Händen. »Männer des Kardinals. Tournon ist die treibende Kraft. Wir haben Hunderte von Hinweisen, die auf ihn deuten, und er scheint sich nicht einmal Mühe zu geben, Spuren zu verwischen.«

»Solange der König nichts unternimmt …« Jules zuckte die Schultern.

»Früher hätte Franz das nicht geduldet, und seine Schwester war sein gutes Gewissen, aber seit dieser unseligen Plakataffäre ist alles anders«, seufzte Aleyd. »Daran ist Marot nicht unschuldig. Er hat es übertrieben.«

»Aber er ist immerhin wieder in Frankreich.« Thibault stand auf und holte einen Weinkrug.

Es klopfte mehrmals kurz hintereinander an der Hintertür. Jules ging hinaus und brachte zwei hochgewachsene Männer mit, die ihre nassen Umhänge bereits abgelegt hatten. Der elegante Robert begrüßte Aleyd mit einem vertrauten Kuss auf die Wange, was Armido missmutig zur Kenntnis nahm, während der rustikalere Gérard in die Runde nickte und sich sofort an dem Eintopf bediente.

»Eh, Gérard, du verfressener Bauer, erzähl, was passiert ist«, forderte Thibault ihn auf, gab seinem Freund jedoch gutmütig ein großes Stück Brot.

Schmatzend sagte Gérard: »Wir haben Davids Leichnam den Mönchen von Saint-Julien-le-Pauvre gegeben, die ihn bestattet haben. Sie haben keine Fragen gestellt, das Geld genommen, und jetzt liegt David in einem Armengrab.«

»Besser als am Grund der Seine«, murmelte Robert düster. Er lehnte den Eintopf dankend ab, sagte aber nicht nein zu einem Becher Rotwein.

»Bist du auch einer von den ›Armen von Lyon‹?«, fragte Armido den eleganten Estienne.

Der Buchdrucker nippte an seinem Wein. »Nein, aber ich heiße die gedankliche Freiheit, die der neue Glaube gewährt, gut. Solange die Armen dumm gehalten werden, kann die Kirche sie lenken und gängeln wie unmündige Kinder. Wer von den Tagelöhnern oder Bauern kann schon lesen, geschweige denn Latein sprechen? Eine einheitliche Sprache zu schaffen ist unerlässlich. Französisch muss für alle erschließbar sein. Deshalb drucke ich Übersetzungen von lateinischen Schriften ins Französische, dessen Grammatik im Grunde erst festgelegt wird.«

Aleyd lächelte. »Robert, deine Bücher sind viel mehr als nur Übersetzungen. Du hast die Antiqua, die Buchstaben, mit denen jetzt gedruckt wird, in Frankreich eingeführt, und dein Lateinlexikon, an dem du arbeitest, wird für viele Menschen der Schlüssel zum Wissen werden.«

»Ja, Wissen bedeutet Freiheit!« Robert ballte kämpferisch die Faust.

Thibault sagte leise: »Aber zu viele gute Männer mussten sterben. Ich habe Meister Augereau brennen sehen ... Und nur, weil er Marguerite von Navarras *Spiegel der sündigen Seele* gedruckt hat.«

»Meister Augereau war einer der besten Pariser Buchdrucker«, erklärte Aleyd dem fragend blickenden Armido.

»Der König hat zugelassen, dass der Mann hingerichtet wurde, der das Buch seiner Schwester herausgebracht hat? Das verstehe ich nicht! Für den Inhalt ist doch Marguerite verantwortlich«, entrüstete sich Armido.

»Schon«, sagte Jules. »Doch ihre Texte wurden anonym veröffentlicht, auch wenn natürlich jeder weiß, dass sie von ihr sind. Der König liebt seine Schwester und würde nie zulassen, dass ihr etwas geschieht. Allen Ratgebern zum Trotz. Seine Lage ist wahrhaft schwierig. Ständig muss er sich um Ausgleich zwischen den Konservativen, ohne deren Unterstützung er um seinen Thron fürchten muss, und den Reformern, für die er Sympathien hegt, bemühen.«

»Und dennoch hat sich die Lage in unserem Land seit der Plakataffäre grundlegend verändert«, sagte Thibault.

»Nicht für Männer, die den uneingeschränkten Schutz des Königs genießen ...« Gérard warf einen vielsagenden Blick auf Robert und trank einen Becher Wein in einem Zug aus.

»Willst du mir das etwa vorwerfen? Dass ich die Protektion Seiner Majestät genieße, kommt uns schließlich allen zugute«, verteidigte sich Robert Estienne, der seit einigen Wochen offiziell zu den Hofdruckern Franz' I. gehörte.

»David hat es jedenfalls nichts genutzt ...«, murrte Gérard und goss sich neuen Wein ein. Er hatte ein breites, wettergegerbtes Gesicht und kräftige, rissige Hände.

Armido stellte sich vor, wie diese Hände Davids Leiche aus dem schlammigen Seinewasser gezogen hatten, und verstand die Skepsis des Schiffers gegenüber dem gebildeten Estienne. Aber Robert wäre nicht hier, wenn er nicht mit ganzem Herzen für liberalere Gesetze und Gedankenfreiheit wäre. Während Armido noch über die unterschiedlichen Charaktere ihrer kleinen Gruppe sinnierte, pochte es plötzlich laut an der Vordertür.

Alle Anwesenden erstarrten und sahen sich unsicher an. »Erwartest du noch jemanden, Thibault?«, fragte Armido.

»Nein.«

Das Pochen wurde lauter. »Heda! Thibault Ariès! Öffnet die Tür! Wir wissen, dass Ihr da seid!«

»Bleibt hier. Ich gehe nachsehen, sonst zertrümmern sie mir noch den Laden.« Der streitbare Buchhändler setzte seinen Weinbecher ab, straffte die Schultern und ging hinüber in den Ladenraum.

Atemlos lauschten die anderen, doch nur Gemurmel drang herüber, bis Thibault plötzlich seine Stimme erhob: »Ich bin allein! Das ist eine infame Unterstellung!«

Wie aufs Stichwort griff jeder nach Bechern und Schüsseln, um sie in der Küche unter einem Tuch zu verstecken. Robert und Gérard warfen sich die noch nassen Umhänge über, gefolgt von Armido, Aleyd und Jules. Draußen warteten sie kurz im Schutz der Mauer, während Jules um die Ecke spähte.

Es nieselte noch immer, doch Armido spürte nur Aleyds Nähe. Sie stand dicht neben ihm, und er glaubte zu spüren, dass sie sich absichtlich an ihn lehnte.

»Es sind Männer von Kardinal Tournon und ein Priester, der aussieht wie ein Habicht. Wir sollten uns einzeln von hier entfernen.« Jules war bleich, und es war ihm anzusehen, dass er die Situation als gefährlich einstufte. »Wir treffen uns bei Gérard. Dort wird uns niemand vermuten. Na los, verschwinden wir.«

Ohne ein weiteres Wort zogen die Männer ihre Kapuzen

über die Köpfe und liefen in verschiedene Richtungen davon. Sie schienen ihren Weg genau zu kennen und nicht das erste Mal von hier zu fliehen.

Aleyd griff nach Armidos Hand. »Komm.«

Jules war hinter den Stallungen des Gasthauses verschwunden und hatte sich nicht nach seiner Schwester umgesehen, die Armido durch den Hof des Nachbargrundstücks lenkte. Stumm folgte er Aleyd durch enge Gassen, schmutzige Höfe, an stinkenden Gruben vorbei, Händler und Bettler außer Acht lassend. Manchmal hörte Armido laute Rufe und Pferdehufe hinter sich, doch erst als sich ihnen ein Soldat breitbeinig in den Weg stellte, wurde ihre atemlose Flucht unterbrochen.

»Stehenbleiben! Im Namen des Königs, wer so rennt wie ihr, der hat etwas auf dem Kerbholz!« Ein Soldat des Königs hielt ihnen seinen krummen Säbel entgegen.

Armido überblickte die Straße, die an einem großen Gebäude entlang auf die Seine zuführte, und sah in dreißig Schritten Entfernung einen Offizier aus dem Tor treten. »Lenk ihn ab, Aleyd«, zischte Armido, zog seinen Dolch und wartete, bis Aleyd ihre Kapuze zurückgeschlagen und den Umhang über ihrem Dekolleté geöffnet hatte. Er verabscheute Gewalt, doch für Aleyd würde er alles tun. Und war es in diesen Zeiten nicht legitim, im Namen Gottes zu töten? Als der Soldat gebannt auf die außergewöhnlich schöne Frau starrte, sprang Armido vor und rammte dem Überrumpelten seinen Dolch in die Seite. Der Soldat stöhnte und sackte zusammen. Bevor der Offizier, dessen Rang sein Helm ausdrückte, die Situation erfasst hatte, waren Armido und Aleyd um die Ecke gerannt.

»Wohin?«, rief Armido und suchte die Baracken und Schuppen am Ufer nach einem Versteck ab.

Der dichte Nieselregen, die dunkle Wolkendecke und vom

Wasser aufsteigender Nebel erschwerten die Sicht, doch vor ihnen schien eine Anlegestelle zu sein, auf die Aleyd zusteuerte. Von der breiteren Straße bogen sie auf einen ausgetretenen Pfad, der steil zum Ufer hinunterführte und so schlüpfrig war, dass Aleyd das Gleichgewicht verlor und stürzte und auch Armido ins Straucheln geriet. Fluchend rappelten sich beide auf, hörten jemanden hinter sich Befehle brüllen und stürzten auf einen der heruntergekommenen Kähne, von dem Aleyd zu wissen schien, dass es der richtige war.

»Schnell, Jacques! O Gott, lass ihn nicht betrunken sein!« Hastig und angsterfüllte Blicke auf die Verfolger werfend, die sich dem Ufer näherten, suchte Aleyd das Schiff nach seinem Kapitän ab.

Armido riss eine Luke auf, die in den Frachtraum führte, und erblickte unten einen Mann, der laut schnarchend in einer Hängematte lag. Auf dem Boden neben ihm rollte eine bauchige Flasche im Takt der Wellen hin und her. »Wenn das hier Jacques ist, wird er uns kaum eine Hilfe sein.«

Aleyd kam hinzu und rang verzweifelt die Hände. »Wir müssen diesen Kahn steuern.«

»Das schaffen wir nicht in so kurzer Zeit. Sie sind gleich hier. Kannst du schwimmen?«

»Ein wenig.« Ungläubig sah sie erst ihn und dann das schmutzige Wasser der Seine an. »Da können wir nicht hinein!«

Armido sah schemenhafte Gestalten und hörte sie rufen. »Doch, genau das werden wir tun. Sie suchen jeden Kahn und jeden Schuppen hier ab, wir haben keine Wahl. Wo hätten wir uns treffen sollen?«

Sie zeigte vage den Fluss hinunter. »Hinter der letzten Brücke ist sein Lagerhaus.«

Dichte Nebelschwaden verbargen sie für einige Augenblicke vor ihren Verfolgern. Der Kahn war lang und flach gebaut, so dass sie sich von der dem Ufer abgewandten Seite ins Wasser gleiten lassen konnten.

Einige Soldaten kamen bereits über die Uferböschung.

»Jetzt. Komm, Aleyd.« Armido packte ihren Arm und nahm sie mit an die kaum befestigte Reling. »Gib mir deinen Umhang!«

Rasch wickelte er beide Umhänge zusammen und ließ sich hinter Aleyd ins Wasser hinab, wobei er darauf achtete, die Umhänge auf dem Kopf zu halten. Die Seine war an dieser Stelle nicht tief, und Armido konnte mit den Füßen den schlammigen Grund berühren.

Aleyds Röcke sogen sich rasch voller Wasser, und er las die aufsteigende Panik auf ihrem Gesicht, denn sie war kleiner als er. »Ich kann stehen, dir kann nichts geschehen, schwimm!«, sagte Armido, der selbst mit dem Gewicht seiner Waffen zu kämpfen hatte. Das Schicksal meinte es gut mit ihnen, der Nebel blieb dicht über dem Wasser und machte sie unsichtbar für die Soldaten, die nun über die Holzplanken des Kahns polterten.

»Sie müssen hier sein! Ich habe gesehen, wie sie hier heruntergelaufen sind!«, sagte einer.

»Kann doch auch der nächste von diesen morschen Kähnen gewesen sein«, meinte ein anderer. Die Luke wurde geöffnet. »Hier liegt ein Betrunkener.«

Aus dem Innern des Kahns drangen dumpfe Geräusche.

»Nutzlose alte Flussratte, außer dem Saufen hat der nichts im Kopf. Vielleicht sind sie ins Wasser gegangen!«, sagte der Erste.

»Bei der Kälte? Das überleben sie nicht. Na los, rüber auf den nächsten Kahn!«

Das kalte Wasser durchdrang jede Gewebefaser und erschwerte die Bewegungen der Schwimmenden, deren Glieder langsam steif wurden. Armido hatte Aleyd unter den Armen gepackt und half ihr, den Kopf über Wasser zu halten. Die Umhänge hatte er der Seine überlassen.

»Ich kann nicht hinüberschwimmen, Armido. Das schaffe ich nicht«, brachte sie leise hervor, während ihre Arme unkoordinierte Bewegungen ausführten.

Armido sah ein, dass sie recht hatte. Die Kleidung und das kalte Wasser machten eine Überquerung der Seine für sie beide unmöglich. »Sie werden gleich fort sein. Dann klettern wir ans Ufer.«

Nach weiteren Minuten, die ihnen wie Stunden erschienen, bewegten sie sich auf das Ufer zu, Armido hielt die inzwischen völlig entkräftete Aleyd im Arm. Die Böschung fiel seicht in den Fluss, der Schlamm setzte sich in Hose und Stiefel und machte es Armido nicht leichter, die schwache Frau mit sich zu ziehen.

»Komm, wir können hier nicht liegen bleiben, Aleyd«, sagte er und strich ihr die nassen Haare aus der Stirn. Aleyd war erschreckend bleich, die Lippen waren bläulich. Er schlug ihr leicht gegen die Wangen, bis diese etwas Farbe gewannen. Dann rieb er ihre Hände.

Aleyd hustete und spuckte Wasser aus. »Was ist mit Jacques?«

»Ich sehe nach.« Armido erhob sich und horchte in die lichter werdenden Nebelschwaden. Die Soldaten schienen weit genug entfernt zu sein. Seine Finger knetend stieg er über das Tau, mit dem der Kahn vertäut war, und kletterte an Bord. Die Luke stand offen, doch unten rührte sich nichts. Nur eine Ratte huschte davon. Armido stieg die wenigen Stufen hinab und fand den betrunkenen Flussschiffer immer noch am Boden liegend. Diesmal jedoch schlief er keinen Rausch aus, er war tot, die Augen starrten gebrochen zur Decke. Wenige Schläge mussten genügt haben, denn Jacques war ein schmächtiger Mann.

»Gott sei mit dir!«, murmelte Armido und kletterte wieder aus der Luke, wo ihn die nächste unliebsame Überraschung erwartete.

Einer der Soldaten war zurückgekommen, packte ihn und zwang ihn mit seinem Schwert zu Boden. »Hier ist einer!«, brüllte er und trat Armido in die Seite, dass dieser aufstöhnte. Ihm blieb nur noch die Hoffnung, dass sie Aleyd nicht entdeckten, die unten am Wasser lag.

XIII
Maskenball

Berauscht von der Farbenpracht, den bizarren Masken, der Musik, die aus dem nahen Ballsaal klang, und einem Gemisch exotischer Düfte saß Luisa vor einem der großen Tische und befestigte eine blaue Feder an einem goldenen Kostüm. Es sollte eine Herzogin schmücken. Den Namen hatte sie vergessen. Ständig kamen Diener oder Kammerzofen und bestellten letzte Änderungen für das Kostüm ihrer Herrschaft. Näherinnen, Schneider und Künstler waren in drei an die Festsäle grenzenden Räumen mit den Kostümen beschäftigt, und die Zeit drängte.

Meister Rosso persönlich legte letzte Hand an den goldenen Kragen des Königs. Luisa konnte ihn aus den Augenwinkeln beobachten und errötete, sobald er ihren Blick erwiderte. Seine dunklen Augen bedachten sie mit beunruhigend warmem Blick. Pellegrino rannte eifersüchtig umher und suchte die Aufmerksamkeit des Meisters auf sich zu ziehen, doch Rosso ließ sich nicht aus der Ruhe bringen.

»Autsch!« Die Nadel war abgerutscht und in ihre Fingerkuppe gefahren. Luisa steckte den Daumen in den Mund, um die Blutung zu stoppen und um zu verhindern, dass das Blut die kostbare Maske ruinierte. Golddurchwebte Seide, hauchdünn geklopftes Blattgold, bunte Edelsteine und Federn von Vögeln, die sie nur von Gemälden kannte, zierten die Masken der Hofgesellschaft.

Scibec stand auf einer Leiter und mühte sich mit einem künstlichen Baum, an dem vergoldete Früchte hingen, um die sich die erlauchten Damen und Herren des Hofes in einem Spiel streiten würden.

Unter Gelächter und Gekicher erschien Madame d'Étampes mit zwei Hofdamen in den zur Werkstatt umfunktionierten Gesellschaftsräumen. Luisa hatte bereits viel über die erste Dame an Franz' Hof gehört, doch übertrafen ihre Schönheit und ihr Liebreiz jede Beschreibung. Anne de Pisseleu, Herzogin d'Étampes, war von schlankem Wuchs, hatte glänzende blonde Haare und trug ein reich mit Perlen besticktes Kleid. In ihren kunstvoll aufgesteckten Haaren steckten goldene Kämme und grün schimmernde Federn. Gefolgt wurde die königliche Favoritin von einer attraktiven brünetten Hofdame, bei deren Anblick Luisa zusammenzuckte, denn sie konnte sich des Gefühls nicht erwehren, dass es sich um dieselbe Frau handelte, die sie mit Jean de Mallêt im Bad von Fontainebleau beobachtet hatte.

»Seht, Madame de Tavannes, unsere fleißigen Künstler, wie sie sich um unsere Kostüme mühen. Wundervoll!« Madame d'Étampes blieb vor Luisa stehen und nahm eine bereits fertige Maske in die Hände. »Wie ist Euer Name?« Sie war freundlich, und es lag keine Herablassung in ihrer Stimme.

Luisa fasste instinktiv Vertrauen zu dieser Frau. »Luca Paserini, Madame. Ich arbeite für Meister Rosso.«

»Unser Meister Rosso ist ein Genie. Ich liebe seine Ideen. Sie sind so unkonventionell, und ich liebe alles Unkonventionelle!« Madame d'Étampes lachte perlend und zeigte eine reihe gesunder weißer Zähne. Kokett hielt sie sich einen Finger vor die Lippen und beugte sich dichter zu Luisa. »Eigentlich dürfte ich das nicht laut sagen, mein hübscher Paserini. Ihr seht so jung und unschuldig aus! Hier bei Hofe gibt es Menschen, denen alles Neue und Unorthodoxe Angst macht, und deshalb hassen sie mich und meine Freunde. Oh!« Die Geliebte des Königs hob den Kopf, wobei ihre hellen Locken wippten, und sah zur Tür. Leise sagte sie: »Ein eisiger Wind weht durch die Hallen. Kardinal Tournon und sein Sekretär. Fehlt nur noch, dass Diane heute Abend erscheint. Kommt sie?«

Élodie de Tavannes nickte. »Leider ja, Madame.«

Madame d'Étampes schnippte mit den Fingern und ging davon. Bevor Élodie sich ebenfalls zum Gehen wandte, fragte sie Luisa: »Seid Ihr der Bruder von Armido?«

»Ja, Madame.«

Prüfend musterte Élodie sie. »Ihr seid in der Tat sehr jung. Meine Josette hat einen Narren an Eurem Bruder gefressen und wundert sich, wo er steckt. Wisst Ihr es nicht?«

»Leider nein, Madame.«

»Nun, wenn er auftaucht, schickt ihn zu mir.« Damit folgte sie Franz' Geliebter, die schon ungeduldig auf sie wartete.

Luisa atmete erleichtert auf und beendete ihre Arbeit. Danach ging sie zu einer der Näherinnen. »Ist es fertig?«

»Ja, Monsieur.« Die Näherin war eine robuste Frau mit geschickten Händen und zeigte stolz, was sie geschaffen hatte. »Beinkleider und darüber der Rock, so wie Ihr es wünschtet. Und die Maske.« Sie legte eine weiße, an den Rändern vergoldete Maske zu dem Kleidungsstück in denselben Farben.

Luisa gab der Frau den vereinbarten Lohn und nahm die Sachen an sich. Dann ging sie zu Scibec, der inzwischen mit seinem Baum fertig war. »Ich ziehe mich jetzt um. Meine fertigen Arbeiten liegen dort.«

»Ja, geh nur. Meister Rosso ist zufrieden mit uns und hat uns für den Rest des Abends entlassen. Ein feiner Mann. Ich kann mir keinen besseren Meister wünschen und bin froh, dass ich nicht für Primaticcio arbeiten muss. Der hat dauernd schlechte Laune.« Scibec grinste und tippte auf den Haufen in Luisas Arm. »Was ist es? Etwa ein Rock?«

Sie drückte die Sachen an sich. »Lass dich überraschen.«

Als Luisa zwei Stunden später gewaschen und umgezogen die Treppen zu den Festsälen hinunterstieg, war sie so nervös, dass die Hand, mit der sie ihre Maske vors Gesicht hielt, zitterte. Wie sehr hatte sich der Louvre verändert! An den Wänden waren Leuchter und Fackeln entzündet worden, in Schalen hatte man Früchte und Gewürze dekoriert, so dass aromatische Düfte die Räume durchzogen. In einem Spiegel begegnete ihr eine Phantasiegestalt, deren androgyne Erscheinung ihr gefiel. An diesem Abend verkörperte sie eine von Rossos mystischen Figuren aus der Galerie von Fontainebleau.

Diener in dunkelblauen Livreen, bestickt mit dem goldenen Salamander des Königs, liefen mit Weinkrügen und Schüsseln an ihr vorbei und machten ihr Platz. Heute Abend stand sie auf der anderen Seite. Ihre Nervosität legte sich mit jedem Schritt, mit dem sie sich den flanierenden Gästen näherte. Gold, Blau und Grün waren die vorherrschenden Farben. Der rote Hut des Kardinals stach aus der flirrenden Menge heraus wie ein Blutstropfen auf einem weißen Laken. Jean de Mallêt musterte die Gäste. Unruhig sah sich Luisa immer wieder um, doch Armido blieb verschwunden. Ihre Angst wuchs, doch sie konnte nichts tun, weil er sie nicht in seine Pläne eingeweiht hatte.

Ein Zeremonienmeister kündigte die hochrangigen Gäste an, die Franz mit einem Nicken von seinem Thron aus begrüßte. Obwohl der König von Frankreich der Herr des Festes war, schien er mehr ein jovialer Gastgeber denn ein huldvoller Fürst, der die Gegenwart seiner Freunde genoss. Neben ihm stand Henri, sein zweiter Sohn und seit dem Tod des Dauphins Thronfolger. Er sah Franz ähnlich, aber auf eine Art, die ihn zu einer plumpem Kopie des geistvollen Herrschers machte. Er hatte weder die Intelligenz noch die Nonchalance seines Vaters geerbt. Die junge Frau, die auf einem gepolsterten Stuhl neben Henri saß, musste seine Gattin Katharina de Medici sein. Sie war nicht schön, doch schlank und elegant, und ihre Augen leuchteten. Hin und wieder wechselte sie ein Wort mit dem König, und beide lachten, was Henri missmutig zur Kenntnis nahm. Seine blutjunge Gattin interessierte ihn offensichtlich nicht. Vielmehr schien er von einer Frau fasziniert, die in einer Gruppe adliger Gäste stand.

Der äußerst edle Schnitt ihres schlichten schwarzen Kleides betonte einen langen Hals und ein makelloses Dekolleté. Kopf und Hände waren zierlich, das ebenmäßige Gesicht mit einem leicht verkniffenen Mund zeugte von kühler, strenger Schönheit. Gebannt betrachtete Luisa die widersprüchlichen Charaktere, die sich um den König scharten, und fragte sich, wer zu welcher Partei gehörte. Rosso und Pellegrino standen in der Nähe von Madame d'Étampes und ihren Damen, die trotz der Masken unverkennbar waren. Ihre Fröhlichkeit und temperamentvolle Schönheit standen ganz im Gegensatz zur blutleeren Ästhetik der strengen Schwarzgekleideten.

Jemand berührte sie leicht an der Schulter. Erleichtert wandte sie sich zu Francesco Scibec de Carpi um. Es tat gut, sich in ihrer Muttersprache mit einem vertrauten Menschen unterhalten zu können. »Ah, wie ich sehe, hast du die unnahbare Diane de Poitiers bereits entdeckt. Sie kommt mir vor wie eine Spinne, eine schwarze Witwe, die hier am Hof ihr klebriges Netz auslegt und darauf wartet, bis sich ihre hilflosen Opfer darin verfangen, damit sie sie aussaugen kann.«

»Francesco, das klingt furchtbar. Vielleicht ist sie gar nicht so. Sie ist sehr schön«, stellte Luisa fest.

»Schönheit und Boshaftigkeit schließen sich nicht aus. Franz selbst hat Diane auf seinen Sohn angesetzt, damit sie ihn unter ihre Fittiche nimmt. Henri ist keine Leuchte, und ihm fehlt gesellschaftlicher Schliff. Aber man munkelt bereits, dass der König schon bedauert, ihr seinen Sohn in die Hände gespielt zu haben. Seitdem lässt Henri seine Gattin, unsere wirklich vortreffliche Landsmännin Katharina, links liegen.«

»Was du alles weißt …«

»Dein Kostüm ist recht exzentrisch, Luca. Du scheinst wie eines dieser geschlechtslosen Fabelwesen, wie soll ich es formulieren – geheimnisvoll trifft es vielleicht am ehesten, und der Abend hat erst begonnen …« Er zwinkerte ihr zu, doch dann wurde ihre Aufmerksamkeit vom Zeremonienmeister gefordert, der die Spielregeln des Abends diktierte.

Während die Hofgesellschaft sich am verschwenderisch gedeckten Bankett labte, beobachtete Luisa und ließ sich von der ausgelassenen Stimmung mitreißen. Der kräftige Wein tat ein Übriges. Für diesen einen Abend wollte sie alle ihre Sorgen hinter sich lassen, ihre Rolle vergessen, aus der Haut des scheuen Luca schlüpfen und eines dieser flamboyanten Wesen sein, die sich im Takt der Musik wiegten, lachten, flirteten und kokettierten. Eine Schauspielertruppe stellte verschiedene Allegorien dar, die mit dem Leben des Königs in Verbindung standen. Luisa wusste nicht alle Symbole zu entziffern, doch sie erkannte Rossos Handschrift. Der Meister überwachte auch von ihm entworfene mechanische Maschinen, die glitzernde Kugeln herabließen, in denen Luisa die Sternenkonstellation eines von Franz' militärischen Siegen vermutete.

Marino Giustiniani, der Botschafter, gesellte sich zu ihr. Sein grauer Spitzbart und der venezianische Akzent waren unverkennbar.

»Amüsiert Ihr Euch, Paserini?«

»O ja, Signor Giustiniani.«

»Heute Abend geht es recht ausgelassen zu, aber lasst Euch nicht täuschen. Zu jeder Minute wird Politik betrieben. Jedes Wort, jede Geste ist genau studiert, und glaubt mir, jeder weiß genau, wo er zu stehen hat. Wisst Ihr das auch?«

»Ich? Aber ich bin nur ein unbedeutender Künstler. Wem könnte ich auf die Füße treten?«

»Ihr steht in Rossos Gunst und damit in der des Königs.« Der erfahrene Botschafter hob warnend den Finger. »Neider macht man sich ganz leicht, und es kursieren Gerüchte über Euch und Guy de Mallêt. Womit habt Ihr ihn verärgert?«

Entrüstet erwiderte Luisa: »Verärgert? Dieser Schuft ist mir zu nahe getreten. Wäre Armido nicht dort gewesen …« Die Nacht in der Galerie war ihr noch allzu gut in Erinnerung.

»Verstehe, aber der Mann ist gefährlich, wie alle, die zu Dianes Partei zu rechnen sind. Ich müsste mich sehr täuschen, wenn es ihr nicht gelingen sollte, ihren Busenfreund, General Montmorency, zum Connétable erheben zu lassen. Madame d'Étampes möchte dieses höchste Amt zwar ihrem Günstling, Philippe de Chabot, Seigneur de Brion, verschaffen, aber das wird ihr leider nicht beschieden sein …« Giustiniani musterte die Poitiers, die sich elegant bewegte und sich ihrer körperlichen Wirkung auf Henri vollauf bewusst war. Arme Katharina, dachte Luisa und nippte an ihrem Weinkelch.

Es musste weit nach Mitternacht sein, als sie Meister Rosso an einem geöffneten Fenster stehen sah. Er trug keine Maske und atmete mit geschlossenen Augen die klare Nachtluft ein. Sein Hemd war geöffnet, und sie nahm seine schlanken Künstlerhände wahr, die auf dem Sims lagen.

»Meister Rosso, verzeiht …«

Verwundert wandte er den Kopf, er schien sie nicht einordnen zu können. »Den Lohn für die Schauspieler könnt Ihr beim Zahlmeister holen.«

Sie nahm die Maske vom Gesicht. »Ich bin es, Meister. Ich wollte Euch nur sagen, wie großartig ich die Aufführung fand.«

Aus dem nahen Festsaal wehte Musik zu ihnen herüber. Der Korridor lag im Dunkeln und wurde nur von einem Wandleuchter schwach erhellt.

»Luca? Seid Ihr das? Mein Gott, Ihr scheint wie eine meiner Traumvisionen …« Er streckte die Hand nach ihr aus und berührte ihre Wange.

Luisa lehnte sich an ihn. Sie konnte seinen schnellen Herzschlag hören und fühlte, wie seine Männlichkeit sich regte. Ihre Hände schienen plötzlich ein Eigenleben zu führen, denn sie umschlangen Rosso Fiorentinos Körper, und sein Duft berauschte sie.

»Nicht hier«, sagte er rau und nahm ihre Hand.

Während sie ihm durch die verzweigten Gänge des Louvre folgte, überschlugen sich ihre Gedanken und Gefühle. Worauf ließ sie sich ein? Wollte sie das wirklich? Was würde er von ihr denken, wenn er herausfand, dass sie eine Frau war, eine Frau, die sich ihm willig anbot. Angst und Scham wechselten mit der Leidenschaft, die sie eben noch empfunden hatte.

Wohin er sie führte, hätte sie nicht zu sagen vermocht, doch schließlich fand sie sich in einem weichen Bett hinter schweren Vorhängen in Rossos Armen wieder. Er hatte sein Wams abgelegt und sich neben sie gelegt. »Was ist das mit Euch, Luca? Ihr seid mir ein Rätsel. Dieses Kostüm …« Er schnürte den Rock auf und fuhr mit der Hand ihre schlanken Beine entlang, die noch in den schmalen Hosen steckten. »Luca, Satyr, Nymphe oder Cupido …«

Atemlos ließ sie es geschehen, dass er ihr das Hemd über den Kopf streifte und innehielt, als er die Stoffstreifen entdeckte. »Das ist Euer Geheimnis?« Er löste den Stoff, der ihre festen kleinen Brüste verdeckte, und sah ihr in die Augen, während er sie liebkoste.

»Eine Nymphe seid Ihr. Kein Wunder, dass ich nicht wusste, wie ich mit Euch umgehen sollte. Ihr schient mir so zart.«

Er war nicht abgestoßen. Ihre Befürchtungen waren umsonst gewesen. Ihre Angst wich Neugier. Sie dachte an erotische Szenen der Mythologie, die sie oft genug gesehen hatte. Derbe Sprüche und Anzüglichkeiten waren unter den Arbeitern der Werkstatt keine Seltenheit, und auch wenn sie selbst noch unerfahren war, so wusste sie doch ziemlich genau, was zwischen Männern und Frauen geschah. Sie war sich einer möglichen Schwangerschaft bewusst, doch verdrängte sie diese Furcht. Nicht alle Frauen wurden sofort schwanger, und manche waren nicht in der Lage zu empfangen. Zwei Schwestern ihrer Mutter hatten nie Kinder geboren. Rossos Mund schmeckte nach Armagnac. Sie wollte diesen Mann und öffnete ihre Schenkel unter seinen Händen. Hätte er sie wahrgenommen, wenn sie ihm als Frau begegnet wäre? Sie bezweifelte es. Ihre Verkleidung war ihr Fluch und Schicksal zugleich.

Der Schmerz war erträglich und währte nur kurz. Da Rosso behutsam war, gewann sie eine Ahnung dessen, worüber sich alle dauernd die Mäuler zerrissen. Nachdem sie in den gemeinsamen Stunden, die sie an der Seite des Meisters verbracht hatte, Einblick in seine Seele gewonnen hatte, bedeutete diese körperliche Vereinigung mit ihm weit mehr für sie als nur die Erfüllung fleischlicher Lust. Sie wusste, dass er ihr niemals ganz gehören konnte, doch in diesem Moment intimen Zusammenseins war er nur bei ihr, und das war mehr, als sie je zu hoffen gewagt hatte.

Als Rosso neben ihr auf dem Rücken lag, stützte sie sich auf die Unterarme und sah ihn an. »Schon bevor ich dich kannte, war ich in deine Werke verliebt, und jetzt in dich.«

»Verwechsle Leidenschaft nicht mit Liebe. Begehren ist etwas Rauschhaftes und nur von kurzer Dauer. Liebe ist für die Ewigkeit, und ich liebe nur die Kunst. Ich bin ein Künstler, ein Vagabund, eine rastlose Seele, die nur in ihren Visionen glücklich sein kann.«

»Sind wir uns dann nicht ähnlich? Ich habe alles aufgegeben, nur um hier bei dir malen zu können. Ich verkleide mich als Mann, weil man mich sonst nicht fortgelassen hätte, und, sei ehrlich, du hättest keine Frau in der Galerie mit dir arbeiten lassen!«

Er legte ihr einen Finger unter das Kinn. »Nein, das hätte ich nicht, und ich weiß auch nicht, was ich jetzt mit dir anfangen soll.«

Entsetzt sagte sie: »Du darfst mich nicht fortschicken!«

»Nein? Nun, wir werden sehen. Du faszinierst mich, Luca.« Spielerisch fuhren seine Finger die Linie ihres Halses bis zu ihrem Schlüsselbein hinunter. »Und das ist mehr, als ich von den meisten Menschen sagen kann …«

Zitternd saß Armido auf dem feuchten Boden seiner Zelle. Das also war die berüchtigte Bastille. Die Festung mit den Gefängnistürmen und den *cachots*, den grabähnlichen Löchern unter dem Hof, in denen so mancher Gefangene sein Leben gelassen hatte. Armido hustete und blinzelte in die Finsternis. Ein Türspalt warf etwas Licht in seine Zelle, die ihm gerade genügend Raum zum Stehen ließ. Von außen drang kein Laut zu ihm. Die Mauern waren zehn Fuß stark, erzählte man sich. Er stützte das Gesicht in die Hände und schalt sich einen Narren. Was bildete er sich ein? Kam in ein fremdes Land und mischte sich in Angelegenheiten, die nicht die seinen waren. Und doch! Er ballte die Faust. Es ging ihn an, denn er wollte einer von ihnen sein. Nicht nur, weil er Aleyd liebte, jetzt war ihr Kampf auch seiner. Er hatte für sie getötet, für den neuen Glauben und für seine Liebe. Die Gründe waren letztlich gleich. Die Soldaten auf dem Kahn hatten ihn mit brutaler Gewalt fortgeschleppt. Ihre Stiefeltritte mussten ihm eine Rippe gebrochen haben, denn das Atmen schmerzte. Noch schlimmer aber war die nasse Kleidung. Er musste sich trocknen, sonst würde ihn das Fieber umbringen.

Armido erhob sich und zog sich mit klammen Fingern aus. In einer Ecke entdeckte er einen Haufen altes Stroh, das nicht allzu sehr stank. Er nahm zwei Hände voll und rieb sich damit ab, bis er das Gefühl hatte, dass seine Haut rot und durchblutet war. Anschließend hockte er sich auf das Stroh und häufte es auf seinen Körper, um sich warm zu halten. Die Anstrengungen übermannten ihn, und er nickte ein. Wie lange er in der unbequemen Stellung verharrt hatte, konnte er nicht sagen, als sich draußen jemand an der Tür zu schaffen machte.

Ein Schlüssel wurde quietschend im Schloss gedreht, ein Riegel zurückgeworfen und die Tür mit Schwung nach innen gestoßen. Schützend hielt Armido sich die Arme vor das Gesicht. Die Lampe in der Hand des Gefängniswärters blendete ihn, und er fürchtete sich vor neuen Misshandlungen.

»Was bist du denn für einer? Ein Irrer? Sieh dir das an, er ist nackt!«

Jemand lachte derb. »Kretin. Na los, steh auf und zieh dich an. Du kommst zur Befragung.«

Vorsichtig lugte Armido durch seine Arme. Keine Befragung! Alles, nur das nicht! War nicht David während einer Befragung gestorben? »Nein, bitte!«, stammelte er und griff nach seinen Sachen.

»Was ist? Sprich deutlich, Mann!«

»Ist ein Ausländer. Was erwartest du?« Der Wärter mit der Lampe in der Hand stand ungeduldig in der Tür. Strähnige Haare hingen auf einen speckigen Hemdkragen, der Hosenbund wurde von einem Tau gehalten. Die zweite Wache war ähnlich heruntergekommen, allerdings steckte in dessen Gürtel ein Dolch.

Als Armido seine Stiefel überziehen wollte, schlug der vor ihm stehende Wärter ihm grob ins Gesicht, und er taumelte zurück.

»Die brauchst du nicht mehr. Gib her!« Der Mann warf sich die Lederstiefel über die Schulter. »Bringen gutes Geld.«

Barfuß und bei jedem Atemzug einen stechenden Schmerz verspürend, ging Armido zwischen den Wärtern durch die muffigen Gänge der Bastille. Da sie an keinem Fenster vorüberkamen, wusste er nicht, ob es Nacht oder Tag war. Nach einem Treppenaufgang bogen sie in einen besser beleuchteten Korridor, und die Wärter stießen Armido in einen Raum, in dem nur ein Stuhl und ein schmaler Tisch standen.

»Setz dich!« Die Wärter drückten ihn auf den Stuhl, dessen Lehnen und Fußteil mit Stacheln gespickt waren.

Armido stöhnte auf, wehrte sich jedoch nicht, um seine Peiniger nicht zu reizen. Sie schnallten seine Arme an die Lehnen, und Armido hoffte nur noch, dass sie seine Finger verschonten, waren sie doch sein Kapital als Künstler. Er durfte die Hoffnung nicht aufgeben, diesen Ort lebend zu verlassen. Hatten Jules und Thibault nicht gesagt, dass Robert Estienne unter königlichem Schutz stand? Er würde seine Freunde nicht im Stich lassen. Aber wo waren die anderen?

Er hörte Stimmen in seinem Rücken, und eine Gruppe elegant gekleideter Männer kam herein. Unter ihnen war

Guy de Mallêt. Geschäftsmäßig legte ein Geistlicher ein dickes Buch auf den Tisch und setzte sich schweigend.

»Paserini, so sehen wir uns wieder.« Mallêt baute sich vor ihm auf.

Armido wurde sich seines erbärmlichen Aussehens bewusst und schwieg.

Ein Grauhaariger trat an Guys Seite. »Was sollen wir denn mit dem? Ich dachte, Ihr hättet einen der Dubrays und einen ihrer Prediger.«

Dann hatten sie Aleyd nicht gefunden. Erleichterung überkam Armido.

Mallêt legte seine Hände auf Armidos Arme, so dass diese auf die Stacheln gepresst wurden. »Wo sind sie, Paserini? Wo sind deine Ketzerfreunde?«

Keuchend presste Armido hervor: »Ich weiß nicht, wen Ihr meint.«

Sein gesamtes Gewicht auf Armido stützend, sagte Mallêt dicht vor seinem Gesicht: »Stell dich nicht dümmer, als du bist.«

Blut tropfte von Armidos Unterarmen auf den Boden. »Ich weiß nicht, von wem Ihr sprecht«, beharrte Armido.

»Sollen wir hier unsere Zeit verschwenden? Es ist spät, und es warten noch andere Aufgaben auf mich«, zerschnitt eine kalte Stimme die spannungsgeladene Atmosphäre.

»Monsignore, nur einen Moment. Ich bin mir ganz sicher, dass wir hier einen der Vaudois vor uns haben. Sie planen eine Verschwörung. Deshalb waren sie bei diesem Buchhändler in Saint Germain.«

»Bei Estienne? Dann ist es ohnehin zwecklos, denn der hat einen königlichen Schutzbrief«, meldete sich der Grauhaarige.

»Nein.« Mallêt ließ von Armido ab und wandte sich um. »Ariès heißt der Mann, ist einschlägig bekannt und aktenkundig. Aber er ist kein Vordenker, kein Macher. Dubray ist der, den ich will. Er ist ein Unruhestifter. Seine ganze Familie. Ich glaube, außer ihm lebt nur noch eine Schwester. Der Vater war Prediger, und wir konnten ihn letztes Jahr richten.«

»Ihr seid ein ehrgeiziger und zielstrebiger Mann, Signor de Mallêt.« Bewunderung schwang in Monsignor Sampieris Stimme. »Effizienz ist es, was letzten Endes zählt. Manchen mangelt es an Konsequenz, nicht so Euch.«

Angewidert hörte Armido zu. Der Diener des Inquisitors beugte sich vor und flüsterte seinem Herrn etwas ins Ohr, woraufhin dieser Armido mit neuem Interesse musterte.

»Wie ist der Name des Gefangenen?«

»Paserini, Monsignore«, sagte Mallêt.

»Was für ein seltsamer Zufall, meint Ihr nicht?« Sampieri erhob sich und kam um den Tisch herum, um Armido aus der Nähe zu betrachten.

Mallêt rieb sich das Kinn. »Ich entsinne mich, dass Ihr einen Paserini erwähntet, der den Passo della Cisa mit Euch bereiste.«

»Das war aber nicht dieser hier«, sagte der Diener vorlaut und wurde mit einem strafenden Blick bedacht.

»Der Inquisit David Louven hat dich beschuldigt, ein Ketzer zu sein. Was sagst du dazu?«

Armido schüttelte den Kopf. »Nein, kein Ketzer.«

»Und dein Bruder? Wie steht es mit dem?«, fragte Sampieri.

»Nein!«, rief Armido. »Lasst meinen Bruder da heraus! Er ist ein rechtschaffener Katholik!«

»Und du nicht?« Sampieri fixierte ihn.

»So rechtschaffen, wie man nur sein kann, Monsignore.« Armido betonte den Titel des Geistlichen, den er als äußerst gefährlich einstufte. Zusammen mit Mallêt vertrat der italienische Geistliche eine Macht, die nicht zu unterschätzen war.

»Betet das Ave-Maria!«, befahl Sampieri.

»*Ave Maria, gratia plena. Dominus tecum. Benedicta tu in mulieribus, et benedictus fructus ventris tui, Iesus. Sancta Maria, mater Dei, ora pro nobis peccatoribus, nunc et in hora mortis nostrae*«, kam es Armido fließend von den Lippen.

»Das Regina Coeli!«, forderte der Monsignore.

»*Regina coeli, laetare, alleluia. Quia quem meruisti portare, alleluia. Resurrexit* …«, zitierte Armido ohne zu zögern, wurde jedoch barsch von Sampieri unterbrochen.

»Genug!« Er hielt ihm seinen Rosenkranz auf Augenhöhe vor. »Was betest du darauf?«

»Ein Paternoster, drei Ave-Maria, ein Gloria patri und danach fünf Gesätze mit je einem Paternoster und zehn Ave-Maria.«

Der Grauhaarige nickte. »Ein Ketzer wüsste das nicht.«

»Die verstellen sich, Viennet, aber ich gebe zu, er ist überzeugend.« Mallêt winkte einem der Wärter. »Anziehen!«

Armido schrie auf, als die Riemen um seine Arme und Beine fester gezogen wurden und sich die Stacheln in sein Fleisch bohrten.

Sampieris Bursche Rutilio schaute gebannt zu, wie Armido der Schweiß auf die Stirn trat und die Adern an den Schläfen hervorquollen. Plötzlich wurde die Tür aufgestoßen, und zwei bewaffnete Soldaten kamen herein.

»Im Namen des Königs, sofort aufhören!«, rief der Ältere, ein Hauptmann, und hielt ein Schreiben mit dem königlichen Siegel in die Höhe.

»Wer wagt es, uns zu stören?« Wütend riss Mallêt dem Hauptmann das Schreiben aus der Hand. »Da kann ja jeder kommen. Das ist gefälscht!«

»Hütet Eure Zunge, Monsieur. Ich könnte Euch wegen

Majestätsbeleidigung anklagen lassen. Und Seine Majestät versteht in dieser Hinsicht keinen Spaß.« Eine in einen dunklen Umhang gehüllte Frau betrat den Raum und zog die Kapuze leicht aus dem Gesicht.

»Madame d'Étampes!« Mit einer tiefen Verbeugung wich Guy de Mallêt zurück.

Viennet und die anderen Männer taten es ihm gleich. Auf Geheiß der Geliebten des Königs lösten die Wärter Armidos Riemen und halfen ihm auf die Beine, doch er hatte Mühe, das Gleichgewicht zu halten.

»Madame d'Étampes«, flüsterte er und brachte ein schwaches Lächeln zustande.

Ein Schatten löste sich hinter dem Rücken seiner Retterin, und Luisa lief zu ihm. Sie legte ihm ihren Umhang um die Schultern. »Was haben sie dir nur angetan!« Vorwurfsvoll sah sie Mallêt an. »Ihr seid ein Feigling, Euch an einem wehrlosen Mann zu vergreifen. Aber Ehre und Moral sind ja ohnehin Fremdwörter für Euch!«

»Luca!«, ermahnte Madame d'Étampes Armidos Schwester, die ihren Bruder stützte.

»Verratet mir nur eins, Madame, warum macht Ihr seinetwegen solch ein Aufhebens?«, fragte Mallêt und warf dem Hauptmann das Schreiben zu.

»Jeder Unschuldige verdient meine Fürsprache, Monsieur, und wie ich sehe, kam ich gerade rechtzeitig, um größeres Unrecht zu verhindern.« Sie schenkte den Herren ein kühles Lächeln und rauschte hinaus.

»In dieser Angelegenheit ist das letzte Wort noch nicht gesprochen«, murmelte Mallêt und trat gegen den Folterstuhl.

XIV
Im Beichtstuhl

Der dünne Junge starrte auf die Goldstücke in seiner Hand. Zwei Livres d'or, so viel hatte er noch nie besessen. Die Herrschaften steckten ihm schon ab und an eine Münze zu, damit er Augen und Ohren verschloss vor dem, was in den Räumen des Schlosses vor sich ging, aber zwei Goldstücke! Skeptisch hob er den Blick. Dafür würde es nicht genügen, nur wegzusehen. Vielleicht sollte er das Geld nicht annehmen, doch automatisch umschlossen seine Finger die Münzen. Nein, gar so arg würde es schon nicht sein, was man von ihm verlangte.

Er befand sich in der Kapelle von Fontainebleau und kniete vor einem der Beichtstühle. Durch das kleine Gitter konnte er nicht erkennen, wer sich auf der anderen Seite befand, und die Stimme klang gedämpft, als spräche sein Gegenüber durch ein Tuch.

»Wie lange bist du schon Kammerdiener bei den ausländischen Künstlern?«

»Ich weiß nicht genau, zwei Jahre etwa. Ja, zu Ostern werden es zwei Jahre sein, denn vorletztes Osterfest bin ich von zu Hause fort. Geh an den Hof, hat mein Vater gesagt, wir haben kaum genug zu beißen, aber am Hof, da gibt es immer zu essen. Und wenn du es schlau anstellst, hat mein Vater gesagt, dann kannst du es weit bringen.«

»Was ist das Metier deines Vaters?«

»Oh, er ist Bauer, aber er kann lesen, und die Leute kommen mit Briefen zu ihm, die er ihnen dann vorliest«, erklärte der blasse Junge stolz.

»Er kann lesen? Hat er dir auch das Lesen beigebracht?« In der Stimme lag etwas Lauerndes, und der Junge zögerte instinktiv mit der Antwort. Er wusste nicht, mit wem er sprach, und würde sich später nicht in Acht nehmen können.

»Kannst du lesen? Antworte mir!«

»Nur ein wenig, Euer Gnaden.«

»Und schreiben?«

»Nein.« Das war gelogen, aber er ahnte, dass der Mann es nicht gutheißen würde.

»Lüg nicht! Kannst du schreiben?«

»Nur meinen Namen, Euer Gnaden.«

Jemand drückte die schwere Kapellentür auf, und der Junge fuhr herum.

»Was ist da los?«, zischte der Unbekannte aus dem Beichtstuhl.

»Einer der Mönche.« Der Junge steckte die Goldmünzen in seinen Gürtel und verschränkte die Hände auf dem Holz vor ihm.

Der Mönch war alt und blinzelte im Zwielicht der Kapelle. Seine nackten Füße steckten in offenen Sandalen, mit denen er über die Steinfliesen schlurfte. Sorgsam trug er eine große Kerze, die er auf einen vergoldeten Ständer am Altar steckte. Erst als der Mönch sich umdrehte und denselben Weg zurückging, entdeckte er den knienden Jungen.

»Was tust du hier? Drückt dich eine Last, die du einem Priester beichten möchtest?«

»Sag ihm, dass du beten willst«, flüsterte der Unbekannte.

»Nein, Bruder. Ich bin hier, um zu beten.«

»Guter Junge. Gott sei mit dir.« Der Mönch schlug das Kreuzzeichen und entfernte sich.

Mit schweißnassen Händen verharrte der Diener weiter vor dem Beichtstuhl. Seine Knie begannen zu schmerzen. »Er ist fort, Euer Gnaden.«

Es raschelte leicht im Innern des Beichtstuhls. »Erzähl mir von Meister Rossos Leuten. Der Holzschnitzer, Scibec de Carpi. Ist er ein gläubiger Mann?«

»Ja. Er trinkt manchmal viel, aber er geht immer zur Messe.«

Und so ging es weiter. Über jeden Künstler musste der Junge Auskunft geben, und er tat das, so gut er konnte, denn er wusste von keinem der Künstler, dass er Unrechtes täte. Sie waren Ausländer, aus Italien und den Niederlanden, und manche verfielen den Frauen und dem Wein, andere spielten und verloren ihren gesamten Lohn, was der Junge für sehr töricht hielt. Ihm war bewusst, dass der König viel Geld für seine Kunstwerke ausgab, zu viel, wenn man ihn gefragt hätte. Aber einen armen Jungen aus der Provence fragte niemand. So jemand wie er wurde getreten und gescholten, hin und her gejagt oder verprügelt. Die Schläge, die er erst gestern vom Ersten Kammerdiener erhalten hatte, schmerzten noch. Ein Dutzend Hiebe auf das Gesäß, nur weil er die Bettwäsche hatte fallen lassen. Ein Unsinn war das, machten die Leute das Leinen doch sofort wieder dreckig.

»... und die Gebrüder Paserini. Wie steht es mit denen?«, fragte der Unbekannte unnachgiebig und riss den Jungen aus seinen Gedanken.

»Monsieur Armido?« Er stutzte. Der war immer sehr nett und großzügig. Sein jüngerer Bruder, Luca, dagegen war merkwürdig, still und etwas seltsam.

»Ja, genau der. Was ist, muss ich dir jedes Wort aus der Nase ziehen?« Langsam wurde der mysteriöse Frager ungeduldig.

»Nein, es ist nur. Ich weiß nicht ...« Eigentlich wollte er nicht von den Papieren sprechen, die er bei Luca Paserini gesehen hatte, denn wenn es schlimm für den einen wurde, konnte es den anderen mit hineinreißen. Er hatte schon oft von so etwas gehört. Manchmal war nur einer aus der Familie ein Ketzer oder eine Hexe, und trotzdem waren sie später alle tot. Im Nachbardorf war vor vier Jahren die Frau des Stellmachers verbrannt worden, weil der Abt sie der Hexerei überführt hatte. Der hohe Abt hatte dieses Buch gehabt, dessen Name den Jungen noch immer schaudern ließ – *Malleus Maleficarum*. Darin stand, wie man Hexen erkennen konnte, und am Ende hatten sie bewiesen, dass die Stellmacherfrau Feldfrüchte verdorben und die Frau des Schmieds zur Unfruchtbarkeit verhext hatte. Der Abt hatte klug diskutiert und Beweise mit Zitaten von Augustinus und Hieronymus und vielen anderen Gelehrten angeführt. Der junge Diener zitterte bei der Erinnerung an den denkwürdigen Prozess.

»Was weißt du nicht? Auch wenn du denkst, es ist nicht wichtig, sag es mir! Und wenn es wichtig ist, bekommst du ein weiteres Goldstück!«

Andererseits war es seine Pflicht als guter Christ, alles zu sagen, was Ketzer überführen könnte, und der geheimnisvolle Mann hatte gesagt, dass er der heiligen Kirche angehöre, seine Identität aber nicht preisgeben könne, weil das zu viel Aufsehen erregte. »Euer Gnaden, da ist etwas, von dem ich glaube, dass es Euch nutzen kann.« Der junge Diener streckte die geöffnete Handfläche zum Gitter.

»Zuerst erzählst du!«

»Bei einer Gelegenheit bin ich in das Zimmer von Monsieur Paserini gekommen, und da stand er, der jüngere Bruder war das, und hat Dokumente gelesen. Auf einer Seite stand etwas von einer *Resolution von Chanforan* und dann etwas über eine *Ohrenbeichte* …«

Der Unbekannte hustete und schien nach Luft zu ringen. »Was? Sag das noch mal!«

»*Resolution von Chanforan*«, sagte der Junge stolz, weil er das komplizierte Wort behalten hatte.

»Was ist mit den Papieren geschehen?«

»Das kann ich nicht sagen, weil dieser Luca Paserini sie gleich niedergelegt hat, als er mich bemerkte, und später, als ich wieder ins Zimmer kam, waren sie fort.« Er hatte überall nach den Blättern gesucht, aber nichts finden können. Also hatte ihn sein Instinkt nicht getäuscht. Luca war ein Ketzer. Kein Wunder, er war ihm von Anfang an merkwürdig erschienen. Kam einfach ins Schloss, sah aus wie ein Bettler, und wenn er es recht verstanden hatte, hatte Monsieur Armido ihn nicht eingeladen.

Das Gitter wurde auf- und eine blinkende Münze hindurchgeschoben. Gierig riss der Junge sie an sich. Wenn er so weitermachte, käme er als reicher Mann in sein Heimatdorf zurück. Sein Vater würde stolz auf ihn sein.

»Wie alt bist du?«

»Siebzehn, Euer Gnaden.«

»Du bist ein kluger Bursche. Pass genau auf, was ich dir jetzt sage, und dann sehen wir uns an jedem ersten Montag eines Monats hier wieder. Wenn du deine Sache gut machst, gibt es jedes Mal ein Goldstück.«

Der Bursche glühte vor Stolz. So viel Vertrauen hatte noch nie jemand in ihn gesetzt. Sie würden sich noch wundern, wozu er fähig war, die feinen Leute.

Nachdem der Unbekannte ihn instruiert hatte, fragte er: »Wie ist dein Name?«

»Didier, Euer Gnaden.«

»Warte, bis du die Tür ins Schloss fallen hörst, dann gehst du deinen Aufgaben nach wie sonst auch.«

Didier hörte es rascheln und sah aus den Augenwinkeln eine dunkle Gestalt vom Beichtstuhl zwischen den Bänken der Tür zustreben. Seine Furcht vor Bestrafung und davor, seine einträgliche Quelle zu verlieren, war jedoch zu groß, als dass er einen Blick riskiert hätte. Gehorsam kniete Didier am Beichtstuhl der Kapelle von Schloss Fontainebleau und wartete, bis der geheimnisvolle Mann zur Tür hinaus war. Lange, nachdem das Schloss geklackt hatte, erhob er sich, rieb sich die tauben Knie und streckte seinen knochigen Körper. Die Goldstücke in seinem Gürtel fühlten sich gut an, vielleicht würde er eines dafür benutzen, sich die Gunst der frechen Küchenmagd zu kaufen, auf die er ein Auge geworfen hatte, die ihn bislang jedoch mit Verachtung bestraft hatte. O ja, einige würden sich bald wünschen, ihn anders behandelt zu haben. Mit einem triumphierenden Lächeln auf dem blassen Gesicht verließ Didier die Kapelle.

XV
Les Tournelles

Von seinem Bett aus konnte er durch das Fenster auf die Straße sehen. Armido hob den Kopf, um einen Blick auf die Galerie zu werfen, die das Hôtel-Neuf seiner Gastgeberin mit Les Tournelles, dem königlichen Wohnsitz in Paris, verband. Von der Bastille waren sie nur einen Steinwurf entfernt, und die Rue Saint-Antoine, welche die Galerie überbrückte, führte direkt auf die Bastille zu. Anfangs hatte Armido die Nähe zum Gefängnis beunruhigt, doch Madame d'Étampes hatte ihm versichert, dass er hier nichts zu befürchten habe. Er sei ihr Gast und stehe unter dem Schutz Seiner Majestät.

Seufzend ließ Armido sich wieder in die Kissen sinken. Es hatte zu schneien begonnen. Dieser Januar war kalt und brachte Schnee und Eis. Es war ein Wunder, dass er noch lebte, und er hatte seine Rettung allein seiner Schwester und der Großherzigkeit von Madame d'Étampes zu verdanken. Kleine tapfere Luisa, sie hatte es nicht verdient, dass er sie weiter in Gefahr brachte.

»Armido? Bist du wach?« Luisa steckte den Kopf zur Tür herein.

»Ja, komm nur herein.«

Sie kam mit einem Tablett, auf dem sich zwei Becher mit heißem Gewürzwein und ein Teller mit glacierten Maronen befanden. Lächelnd stellte sie das Tablett auf dem Bett ab und setzte sich zu ihm. Ihre Wangen sahen rosig aus, und sie strahlte wie schon lange nicht mehr.

Armido setzte sich auf und nahm dankbar einen Becher. »Wenn ich es nicht besser wüsste, würde ich sagen, du bist verliebt, Luisa.«

Sie lachte. »Unsinn! Ich bin glücklich, dass es dir besser geht. Trinken wir auf deine Genesung und die Güte von Madame d'Étampes und Meister Rosso!«

Verständnislos nippte er an seinem Wein. »Meister Rosso?«

»Aber ja! Wer, denkst du, hat ein gutes Wort für dich bei Madame eingelegt? Niemand anders als unser Meister. Ohne ihn wärst du nicht hier, oder glaubst du, man hätte mich überhaupt vorgelassen?«

Armido runzelte die Stirn. »Das hat er für mich getan?«

Sie senkte den Blick. »Für uns. Er ist ein wunderbarer Mensch, Armido. Nie würde er einen seiner Leute im Stich lassen.«

»Luisa!«

Stumm sah sie ihn an, und er erkannte in ihren träumerischen Augen, was er befürchtet hatte. »Wie konntest du nur! Er ist kein Mann für dich. Er spielt mit dir. Du bist nichts weiter als eine Laune für ihn!«

»Nein, das ist nicht wahr! Er schätzt mich als Künstlerin und als Menschen.«

»Als Menschen? Nicht einmal als Frau? Mein Gott, Luisa, was denkst du dir bloß. Hast du nicht begriffen, dass Pellegrino sein Freund, sein Gefährte ist?« Armido war unendlich enttäuscht von seiner leichtsinnigen Schwester, aber durfte er ihr einen Vorwurf machen?

»Hör auf, Armido. Du tust ihm Unrecht. Es war meine Entscheidung. Ich liebe ihn. Zuerst waren es seine Werke, aber bereits seit meiner ersten Begegnung mit ihm weiß ich, dass er der einzige Mann für mich ist. Daran kannst du nichts ändern. Niemand kann daran etwas ändern.«

Armido konnte seine Wut nicht mehr für sich behalten und fragte spöttisch: »Und wie soll sich eure wundervolle Beziehung gestalten? Wirst du weiter als Mann verkleidet in der Galerie arbeiten, immer zwischen Bangen und Hoffen? Ist das ein Leben, Luisa?«

»Ja.«

Armido schwieg. Ja, es war ihr Leben, aber er trug die Verantwortung für sie. Es war seine Schuld, dass sie nach Frankreich gekommen war.

Sanft legte Luisa eine Hand an seine Wange. »Ich weiß, was du denkst. Mach dir keine Vorwürfe. Die Kunst ist mein Leben, und du hast sie mir nahegebracht. Weißt du noch, wie du mich mitgenommen hast nach Volterra und mir Rossos Kreuzabnahme in San Francesco gezeigt hast? Das war Schicksal, Armido. Als ich das Gemälde sah, ist etwas mit mir geschehen, dagegen war ich machtlos. Ich bin glücklich, hier sein zu dürfen, bei dir, bei ihm. Hier kann ich das tun, was ich am meisten liebe – malen! Und er respektiert meine Arbeit. Das ist mehr, als jeder andere Mann mir geben könnte.«

Armido nahm ihre Hand und küsste sie. »Dann soll es so sein, kleine Schwester. Aber ich werde ihn im Auge behalten, darauf kannst du dich verlassen …«

Sie lächelte. »Wie fühlst du dich?«

Er biss in eine Marone und schloss die Augen. »Großartig. Maronen erinnern mich immer an Italien. Hat Pietro geschrieben?«

Sie schüttelte den Kopf. »Ich werde ihm einen weiteren Brief schreiben. Irgendwann muss er mir verzeihen.«

Ein leises Klopfen an der Tür ließ sie aufhorchen. »Ja?«

Madame d'Étampes' Dienerin schaute herein. Sie war

klein und rundlich und kümmerte sich fürsorglich um Armido. »Der Medicus will nach Euch sehen.«

»Er soll kommen.« Luisa schätzte Michel Remin, einen aus Marseille stammenden Arzt, der an den berühmten Universitäten von Montpellier und Padua studiert hatte.

Remin wirkte wie immer gut gelaunt, und seine hellen Augen blickten freundlich. Er trug ein schlichtes dunkles Wams und seine Arzttasche. Anders als einige seiner Kollegen, die am Hof dienten, legte er keinen Wert auf Äußerlichkeiten. Sein Freund Mellin de Saint-Gelais, einer von Franz' Hofpoeten und studierter Arzt, hatte den Kontakt zu Madame d'Étampes und ihren Freunden hergestellt.

»Guten Tag, Monsieur Armido, Monsieur Luca!«, begrüßte Remin die Geschwister.

Luisa machte dem Medicus Platz und stellte das Tablett auf einen Tisch. Michel Remin wickelte die Verbände von Armidos Armen. Die Wunden, die von den Stacheln gerissen worden waren, hatten sich entzündet, und eitriges Sekret klebte an den Leinenstreifen. Remin murmelte etwas in seinen Bart.

Luisa roch den fauligen Eiter. »Ihr könnt ihm doch helfen, Michel?«

»Hm, ich hatte gehofft, dass das Schwären aufhört. Aber macht Euch keine Sorgen. Ich habe eine neuartige Salbe von einem Kollegen, Ambroise Paré.« Remin zog einen Tiegel aus seiner Tasche und bestrich frische Leinenstreifen mit der stark riechenden Salbe.

»Was ist da drin?«, fragte Luisa.

»Die genaue Rezeptur verrät er nicht, aber Rosenöl und Terpentin sind Bestandteile«, erklärte Remin.

Armido wollte seine Arme wegziehen.

»Nicht doch! Paré hat die Salbe im Feld ausprobiert und große Erfolge bei der Heilung von Schusswunden erzielt. Er ist zwar nur ein Barbier, aber ihm gebührt Anerkennung auf dem Gebiet der Chirurgie.« Michel Remin war sich nicht zu schade, einem anderen Vertreter seines Fachs Lob auszusprechen und dessen Erkenntnisse zu nutzen, das zeichnete ihn aus. Nachdem er die Arme verbunden hatte, nahm er sich Armidos Unterschenkel vor.

Luisa stockte der Atem, als sie die tiefen Einstiche sah, die die Dornen des Folterstuhls hinterlassen hatten. »Oh, dieser verfluchte Hundesohn!«

»Ihr sprecht mir aus der Seele. Ich bin gegen jede Art von Folter. Was kann das bringen? Ab einer gewissen Schmerzgrenze wird jeder Mensch alles sagen, was verlangt wird. Das hat nichts mit Wahrheitsfindung zu tun. Und als Arzt bin ich ohnehin gegen jede unnötige Verletzung des menschlichen Körpers. Es ist schwer genug, ein neues Leben auf die Welt zu bringen und es zu erhalten.« Michel Remin umwickelte geschickt die gesäuberten Wunden. »Die Beine werden schneller verheilen, weil die Wunden nicht zerrissen sind. Die Wundränder an den Armen sind ungleichmäßiger. Wie kommt das?«

Armido räusperte sich. »Guy de Mallêt hat es sich nicht nehmen lassen, selbst Hand anzulegen.«

»Dafür werden wir ihn vor Gericht bringen!«, sagte Luisa.

»Darauf würde ich nicht wetten, Luca. Besser, Ihr haltet Euch von ihm fern. Er und sein Vater sind eine böse Brut und eng mit Tournon und Diane de Poitiers befreundet. Dagegen kommt Ihr nicht an. Und bei Hof stirbt es sich unter Umständen schnell …«, sagte der Medicus.

Luisa schluckte. »Sobald Armido gesund ist, gehen wir zurück nach Fontainebleau.«

»Du wirst schon morgen gehen, Luca!« Armidos Stimme war unnachgiebig. »Ich werde hier gut versorgt und brauche dich nicht. Aber auf dich wartet Arbeit in Fontainebleau. Außerdem wirst du für mich einspringen müssen.«

»Ach ja, das könnte dir so gefallen!« Aber Luisa sah ein, dass ihr Bruder recht hatte. Seine und ihre Arbeit waren allzu lange vernachlässigt worden. Auch wenn Rosso Verständnis gezeigt hatte, wenn es um seine Projekte ging – und die Galerie im Lieblingsschloss des Königs hatte oberste Priorität –, war der Meister streng und achtete genau auf die Einhaltung seines Zeitplans.

Drei Tage waren vergangen, seit Luisa Paris verlassen hatte. Die Wunden an Armidos Beinen verheilten gut, nur die Arme bereiteten ihm Sorgen. An mehreren Stellen wollte sich das entzündete Fleisch nicht schließen, und die Haut verfärbte sich dunkel. Michel Remin sah nicht glücklich aus, wenn er zum Verbandswechsel kam, aber er machte Armido Hoffnung und zerstreute seine Bedenken, dass es zu einer Amputation kommen könnte. Der Marseiller Arzt führte die langwierige Entzündung auf Armidos geschwächten Körper zurück, das Bad im Fluss und die anschließende Haft hatten die Infektion mit Sicherheit begünstigt.

Aber er war fieberfrei und fühlte sich seit Tagen zum ersten Mal kräftig genug, das Haus seiner Gastgeberin zu erkunden. Seit seiner Befreiung hatte Madame d'Étampes ihn nur einmal kurz besucht, und das in Begleitung ihrer Hofdame Élodie de Tavannes, einer schönen Frau, die Armido allerdings nicht ganz einschätzen konnte. Sie war zwar freundlich, schien aber berechnend. Ihr fehlten die Warmherzigkeit und die übersprudelnde Lebendigkeit von Madame d'Étampes.

Nachdem er sich gewaschen und rasiert hatte – zu einem Bart konnte er sich nicht durchringen, auch wenn das der französischen Mode entsprach –, kleidete er sich an. Madame hatte ihm ein sauberes Hemd, zweifarbige Hosen und einen pelzgefütterten Schoßrock hinlegen lassen, so dass

Armido eine gepflegte Erscheinung im Spiegel begutachten konnte.

Sein Zimmer befand sich im ersten Stock, flankiert von weiteren prächtig ausgestatteten Wohn- und Schlafräumen. Er durchquerte drei leere Räume, bis er vor einer geschlossenen Tür stand. Ein Diener erhob sich von seinem Schemel und öffnete die Tür, um ihn anzukündigen. Gleich darauf wurde Armido in einen mit dunkelbraunem Brokat ausgestatteten Salon geführt, in dessen Kamin ein Feuer knisterte. Davor saßen in Armstühlen Madame d'Étampes und ein junger Edelmann, der sich bei Armidos Eintreten erhob.

»Monsieur Paserini«, begrüßte der Mann ihn höflich. Er hatte ein hübsches Gesicht und vollendete Manieren.

Madame d'Étampes lächelte. »Darf ich Euch meinen lieben Freund, den Marquis Lucien de Saint-Flour vorstellen. Bitte, nehmt Platz, Armido.«

Madame d'Étampes winkte dem Diener, der einen weiteren Stuhl und ein Tischchen herbeiholte, auf das er einen Becher und einen Teller mit Nüssen und Maronen stellte. »Ihr könnt auch etwas anderes zu essen bekommen. Vielleicht eine kräftige Suppe?«

»Danke, Madame. Ihr seid sehr aufmerksam, aber das ist völlig ausreichend.« Armido mochte den heißen Gewürzwein. Sein Blick glitt über die aufwendig geschnitzten Möbel und fein gewebten Wandteppiche. Die dicken Vorhänge schützten vor der Kälte. »Woher stammen die *bambocci*, sie sind von exzellenter Qualität?«

»*Bambocci*?«, fragte Madame.

»Verzeiht, die Schränke. Wir nennen diese Art von zusammengesetzten Schränken *bambocci*.«

»Ah, die *meubles en deux corps*. Vielleicht seid Ihr Meister Jacques du Cerceau in Fontainebleau begegnet. Er kreiert ganz wundervolle mythologische Motivreihen, die er Grotesken nennt. Seine Majestät ist hingerissen, vor allem, weil sie so italienisch sind.« Madame zwinkerte. »Aber Ihr wisst besser als ich, wie sehr Seine Majestät Eure Kultur schätzt.«

»Madame …«, begann Armido, doch Madame d'Étampes hob ihre Hand.

»Nennt mich Anne, Monsieur. Hier in meinem Haus sind wir formlos. Wir sind unter Freunden.« Ihr Lächeln wärmte sein Herz, und Armido konnte verstehen, warum der König dieser Frau in allen Angelegenheiten vertraute.

»Ich möchte mich noch einmal in aller Form bei Euch bedanken. Ich weiß nicht, womit ich Eure Güte verdiene!«, sagte Armido, der tief in der Schuld dieser Frau stand.

»O bitte, mein lieber Armido. Es war mir eine Freude, Euch aus den Händen dieses Monsters zu retten. Ich kann die Mallêts nicht ausstehen. Sie sind degeneriert und durch und durch verderbt, der Vater genau wie der Sohn.« Ihre Miene verdüsterte sich kurz.

Lucien stand auf und küsste sie auf die Stirn, blieb dann hinter ihrem Stuhl stehen und ließ seine Hände auf ihren Schultern liegen. »Regt Euch nicht auf, liebste Anne. Irgendwann wird er seine Strafe finden!«

Anne de Pisseleu, Herzogin d'Étampes, erklärte: »Leider bin ich manchmal allzu leichtsinnig. Nun, vor einigen Jahren schenkte ich Jean de Mallêt meine Gunst und musste erfahren, dass er ein grausamer und rachsüchtiger Mann ist, wenn er nicht bekommt, was er will.«

Sie gab keine Details preis, doch Armido verstand, dass Jean es nie verwunden hatte, dass sie ihn hatte fallen lassen.

»Er wandte sich daraufhin der anderen Partei zu und setzt nun alles daran, mich zu diskreditieren«, fügte sie hinzu.

»In seiner Brust schlägt kein Herz, sondern ein Stein.« Zärtlich spielten Luciens Finger mit Annes Locken. »Seine Frau lebt hier in seinem Pariser Stadthaus, aber niemand bekommt sie je zu Gesicht. Sie brachte Geld und Titel in die Familie und wurde dann von ihm fortgesperrt. Jeder weiß, dass er zu Kurtisanen geht, um seine pervertierten Phantasien auszuleben, und es wird von Misshandlungen und sogar von Toten gemunkelt.«

»Und sein Sohn?«

Der Edelmann sagte düster: »Der ist keinen Deut besser, auch wenn er den geistlichen Stand gewählt hat. Ihr wisst es aus eigener Erfahrung. Guy hat sich ganz der Inquisition verschrieben und will sich damit einen Namen machen. Das muss er auch, wenn er es zum Kardinal bringen will, denn die Mallêts verfügen weder über genügend Kapital noch über die nötigen Verbindungen, um sich den Titel zu kaufen.«

»Und Seine Majestät duldet diese Männer am Hof?« Armido trank seinen Wein aus.

Anne seufzte. »Lieber Armido. Auch Majestäten können nicht immer das tun, was sie gern möchten. Der König ist ein kranker Mann. Gerade erst hat er sich von einem seiner Anfälle erholt. Ihn plagt dann jedes Mal heftiges Fieber, und zuletzt brach ein Geschwür am Gesäß auf.« Sie verzog das Gesicht. »Sehr unangenehm, und natürlich schwächt es ihn auch mental. Seine Feinde wissen das, obwohl er sich alle Mühe gibt, seine Krankheit zu verbergen. Ich liebe und verehre Seine Majestät, denn er ist ein kluger Mann mit Idealen und Visionen.«

Lächelnd griff sie nach einer Marone. »Aber ritterliche Ideale sind längst aus der Mode. Kaiser Karl hat das eher erkannt. Heute zählt nur kluge Politik. Ein ehrenhafter Zweikampf entscheidet nicht mehr über das Schicksal von Königreichen, auch wenn Franz das gerne hätte. Er war so stark und voller Energie, als er jünger war.«

»Er hat die Krisis überstanden, Anne«, warf Lucien beruhigend ein.

»Nicht auszudenken, was geschieht, wenn sein nichtsnutziger Sohn den Thron besteigt. Oh, wie ich Diane und alle ihre finsteren Spießgesellen hasse!«

Annes Sorge galt nicht nur dem Schicksal des Reiches, dachte Armido, denn sobald der König tot war, musste sie um ihre Stellung und ihre Güter fürchten, und da Diane die Geliebte Henris war, würde diese alles daransetzen, Anne aufs Tiefste zu demütigen.

»Aber davon wollen wir nicht sprechen. Armido, sagt mir, da Ihr den reformierten Kreisen zugetan seid, kennt Ihr Vittoria Colonna persönlich? Ich schätze ihre Gedichte sehr und höre viel von dieser großartigen Frau. Sie verkehrt mit den Kardinälen Pole und Contarini.« Annes Augen leuchteten.

»Leider nein, Madame. Während meiner Jahre in Rom habe ich den großen Michelangelo kennengelernt und eine Reihe anderer Künstler, aber im Grunde bin ich den reformerischen Ideen erst hier wirklich nahegekommen. Gleich nach meiner Ankunft in Fontainebleau habe ich die Bekanntschaft von Jules Dubray gemacht.« Armido drehte den Becher in seinen Händen.

»Jules ist ein stürmischer junger Mann.« Madame d'Étampes lächelte, und Armido hatte den Eindruck, dass sie Jules sehr schätzte. Nun, Anne war eine begehrenswerte Frau, und solange sie ihre Liebschaften diskret behandelte, schien der König nichts dagegen zu haben.

Es klopfte, und der Diener trat wieder ein. Er beugte sich zu Anne und flüsterte ihr etwas zu.

»Kennt Ihr eine Aleyd? Wie war der volle Name?«

»Aleyd Dubray«, sagte der Diener.

Anne hob die Augenbrauen. »Ich wusste nicht, dass Jules verheiratet ist.«

»Sie ist seine Schwester, ich kenne sie.«

»Sie soll hereinkommen.«

Der Diener entfernte sich mit einer Verbeugung. Lucien schien leicht verstimmt. »Anne, Ihr wisst, dass ich heute nicht viel Zeit habe …«

»Ja, gewiss. Ich möchte nur Mademoiselle Dubray begrüßen, und dann widme ich mich ganz Euch.« Anne tätschelte Luciens Hand. »Setzt Euch, mein Lieber.«

Armido konnte sein Glück kaum fassen. Aleyd hatte überlebt und war in Freiheit. Als die Tür aufging und sie hereinkam, sprang er förmlich auf. Sie war blass und hatte dunkle Ränder unter den Augen, doch sie lächelte, und ihre Hand war warm und drückte seine fest, als er sie begrüßte und zu ihrem Stuhl führte. Der Diener hatte für eine zusätzliche Sitzgelegenheit gesorgt.

Anne hatte sich nicht erhoben, hieß ihren Gast jedoch willkommen. »Ach, wir hätten ein kleines Essen vorbereiten lassen sollen. Ihr seht hungrig aus, Mademoiselle.«

»Bitte, keine Umstände, Ihr seid zu gütig, Madame«, sagte Aleyd bescheiden und musterte Armido verstohlen. »Ich, das heißt mein Bruder und ich sind Euch sehr dankbar und …«

»Nun, nun. Es ist meine Pflicht zu helfen. Sagt mir, Aleyd, wo steckt Euer Bruder, und wie geht es ihm? Vielleicht erzählt Ihr uns kurz die andere Hälfte der Geschichte, die Gott sei Dank ein glimpfliches Ende gefunden hat.« Anschließend instruierte sie ihren Diener, der eilig den Raum verließ.

Aleyd faltete die Hände in ihrem Schoß. Sie wirkte schlicht in ihrem dunkelblauen Kleid und der blauweißen Haube auf den rotblonden Haaren, doch ihre Haltung war stolz, und aus ihren Zügen sprachen Klugheit und Stärke. »Ich hörte, wie die Soldaten Armido mitnahmen, und verhielt mich noch eine ganze Zeit lang sehr still, bis ich sicher war, dass sie fort waren. Dann raffte ich meine nassen Röcke und machte mich auf den Weg zu Gérards Lagerhaus. Irgendwo auf dem Weg dorthin kamen mir Jules und Robert entgegen. Robert hat uns bei sich versteckt, bis sich die Lage beruhigt hatte. Jules ist mit *barbe* George nach Lyon gereist, um sich mit Gelehrten aus der Schweiz und Straßburg zu treffen. Sie wollen eine neue Bibel drucken.«

Lucien de Saint-Flour hörte aufmerksam zu. »Warum begebt Ihr Euch in solche Gefahr? Kann ein Glaube es wert sein, dafür zu sterben? Ich meine, ich gehe brav in die Kirche, aber was ich denke, ist meine Sache.« Er grinste.

Aleyd sah ihn ernst an. »Mein Glaube ist meine Überzeugung, mein Leben. Ich kann nicht den Sinn meines Daseins aufgeben, nur weil eine Institution es mir verbietet. Und die heilige römische Kirche will uns vernichten, weil sie Angst um ihre Macht hat. Sie spielt mit dem Unwissen des Volkes. Sie will nicht, dass die einfachen Menschen lesen können, was in der Bibel steht, damit sie ihnen ihre eigene Version der Heiligen Schrift aufzwingen und sie zu einer Herde dummer Schafe machen kann. Schafe blöken nur, aber sie stellen keine Fragen.« Sie holte tief Luft.

Lucien hob ergeben die Hände. »Ich bitte um Verzeihung. Meine Frage war dumm, und ich bewundere Menschen wie Euch, die für ihre Überzeugungen kämpfen.«

»Brav gesprochen, Lucien. Ihr befürchtete schon, Ihr würdet mich enttäuschen und nicht der Mann sein, für den ich Euch halte«, sagte Anne.

Lucien neigte den Kopf und warf Anne eine Kusshand zu.

»Geht es dir gut?«, wandte sich Aleyd nun ängstlich an Armido. »Was haben sie mit dir gemacht? Du warst in der Bastille, mein Gott!«

Armido winkte ab. »Dank unserer großherzigen Gastgeberin habe ich das Schlimmste überwunden. Euer Medicus ist wunderbar!«

»Ich bin sehr froh, Michel in meinen Diensten zu haben. Es gibt so viele Quacksalber, die mit ihren ewigen Aderlässen und angeblichen Wundertinkturen alles nur noch schlimmer machen.« Anne betrachtete ihre Hände. »Der Chirurg Paré hat künstliche Gliedmaßen aus Silber machen lassen. Unwahrscheinlich, aber doch wahr!«

»Ein silberner Finger ist besser als keiner.« Lucien war beeindruckt.

Der Diener kam zurück und sagte zu Anne: »Es ist alles so gerichtet, wie Madame es angeordnet haben.«

Sie nickte und stand auf, woraufhin sich alle anderen ebenfalls erhoben. »Lucien, bitte führe Mademoiselle Dubray in das Zimmer mit der Einhorn-Tapisserie. Es hat mich gefreut, Mademoiselle, und wir werden uns sicher noch sehen.« Damit entließ sie die beiden und sagte zu Armido, der verunsichert im Raum stand und nicht wusste, was er davon halten sollte: »Ihr seid ein interessanter Mann, Armido.«

Er versteinerte und wartete, was nun kam, doch sie lachte leise.

»Ein anziehender Mann, kein Zweifel, aber momentan ist Lucien genug für mich. Nein, ich bin ein wenig enttäuscht, dass Ihr mir Euer Geheimnis nicht anvertraut habt.«

»Wie belieben?«

»Aleyd. Ihr liebt sie! Oh, mir könnt Ihr es sagen. Eine große Liebe, Leidenschaft! Dafür lebe ich! Sie ist der Grund, warum Ihr zu den Vaudois wollt, oder seid Ihr schon aufgenommen?«

Fast erleichtert sanken seine gespannten Schultern herab, und doch war er erschrocken, dass seine Gefühle für Aleyd ihm so deutlich anzumerken waren. »Nein. Ich sollte vor einigen Wochen aufgenommen werden, aber es kam nicht dazu. Dann wurde David ermordet und jetzt das.«

»Wer ist David?«

»David Louven, ein Freund und Glaubensbruder von Jules und Aleyd. Seine Leiche trieb eines Morgens in der Seine. Sie wies Folterspuren auf, und es gibt keinen Zweifel, dass sein Tod auf das Konto von Guy de Mallêt geht. Aber Mallêt arbeitet nicht allein. Ein Monsignore war dabei. Ihr habt ihn gesehen. Sampieri war sein Name.«

»Monsignor Sampieri. Ich werde Erkundigungen einziehen. So, und jetzt geht zu Eurer Aleyd. Das Leben ist zu kurz, um nur eine Minute davon zu vergeuden.« Anne gab ihm einen leichten Kuss auf den Mund. »Küsst sie, aber macht es besser als ich.« Lachend gab sie ihm einen freundschaftlichen Stoß Richtung Tür.

Die Tapisserien mit Motiven aus dem Einhorn-Mythos hingen in dem Raum, der an sein Schlafzimmer grenzte. Aleyd stand vor einem der fein gewebten Wandbehänge und bewunderte die exquisite Handarbeit. Als Armido eintrat, wandte sie leicht den Kopf.

»Sieh dir das an. Ist das nicht wundervoll?« Sie streckte ihre Hand nach ihm aus.

Armido ging zu ihr und umschloss ihre Taille mit den Armen. »Wo ist der Marquis?«

»Gegangen. Er ist der Liebhaber von Madame d'Étampes, nicht wahr?« Sie lehnte ihren Kopf an Armidos Brust.

»Hm.« Ihre Wärme und ihr Duft nahmen ihm den Atem.

»Hier fangen sie das Einhorn. Das ist so traurig. Alles Schöne wird gefangen und zerstört.«

»Wir dürfen es nicht zulassen. Sie dürfen unsere Liebe nicht zerstören, Aleyd. Dass du gekommen bist …« Er konnte noch immer nicht recht glauben, dass er sie hier in den Armen hielt.

»Jules ist fort. Er hätte mich nicht gehen lassen, aber Robert ist nicht mein Vater.«

»Du wohnst bei Robert Estienne?«

»Dort sind wir immer, wenn wir uns länger in Paris aufhalten müssen. Sie haben Thibault nicht eingesperrt. Robert hat für ihn gesprochen, und sie hatten keine Beweise gegen ihn, die vor einem Gericht standgehalten hätten. Armido, deine Arme!« Erst jetzt hatte sie die Verbände wahrgenommen, die unter seinem Überrock hervorschauten.

»Ach, das ist nichts.« Er drehte sie zu sich herum und küsste sie innig.

Nach einer kleinen Ewigkeit hob Aleyd den Kopf. »Sie hat ein Mahl für uns bereiten lassen. Schau.«

Armido blickte auf einen gedeckten Tisch, auf dem Silbergeschirr und verschiedene Köstlichkeiten warteten. »Du solltest essen, Aleyd.« Sie war dünner als bei ihrer letzten Begegnung. Ihr Gesicht wirkte spitz.

Gemeinsam machten sie sich über Saiblingpastete, eine kräftige Hühnersuppe und Eiertorte mit Quittenmus her. Der unverdünnte Rotwein rundete das Menu ab.

»Wenn ich nicht in dich verliebt wäre, dann wäre es Anne de Pisseleu. Sie versteht es zu leben«, bemerkte Armido und rieb sich den Bauch.

Aleyds Wangen hatten an Farbe gewonnen. »Und ich würde mich für den Marquis entscheiden, ein ganz reizender Mann.«

»Ach, inwiefern?«

»Er ist sehr höflich, sehr charmant, sehr …«, bevor sie ihn jedoch mit weiteren Komplimenten über einen anderen necken konnte, hatte Armido sie zu sich auf den Schoss gezogen und verschloss ihren Mund mit einem Kuss.

»Bleib hier, Aleyd. Geh nicht wieder fort. Wir lassen uns von einem *barbe* trauen. Irgendeiner wird doch in Paris sein.« Ihre Nähe machte ihn schier wahnsinnig, und er wollte sie endlich ganz spüren.

Aleyds Haube hatte sich gelöst und ihre rotblonden Locken freigegeben. »Du bist noch keiner von uns.«

»Doch, das bin ich. Es ist nur eine Formalität, Aleyd, und das weißt du. Ich liebe dich!« Schon morgen konnte alles anders sein, und er wollte nicht sterben, ohne sie geliebt zu haben. Er stand auf und hob Aleyd auf seine Arme.

»Was tust du?«

»Was denkst du?«, murmelte er mit rauer Stimme und trug sie hinüber in sein Schlafgemach.

Dort ließ er sie auf sein Bett gleiten und legte sich neben sie. »Ich weiß nicht, welches Schicksal die Sterne für uns bestimmt haben, aber ich will nicht vor unseren Schöpfer treten, ohne die Frau geliebt zu haben, der mein Herz gehört.«

»Armido«, wisperte sie und zog ihn zu sich.

XVI
Saint-Flour am Lander

Februar 1538

Herzog Anne de Montmorency zügelte sein Pferd und ließ es den Kopf senken, um Wasser zu saufen. Sie waren den ganzen Tag über scharf geritten, um rechtzeitig in Moulins einzutreffen, wo der König sie in acht Tagen erwartete. Der Wind wehte kalt durch das Flusstal und ließ die karge Landschaft der Auvergne noch feindseliger wirken. Nur Berge, unfruchtbares Land, Wildnis. Montmorency spuckte aus. Moulins war die Hauptstadt seines Intimfeinds Bourbon gewesen, einst der zweitmächtigste Mann in Frankreich. Nun hatte er alles verloren, seine Güter, seine Titel, seine Ehre. Das Tragischste an der ganzen Geschichte war, dass Bourbon ein Ehrenmann gewesen war, durch und durch.

Montmorency streckte den Rücken und rieb sich die kalten Oberschenkel. Während des Rittes hatten sich Eiskristalle in seinem Bart gebildet. Auf den Felsvorsprüngen lag Schnee, und der Uferweg war vereist. Er war ein Stück allein vorausgeritten, um seine Gedanken zu sammeln. Hin und wieder brauchte er Abstand von den Soldaten, den rohen lauten Burschen, die ihm seine Siege ermöglichten, die jedoch Mittel zum Zweck blieben und ihm nie dieselbe Achtung und den Respekt entgegenbringen würden, wie sie ihn dem vor Rom gefallenen Bourbon gezollt hatten. Montmorencys Mund wurde zu einem schmalen Strich. Vor ihm erhob sich das Basaltplateau, dessen Wände steil über dem

Fluss abfielen. Dunkel duckten sich die Häuser von Saint-Flour gegen den Wind. Er konnte die Kathedrale des heiligen Florus erkennen. Saint-Flour war Bischofssitz, eine gottverlassene Stadt in der Wildnis.

Vom Mittelmeer hier herauf war es ein langer Weg gewesen. In Leucate hatte er an der Seite des Kardinals von Lothringen mit den Kaiserlichen, vertreten durch Francisco de los Lobos und Nicolas Perrenot, Herr von Granvelle, verhandelt. Das Ergebnis war nicht zufriedenstellend ausgefallen, denn über eine Verlängerung des Waffenstillstands um drei Monate waren sie nicht hinausgekommen. Aber das würde sich noch ändern. Der Sultan bedrohte weiter die Grenzen des Habsburger Reiches, und Karl konnte nicht an allen Fronten kämpfen. Da der Kaiser sich niemals mit dem Sultan verbünden würde, musste er sich zwangsläufig an Rom und Venedig wenden, und das wiederum setzte voraus, zuerst einen dauerhaften Frieden mit Franz zu schließen. Zu dumm nur, dass der König den schwerwiegenden Fehler begangen hatte und ein heimliches Bündnis mit Suleiman eingegangen war. Geheim war das Bündnis nicht lange geblieben, und eingehalten hatte Franz es auch nicht, was den Sultan maßlos verärgert hatte. Franz war ein Träumer. Er hätte ein gelehrter Lebemann werden sollen, zum Politiker war er weiß Gott nicht geboren.

Aber die Karten waren so verteilt worden. Was für eine große Macht hätte aus Frankreich werden können, hätte man ihn, den Strategen, zum König erkoren … Montmorency spürte jeden Knochen in seinem Körper. Wie viele Schlachten hatte er geschlagen, wie viele Male dieses Land von Norden nach Süden durchquert, immer auf der Suche nach Ruhm und Ehre, nach Macht und Besitz? Zu viele Male, dachte der General, der im gleichen Alter wie sein König war, mit dem zusammen er aufgewachsen war. Sie hatten gemeinsam Latein gelernt und Hasen gejagt. Doch heute stand er dem Sohn seines einstigen Spielkameraden näher. Henri vertraute ihm, hörte auf ihn, mehr als auf den eigenen Vater, der zu viel verlangte und aus seiner Enttäuschung über seinen Sohn, für den der Thron nicht bestimmt gewesen war, keinen Hehl machte.

Oh, er konnte Franz verstehen. Henris älterer Bruder, der im vergangenen Jahr auf so tragische Weise verstorben war, wäre der bessere König geworden. Franz' Erstgeborener, der seinen Namen getragen hatte, war besonnen, intelligent und zurückhaltend gewesen, Eigenschaften, wie man sie sich für einen Herrscher wünscht. Henri hingegen war eigensinnig, launen- und lasterhaft und ungebildet. Künste und Wissenschaften langweilten ihn, nur die Jagd, das Raufen, Trinken und eine Frau interessierten ihn. Ein solcher Mann war kein idealer Herrscher, aber in den richtigen Händen eine lenkbare Marionette, und Montmorency zog bereits die Fäden. Einziger Dorn im Auge war Diane de Poitiers. Selbst er hätte es nicht für möglich gehalten, dass Henri ihr derart verfallen würde, aber so war es nun einmal, und nun galt es, das Beste daraus zu machen.

Sein Pferd hob den Kopf und scharrte mit den Hufen. Der Rotfuchs war ein erfahrenes Schlachtross und hatte ihn aus manch gefährlicher Situation gerettet. Montmorency klopfte ihm auf den Hals. »Schon gut, für heute sind wir weit genug gekommen. Irgendwo dort oben wartet ein warmer Stall auf dich. Und auf mich hoffentlich ein weiches Bett.«

In der Ferne hörte er seine Begleiter herantraben. Sie alle waren des Kämpfens müde. Der Winter war lang gewesen und der Sommer davor noch länger. Zuerst die Kämpfe im Norden an der Grenze zu den Niederlanden. Nachdem Franz wieder einmal krank geworden war, hatte er Seite an Seite mit Henri die Kaiserlichen zurückgedrängt und die Regentin Maria zu einem Waffenstillstand gezwungen. Danach waren sie nach Süden gezogen und hatten das Piemont zurückerobert. Gemeinsam mit dem Dauphin hatte er die Vorhut geführt und den Susapass in einem beispielhaften Manöver genommen.

Montmorency strich sich mit seiner behandschuhten Hand über den Bart. Allein dafür gebührte ihm der Titel. Connétable Anne de Montmorency. Diese Worte waren Musik in seinen Ohren und ließen ihn freundlicher in den verhangenen Winterhimmel blicken. Er hatte es verdient, aber ohne die Fürsprache von Diane und Marguerite hätte Franz auf seine Mätresse gehört und deren Favoriten vorgezogen. Lächerlich, Philippe auch nur in Erwägung zu ziehen. Admiral de Brion. Montmorency stieß ein trockenes Lachen aus. Seit der Schlacht von Pavia war es still um Brion geworden. Nun gut, nachdem Savoyen 1535 vom Grafen Saint-Pol erobert worden war, hatte Brion fast fünfzehntausend Legionäre im Piemont erfolgreich ins Feuer geführt und war in drei Wochen bis Turin vorgerückt, aber danach war Brion kein großer Sieg mehr gelungen. Anne de Pisseleu hatte verloren, und jetzt wusste sie es mit Sicherheit. Inzwischen war der königliche Tross auf dem Weg nach Moulins. Montmorencys Spione hatten ihm berichtet, dass Franz von beiden Söhnen begleitet wurde.

Am Sonntag sollte die Ernennung im Schloss von Moulins stattfinden. Natürlich durfte er sich nicht anmerken lassen, dass er davon wusste. Ganz im Gegenteil, er würde sich zieren, sich weigern, den Titel anzunehmen, dessen er nicht würdig sei. Aber schließlich, nur um seinem Herrn und König zu dienen, würde er die Bürde auf sich nehmen. Alle würden sie da sein und feierlich den Schloss-Saal betreten, die Bogenschützen, die Schweizer, die Ritter vom Michaelsorden, die Edelleute des königlichen Haushalts, die Herolde, Pommereul, der Kanzler du Bourg, endlich der König selbst, begleitet vom Kardinal von Lothringen und seinen beiden Söhnen. Und dann würde er selbst vortreten in einer roten Samtrobe, bestickt mit Gold und Silber. Die ersten Hofdamen würden ihm huldigen, darunter auch Madame d'Étampes, deren Zähneknirschen er bereits jetzt zu hören glaubte. War ihr derzeitiger Geliebter nicht der Marquis von Saint-Flour? Eine Information, die sich verwenden lassen sollte.

Ein Habicht kreiste lautlos über der Wiese neben dem Fluss. Einem Raubvogel wähnte er sich selbst ähnlich, immer bereit, auf die Beute hinabzustoßen. In Gedanken sah Montmorency sich vor dem König knien, die Hand zum Eid auf das »wahre Kreuz« gelegt, die kostbarste Reliquie des Reiches. Er würde dem Kanzler den Eid nachsprechen, »den König gegen jedermann zu verteidigen, ohne etwas zu schonen und bis in den Tod«. Und endlich würden die Trompeten schmettern und die Herolde verkünden: »Vive Montmorency, Connétable de France!« Welch ein Triumph!

»Montmorency, was ist mit Euch? Habt Ihr einen Geist gesehen?« Der Kardinal von Lothringen war zu ihm aufgeschlossen.

»Exzellenz, verzeiht. Ich war in Gedanken.« Montmorency lächelte. »Kein Geist, eine Vision, nur eine Vision.«

Der edle Braune des Kardinals tänzelte auf dem schlüpfrigen Untergrund. »Eine Vision für Frankreich? Ihr habt viel getan für dieses Land. Eine Belohnung stünde Euch zu.«

»Ich erfülle nur meine Pflicht und diene meinem König, so gut ich kann.«

»Allzu viel Bescheidenheit steht Euch nicht. Aber bevor wir nach Saint-Flour – ein elendes Nest, verzeiht – hineinreiten, eine Frage – wie steht es mit den Tälern der Vaudois? Ich hatte Nachricht, dass der aufsässige Ketzer Farel Streit mit de Montjehan hat, der jetzt Gouverneur von Turin ist. Ich dachte nur, weil wir gerade in der Nähe sind.« Die Augen des Kardinals blinzelten listig.

»Wie immer denkt Ihr praktisch. Ja, René de Montjehan hat mir geschrieben, und ich werde ihm den Rücken decken, falls er es für notwendig erachtet, regulative Maßnahmen zu ergreifen.« Montmorency zog an den Zügeln und lenkte sein Pferd Richtung Plateau.

»Sehr diplomatisch ausgedrückt. Vergesst diese Formulierung nicht, falls Ihr die Folgen von Montjehans Strafaktion rechtfertigen müsst.« Der Kardinal fuhr sich genießerisch über den Bart. »Hoffentlich haben sie dort oben einen guten Rotwein.«

Der Lander floss ruhig durch sein ausgewaschenes Bett, während Schneeflocken vom Himmel fielen und die beiden Grandseigneurs Frankreichs einträchtig ihrem Nachtquartier zustrebten.

XVII

In vino veritas

Luisa roch den frisch angerührten Mörtel und war so glücklich und zufrieden wie lange nicht. Gestern war ein Brief von Pietro gekommen. Es ging auf die Mitte des Februars zu, der Brief war also fast zwei Monate unterwegs gewesen. Pietro schrieb zwar nicht von seinen Gefühlen ihr gegenüber, aber er berichtete von der Werkstatt, von den neuen Aufträgen und von Simonetta und ihren Kindern. Alle waren gesund, und es schien, als hätte Pietro ihr vergeben. Er verlangte nicht, dass sie nach Hause kam, sondern wünschte ihr sogar Glück. Das war mehr, als sie zu hoffen gewagt hatte, und sie nahm sich vor, ihrem Bruder einen langen Brief zu schreiben und ihm so viel Geld zu schicken, wie sie erübrigen konnte. Natürlich würde sie Armidos Abenteuer in abgeschwächter Form erzählen und ihre Beziehung zu Rosso verschweigen. Sie durfte nicht erwarten, dass Pietro das verstand.

Automatisch griff sie nach ihrer Kappe und prüfte den Sitz ihres Wamses. Niemand von den Männern hier würde verstehen oder gar akzeptieren, dass eine Frau an der Seite des Meisters arbeitete. Und Luisa traute beinahe allen zu, sie an die Sorbonne oder einen von Tournons Spitzeln zu verraten, wüssten sie von ihrer Verkleidung. Künstler waren ein eifersüchtiges Völkchen. Sie musste sich nur Primaticcios Konkurrenzkampf mit Rosso vor Augen halten. Der Bologneser, der mit seinen Leuten noch immer an der Ausschmückung der königlichen Gemächer arbeitete, würde sich die Hände reiben, erführe er Luisas wahre Identität.

Nach ihrer Rückkehr aus Paris hatten sie mit den Fresken in der östlichen Hälfte der Galerie begonnen. Im Moment stand Rosso auf einem Gerüst und fuhr mit einem Pinselstiel die Konturen des Kartons mit seiner Vorzeichnung nach, wodurch sie sich in die weiche Mörtelschicht eingrub. Die eingegrabene Zeichnung stand danach schwach reliefartig auf der Mauer. Luisa hockte auf der ersten Stufe des Gerüsts und beobachtete genau, wie Rosso vorging. Wenn sie das ihr übertragene Fresko zu seiner Zufriedenheit ausführen wollte, musste sie seine Arbeitsweise übernehmen. Das Fresko befand sich an der Südwand neben dem Kabinett der Danaë und sollte Kleobis und Biton darstellen.

Armido und eine Gruppe römischer Stukkadore waren mit dem Gießen und Herstellen der Formen für Putten, Früchte und zwei männliche Figuren beschäftigt, die das gegenüberliegende Fresko *L'Incendie de Catane*, *Die Zwillinge von Catania*, einfassen sollten. Die Wunden an Armidos Armen und Beinen waren verheilt, aber die Folter schien tiefe Spuren auf seiner Seele hinterlassen zu haben, denn er war in sich gekehrt und schweigsam geworden.

Die Sonne warf mildes Licht durch die kleinen Fensterscheiben und die teilweise offen stehenden Läden. Sobald das Tageslicht verschwunden war, ließ Rosso den Pinsel sinken. »Künstliches Licht verfälscht die Farben«, pflegte er zu sagen. Luisa zog das Wams enger, denn ein kalter Wind wehte durch die Galerie. Die Männer waren an die Kälte gewöhnt und arbeiteten unverdrossen weiter. Sie alle verstanden ihr Handwerk, und obwohl Luisa oft zugesehen und auch mitgeholfen hatte, wenn Fresken vorbereitet wurden, beeindruckte sie die Professionalität von Rossos Mitarbeitern. Das Auftragen der verschiedenen Mörtelschichten war eine Kunst, die sie meisterlich beherrschten.

Matteo, ein junger Florentiner, stand neben ihr auf dem Gerüst und säuberte sein Glättbrett. Neben ihm lagen Richtlatte, Spitzhammer, Besen, Sieb, Senkblei, Hacke und eine Kelle, allesamt für das Mörtelauftragen benötigte Instrumente, die er sorgfältig pflegte, denn am nächsten Tag wurden sie für das nächste Stück gebraucht.

»Erklär mir genau, wie du den Putz aufträgst, Matteo. Die Oberfläche ist perfekt. So habe ich das noch nicht gesehen!«

Matteo lächelte geschmeichelt. Er war klein, kräftig und hatte ein hübsches Gesicht. Sein Hemd war voller Gips, der auch in seinen Haaren klebte. »Das Schwierigste war die Mauer.« Er klopfte mit der Hand dagegen. »Der ganze Untergrund ist nass, teilweise sumpfig. Wir haben also zuerst die Mauer trockengelegt und feuchte Steine und solche mit Ausblühungen entfernt. Meister Rosso hält nichts vom Abbürsten mit Salzsäure.«

Rosso, der dem Gespräch von oben lauschte, klinkte sich ein: »Richtig, davon halte ich überhaupt nichts. Die Steine müssen ausgetauscht werden. Oft genug habe ich erlebt, wie ein fertiges Fresko von innen heraus zerfressen wird, weil schwefelsaurer Kalk weiterwächst, durch die Farbschicht hindurch! Eine Katastrophe!« Er sprach, ohne seine Arbeit zu unterbrechen. Konzentriert zog er Detail für Detail nach. Gerade war es ein Säulenkapitell.

»Also, wir nehmen diese Vorarbeiten sehr genau, denn die Schichten werden ja nass in nass aufgetragen. Und das Wasser muss von der Mauer durch alle nassen Schichten ungehindert zur Oberfläche dringen können, weil es erst da den Kalksinter absetzt, der die Farben bindet. Aber was erzähle ich. Das weißt du sicher alles.«

»Nein, bitte. Ich will eure Methode hören.«

»Für den ersten Spritzwurf mischen wir drei Teile groben, scharfen Sand mit einem Teil Kalkbrei. Dieser Wurf ist etwas flüssiger als die nächsten und wird einen Finger dick aufgetragen. Das ist Männerarbeit, nichts für zarte Burschen wie dich.« Matteo lachte und zeigte stolz seine muskulösen Oberarme.

Man brauchte tatsächlich Kraft, wenn man den Mörtel so gegen die Wand werfen wollte, dass keine Luftblasen entstanden. Sie hatte es einmal in Siena versucht und war kläglich gescheitert.

»Dann tragen wir zwei weitere Schichten auf, deren Oberfläche rau bleiben muss. Für den Feinputz, meine Spezialität, nehmen wir ein Teil Marmormehl und ein Teil Kalk.«

Rosso rief von oben: »Das kann Luca morgen übernehmen. Zeig ihm, wie du es machst. Erst wenn man selbst das Gefühl für den Untergrund hat, kann man sicher darauf malen. Und erklär auch die von mir bevorzugten Farben.«

»Jetzt gleich?«, fragte Matteo.

»Ja! Hast du sonst noch etwas vor?«

»Nein, Meister.« Matteo packte seine Werkzeuge in einen Eimer und stieg die Leiter hinab.

Als Luisa ihm folgen wollte, winkte Rosso sie zu sich. Flink kletterte sie die Leiter zur zweiten Etage hinauf. Zahlreiche Schälchen und Becher mit Farben und Flüssigkeiten standen auf den Planken. Ein in ein Tuch gewickeltes Bündel Pinsel lag neben einer Palette und verschiedenen Spateln. Die Brüstung schützte sie weitgehend vor Blicken, doch Rosso ging kein Risiko ein. Niemand hätte aus seinem Verhalten schließen können, was zwischen ihnen geschehen war. Eine Nacht, dachte Luisa wieder einmal, und es schien so, als hätte sie ihm nichts bedeutet. Doch das war Rosso gegenüber ungerecht. Hatte er ihr nicht wie selbstverständlich bei der Rettung Armidos geholfen? Zudem hatte er sie gewarnt, sich nicht zu sehr auf ihn einzulassen, und natürlich hatte er damit recht. Ihre Gedanken sprachen von eigensüchtiger Unreife. Kaum hatte sie sich selbst zurechtgewiesen, kitzelte Rosso mit der Pinselspitze ihre Nase und sagte leise: »Ich habe Pellegrino mit einem Auftrag nach Paris geschickt. Willst du mir die Ehre erweisen und heute Abend mein Gast sein?«

Sie nickte, und ihr Herz schlug schneller. »Ich hatte befürchtet …«

»Dass ich den Maskenball vergessen habe? Kleine Nymphe. Wie könnte ich. Aber ich habe dich gewarnt. Keine Versprechungen. Wir müssen äußerst diskret sein. Ihr habt selbst erlebt, wie gefährlich der Hof ist.« Seine dunklen Augen ruhten auf ihr und versprachen mehr als seine vorsichtigen Worte.

»Ja«, sagte sie.

Von unten war Armidos Stimme zu vernehmen. Er stand mit vor der Brust verschränkten Armen neben einem Stuckateur und diskutierte über die vor ihnen stehende Figur.

Rosso, der Armido ebenfalls bemerkt hatte, sagte: »Dein Bruder ist verändert. Geht es ihm gut?«

Luisa seufzte. »Wenn ich das wüsste. Seine Wunden sind verheilt, aber er vertraut sich mir nicht an.«

Rosso nahm ihre Hand und drückte sie sanft. »Gib ihm Zeit. Solange er vernünftig ist und sich von den Protestanten fernhält, hat er nichts zu befürchten. Wenn er sich allerdings weiter mit ihnen einlässt, können weder ich noch Madame d'Étampes ihn länger beschützen. Die Großmut des Königs hat gerade in dieser Hinsicht Grenzen.«

Ängstlich beobachtete sie ihren Bruder.

»Was ist jetzt, Luca?«, rief Matteo von unten.

»Wir sprechen später über alles. Du kommst doch?«, flüsterte Rosso.

Sie lächelte und kletterte rasch die Leiter hinunter. Matteo schwenkte ungeduldig seine Kelle und klopfte auf den Rand eines Eimers. »Hier wird gemischt. Ich werde morgen mit dir zusammen grundieren. Also, den Feinputz trage ich mit einem Hobel auf.« Er zeigte auf das hölzerne Werkzeug. »Holunderholz, beste Qualität. Wichtig ist, dass der Feinputz nicht zu lange geglättet wird, dann bindet er die Farbe nicht genügend.«

»Wie lange kann man auf dem vorbereiteten Grund malen?«

»Fünf bis sechs Stunden. Meister Rosso ist schnell mit dem Vorzeichnen. Sieh nur, jetzt nimmt er schon die Farben zur Hand.«

Luisa trat einen Schritt zurück, um besser nach oben auf das Gerüst sehen zu können, und tatsächlich hatte Rosso den Karton beiseite gelegt und hielt eine Schale und einen Pinsel in den Händen. Sicher setzte er Pinselstrich neben Pinselstrich, und eine Säule nahm Gestalt an.

»Wenn Meister Rosso an den Fresken arbeitet, gehe ich schon vor Sonnenaufgang in die Galerie und beginne mit dem Putzauftragen. Kommt er, habe ich den Feinputz meist fertig. Er prüft das gern selbst, indem er ihn mit dem Finger leicht eindrückt. Erst wenn er zufrieden ist, beginnt er mit dem Malen. Vorn, beim *Kampf der Zentauren*, musste ich alles wieder runterklopfen, weil er eine Stelle entdeckt hatte, die durchgetrocknet war.« Matteo fuhr sich durch seine dicken Haare, dass der Gips herausbröckelte. »An solchen Stellen bildet sich Kalksinterhaut und verhindert die Durchlässigkeit, und dann kann das Putzstück später platzen.« Er grinste. »Dachte mir, ich komm drum herum, und wenn der Putz erst in Jahren abplatzt, bin ich sowieso nicht mehr hier, aber ihm entgeht nichts.«

Luisa erinnerte sich daran, was Armido von Michelangelo erzählt hatte, der in Rom die Sixtinische Kapelle ausmalte. Meister Michelangelo Buonarroti hatte zwar Gehilfen, machte aber am liebsten alles allein. Oh, wenn sie doch nur ein Mann wäre! Dann hätte sie Kunstwerke geschaffen, die von der Welt anerkannt wurden. Malende Frauen wurden milde belächelt, wenn man sie überhaupt malen ließ. Luisa nahm den Hobel in die Hand und fuhr seine vom vielen Gebrauch abgerundeten Ränder nach. Sie wollte ein Werk schaffen, das voller Zärtlichkeit und Stärke zugleich war. Wenn sie ihre Sache gut machte und das kleine Fresko unterhalb der Stuckierungen von *Kleobis und Biton* zu Rossos Zufriedenheit ausführte, konnte sie ihn vielleicht überreden, ihr eine eigenständige Arbeit anzuvertrauen.

»Morgen, Luca, morgen kannst du mir zeigen, was du kannst. Hier … Hörst du überhaupt zu?« Ärgerlich setzte Matteo den Eimer ab.

Das laute Geräusch riss Luisa aus ihren Gedanken.

»Tut mir leid. Was hast du gesagt?«

»Die Farbpigmente. Wir bewahren sie in Truhen auf. Sie sind kostbar.«

»Ich weiß.« Sie lächelte entschuldigend.

Matteo ging zu einer Werkbank in der Raummitte und zog eine Truhe darunter hervor. An seinem Gürtel hing ein Schlüssel, mit dem er das widerspenstige Eisenschloss öffnete. »Es gibt immer den einen oder anderen, der stiehlt.«

Einer der Römer kam vorbei und schnappte Matteos Worte auf. »Wen beschuldigst du? Mich vielleicht?« Er war groß und balancierte einen Säulenstumpf auf seiner Schulter.

»Nicht doch, Lonzo. Aber es verschwinden oft genug Dinge von hier, oder willst du das bestreiten?«

»Das passiert in jeder Werkstatt.« Lonzo trug seine Last, als wäre sie nichts weiter als eine Kiste voller Gemüse.

»Was es nicht besser macht«, murrte Matteo und schlug den Deckel der Eichentruhe auf.

Luisa hielt den Atem an. Hier stand ein Vermögen in Tiegeln und Schalen.

Stolz zeigte Matteo auf ein blaues Pulver. »Lazur aus Lapislazuli. Das da ist Malachit, dort Ossa combusta.«

Letzteres war ein Kalkweiß, das aus pulverisierten Tierknochen gewonnen wurde. Des Weiteren gehörten zu den Kostbarkeiten Safran, Terra viridis und Verniculum. Die Farbmittel strömten einen intensiven Geruch aus, den Luisa lieben gelernt hatte. »Für die Fresken müssen die Farben kalkecht sein.«

»Selbstverständlich. Der Meister hat hier einiges stehen, was er auch für seine Ölbilder verwendet. Als Weiß zum Beispiel nimmt er im Fresko nur eingesumpften buttrigen Kalk, das ist reinstes Weiß und bindet dazu hervorragend.«

Matteo beugte sich nun ganz nahe zu ihr und flüsterte: »Was ist mit deinem Bruder? Es kursieren die wildesten Gerüchte über seinen Aufenthalt in Paris.«

Luisa räusperte sich. »Er war krank, und der Arzt von Madame d'Étampes hat ihm geholfen.«

»Ah ja. Wir haben gehört, dass er im feinen Tournelles, oder wie das Haus Seiner Majestät in Paris heißt, gewohnt hat.«

»Um genau zu sein, hat er gegenüber bei Madame d'Étampes gewohnt. Vielmehr war sie so großzügig, ihn dort pflegen zu lassen. Das ist alles, Matteo.«

Er grinste. »Verzeih, aber nicht jedem von uns wird bei einem Schnupfen eine solche Extrabehandlung zuteil.«

»Es war kein Schnupfen, Matteo, und du bist sehr neugierig!«, wies sie ihn scharf zurecht.

»Oh, nicht? Dann hat er sich wohl die Franzosenkrankheit eingefangen. Würde mich nicht wundern, wo er's doch mit dieser Josette ...« Abrupt schloss er den Mund.

»Hör doch auf!« Luisa hatte genug und ließ den vorlauten Florentiner stehen, um nach ihrem Bruder zu suchen.

Da er nicht mehr in der Galerie war, ging sie über den Hof zur Werkstatt. Endlich schien wieder einmal die Sonne, und sie schloss für einen Moment die Augen, um die Wärme auf ihrem Gesicht zu genießen. In Siena würde bereits der Frühling Einzug halten. Schon bald würde die toskanische Sonne das Land erwärmen und alles erblühen lassen. Sie schaute auf den nassen, schlammigen Boden. Diese ewige Feuchtigkeit! Von der Abtei klang Mönchsgesang herüber. Unwillkürlich sah sie zu den Fenstern des Badehauses. Sie war froh, dass Franz mit seinem Hofstaat nach Moulins gereist war. Zumindest für die nächsten paar Wochen würde es ruhig sein in Fontainebleau. Außer den Künstlern und Bauarbeitern und einer kleinen Dienerschar war niemand vom Hof im Schloss vertreten, was die Atmosphäre erheblich entspannte, wie Luisa fand. Kaum hatte sie das gedacht, ertönten Pferdehufe auf der Allee, die am See entlang zum Schloss führte. Ein Bote. Sie zuckte mit den Schultern und ging in die Werkstatt.

Armido saß an einem Tisch und studierte eine Zeichnung. Es war kalt in dem provisorisch errichteten Holzgebäude. In einer Ecke standen Fässer, die mit Kalksand gefüllt waren, Kisten voller Marmormehl, und in einer etwas abseits stehenden Kiste wurde über zwanzig Jahre alter Kalk aufbewahrt, von dem Armido sagte, er verleihe Fresken besonderen Glanz. Auf einfachen Holzböcken lagen drei Bretter nebeneinander und bildeten eine Art Arbeitstisch, auf dem Gipsformen und Werkzeuge lagen. In einer Ecke stand ein Korb mit zerhackten Tauen, die von manchen Künstlern unter den Kalkbrei gemischt wurden. Bei Rosso hatte sie das nicht gesehen, und so unterstellte sie Primaticcio, diese zu verwenden.

Einer von Primaticcios Leuten war damit beschäftigt, Mörtel anzurühren, sonst war außer Armido niemand zu sehen. Luisa ging zu ihrem Bruder und berührte ihn an der Schulter.

Sofort fuhr er herum und sah sie aus dunkel umrandeten Augen an. »Was? Ach, du bist es.« Er zeigte auf die Zeichnung. »Rosso braucht uns Stukkadore nicht länger. Jedenfalls nicht im Moment. Die Dekorationen in der Galerie sind so weit fertig. Die Fresken malt er eigenhändig, und für den Putz hat er Matteo und noch einen Florentiner. Wir sollen ab morgen mit Primaticcio arbeiten.« Seine Miene machte aus seinem Missfallen keinen Hehl. »Und du?«

»Er hat mir erlaubt, ein kleines Fresko zu gestalten«, sagte sie vorsichtig.

Armido nickte. »Du hast es dir verdient, oder?«

»Das war gemein. Und es ist mir gleich, wenn du denkst, es ist nur, weil ich mit ihm geschlafen habe. Er hatte mir den Auftrag schon versprochen, als der König in der Galerie war.« Sie sah die Traurigkeit in seinen Augen.

»Ja, ich weiß. Tut mir leid.« Er legte abwesend die Hand an seinen Gürtel, an der sein Dolch fehlte.

»Armido. Ich kann nicht mit ansehen, wie du leidest. Willst du mir nicht sagen, was dein Herz schwer macht?«

Er hob den Kopf und rief Primaticcios Mann zu: »Wie lange willst du noch in deinem Mörtel rühren, bis er schaumig wird?«

»Ach, bist du schlecht gelaunt heute!« Der Mann warf seine Hacke, mit der er gerührt hatte, zur Seite und schleppte den Eimer hinaus, nicht ohne Armido einen bösen Blick zuzuwerfen.

Mit einem tiefen Seufzer ließ Armido die Schultern sinken und zog Luisa in seine Arme. Eine Weile hielt er sie wortlos umschlungen, drückte ihr dann einen Kuss auf die Stirn und sagte: »Ich liebe diese Frau, Luisa, aber ich darf sie nicht heiraten.«

»Aber warum denn nicht? Wen?«

»Jules Dubrays Schwester, Aleyd. Ich sollte dir nichts erzählen, Luisa. Das bringt nur Unglück. Sie gehört zu den ›Armen von Lyon‹, und sie wird nur einen Glaubensbruder heiraten.«

Sein innerer Kampf stand ihm ins Gesicht geschrieben.

»Die Blätter … die *Resolution von Chanforan* …«

»Ja, Luisa.« Er sah sie lange an und schüttelte dann den Kopf. »Hab keine Angst. Ich werde dich nicht in Gefahr bringen. Ich werde sie nicht heiraten und Frankreich verlassen.«

»Nein!« Sie ergriff seine Hände. »Nein! Nicht meinetwegen! Ich bin es, die gehen wird. Schließlich habe ich dich erst in diese schreckliche Situation gebracht. Wenn ich nicht heimlich hierhergekommen wäre, hättest du keine Sorgen!«

Lächelnd tätschelte er ihre zarten Hände. »Du wirst nicht gehen. Meister Rosso gibt dir eine Chance, wie du sie in deinem ganzen Leben nicht wieder erhalten wirst.«

»Aber du liebst Aleyd. Du darfst sie nicht aufgeben. Das könnte ich mir nie verzeihen! Du könntest sie doch heimlich heiraten, oder nicht? Du findest überall Arbeit. Ihr könnt nach Italien gehen. Oder, wenn sie da auch nach euch suchen, in die deutschen Lande oder …«

»Immer auf der Flucht? Aleyd wird ihre Familie nicht verlassen. Aber ich werde mit ihr sprechen. Vielleicht findet sich ja doch eine Lösung.«

»Und Josette?« Plötzlich fiel Luisa die temperamentvolle Kammerzofe ein, die sie nach ihrer Rückkehr aus Paris mit Fragen nach Armido gelöchert hatte.

»Josette, ph.« Er machte eine wegwerfende Handbewegung. »Was soll mit ihr sein? Sie ist ein netter Zeitvertreib, weiter nichts. Männer müssen sich körperlich abreagieren.« Er grinste. »Das bedeutet gar nichts.«

Das unerwartete Zuschlagen der Werkstatttür ließ die

Geschwister zusammenfahren. »Was war das?« Luisa lief zur Tür, stolperte über einen Holzpflock, doch als sie auf den Hof hinaussah, war niemand zu sehen.

»Der Wind«, sagte Armido, als sie zurückkam. »Wir sehen langsam Gespenster.«

Nachdenklich blickte Luisa zur Tür. Gespenster konnten vielleicht Türen zuschlagen lassen, aber es gehörte nicht zu ihren Gepflogenheiten, Sträuße getrockneten Lavendels fallen zu lassen. Luisa hatte den kleinen Strauß, der im Matsch gelegen hatte, in ihre Gürteltasche gesteckt. »Versprich mir, dass du nicht meinetwegen auf dein Glück verzichtest, Armido. Das könnte ich nicht ertragen.«

»Nein, kleine Schwester. Und jetzt sag mir noch einmal, was Pietro geschrieben hat. Ich habe den Brief noch gar nicht richtig gelesen.«

Und während sie über Siena und die Familie sprachen, vergaßen sie für einen kurzen Moment die sie umgebenden Bedrohungen, die näher rückten, als beide ahnten.

Die Glocken der Abtei läuteten zum Abendgebet, als Armido mit einer Pergamentrolle unter dem Arm aus der Werkstatt trat. Er verdankte Meister Primaticcio seine Berufung nach Fontainebleau und würde sich Mühe geben, den Bologneser nicht spüren zu lassen, dass er Rosso mehr schätzte. Rosso hatte mehr *esprit*, wie die Franzosen sagen würden. Seine Majestät sah das genauso, denn obwohl neben Rosso nur Primaticcio den Titel »Meister in Fontainebleau« führen durfte, hatte der König Rosso die alleinige Leitung der künstlerischen Arbeiten am Schloss übertragen. Auch der Entwurf, den er bei sich trug, verriet deutlich Rossos Einfluss. Er zeigte tragende Stuckkaryatiden – Ceres, Priapus, Bacchus und Kybele –, welche die königlichen Räume zieren sollten. Armido betrachtete den sternenklaren Abendhimmel und überlegte sich, wie er die Ährenkrone von Ceres am geschicktesten stuckieren konnte, als er Schritte hörte.

»Du machst dich rar in letzter Zeit, Armido. Liegt es an mir? Gefalle ich dir nicht mehr?« Josette balancierte auf den Brettern, die durch den Matsch führten und den Bauarbeitern beim Schieben ihrer Karren halfen, auf ihn zu. Als sie mit einem ihrer seidenen Schuhe in den dunklen Schlamm geriet, der mit Pferdemist und den Exkrementen von Hunden und Hühnern vermengt war, fluchte sie. »Willst du mir nicht helfen, du Trottel?«

Er ging zu ihr und hob sie auf eine Planke. Ihre Wangen waren gerötet, und ihre Augen funkelten gefährlich, aber Armido hatte keine Lust herauszufinden, welche ihrer Launen sie antrieb. »Ich habe noch zu arbeiten, Josette. Es tut mir leid.«

»Oh, Monsieur ist plötzlich sehr beschäftigt! Es gab Zeiten, da konntest du mich gar nicht schnell genug aus den Kleidern und in dein Bett bekommen! Verfluchter Mistkerl! Du kannst mich nicht einfach wegwerfen!«

Er fuhr sich durch die Haare. Eine eifersüchtige Zofe war das Letzte, was er brauchen konnte. »Morgen Abend, Josette. Ich verspreche, dass ich morgen Zeit für dich habe.«

Schmollend schob sie die Unterlippe vor. Ihr pralles Dekolleté wurde kaum von ihrem Schal bedeckt, und sie drückte sich an ihn. »Na schön, morgen. Aber ich warne dich, die Rache einer verschmähten Frau ist grausam.« Dabei rieb sie mit geübtem Griff über seine Schamkapsel.

Armido sog scharf die Luft ein. Ihre körperliche Anziehung war unleugbar groß, doch er wollte Aleyd nicht länger betrügen. Bis morgen würde ihm eine Lösung einfallen.

»Du willst mich, und du kannst es nicht abstreiten!« Josette ließ ihn los und wandte sich mit rauschenden Röcken um. »Morgen Abend. Vergiss das nicht! Ich komme zu dir.«

Armido sah ihr nach, wie sie über die Planken trippelte. Sie konnte sehr zornig werden, das wusste er nur zu gut. Warum war sie auch nicht mit ihrer Herrin nach Moulins gegangen? Nachdem er tief ausgeatmet und sich sein Körper von Josettes Reizen erholt hatte, ging er hinunter in die Küche, wo er hoffte, Reste des Abendessens zu finden.

Der Saal, in dem die Künstler ihr Mahl einnahmen, war bis auf eine Gruppe Würfelspieler leer. Auf einem Tisch stand noch Wein, und ein halber Brotlaib lag auf einer Platte zusammen mit Würsten und Schinken. Mehr brauchte er nicht. Er zog die Platte zu sich heran, schnitt Scheiben der Wildschweinwurst, die ihn an Siena erinnerte, und ein Stück Brot ab und spülte die Bissen mit einem kräftigen Rotwein hinunter. Mit dem Fuß stieß er nach einer Ratte, die frech am Tischbein nach oben klettern wollte. »Verschwinde!«

Quietschend rannte der Nager davon. Einer der Würfelspieler lachte. Er war Niederländer und gehörte zu Thirys Leuten, war aber ein umgänglicher Geselle. »Wenn die Hofleute fort sind, tanzen die Viecher hier auf den Tischen!«

Sein Gegenüber, ein grobschlächtiger Stuckateur, griff nach seinem Messer und warf damit nach einer Ratte, die hinter einer Vorratskiste hervorlugte. Von der scharfen Klinge tödlich getroffen, wand sich das Tier quiekend. Der Todeskampf währte jedoch nicht lange, denn sofort stürmten zwei Hunde herbei, um die Ratte zu vertilgen.

Angewidert wandte Armido den Blick ab und rollte den Entwurf vor sich auf dem Tisch aus.

»Hast du schon gehört, dass Cellini in Paris ist?« Der Niederländer knallte seinen Würfelbecher mit Wucht auf den Tisch.

»Benvenuto Cellini?« Armido hatte den Goldschmied, der einen zweischneidigen Ruf genoss, in Rom getroffen. Cellini war einerseits ein genialer Künstler, der Dinge aus

Gold schuf, wie sie an Schönheit und Ausgefallenheit ihresgleichen suchten. Andererseits war er eingebildet und von aufbrausendem Temperament und ständig in Händel verwickelt, die ihm zahlreiche Feinde eingebracht hatten.

»Eben jener. Großkotziger Prahlhans! Hat überall herumposaunt, dass Rosso ihm Geld schuldet.«

»Stimmt das?«

»Was weiß denn ich …« Der Niederländer gab die Würfel weiter. »Irgendwie tut mir Meister Rosso leid. Er ist ein Ehrenmann, ein guter Meister, der sich mit den Extrawünschen Seiner Majestät und denen all dieser Hofschranzen herumplagen muss, und jetzt noch Cellini. Wo der auftaucht, gibt es Ärger.«

»Hm. Solange er in Paris bleibt, kann es uns doch egal sein.«

»Ich bin froh, dass wir hier arbeiten und nicht in Paris. Hier haben wir unsere Ruhe. Jetzt geht es in Paris schon genauso los wie bei uns in Den Haag vor einiger Zeit. Zur Hölle mit dem Papst und seinem Geschmeiß!«

Seine Spielkameraden murrten: »Jetzt lass doch, Piet. Geht uns nichts an.«

»Was denn?«, fragte Armido.

»Die Inquisition, die heilige römische Inquisition. Wenn ich das höre, platzt mir der Kragen! Ich habe Frauen und Männer auf dem Richtplatz von Den Haag brennen sehen.« Piets Wangen waren von zu viel Wein gerötet, und seine Stimme wurde lauter, so dass eine Küchenmagd um die Ecke sah. »Verdammt sollen sie sein! Unschuldige Leute waren das. Die waren wie du und ich! Dann müssten sie uns alle verbrennen!«

Ängstlich sah Armido sich um. Doch außer der Magd und dem jungen Didier war niemand zu sehen. Als er den nächsten Blick Richtung Küche warf, waren Didier und die Magd, mit der er anscheinend getändelt hatte, verschwunden. Von seiner Gefangenschaft in Paris wussten nur Madame d'Étampes, Meister Rosso, der Marquis de Saint-Flour, Remin, der Arzt und seine Schwester. Keiner von ihnen hätte Grund, über die Sache zu plaudern. Abgesehen von den Dienern im Haus von Madame, aber auch die sollten über jeden Zweifel erhaben sein. Allerdings, wer konnte sich der Loyalität der Dienerschaft je sicher sein? Für genügend Geld würde mancher seine eigene Mutter verkaufen. »Piet, sag, wie kommst du darauf, dass in Paris die Inquisition herrscht?«

»Eh, nicht offiziell!« Er machte eine vage Geste mit zitternder Hand.

Sein Würfelkamerad legte ihm beschwichtigend einen Arm um die Schultern. »Halt den Mund, Piet. Du redest dich noch um Kopf und Kragen.«

»Ach was. Lass mich!« Der Niederländer stieß seinen Freund fort und stürzte einen Becher Wein hinunter. »Gerede, Paserini. Ich mach die Ohren auf und höre so allerlei. Seine Heiligkeit soll einen Bluthund ausgesandt haben, um hier nach Ketzern zu stöbern. Einen Dominikanermönch, aber das ist nicht verwunderlich, das sind die schlimmsten Hunde des Herrn!«

»Hier, trink das, Piet.« Sein Freund schenkte ihm Wein nach und drückte dem Betrunkenen den Becher in die Hand. Dann beugte er sich zu Armido. »Hör nicht auf ihn. Er redet wirr. Seine Tante ist als Hexe verbrannt worden. Das lässt ihn nicht los.« Beschwörend sah der Stuckateur Armido an.

Der erhob sich. »Schon gut.«

Piet saß mit glasigem Blick am Tisch und schluchzte. »Unschuldig. Sie war unschuldig und so jung. Es hat so fürchterlich gestunken, und sie hat geschrien. Das Fleisch …« Er griff sich ins Gesicht und zerrte an seiner Haut. »Und die Haare … zur Hölle mit ihnen …«

In Gedanken pflichtete ihm Armido bei, aber er sagte nichts, sondern griff nach der Wurst und seinem Brotstück und verließ die Küche. Kaum war er um die Ecke in den Korridor getreten, stieß er fast mit Didier zusammen, der mit gesenktem Kopf vorbeigehen wollte. »Was tust du denn noch hier, Bürschchen? Spionierst du hier herum?«

Armido packte den schmächtigen Diener am Ärmel, wobei sein karges Nachtmahl auf den Boden fiel. Ein struppiger grauer Hund erhob sich von einem Sack und schnappte sich die Wurst.

»Ich, gar nichts, Monsieur …«, stammelte Didier und vermied es, ihn anzusehen.

»Hast du gelauscht? Was treibst du überhaupt hier? Du bist doch sonst immer oben!« Er musterte den sich windenden Jungen und begriff plötzlich, was ihn unterbewusst schon in der Küche verwundert hatte. Es war die Kleidung. Vorher hatte er schäbige Hosen und Schuhe getragen, die den Namen kaum verdienten, doch heute glänzten seine Lederschuhe, und Hose und Gürtel waren von solider Machart. »Wo ist das her?«

Didier machte sich los. »Ihr seid nicht der einzige Herr, der mir manchmal was zusteckt für Gefälligkeiten. Ich stehle nicht!« Mit großen trotzigen Augen erwiderte er Armidos Blick.

Dagegen konnte er nichts sagen. »Bring mir ein neues Nachtmahl und einen Krug Wein nach oben. Wo ist mein Bruder? Hast du ihm bereits aufgewartet?«

»Nein, Monsieur. Euer Bruder ist bei Meister Rosso. Ist das alles, Monsieur?«

Armido brummte etwas Unverständliches und ging davon.

XVIII
Semele

Lasst uns mit Rosen uns bekränzen,
bevor sie verblühen!

Alte römische Weisheit

Luisa betrachtete den schlafenden Mann neben sich. Rosso war fast im selben Alter wie König Franz, wirkte jedoch um Jahre jünger. Aus seinen Zügen sprachen Hingabe und Leidenschaft für seine Kunst und für das Leben, das er jedoch maßvoller genossen hatte als sein König. Sein kastanienfarbenes Haar und der Bart waren von grauen Strähnen durchzogen. Zärtlich strich ihm Luisa über die Brust. Da er gern ritt und sich nicht scheute, im kalten See zu schwimmen, war sein Körper muskulös, die Hüften waren schlank geblieben, denn er versagte sich allzu fette Speisen.

»Was siehst du, einen alternden Liebhaber?« Er zog sich ein weiteres Kissen unter den Kopf.

Sie kuschelte sich an seine Seite. »Ich sehe einen Mann, den ich für seine Kunst und seine visionären Ideen bewundere, und den Geliebten, der mich erzittern lässt vor Lust, weil er meinen Körper behandelt wie eines seiner Kunstwerke.«

Rosso lächelte. »Du bist eine sonderbare Frau, Luca.«

»Luisa«, verbesserte sie leise.

»Luisa? Für mich bist du Luca. Dich mit einem Männernamen zu rufen hat etwas viel Erotischeres. Ich habe nur mit wenigen Frauen geschlafen. Geliebt habe ich nie eine.«

»Liebst du Francesco Pellegrino?« Die Frage war ihr herausgerutscht, und sie bereute bereits, sie gestellt zu haben.

»Spielt das eine Rolle?«

»Nein.« Sie wollte ihn nicht verlieren.

»Du bist nicht ehrlich. Versprich mir, immer ehrlich zu sein. Ich verheimliche dir nichts. Pellegrino ist seit einigen Jahren mein Gefährte. Er kümmert sich um meine finanziellen Angelegenheiten, organisiert die Werkstatt und bringt meine Kleidung zum Schneider. So kann ich mich auf das Wesentliche konzentrieren, meine Arbeit.«

»Du hast ihn nach Paris geschickt.«

Seufzend ließ er seine Hand über ihren knabenhaften Körper gleiten. »Ich möchte ihn nicht verlieren. Pellegrino ist sehr eifersüchtig. Er würde nicht verstehen, was ich für dich empfinde, und dich dafür hassen.« Rosso zog sie auf sich und hielt sie fest umschlungen. »Ich will nicht, dass dich jemand hasst. Du bist so zerbrechlich und gleichzeitig so stark.« Er küsste sie sanft.

Luisa fühlte sich so geborgen wie kaum jemals zuvor in ihrem Leben. Die Decke, unter der sie lagen, war aus sibirischem Fuchsfell und mit Seide abgefüttert. Auf dem Boden lagen Teppiche, und im Kamin brannte zu jeder Tages- und Nachtzeit ein Feuer. Rosso bevorzugte schweren Bordeaux und Armagnac, von dem eine bauchige Flasche auf dem Tisch stand. Neben seinem Bett lagen Bücherstapel, ebenfalls ein unerhörter Luxus. Aretino, Petrarca, Castigliones »Buch vom Hofmann«, Vergil, Homer, Cicero und andere Klassiker lagen neben französischen Dichtern. In großformatigen Ledermappen waren Drucke von Werken anderer Künstler verstaut. Auch Zeichnungen von Leonardo da Vinci waren darunter, die seltsame technische Apparaturen darstellten, und Blätter mit den Sternenkonstellationen. Für Luisa waren Rossos Räume eine Oase des Wissens, und sie wünschte sich, dass er sich noch oft die Zeit nehmen und ihr erklären werde, was sie nicht verstand.

»Aurora ruft«, unterbrach seine Stimme ihre Gedanken.

Sie blickte zum Fenster und sah die ersten Strahlen der Morgenröte. »Die Freundin der Musen. Heißt es nicht so?«

»Ja, und ich arbeite gern, wenn der Tag noch jung ist.« Es klopfte leise an die Tür. »Das Bad ist eingelassen«, deutete Rosso und schlug die Decke zurück.

Sofort stand auch Luisa auf, denn trotz des Feuers war die Kälte im Raum spürbar. Meister Rosso genoss das Privileg eines täglichen Morgenbads. Sauberes Leinenzeug und ein Tablett mit Äpfeln und Wasser lagen neben duftenden Salben und Ölen im Nebenzimmer auf einem Tisch. Gewaschen und angekleidet, wobei Rosso augenzwinkernd ihre Geschicklichkeit beim Anlegen des Brustwickels bewunderte, gingen sie gemeinsam hinunter.

Im Schloss war es ruhig dank der Abwesenheit des Königs und seines Hofstaats. Kein Höfling ließ es sich nehmen, einem Festakt wie dem in Moulins beizuwohnen. Sie hofften auf die Gelegenheit, einen Titel zu erwerben oder den König zumindest durch ein großzügiges Geschenk, das durchaus in einer schönen Ehefrau oder Tochter bestehen konnte, auf sich aufmerksam zu machen. Franz war stolz darauf, die schönsten Frauen Frankreichs an seinem Hof um sich zu scharen.

Luisa folgte Rosso durch die königlichen Gemächer, in denen noch nicht gearbeitet wurde. Vor einigen Zimmertüren lagen Diener auf Strohsäcken und schnarchten. Nur in den Küchen war schon Betrieb. Die Köche und ihre Gehilfen begannen ihr Tagwerk lange vor allen anderen. Es duftete nach Brot, und an einem Tisch wurde bereits Gemüse geputzt, und Äpfel wurden klein geschnitten. Aus einem der großen Öfen holte eine Magd eine geschlossene Auflaufform. Luisa sog den Duft ein, und ihr Magen knurrte.

Rosso tippte auf ihre Kappe und nickte der Magd zu. »Was hast du da? Mein Gehilfe hier braucht eine Morgenmahlzeit.«

»Brotauflauf, Monsieur«, antwortete die Magd und ließ die Form von ihrem Holzschieber auf einen Tisch gleiten.

»Gib ihm davon und von dem Maronenmus, wenn noch welches da ist.« Rosso hatte oben einen Apfel gegessen und schien nicht hungrig zu sein.

Die Magd gab eine Portion von dem aus Brot, Eiern und Rosinen bestehenden Auflauf und etwas süßes Mus in eine Schüssel und reichte sie Luisa. »Ein einfaches Gericht, Monsieur, aber sehr schmackhaft.« Die Magd machte einen linkischen Knicks.

Rosso war bereits auf den Hof hinausgetreten und streckte die Arme in der kalten Morgenluft. Noch stand stellenweise Nebel über den Bäumen. Der See und der angrenzende Wald lagen noch gänzlich unter feuchten Schleiern verborgen. Einer der Hofhunde schnüffelte an einem Erdloch neben der Werkstatt. »Willst du nicht essen?«

Der Brotauflauf dampfte in der Kälte. »Zu heiß.« Ihr fiel wieder ein, dass Madame d'Étampes Cellini erwähnt hatte, der noch im letzten Jahr nach Paris gekommen war. Es kursierten Gerüchte, dass Cellini Schlechtigkeiten über Meister Rosso verbreite und ihn beim König in Ungnade bringen wolle. Sie hatte Rosso nach dem streitbaren Goldschmied fragen wollen und nutzte die Ruhe des Augenblicks. »Man erzählt sich so einiges über Cellini. Madame d'Étampes mag ihn nicht. Darf ich fragen, was vorgefallen ist, dass er dich in der Öffentlichkeit schlecht macht?«

Rosso runzelte die Stirn. »Benvenuto setzt sich selbst immer ins beste Licht. Er ist der strahlende Held, während alle anderen ihn betrügen.« Er zuckte die Schultern. »Vor Jahren hat er mir in Rom Geld geliehen, das ich ihm zurückgezahlt habe, als er das erste Mal in Paris war. Darum ging es ihm im Grunde aber gar nicht. Er wollte meine Protektion beim König. Doch er hatte es sich bereits mit Madame d'Étampes verscherzt, und ich hätte ihm nicht helfen können, selbst wenn ich gewollt hätte.«

»Aber nun ist er wieder hier!«

»Der König ist bestrebt, die besten Künstler an seinen Hof zu holen, und Cellini gehört zu den besten Goldschmieden, obwohl er sich natürlich zu Höherem berufen fühlt. Er ist ein exzellenter Goldschmied, aber kein Maler.« Rosso gab ihr einen Klaps auf den Hintern. »Genug jetzt. Gehen wir an die Arbeit.«

Rosso schien sich nicht um Gerüchte zu scheren, selbst wenn es um ihn ging.

In der Galerie war Matteo bereits mit dem Verputzen des nächsten Freskoabschnitts beschäftigt. Luisa stand in der Mitte des Raumes auf Höhe der königlichen Kabinette und ließ die Komposition aus Stuck und Malerei auf sich wirken. Sie wurde nicht müde, Symmetrien und Entsprechungen zu suchen in diesem Labyrinth aus Plastik, Relief und Bildnis, das sich zur Gänze wohl nur Rosso selbst erschloss.

Arbeiter aus der Tischlerei waren damit beschäftigt, zwei neue Gerüste vor den noch leeren Rahmungen für die Fresken im Ostteil der Galerie aufzubauen, und Diener fegten Mörtel und Holzspäne zusammen. Matteo stand auf einer Leiter und warf den Mörtel mit lockerem Schwung aus dem Handgelenk gegen die Wand. Ein Strich genügte, und der Putz lag ohne Blasen glatt auf. »Guten Morgen, Meister Rosso!«

»Guten Morgen, Matteo! Gute Arbeit. Wann bist du fertig?« Rosso sah zu seinem Gesellen auf das Gerüst hinauf.

»Dies ist die letzte Schicht vor dem Feinputz. Eine gute Stunde würde ich sagen.«

Rosso nickte und ging unter dem Gerüst hindurch in das Kabinett auf der Nordseite der Galerie. Im Kamin brannte kein Feuer. Die ovale Fläche darüber wartete noch auf ihre Bemalung, und die raue Wand wirkte nackt. Rötliche Sonnenstrahlen fielen durch das Fenster ein und tauchten den kleinen Raum in intimes Licht.

»Dieser Raum ist perfekt für die *Semele*. Stell dich neben mich.«

Sie gehorchte, und Rosso drehte sie so, dass sie die Wand über dem Kamin und durch die Galerie hinüber ins andere Kabinett sehen konnte. Dabei ließ er seine Hand wie selbstverständlich auf ihrem Nacken ruhen.

»Dort die *Danaë*, deren Engel du malen wirst.« Er senkte seinen Kopf dicht an ihr Ohr. »Und wenn du es gut machst, überlasse ich dir einen Teil der *Semele*.«

Sie zitterte und wusste nicht, ob es an seinen Lippen lag, die ihr Ohr berührten, oder daran, dass er ihr zutraute, ein Fresko zu malen, das im Kabinett Seiner Majestät praktisch nur für die Augen des Königs und seiner auserwählten Gäste sichtbar war.

»Warum die *Semele*?« Sie kannte den Mythos nicht.

»Danaë, die Jupiter als Goldregen zwischen ihren Schenkeln empfängt, verkörpert Wollust, die käufliche Liebe. Semele dagegen steht für die reine, selbstlose Liebe. Sie, die Tochter von Cadmus, dem Gründer Thebens, erwartet ein Kind von Jupiter. Juno ist rasend eifersüchtig auf die unschuldige Semele und rät ihr, Jupiter zu bitten, sie in seiner ganzen Göttlichkeit zu lieben. Nichts ahnend überredet Semele ihren Geliebten, der ihrem Liebreiz nicht widerstehen kann und sie als Gott liebt. Während des Liebesakts verbrennt Semele unter seiner göttlichen Kraft zu Asche.«

Er trat mit ihr vor den Kamin und entzog sie so den Blicken der Handwerker in der Galerie. Luisa stand vor Rosso und lehnte sich an ihn. »Er hätte es wissen müssen.«

»Er war ein Gott, aber auch ein Mann.«

»Und ihr Kind?«

»Merkur rettet das ungeborene Kind und näht es in Jupiters Oberschenkel ein. Dieses Kind wird einmal Bacchus, der Gott des Weines. Bacchus und Venus finden wir dann auf dem Gemälde an der östlichen Schmalwand.«

»Die Liebesgöttin und der Gott des Weines, Kind einer selbstlosen Liebe …«, sinnierte Luisa und stellte sich das Bild vor, auf dem die sterbende Semele sich ihrem Geliebten im Tode hingab.

»Sie soll Zärtlichkeit, Reinheit und Leidenschaft zugleich ausdrücken, und du wirst ihr diesen Ausdruck verleihen.« Rosso legte ihr die Hände auf die Schultern und drückte sie aufmunternd. »Zweifle nicht an deinem Talent.«

»Aber der König wünscht sicher nicht, dass ich dieses Bild male.«

»Der König erhofft sich ein großartiges Kunstwerk, und wenn du es schaffst, wird er es lieben. Vergiss nicht, er hat deine Zeichnung gesehen und sie respektvoll gewürdigt.«

»Aber er müsste es ja auch nicht erfahren …« Luisa fühlte sich in ihrer Verkleidung zwar sicher, doch letztlich war es eine Täuschung, und wenn herauskam, dass sie den König betrogen hatte, wäre sie auch vor seinem Zorn nicht sicher.

»Du hast Angst?«

»Nicht vor dem Malen, aber vor Luca … Was ist, wenn jemand entdeckt, dass ich eine Frau bin?«

Rosso trat in die Raummitte und schätzte die Wandverhältnisse ab. »Den König würde es amüsieren, glaube ich. Seinen Gegnern wärst du ein Trumpf in den Händen. Die Theologen der Sorbonne verbieten Frauen das Lernen. Du würdest gegen alle bestehenden Regeln der heiligen Kirche verstoßen.«

»Warum bist du nicht Protestant? Du liest die Philosophen der Antike und hinterfragst das Bestehende.«

Der Künstler ging zum Fenster und öffnete es, um frische Luft in den kleinen Raum zu lassen. »Ah, ich hasse die Enge. Auch hier.« Er tippte sich gegen die Stirn. »Aber die Gedanken sind frei, ist es nicht so?«

»Schon, nur ist es nicht recht, dass man für das Aussprechen seiner Gedanken gefoltert und getötet wird.«

»Nein, aber die Welt lässt sich nicht in einem Tag verändern, und ich bin Künstler, kein Revolutionär. Die Kunst braucht Mäzene, da mache ich mir keine Illusionen, und so gerne ich hinausschreien möchte, was ich von der Kirche und ihren verderbten, allzu weltlichen Vertretern halte …« Er unterbrach sich und sah sie ernst an. »Ich möchte nicht in einem Kerker verrotten oder wie dein Bruder auf einem Folterstuhl enden. Soweit ich das beurteilen kann, ist uns Menschen nur dieser eine Körper gegeben, und das Paradies ist mir eine zu vage Vorstellung, als dass ich mich darauf verlassen würde.«

Luisa musste lächeln. »Monsignor Sampieri hätte seine Freude an dir. Wofür lohnt es sich zu sterben?«

»Ich kann mir keinen lohnenden Grund vorstellen, aber ich könnte nicht ohne Ehre leben.«

»Ehre? Meinst du gesellschaftliches Ansehen?« Sie war fast enttäuscht.

Er schüttelte den Kopf und legte sich die rechte Hand aufs Herz. »Ich habe Ansprüche an mich selbst, moralische Werte, die ich von anderen erwarte und die ich selbst niemals aufgeben würde. Wenn ich dagegen verstoßen müsste, wäre das Ehrverlust für mich. Damit könnte ich nicht leben.«

Ihr stockte der Atem, und sie warf einen schnellen Blick

zur Tür, doch es war niemand zu sehen. »Das ist die höchste Stufe der Häresie! Du meinst, du würdest deinem Leben mit eigener Hand ein Ende setzen, wenn du deine Ehre verlieren würdest?«

»Das würde ich tun, Luca. Selbstmord ist die höchste Form von Freiheit und Selbstbestimmung. Hast du darüber schon einmal nachgedacht?«

»Das Leben ist heilig«, sagte sie matt.

»Für die Kirche begehen Selbstmörder eine Todsünde und fallen der ewigen Verdammnis anheim. Ich empfehle dir Platons *Nomoi* als Lektüre. Ich besitze die Übersetzung von Marsilio Ficino. Seneca und die Stoiker gestehen dem Menschen eine grundsätzliche Verfügungsgewalt über ihr Leben zu. In ihren Augen ist es eine moralische Pflicht, Selbstmord zu begehen, wenn die Umstände es nicht mehr erlauben, ein Leben in Tugendhaftigkeit und Würde zu führen. Ich bewundere Männer wie den Philosophen Empedokles, der seinem Leben mit einem Sprung in den glühenden Ätna ein ruhmvolles Ende setzte.«

Luisa schwieg. Sie kam sich dumm vor, denn von Empedokles hatte sie noch nicht gehört, und auch die antiken Philosophen waren ihr eigentlich nur vom Namen her bekannt. Noch nie hatte jemand über die unterschiedlichen Denkmodelle mit ihr diskutiert.

Rosso nahm ihre Hand. »Es gibt so vieles, was wir nicht verstehen. Wichtig ist, dass wir nie aufhören zu fragen. Der Weg deines Bruders ist nicht deiner, Luca. Du musst deinen eigenen finden.«

»Armido will Aleyd heiraten. Ich habe Angst um ihn!« Sie hatte Rosso von der Liebe ihres Bruders zu einer Waldenserin erzählt.

»Das ist allein seine Entscheidung. Denk an deine Arbeit. Wo sonst kannst du malen?«

Sie starrte auf die leere ovale Fläche, auf der die *Semele* unter ihren Pinselstrichen Gestalt annehmen sollte. Und während sie sich die Züge der sterbenden Geliebten vorstellte, war ihre Entscheidung gefallen.

Nichts! Keine verbotenen Bücher und auch keine Dokumente! Enttäuscht kroch Didier unter dem Bett hervor und klopfte sich den Staub von seinem Wams. Irgendwo musste der Ketzer doch etwas Verbotenes versteckt haben! Ein Beweis würde ihm sicher noch ein Goldstück einbringen. Was Geld doch für einen Unterschied machte! Selbstgefällig strich er über das neue Wams und den Gürtel mit der glänzenden Schnalle. Eine silberne Schnalle war etwas, wovon sein Vater ein ganzes Leben lang nur träumen konnte. Der kleine Hof warf gerade genug ab, dass die Familie überleben konnte. O nein, dahin zurückkehren wollte er nicht, sein Bruder konnte sich mit dem Viehzeug und dem kargen Acker plagen. Jedes Mal, wenn er die Lavendelsträuße verteilte, erinnerten sie ihn an die vielen Sommer, die er auf Knien in den staubigen Furchen der Lavendelfelder verbracht hatte. Skorpione und Schlangen hatten ihn gebissen, und ein Finger seiner linken Hand war taub geblieben. Verfluchtes Gewürm!

Er sah sich in dem kargen Raum um. Die Paserini-Brüder lebten schon lange hier, jedenfalls der Ältere, und doch sah es kaum wohnlicher aus als bei jemandem, der auf der Durchreise war. Nun, irgendwie waren diese Herren Künstler ja auch nur Reisende. Bessere Vagabunden in seinen Augen. Doch er musste zugeben, dass sie Fortschritte machten mit der Galerie und den königlichen Wohnräumen. Das Schloss verdiente sich langsam seinen Namen als königlicher Wohnsitz. Der ganze Aufwand mit dem Stuck wollte ihm jedoch nicht einleuchten, zumal er nicht verstand, was die

Figuren, die sich da um die Bilder wanden, bedeuteten. Das war etwas nur für die Gelehrten.

Didier zog die Bettdecke glatt und schüttelte die Vorhänge, die um die Bettpfosten befestigt waren. Eine fette Spinne fiel auf die Erde. Er sah zu, wie sie mit ihren haarigen Beinen einen neuen Zufluchtsort suchte. Sie fand ein Mäuseloch in den Dielen und verschwand darin. Warum wollte der ältere Paserini nichts mehr von der hübschen Zofe wissen? Für eine Nacht mit solch einem prachtvollen Weibsstück hätte er sogar ein Goldstück gegeben. Die Magd war den Viertelfranken durchaus wert gewesen. Unwillkürlich griff er sich an den Schritt. Vielleicht hatte sie heute noch einmal Zeit.

Luca Paserini, der Jüngere der beiden, war ein seltsamer Kauz, verschlossen, arrogant und launenhaft. Niemals zeigte er sich unbekleidet, benahm sich wie einer der hohen Herren. Didier zog die Oberlippe hoch, wobei gelbe Zähne sichtbar wurden. Nur weil er das Knäblein von Meister Rosso war, brauchte er sich nicht gleich einzubilden, er wäre mehr als ein Stukkador oder wie sie sich nannten. Jedenfalls waren sie keine Maler, sondern arbeiteten in der Werkstatt nach den Entwürfen des Meisters. Wahrscheinlich hielt sich der junge Paserini für schlau und dachte, niemand sehe, wie er sich heimlich zu Meister Rosso schlich.

Der Meister bezahlte seine Diener und den Kammerherrn gut. Sie waren ihm treu ergeben, aber es gab immer einen, der nicht zufrieden war, und den würde er ausfindig und zu seinem Spitzel beim Meister machen.

Didier rückte den Stuhl vor den Waschtisch, schloss das Fenster, das er zum Lüften geöffnet hatte, und nahm einen Lavendelstrauß aus seinem Korb mit frischen Leinentüchern. Den Lavendel legte er auf das Kopfkissen von Lucas Bett und die Tücher auf den Tisch neben die Waschschüssel. Er hob den Korb auf und war im Begriff, das Zimmer zu verlassen, als es an der Tür kratzte. Kurz darauf wurde die Tür vorsichtig aufgedrückt, und ein Bursche mit derben Gesichtszügen schaute herein.

»Hab mir gedacht, dass ich dich hier finde, Didier.«

Der Bursche trug Kleidung, die so abgetragen war, dass man die ursprüngliche Farbe nicht mehr erkennen konnte. Die Haare standen ihm fettig vom Kopf ab, und Didier konnte förmlich sehen, wie sich die Läuse darin tummelten. Außerdem hatte der Bursche die Krätze oder sonst einen Ausschlag, denn seine Haut war rot und voller Pusteln. Selbst Didier, der auf Reinlichkeit keinen allzu großen Wert legte, fand das ständige Kratzen abstoßend. »Was willst du, Albin?«

Albin wischte sich die laufende Nase mit seinem Ärmel ab und hielt Didier anschließend die ausgestreckte Hand hin. »Den versprochenen Écu. Du hast gesagt, wenn ich was höre, was du brauchen kannst, kriege ich einen Écu.«

»Du Simpel glaubst doch nicht, dass ich eine Information bezahle, bevor ich sie gehört habe? Los, erzähl schon! Und komm rein und mach die Tür zu!«

»Wer sagt mir, dass du mir das Geld gibst?« Albin kam herein, sah sich im Zimmer um und wollte nach einem Gürtel greifen, der über einem Stuhl hing.

»Du musst mir schon vertrauen. Nimm deine dreckigen Finger da weg!« Didier schlug dem hinterhältig blickenden Burschen auf die Hand und bereute bereits, dass er ihn als Spitzel eingespannt hatte. Das sollte ihm eine Lehre sein, sich seine Leute besser auszuwählen. Weil er nicht überall gleichzeitig sein konnte, stellte Didier sich ein Netzwerk aus Spitzeln vor, die für ihn arbeiteten. Wenn der hohe Herr weiter so freigiebig mit seinen Belohnungen war, könnte er jemanden wie Albin, der weder lesen noch schreiben konnte und auf der untersten Stufe des Schlosspersonals stand, leicht bezahlen. Andererseits bedeuteten Mitwisser Erpressbarkeit, aber dann würde er schon Mittel finden, sich derer zu entledigen.

»Ich kann ja auch zu jemand anderem gehen und erzählen, was ich weiß!«

Jetzt hatte Didier genug. »Du kleine Ratte!« Er packte den überraschten Burschen, der zwar kräftiger, aber kleiner war als er, drehte ihm mit einem Griff den Arm auf den Rücken und drückte ihm seinen Dolch an die Kehle. »Sag's mir, oder ich stech dich ab!«

»Das würdest du nicht …«, keuchte Albin

»Versuch mich nicht.« Ein Blutstropfen rollte an Albins Kehle hinunter. »Zu wem könntest du sonst wohl gehen?«

»Hör auf!« Angst flackerte in Albins Augen auf. »Du bist ja irre!«

Didier ließ den Dolch sinken und steckte ihn in seinen Gürtel. Er stieß Albin von sich und stellte fest, dass er die Situation genoss. Es fühlte sich gut an, einmal der Stärkere zu sein.

Der Bursche wischte sich das Blut vom Hals und sagte: »Zum Teufel mit dir! Hab doch nur Spaß gemacht.«

»Ich auch«, erwiderte Didier und verschränkte die Arme vor der Brust.

»Der Meister in der Galerie redet wie ein Ketzer. Er glaubt nicht an das Paradies, und er heißt eine Todsünde gut, nämlich, sich das Leben mit eigener Hand zu nehmen.«

»Gerede. Meister Rosso liest viele Bücher, und der König wird ihn nie deswegen verurteilen. Was noch?«

»Er war mit diesem Paserini – dem, der aussieht wie ein Mädchen – in dem kleinen Raum.«

»In welchem Raum?«

»In der Galerie gibt es nur einen kleinen Raum. Über der Tür steht ein Bild vom König.«

»Ja, verstehe, das Kabinett. Sie haben dich nicht bemerkt?«

»Nein, sie waren ja drin, und ich habe davor gefegt, und die Gerüste stehen so, dass ich mich dahinter verdrücken konnte. Jedenfalls hat der Paserini gesagt, dass Armido eine Aleyd heiraten will. Ich weiß nicht, wer das ist, aber es schien nicht gut zu sein, weil er sich deshalb Sorgen macht.«

Didier biss sich auf die Lippen. Deshalb also war Armido so abweisend zu Josette. Er hatte eine andere. Aber wer war Aleyd? Das musste er herausfinden. Diese Information würde gutes Geld einbringen. »Hier hast du deinen Écu.« Er warf Albin die Münze zu, der sie prüfend zwischen die Zähne nahm und dann in seinen Gürtel steckte.

Als sie gemeinsam aus der Tür traten, kam Claude Grivel, der Erste Kammerherr, vorbei und packte Albin am Kragen. »Was hast du stinkendes Wiesel hier oben zu suchen? Didier, warum lässt du zu, dass er hier ist?«

»Verzeihung, Monsieur. Ich hatte ihn erwischt, wie er in das Zimmer der Paserini schaute. Sicher wollte er stehlen.« Didier sah Albin fest an und hoffte, er werde verstehen, dass er lügen musste.

»Das stimmt gar nicht! Er hat mich hier herauf gerufen, weil …« Plötzlich brach Albin ab und zappelte hilflos in Grivels hartem Griff, der bei Verfehlungen keine Gnade kannte. Er führte ein strenges Regiment und wusste die Rute gezielt einzusetzen.

»Weil was?« Jetzt fixierte der Kammerherr Didier.

»Gar nichts! Der lügt doch!«, fauchte Didier, dem so schnell kein Grund einfiel.

»Dann kommt ihr beide mit. Dieses Wiesel erhält zehn Stockschläge und du fünf, weil du offensichtlich etwas verheimlichst. Wenn ich herausfinde, dass ihr unter einer Decke steckt, geht es euch schlecht. Agnes!«, rief Grivel laut nach einer Kammerdienerin.

Eine dickliche Person mit mürrischem Gesicht, aber reinlicher Schürze und Kleid kam aus einem anderen Raum. »Ja, Monsieur?«

»Sieh in dem Zimmer hier nach, ob alles seine Ordnung hat. Dann holst du deinen Mann, und wir durchsuchen diese beiden Burschen. Falls ihr etwas gestohlen habt, werden Stockhiebe nicht das Einzige sein, was ihr zu erleiden habt!«

Nachdem Agnes nichts zu beanstanden hatte, zerrte Grivel den widerspenstigen Albin mit sich in seine Kammer, die direkt neben dem Treppenhaus lag. Es war das Privileg des Ersten Kammerherrn, ein eigenes Zimmer zu bewohnen. Dort verwahrte er das Dienerbuch, in dem alle im Schloss Beschäftigten verzeichnet waren. Sobald der Tross des Königs Einzug hielt, übernahm der Hofkämmerer das Regiment, doch jetzt lag alle Macht über die Dienerschaft von Fontainebleau in den Händen von Claude Grivel.

Grivels privates Reich war winzig und bot gerade genug Platz für ein Bett, eine Truhe und einen Tisch unter dem hohen Lichtschlitz. Dort lag das Dienerbuch, in das alle Verfehlungen und die Bestrafungen eingetragen wurden. Noch hatte Didier sich nichts zuschulden kommen lassen und ärgerte sich, dass er Albin ins Vertrauen gezogen hatte. Doch möglicherweise war die Information es wert, und Stockhiebe hatte er in seiner Jugend wahrlich genügend ertragen. Schmerzen machten ihm wenig aus.

»Ausziehen!«, befahl Grivel, ein hochgewachsener hagerer Mann, den niemand je lächeln sah.

Didier zögerte, doch nur eine Sekunde, denn Grivel hatte seine Weidenrute hervorgeholt und schlug ihm damit ins Gesicht. »Sofort!«

Als die beiden Jungen nackt vor ihm standen, befahl er Agnes und ihrem Mann, deren Kleidung zu durchsuchen. Verschämt bedeckten die Jungen ihre Blöße mit den Händen. Albins Rücken war mit eitrigem Ausschlag bedeckt, und Didier wandte den Blick ab. Sorge bereitete ihm sein Geldbeutel, den er im Inneren seiner Hose vernäht hatte. Darin befanden sich noch ein Goldstück und die restlichen Münzen. Warum hatte er sie nicht vergraben? Jetzt war es zu spät, Agnes hatte das Geld bereits entdeckt und warf ihm einen hämischen Blick zu.

Grivel nahm die Münzen in Empfang und hob erstaunt die Augenbrauen. »Woher hast du das? Den Paserini gestohlen?«

Albins Écu fand weniger Beachtung. Agnes' Mann, der von schlichtem Gemüt war, legte ihn auf den Tisch. Grivel sagte zu ihm: »Ihr könnt gehen. Bei Bedarf rufe ich nach euch.«

Als das Ehepaar verschwunden war, wandte er sich erneut an Didier: »Woher?«

Er unterstrich seine Frage mit einem Hieb auf Didiers Brust. Sofort zeigte sich ein roter Striemen auf der hellen Haut des Jungen, der frierend in der Kälte des kleinen Raumes stand.

Didier biss die Zähne zusammen, dass es knirschte, und schwieg.

Wieder und wieder fuhr die Rute auf seine nackte Haut nieder, bis Brust und Oberarme mit blutigen Striemen übersät waren. »Woher hast du das Goldstück?«

Sein Kiefer hatte sich so verkrampft, dass es ihm schwerfiel zu sprechen. »Von einem der hohen Herren, Monsieur.« Er musste Grivel antworten, der sich in Rage zu prügeln schien.

»Wie ist sein Name?« Unerbittlich fixierten ihn die von Falten umkränzten Augen des Ersten Kammerherrn, der sein Leben dem Dienst im Schloss gewidmet hatte. Er hatte Geduld und alle Zeit der Welt.

»Ich weiß es nicht, Monsieur, wirklich. Es, es war während der Jagd, als sie alle hier waren. Ich war einem zu Diensten.« Er grinste verschlagen. »Ihr wisst schon, wie, Monsieur.«

»Und dafür hat man dir ein Goldstück gegeben? Das glaube ich nicht. Wie sah der Mann aus?«

»Es war dunkel, Monsieur, oder soll ich Euch sein …« Didier nahm die Hände von seiner Blöße. »Mehr habe ich nicht zu sehen bekommen.«

Albin lachte blöd und erhielt dafür von Grivel einen Hieb. »Haltet den Mund, beide. Didier, zieh dich an und verschwinde. Und du, Bursche, dreh dich um.«

Didier streifte sich seine Sachen über, als er jedoch nach seinem Geld greifen wollte, schlug Grivel nach ihm. »Raus! Das bleibt hier.«

Wütend über die Demütigung und seine eigene Dummheit verließ Didier das Kammerherrenzimmer und hörte Albin schreien. Verflucht sollte der Mistkerl Albin sein, und gnade ihm Gott, wenn er etwas von ihrer Vereinbarung preisgab.

XIX
Aleyds Brief

Plus tu languiz, plus en as de souci …
Wächst deine Sehnsucht, wachsen deine Qualen …

Aus einem Sonett von Louise Labé

Armido stand vor dem Kamin seines Zimmers im Schloss von Fontainebleau und überlegte, wie er Josette am elegantesten loswerden konnte. Das Feuer knisterte behaglich und erwärmte zumindest eine Raumhälfte auf ein erträgliches Maß. Er hatte sein Wams aufgeknöpft und genoss die Hitze auf seinem Körper. Nach einem langen Arbeitstag in der Kälte der Werkstatt lechzte er nach wohltuender Wärme. Seine Schwester hatte heute einen Teil des Mosaikfreskos unterhalb der Darstellung von *Kleobis und Biton* angefertigt, und er musste zugeben, dass sie alles hervorragend gelöst hatte. Er neidete ihr diese privilegierte Aufgabe nicht, sie hatte Talent, und Rosso hatte das erkannt, gleich, was sonst noch zwischen ihnen geschah. Auch heute Abend war sie bei ihm. Der Meister hatte Pellegrino nach Paris gesandt, wahrscheinlich, um Komplikationen zu vermeiden. Nun, solange niemand hier im Schloss von der heimlichen Liaison erfuhr, würde es weder für Rosso noch für seine Schwester Probleme geben. Doch wie lange konnte man ein Geheimnis in dieser Umgebung bewahren?

Es klopfte an die Tür. »Herein!«

Didier trat mit einem Brief ins Zimmer. Argwöhnisch betrachtete Armido das neutrale Siegel, doch das Wachs war unverletzt. Er fingerte eine kleine Münze aus seinem Gürtel und gab sie dem mit gesenktem Blick wartenden Diener. »Danke.«

Der junge Provenzale verneigte sich und verschwand. Was war nur los mit dem Jungen? Früher hatte er immer etwas zu erzählen gehabt oder war so lange neugierig herumgestanden, bis man ihn hinausschickte. Armido brach das Siegel auf, das keine Auskunft über den Absender gab, und faltete den Brief auseinander.

Die hohen geschwungenen Schriftzüge waren ihm vertraut, sie stammten von Aleyd. Seine anfängliche Freude wich rasch einer Beklemmung, die mit jeder Zeile wuchs. Im Pariser Haus von Madame d'Étampes hatten sie sich vor zwei Monaten zum letzten Mal gesehen.

Mein geliebter Armido, schrieb Aleyd, *was ich dir mitteile, wäre unter anderen Umständen ein Grund zu großer Freude. So wie es steht, überschatten Sorgen das zu erwartende Ereignis. Gott hat uns mit einem Kind gesegnet. Wenn ich dich nur sehen könnte, in deinen Armen Trost fände, fiele es mir leichter, alles zu ertragen.*

Armido schluckte. Ein Kind! Damit veränderte sich alles. Er musste sie heiraten, denn für sie bedeutete ein vaterloses Kind den Verlust ihrer Ehre. An seiner Liebe zu ihr bestand kein Zweifel, und sie wären schon längst die Ehe eingegangen, wäre seine Aufnahme in ihre Glaubensgemeinschaft nicht immer wieder gescheitert. Dazu kam seine Sorge um Luisa, denn als Vaudois war er de facto ein Ketzer, und ein zweites Mal würde Madame d'Étampes nicht im richtigen

Moment zu seiner Rettung erscheinen. Er hielt den Brief schräg, damit das Kaminfeuer ihm mehr Licht spendete:

Ich hätte dir nicht schreiben sollen, die anderen wollten es nicht, aber ich musste es dir sagen! Ich sehne mich nach dir! Hier in der Dauphiné wird es immer gefährlicher.

In den Alpentälern an der Grenze zu Savoyen und Italien lagen zahlreiche Dörfer, in denen seit Generationen Vaudois lebten. Auf italienischem Boden lebten vor allem im Piemont waldensische Gemeinschaften. Er schluckte und las weiter:

Jules war in Lyon und ist von dort nach Embrun gereist, weil unser Glaubensbruder, Estève Brun, inhaftiert wurde. Estèves Vergehen besteht einzig darin, dass er, als er von Reotier kam, eine lateinische Bibel und eine französische Übersetzung bei sich führte. Er wollte seine Lateinkenntnisse verbessern! Mit derartiger Strenge und Brutalität sind sie hier lange nicht gegen uns vorgegangen. Gott vergebe ihnen und möge uns die Kraft geben, dieses Unrecht zu ertragen! Das verschärfte Vorgehen der Franzosen gegen uns rührt von Vorgängen im Piemont. Dort haben sich einige unserer Brüder gegen die französischen Besatzer erhoben, und es kam zu Kampfhandlungen. Estève Brun ist Student, und es ist sicher kein Zufall, dass ausgerechnet er von Soldaten aufgegriffen wurde. Jules und die anderen sind davon überzeugt, dass es hier oben Spitzel gibt, die für die Inquisition arbeiten. Es wird immer unerträglicher! Man weiß bald gar nicht mehr, wem man noch trauen kann! Es heißt, die Soldaten seien von den Spitzeln angeheuert worden. Außerdem geht das Gerücht, dass Kardinal Tournon Befehl gegeben habe, mit äußerster Schärfe gegen alle Ketzer vorzugehen. Wenn das stimmt, gnade uns Gott.

O Armido, was geschieht nur mit uns? Es kann nicht Gottes Wille sein, dass seine Kinder sich gegenseitig zerfleischen! Wir tun doch nichts Unrechtes! All die Jahre haben wir hier oben in der Abgeschiedenheit der Täler gelebt und unseren Glauben praktiziert, ohne dass es jemanden störte. Verzeih mir, dass ich nicht in Paris geblieben bin. Ich wünschte, ich wäre bei dir. Gott schütze dich und unser ungeborenes Kind!

Aleyd

Armido schluchzte. Sie trug sein Kind unter dem Herzen, und er war nicht bei ihr! Die Ketzerverfolgungen nahmen zu, und sie und Jules schwebten in unmittelbarer Gefahr. Ihre Angst sprach aus jeder Zeile. »Aleyd«, flüsterte er.

»Was hast du da? Weinst du?«

Der Duft von Veilchen stieg ihm in die Nase, und zarte Hände umschlangen seine Taille. »Josette!« Er hatte sie nicht kommen hören. »Kannst du nicht klopfen?«, sagte er verärgert und faltete den Brief zusammen.

»Oh, Monsieur hat Geheimnisse vor mir! Wir waren verabredet. Schon vergessen? Ist der Brief von deiner Geliebten?« Sie ließ ihn los und stellte sich vor ihn. Ihre Haare waren nur lose aufgesteckt und ringelten sich verführerisch bis auf ihr Dekolleté.

»Nein, von meiner Familie, und ich habe wirklich große Sorgen«, log er.

Blitzschnell schoss ihre Hand vor und entriss ihm den Brief. »Wenn er von deiner Familie ist, wird er auf Italienisch sein, und ich kann ihn nicht lesen. Aber …« Sie rannte hinter das Bett und entfaltete den Brief noch im Laufen. Die ersten Zeilen hatte sie bereits gelesen, als Armido sie erreicht hatte und ihr das Papier aus den Händen riss.

»Du mieser Schuft! Bastard! Sohn einer Soldatenhure …«

Die Flut ihrer wenig schmeichelhaften Bezeichnungen für ihn war endlos.

Bevor sie jedoch aus dem Zimmer rennen konnte, hatte er sich vor die Tür gestellt. »Jetzt hör mir doch zu, Josette. Beruhige dich!« Er schlug ihr mit der flachen Hand ins Gesicht, dass sie erschrocken innehielt und ihn wütend anfunkelte. Dann stopfte er den Brief in sein Hemd und packte sie an den Armen. »Josette. Ich bitte dich um Verzeihung. Es tut mir leid, nur hör mich an.«

Sie schmollte, doch ihr Blick wurde weicher. »Was tut dir leid? Dass du eine andere geschwängert hast? Ich habe es gelesen.«

Er lockerte seinen Griff und zog sie an sich. Nachdem er sie geküsst hatte, was sie sich gefallen ließ, zog er sie mit sich aufs Bett. Als sie neben ihm saß, sagte er: »Es war in Paris. Du erinnerst dich, dass ich krank war?«

»Natürlich, Idiot. Niemand durfte zu dir. Du wolltest mich nicht sehen. Warum dein Bruder dich zu Madame d'Étampes hat bringen lassen, war vielen ein Rätsel.« Sie drehte eine ihrer Locken. »Man vermutete, dass du ihr gefällst und sie dich verführen wollte.«

»So ein Unsinn! Ihr Arzt hat mich kuriert. Ein großartiger Mann, ohne dessen Heilkunst ich nicht mehr am Leben wäre.« Wie nur sollte er die seltsamen Narben an Armen und Beinen erklären?

»Ah, aber allzu schwer kann die Krankheit nicht gewesen sein …«

Er legte sein Wams ab und krempelte die Ärmel seines Hemdes in die Höhe. Die Unterarme waren von unzähligen, teils noch geröteten Narben übersät.

Josette schlug die Hand vor den Mund. »Mon dieu! Wie …?« Zaghaft berührte sie eine der Narben, die der Folterstuhl hinterlassen hatte.

Er schloss kurz die Augen und bat Gott um Verzeihung für seine Lügen. »Ich bin entführt worden. Eine Verwechslung. Sie dachten, ich sei der italienische Botschafter.«

Beeindruckt riss sie die Augen auf. »Wirklich? Und sie haben dich …« Sie konnte das Wort nicht aussprechen, sondern strich vorsichtig über die hügelige Landschaft seiner verletzten Haut.

»Sie haben mich gefoltert, ja. Ich habe meine Rettung einzig der Großmut Madame d'Étampes' zu verdanken, die ein Lösegeld für mich gezahlt hat. Mein Bruder hat sie um Hilfe gebeten. Aber niemand darf davon wissen.«

»Und diese Frau?«, fragte Josette argwöhnisch und tippte auf den Brief unter seinem Hemd.

Er seufzte. »Nun, ich war in einer furchtbaren Situation. Die Wunden wollten nicht heilen, und ich war allein. Sie war Gast im Haus von Madame, und eins führte zum anderen …«

»O du Armer! Das kann ich verstehen!«, säuselte Josette und küsste ihn auf den Mund. »Ich war auch sehr einsam ohne dich und habe mich getröstet.« Sie senkte kokett den Blick. »Wir sind keine Heiligen, nicht wahr? Dann hätten wir ja ins Kloster gehen können …« Sie kicherte, dann drückte sie ihn in die Kissen und knabberte an seinem Ohrläppchen. »Gib ihr Geld, damit sie ihr Balg zu Zieheltern geben kann. Und jetzt lass mich dich trösten.«

Bevor er sich das Hemd über den Kopf zog, nahm er den Brief und stopfte ihn unter die Matratze. Dann überließ er sich den Liebkosungen von Josette.

Im Kamin glimmten nur noch wenige Holzstücke, als er erwachte und sich neben der schlafenden Josette fand. Er fühlte sich furchtbar, schuldig wie ein Ehebrecher. Glauben würde ihm das niemand, und Mitgefühl durfte er von Aleyd wohl kaum erwarten. An Jules wollte er gar nicht denken. Wenn der erfuhr, dass er seine Schwester entehrt hatte, wäre ihre Freundschaft zerbrochen. Armido fuhr sich mit den Händen über Gesicht und Haare und schwang die Beine über die Bettkante. Bevor er sich seine Hosen überstreifte, griff er unter die Matratze und suchte nach dem Brief. Nach einer Sekunde des Schreckens fand er das zerknitterte Papier.

Er stand auf, ging zum Kamin und legte ein neues Holzscheit in die Glut. Als die Flammen zu züngeln begannen, zerriss er den Brief und warf ihn ins Feuer. Hier im Schloss wusste außer seiner Schwester und Rosso niemand von seiner Verbindung zu den Dubrays. Niemand konnte wissen, wohin er unterwegs war, und wenn alles gut ging, konnte er Luisa eine Nachricht schicken. Er warf einen raschen Blick zum Bett, doch Josettes Atemzüge blieben gleichmäßig. Nachdem er sich Wasser ins Gesicht gespritzt und sich notdürftig gewaschen hatte, kleidete er sich an. Gleich nach seiner Rückkehr aus Paris hatte er sich einen neuen Dolch und einen Degen gekauft. Die Waffen waren nicht edelsteinbesetzt, aber die Klingen aus bestem Damaszenerstahl, und darauf kam es schließlich an. Sacht schloss er die Truhe auf, konnte ein Quietschen jedoch nicht vermeiden. Er hielt inne und wartete. Josette seufzte und drehte sich auf die Seite. Rasch nahm er seinen Geldbeutel mit dem Lohn der letzten Monate heraus, überlegte es sich anders und nahm nur die Hälfte mit. Sollte er in Schwierigkeiten geraten, konnte Luisa ihm aushelfen. Armido legte den Truhenschlüssel unter einen losen Stein im Kaminsims. Dann griff er nach seinem Umhang und verließ den Raum. Dem Stallknecht würde er sagen, dass der Meister ihn mit einem Auftrag ausgesandt hatte. Als er die Tür hinter sich zuzog, murmelte Armido: »*Per signum crucis de inimicis nostris libera nos, Deus noster.*«

Didier erleichterte sich neben der Küchentür zum Hof, als er Armido aus dem Treppenhaus kommen sah. Sofort drückte der Diener sich an die Mauer und beobachtete im diffusen Licht der Morgendämmerung, wie der Sieneser Stukkador zielstrebig auf die Stallungen zuging. Obwohl er nur dünne Schuhe trug, die feuchtem Untergrund nicht standhielten, lief Didier über den schlammigen Schlosshof und kletterte über einen Holzstapel an ein Stallfenster. Er konnte nicht verstehen, was Armido zum Stallmeister sagte, doch gab der ihm ohne Widerrede einen Braunen, und kurz darauf gab Armido seinem Pferd die Sporen auf der Allee, die am See entlangführte.

»Sieh an, sieh an«, sagte Didier zu sich und ging in die Küche, wo er sich die Schuhe abwischte. Neugierig lief er durch das schmale Treppenhaus hinauf in den zweiten Stock, wo die übrige Dienerschaft langsam erwachte. Im Vorbeigehen trat er einem fettleibigen Jungen in die Seite. »Steh auf, Fettwanst!«

»Ist ja schon gut. Außerdem hast du mir gar nichts zu sagen, Didier!« Der dicke Junge war für das Reinigen der Nachttöpfe verantwortlich.

Didier verzog das Gesicht und ging zu Armidos Zimmer. Er horchte, doch als er keinen Laut vernahm, trat er ein. Umso überraschter war er, Josette noch im Bett vorzufinden. Die hübsche Zofe rekelte sich in den Laken und blinzelte. »Armido? Komm her!« Sie klopfte neben sich auf die Matratze.

Gern wäre Didier der Aufforderung nachgekommen, doch er wusste, wo sein Platz war, und selbst mit einem Goldstück würde er sich Josettes Gunst nicht erkaufen können. Das erinnerte ihn an die peinigende Begegnung mit dem widerlichen Grivel. Die Striemen nässten noch und schmerzten bei jeder Berührung. Der alte Fuchs wusste genau, wohin er schlagen musste, dass die Strafe lange nachwirkte, aber die anderen nichts sehen konnten. »Verzeihung, Madame. Ich bin es nur, Didier, der Kammerdiener.«

»Oh!« Mit einer Hand zog Josette die Decke über ihre nackten Brüste, ein Anblick, der Didier unruhig werden ließ. Die Zofe von Madame de Tavannes setzte sich auf und warf die langen Haare zurück. »Wo ist Armido Paserini? Kannst du mir wenigstens das sagen, wenn du schon unaufgefordert in ein Gemach eindringst?«

Zeitweilig nicht in der Lage, einen Schritt zu machen, blieb Didier neben der Tür stehen und sagte: »Monsieur Paserini hat eben das Schloss zu Pferd verlassen, und ich wollte mich an die Reinigung seines Gemachs machen. Nur deshalb bin ich eingetreten, ohne zu klopfen. Bitte vergebt mein unverzeihliches Benehmen.« Die Zofen der Edeldamen waren kaum weniger zickig und kapriziös als ihre Herrinnen, und er hütete sich, sie wie seinesgleichen zu behandeln, denn das hätte sie ihm übel genommen.

Josette musterte ihn und seine Schamkapsel, die er verschämt mit den Händen bedeckte. »Hast du noch nie eine nackte Frau gesehen, Didier?« Sie lächelte süffisant und stieg aus dem Bett.

Der Anblick ihres wohlproportionierten Körpers mit den üppigen Brüsten raubte ihm den Atem. »Doch, nein …,« stotterte er. »Noch nie habe ich eine so schöne Frau wie Euch gesehen.«

Sie bückte sich, wobei sie ihm ihre Rückseite zuwandte, und hob ihr Kleid vom Boden auf.

Didier unterdrückte mühsam ein Stöhnen und drehte sich zur Tür.

»Nein, nein. Bleib hier. Ich will genau wissen, wann und wohin Monsieur Paserini geritten ist.« Mit lasziver Langsamkeit stieg sie in ihre Röcke.

»Vor kaum mehr als einer halben Stunde sah ich Monsieur aus dem Schloss treten und zum Stall gehen. Dann kam er auf einem Braunen heraus und trabte auf der Allee davon.«

»Das ist alles? Hat er keine Nachricht hinterlassen? Er kann doch nicht einfach so verschwinden!« Sie riss an den Schnüren ihres Kleides und drehte sich wütend um. »Zubinden!«, fauchte sie ihn an.

Mit ungeübten Fingern mühte er sich mit dem Mieder der Zofe. »Es tut mir sehr leid. Er wird sicher bald zurück sein!«, versuchte er sie zu beruhigen.

Doch Josette wurde immer wütender. Sie stampfte mit einem Fuß auf. »Mistkerl! Wie konnte er es nur wagen … Dieses Frauenzimmer … Bist du fertig, Tölpel?« Sie schlug seine Hände zur Seite und rannte durch das Zimmer. Dann blieb sie vor dem Kamin stehen und erahnte die Reste des Briefes zwischen den Scheiten. Wütend stieß sie mit dem Fuß gegen den Rost und raffte die Röcke. »Das wird er bereuen und sie auch!«, zischte sie und rannte an Didier vorbei aus dem Zimmer.

Nachdem die Tür hinter der aufgebrachten Zofe ins Schloss gefallen war, ging Didier zum Kamin und stocherte mit dem Schürhaken in der Glut. Er bückte sich und sammelte sorgsam die angekohlten Papierfetzen auf, die das Feuer noch nicht gänzlich vernichtet hatte. Mit seinem Fund setzte er sich an den Tisch gegenüber dem Fenster und legte die einzelnen Teile vor sich aus. Die noch lesbaren Fragmente waren klein, doch er entzifferte die Worte »Aleyd«, »Estève gefangen in Embrun«, »lateinische Bibel« und »Reotier«. Das mochte für ihn keinen Sinn ergeben, aber Seine Exzellenz würde vielleicht etwas damit anzufangen wissen. Am nächsten Montag würde er beweisen, dass er jeden Livre wert war, und weiß Gott, er hatte sich die Belohnung verdient! Sacht berührte er die Striemen auf seiner Brust, die er mit einer Salbe einrieb, um das Schwären zu lindern.

Er schob die angekohlten Papierfetzen zusammen und stopfte sie in seinen Gürtel. Mit den Gedanken schon bei seiner Beichte, übersah er den Mann, der sich ihm in den Weg stellte und ihn grob vor die Brust stieß. »Sieh dich an, Didier! So verdreckt kannst du deinen Dienst nicht antreten!« Claude Grivel hob seine Leuchte und sah Didier strafend an.

»Entschuldigung, Monsieur.«

»Was ist in letzter Zeit los mit dir, Didier? Du hast anfangs einen vielversprechenden Eindruck gemacht, aber so wirst du es nicht weit bringen.«

»Ich werde mich bessern, Monsieur.«

In der gesamten folgenden Woche war Didier ein Musterbeispiel an Folgsamkeit, so dass Grivel sich sogar zu einem Lob herabließ. Am Montag nach Estomihi jedoch fieberte Didier dem Abend entgegen. Nach dem Essen, als die meisten Künstler und Arbeiter sich zur Nachtruhe begeben hatten, verließ Didier die Küche unterhalb der Galerie und ging nach draußen. Die Nächte waren nicht mehr so kalt, und der Frühling hielt langsam Einzug. Tagsüber war bereits erstes Grün an den Bäumen zu sehen. An die ständige Feuchtigkeit hatte Didier sich gewöhnt, nur von den Sümpfen hielt er sich fern, denn wie man sicher durch die umliegenden Feuchtgebiete kam, war nur Eingeweihten bekannt.

Der Hof reiste von Moulins nach Clermont-Ferrand weiter, wo König Franz in Notre Dame de l'Assomption für den Erfolg der Verhandlungen mit dem Papst und Kaiser Karl beten wollte. Für Didier spielten die Querelen der Großen keine Rolle. Ihm war es gleich, wem er das Bettzeug brachte oder das Badewasser einließ. Für ihn zählte nur der Silberling, den er in der Hand hielt, um sich damit zu kaufen, wonach es ihn gelüstete. Oder, besser noch, das Goldstück.

Die Kapelle La Sainte Trinité befand sich zu seiner Linken, im Anschluss an den langen Ballsaal, der ebenfalls noch auf seine Fertigstellung wartete. Überall Baustellen und

Schmutz. Ob der König jemals das fertige Schloss zu sehen bekam? Zumindest hatte es heute nicht geregnet, weshalb Didier ohne Schwierigkeiten über den Hof gehen konnte. Er trug eine Laterne und entdeckte den Kapelleneingang, vor dem zu beiden Seiten Fackeln brannten. Didier stellte seine Laterne im Vorraum ab, benetzte die Finger mit Weihwasser, bekreuzigte sich und ging vor bis zum Beichtstuhl. Dort kniete er kurz nieder, murmelte ein Paternoster und erhob sich wieder. Aschermittwoch stand bevor und damit der Beginn der Fastenzeit.

Auf dem Altar brannten vier Kerzen, und aus den Seitenkapellen drangen vereinzelte Lichtstrahlen in das Mittelschiff. Der farbenprächtige Marmor des Fußbodens versprach eine reiche Ausschmückung der Kapelle, deren Lichtgaden und Decke noch auf Vollendung warteten. Didier sah sich um. Außer ihm war niemand zu sehen. Da Seine Exzellenz sich ihm nicht zeigen würde, kniete Didier sich vor den Beichtstuhl und senkte den Kopf. Während er wartete, holte er seinen Rosenkranz hervor. Er betete bereits sein dreißigstes Ave-Maria, als er endlich eine Bewegung neben dem Altar wahrnahm. Die männliche Gestalt trug einen Umhang, dessen Kapuze das Gesicht verhüllte. Außer Lederstiefeln und dem kurz im Kerzenlicht blitzenden Stahl einer Degenklinge konnte Didier nichts erkennen. Die Tür des Beichtstuhls knarrte.

»*In nomine Patris et Filii et Spiritus Sancti. Amen.* Was hast du mir Neues zu berichten, Didier?«

»Einiges, von dem ich denke, es wird Euch sehr nützlich sein, Euer Gnaden!«, behauptete Didier eifrig und spähte in das hölzerne Gitter, doch der Unbekannte hatte den Samtvorhang nur ein Stück breit zur Seite gezogen.

»Das zu beurteilen überlass mir. Mir ist zu Ohren gekommen, dass du bestraft worden bist. Gib besser acht, wenn du zu auffällig wirst, habe ich keine Verwendung mehr für dich.«

Didiers gefaltete Hände krampften sich ineinander. »Euer Gnaden, es war nicht meine Schuld. Albin …«

»Keine Erklärungen! Sag mir, was du herausgefunden hast!«

Darum bemüht, sich seine Verärgerung nicht anmerken zu lassen, sagte Didier: »Nun, es geht um Armido Paserini. Er ist seit einer Woche verschwunden. Niemand weiß, wohin er gegangen ist.« Er schilderte die Umstände, unter denen er die Brieffetzen entdeckt hatte, und deren Inhalt.

»Habe ich das richtig verstanden? Ein gewisser Estève ist in Embrun gefangen, eine lateinische Bibel und der Ort Reotier spielen eine Rolle und eine Frau namens Aleyd. Das ist kein typisch französischer Name.« Eine Weile hörte Didier den Unbekannten vor sich hin murmeln, bis dieser laut fortfuhr: »Wenn sich meine Vermutung in Bezug auf diese Aleyd bestätigt, ist deine Nachricht tatsächlich Gold wert. Dann weiß ich auch, wo ich Paserini finde. Und was gibt es über seinen jüngeren Bruder zu sagen?«

»Nicht viel. Die Arbeit bedeutet ihm anscheinend sehr viel, und auch Meister Rosso.« Didier räusperte sich vielsagend.

»Ach ja?«

»Nun, der Meister verbringt ungewöhnlich viel Zeit mit diesem einfachen Stuckateur, allerdings malt Luca Paserini jetzt schon Fresken. Sein Bruder hat es da nicht so weit gebracht. Und Meister Rosso hegt ketzerische Gedanken und liest von der Kirche verbotene Schriften.«

»Aber das ist nicht genug. Der König würde ihn deshalb nicht vom Hof verstoßen. Seine Mätresse hat großen Einfluss, ebenso seine Schwester, was das reformerische Gedankengut anbelangt. Nein, nein, subtil und verdeckt muss die

Strategie sein. Die Plakataffäre hat uns in die Hände gespielt, aber so dumm werden Marot und seine Genossen kein zweites Mal sein.«

Von der Plakataffäre hatte Didier zwar gehört, wusste jedoch nicht um die Zusammenhänge. »Ich verstehe nicht, Euer Gnaden.«

»Das ist auch nicht notwendig. Sperr weiter Augen und Ohren auf und finde dich um Mitternacht an Okuli wieder hier ein. Das ist der übernächste Sonntag!«

Das Gitter wurde aufgeschoben, und eine behandschuhte Hand steckte Didier zwei Silbertaler entgegen.

Enttäuscht nahm Didier die Münzen. »Nur zwei Silberlinge …«

»Deshalb will ich dich in zwei Wochen sehen. Falls sich meine Ahnung erfüllt, erhältst du weitere zwei Silbertaler, und wenn du bis dahin Weiteres zu berichten hast, sogar mehr.«

»Danke, Euer Gnaden. Ich verstehe. Danke!« Noch während Didier das Geld in seinen Beutel steckte, sprang knarrend die Tür des Beichtstuhls auf, und der Unbekannte verließ die Kapelle, wie er gekommen war, durch den Seiteneingang.

Der Provenzale sah der gebeugten Gestalt mit dem wehenden Umhang hinterher und fragte sich, welcher der hohen Herren sich dahinter verbarg. Kardinal Tournon war größer und nicht so behände, und außerdem war er mit nach Moulins gereist. Da Didier nur die gelegentlich am Hof erscheinenden Geistlichen kannte, gab er das Raten auf. Vielleicht war es kein Geistlicher. Jeder Gebildete konnte die Worte der Segnung sprechen.

Immerhin besaß er wieder Kapital. An Okuli also, dachte Didier und suchte sich an den Psalm zu erinnern, dem der Sonntagsname entnommen war.

XX

Verschworene Gemeinschaft in der Dauphiné

Aleyd stand auf einem schneebedeckten Felsvorsprung und blickte über das Tal, wo die Durance durch ihr breites Bett floss. Hinter ihr, etwa einen halben Tagesmarsch entfernt, lag Embrun, ein kleines Erzbistum in der Dauphiné, das erst seit knapp zwei Jahren zu Frankreich gehörte. Savoyen war genau wie Mailand ein ewiger Zankapfel zwischen Frankreich und dem Habsburger Reich.

Sie zog sich den wollenen Umhang enger um die Schultern, um dem kalten Wind zu trotzen, der durch die hohen Gipfel der Alpen fegte. Obwohl sie nicht zum ersten Mal in dieser Gegend war, raubte ihr die überwältigende Schönheit der majestätischen Gipfel den Atem, wann immer sie hierher zurückkehrte. Sie schloss die Augen und ließ die Sonnenstrahlen ihr Gesicht liebkosen. Hier oben im Hochgebirge brauchte alles länger. Der Winter brachte schneidende Kälte, und der Schnee lag oft bis in den Mai hinein. In dieser Welt aus grauem Fels und ewigem Eis waren die Menschen auf das wenige angewiesen, was die Natur ihnen schenkte. Menschen und Tiere rückten enger zusammen, und die Gemeinden waren eingeschworene Gemeinschaften.

Ausgerechnet hier hatten die eifrigen Häscher der heiligen römischen Kirche einen der Ihren gefangengenommen und ins Gefängnis von Embrun geworfen. Unter dem Schutz ihres Umhangs strich sich Aleyd über den Bauch, der noch flach war, doch sie konnte spüren, wie sich ihr Körper veränderte. Manchmal war ihr übel, und an anderen Tagen überkam sie der Heißhunger. Jules allerdings war viel zu sehr mit der Verteidigung von Estève Brun beschäftigt, als dass er diesen Anzeichen Beachtung geschenkt hätte.

Eigentlich hatten sie in Lyon bleiben und über eine neue Bibel sprechen wollen, eine kleinere Schrift, die jeder in der Tasche mit sich tragen konnte. Doch dann hatte die Nachricht von Bruns Gefangennahme sie erreicht, und Jules hatte es als seine Pflicht angesehen, dem Glaubensbruder zu helfen, der ein enger Freund der Familie war und ihnen in der schweren Zeit nach dem Tod ihres Vaters beigestanden hatte. Die Situation wurde durch die dramatischen Ereignisse im Piemont und einigen französischen Dörfern der Vaudois zusätzlich erschwert. In diesen Tagen wurden die ersten Flüchtlinge aus Bobbio und Villanova erwartet. Viele hatten Familie und Freunde in den Bergen um Embrun und Briançon. Bis hierhin wagten sich die marodierenden Söldner René de Montjehans nicht.

Eine Windböe trieb Schnee von den nahen Gipfeln herunter. Aleyd fröstelte. Embruns Erzbischof, Antoine de Lévis de Château-Morand, war nicht besser als seine verhurten Kollegen, allen voran Tournon. Die Grausamkeit und die Ungerechtigkeit, mit der Männer der katholischen Kirche gegen Andersgläubige vorgingen, war einer von vielen Gründen, weshalb Aleyd noch nie an ihrem Glauben gezweifelt hatte. Der Glaube gab ihr Kraft, doch er konnte ihr nicht die Sorge um Armido nehmen. Ständig dachte sie an ihn. Hatte er ihren Brief erhalten? Sie hatte lange mit sich gerungen, ob sie ihm schreiben sollte, schließlich hatten die anderen es für zu gefährlich befunden. Doch schuldete sie ihm nicht, dass er von seiner Vaterschaft wusste? Sie war sich des Risikos bewusst gewesen, als sie sich in Paris auf ihn eingelassen hatte, und war es nicht Gottes Wille, dass sie sich liebten?

»Aleyd!«, rief jemand hinter ihr.

Sie drehte sich um und erkannte Suzanne zwischen den Tannen, die die vier Häuser vor den im Gebirge häufigen Unwettern schützten. Ihre engsten Verwandten lebten im Luberon, doch eine Cousine hatte einen *barbe* aus der Dauphiné geheiratet. *Barbe* Sidrac Bayle und seine Frau Suzanne lebten mit ihren drei Kindern im Haus am Rande des Weilers. In den anderen Häusern wohnten Isabeau, eine Kräutersammlerin, und zwei Familien, die von ihren Ziegen lebten.

Aleyd winkte und stapfte durch den Schnee. Bei jedem Schritt knirschte der weiße Grund, ein Geräusch, das sie an glückliche Tage ihrer Kindheit erinnerte. Gemeinsam waren sie und Jules mit ihrem Vater durch die Berge gestapft, um entlegene Gehöfte zu besuchen, auf denen Brüder oder Schwestern den Beistand des *barbe* benötigten. Ähnliches tat auch Sidrac, der aus dem Luberon verbannt worden war, weil er an einem von der katholischen Kirche verbotenen Tag gearbeitet und aufrührerische Reden gehalten hatte.

Aleyd lächelte, als sie Suzanne entgegenging. Ihre Cousine war etwas kleiner als sie und hatte runde Hüften und kräftige Arme, mit denen sie mühelos zwei ihrer Kinder zugleich trug. Ihr rötlich-blondes Haar quoll widerspenstig unter der weißen Haube hervor.

»Was tust du allein hier draußen in der Kälte? Du könntest dir den Tod holen! Und das in deinem Zustand!«, sagte Suzanne vorwurfsvoll, und ihre blauen Augen blickten dabei so treuherzig, dass Aleyd sie in die Arme nahm und fest an sich drückte.

»Du bist wie eine Mutter zu mir, aber woher weißt du …?«

»Ich bitte dich, ich habe fünf Kinder zur Welt gebracht, was glaubst du?«

Zwei Mädchen waren an Typhus gestorben, geblieben waren Suzanne und Sidrac drei Söhne, die ihr ganzer Stolz waren. »Gibt es etwas Neues aus Embrun?« Sie hakte sich bei ihrer Cousine ein und ging mit ihr den ausgetretenen Pfad zum Haus hinauf. Die Tannen waren teilweise über zehn Meter hoch, und die Zweige bogen sich unter der Last wochenalten Schnees.

Suzanne nickte. »Jules und Sidrac sind vorhin zurückgekommen. Es steht nicht gut um Estève. Seine Verfehlung ist nur gering, aber es scheint, dass sie ein Exempel statuieren wollen. Man hat ihn ins Gefängnis des erzbischöflichen Palasts geworfen, und niemand darf zu ihm.« Sie drückte Aleyds Arm. »Es wird schlimmer. Und wir hatten so große Hoffnungen, als Franz König wurde …«

»Ja, die hatten wir alle. Aber er ist nicht schlecht. Es sind seine Berater, dieser Montmorency, die Poitiers und Tournon und nicht zuletzt die Sorbonne. Sie sind mächtiger geworden, seit Paul III. zum Papst gewählt wurde.«

»Gottes Stellvertreter auf Erden, aber ohne seine Schergen kommt er nicht aus. Mit Kardinal Carafa hat er sich ein Kuckucksei ins eigene Nest gelegt. Seine Spitzel sind überall und sticheln und schnüffeln und hetzen das Volk auf. Was du mir von Monsignor Sampieri erzählt hast, macht mir Angst.« Suzanne hielt an und legte Aleyd ihre kalten Hände an die Wangen. »Weiß er es?«

»Ja. Ich habe ihm geschrieben. Eigentlich wollte ich nicht. Es ist nicht leicht für ihn, und wenn er erst konvertiert hat, wird es noch gefährlicher. In Fontainebleau dürfen sie nicht wissen, dass er ein Ketzer ist. Er liebt seine Arbeit so sehr … Vielleicht bereut er es dann irgendwann.« Sie seufzte.

»Aber dich liebt er mehr, Aleyd! Alles, was er bisher getan hat, spricht dafür. Ihr wäret schon längst verheiratet, wenn das Schicksal es nicht verhindert hätte.«

Aleyd hakte sich wieder bei Suzanne ein, und sie setzten ihren Weg fort. Es raschelte in einer Tanne, und ein Eichhörnchen huschte durch den Schnee zum nächsten Baum. Der Weg wurde breiter und gab den Blick auf eine Lichtung frei. Vier windschiefe Häuser aus grauem Felsstein standen um einen freigeschaufelten Platz herum. Zwei Häuser wurden durch einen überdachten Verschlag verbunden, aus dem das Meckern von Ziegen ertönte. Mehrere große Hunde jagten Hühner über den Platz, ließen aber von dem erschrockenen Federvieh ab, um die beiden Frauen zu begrüßen.

Ein zotteliger Hütehund stupste Aleyd an, die ihm den Kopf tätschelte. »Ist ja gut. Braver Junge.« Seit sie hier war, wusste sie die Wachsamkeit der Hunde zu schätzen.

»Wenn du nächstes Mal spazieren gehst, nimmst du den Grauen mit, Aleyd. Geh schon vor, ich sammle noch die Eier ein.«

Aleyd schüttelte ihren Umhang und die Rocksäume, in denen sich der Schnee verfing, und ging ins Haus. Hier in den Bergen gab es keine Förmlichkeiten. Beim Eintreten stand man direkt in der Küche, die auch Wohnraum war. Eine Stiege führte in den ersten Stock, in dem sich drei kleine Schlafkammern befanden. Beheizt wurde das Haus von der großen Feuerstelle im Erdgeschoss, deren Wärme durch die Ritzen der Holzböden aufstieg. Eine Ecke der Küche hatte Sidrac sich für die Herstellung seiner Arzneien vorbehalten. Die Kräuter lieferte ihm zu einem großen Teil seine Nachbarin Isabeau.

Der Prediger und Arzt saß mit Jules und zwei Männern, die Aleyd nicht kannte, auf der langen Bank neben dem hohen Kamin. Die Bank zog sich um zwei Wände des Raumes. Im vorderen Teil stand ein großer Esstisch, an dem zehn Personen Platz fanden, und im hinteren Bereich, den Suzanne etwas hochtrabend die Stube nannte, standen vier Stühle um einen kleineren Tisch. Dort saßen oft die Jungen über ihren Büchern und lernten, was ihr Vater ihnen auftrug. Aleyd staunte über die Disziplin, mit der sich die sechs- bis zwölfjährigen Burschen der lateinischen und griechischen Sprache widmeten.

»Aleyd! Wo hast du gesteckt?« Jules stand auf und nahm ihr den Umhang ab. »Setz dich. Du siehst verfroren aus.« Er holte ihr einen Becher warmen Honigwein. »Das sind Jacob und Élie aus Villanova. Sie wollten gerade erzählen, was ihnen widerfahren ist.«

Élie trug einen Kopfverband, der sein rechtes Ohr bedeckte, und schien in Jules' Alter zu sein. Jacob war etwas älter. Beide Männer hatten Brandwunden an Gesicht und Händen.

»Der Gouverneur selbst hat die Söldner angeführt. Sie sind ohne Vorwarnung in unsere Dörfer eingefallen und haben alles niedergebrannt. Unsere Vorräte haben sie gestohlen, die Tiere mitgenommen, und was sie nicht mitnehmen konnten, haben sie zerstört.« Jacob presste die Lippen zusammen, als könne er nicht weitersprechen.

»Meine Schwester und seine Frau haben sie vergewaltigt und umgebracht, und wir konnten nichts tun. Es waren zu viele …« Élies Stimme war tonlos, und seine Augen blickten ins Leere. Der Schock stand beiden tief in die vergrämten Gesichter geschrieben.

»Mein Gott!« Entsetzt hielt Aleyd sich die Hand vor den Mund.

»René de Montjehan ist nicht nur ein Räuber, sondern auch ein gemeiner Mörder, und die Männer des Connétable haben ihm dabei geholfen«, ergänzte Jacob. »Ich habe gehört, wie der Gouverneur seine Leute angefeuert hat, dass sie sich nehmen sollten, wonach ihnen der Sinn stand. Dafür seien sie hier, sie hätten es sich verdient, und der Connétable hätte ihnen seinen Segen gegeben. Seinen Segen!« Jacob spuckte aus.

Sidrac bemerkte: »Wir sind nichts weiter als zu jagendes Wild für diese Bestien. Wenn es ihnen gefällt, erfinden sie einen Vorwand und fallen über uns her. Und alles im Namen des Herrn …« Intelligente dunkle Augen schauten die Anwesenden aus einem gut geschnittenen, von tiefen Stirnfalten geprägten Gesicht an.

»Wir müssen uns wehren!«, sagte Aleyd kämpferisch.

»Wie denn?«, spöttelte Élie. »Ich habe meine Muskete abgefeuert, und dann hat mich ein Schwerthieb am Ohr getroffen. Die Verbrennungen haben wir uns zugezogen, als wir in den Flammen unserer Häuser nach Überlebenden suchten. Wir sind zu wenige, und wir sind keine Soldaten. Das Töten ist eine Todsünde.«

»Wir müssen das tun, zu dem wir berufen sind – das unverfälschte Wort Gottes verbreiten!« Jules blickte zu Suzanne, die ein gutes Dutzend Eier in ihrem Rockzipfel hereintrug. »Deshalb ist es eminent wichtig, dass wir die Evangelien auf Französisch und in einem handlichen Format herausbringen.«

»Und Montjehans Tat bleibt ungesühnt?«, fragte Jacob düster.

»Die Rache an einem Feind ist uns Christen nicht erlaubt. So steht es bei Matthäus, in den Römerbriefen und bei Petrus«, sagte Jules fest.

»Der Herr verlangt viel von uns, und ich bin nur ein schwacher Mann.« Jacob starrte auf seine verbrannten Fäuste.

Sanfter sagte Jules: »Wenn du zweifelst, triumphieren sie, Jacob.«

Sidrac stand auf und beugte sich zu Élie. »Zeig mir deine Verwundung.«

Élie hielt ihm den Kopf hin, und der Arzt entfernte den

notdürftig angelegten Verband, der aus einem schmutzigen Stofffetzen bestand. Zum Vorschein kam ein Ohr, dessen obere Hälfte abgetrennt war. Der Rest war ein unförmiger roter Klumpen, in dem Haare und Schmutz klebten. Sidrac sog scharf die Luft ein. »Komm hier herüber, Élie. Das muss ich waschen. Suzanne!«

Doch seine Frau stand bereits an den Töpfen und bereitete das Essen zu. »Aleyd kann dir helfen. Sie macht das sehr gut.«

Sofort erhob sich Aleyd und ging zu Sidrac, der Élie auf einem Stuhl vor seinem Arzneischrank platzierte. Mit ruhigen Handbewegungen, die von jahrelanger Erfahrung sprachen, entfernte Sidrac lose Haare und Holzsplitter, die in der nässenden Wunde klebten. »Siehst du diese ausgefranste Schnittstelle? Das macht die Heilung langwierig.«

Mit schief gehaltenem Kopf saß Élie ergeben auf dem Stuhl und hielt sich an der Sitzfläche fest. »Das Ohr war nicht sofort ab. Wir hatten keine Zeit, und da habe ich das herunterhängende Stück einfach abgeschnitten.«

Bei dem Gedanken drehte sich Aleyd der Magen um. Sidrac beobachtete sie. »Das Ohr schmerzt nicht so stark wie zum Beispiel eine Hand. Du hast das Richtige getan, Élie. Es wird brennen, wenn wir die Tinktur zum Säubern auftragen. Außerdem sind die Brandblasen mit Haaren verunreinigt. Wenn ich nicht alle herausziehe, wird es sich entzünden.«

Der Arzt deutete auf die Blasen, die an Schläfe, Stirn und auf der Kopfhaut zu sehen waren. Unter Sidracs Instrumenten befanden sich Messer und Schaber, Löffel, Blasensteinhaken, Lidhalter und Pinzetten, von denen Sidrac eine benutzte. Aleyd reichte ihm eine Lösung aus Wegerichblättern und zum Schluss eine Salbe aus Ringelblumen, die aufgetragen wurde, bevor der Arzt einen neuen Verband anlegte.

»Was genau hast du eigentlich getan, dass sie dich damals verbannt haben?«, fragte Aleyd, die bewundernd jeden Handgriff des erfahrenen Arztes verfolgte.

»Genau das, was wir jetzt tun. Ein Dorfbewohner war von einem Pferd getreten worden. Seine Kniescheibe war zerschmettert, eine schlimme Wunde. Weil ich die am Ostersonntag sofort behandelt habe, hat mich der Nachbar angezeigt. Dabei ist es keine Sünde, am Sonntag zu arbeiten, denn die Evangelien verbieten es nicht.« Er zuckte die Schultern. »Es war nur einer von vielen Gründen. Ich war ihnen ein Dorn im Auge.«

Élie meldete sich wieder zu Wort. »Bei dir als *barbe* haben sicher Zusammenkünfte stattgefunden. Grund genug, dich zu verjagen.«

»Der Priester hat mich gehasst, weil ich eine Frau habe. Das Zölibat ist eine Geißel der katholischen Kirche, die sich gegen ihre eigenen Prediger richtet. Wer nicht die Gabe der Enthaltsamkeit hat, ist zur Ehe verpflichtet. So steht es bei Mose, dass es für den Menschen nicht gut sei, allein zu sein, Timotheus schreibt das und auch Paulus im siebten Kapitel des ersten Korintherbriefs.«

»Ehelosigkeit zu befehlen ist Teufelsdoktrin, heißt es in der *Resolution von Chanforan*«, ergänzte Aleyd.

»Wir sagen und tun nichts, was nicht in den Evangelien steht, und trotzdem sind wir die Ketzer!« Élie betastete seinen Kopf. »Es ist schon richtig, dass wir uns den Protestanten anschließen. Sie sind zahlenmäßig zu stark, als dass sie auf immer als Ketzer verdammt werden können.«

»Unsere Identität unter dem Druck brutaler Gewalt aufgeben? Niemals!«, rief Jules von der anderen Seite des Raumes.

Sidrac wusch sich die Hände und warf Jules einen nachdenklichen Blick zu. »Vielleicht ist es besser, eine Weile stillzuhalten. Das bedeutet nicht, dass wir unserem Glauben untreu werden, sondern nur, dass wir unser Leben schützen, um zu gegebener Zeit wieder öffentlich zu werden.«

Aleyd dachte an ihr ungeborenes Kind, und zum ersten Mal stellte sie die unversöhnliche Haltung ihres Bruders in Frage. »Sieh dir Élie und Jacob an, Jules. Würdest du so reden, wenn man mich oder deine Frau getötet hätte?«

Jules' Blick blieb hart. »Ja, das würde ich. Hast du vergessen, dass unser Vater für unseren Glauben gestorben ist? Er hat nicht abgeschworen, obwohl er genau wusste, was ihm bevorstand.«

»Ja, das ist richtig«, sagte Aleyd leise und räumte die Arzneien an ihren Platz zurück.

Armido führte sein Pferd am Zügel. Die Wege im Hochgebirge forderten die ganze Aufmerksamkeit von Mann und Tier, und mit solchen Schneemassen hatte Armido nicht gerechnet. Nachdem sein Weg ihn von Vizille über Corps nach Gap geführt hatte, hatte er gestern in Chorges genächtigt. Heute Morgen hatte sich sein Pferd im Geröll eines Abhangs einen Stein eingetreten. Seitdem humpelte es, und Armido wollte das Tier, das ihn während der letzten zwanzig Tage nicht im Stich gelassen hatte, nicht unnötig belasten. Deshalb legte er die noch verbleibende Wegstrecke zu Fuß zurück. Der Wirt des Gasthauses in Chorges hatte ihm empfohlen, dem Fluss zu folgen, auf den er vor wenigen Minuten gestoßen war. An dieser Stelle war das Flussbett breit und die Strömung reißend. An den Ufern jedoch lagen noch Eisschollen, und der Weg war von hart getretenem Schnee bedeckt. Trotz der Handschuhe waren seine Hände taub von der Kälte, und auch seine Füße vermochte er in den durchweichten Stiefeln kaum mehr zu spüren Er wusste noch nicht einmal genau, wo in Embrun er Aleyd und Jules finden konnte. Vielleicht waren sie auch nicht mehr dort.

Verbissen setzte er seinen Weg fort und kam am späten Nachmittag vor den Stadttoren Embruns an. Er führte ein Schreiben bei sich, das ihn als Künstler des Königs auswies, eine Art Pass, der ihm bereits auf der Reise von Italien nach Frankreich Tore und Grenzstationen geöffnet hatte. Der Stadtknecht musterte ihn dennoch argwöhnisch.

»Was wollt Ihr hier?«

»Was geht's Euch an?«

Der kräftige Stadtknecht stellte seinen Spieß so, dass er Armido den Durchgang versperrte. Da das Tor schmal und sonst niemand in Sicht war, blieb Armido nichts übrig, als zu antworten. Zudem war es töricht, bereits bei seiner Ankunft Aufmerksamkeit zu erregen. Er klaubte daher einen Silberling aus seinem Gürtel und hielt ihn in der offenen Hand.

»Ist das Grund genug?«

Der Knecht überlegte kurz, machte aber keine Anstalten, den Eingang zu räumen. »Was will so ein feiner Künstler hier in den Bergen? Hätte ich die Wahl, wäre ich lieber in Paris oder wo Ihr sonst herkommt.«

Nach langen Jahren auf Reisen kannte Armido diese Spielchen gut genug, um zu wissen, was zwischen den Zeilen stand. Er zog eine weitere Münze aus seinem Gürtel und verschloss dieses Mal die Hand des Knechts. »Ich liebe die frische Bergluft und bin ohnehin nur auf der Durchreise.«

Als wäre es eine Selbstverständlichkeit, nahm der Knecht das Geld und ließ Armido passieren, ohne ihm weitere Beachtung zu schenken. Erleichtert, diese Hürde genommen zu haben, führte Armido sein Pferd durch enge Gassen, zwischen ärmlich wirkenden Häusern hindurch. Einzig eine Kathedrale in der Stadtmitte und ein mehrstöckiges Haus mit stuckverzierter Fassade stachen aus dem grauen Einerlei heraus. Die Dächer schienen sich unter der Last des Schnees zu biegen, und Eiszapfen hingen von Mauervorsprüngen und

Dachtraufen herab. Da es auf den Abend zuging, waren nur noch wenige Menschen auf den von Pferdekot und anderem Unrat verschmutzten Straßen. Der Wind hatte in den letzten Stunden zugenommen und tat ein Übriges, die Leute in ihre Behausungen zu treiben. Armido zog sich schützend die Kapuze ins Gesicht und suchte nach einem Gasthaus.

Nachdem er den Marktplatz einmal umrundet hatte und kaum lesbare Schilder in düsteren Gassen ihn nicht überzeugt hatten, entschied er sich für das Gasthaus, das am dichtesten an der Kathedrale lag. »Zum silbernen Greifen« stand in stolzen Lettern auf einem ovalen Schild, das quietschend hin- und herschwang. Dann wollen wir mal sehen, ob das Etablissement dem Namen eines erhabenen Raubvogels Ehre machen kann, dachte Armido und band sein Pferd an einem eisernen Ring in der Hausmauer fest.

Aus den schmalen Fenstern drang nur wenig Licht auf die Straße, und von drinnen war weder Geschrei noch Musik zu hören. Ob das ein gutes Zeichen war, würde sich gleich zeigen. Entschlossen öffnete Armido die beschlagene Tür. Er fürchtete sich nicht vor Soldaten, höchstens vor Sampieris oder Mallêts Häschern, doch warum sollten die ausgerechnet hier in Embrun sein? Und er hatte sich nichts vorzuwerfen. Noch nicht.

Die Gaststube bot mindestens Raum für zwanzig Leute, doch es war niemand zu sehen. Erstaunt blieb Armido in der Mitte stehen und betrachtete die sauber gewischten Holztische und Bänke, die Glut in einem gusseisernen Ofen und unzählige Schüsseln, Pfannen und Töpfe aus Kupfer, die überall an den Wänden hingen. Einige Gefäße wirkten fremdländisch, und in einer Ecke stand eine seltsam anmutende Pfeife. Interessiert trat Armido näher.

Als er sich das bauchige Gefäß mit dem Schlauch genauer betrachtete, sagte eine rauchige Frauenstimme hinter ihm:

»Eine *nargileh*. Bei uns ist es Brauch, mit unseren Gästen zu rauchen.«

Überrascht drehte sich Armido um und fand sich einer Frau mit bronzefarbener Haut, hohen Wangenknochen und Augen von einer faszinierenden Schwärze gegenüber. Sie trug ein Kleid, das ihren Körper umfloss, und ein Tuch, das ihre Haare bedeckte, ihre Schönheit jedoch keineswegs beeinträchtigte.

»Aziza! Was geht da vor?«

Die junge Frau faltete die Hände, berührte ihre Stirn, während sie sich würdevoll verneigte, und verschwand. Gleich darauf trat ein großer Mann mit feindseliger Miene aus einem Nebenraum. »Wer ist da? Wir haben geschlossen!«

Der Mann hatte ein kantiges Gesicht, doch seine Haut sah aus, als hätte er viele Jahre unter heißer Sonne verbracht.

»Verzeiht, Monsieur, aber die Tür war offen und das Schild draußen ließ mich eintreten in der Hoffnung auf ein warmes Bett und ein Abendmahl. Aber wenn Ihr geschlossen habt, könnt Ihr mir dann vielleicht ein anderes Gasthaus empfehlen? Ich bin fremd in Embrun.«

Der Mann musterte ihn. »Ihr seid Italiener?«

»Aber ja. Armido Paserini. Meiner Familie gehört eine Stukkadorwerkstatt in Siena.«

Freundlicher sagte der Mann in fließendem Italienisch: »Ah, ich mag Euer Land. Ihr habt nichts mit den Leuten des Bischofs zu tun?«

»O nein!«, antwortete Armido im Brustton der Überzeugung.

Der Wirt nickte. »Dann seid mein Gast. Habt Ihr ein Pferd bei Euch?«

»Ja, draußen vor der Tür.«

Ohne ein weiteres Wort ging der Wirt voran. Armido folgte ihm, band sein Tier los und ging mit dem Wirt um das Haus herum. Der Durchgang zum Stall war so schmal, dass Mann und Pferd gerade hindurchpassten.

»Ich heiße Arnaud«, sagte der Wirt, während er Armido beim Absatteln und Füttern half. Neben dem Braunen standen ein Maultier und ein zotteliges kleines Pferd. In einem abgetrennten Koben waren drei Schweine. Arnaud strich dem Pferd, das sich nach ihm umsah, über die Nüstern. »Gute Nacht, mein Braver. Unterschätzt ihn nicht. Diese Tiere sind ideal in den Bergen, sicher im Tritt und unempfindlich gegen die Kälte.«

»Mein Pferd hat sich etwas in den Hinterhuf getreten. Ich habe den Stein zwar entfernt, aber es scheint noch Schmerzen zu haben, denn es hinkt, wie Ihr gesehen habt.«

»Ich kenne da einen Mann, aber der kommt erst morgen oder übermorgen wieder in die Stadt.« Arnaud gab dem Maultier einen freundlichen Klaps auf den Hintern und ging mit Armido durch die Hintertür zurück ins Gasthaus.

Sie traten in eine große Küche, in der als Erstes die Sauberkeit ins Auge fiel. Die Hand, die die Schanktische pflegte, hielt auch hier Ordnung. Auf einem Tisch lagen Zwiebeln und Äpfel, an Schnüren hingen getrocknete Kräuter, und aus dem Ofen duftete es nach Brot. Armido wurde schmerzlich bewusst, dass er seit dem Morgen nichts zu sich genommen hatte. Aus einem Topf über dem offenen Feuer kam der Duft von gekochtem Fleisch.

»Entschuldigt, wenn ich frage, Arnaud. Warum hattet Ihr Angst, ich wäre einer von des Bischofs Männern?«

Arnaud zog den Korken aus einem tönernen Krug und schenkte Rotwein in zwei Becher. »Trinkt! Salute!«

Armido erwiderte den heimischen Trinkspruch und ließ den starken Wein sein Inneres wärmen. Der Wirt schien ein gebildeter und weitgereister Mann zu sein. Davon zeugte auch seine Frau, die Armido für eine Orientalin hielt.

»Aziza!«, rief Arnaud, und sofort kam die dunkle Schönheit in die Küche.

Sie strahlte Grazie und Würde aus. Fragend sah sie Arnaud an. »Was wünschst du?«

»Wir haben einen Gast, Aziza. Monsieur Paserini wird mit uns essen und heute Nacht hier schlafen. Ist die Vordertür verriegelt?«

Sie nickte. »Gleich nachdem ihr hinausgegangen seid, habe ich die Riegel vorgeschoben. Dann bereite ich das Essen vor. Ich werde die Honigkuchen machen, die du so gerne isst.«

»Alles, was deine Hände zubereiten, ist göttlich.« Arnaud sah sie liebevoll an, doch sie war schon mit den Zwiebeln beschäftigt.

»Setzt Euch, Armido.« Der Wirt deutete auf eine Bank, die hinter einem kleinen, quadratischen Tisch stand. Darauf befanden sich winzige Schalen mit Gewürzen und ein Kerzenleuchter. Er stellte den Wein auf den Tisch und setzte sich auf einen Stuhl. »Zu Eurer Frage. Ihr scheint mir ein Mann, der es nicht nötig hat, sich durch Frömmelei zu profilieren. Im Stall habt Ihr mir berichtet, dass Ihr in Fontainebleau arbeitet. Als Künstler seid Ihr gebildet und wisst, dass es mehr auf dieser Welt gibt als das, was uns die Priester weismachen wollen.«

Armido nickte. »Keine Angst, ich bin ganz gewiss kein Spitzel.« Er schob die Ärmel seines Wamses nach oben, so dass die Narben des Folterstuhls zu sehen waren. Einige Stellen waren auf der Reise wieder aufgeplatzt, und Eiter trat heraus, denn Armido hatte unterwegs wenig Gelegenheit gehabt, seine Wunden zu versorgen.

»Weshalb hat man Euch gefoltert? Aziza wird sich nachher darum kümmern. Sie hat heilende Hände.«

Nach einem Schluck Wein sagte Armido: »Ich habe die

falschen Freunde und liebe eine Frau, die nicht dem rechten Glauben angehört.« Er lächelte. »Ich nehme an, auch Ihr habt Schwierigkeiten wegen Eurer Frau? Aziza ist doch Eure Frau?«

»Wir sind seit elf Jahren verheiratet. Ich war Kaufmann, Soldat und Unterhändler für König Franz in Konstantinopel. Während dieser Zeit habe ich Aziza kennengelernt. Sie ist die Tochter eines hohen Würdenträgers am Hof von Suleiman dem Prächtigen. Ihr Vater war bis zu seinem Tod der Sterndeuter des Sultans. Eigentlich hatte der Erste Wesir Anspruch auf sie erhoben, doch ich hatte mir das Vertrauen des Sultans erworben und durfte mir für meine Erfolge eine Belohnung wünschen.« Arnaud verfolgte seine schöne Frau mit den Augen, während er sagte: »Suleiman konnte mir meinen Wunsch nicht abschlagen. Hätte ich um ihre Hand angehalten oder einen Preis geboten, ich hätte gegen den Wesir verloren. Allerdings hatte ich dann einen Todfeind, und wir mussten Konstantinopel den Rücken kehren. Wir sind mit dem nächsten Schiff über Smyrna, Kreta und Sizilien und endlich nach Marseille gesegelt. Azizas Familie war sehr reich, doch mitnehmen konnten wir außer ihrem Schmuck und einigen Kisten mit Hausrat kaum etwas.«

Aziza brachte eine Schüssel mit Nüssen und kandierten Früchten. An ihren Handgelenken bemerkte Armido filigrane Goldkettchen mit zahlreichen kleinen Anhängern, die bei jeder Bewegung leise klimperten.

»Ich war viele Jahre von zu Hause fort und wollte bei meinen inzwischen alten und kränklichen Eltern sein. Hier und drüben im Piemont gibt es einige protestantische Gemeinden.« Arnaud wartete und nippte an seinem Wein.

»Wenn Ihr von den ›Armen von Lyon‹ sprecht, kommen wir dem Grund meines Besuches hier näher …«, deutete Armido an.

»Ah! Kennt Ihr Sidrac Bayle?«

»Nein.«

»Das wäre der Mann, der Eurem Pferd helfen kann. Er ist Arzt und hilft Menschen und Tieren, was ihn verdächtig genug macht. Dazu ist er ein Prediger. Aziza und ich sind auf dem Schiff von einem Dominikanermönch getraut worden. Offiziell ist sie eine Konvertitin, aber ...« Er hob die Hände und lächelte. »Ich wäre der Letzte, der sie daran hindert, ihren Glauben zu praktizieren, hier fern der Heimat ist das ein Trost. Obwohl sie mir immer wieder versichert, dass sie kein Heimweh hat.«

Aziza lauschte ihrer Unterhaltung, sagte jedoch nichts, sondern widmete ihre ganze Aufmerksamkeit dem Essen, das bereits nach exotischen Gewürzen duftete.

»Kennt Ihr dann vielleicht Jules Dubray?« Armido hatte das Gefühl, dass er seinem Gastgeber, der ihm mit entwaffnender Offenheit begegnete, vertrauen konnte.

»Nein, tut mir leid, aber Sidrac hat sicher von ihm gehört. Er kommt regelmäßig nach Embrun, um Kranke zu behandeln. Vor einigen Wochen gab es einen Aufruhr, weil unser Erzbischof, der allseits geschätzte Château-Morand ...«, seine Stimme troff vor Sarkasmus, »einen von Sidracs Glaubensbrüdern gefangennehmen ließ. Der Mann heißt Brun und wurde in das Gefängnis des Bischofspalasts gebracht. Habt Ihr den massigen Turm des prächtigen Gebäudes neben der Kathedrale gesehen? Dort schmort Brun jetzt.«

Es war warm und gemütlich in der Küche des aufgeschlossenen Wirtes, und Armido hörte dem welterfahrenen Mann zu, der ihm mehr über die Stadt und die derzeitige Lage sagen konnte, als er durch Herumfragen hätte in Erfahrung bringen können. Die Bewohner Embruns wären ihm mit Misstrauen begegnet, möglicherweise hätte ihn sogar jemand angezeigt.

Schon bald stellte Aziza das Essen auf den Tisch. Zahlreiche kleine Schüsseln und Teller waren mit den verschiedensten Speisen gefüllt, die Armido nicht kannte, aber als sehr schmackhaft empfand. Sie setzte sich nicht zu ihnen, sondern wartete, bis sie satt waren, und holte dann die *nargileh* aus dem Schankraum. Armido war fasziniert von der Pfeife und ließ sich deren Funktion von Arnaud erläutern. Das bauchige Gefäß, der Lederschlauch und das Mundstück waren kleine Kunstwerke, und das Rauchen war ein ungewohnter Genuss. Eingehüllt in den aromatischen Rauch, saßen die Männer in der Küche, als einzige Lichtquelle war der Kerzenleuchter auf dem Tisch vor ihnen verblieben.

»Viele Leute hier in Embrun hassen Aziza«, sagte Arnaud zu fortgeschrittener Stunde. Langsam legte er den Schlauch zwischen ihnen auf der Bank ab.

Armido griff nach dem Pfeifenschlauch und nahm einen tiefen Zug. Das Wasser des goldenen Pfeifenbauchs gab ein blubberndes Geräusch von sich.

»Lange haben sie uns in Ruhe gelassen. Mein Vater war Richter und ein angesehener Mann. Seit seinem Tod hat sich vieles geändert. Meine Mutter lebt in ihrer eigenen Welt. Oben hat sie ein Zimmer, das sie kaum noch verlässt. Aziza kümmert sich liebevoll um sie, aber die Leute reden, und vor einigen Monaten hat die Gerbersfrau behauptet, Aziza hätte meine Mutter verhext.«

»Kam es zum Prozess?«

»Glücklicherweise nicht. Ich konnte selbst mit dem Bischof sprechen und ihn mit einer großzügigen Spende von Azizas Unschuld überzeugen. Aber so etwas kann wieder passieren. Und jetzt der Gefangene … Das sieht nicht gut aus, nein, es gefällt mir gar nicht, wie sich die Dinge hier entwickeln.«

»Und wenn Ihr fortgehen würdet?«

»Das werden wir wohl müssen. Nur wird meine Mutter eine Reise kaum durchstehen. Aber angesichts der gefährlichen Situation bleibt uns wohl kaum eine Wahl.«

Schweigend sahen die Männer den Rauchkringeln zu, die zur Decke aufstiegen, und hingen ihren Gedanken nach.

XXI

Im Namen des Vaters

Das Gras fühlte sich weich an unter seinen dünnen Schuhen. Mit einer Hand strich er über die zarten, grünen Halme. In der anderen hielt er ein Taschentuch, mit dem er sich von Zeit zu Zeit über die nässenden Augen wischte. Das Alter meinte es gut mit ihm, aber es verschonte auch Seine Heiligkeit nicht mit dem einen oder anderen Zipperlein. Sein Kreuz schmerzte, und er zog das linke Bein nach, doch heiße Bäder und die Kräuterwickel seines Leibarztes linderten die Schmerzen. Er freute sich an den kleinen bunten Finken, die selbst auf den dünnsten Zweigen noch einen Platz fanden und ihn mit ihren schwarzen Knopfaugen musterten. Das Leben in seiner einfachen Schönheit, dachte Seine Heiligkeit Paul III. und sah sich zufrieden im Garten des Vatikans um.

»Eure Heiligkeit«, durchbrach eine unterwürfige Stimme die Idylle. »Seine Exzellenz, Kardinal Carafa, wünscht Euch zu sprechen.«

Papst Paul III. nickte, ohne aufzusehen. Der warme Frühlingswind blähte leicht seinen weißen Rock. Es ging auf die zweite Stunde nach dem Mittagsgebet zu, eine Zeit, die er für sich allein beanspruchte. Dieser Luxus war ihm nur selten vergönnt, denn ständig umgaben ihn Lakaien, Sekretäre und Würdenträger, Verträge mussten unterzeichnet, Glaubensfragen formuliert und neu verfasst werden, um den Häretikern den Wind aus den Segeln zu nehmen, und dann gab es auch noch störrische Künstler. Mit gerunzelter Stirn rief er sich den unerhörten Auftritt Michelangelos ins Gedächtnis. Dieser widerspenstige Florentiner wagte es immer wieder, sich ihm zu widersetzen, und doch malte er die Sixtinische Kapelle aus. Noch durfte niemand hinein, auch das war unerhört.

»Verzeiht mein Eindringen, Eure Heiligkeit. Aber angesichts der nahen Abreise wollte ich noch Verschiedenes mit Euch besprechen.« Kardinal Carafa trat vor die Marmorbank, auf der Paul III. saß, und erwies ihm seine Reverenz.

»Schon gut. Setzt Euch.«

Carafa ließ sich neben dem Papst nieder. Die Vatikanischen Gärten waren unvergleichlich, eine Oase der Ruhe und der reinen Luft in einem Rom, das in Unrat zu ersticken drohte. Seit dem Sacco di Roma waren über zehn Jahre vergangen, die der Ewigen Stadt am Tiber Unmengen von Baustellen und ausländischen Arbeitern beschert hatten. Gleichzeitig waren doppelt so viele Prostituierte in die Stadt gezogen, dazu Kaufleute und Bankiers aus den nordischen Ländern. Der Gedanke an die Fremden brachte Carafa auf den Grund seines Besuchs. »Ich mache mir große Sorgen wegen der Häretiker …«

Der Papst hob leicht den Zeigefinger, und Carafa schwieg. »Ihr ermüdet mich mit diesem Thema. Haben Wir nicht erst eine Allianz gegen die Häresie geschlossen? Gemeinsam mit Kaiser Karl, Venedig und Frankreich werden Wir die Muselmanen zurückdrängen. Gott gebe Uns Verhandlungsgeschick in Nizza!«

»Natürlich, Eure Heiligkeit. Mit dieser Allianz ist Euch ein großartiger politischer Coup gelungen, viel mehr wird Euch gelingen, sobald Frankreich zugestimmt hat. Aber ich denke doch an die Stärkung der Kirche innerhalb Europas.

Es gibt zu viele Sektierer, deren Einfluss unter dem Deckmantel des Protestantismus wächst. Ihre Anhänger nehmen zu, und solche Leute sind nicht zu unterschätzen. Gerade diese müssen wir bekämpfen. Solche Fanatiker wiegeln das Volk auf!« Carafas Augen glühten. Er fühlte sich zum Verteidiger des wahren Glaubens berufen und würde Feuer und Schwert in die Hände nehmen, um seine Ziele zu realisieren.

Bestürzt löste Paul III. den Blick von der friedvollen Frühlingsszenerie in seinem Garten. Dieser Carafa war ein gefährlicher Mann. Er sprach von Fanatikern und war doch selbst einer, oder war sein Feldzug gegen die Ungläubigen nur eine Strategie, um irgendwann selbst auf den päpstlichen Thron zu gelangen? Zuzutrauen war es ihm. Heimlich musterte Paul III. das scharfe Profil des neben ihm sitzenden Kardinals. »Ihr seid ein hartnäckiger Vertreter Eurer Sache.«

»Nicht meiner Sache, Eure Heiligkeit. Es ist die Sache der Kirche! Ihr geht nach Nizza, um mit den Großen über die Allianz zu verhandeln, und ich kümmere mich hier um unsere Armee geistlicher Krieger, die durch die Länder ziehen und das Übel bei seiner Wurzel packen, um es dort auszurotten, es im Keim zu ersticken!«

»Was wollt Ihr, Carafa?« Der Papst war müde. Es gab noch viel zu erledigen, bevor er nach Nizza reisen konnte, und er hasste lange Reisen. Hier im Vatikan fühlte er sich geborgen. Hier war er Gott nahe. Die Gespräche mit Karl und Franz würden ihn Nerven und Geduld kosten. Schon jetzt graute ihm vor dem Umgang mit den beiden bis aufs Blut verfeindeten Regenten. Sicher, sie wussten sich auf dem diplomatischen Feld zu benehmen. Aber das Ganze würde ein Eiertanz werden. Ein Schritt vor, zwei zurück. Und es würde an ihm allein liegen, ob Franz der Allianz beitrat oder nicht. Es musste gelingen! »Frankreich und die Osmanen!«

»Eure Heiligkeit?«, fragte Carafa verwirrt.

»Ich habe laut gedacht. Frankreich darf nicht mit den Osmanen paktieren!«

»Aber das hat Franz bereits getan!« Carafa war der lebenslustige französische König ein Dorn im Auge. Außer den Künsten und schönen Frauen hatte dieser Mann nichts im Kopf. Nicht zu vergessen Mailand! Für diese Besessenheit opferte er seine Loyalität der katholischen Kirche gegenüber, unverzeihlich!

»Aus reiner Verzweiflung! Ich bin davon überzeugt, dass Franz sich zu uns bekennen wird. Sicher tut ihm der Vertrag mit Suleiman schon lange leid. Der Stachel seiner langen Gefangenschaft in Madrid sitzt tief. Und dann hat Karl auch noch seine Söhne über Jahre dort behalten und mit spanischer Härte behandelt. Ich glaube, dass der Dauphin Franz daran zerbrochen und letztlich gestorben ist. Kein Vater könnte das je vergessen.«

Carafa wusste um die Situation des französischen Monarchen, hielt ihn aber für einen Lebemann, der keine Selbstdisziplin hatte. Und Selbstkasteiung und Opfer mussten gebracht werden, wollte man Großes erreichen.

»Wenn ich an Franz denke, dann an einen Mann, der eine Krone trägt, die schwer auf ihm lastet. Seine Mutter hat ihn als Caesar erzogen«, fuhr der Papst fort. »Viel zu lange hat sie ihm das Regieren abgenommen und ihn seinen Vorlieben überlassen. Wer kann ihm verübeln, dass er unser Land liebt? Ist es nicht herrlich? Und Rom ersteht neu, wie ein Phönix aus der Asche.« Lächelnd ließ er seinen Blick über die Beete und Wege zwischen beschnittenen Buchshecken hinweg bis zu der Mauer gleiten, die den Vatikan vom Rest der Welt abschirmte. Im neunten Jahrhundert war sie zum Schutz gegen die Sarazenen erbaut worden. Alles wiederholt sich, dachte der Papst, endlos wiederkehrende Kreise des Lebens.

Carafa räusperte sich. Seine Heiligkeit schien in einer merkwürdigen Stimmung. Wollte er etwas erreichen, durfte er den Papst nicht mit ungeschickten Bemerkungen über König Franz verärgern. Der Farnese-Papst brachte allen Förderern der schönen Künste Sympathie entgegen, gehörte er doch selbst zu den größten Mäzenen. Allein der Palazzo Farnese war ein gewaltiges, prestigeträchtiges Projekt. Vom Papst mit dem Auftrag betraut, hatte Antonio da Sangallo die Arbeiten übernommen. »Unsere Nation verfügt über ein unerschöpfliches Potential an großartigen Künstlern, von denen der französische König profitiert. Leider bleibt dem kunstsinnigen Monarchen wenig Zeit für religiöse Fragen. Päpstliche Inquisitoren haben einen schweren Stand in Frankreich, obwohl die Sorbonne auf unserer Seite steht. In Toulouse und Carcassonne konnte nicht verhindert werden, dass zwei verdiente Inquisitoren verjagt beziehungsweise hingerichtet wurden.«

Paul III. schüttelte den Kopf. »Ich habe von Louis de Rochette gehört, aber der hat sich sein Unglück selbst zuzuschreiben, denn er hat kein gottesfürchtiges Leben geführt.«

»Jedenfalls gibt es kaum noch päpstliche Inquisitoren in Frankreich. Ketzerprozesse werden mehr und mehr vor weltlichen Gerichten geführt. Und nicht oft genug! Das alles erinnert stark an die Katharer, die letztlich nur durch einen blutigen Kreuzzug ausgemerzt werden konnten. Aber die Inquisition hat gesiegt! Wir brauchen die Inquisition, seht Euch an, was in Südfrankreich geschieht und im Piemont. Wie schon damals die Katharer flüchten sich Ketzer dorthin. Vor allem die Vaudois oder Waldenser, wie sie genannt werden, treiben dort ihr Unwesen. Und ich beschwöre Euch, Eure Heiligkeit, ihre Sekte ist den Katharern sehr ähnlich. Auch Frauen dürfen bei ihnen predigen!«

Die Katharer waren der katholischen Kirche bis ins vierzehnte Jahrhundert hinein ein besonderer Dorn im Fleisch gewesen, weil sie gebildet und der theologischen Rhetorik der Priester durchaus gewachsen waren. Ihre dualistische Religion glaubte an einen guten und einen bösen Gott. Carafa hatte sich mühsam durch Akten über die Prozesse in Südfrankreich durchgekämpft, um die Kraft dieser Sekte zu verstehen, die so lange vehement Widerstand geleistet hatte. Abgesehen von deren ketzerischen Auslegungen des Neuen Testaments machte ihn die Tatsache wütend, dass die Katharer die Gebete der katholischen Kapläne als Verballhornung von *canes belantes*, von bellenden Hunden bezeichneten. Und diese Vaudois waren genauso spitzfindig und vielleicht gefährlicher, weil sie Verbündete hatten, die Protestanten.

»Nicht so hitzig, mein lieber Carafa. Die Katharer sind vor fast dreihundert Jahren ausgerottet worden. Übrigens haben wir das zum Großteil den Dominikanern zu verdanken und erst dann der Inquisition. Und ich halte eine verschwindend geringe Gruppe wie diese, diese …«

»Vaudois«, half Carafa aus.

»Ich halte sie nicht für bedrohlich. Der Name ist ja nicht einmal bekannt.« Der Papst schüttelte den Kopf.

Carafa knetete seinen Rosenkranz. Warum sperrte sich Seine Heiligkeit so gegen die Inquisition? Die Dominikaner hatten damals die Inquisition verkörpert, und auch heute waren sie die wertvollsten Instrumente zur Verteidigung des einzig wahren Christentums. Jede neue Sekte musste im Keim erstickt werden. Je länger man wartete, desto mehr Zeit gab man den Teufeln, sich zu vermehren und ihr böses Saatgut unter dem gutgläubigen Volk zu verstreuen.

Ruhig fuhr der Papst fort: »Die Häresie ist mir ein Dorn im Auge, genau wie Euch, nur möchte ich nichts übereilen. Zuerst reise ich nach Nizza. Möglicherweise bringen die Verhandlungen eine Wende in der französischen Politik. Nach meiner Rückkehr sprechen wir noch einmal über diese Angelegenheit. Ihr dürft Euch entfernen, Carafa.«

Der ehrgeizige Kardinal schwieg, denn er wusste aus Erfahrung, dass er heute nichts mehr erreichen konnte. Nun, vielleicht war ein Aufschub nicht das Schlechteste. Sampieri hatte ihm Berichte über seine Tätigkeit zugesandt und schien auf ein wahres Wespennest von Häretikern gestoßen zu sein. Zwar agierte er nicht offiziell als Inquisitor, doch wurde er von Kardinal Tournon und dessen Sekretär unterstützt. Wie hieß der vielversprechende junge Mann? Guy de Mallêt, ein Name, den man sich merken sollte.

Carafa erhob sich und wanderte über die verschlungenen Wege zurück zum Petersdom. Im Grunde war er nicht unzufrieden, denn der Papst schien einer institutionalisierten Inquisition nicht gänzlich abgeneigt. Carafas Vision eines vom Papst ernannten Sanctum Officium mit selbständigen Befugnissen schien in Reichweite. Notfalls würde er eigene finanzielle Mittel für dessen Verwirklichung zur Verfügung stellen.

XXII
Die Engel der *Danaë*

Qui n'ust pensé qu'en faueur devoit croitre
Ce que le Ciel & destins firent naitre?
Mais quand ie voy si nubileus aprets,
Vents si cruels & tant horrible orage:
Ie croy qu'estoient les infernaus arrets,
Qui de si loin m'ourdissoient ce naufrage.

Wer dächte nicht, es müsse gut gedeihen,
Was Himmel und das Schicksal uns verleihen?
Doch seh ich Stürme und Gewitter nahn,
Von Wolken drohend alles rings bedeckt,
Glaub ich, es war der Hölle finstrer Plan,
Die lange schon den Schiffbruch ausgeheckt.

Sonett von Louise Labé

Feuchter Mörtel fiel von der Kelle, die Luisa in den Händen hielt, während sie stolz ihr Werk betrachtete. Die Mauerfläche sah glatt aus, und das Stück, auf dem sie heute malen würde, schloss nahtlos an das vom Vortag an. Sie stand auf dem Gerüst vor dem fertigen Fresko der *Danaë*. Rosso hatte vorgestern letzte Hand an das ovale Bild von Jupiters Geliebter gelegt. Obwohl die Farben erst nach dem Durchtrocknen ihre gesamte Pracht entfalten würden, hatten sie schon genügend Leuchtkraft, um den Betrachter zu überzeugen.

Die Komposition des Bildes war von raffinierter Schlichtheit. Danaë, die Tochter König Acrisius' von Argos, ruhte auf einem Diwan, die Beine geöffnet und den Blick auf einen Cupido gerichtet, der ihrer alten Zofe die Augen verband. Ein Orakel hatte König Acrisius prophezeit, dass der Sohn seiner Tochter ihn einst töten werde, weshalb er Danaë in einem bronzenen Turm einschloss. Doch der schlaue Jupiter überlistete den König und kam in Gestalt eines Goldregens zu Danaë. Symbolträchtig hatte Rosso die göttliche Wolke, aus welcher der goldene Regen in Danaës Schoß fiel, direkt unter dem königlichen Salamander platziert. Luisa wischte sich die Hände an ihrem Kittel ab und steckte die Kelle in ihren Gürtel. Dann ließ sie den Blick über die üppigen Körper der flankierenden Stuckkaryatiden und das allzu pralle Obst gleiten.

Das Gerüst knarrte, und kurz darauf stand Rosso neben ihr auf den Planken. »Was denkst du?«

»Die leuchtenden Farben, die üppigen Formen, alles strahlt Sinnlichkeit aus, und dann der Salamander genau über dem Regen …«

Rosso zwinkerte ihr zu. »Die Eindeutigkeit liegt in der Zweideutigkeit. Mythos oder König, Wollust oder keusche Hingabe? Wer könnte der armen Danaë einen Vorwurf machen?«

Sie begriff und fügte leise hinzu: »Und wer könnte einem König seine Liebe zu schönen Frauen vorwerfen? Mehr noch, wer sollte den Frauen vorwerfen, dass sie sich ihm hingeben? Darin liegt eine solche …« Sie suchte nach dem passenden Wort.

»Finesse? Zweifellos, danke.« Zufrieden schnalzte er mit der Zunge und bückte sich, um den von ihr aufgetragenen Feinputz zu prüfen. Nachdem er leicht mit dem Finger dagegengedrückt hatte, erhob er sich. »In weniger als der Hälfte einer Stunde kannst du beginnen. Die Engel von gestern wirken zu ernst. Gib den heutigen etwas mehr Schalk. Das wäre dem Thema angemessen, denkst du nicht?«

Sie nickte und kam wieder ins Grübeln. Seit Armidos überstürzter Abreise waren über drei Wochen vergangen, in denen sie kein Lebenszeichen von ihrem Bruder erhalten hatte, und sie machte sich große Sorgen. Die Arbeit in der Galerie, ihre Gespräche und das Zusammensein mit Rosso bedeuteten ihr viel, aber sie vermisste Armido. Seine Gefangennahme in Paris hatte ihn verändert, hatte ihrer beider Situation verändert. Von Josette hatte sie erfahren, dass Armido einen Brief von Aleyd erhalten hatte. Noch in derselben Nacht war er verschwunden. Aleyd erwartete ein Kind.

»Wo bist du nur mit deinen Gedanken, Luca?« Rosso bürstete mit einem Pinsel über den vergoldeten Stuckrahmen.

»Bei meinem Bruder. Primaticcios Leute machen immer häufiger gehässige Bemerkungen, und mir fallen keine Entschuldigungen mehr ein. Er hätte mir zumindest sagen können, wohin er gegangen ist.«

»Ich kann nun wirklich nicht behaupten, dass ich seine Abwesenheit gutheiße, immerhin ist er einer der fähigsten Stukkadore hier, aber er ist ein Ehrenmann. Wenn er es also für seine Pflicht hält, diese Frau zu ehelichen, dann kann ich verstehen, dass er sich nicht davon abhalten lässt. Aber er hätte mir mehr Vertrauen entgegenbringen sollen. Das enttäuscht mich ein wenig.« Rosso blies feinen Staub von den Frucht- und Blattstäben des Rahmens. »Wir hätten eine Lösung gefunden, nun ist er allein und – wie ich fürchte – in einer unsicheren Gegend.«

»Woher weißt du das? Hast du von ihm gehört?«

»Das nicht, aber ich habe mit Freunden von Marot gesprochen, die Kontakte zu den Vaudois haben.«

Aufgeregt sah sie zu ihm auf. »Ja?«

Bedächtig legte Rosso den Pinsel in eine offene Werkzeugkiste. Mit einem Blick nach unten versicherte er sich, dass sie keine ungebetenen Zuhörer hatten. Doch Matteo war in der Galerie, und von den Dienern war keiner in der Nähe. »Jules Dubray hält sich in der Dauphiné auf, in der Nähe von Embrun. Denn dort hat man einen ihrer Brüder ins Gefängnis geworfen. Der dortige Bischof sympathisiert mit den erzkonservativen Kirchenherren von Toulouse und Aix.«

Luisa zitterte. Toulouse und Aix standen für Inquisitionsgerichtshöfe und die ungebrochene Verfolgung von Ketzern, entgegen der gemäßigten Politik des Königs.

»Im Piemont hat Gouverneur Montjehan Plünderungen von Dörfern der Vaudois zugelassen, und soweit ich weiß, hat der neu ernannte Connétable seine Zustimmung gegeben. Embrun liegt nicht weit von Turin und dem Gebiet, das überfallen wurde. Die Situation dort ist angespannt, und der Connétable duldet Gewalttaten gegen protestantische Minderheiten. Verstehst du?«

»Und mein Bruder wird konvertieren, um Aleyd zu heiraten. Dann ist er ein Ketzer und den Verfolgungen ausgeliefert wie die anderen. Aber der König würde ihn doch schützen. Armido gehört schließlich zu den Künstlern von Fontainebleau!« Voller Angst sah sie Rosso Fiorentino an.

»Du bist ja ganz blass. Das ziemt sich nicht für einen Kerl.« Unten entstand Bewegung. Die Eingangstür schlug laut zu, und jemand rief laut nach Rosso. »Reiß dich zusammen, Luca. Armido hat uns nicht um Hilfe gebeten. Wenn er uns braucht, wird er sich melden, und dann sehen wir weiter.« Bevor er die Leiter hinunterstieg, sagte er: »Und mach keine Dummheiten!«

Mit hängenden Schultern stand sie vor dem Fresko und unterdrückte aufsteigende Tränen. Nicht weinen, Luca, du bist keine Frau. Sie schluckte mehrmals hintereinander und wischte sich die Augen. Obwohl es nicht länger kalt in der Galerie war, trug sie noch immer eine Kappe auf den zusammengebundenen Haaren. Durch die Arbeit hatte ihr Körper sich verändert, war sehniger und kräftiger geworden, und sie achtete weiter darauf, nicht zu viel zu essen, um Rundungen an den falschen Stellen zu vermeiden. Doch in diesem Moment wäre sie am liebsten in sich zusammengesackt und hätte ihrer Verzweiflung freien Lauf gelassen. Das Versteckspiel forderte ihre ständige Aufmerksamkeit. Ohne Armido fühlte sie sich schutzlos. Seit Pellegrino wieder in Fontainebleau war, hatte Rosso kaum mehr Zeit für sie. Sie durfte seine Bücher lesen, und er ließ sie verschiedene Motive zeichnen, aber ihr fehlte seine Nähe. In ihren Räumen war sie allein. Manchmal unterhielt sie sich mit Scibec de Carpi, doch auch bei ihm musste sie achtgeben und konnte nicht sie selbst sein.

»Das ist unerhört! Ich lasse mir das nicht länger von Euch bieten!«, schrie Primaticcio unten.

Neugierig sah sie über die Brüstung in die Galerie. Meister Primaticcio stand mit wütender Miene vor Rosso, der ihn um einen guten halben Kopf überragte. Das schlanke, leicht hochmütige Gesicht des Bolognesers wurde von einem zweispitzig zulaufenden Bart umrahmt. An seinem Wams glänzten goldene Knöpfe; zweifarbige Hosen und spangenbesetzte Schuhe rundeten das Bild eines Hofmanns ab.

»Warum seid Ihr denn nicht sofort zu mir gekommen, Primaticcio? Dann hätten wir das Problem längst aus der Welt geschafft.«

»Ach ja? Wie denn? Es weiß doch niemand, wo Armido Paserini steckt. Zuerst verschwindet Piet und jetzt Paserini. Er hatte eine Ceres in Arbeit; und seine Idee war so gut, dass ich ihm auch die übrigen Karyatiden anvertraut habe. Seit drei Wochen warte ich auf den Kerl!«

Rosso lächelte schwach. »Wollt Ihr damit sagen, dass Ihr in den drei Wochen niemand anderen mit der Ausführung der Karyatiden betraut habt?«

In gemäßigterem Ton erwiderte Primaticcio: »Ja, das heißt, nein, denn ich habe ja auf die …«

»Dann seid Ihr dem Zeitplan also hinterher?«, unterbrach Rosso scharf.

»Das ist doch nicht meine Schuld! Schließlich war Armido Euer Mann!«

»Ich entsinne mich vage, dass Ihr es wart, der mir Paserini empfohlen hatte.«

Pellegrino war dazugekommen und hatte sich neben seinen Meister gestellt. Matteo rührte in einem Eimer und lauschte aufmerksam.

»Aber darum geht es ja gar nicht. Paserini ist ohne Entschuldigung verschwunden und hat seine Arbeit im Stich gelassen. Ich will wissen, wo er ist, und dann muss er bestraft werden! Für mich arbeitet er jedenfalls nicht mehr!« Röte stieg in die Wangen des Bolognesers, der für sein aufbrausendes Temperament bekannt war.

»Vielleicht hatte er gute Gründe, uns so kurzfristig verlassen zu müssen.«

»Ihr nehmt diesen Taugenichts auch noch in Schutz? Das sieht Euch gar nicht ähnlich.«

»Nun, ich fälle mein Urteil über jemanden erst, wenn ich die Gründe für sein Tun kenne.«

Primaticcio schnaufte. »Was sollen das schon für Gründe sein? Wir sind alle nur zu Gast hier und haben unsere Arbeit zu tun und sonst nichts. Hat er nicht auch noch seinen Bruder mit hergebracht? Der kann sich gleich seinen Restlohn beim Zahlmeister holen und verschwinden!«

Luisa hielt die Luft an. Nur das nicht!

»Jetzt reicht es mir, Primaticcio! Seht zu, dass Ihr jemand

anderes an die Karyatiden setzt, und erfüllt Eure Aufgaben. Noch habe ich das Sagen über die künstlerischen Belange in Fontainebleau. Und Luca Paserini lasst in Ruhe. Er leistet gute Arbeit, und das allein zählt. Wenn wir alle für die Fehler unserer Verwandten aufkommen müssten, hätten wir viel zu tun!« Rosso hatte seine Stimme nur leicht erhoben, doch sein Ton ließ keinen Widerspruch zu.

Alle in der Galerie Anwesenden waren verstummt.

Primaticcios Gesicht glühte, und seine Hand umklammerte den Griff seines Degens. Einzig sein Wissen um Rossos Gunst beim König hielt ihn davon zurück, über den Gegner herzufallen. »Seht Euch vor, Rosso. Bei Cellini habt Ihr schon einmal Euer wahres Gesicht gezeigt. Irgendwann schaut auch Seine Majestät hinter Eure aufgeblasene Fratze!«

»Cellini verbreitet überall Lügen, das weiß jeder. Der Zorn übermannt Euch, Primaticcio, und das steht keinem gut zu Gesicht. Beruhigt Euch wieder und tretet mir mit kühlem Kopf gegenüber. Ich habe Euch nichts mehr zu sagen.« Rosso ging an Primaticcio vorbei und winkte die betreten herumstehenden Künstler zu sich, die mit Primaticcio die Galerie betreten hatten.

»Die Sterne werden nicht immer so günstig für Euch stehen!«, schrie Primaticcio und rannte hinaus.

»Solange mir keiner auf den Kopf fällt …«, sagte Rosso gelassen, und die Männer lachten.

Da der König Rosso mit diversen anderen Projekten neben der Galerie beauftragt hatte, kam die Arbeit an den Fresken nur langsam voran. Pellegrino half ihm, die weniger wichtigen Aufgaben an fähige Künstler zu delegieren. Vor einigen Wochen war der Maler und Stuckateur Domenico del Barbiere aus Florenz eingetroffen, der auch ein vortrefflicher Zeichner war. Er fertigte Stiche nach Rossos Entwürfen an und übernahm das Ausfertigen von Vorlagen für Salzfässer und ähnliche Gerätschaften, die dann in Silber ausgeführt wurden. Daneben arbeitete Rosso an einer Pietà für die Kapelle in Montmorencys Schloss von Écouen und an Miniaturen für den König.

Während Pellegrinos Abwesenheit hatte Rosso Luisa seine privaten anatomischen Zeichnungen gezeigt, die Luisa sehr beeindruckt hatten. So wollte sie den menschlichen Körper auch zeichnen können, doch dazu musste sie verstehen, wie die Muskeln und Sehnen verliefen, wo die Knochen lagen. Genau wie Leonardo und Michelangelo, so hatte auch Rosso heimlich Leichen seziert, um dem menschlichen Mysterium näher zu kommen. Wenn sie ihn nur überreden könnte, sie zu einer solchen Sitzung mitzunehmen …

Luisa drückte mit dem Zeigefinger leicht auf den Putz, der noch immer zu nass war. Da sie kaum etwas gegessen hatte, kletterte sie vom Gerüst, zupfte im Schatten der Leiter an ihrem Wams und ließ die Kelle in einen Eimer mit Wasser fallen, damit der Mörtel sich löste. Ohne weiter auf die Männer zu achten, die diskutierend beieinander standen, verließ sie die Galerie durch den westlichen Ausgang. Auf dem Hof blieb sie stehen, streckte sich und rollte die verspannten Schultern. Das Verputzen forderte sie körperlich mehr, als sie zugegeben hätte, aber sie wollte sich keine Blöße geben, schon gar nicht vor Rosso. Aus der Küche holte sie sich eine Hand voll Feigen und ein Stück Brot und schlenderte über den noch immer ungepflasterten Hof zum See, in dem Karpfen gezogen wurden. Auf einer Insel in der Mitte des Sees befand sich ein Pavillon, in dem der König im Sommer intime Dinners gab. Pavillons waren ein wesentlicher Bestandteil der königlichen Gärten. Im Park hinter dem Schloss wurde bereits am Pavillon der Pomona gebaut.

Heute war auch der Baumeister Gilles Le Breton zugegen,

ein verschrobener Mann, der mit gebeugtem Rücken über die Baustelle des Pavillon des Poêles schritt. Dieser Pavillon bildete den Abschluss des Südflügels, der ebenfalls noch im Umbau begriffen war. Interessiert näherte sich Luisa der Baustelle. Der andauernde Regen und der Frost der letzten zwei Monate hatten die Bauarbeiten zum Erliegen gebracht, doch jetzt waren sie alle wieder da, die Schmiede, Dachdecker, Glaser, Tagelöhner, Handlanger, Steinschlepper und Wasserträger. Sie steckte sich den letzten Bissen Brot in den Mund und ging zwischen den Arbeitern hindurch. Ein grobschlächtiger Handlanger, der mit seinem Gestell mehrere Steine auf dem Rücken trug, spuckte vor ihr aus. »Was hast du denn hier verloren, Bübchen? Willst du mal sehen, was richtige Arbeit ist?«

Diese Männer verdienten pro Tag kaum mehr als ein paar Kupfermünzen, auf sie musste Luisa in ihrem ungeflickten Wams und den Lederstiefeln wie ein Höfling wirken. Ohne auf die freche Bemerkung zu reagieren, balancierte sie auf einer Planke zu einem festgestampften Erdplateau, wo sie Le Breton direkt ansprach.

»Guten Tag, Meister. Was entsteht hier auf diesem Plateau, wenn ich fragen darf?«

Er warf ihr einen mürrischen Blick zu. »Wer will das wissen?«

»Luca Paserini, einer der Künstler von Meister Rosso. Die gesamte Anlage ist überwältigend!« Sie breitete die Arme aus und ließ ihren Blick über den weiten See, den Hof vor der Galerie und das fast fertige Schloss schweifen, das den Cour Ovale umgab. An die Galerie grenzten die alten Gebäudeteile, in denen die Mönche wohnten, flankiert von den neu errichteten Süd- und Nordflügeln, die ihrerseits einen riesigen viereckigen Hof einfassten.

Ihre Bewunderung schien den ruppigen Baumeister milde

zu stimmen. »Ginge es nach mir, hätte ich alle alten Bauteile abreißen lassen. Das hätte der Anlage eine viel größere Einheitlichkeit verliehen. Aber Seine Majestät bestand auf der Erhaltung des Kernstücks vom alten Schloss. Der Donjon musste bleiben, also habe ich mit dem gearbeitet, was da war. Nur die Mönche stören noch.« Er kniff die Augen zusammen und sah missmutig zur alten Abtei hinüber. »Aber wenn die neuen Gebäude hinter der Kirche fertig sind, ziehen sie um, dann können wir auch den Anschluss zur Galerie vollenden.« Er stapfte auf den festen Grund. »Das hier ist das Fundament für die Terrasse des Pavillons. Im Untergeschoss der Terrasse wird eine kleinere Galerie entstehen. Der Südflügel wird verlängert, wie Ihr gesehen habt, und über die erhöhte Terrasse kann man dann in den ersten Stock gehen.«

Luisa stellte sich vor, wie der König mit seinen Höflingen über die Terrasse spazierte und mit einem Boot zum Inselpavillon übersetzte. »Wie lange, denkt Ihr, braucht es noch?«

»Eineinhalb Jahre, allerdings nur für den Pavillon, der Rest …« Er ließ den Blick über die enormen Ausmaße der Schlossanlage gleiten. »Das weiß Gott allein.«

Plötzlich ertönten Schreie am Seeufer. Der Baumeister runzelte die Stirn. »Was haben diese Tölpel schon wieder angestellt? Erst vor wenigen Tagen habe ich einen guten Mann verloren, weil ein Seilzug gerissen ist.«

Ein verschwitzter Arbeiter kam heraufgelaufen. »Meister! Kommt mit. Da unten liegt einer im Wasser!«

»Einer von unseren Leuten?« Mit energischen Schritten eilte Gilles Le Breton hinter seinem Arbeiter den Hang hinunter. Luisa folgte ihm.

»Weiß ich nicht. Ich sollte Euch nur holen.« Der Mann wischte sich die Stirn und machte ihnen den Weg zum Ufer frei.

Fünf Männer standen im Uferschlamm und bemühten sich, einen Körper aus dem Wasser zu ziehen. »Er sitzt fest!«, rief einer und zog am Hemd des Toten.

»Der ist nur so schwer, weil er schon lange hier liegt. Na los, auf drei – und dann raus mit ihm!« Mit vereinten Kräften schafften sie die aufgedunsene Leiche auf den trockenen Ufersaum.

Ein Arbeiter bekreuzigte sich. »Gott helfe ihm.«

Der Tote trug ein ehemals weißes Hemd, das der See braungrün gefärbt hatte. Ein breiter Ledergürtel hielt eine Arbeitshose, die Füße waren nackt. Der Mann war groß und von einiger Leibesfülle. Luisa betrachtete die struppigen hellen Haare und die groben Gesichtszüge und überlegte, woher ihr die Züge bekannt waren.

Gilles Le Breton schien unbeeindruckt. »Weiß jemand, wer er ist?«

Die Bauarbeiter schüttelten die Köpfe. Einer meinte: »Schwer zu sagen, Meister. Der liegt schon länger im Wasser.«

»Das sehe ich auch. Trotzdem, lasst alle einen Blick auf ihn werfen. Habt ihr dem Schlosskämmerer Bescheid gegeben?«

»Nein, Meister. Ihr seid der Erste.« Der Arbeiter, der sie geholt hatte, trat unruhig von einem Fuß auf den anderen. »Das ist nicht gut, gar nicht gut!«

Le Breton verschränkte die Arme vor der Brust. »Was ist, Vosy? Spuck's aus!«

Der Mann nahm seine Lederkappe vom Kopf und knetete sie zwischen den Händen. »Der Tote hier auf der Baustelle bringt Unglück!«

Ein zustimmendes Raunen kam von den umstehenden Arbeitern. Das Gesicht des Baumeisters verfinsterte sich. »Unsinn! Ihr seid doch alle gläubige Christen, böse Vorzeichen sind etwas für Dumme! Außerdem liegt der Tote nicht auf der Baustelle. Ihr habt ihn aus dem See gefischt, oder nicht?«

Betreten sahen die Männer zu Boden. Luisa wusste, dass Aberglaube zu großen Komplikationen beim Errichten von Gebäuden führen konnte.

Vosy sagte: »Meister, wir wissen aber nicht, wo er gestorben ist, und vor allem, woran er gestorben ist. Vielleicht hat er eine schlimme Seuche!«

»Seuche? So sieht er mir nicht aus! Der hat eher zu viel gegessen und getrunken!« Le Breton beugte sich über den Leichnam und riss das Hemd auf. Zum Vorschein kam ein aufgeblähter, aber unversehrter Leib. »Umdrehen!«

Widerwillig drehten zwei Männer den massigen Körper auf den Bauch. Weder Gesicht noch Hals hatten Verletzungen aufgewiesen, doch als Le Breton den Rücken des Toten entblößte, wurde eine Stichwunde unterhalb des linken Schulterblatts sichtbar. Angesichts der aufgetriebenen Haut und der klaffenden Wunde wandte Luisa den Kopf ab und presste sich ihre Faust in den Mund.

»Die Seuche können wir dann wohl ausschließen. Der Kerl ist erstochen worden. Vosy, wenn du den Kämmerer holst, geh gleich bei den Mönchen vorbei. Sie sollen sich um den Toten kümmern.« Der Baumeister erhob sich und sah die Herumstehenden fest an. »Was gibt es noch zu glotzen? Geht wieder an eure Arbeit! Wenn allerdings einer von euch den Mörder kennt, könnt ihr's mir natürlich sagen.«

Sofort wandten sich die Männer ab und kümmerten sich mit übergroßem Eifer um die liegen gebliebene Arbeit. Luisa kämpfte den Brechreiz nieder und räusperte sich.

Le Breton stand breitbeinig vor dem Leichnam und schüttelte den Kopf. »Diese Narren! So viel Kraft und so viel Unverstand.« Plötzlich sah er Luisa an. »Ihr seid ganz grün im

Gesicht. So empfindlich? Nun, Ihr scheint ein besonders zartes Bürschlein zu sein. Künstler? Ts, was bringt Ihr überhaupt zustande?«

»Fresken!«, stieß sie hervor. »Ich male Fresken und bin Stukkador, genau wie mein Bruder.«

»Ach ja?« Le Breton hatte das Interesse an ihr verloren. »Verflucht, warum muss die Leiche ausgerechnet hier liegen. Das bringt nichts als Ärger. Aber wenn sie mir die Baustelle lahmlegen, mache ich ihnen die Hölle heiß!«

Luisa hatte die ganze Zeit über gegrübelt, woher sie den Toten kannte, und auf einmal war sie sich sicher. »Das ist einer von Primaticcios Leuten!«, sagte sie laut.

Der Baumeister horchte auf. »Was sagt Ihr da?«

»Meister Primaticcio arbeitet mit Stukkadoren aus den Niederlanden zusammen, und der da gehört dazu. Ich habe ihn mit Thiry gesehen.« Sie entsann sich der Gruppe um den vorlauten Thiry. Die Männer saßen auch beim Essen immer zusammen und rissen derbe Zoten auf Kosten anderer.

»Schau an. Ich habe Euch unterschätzt, wie es scheint. Vielleicht erledigt sich die Sache schneller, als befürchtet. Oder auch nicht …« Mit zusammengezogenen Augenbrauen starrte Le Breton an ihr vorbei Richtung Schloss. »Wo zum Teufel kommt der denn her?«

Luisa folgte seinem Blick und erstarrte. In Begleitung zweier Mönche kam Guy de Mallêt über den Hof geeilt. »O nein!« Sie stellte sich hinter den Baumeister.

»Eh, was habt Ihr denn?«

»Ich muss weg!« Sie drehte sich um und rannte davon, am Seeufer entlang, das noch unbefestigt war. Le Breton schrie, dass sie zurückkommen solle, doch Luisa rannte in Panik, bis sie außer Atem war und nichts mehr hörte. Als sie anhielt und sich umsah, stellte sie fest, dass sie bis zu den Häusern der Pächter am Waldrand gelaufen war. Keuchend stemmte sie die Hände in die Hüften und wartete, bis ihr Herz ruhiger schlug. Wo kam Mallêt plötzlich her? Sie richtete sich auf und strich ihr Wams glatt. Dabei bemerkte sie, dass die Brustbinde sich gelöst hatte. Ein Hund bellte, und die Tür des einfachen Steinhauses wurde von innen geöffnet. Vor den Fenstern hingen schiefe Läden, die Öffnungen waren mit Wachspapier verhängt. Eigentlich hatte sie ihre Kleidung im Schutz der Bäume richten wollen, doch der Mann hatte sie bereits entdeckt und pfiff einen struppigen schwarzen Hund zurück, der knurrend um die Ecke geschossen war.

»Kommt Ihr vom Schloss, Monsieur? Braucht Ihr Kohl oder Äpfel? Wird Seine Majestät erwartet?« Der Bauer war noch nicht alt, doch sein zerfurchtes Gesicht sprach von einem harten und entbehrungsreichen Leben.

»Nein, nein. Ich …« Sie sah sich um, doch vom Schloss kamen keine Verfolger. Sie hatte schließlich nichts verbrochen! »Habt Ihr einen Schluck Wasser für mich?« Da sie sich mitten in der Fastenzeit befanden, fragte sie nicht nach Wein.

Der Bauer ging ins Haus und kam mit einem Becher zurück. Dann ging er zu einem Brunnen, der hinter Bäumen verborgen war, und schöpfte frisches Wasser. Quellwasser wäre Luisa lieber gewesen, doch sie trank einen Schluck und gab den Becher zurück. »Danke. Ich mache nur einen Spaziergang.«

Der Bauer sah sie zweifelnd an. Spaziergänge waren etwas für die Reichen, die nicht arbeiten mussten. In seinem Leben war für solcherlei Firlefanz keine Zeit. »Ihr geht allein in den Wald, ohne Waffe? Soll mein Sohn Euch begleiten? Er ist fünfzehn und kräftig.«

Luisa hob das Kinn. »Bemüht Euch nicht. Ich komme schon zurecht.« Sie nickte und folgte einem Pfad, der um das Haus herum in den Wald führte. Als sie jedoch inmitten der dichten Tannen und Laubbäume stand, die erstes Grün trieben, und gar nicht weit von ihr ein Wolf heulte, bereute sie ihre Entscheidung. Tapfer ging sie weiter, bis sie meinte, weit genug von den Häusern entfernt zu sein. Rasch legte sie den Gürtel ab, zog Wams und Hemd aus und wickelte das Tuch fest um ihre Brüste. Bei jedem Rascheln und Knacken im Unterholz zuckte sie zusammen. Wie oft schon hatte sie sich gewünscht, dass das Versteckspiel endlich ein Ende hätte. Allein die Angst, wenn sie ihre Monatsblutung hatte und heimlich die schmutzigen Tücher entsorgen musste. Sie schnallte den Gürtel wieder fest und machte sich auf den Rückweg. Als sie aus dem Wald trat, sah sie einen Reiter vor dem Pächterhaus. Der Bauer deutete in ihre Richtung. Sofort drehte Luisa sich um und lief zurück. Dem Pfad durfte sie nicht folgen, dann holte der Reiter sie innerhalb kürzester Zeit ein. Also verließ sie den Weg und schlug sich durch dichtes Unterholz, ohne auf Zweige zu achten, die ihr ins Gesicht schlugen. Der Waldboden transportierte das Geräusch von Pferdehufen.

»Heda! Luca Paserini! Im Namen des Königs befehle ich Euch herauszukommen. Wir brauchen Eure Aussage zur Leiche aus dem See. Ich kann auch die Hundemeute holen. Also tut Euch selbst einen Gefallen und kommt her!«

Es war sinnlos. Ihre Flucht war töricht gewesen. Langsam ging sie zurück und entdeckte den wartenden Reiter neben einer dünnen Fichte. Sie klopfte sich Nadeln und Borke von ihrem Wams und rückte ihre Kappe gerade. »Was wollt Ihr von mir? Kann ein anständiger Mann nicht einmal einen Spaziergang machen?«

Der Mann gehörte zu den königlichen Jägern und beugte sich lässig auf seinem Pferd vor. »Mir wurde gesagt, Ihr seid geflohen, und wer flieht, hat meistens etwas zu verbergen. Ihr könnt hinter mir aufsteigen oder laufen. Sie erwarten Euch.«

»Ich laufe. Wer sind sie?«

»Der Sekretär von Kardinal Tournon, Le Breton und Grivel, der Kämmerer.«

Sie lachte trocken. »Was für ein seltsames Grüppchen!«

»Irgendjemand muss die Untersuchung leiten, aber sie haben auch nach einem *bailli* geschickt.«

»Was ist ein *bailli*, ein Richter?« In ihrer Heimat wurden Richter und Polizeibeamte bestellt, wenn ein Verbrechen untersucht werden musste. Sie ging mit ausgreifenden Schritten neben dem Pferd des Jägers her und verfluchte sich innerlich für ihre übereilte Flucht, durch sie sich in ein schlechtes Licht gesetzt hatte. »Madonna!«, murmelte sie kopfschüttelnd.

»Ein Landvogt, der hier in Abwesenheit des Königs das Recht vertritt. Falls der Mörder gefunden wird, kommt er wohl vor ein Pariser Gericht.« Der Jäger sah sie von oben an. »Ihr seht mir nicht so aus, als könntet Ihr einen Mann von der Statur des Toten erstechen.«

»Wohl kaum!« Ihr Unmut nahm zu, während sie am Seeufer dem Schloss zustrebten. Die Glocken der Mathuriner-Abtei läuteten zum Mittagsgebet, was bedeutete, dass sie ihrem Fresko viel zu lange ferngeblieben war. Sie würde sich sputen müssen, um die für das Teilstück vorgesehenen Engel heute zu vollenden.

Bereits von weitem konnte sie Guy de Mallêts schwarz gewandete Gestalt am Ufer erkennen. Neben ihm leuchteten die weißen Gewänder der Mönche, und zwei bewaffnete Knechte warteten auf Befehle. Kurz vor dem Pavillon des Poêles brachte der Jäger sein Tier zum Stehen und sprang ab. Als er sie am Arm packen wollte, stieß sie ihn wütend zurück.

»Was fällt Euch ein! Ich bin doch kein Gefangener!«, fauchte sie und trat den wartenden Männern entgegen.

Mallêt musterte sie hochmütig. »Wisst Ihr, irgendwie wundert es mich nicht, dass Ihr in diese Sache verwickelt seid. Ihr und Euer Bruder wart mir von Anfang an ein Dorn im Auge!«

Sie warf dem Baumeister einen hilfesuchenden Blick zu. »Ihr wisst, dass ich damit nichts zu tun habe! Mir ist der Tote nur bekannt vorgekommen. Ist das etwa ein Verbrechen?«

Gilles Le Breton sah noch mürrischer aus als am Morgen. Mit einer Hand fuhr er sich durch die struppigen Haare und starrte auf den Leichnam, den man wieder auf den Rücken gedreht hatte. »Was weiß denn ich? Ich will, dass sie ihn hier fortschaffen, damit die Arbeit weitergehen kann. Meine Leute sind abergläubisch.«

Der Sekretär des Kardinals rümpfte die Nase. »Aberglaube rührt von den Heiden her und ist teuflisch!«

Die Mönche bekreuzigten sich. Einer war jung und hatte große vorquellende Augen, der andere hatte bereits ein langes Leben hinter sich und blinzelte unsicher von einem zum nächsten.

»Ach was, teuflisch! Dass sie nicht neben einer Leiche bauen wollen, ist ja wohl verständlich!«, empörte sich Le Breton.

»Warum seid Ihr überhaupt hier herausgekommen, Paserini?«, meldete sich Grivel, der Kämmerer, zu Wort. Er hatte eine wichtige Miene aufgesetzt und schien seine Rolle sehr ernst zu nehmen.

»Das darf doch nicht wahr sein!«, rief Luisa wütend. »Ich habe etwas gegessen und wollte mir die Beine an der frischen Luft vertreten, bis meine Putzschicht trocken genug ist, damit ich sie bemalen kann.«

»Nie um eine Ausrede verlegen, ihr Paserini.« Mallêt deutete auf den Toten, dessen Hautfarbe sich an der Luft zu verändern begann, außerdem gab er gluckernde Geräusche von sich, so dass sich Luisas Magen erneut zusammenzuziehen drohte. »Wer ist der Mann?«

»Ich glaube, er gehört zu den niederländischen Stukkadoren, die für Meister Primaticcio arbeiten«, sagte Luisa. »Kann ich jetzt gehen?«

Mit einem falschen Lächeln säuselte Mallêt: »Noch nicht, mein Bester. Zuerst klären wir die Identität des Toten, und dann bedarf Eure Anwesenheit hier noch weiterer Erklärung.«

Grivel neigte sich zu Mallêt. »Es ist nicht das erste Mal, dass mir dieser Bursche dort auffällt. Einmal habe ich ihn frühmorgens erwischt, wie er durch das Schloss strolchte.«

»Ihr seid ein hinterhältiger Lügner, Grivel! Ich bin mit Meister Rosso in die Galerie gegangen. Das habt Ihr wohl vergessen?«, verteidigte sich Luisa, bemüht, ihre Stimme nicht schrill klingen zu lassen. »Warum holt Ihr nicht Thiry oder Meister Rosso und Meister Primaticcio? Die können Euch sagen, wer das hier ist!«

Le Breton nickte. »Ja, das ist das Beste, um der Sache ein schnelles Ende zu bereiten. Vosy!«

Der Arbeiter war sofort zur Stelle.

»Lauf in die Galerie und hol die italienischen Meister. Sag ihnen, es ist wichtig!«

»Ja, Meister!« Vosy bekreuzigte sich mit Blick auf die Leiche und rannte davon.

Am Himmel waren dunkle Wolken aufgezogen, und eine Windböe fuhr durch die um die Leiche stehende Gruppe. Jetzt erst bemerkte Luisa den widerwärtigen Geruch, der immer stärker von dem aufgedunsenen Körper aufstieg. Als dann auch noch Luft zusammen mit einem seufzergleichen Laut aus dem Mund des Toten entwich, sprang sie zur Seite und übergab sich im Uferschlamm. Brot und Feigen kamen nahezu unverdaut wieder ans Tageslicht. Erbrochenes war ihr auch in die Nase gestiegen, was sie erneut würgen ließ. Sie hustete, wischte sich den Mund und bat einen der Wasserträger zu sich. Notdürftig gereinigt wandte sie sich wieder den Männern zu, die ungerührt auf die Ankunft der Künstler warteten.

Endlose Minuten verstrichen, bis Vosy mit den beiden gestikulierenden Meistern im Schlepptau erschien. Die beiden Italiener verstummten gleichzeitig, als sie den Leichnam sahen.

»Piet! Das ist Piet! Meine Güte, was ist mit ihm geschehen?«, fragte Primaticcio erschrocken.

»Vielleicht hat er sich Eurem launenhaften Regiment entziehen wollen«, meinte Rosso trocken.

»Aber was tut der junge Paserini hier?«, fragte Primaticcio barsch, ohne auf die sarkastische Bemerkung einzugehen.

Luisa wiederholte ihre Erklärung, und Meister Rosso nickte. »Alles, was er sagt, kann ich bestätigen. Und ich werde mich bei Seiner Majestät beschweren, dass Ihr mir meine Künstler von der Arbeit abhaltet. Paserini, geht in die Galerie zurück. Der Putz muss bemalt werden.«

Doch Guy de Mallêt hob die Hand. »Halt, so einfach ist das nicht. Solange der *bailli* nicht hier ist, vertrete ich als Ranghöchster französisches Recht. Und ich sage, dass Paserini in Haft genommen wird.«

»Aber das ist doch Irrsinn!«, rief Rosso.

Luisa rang nach Luft, und kalter Schweiß trat ihr auf die Stirn. Nicht in Haft, nur nicht in Haft, war der einzige Gedanke, den sie fassen konnte. Er durfte sie nicht mitnehmen!

Primaticcio sah auf seinen toten Stukkador. »Ist er ertrunken?«

»Nein«, sagte Le Breton. »Man hat ihn von hinten erstochen. Dafür kommt dieser schwachbrüstige Wicht nicht in Frage.« Sein Seitenblick galt Luisa.

»Erstochen?« Ratlos starrte Primaticcio in die Runde. »Piet Straaten hat zu meiner Zufriedenheit gearbeitet. Was die Männer in ihrer freien Zeit tun, weiß ich nicht. Wahrscheinlich spielen einige, aber das sollten sie uns besser selbst sagen.«

Meister Rosso nickte. »Ich bin Eurer Meinung, Primaticcio. Durch unser Herumstehen richten wir hier nichts aus. Luca kommt mit mir. Ich übernehme die Verantwortung dafür, dass er das Schloss nicht verlässt.«

Mallêt wollte etwas entgegnen, doch da trat Rosso dicht an ihn heran. »Es gibt Augenblicke, da steht einem das Schweigen besser zu Gesicht, vor allem, wenn ich an die Vorkommnisse in Paris denke.«

»Ich habe nichts Unrechtes getan! Wir handeln im Namen der heiligen römischen Kirche!« Die schlanke Gestalt des Sekretärs streckte sich.

»Aber nicht im Namen Seiner Majestät, die ihr Missfallen über Euer eigenmächtiges Vorgehen ausgedrückt hat.« Rosso winkte Luisa zu sich. »Bringt den Toten doch endlich fort«, fuhr Rosso die Mönche an.

Von der Autorität des Florentiners beeindruckt, folgten die Mönche seinem Befehl. »Wir holen eine Trage.«

Mallêt sah seinen Vorteil schwinden. »Unter diesen Umständen mag der junge Paserini mit Euch gehen, aber haltet Euch zu meiner Verfügung. Der *bailli* wird im Laufe des Tages eintreffen.«

Le Breton wandte sich an die Arbeiter, die sich inzwischen in respektvollem Abstand um sie geschart hatten. »Los, was steht ihr da herum? An die Arbeit!«

Primaticcio murmelte im Weggehen: »Ärgerliche Sache, gleich zwei Stukkadore in einem Monat …«

Den Blick des Sekretärs meidend, der mit den Knechten auf die Rückkehr der Mönche zu warten schien, begleitete Luisa Rosso zur Galerie.

Als sie außer Hörweite waren, fragte Rosso: »Was ist das überhaupt für eine Geschichte? Weißt du mehr?«

»Aber nein! Ich bin nur zufällig dort gewesen, so wie ich es berichtet habe. Mein Gott, hätte ich bloß nicht gesagt, dass mir der Mann bekannt vorkam …« Gekränkt ging sie neben Rosso her.

»Entschuldige. Ich habe viel zu tun, der Ärger mit Primaticcio, die Pietà für Montmorency. Bleib einfach in meiner Nähe. Mallêt wird nicht wagen, dir etwas anzutun, solange ich hier bin. Was macht er eigentlich in Fontainebleau?«

»Das habe ich mich auch gefragt. Ich hätte erwartet, dass er den Kardinal nach Moulins begleitet.«

Sie gingen die Treppe zur Galerie hinauf. Ein Diener öffnete ihnen die hohen Flügeltüren, auf denen der königliche Salamander prangte. Vor den Freskenpaaren auf diesem Ende der Galerie waren bereits überall Gerüste errichtet worden. Am östlichen Ende wurden die Wandflächen für das Anbringen der Vertäfelung vorbereitet. Luisas eben durchlebte Angst legte sich, als sie den vertrauten Raum betrat und ihr der Geruch von feuchtem Mörtel entgegenschlug. Sie sehnte sich nach Ruhe und ihrem Platz vor dem Fresko. Von ihren Engeln trug sie ein fertiges Bild in sich und wollte sie endlich Gestalt annehmen lassen.

Rosso klopfte ihr auf die Schulter. »Nimm es nicht so schwer, wir sprechen später. Ah, Francesco!« Er winkte Pellegrino, der mit einem Schreiben in der Luft wedelte und ihnen entgegenkam.

Auf Höhe der *Danaë* trafen sie auf Rossos Assistenten. Luisa trat an die Kiste, in der Farben und Pinsel lagen, band sich einen Schurz um und suchte die Farben heraus. Am Vortag hatte Luisa gelbe und rote Ockertöne in kleinen Schalen angemischt, so dass sie genügende Mengen eines Farbtons für das gesamte Bild hatte. Sie nahm nun von einem gelblich-braunen Ton und gab Kalkwasser und etwas Kalk dazu. Matteo sorgte dafür, dass stets frisches Kalkwasser zur Verfügung stand. Während sie alles vermengte, hörte sie, wie Pellegrino sagte: »Es wird sich nicht vermeiden lassen. Der König wünscht Eure Anwesenheit.«

»Was will er eigentlich?«, entrüstete sich Rosso. »Soll ich meine Werke beenden, oder soll ich bei Hof den Affen spielen? Schwänzeln denn nicht genügend Idioten um ihn herum?«

»Ich bitte Euch«, sagte Pellegrino eindringlich. »Ihr wisst, wie sehr er Euch schätzt!«

»Er will alles! Aber wie soll ich Großes schaffen, wenn er mich ständig abberuft?« Rosso warf Luisa einen kurzen unglücklichen Blick zu und ging mit Pellegrino fort.

Den melancholischen Ausdruck Rossos in Erinnerung, trug sie kurz darauf ein Tablett mit Farben das Gerüst hinauf und richtete sich vor dem frisch verputzten Fresko ein. Dann ging sie wieder hinunter und holte die fertige Pause, die sie nach Rossos Entwurf angefertigt hatte. Sie legte die Pause auf die verputzte Fläche und zog mit einem Pinselstiel die Umrisse nach. Gleich einem sehr zarten Relief zeigte sich die Zeichnung nun auf dem Putz, der bereits trockener war, als Luisa es sich gewünscht hätte. Noch blieben ihr etwa vier Stunden zum Malen. Sie tauchte einen langhaarigen Borstenpinsel in dunklen Ocker. Nun, meine Engel, dachte sie, dann erwecke ich euch jetzt zum Leben und bitte euch, mir beizustehen, wenn Meister Rosso fort ist.

XXIII

»... und beschütze mich vor dem Übel«

Die Kälte musste ihn geweckt haben. Armido lag noch unter seiner Rosshaardecke, doch das Gesicht fühlte sich kalt an. Die Kammer, die Arnaud ihm für die Nacht gegeben hatte, war klein und einfach ausgestattet, aber sauber. Es gab keine Feuerstelle, und die Kohlen in einem eisernen Becken waren längst verglüht. Immerhin waren die meisten Öffnungen des Sprossenfensters mit verschiedenfarbigem Glas bestückt. Vor die übrigen Löcher hatte man Wachspapier genagelt. Armido warf die Decke zurück und erhob sich von seinem Lager, das aus einem Holzgestell und einer mit frischem Stroh gefüllten Matratze bestand. Auf seiner Reise hatte er weit Schlechteres erlebt und fühlte sich ausgeruht. Trotz der Kälte goss er Wasser aus einem Krug in eine Schüssel und wusch sich. Seitdem er Fontainebleau verlassen hatte, hatte er auf das Rasieren verzichtet und beließ es auch heute dabei.

Unten in der Küche stellte Aziza gerade eine Schüssel Grütze und einen Krug Milch auf ein Tablett und sagte zu ihrem Mann: »Ich bringe es deiner Mutter. Sie sieht nicht gut aus heute Morgen.«

»Ich hoffe, dass wir noch nicht fort müssen.«

Armido setzte sich vor eine dampfende Schüssel Grütze und nahm einen Löffel. »Köstlich, danke. Was meint Ihr mit Warten? Wollt Ihr wirklich fort von hier?«

Arnaud nickte. »Kommt mit!« Er stand auf, und Armido folgte ihm in die Gaststube. Dort öffnete Arnaud einen Fensterladen und den oberen Teil eines Fensters. Durch die kleine Öffnung konnten sie auf die Straße und den Platz vor der Kathedrale sehen, wo sich eine kleine Menschenmenge versammelt hatte. Sie schüttelten ihre Fäuste und schrien etwas, das Armido nicht verstand. Manche Dialekte bereiteten ihm Schwierigkeiten. »Was sagen sie?«

Auf Italienisch erklärte Arnaud: »Nicht sehr Schmeichelhaftes über alle Fremden und Nichtkatholiken. Die Leute hier sind arm und hassen jeden, der mehr hat. Nur die wenigsten können lesen oder schreiben. Wenn dann so ein charismatischer Prediger daherkommt wie der dort, dann sind seine Hetzpredigten wie Öl im Feuer.«

»Prediger?« Armido konnte den Geistlichen, der von den Einwohnern Embruns umringt war, nicht erkennen.

»Ein Priester, denke ich. Er steht seit dem Morgengebet auf den Stufen vor der Kathedrale und hetzt die Leute gegen Ketzer auf. Entschuldigt, ich verabscheue das Wort, vor allem, wenn Aziza in der Nähe ist.«

Es begann zu schneien. Die Menge bewegte sich auf die Kathedrale zu, und Armido entdeckte einen schmächtigen jungen Mann, dessen spitzes Gesicht ihm bekannt vorkam. Als der Priester die Stufen hinaufging und sich zu den Leuten umdrehte, stolperte Armido einen Schritt nach hinten. »Nein!«

Arnaud sah ihn besorgt an. »Ihr seht aus, als hättet Ihr einen Geist gesehen!«

»Keinen Geist, leider. Der Mann dort draußen ist einer von denen, die mir das angetan haben!« Er streckte die Arme aus.

Sofort schloss Arnaud das Fenster. »Mein Gott! Wer …?«

»Monsignor Sampieri.« Er erinnerte sich nur zu deutlich

an den Geistlichen, der ihn ins Kreuzverhör genommen hatte. Der Mann kannte kein Mitleid. Sampieri war eine Missgeburt der katholischen Kirche und ihrer verkrüppelten Moral, die durch das Instrument der Inquisition mit aller Gewalt durchgesetzt werden sollte. Und der rattengesichtige Bursche gehörte zu Sampieri. Armido lehnte sich gegen die Wand und starrte wie gelähmt in den Raum.

»Ist das ein Zufall, oder kann er wissen, dass Ihr hier seid?«

»Ich weiß nicht ...« Er war unfähig, irgendetwas zu denken. Die Angst und das Ohnmachtsgefühl der Folter kehrten zurück und drohten ihn zu überwältigen.

Arnaud entfernte sich und kam kurz darauf mit einem Becher zurück, den er Armido unter die Nase hielt. »Trinkt!«, befahl er.

Gehorsam trank Armido es in einem Zug aus. Der scharfe Apfelschnaps brannte in seiner Kehle und wärmte seine Eingeweide. Er hustete und räusperte sich. »Ich weiß es einfach nicht. Ich meine, niemand weiß, wohin ich gegangen bin. Es gab einen Brief, den ich verbrannt habe.« Josette? Nein, unmöglich, sie hatte nur einen kurzen Blick erhascht.

»Geht jede Einzelheit durch. Erinnert Euch, Armido. Vielleicht hat doch jemand den Brief gelesen. Wollt Ihr mir nicht genau erklären, warum Ihr eigentlich hier seid?«

Armido sah den Wirt an, dessen Frau in den Augen der engstirnigen Fanatiker eine Ketzerin war. »Gebt mir noch einen Schluck, dann erzähle ich Euch alles.«

Sie saßen in der warmen Küche, als Armido seinen Bericht schloss. »Ich weiß, dass sie irgendwo hier ist. Ihr Bruder will Estève Brun aus dem Gefängnis holen. Also müssen sie hier sein.«

Arnaud hatte die ganze Zeit über wortlos zugehört. Jetzt rieb er sich den kurzgeschorenen Schädel. »Das ist noch schlimmer, als ich befürchtet habe. Ihr habt Euch wirklich gefährliche Feinde gemacht.« Er grinste schief. »Für die kurze Zeit, die Ihr hier in Frankreich seid, ist das beachtlich. Ich habe immerhin ein paar Jahre in Konstantinopel gebraucht.«

Ein schwaches Lächeln glitt über Armidos Gesicht. »Was soll ich tun? Wenn ich mich da draußen zeige, lässt er mich gefangennehmen, ob mit oder ohne Grund.«

Der Wirt machte eine wegwerfende Handbewegung. »Wenn sie es auf einen abgesehen haben, erfinden sie schon das Passende, darum braucht Ihr Euch nicht zu sorgen. Verfluchte Bastarde …«

Aziza kam in die Küche. »Deine Mutter hat Schmerzen. Ich gehe nur rasch zum Magus und hole …«

Weiter kam sie nicht, denn Arnaud schlug mit der Hand auf den Tisch. »Du bleibst hier!«

Ergeben schlug die Orientalin die Augen nieder. Da sprang Arnaud auf und nahm sie in die Arme. »Du kannst nicht hinaus, Aziza. Geh nach oben zu Mutter und wirf einen Blick aus dem Fenster. Ein Inquisitor ist in Embrun.«

Sie machte sich los, wobei ihr Schmuck leise klingelte, und sah ihn erschrocken an. »Wollen sie mich holen?«

»Nein. Sie sind hinter mir und meinen Freunden her. Aber Euer Mann hat recht. Man weiß nie, was geschieht, wenn der Pöbel erst einmal aufgestachelt ist«, beruhigte Armido sie.

Aziza murmelte etwas in einer Sprache, die Armido für Arabisch hielt, und ging hinaus.

»Arme Aziza. Sie hat furchtbare Angst vor der Kirche, und ich kann es ihr nicht verdenken. Wir waren Zeugen eines Autodafés in der Nähe von Marseille, kurz nach unserer Ankunft. Und seit einigen Jahren hat sich auch die Stimmung in Embrun verändert. Die Leute sind verschlossener geworden, jeder bespitzelt jeden. Manchmal kommen Dominikanermönche in die Dauphiné und hetzen die Leute auf.« Arnaud griff nach seinem Umhang, der auf einer Bank lag. »Ich gehe zu Magus, er ist Apotheker und weiß meistens, wo Sidrac zu finden ist. Wartet hier auf mich.«

Armido packte seine Sachen zusammen und ging in den Stall, um nach seinem Pferd zu sehen. Es dauerte nicht lange, und der Wirt war von seinem Erkundungsgang zurück. Er schlug die Kapuze zurück, die voller Schnee war, und sagte: »Magus meint, dass Sidrac heute mit Sicherheit kommt, weil die Frau seines Nachbarn seit Tagen hohes Fieber hat. Sidrac wollte nach ihr sehen und außerdem Salben kaufen. Ich habe ihn gebeten, Sidrac zu mir zu schicken. Im Moment halte ich es für besser, wenn Ihr Euch nicht draußen zeigt.«

Trotz seiner Ungeduld fügte sich Armido den Umständen und war dankbar, den hilfsbereiten Wirt gefunden zu haben. Arnaud hatte ein Brettspiel aus Konstantinopel mitgebracht, das auch Armido kannte. Es dunkelte bereits, als es endlich an der Vordertür klopfte. Arnaud ging in den Schankraum und kam mit einem großen Mann zurück, dessen dunkle Augen Armido interessiert musterten.

Sidrac Bayle reichte Armido die Hand. »Gott mit Euch. Arnaud hat mich eingeweiht.« Der Arzt stellte seine Umhängetasche ab und entledigte sich eines schweren Umhangs. »Es ist kalt da draußen. Die Wege sind teilweise kaum passierbar. Ich bin heute Morgen in aller Frühe losgegangen und erst vor zwei Stunden hier eingetroffen.«

»Du kannst heute nicht mehr zurück«, sagte Arnaud und bot Sidrac einen Platz in der Küche an.

»Ah. Das Spiel der Könige. Was sagt Ihr dazu, Armido?«, fragte der Arzt mit einem Blick auf das Schachbrett.

»Faszinierend. Ich bin kein großer Spieler, und es bedarf großer Übung, bis man es durchdrungen hat.«

»Wohl wahr, es gelingt mir bis heute nicht, unserem guten Arnaud mehr als ein Unentschieden abzuringen.«

Arnaud lächelte. »Ich habe in Konstantinopel zu viele Nächte beim *nargileh*-Rauchen und diesem Spiel verbracht.«

»Nicht das Schlechteste, wenn du mich fragst …« Sidrac nahm den Becher, den Arnaud ihm reichte, und trank. »Und Ihr wollt Jules Dubray sprechen?«

»Wir sind Freunde, aus Fontainebleau. Ich werde seine Schwester Aleyd heiraten.«

Erstaunt hob Sidrac die Augenbrauen. »Davon hat sie nichts gesagt! Keine Silbe! Dann seid Ihr ein Bruder?«

Armido seufzte. »Mit dem Herzen ja, aber als *barbe* George und Jules mich in Fontainebleau aufnehmen wollten, kam etwas dazwischen. David sollte alles bezeugen, aber ich kam zu spät und …« Er zuckte mit den Schultern. »Es sollte in jener Nacht nicht sein. Und dann wurde David getötet.«

»Eine furchtbare Geschichte! Verzeiht, Jules hat von Euch erzählt, aber wir sind alle ständig auf der Hut vor den *mouches*, den königlichen Kommissaren.« Sidrac schnupperte in Richtung der Feuerstelle. »Was gibt es zu essen, Arnaud? Wo ist die bezaubernde Aziza?«

Arnaud schaute in einen großen Topf. »Suppe. Sie bereitet einen Linseneintopf vor. Meiner Mutter geht es nicht gut, vielleicht kannst du später noch nach ihr sehen.«

Von den Spitzeln hatte Armido bereits gehört. Doch er war davon ausgegangen, dass sie sich auf den Hof, die Parlamente und die Gerichte beschränkten. Eine naive Annahme, denn wie ließen sich besser Häretiker aufspüren als durch Denunzianten aus dem Volk? Stück für Stück bröckelten die Hoffnungen, die Armido auf dieses Land und seinen aufgeschlossenen König gesetzt hatte. Wie hatten die Künstler in Rom geschwärmt vom humanistischen Hof des französischen Königs! Nun, zum Teil stimmte das, doch die Plakataffäre hatte das Klima bei Hof und im Land verändert, die Parlamente hatten an Einfluss gewonnen, und die Partei um Franz' Sohn Heinrich erstarkte mit jedem Jahr, das der König älter wurde.

»Trinkt noch einen Schluck, Armido. Arnauds Apfelschnaps ist unübertroffen.« Sidrac füllte alle Becher auf. »Aleyd ist bei uns.«

Am liebsten wäre er aufgesprungen und sofort zu ihr geeilt. »Wo?«

»Wir leben im Hochgebirge, nördlich von hier. Morgen gehe ich zurück, dann könnt Ihr mich begleiten. Allein hättet Ihr uns nie gefunden. Es muss ein Wink des Schicksals gewesen sein, dass Ihr ausgerechnet an Arnauds Tür geklopft habt.«

Der Wirt schob einen bereits vorbereiteten Brotlaib in den Ofen. »Die Wege des Herrn sind unergründlich. Armidos Pferd lahmt. Bevor ihr morgen aufbrecht, solltest du es dir ansehen.«

Der Arzt erhob sich und griff nach seiner Tasche. »Das mache ich jetzt gleich. Wollt Ihr mich begleiten, Armido?«

Die beiden Männer gingen mit einer Laterne in den Stall, wo Sidrac den Braunen beruhigend streichelte, bevor er dessen Hinterhuf anhob. »Das ist nicht schlimm. Es steckt nichts mehr drin. Ich gebe einen Brei darauf, der den Schmutz herauszieht, und umwickle den Huf heute Nacht. Da Ihr morgen auch nicht aufsitzt, wird der Huf in zwei Tagen wie neu sein.«

Armido strich über die weichen Nüstern des Reitpferdes, das ihn sicher durch halb Frankreich getragen hatte. »Gibt es dort oben, wo Ihr lebt, einen *barbe*?«

»Warum fragt Ihr?«

»Ich will ihn bitten, mich aufzunehmen. Ich fühle mich bereit, den ›Armen von Lyon‹ beizutreten.«

Mit einem unergründlichen Ausdruck setzte Sidrac den Huf ab. »Warum fühlt Ihr Euch bereit, einen solch wichtigen Schritt zu tun? Ist es wegen Aleyd? Dann ist der Grund nicht ausreichend.«

Der warme Pferdeatem blies ihm ins Gesicht, während Armido an einem Pfosten lehnte. »Nein. Nicht wegen, sondern trotz meiner Liebe zu Aleyd. Das macht es viel schwerer für mich.«

Anerkennung und Neugier flackerten in den dunklen Augen des Arztes auf. »Erklärt Euch näher.«

Nach kurzem Zögern sagte Armido: »Ich bin nicht erst in Frankreich zum Zweifler geworden. Es geht tiefer. Bereits als Junge habe ich alles hinterfragt. Versteht mich nicht falsch, ich glaube, dass es einen Gott gibt, aber wenn das ein so herrliches Wesen ist, dann kann es nicht wollen, dass wir ihm mit blindem Gehorsam dienen. Uns wurde ein Verstand gegeben. Wozu, wenn wir ihn nicht benutzen dürfen? Ich tue etwas und bin dafür verantwortlich. Niemand kann mir meine Schuld nehmen. Ich muss mich vor mir selbst und meinem Schöpfer dafür verantworten. Der Beichtstuhl war eine Sache, die mir aufstieß, und die Priester.« Er machte eine Pause. »Wollt Ihr das wirklich hören?«

»Ich bitte Euch sogar darum«, sagte Sidrac ernst.

»Als meine Eltern durch einen Unfall starben, zweifelte ich das erste Mal an der Kirche. Ich ging zum Priester in San Domenico und fragte, warum Gott ein solches Unglück zulasse. Er schlug mir zur Strafe für meinen Zweifel an der unfehlbaren Göttlichkeit auf die Hände und hieß mich beten. Einige Jahre später fiel mein Bruder Pietro vom Gerüst und wurde zum Krüppel. Er ist der beste Mensch, den ich kenne, und ich kann nicht glauben, dass dieser Sturz eine Strafe ist, wie der Priester sagte.«

Seit langer Zeit war es das erste Mal, dass Armido über diese Dinge sprach. Sidrac war ein Fremder, vielleicht nahm ihm das seine Befangenheit, die er dem kämpferischen Jules gegenüber gehabt hätte. Das Pferd schnaubte. Geschickt wickelte Sidrac einen Leinenstreifen stramm um den Huf.

»Wo habt Ihr das gelernt?«

Der Arzt lachte. »Ob Mensch oder Tier, spielt letztlich keine Rolle. Wir alle sind Gottes Kreaturen und wollen Linderung für unsere Schmerzen. Wenn ich meinen Patienten verständlich mache, dass ich nur ihr Bestes will, halten sie still, meistens jedenfalls. Studiert habe ich in Montpellier.«

Armido klopfte dem Pferd die Flanke. »Die medizinische Fakultät von Montpellier hat einen hervorragenden Ruf. Was tut jemand mit einer solchen Ausbildung im Gebirge?«

Sidrac setzte den Huf ab. »Zuerst Ihr.«

»Nun, Pietro hat die Werkstatt geleitet, und ich habe für verschiedene Meister gearbeitet, zuletzt in Rom, wo ich mit Brüdern der ›Armen‹ bekannt wurde. Sie haben die Saat gesät, und in Fontainebleau traf ich auf Jules und den Kreis um Marot. Wir haben viel diskutiert und ...« Er hob die Arme. »Die Regeln Eures Glaubens sind überzeugend.«

»Zumindest überzeugender als das, was Euch die heilige römische Kirche bieten kann.«

Armido verzog den Mund. »Ich habe mir meinen Glauben nicht ausgesucht. Ich wurde hineingeboren. Aber Eurer Gemeinschaft will ich aus Überzeugung beitreten. Ist das Grund genug?«

»Ich hätte schon noch einige Fragen, aber gut. Und warum sagtet Ihr, trotz Aleyd?«

»Ursprünglich war ich allein in Fontainebleau, aber meine kleine Schwester, Luisa, ist mir gefolgt.« Armido seufzte. »Sie ist Stukkadorin und Malerin. In unserer Werkstatt in Siena arbeitete sie als Mann verkleidet, weil wir jede Kraft brauchten und eine Frau nicht comme il faut ist. Mein Gott, ich hätte sie sofort zurückschicken sollen, aber sie ist etwas Besonderes, sie hat Talent. Jedenfalls ist sie als Luca nach

Fontainebleau gekommen und arbeitet für Meister Rosso in der Galerie. Ihretwegen wollte ich nicht konvertieren.« Ihre Beziehung zu Rosso verschwieg er, doch er legte die verzwickte Lage am Hof offen und seine Angst vor Guy de Mallêt und Sampieri.

Sidrac lauschte mit ernster Miene. »Ich verstehe. Eine schwere Entscheidung, aber die einzig richtige. Da pflichte ich Euch bei. Ich kenne die Dubrays seit Jahren und schätze sie sehr. Jules ist manchmal ein wenig hitzköpfig, aber ein Kämpfer, genau wie seine Schwester. Jetzt braucht Aleyd Euch. Sie hätte nie um Hilfe gebeten. Dass sie Euch geschrieben hat, zeigt, dass sie gehofft hat, Ihr würdet handeln.« Er wischte sich die Hände an einem Tuch ab, packte alle Utensilien zurück in seine Tasche und richtete sich auf. »Armido Paserini, ich werde Euch in unsere Gemeinschaft aufnehmen, und ich werde Euch und Aleyd trauen.«

»Ihr?«

»Ihr wolltet einen *barbe*, nun, ich bin einer.«

Die letzten Tage waren hektisch gewesen. Die Leiche aus dem See hatte viel Staub aufgewirbelt. Alle waren verhört worden. Sogar das Küchenpersonal hatte der *bailli* nach dem Toten ausgefragt. Didier schüttelte grinsend den Kopf. Was sollten die schon wissen? Niemand wusste etwas. Natürlich nicht! Sie waren blind und taub. Faules Gesindel! Grivel hatte doch keine Ahnung, was die alles trieben, wenn er ihnen den Rücken zuwandte. Oh, das war seine große Stunde gewesen. Als man den Ersten Kammerherrn nach dem Personal fragte, hatte er sein Dienerbuch mit nach unten genommen und jede Magd und jeden Diener finster angeblickt, so als wisse er mehr als sie. Der dumme Grivel!

Didier schlich sich leise die Treppe hinunter. Es hatte lange gedauert, bis endlich alle zu Bett gegangen waren. Nach dem Tod ihres Landsmannes hatten die Niederländer mehr als sonst getrunken und schimpften auf Franzosen und Italiener gleichermaßen. Allerdings ließen sie auch an Kaiser Karl kein gutes Haar. Sie hatten keine Ehrfurcht. Das war nicht richtig. Wenn es keine Ordnung gab, was würde dann aus der Welt? Die Kirche schaffte Ordnung. Sie gab den Menschen Halt. Aber diese sittenlosen Strolche schienen das zu vergessen. Sie spielten Würfel und trieben es mit den Weibern. Sogar nachdem einer der Ihren getötet worden war, hatten sie sich Huren aus dem Dorf geholt, denn die waren billiger als die Dienstmädchen, die bald genug von den Fremden gehabt hatten.

In der Eingangshalle ging eine Wache vorbei. Didier griff nach seinem Amulett, einem kleinen Säckchen an seinem Gürtel, das er bei einer Kräuterfrau im Dorf gekauft hatte. Kräuter und ein winziges Holzkreuz sollten ihn vor bösen Geistern beschützen. In das Kreuz war eine Rune geritzt, die ihm zusätzlichen Schutz vor seinen Feinden gewähren sollte. Er hatte gesündigt und Buße getan, aber in seinem Fall war eine Rückversicherung besser. Natürlich konnte er Seiner Gnaden nichts von diesem Amulett sagen. In den Augen der hohen Geistlichkeit war das Teufelszeug. Doch Didier wusste es besser. Satan lauerte überall, und man konnte nicht vorsichtig genug sein.

Der Wachmann war nicht mehr zu sehen. Rasch lief Didier durch die dunkle Halle in eines der noch unfertigen Königsgemächer. Dort gab es eine kleine Tür in der Vertäfelung, durch welche die Diener in ein Labyrinth schmaler Gänge gelangten, das die Gemächer miteinander verband. Zudem kam man von dort in die Küchen und hinaus in den Hof. Didier kannte jeden Winkel des Schlosses und hätte sich auch blind zurechtgefunden. Um das Knarren der Tür zum Cour Ovale zu vermeiden, drückte er mit einer Hand gegen ein Scharnier.

An der heruntergebrannten Kerze war abzulesen gewesen, dass seit dem Komplet drei Stunden vergangen waren und es demnach noch vor Mitternacht sein musste. Erst zu den Vigilien würden die Glocken wieder läuten.

Dieser Tage war es besser, über den Hof als durch das gesamte Schloss zu laufen. Wenn Grivel oder ein Wachmann ihn erwischte, müsste er eine Reihe unangenehmer Fragen über sich ergehen lassen, und noch ein Vergehen konnte er sich nicht leisten. Draußen jedoch konnte er immer eine Ausrede erfinden, und sei es nur der Gang zum Abort. Der Ballsaal, die Galerie und die königlichen Gemächer waren nur bestimmten Dienern zugänglich, denn es hatte Diebstähle gegeben. Didier hatte einen Verdacht, aber ihn fragte ja niemand. Es hatte mit kostbaren Farbmitteln angefangen, und jetzt bestahl jemand die Künstler in ihren Gemächern. Eine Katze miaute, irgendwo schrie ein Nachtvogel. An den Wänden rings um den Hof brannten Fackeln. Der an die Kapelle grenzende Bauteil war noch im Rohbau begriffen. Soweit Didier gehört hatte, sollte dort ein Pavillon entstehen, ähnlich dem Pavillon des Poêles.

Er umrundete einen Haufen Steine und lief geduckt zu einem Fenster, von dem er wusste, dass es von außen leicht zu öffnen war. Gegenüber an der Treppe stand ein Bewaffneter, und gleich rechts von ihm befand sich der Saal der Wachen, doch Didier hörte sie lachen und die Würfel rollen. Unbemerkt kletterte er in den Korridor, der zur Kapelle führte, und schlüpfte durch die massive Tür, die mit einem viel zu lauten Geräusch hinter ihm zufiel.

Erschrocken machte er einen Satz nach vorn. Auf dem Altar, der von einem Hungertuch bedeckt war, brannten zwei große Kerzen. Didier kniete nieder und bekreuzigte sich. Er nahm die Fastenzeit ernst. Vierzig Tage, hieß es in der Heiligen Schrift, hatte Moses auf dem Berg Sinai gefastet, und vierzig Tage wanderte Elias zum Berg Horeb, ohne etwas zu essen. Erneut griff er nach seinem Amulett. Er war kein Heiliger, aber er schützte die Kirche auf seine Weise. Ein Geräusch aus dem Beichtstuhl ließ ihn herumfahren. Seine Gnaden waren bereits dort!

Rasch kniete er sich vor der vergitterten Öffnung auf das Bänkchen. »Euer Gnaden, ich bin es, Didier!«, flüsterte er.

Sein Auftraggeber hatte ihm eine Nachricht zukommen lassen, dass er ihn heute zu sprechen wünsche, außer der Reihe, denn eigentlich waren sie für den ersten Montag im April verabredet gewesen. Didier war nervös, weil er endlich sagen wollte, dass alles sein Verdienst war. Dafür würde er doppelten Lohn erhalten, und vielleicht hatten Seine Gnaden sogar noch andere Verwendung für ihn.

»*In nomine Patris et Filii et Spiritus Sancti. Amen.* Was kannst du mir zu dem Toten sagen?«

»Oh, Euer Gnaden, Ihr werdet stolz auf mich sein! Ich war es! Ich habe diesen unwürdigen Ketzer getötet, um diesen Hof von solchem Gesindel zu befreien!« Seine Hände waren feucht, und er zitterte vor Aufregung.

»Red keinen Unsinn! Der Mann war doppelt so schwer wie du und einen ganzen Kopf größer. Außerdem gab es keinen Grund, diesen Mann, einen ehrbaren Künstler, zu töten. Unfug!« Ungeduld und Ärger schwangen in der Stimme mit.

Gekränkt sagte Didier: »Ihr solltet mehr Vertrauen in meine Fähigkeiten haben, Euer Gnaden. War der Brief nicht eine wertvolle Information?« Er hatte zwei Goldstücke erhalten, weil der Unbekannte die Nützlichkeit der bruchstückhaften Information bestätigt hatte.

»Warum also sollte ich über den Tod eines niederländischen Künstlers erfreut sein?«

»Weil er ein Ketzer war! Er hat schlecht über die Kirche gesprochen!«, ereiferte sich Didier.

»Bist du von Sinnen? Nicht jeder, der irgendwann schlecht über die heilige römische Kirche spricht, ist gleich ein Ketzer! Dann müssten wir zwei Drittel der Menschheit auf den Scheiterhaufen bringen. Zudem verbiete ich dir jede Art von eigenmächtigem Handeln! Ich will Informationen über die Vorgänge hier am Hof und speziell über die Gebrüder Paserini!« Die Worte kamen schnell und gepresst durch das Gitter, und Didier zuckte ängstlich zurück.

»Ja, Euer Gnaden. Aber ist denn der Tod dieses Mannes nicht von Nutzen für Euch?« Er konnte nicht glauben, dass er umsonst gemordet und eine Todsünde auf sich geladen haben sollte.

»Wie also willst du den Mann getötet haben?«

»Oh, ich habe mir einen raffinierten Plan ausgedacht. Der Niederländer hat sich öfter mit Eliette, einer Dirne aus dem Dorf, getroffen. Ich habe ihm gesagt, dass sie ihn eine Stunde vor Mitternacht am See treffen will. Es war ganz einfach. Der Trottel kam und wartete, und ich stand hinter einem Holzstapel und habe den richtigen Augenblick abgepasst. Ein Stich, und er ging zu Boden!«

»Er hat nicht geschrien und war sofort tot? Niemand hat euch gesehen?«

»Ihr wart noch nie im Dunkeln unten am See. Da ist es pechschwarz. Die Hofhunde kennen mich und haben nicht angeschlagen. Er hat noch geröchelt, da habe ich ihn umgedreht und seinen Kopf ins Wasser gedrückt, bis er still war. Ich habe ihn dicht am Ufer erwischt und brauchte ihn dann nur ein Stück ins Schilf zu ziehen.« Selbst während der Schilderung der Tat war Didier stolz auf seine Kaltblütigkeit.

Der Unbekannte räusperte sich. »Wenn das wahr ist, und ich habe da immer noch meine Zweifel, dann hast du ein schweres Unrecht auf dich geladen. Gott helfe dir! Ich erteile dir nicht die Absolution. Geh zu einem anderen und beichte.«

»Aber ich wollte Euch meine absolute Loyalität beweisen, und der Mann war ein Ketzer! Ich habe es gehört, als sie in der Küche geredet haben. Ich …«

»Schweig!«, fuhr ihn der Unbekannte an. »Ich will nichts davon hören. Deine Tat hat unnötigen Aufruhr hier im Schloss verursacht, und das gefällt mir ganz und gar nicht. Ich kann nur hoffen, dass du noch eine wertvolle Information für mich hast.«

Niedergeschmettert starrte Didier in das dunkle Loch hinter dem Gitter. Seine Hoffnungen waren mit einem Schlag zunichte gemacht worden.

»Was ist mit Luca Paserini?«

»Der war heute Abend nicht auf seinem Zimmer. Wahrscheinlich ist er in den Räumen von Meister Rosso.«

»Wieso das? Ist der Meister nicht zum König nach Ussel gereist?«

»Doch, doch, aber Luca Paserini genießt seit einiger Zeit eine Sonderstellung, wenn Ihr wisst, was ich meine …«

»Nein, das weiß ich nicht. Drück dich gefälligst deutlicher aus.«

Eine Tür fiel ins Schloss. »Wer ist da?«, rief jemand von hinten.

Didier erhob sich und trat in den Schein der Kerzen hinaus. »Ich bin's, Didier. Ich bete hier.«

Der Wachmann hob seine Laterne. »So spät noch? Ich soll hier abschließen. Beeil dich, ich warte an der Tür.«

Der Provenzale kniete sich wieder an den Beichtstuhl. »Sie schließen die Kapelle gleich zu, Euer Gnaden.«

»Was ist das für ein Unfug? Wer ordnet so etwas an? Hier!« Ein halber Livre wurde unter dem Gitter durchgeschoben. Dabei blitzte ein Ring auf. Didier erkannte einen ovalen Siegelring mit einem kleinen roten Stein. »Wenn du etwas erfährst, legst du einen Lavendelstrauß hier auf die Bank. Man wird dir dann in Kürze eine Nachricht zukommen lassen, wann wir uns treffen. Und ich verbiete dir jedwede eigenmächtige Handlung!«

»Ja, Euer Gnaden.« Enttäuscht steckte Didier das Geldstück ein. Er wollte sich erheben, doch der Unbekannte zischte: »Du wartest, bis ich fort bin!«

Der Vorhang raschelte, die Tür des Beichtstuhls knarrte, und der Unbekannte sprang mit zwei überraschend flinken Sätzen hinaus und zum Seitenausgang. Durch den Zug verlöschten die Kerzen am Altar, und Didier blieb im Dunkeln zurück. Vom anderen Ende rief der Wachmann bereits nach ihm.

»Was ist denn los? Ich bete oft nachts hier. Wer soll sich daran stören?«, fragte Didier, als er im Korridor auf den Wächter traf.

Mürrisch drehte der Bewaffnete einen großen eisernen Schlüssel in der Kapellentür um. »Frag nicht, verschwinde, sonst mache ich Meldung!«

Aus Erfahrung wusste Didier, wann es besser war, nicht auf einer Antwort zu bestehen, und ging denselben Weg zurück, den er gekommen war. Eigentlich hätte er sich sofort in sein Schlafquartier, eine zugige Dachkammer, die er sich mit fünf anderen Burschen teilte, begeben sollen, doch er wollte sich noch einmal die Räume der Paserini vornehmen. Möglicherweise hatte er etwas übersehen.

Auf Zehenspitzen schlich er über den Korridor, darauf bedacht, Grivel nicht zu wecken, der seine Zimmertür auch nachts stets einen Spalt offen stehen ließ. Er war noch einige Schritte von Luca Paserinis Tür entfernt, als diese geöffnet wurde und vorsichtig eine schmale Gestalt heraustrat. Das war keiner der Paserini und auch keiner der anderen Künstler. Didier kniff die Augen zusammen, um die Dunkelheit besser zu durchdringen, jemand musste die Öllampe im Treppenhaus gelöscht haben, die ihren Schein bis zu den Türen warf. Die Person hielt etwas in den Armen und kam in seine Richtung. Der Provenzale stellte sich an die Wand und wartete. Erst als der Mann auf seiner Höhe war, packte er ihn. Das Bündel fiel laut klirrend zu Boden.

»Albin!«, entfuhr es Didier, doch da war es bereits zu spät.

Grivels Tür flog auf, und das Licht seiner Laterne erhellte die nächtliche Szenerie. »Was geht hier vor?«

»Du Idiot!«, fluchte Albin leise. »Ich hätte mit dir geteilt!«

Didier hielt den Dieb am Kragen seines Hemdes gepackt. »Ich habe ihn auf frischer Tat ertappt!« Und leise zu Albin sagte er: »Halt ja den Mund über unser kleines Geschäft!«

Albin kratzte sich am Hals. Eine verschorfte Kruste brach auf, und Didier wandte sich angewidert ab.

Ein verschlafener Grivel war im Nachthemd zu ihnen getreten. Mit dem Fuß stieß er gegen den Beutel, den Albin fallen gelassen hatte. »Was ist das?«

»Ich, äh …« Schuldbewusst blickte Albin zu Boden.

Grivel bückte sich und zog den Beutel auf. Eine kleine Perlmuttschatulle fiel heraus. »Da du mir keine Erklärung geben kannst, gehe ich davon aus, dass du ein Dieb bist.«

Albin schwieg.

Aus einer Tür schaute ein verschlafener Belgier hervor. »Brennt es?«

»Nein, Monsieur. Es ist alles in bester Ordnung«, versicherte Grivel.

»Ah«, murmelte der Maler und verschwand wieder in seinem Zimmer.

Grivel ging in sein Zimmer, wo er mit einem Stock gegen die Decke klopfte. Kurz darauf erschienen drei junge Burschen, die in einer der Dachkammern schliefen. Sie waren einfache Diener wie Didier und sahen den Kammerherrn ergeben an.

»Dieses Individuum hat gestohlen. Bringt ihn nach unten in den Kerker. Er wird morgen seiner Strafe zugeführt. Weißt du armseliger Tropf überhaupt, was dich erwartet?«, fragte Grivel scharf.

Stumm schüttelte Albin den Kopf.

»Auf minder schweren Diebstahl stehen Peitschenhiebe, auf schweren Diebstahl Erhängen. Da du Gäste des Königs bestohlen hast, handelt es sich um schweren Diebstahl. Der *bailli* wird das morgen bestätigen.«

Erst jetzt schien Albin aus seinem Schock zu erwachen. »Nein!«, kreischte er, und die drei Burschen mussten ihn an Händen und Füßen packen und zu Boden werfen. »Nein! Ich will nicht sterben! Der da ist viel schlimmer als ich!« Er zeigte auf Didier, der wütend nach Albin trat.

»Sei still, du elender Lügner!« Didier prügelte auf den Wehrlosen ein, dass diesem das Blut aus der Nase schoss.

»Genug!«, rief Grivel und riss Didier zurück. »Wir klären das morgen. Du meldest dich zur siebten Stunde bei mir. Und ihr bringt diesen Kerl fort. Ich habe ihn vor gar nicht langer Zeit schon einmal hier oben erwischt und gezüchtigt.« Er überlegte kurz. »Und zwar zusammen mit dir, Didier! Jetzt fällt es mir wieder ein. Vielleicht habt ihr zusammen gestohlen!«

»Nein, Monsieur! Ich bin kein Dieb!«, entrüstete sich Didier. Heute Nacht schien alles schiefzulaufen. Aber Diebstahl würde er sich nicht anhängen lassen.

»Was hattest du denn noch hier zu suchen?«

»Ich war zum Beten unten in der Kapelle, und bei meiner Rückkehr habe ich ihn erwischt.« Es hatte keinen Zweck zu lügen, denn sie würden jeden befragen.

»Nun, das lässt sich alles nachprüfen. Aber das tun wir morgen. Bringt sie in den Kerker, beide!«, befahl Grivel und ging mit den Burschen ins Treppenhaus. Dort rief er einen der Wachmänner zu Hilfe. Als Didier zwischen den anderen in den Kerker hinunterstieg, konnte er immer noch nicht begreifen, wie es so weit hatte kommen können. Das Amulett baumelte an seinem Gürtel, doch von seinen beschützenden Kräften verspürte er im Moment wenig.

XXIV
Vor Gericht

Luisa stand vor dem Waschtisch in Rossos Bad und wickelte sich den Leinenstreifen fest um ihre Brüste. Als es an die Tür klopfte, zuckte sie zusammen.

»Braucht Ihr noch mehr heißes Wasser, Monsieur?«, fragte der Diener hinter der geschlossenen Tür.

Rosso hatte ihn instruiert, dass Luisa in seiner Abwesenheit seine Gemächer bewohnen werde und keine Besucher wünsche. Allein dafür war sie ihm unendlich dankbar. Ohne Armido fühlte sie sich in den beiden Räumen, die sie mit ihrem Bruder teilte, schutzlos. Die jungen Burschen, die unter dem Kammerherrn Grivel arbeiteten, hatten keinen Respekt vor ihr, und besonders Didier war ihr unheimlich. Der Provenzale hatte eine Art, plötzlich irgendwo aufzutauchen, die sie erschreckte. Sein Blick war nicht direkt, sondern scheel. »Nein danke!«, rief sie. »Ich habe alles!«

Die Schritte entfernten sich, und sie atmete durch. Der alte Diener war Rosso ergeben, und trotzdem fürchtete sie in Momenten wie diesem, dass jemand sie sehen und ihr Geheimnis entdecken könnte. Die Konsequenzen waren unvorstellbar. Sorgfältig band sie das Tuch fest und schlüpfte in ein frisches weißes Hemd. Sie legte eine Hand auf ihren Bauch, der fest und flach war. Rosso hatte ihr gezeigt, wie begehrenswert ihr Körper war, und sie vermisste ihn. Dabei war es weniger das Körperliche als vielmehr die Vertrautheit, die sich zwischen ihnen eingestellt hatte, wenn sie zusammen arbeiteten. Oft bedurfte es nur eines Blickes oder weniger Worte, und sie verstand, was er meinte, und konnte seine Vorstellungen in Entwürfen oder an einem Fresko umsetzen. Durch das Lesen seiner Bücher war sie in seine Gedankenwelt getreten, hatte erste Schritte in diesem riesigen Kosmos des Wissens getan. Sie begann zu verstehen, wie er auf diese über die Maßen komplexe Idee für die Galerie gekommen war. Es stand so viel mehr dahinter, als sie geahnt hatte, auch für sie begannen sich die einzelnen Details der Galerie zu einem vielschichtigen Gebilde voller überraschender Bezüge und Mehrdeutigkeiten zu formen.

In ihrer Vorstellung sah sie nun die Freskenpaare mit den umgebenden Stuckelementen, die Holzpaneele, die noch angebracht werden mussten, und die Gegenstücke in Decke und Fußboden, der ebenfalls noch verlegt werden musste.

Die Galerie war das eigentliche Kernstück Fontainebleaus. Schon aufgrund ihrer Lage innerhalb des Ensembles bildete sie den Mittelpunkt der Schlossanlage. Der König allein besaß den Schlüssel zu ihr und würde entscheiden, welchem seiner Gäste die Ehre zuteil wurde, das Meisterwerk zu sehen.

Luisa bürstete die halblangen dunklen Haare und band sie zusammen. Ihr Gesicht war härter geworden, stellte sie im Spiegel fest. Sie sah tatsächlich immer mehr wie Armidos jüngerer Bruder aus. Da ihre Haut einen Olivton hatte, fiel der fehlende Bart nicht allzu sehr auf, dennoch griff sie nach einem verbrannten Holzscheit und rieb sich die Wangen mit etwas Ruß ein. Manchmal beneidete sie die Damen in ihren duftigen Kleidern, wie sie mit aufgesteckten Locken und schwingenden Ohrringen flanierten. Doch dann dachte sie an ihre Arbeit und die Freiheit, die ihr die Männerkleidung gewährte, und verwarf solch negative Gedanken.

Auf dem Stuhl lag ihr Arbeitswams. Der braune Stoff war an den Ellenbogen abgewetzt, und die Aufschläge waren voller Staub und Mörtel, doch es war ihr zu einer zweiten Haut geworden, und wenn die Frauen wüssten, wie bequem Beinkleider waren, würden sie wahrscheinlich Korsett, Drahtgestell und schwere Unterröcke dagegen tauschen wollen. Lächelnd band Luisa den Gürtel um, streifte die weichen Stiefel über und überprüfte ihre Erscheinung. Fehlte nur die Lederkappe.

In Rossos Arbeitszimmer lagen unzählige Rollen mit seinen Entwürfen in Regalen. Er hatte ihr gestattet, an einem großen Tisch zu zeichnen, und sie genoss dieses Privileg. Sobald sie mit ihrer Arbeit in der Galerie fertig war, zog sie sich hierher zurück und zeichnete an ihrer *Semele*. In groben Zügen musste sie sich an Rossos Komposition halten, doch für die Figur der *Semele* hatte er ihr freie Hand gelassen. Kritisch glitt ihr Blick über den Frauenkörper, den sie gestern Abend gezeichnet hatte. Diese Frau atmete keine Leidenschaft. Sie nahm die Kohle, ließ sie aber wieder fallen. Dafür war keine Zeit. Matteo hatte die erste Putzschicht bereits aufgetragen.

Sie nahm die Pause, ein dünnes Blatt, auf das sie Rossos Entwurf für das heutige Detail kopiert hatte, und ging zur Tür. Wehmütig glitt ihr Blick durch den Raum und blieb an Rossos Hemd hängen, das er vor seiner Abreise auf den Stuhl geworfen hatte. Die beiden einzigen Männer in ihrem Leben, die sie liebte, waren fort. Zumindest musste sie sich nicht um Rossos Sicherheit sorgen, doch wo war Armido? Sie öffnete die Tür und ging hinaus. Gib mir ein Lebenszeichen, Armido. Lass mich wissen, dass es dir gut geht.

»Trübe Gedanken, Luca? Hast du schon gegessen?« Scibec de Carpi schien an diesem Morgen ausgesprochen guter Dinge zu sein, denn er ging federnden Schrittes neben ihr her.

»Nein. Ich muss zuerst in …«

»Ach was, zuerst einen Schluck Bier und ein Stück Wurst.«

»Sind wir nicht noch in der Fastenzeit?« Luisa wusste, wie sehr Scibec darunter litt.

»Wer arbeitet, kann nicht hungern. Das hat Gott nicht gewollt!« Er schlug sich auf den leicht gewölbten Leib.

Sie waren fast am Treppenhaus angelangt, als sie auf die Niederländer trafen. Thiry hatte Scibecs Worte gehört. »Eh, Italiker! Passt auf, sonst endet ihr wie der arme Piet. Der hat auch gotteslästerlich geschwätzt, und schon …« Er machte eine eindeutige Geste an seiner Kehle.

»Red kein dummes Zeug, Thiry. Piet hatte Spielschulden oder einen Liebeshandel. Wir befinden uns nicht in Spanien, wo sie dich für einen Fluch zur Befragung zerren und Frauen verbrennen, die Kräuter für die Suppe trocknen!«, meinte Scibec verächtlich.

Gemeinsam stiegen sie in den ersten Stock hinunter, wo in den königlichen Gemächern bereits reger Betrieb herrschte. In einem kleinen Raum blieb Thiry stehen. Zwei über und über mit Gips verschmierte Franzosen mühten sich auf einem wackeligen Gerüst stehend mit einem Gesims ab. Einer der beiden hielt eine Mittelschablone und wollte sie gerade ansetzen, um das Profil über den nassen Gips zu ziehen, als Thiry von unten brüllte: »Du Idiot! Was soll das werden?«

Die zwei Franzosen hielten inne, und einer erwiderte frech: »Was weißt du schon? Kümmer dich um deine Malerei.«

Der Konkurrenzkampf zwischen einheimischen und ausländischen Arbeitern und Künstlern war hart, vor allem, weil der König die Werke der Ausländer immer wieder als Vorbild pries. Obwohl Luisa Thiry nicht ausstehen konnte, pflichtete sie ihm hier bei.

»Seht ihr die Ecke nicht? Das Gesims läuft doch um die

gesamte Wand. Wenn ihr mit der Schablone zieht, kommt ihr nicht in die Ecke, und die einheitliche Oberfläche ist dahin. Ich kann auch Meister Primaticcio holen, der wird euch schon den Kopf waschen!« Wütend stapfte Thiry davon.

»Stimmt das, was der Niederländer sagt?«, fragte einer der Franzosen und kratzte sich am Kopf.

Luisa nickte. »Aber ja doch! Habt ihr denn keine Kopfschablone für das Gesims gebaut?«

Der andere kletterte herab. »Gestern, aber wir dachten, es geht auch so.« Er holte die speziell für Ecken gearbeitete Schablone, deren Holzprofil am rechten Ende des Schlittens angebracht war. Bei der Mittelschablone saß das Profil mittig, was es unmöglich machte, in die Ecken zu ziehen.

Luisa schüttelte den Kopf. In ihrer Werkstatt wäre so etwas nicht passiert. Alle Lehrlinge mussten in mehreren Prüfungen beweisen, dass sie genau wussten, wann man welche Schablone anlegte und wie diese anzufertigen waren. Es gab komplizierte Profile, vor allem für Gesimse mit Hohlkehlen, die Wand und Decke einbanden, und für diese mussten Eckschablonen gefertigt werden, die oben und an der Seite Profilausschnitte hatten. Sie musste an Pietro denken und verspürte einen leisen Stich. Wie sehr wünschte sie sich, er würde schreiben, was zu Hause vor sich ging.

Als sie Thiry mit Meister Primaticcio durch die Zimmerfluchten eilen sah, gab sie Scibec einen Stoß. »Lass uns gehen.«

Der Kunsttischler nickte. »Mein Bedarf an Thiry ist gedeckt.«

Die beiden gingen zielstrebig auf eine der schmalen Türen zu, die zu den Gängen für die Diener führten. Rasch liefen sie nun hinunter in die Keller- und Küchenräume, wo schon seit Stunden gearbeitet wurde. Während der Fastenzeit gab es nur einfaches Essen und kein Fleisch, was Scibec aber nicht davon abhielt, sich ein großes Stück geräucherter Wurst abzuschneiden. Die Köchin ließ ihn gewähren. Luisa begnügte sich mit getrockneten Feigen und Grütze. Da sie die Einzigen waren, die aßen, setzten sie sich an einen großen Tisch in einer Ecke der Küche. Ihnen gegenüber zerschnitt eine Magd roten Kohl. Das Dienstpersonal schien aufgeregt, dauernd steckten sie die Köpfe zusammen und tuschelten.

»Ist etwas passiert?«, fragte Luisa die Magd, die mit hochrotem Kopf aufsah.

»Monsieur wissen nicht, dass heute jemand gehängt wird?«

Entsetzt starrte Luisa sie an, und Scibec verschluckte sich an einem Wurststück. »Nein! Wer?«

»Einer der Burschen, die unten saubermachen. Er hat lange Finger gemacht, und Didier hat wohl auch was am Stecken. Seid Ihr auch bestohlen worden?«

»Ich nicht«, sagte Scibec. »Aber zwei meiner Landsleute vermissen Silberschnallen und ein gutes Wams.«

Sie würde nachsehen müssen, ob in ihren Räumen etwas entwendet worden war. Dass der Dieb die Dreistigkeit besessen und bei Meister Rosso geräubert hatte, war unwahrscheinlich. »Wo soll die Hinrichtung denn stattfinden?«

»Im Dorf gibt es einen Richtplatz. Sie sind noch im Kerker. Das Verhör findet im Schloss statt, weil der *bailli* hier ist, und dann gehen sie ins Dorf. Leider habe ich keinen freien Tag, sonst wäre ich hingegangen.« Eifrig schnitt die Magd ihren Kohl.

Eine Hinrichtung war immer eine willkommene Abwechslung vom monotonen Alltag und ein gruseliges Schauspiel, zu dem man auch die Kleinsten mitnahm. »Und was ist mit Didier?«, fragte Luisa.

»Das weiß ich nicht genau. Der Provenzale sitzt jedenfalls auch im Kerker.« Sie rümpfte die Nase. »Eingebildeter Kerl.

Irgendwie ist er plötzlich an Geld gekommen und meinte dann, er könne sich alles kaufen. Aber ein Herr ist er deshalb noch lange nicht!«

Dass Didier auf einmal über Geld verfügte, war tatsächlich merkwürdig. Ein Diener seines Standes bekam neben Kost und Logis kaum mehr als ein paar Kupfermünzen pro Monat. »Wer leitet die Verhandlung hier, der *bailli*?«

Luisa vernahm mit Besorgnis, dass sich der Amtmann augenscheinlich noch immer im Schloss aufhielt. Glücklicherweise hatte Guy de Mallêt sich dank Rossos Einfluss nicht durchsetzen können und sie war nicht zum Verhör vorgeladen worden. Doch Rosso war vor zwei Tagen mit Pellegrino nach Ussel aufgebrochen.

Scibec schob seinen Teller zur Seite und erhob sich. »Komm, Luca. Wir haben wahrlich genug zu tun, was gehen uns die internen Angelegenheiten an. Ich habe die Erfahrung gemacht, dass es besser ist, sich herauszuhalten.« Er wischte sich den Mund ab. »So lebt es sich gesünder. Was Piet angeht – der hatte immer ein gottloses Mundwerk, und irgendjemand hat sich wohl daran gestört.«

Luisa folgte seinem Beispiel, aber es blieb ein ungutes Gefühl in der Magengegend. Guy de Mallêt war dann sicherlich auch noch hier. Hatte der Kardinal denn keine Aufgaben für seinen Sekretär? Wieso trieb der sich in Fontainebleau herum, während sein Vorgesetzter in Paris oder beim König war? Sie grübelte immer noch darüber nach, als sie schon auf ihrem Gerüst vor der *Danaë* stand und den Feinputz in der äußeren rechten Ecke auftrug. Matteo hatte wie jeden Morgen alles perfekt vorbereitet. Er war ein ausgezeichneter Stukkador.

»Luca, was ist mit dir los? Du bist so schweigsam. Komm mal runter, ich will dir etwas zeigen«, rief der Florentiner von unten.

Luisa legte den Spachtel ins Wasser und kletterte die Leiter hinab. Seit sie an den Fresken arbeitete, sah sie Matteo täglich und hatte ihn nach anfänglicher Skepsis, die auf beiden Seiten bestanden hatte, als angenehmen und hilfsbereiten Menschen kennengelernt. Wenn er nicht Mörtel anmischte oder verputzte, experimentierte er mit Farbmischungen oder las in der Bibliothek.

Seine Lockenmähne fiel ihm ins Gesicht, während er mehrere kleine Schälchen vor sich auf den Boden stellte. »Schau!« Stolz zeigte er auf die farbigen Pulver.

Luisa war besonders von einem erdigen Grünton angetan. Sie zerrieb das Pulver zwischen den Fingern und roch daran. »Das kommt nicht aus Italien, oder?«

Er grinste, und seine Augen leuchteten. »Das ist Grüne Erde aus Böhmen. Habe ich von einem Händler aus Paris. Ich habe kein Talent zum Malen, aber ich weiß genau, wie man herrlich leuchtende Farben mischt!«

Sie hob eine Schale mit einem gelben Pulver auf.

»Französischer Ocker, und er ist hervorragend! Ich mochte es kaum glauben«, erklärte Matteo. Die Italiener schworen auf Ocker aus Siena, doch dieses Pulver hatte eine schöne Konsistenz, und wenn es in gelöstem Zustand seine Ausdruckskraft behielt, wollte Luisa es gern verwenden.

»Schon Plinius und Vitruv bezeichneten das Terra ocra als den Farbstoff schlechthin.«

»Du hast Vitruv gelesen?« Luisa war beeindruckt. Das hätte sie dem lebenslustigen Florentiner nicht zugetraut.

»In mir vereinen sich Geist und Schönheit. Das imponiert den Damen.« Er grinste. »Wo steckt Armido eigentlich? Wenn er sich nicht um diese entzückende Josette kümmert, würde ich das tun …«

»Ist sie denn noch hier im Schloss? Ich dachte, sie wäre mit ihrer Herrin nach Moulins gereist?«

»Irgendwann wird sie zurückkommen, oder nicht? Was ist mit dir, Luca?«

Sie räusperte sich, griff nach einem Fläschchen mit roter Flüssigkeit und zog den Korken heraus. Mit einem Pinsel nahm sie etwas Farbe auf und strich sie auf einen Papierfetzen, der sich purpurrot färbte.

»Folium purpureum, habe ich aus Krebskraut gewonnen. Ist für die kleinen Teilfresken aber zu kräftig.«

»Aber für die *Semele* wäre das ein schöner Ton.« Luisa verschloss die Flasche wieder.

»Ganz unter uns, Luca, läuft da was zwischen dir und Meister Rosso?« Matteo senkte die Stimme. »Ich habe schon mitbekommen, dass du dich nicht für die holde Weiblichkeit interessierst. Ich meine, mir ist das egal, aber es wird geredet ...«

»Meine Güte, habt ihr nichts Besseres zu tun, als euch die Mäuler zu zerreißen?« Verärgert stand sie auf und kletterte wieder auf ihr Gerüst. Zumindest dort hatte sie ihre Ruhe.

Doch sie arbeitete noch nicht lange an den Engeln, als laute Stimmen und das Klirren von Waffen eine neue Störung ankündigten.

»Luca Paserini! Eure Anwesenheit wird bei einer Anhörung verlangt! Sofort!«

Sie lugte über die Brüstung und sah zwei Knechte mit Brustharnisch und Helmen. Im Schloss hatte sie diese Männer noch nicht gesehen, vermutlich gehörten sie zum *bailli*. Aber Rosso hatte doch erwirkt, dass sie nicht vorgeladen wurde? Zitternd legte sie den Pinsel nieder. »Ja, das bin ich. Warum, was will man von mir?«

»Das wissen wir nicht. Ihr habt jedenfalls sofort mit uns zu kommen!«, erwiderte der Ältere barsch.

Sie schickte ein Stoßgebet zum Himmel und stieg langsam die Sprossen hinab. Matteo hatte die Schalen fortgeräumt und stand mit gerunzelter Stirn neben der großen Kiste. »Was ist los mit euch? Ihr habt kein Benehmen! Luca hat nichts verbrochen. Was soll das also?«

»Halt den Mund, Fremder!«, fuhr der ältere Knecht, der das Sagen zu haben schien, ihn an. »Wir führen nur Befehle aus, im Namen des Königs.«

»Aber der König ist nicht hier!«

»Lass nur, Matteo. Es wird gewiss nicht lange dauern.« Luisa wusch sich die Hände in einem Eimer. »Ihr wisst wahrscheinlich nicht, dass man ein Fresko nur in nassem Zustand bemalen kann. Wenn ich länger als eine Stunde fortbleibe, war die Arbeit von heute umsonst, und ich muss den Mörtel herunterklopfen und alles neu auftragen.« Sie warf den Knechten einen ernsten Blick zu. »Das ist sicher nicht im Sinne Seiner Majestät.«

Das verunsicherte die beiden Männer ein wenig. Der Jüngere legte schließlich die Hand auf seinen Degenknauf. »Dann lasst uns endlich gehen. Umso schneller seid Ihr zurück.«

An diesem Morgen waren nur wenige Künstler in der Galerie, denn die großen Fresken wurden von Rosso persönlich ausgeführt, die Stuckarbeiten waren abgeschlossen, und die Holzverkleidungen würden nicht vor dem letzten Pinselstrich angebracht werden; das Risiko von Verunreinigungen durch Farbe oder Mörtel und die Feuchtigkeit, die das Freskieren mit sich brachte, verbannten Scibec und seine Mitarbeiter noch immer in die Werkstatt.

Die bewaffneten Knechte führten Luisa von der Galerie durch den östlichen Ausgang in den Cour Ovale, den sie der Länge nach durchquerten, bis sie direkt in den Saal der Wachen gelangten. Hier bewahrheitete sich Luisas schlimmste Befürchtung, denn das provisorische Tribunal bestand aus dem *bailli*, Grivel und Guy de Mallêt. Angesichts des gefürchteten Sekretärs sank ihr Mut, und sie hakte die Hände in ihren Gürtel, damit niemand sah, wie sehr sie zitterten.

Der Saal der Wachen war kaum mehr als eine hohe Halle mit einer flachen Holzdecke und Waffenschmuck an den Wänden. Unverputzte Mauerteile und ein stellenweise aufgebrochener Steinfußboden zeigten an, dass auch dieser Schlossteil noch im Bau begriffen war. Weit mehr als der Bauzustand interessierten Luisa jedoch die Männer, die sich hinter einem langen Tisch niedergelassen hatten und die Köpfe zusammensteckten. Bei ihrem Eintreten sahen sie auf, und Luisa blickte Guy de Mallêt direkt in die Augen. Das Licht fiel schräg von der Seite und erzeugte ein seltsames Zwielicht, in dem die blassblauen Augen des Sekretärs fast blind wirkten. Zusammen mit seiner weißen Haut und den rot geäderten Wangen wirkte er noch abstoßender auf Luisa.

An den Längswänden der Halle waren je zwei Reihen Bänke aufgestellt und rechts und links neben dem Tisch einige Stühle. Die Knechte führten sie zu einem Stuhl und hießen sie Platz nehmen. In gebührendem Abstand vom Tisch des provisorischen Gerichts standen Didier und ein Bursche, in dem Luisa glaubte, einen der Diener zu erkennen, die die Galerie säuberten. Die Stühle neben ihr waren leer, außer den drei Männern am Tisch standen Wachen an den Wänden und vor den Türen.

»Warum bin ich hier? Wer gibt Euch das Recht, mich hierher zu beordern, als sei ich ein Verbrecher?«, fragte Luisa mit lauter Stimme.

Mallêt lehnte sich zurück. Er trug eine schwarze Soutane, und an seinem Finger glänzte ein schwerer Siegelring. »Hat man Euch so behandelt? Das tut mir außerordentlich leid. Ts ts, meine Soldaten wirken manchmal etwas grob, doch sie sind lammfromm.«

Die beiden breitbeinig vor einem Fenster postierten Soldaten grinsten unverschämt. Luisa wandte sich wütend an den *bailli*, einen Landadligen, der wie eine fette Drohne neben Mallêt saß. Seine Leibesfülle war beachtlich, er füllte den gesamten Armlehnstuhl aus. »*Bailli*, mein Fresko wartet auf Fertigstellung. Es trocknet, während ich hier meine Zeit verschwende. Ich werde mich beschweren!«

Unter schweren Lidern blickte der *bailli* sie an. Mit schleppender Stimme sagte er: »Verzeiht, aber Monsieur de Mallêt meinte, dass Ihr uns bei der Aufklärung des Diebstahls von diesem Delinquenten ...« Er blätterte in einem Haufen von Dokumenten: »Albin. Also diesem Albin helfen könnt. Besagtem Delinquenten wird das peinliche Verbrechen des Diebstahls zur Last gelegt, auf welches die Todesstrafe steht. Er hat verschiedene Gegenstände aus dem Gästetrakt im Schloss entwendet. Besagte Objekte liegen dort aus.«

Luisa folgte dem Finger des *bailli* und begriff, dass es sich bei den Sachen auf dem Richtertisch um Diebesgut handelte.

»Erkennt Ihr davon etwas, das Euch gehört?«

»Darf ich?« Sie erhob sich auf das Zeichen des *bailli* und ging zum Tisch. Albin war fleißig gewesen, das musste sie ihm lassen. Sie sah einen silbernen Kerzenleuchter, Gürtelschnallen, einen Geldbeutel, einige Farbtiegel, denn die Rohmaterialien waren kostbar, ein Brokatwams und eine Perlmuttschatulle.

»Nein, ich sehe nichts, das mir oder meinem Bruder gehört.«

»Wo wir gerade bei dem Thema sind. Wo ist denn Euer Bruder, Luca Paserini?« Guy de Mallêts kalte Augen blickten lauernd.

»Habt Ihr ihm nicht genug angetan? Was geht es Euch an, wo mein Bruder ist? Er ist mit einem Auftrag von Meister Rosso unterwegs«, erwiderte Luisa.

»Das stimmt nicht. Warum lügt Ihr?«

Wütend sah sie Mallêt und die anderen an. »Bin ich hier wegen meines Bruders, oder geht es um den Diebstahl?«

»Er hat recht, Monsieur. Eure privaten Händel sind nicht Gegenstand dieses Verfahrens«, mischte sich der *bailli* ein. »Wir sollten vielmehr den Diener Didier befragen, der den Delinquenten erwischt hat. Ihr könnt gehen, Paserini.« Müde wischte er mit den Fingern über die Tischplatte.

»Was ist mit dem Leichnam?«, beharrte Mallêt.

»Das ist ein anderes Verfahren, und seine Aussage dazu ist bereits zu Protokoll genommen worden. Entfernt Euch, Paserini.« Im Gegensatz zu Mallêt war der *bailli* von der ganzen Angelegenheit sichtlich gelangweilt.

»Ich bin noch nicht fertig mit ihm!«, insistierte Mallêt.

Luisa machte einen Schritt rückwärts und drehte sich um. Noch trennten sie einige Meter von der rettenden Tür, und sie atmete bei jedem Schritt, den sie zwischen sich und Mallêt brachte, erleichtert aus. Sie hörte die Männer reden, doch der *bailli* schien Mallêts Einwände abwiegeln zu können. Zwei Wachleute hatten ihre Lanzen vor der Tür gekreuzt und nahmen sie viel zu langsam zur Seite. Erst als sie im Korridor stand und die Tür hinter ihr geschlossen worden war, nahm sie die Hände von ihrem Gürtel, den sie krampfhaft umklammert hatte. Das Leder war nass von ihrem Angstschweiß, und ihr Herz schlug so laut, dass sie meinte, man könne es noch im Saal hören. Mit wackligen Knien trat sie in den Cour Ovale, wo sich zwei Hunde um eine Ratte stritten.

Warum hatte Guy de Mallêt ausgerechnet auf sie ein Auge geworfen? Würde er ihr wahres Geschlecht kennen, wäre sie nicht länger reizvoll für ihn. Nun aber versuchte er ständig, sie einzuschüchtern in der Hoffnung, dass sie nachgeben werde. Armido hingegen hasste er, weil der ihm Paroli geboten hatte und außerdem Verbindungen mit den

»Armen von Lyon« pflegte. Möglicherweise würde sein Interesse an ihr auch in Hass umschlagen, bekäme er nicht irgendwann, was er sich von ihr versprach. Und dann gnade ihr Gott. Sie rannte an den Hunden vorbei über den Hof. Die Stufen zum Donjon nahm sie mit zwei Sätzen und hätte Thiry, der ihr aus dem königlichen Salon entgegenkam, am liebsten umarmt, so erleichtert war sie, wieder hier sein zu dürfen. »Ist Meister Primaticcio hier?«

»Ja, dort hinten. Was willst du denn von ihm?«, fragte der launische Niederländer.

»Das braucht dich nicht zu interessieren, Thiry.« Sie fand Primaticcio mit einem Stapel Entwürfen unter dem Arm vor einem Kamin stehend. »Meister, verzeiht.«

»Ein Paserini, was verschafft mir das Vergnügen?« Er wandte sich um und ging mit weit ausholenden Schritten durch die halbfertigen Räume. In dem schmalen Raum, in dem die beiden Franzosen am Morgen das Profil des Gesimses stuckiert hatten, blieb der Bologneser stehen und kontrollierte die Ecken.

»Entschuldigt, Meister, ich dachte nur, vielleicht könnt Ihr meine Hilfe brauchen, wegen der Entwürfe, die mein Bruder ausführen sollte.« Die Idee war ihr spontan gekommen, weil sie nicht wollte, dass Armido seine Arbeit verlor.

»Ihr habt doch genug Arbeit bei Meister Rosso«, sagte der Künstler, ohne sich umzudrehen.

»Wegen des Lichtes kann ich nicht mehr als ein Stück Fresko am Tag malen. Am frühen Nachmittag bin ich fertig, dann könnte ich Armidos Arbeit übernehmen. Aber wenn Ihr genügend Männer habt …«

»Hier laufen zu viele unfähige Leute herum.« Er warf einen ärgerlichen Blick auf die Franzosen, die im nächsten Raum mit dem Bau von Schablonen beschäftigt waren. »Schön, wenn Ihr Euch das zutraut. Ihr seid viel schmächtiger als Armido. Aber Rosso würde Euch nicht malen lassen, wenn Ihr nicht gut wärt.«

»Nur eine Bitte ist damit verknüpft.«

Er hob eine Augenbraue.

»Gebt meinen Bruder nicht auf! Es sind schwerwiegende Gründe, die ihn seine Arbeit vernachlässigen lassen. Aber ich versichere Euch, dass er zurückkommt und doppelt so hart arbeiten wird!«

»Eure Fürsprache ehrt Euch, aber ich kann nichts versprechen. Wir werden sehen. Unzuverlässige Männer kann ich nicht gebrauchen.« Seine Miene war hart. »Eh!«, rief er und ließ sie stehen, denn etwas anderes beanspruchte seine Aufmerksamkeit.

Mit hängenden Schultern ging sie in die Galerie zurück, wo Matteo sie mit Fragen überschüttete. Zu seiner Enttäuschung reagierte sie abweisend. Matteo wusste nichts von Armidos Fehde mit Mallêt, und sie wollte ihm ihre Ängste nicht erklären. Zudem weigerte sie sich kategorisch, zur Hinrichtung zu gehen. So hockten sie schließlich mit ärgerlichen Mienen nebeneinander auf dem Gerüst. »Geh schon und ergötz dich am Leid eines anderen. Ich habe zu arbeiten«, sagte sie zu dem Florentiner.

»Bloß, weil du dich mit Meister Rosso gut stehst, brauchst du nicht so überheblich zu tun.« Beleidigt stand er auf. »Wirst dich schon noch wundern, es fällt sich hart …«

Sie ließ den Pinsel sinken. »Matteo, bitte, versuch doch, mich zu verstehen. Ich kann nicht hingehen, weil ich nachher die Arbeit meines Bruders übernehme. Zumindest versuche ich das. Ich habe gerade mit Primaticcio darüber gesprochen.«

Matteos Miene hellte sich auf. »Du bist doch verrückt! Der haut einfach ab, und du sollst das für ihn ausbügeln. Das würde ich nicht machen!«

»Ich weiß, dass er dasselbe für mich tun würde, Matteo.« Sie tauchte den Pinsel in gelben Ocker und zog ihn über den feuchten Putz. Das Gefühl war unvergleichlich. Es lohnte sich, für diesen Moment zu leben, das wurde ihr bewusst, während die Haare des Pinsels über die feinkörnige Oberfläche glitten und die Farbe dabei verteilten. Der leicht modrige Geruch des Mörtels, der sich mit dem der Farbe verband, stieg ihr in die Nase, und er war besser als jedes kostbare Duftwässerchen. Sie wurde ruhiger.

»Na dann, wir sehen uns morgen.« Matteo kletterte die Leiter hinunter.

Eine Weile hörte sie ihn noch unten die Gerätschaften waschen, dann wurde es still, und sie widmete sich konzentriert dem Fresko.

XXV
Der Gefangene von Embrun

Ihr Abtrünnigen, wisst ihr nicht,
dass Freundschaft mit der Welt
Feindschaft mit Gott ist?
Wer der Welt Freund sein will,
der wird Gottes Feind sein.

Jakobus 4,4

Achtens: Beim Gebet braucht man weder Kniefälle noch bestimmte Zeiten, weder das Haupt entblößen noch andere äußere Dinge. Es steht fest, dass der Gottesdienst nur in Geist und Wahrheit geschehen kann. Da Gott Geist ist, muss, wer mit ihm sprechen will, dies im Geist tun. Andere äußere Dinge und das Wort können nur die große Liebe zum Nächsten ausdrücken und beweisen, mit der sich der Mensch zu seinem Gott gewandt hat.« Armido hielt mit dem Zitieren des Glaubensbekenntnisses inne, weil eines der Kinder schrie.

Gestern Abend war Armido zusammen mit Sidrac in dem Hochgebirgsweiler nördlich von Embrun angekommen. Arnaud hatte sie in aller Frühe zur Stadt hinaus begleitet, und das einsetzende Schneegestöber und ein Bestechungsgeld hatten den Torwächter davon abgehalten, sich lange mit ihnen zu befassen. Das Pferd am Zügel führend waren sie durch die verschneite Bergwelt gestapft, die von einer rauen Schönheit war, an der Armido sich mehr erfreut hätte, wenn die Wege weniger gefährlich gewesen wären. Die Unzugänglichkeit der Berge, deren Gipfel das ganze Jahr über mit Schnee bedeckt waren, schützte die Bewohner der Dörfer und Weiler jedoch vor Verfolgern. Sidrac hatte ihm von den hier lebenden Glaubensbrüdern erzählt, die sich nur selten trafen, um kein Aufsehen zu erregen. Da er Medizin studiert hatte, konnte Sidrac in seiner Funktion als Arzt herumreisen und die Gemeindemitglieder besuchen, um zu taufen oder die Sterbesakramente zu lesen. Bisher war er nicht in Konflikt mit dem Erzbischof von Embrun geraten, doch die Zeiten hatten sich geändert, seit Montjehan Gouverneur von Turin geworden war. Der König hatte fast zeitgleich in Turin das Parlament *haute cour de justice* geschaffen, ein weiteres Instrument zur Bekämpfung der Häresie.

Noch am Abend seiner Ankunft hatten sie entschieden, die Hochzeit nicht weiter aufzuschieben, denn in unsicheren Zeiten wie diesen wusste niemand, was morgen geschehen mochte. Da Armido bereits getauft war, hatte Sidrac darauf verzichtet und für die Aufnahme in die Gemeinschaft lediglich das Glaubensbekenntnis von Armido verlangt. Seit Monaten kannte Armido jedes Wort der *Resolution von Chanforan* und war glücklich, dass endlich der Tag gekommen war, an dem er sich offen zu seinem neuen Glauben bekennen konnte.

Zusätzlich zum Feuer erfüllten die Anwesenden die Wohnküche der Familie Bayle mit Wärme. Armido ließ seinen Blick über Suzanne, ihre Kinder, Élie und Jacob, Jules und Aleyd, die Nachbarin Isabeau und die Familien der benachbarten Ziegenhirten Pascal und Hugues gleiten. Immer wieder wurden seine Augen zu Aleyd gezogen, deren mit seidenen Bändern geschmücktes Haar ihr einziger Schmuck war. Dem Armutsgebot waren die Vaudois nicht unterworfen, doch äußere Schlichtheit und zurückhaltendes Auftreten waren eine Verpflichtung.

Nachdem Pascals Frau ihr Kind, das sie in einem Tuch vor der Brust trug, wieder beruhigt hatte, ergriff Sidrac das Wort. Ein schmaler Tisch diente ihm als Altar. »Ich denke, dass Armido uns eine ausreichende Probe seiner Kenntnisse gegeben hat. Da sich die Katholiken gerade in der Fastenzeit befinden – wie halten wir es damit?«

»Die Schrift legt keine Zeiten zum Fasten fest«, antwortete Armido.

»Das Zölibat?«

»Die Ehe ist für niemanden verboten, gleich welchen Standes oder Ranges er sei, und wer die Ehe verbietet, lehrt Teufelsdoktrin.«

»Richtig. Wie steht es mit der Rettung der Seelen?«

»Alle, die gerettet wurden und gerettet werden, sind vor Grundlegung der Welt erwählt. Die, die gerettet werden, können nicht verloren gehen. So steht es bei den Ephesern und in den Römerbriefen.« Armido sprach mit fester Stimme, denn er war von diesen Glaubensregeln aus tiefstem Herzen überzeugt. Sie gaben ihm Zuversicht und Hoffnung.

»Eine unserer ältesten Regeln, *sine gladio et juramento*, ohne Schwert und ohne Eid, mussten wir lockern. Ein Christ darf nun beim Namen Gottes schwören, ohne Matthäus 5,24 zuwiderzuhandeln. Die Obrigkeit hat ihre Macht von Gott, ob sie glaubt oder nicht, und daher dürfen wir zum Heil des Nächsten schwören.«

Unter den Anwesenden erhob sich zustimmendes Gemurmel. Jacob, dessen rechte Wange von einer Brandwunde entstellt war, tastete unbewusst nach seinem Vollbart, von dem nur noch die Hälfte vorhanden war. »Vor dem hinterhältigen Überfall durch Montjehan war ich ein blinder Eiferer und hätte darauf bestanden, dass wir keinen Eid ablegen dürfen.« Eine Träne rollte über seine verwundete Wange. »Aber jetzt gehe ich sogar noch weiter und sage, dass wir uns den Protestanten anschließen sollten! Zu viele mussten bereits sterben, und wofür? Wofür …« Seine Stimme wurde brüchig, und er verbarg das Gesicht in den Händen.

Der neben ihm sitzende Élie legte ihm den Arm um die Schultern. »Schon gut, Jacob, aber wir dürfen nicht aufgeben.«

»Nein! Du sprichst mir aus der Seele, Élie. Genau das wollen sie doch erreichen mit ihren Drangsalierungen, Erpressungen und den Morden. Sie wollen uns einschüchtern und zum Aufgeben zwingen. Viele von uns fühlen sich sicherer, wenn sie sich Protestanten nennen. Mit der Anerkennung der Resolution sind wir nicht mehr weit davon entfernt. Wir geben unsere Identität auf. Früher haben wir Frauen predigen lassen. Und heute? Da schicken wir unsere *barbes* auf protestantische Schulen.« Jules war aufgesprungen, und seine Augen sprühten, während er seinen Worten heftig gestikulierend Nachdruck verlieh.

»Der König hat in Turin einen *haute cour de justice* eingeführt, Jules«, sagte Aleyd ruhig. »Ich glaube, dass das erst der Anfang ist. Sie werden uns nicht dulden. Wenn wir ihnen offen die Stirn bieten, laufen wir in gewetzte Klingen.«

»Du enttäuschst mich, Schwester.« Jules blickte in die betretenen Gesichter der Versammelten. »Und du, Armido? Willst du kämpfen oder dich auch feige verstecken wie die anderen?«

Armido brachte ein schwaches Lächeln zustande. »Mein Freund, ich würde dich nie im Stich lassen, aber ich habe eine Verantwortung übernommen. Ich heirate deine Schwester. Soll ich sie durch falschen Stolz zur Witwe machen?«

»Falschen Stolz nennst du es, wenn wir öffentlich für unseren Glauben einstehen?«, erwiderte Jules.

Sidrac kam Armido zu Hilfe. »Ich denke, wir alle fühlen wie du, Jules, doch in gefährlichen Zeiten wie diesen müssen wir in erster Linie an das Wohl unserer Familien denken, und Armido und Aleyd werden ab heute eine Familie sein.«

Die Kinder begannen unruhig auf ihren Plätzen hin- und herzurutschen, und Suzanne erhob sich. »Entschuldigt mich, aber wir wollen eine Hochzeit feiern, und ich möchte nur kurz nach dem Essen sehen.«

Jules gab sich einen Ruck, ging zu Armido und umarmte ihn kurz. »Und dir soll ich meine Schwester geben?«

»Sie hat ja gesagt.« Armido streckte seine Hand nach Aleyd aus, die aufstand und sich neben ihn stellte.

»Ah, ich hoffe, du hast dir das gut überlegt, Aleyd«, sagte Jules mit gespieltem Ernst.

»Ich werde auf sie aufpassen, Jules.« Aleyds Hand lag fest und warm in der Armidos, und er meinte jedes Wort.

Die Kerzen auf dem schlichten Altartisch flackerten im Zug. Draußen stürmte es, und die Kälte drang durch alle Ritzen. Die Menschen hier oben freuten sich, wenn der Schnee so hoch lag, dass die Häuser darin versanken, denn er isolierte vor der beißenden Kälte. Dafür nahmen sie auch die unpassierbaren Wege in Kauf, die außerdem auch Schutz bedeuteten. Im Falle eines Schneesturms jedoch konnte man nur hoffen, genügend Vorräte im Haus zu haben. Dank Sidrac herrschte zurzeit kein Mangel, er hatte neben Gewürzen und Mehl sogar Datteln aus Embrun mitgebracht.

Der Prediger hob die Hand zu einer segnenden Geste. »Gottes Wege sind vollkommen. Gott ist ein Schild denen, die vertrauen.«

Die Trauung hätte schlichter nicht sein können. Nachdem Jules seine Schwester in die Ehe gegeben hatte, stellte Sidrac die Traufrage. Armido hatte auf seiner Reise in die Dauphiné einen Ring bei einem Goldschmied in Lyon für Aleyd gekauft, den er ihr nun an den Finger steckte. Der meergrüne Stein schimmerte im Kerzenlicht.

»Er hat die Farbe deiner Augen.« Zärtlich drückte er seine Lippen auf ihre Finger.

Sie wischte sich die tränennassen Wangen. »Ich danke dir, Armido.«

Sidrac sprach die Fürbitte, das Vaterunser und schließlich den Segen auf Französisch. »Gott segne dieses Brautpaar, und wer auf Gott hofft, wird von Güte umfangen.« Der *barbe* schenkte Armido und Aleyd ein strahlendes Lächeln und breitete seine Arme aus. Die Trauung würde später in ein Buch eingetragen werden, doch das hatte Zeit bis nach der Feier.

Alle standen nun auf und stimmten ein Lied an. Zwei von Sidracs Jungen spielten Flöte, und Isabeau, die Kräuterfrau, zupfte eine Laute. Die französische Hymne war Armido unbekannt, doch er war berührt von der Tatsache, dass die Gläubigen sangen. In der katholischen Kirche war der lateinische Gesang allein der Geistlichkeit vorbehalten. Suzanne trat auf sie zu, um sie zu umarmen und zu küssen, und Armido kam nicht umhin, an seine eigene Familie zu denken. Pietro und seine Schwestern würden ihm nie verzeihen, dass er ohne sie geheiratet hatte. Doch bevor er nach Siena zurückkehrte, wollte er die Arbeit in Fontainebleau beenden. Hatte er erst einmal einen schlechten Ruf, würde er keine gute Stellung mehr finden. Über sein Leben mit Aleyd hatte er sich nur wenige Gedanken gemacht. Für ihn stand fest, dass sie ihn nach Fontainebleau begleiten und dort mit ihm leben würde.

»Ich darf zu Tisch bitten!«, rief Suzanne, und die fröhliche Gesellschaft wandte sich dem Essen zu, welches die Frauen aus einfachsten Zutaten bereitet hatten.

Die Familien der Ziegenhirten hatten Käse und Milch mitgebracht und Isabeau Honig und einen Kräuterlikör. Armido und Aleyd saßen nebeneinander an den zusammengestellten Tischen, auf denen bereits Brot, Butter und Schüsseln mit Bohnenmus und Kohlgemüse standen. Sidrac schenkte Hippokras ein, einen süßen Würzwein, den die Franzosen sehr schätzten. Armido trank höflich einen Schluck des milchigen Getränks, fand aber den verdünnten Wein sehr viel schmackhafter. »Was ist da drin?«, fragte er Aleyd leise.

»Ein Pfund Zucker, Zimt und Ingwer und Wein. Das wird einen Tag stehengelassen, dann gesiebt und mit Mandelmilch aufgegossen.«

»Interessant ...«

Sie strich ihm über den Bart, den er langsam stutzen musste. »Lass es stehen, wenn es dir zu süß ist. Die anderen lieben es. Für sie ist es etwas Besonderes, das es nur selten gibt«, flüsterte Aleyd.

Armido schaute in vor Vorfreude auf das Festessen glühende Gesichter und schämte sich. Verglichen mit seiner Familie oder gar mit den Verhältnissen in Fontainebleau waren die Menschen hier bitterarm. Stolz stellte Suzanne eine Terrine vor dem Brautpaar auf den Tisch und hob den Deckel des Tontopfs.

»Hase! Pascal und Hugues waren vor drei Tagen jagen. Die besten Stücke sind für euch.« Sie holte mit einer Kelle die Keulen des zerteilten Hasen heraus und legte sie mit viel Soße auf Teller, die sie Armido und Aleyd zuschob.

Für die anderen war kaum genügend Fleisch da, und Aleyd, die seinen unglücklichen Blick bemerkte, sagte: »Es gibt noch Huhn, Eier und später Käsekuchen. Sie teilen gern, Armido.«

Er lächelte, kostete und lobte Suzannes Kochkünste. Erst jetzt langten auch die Gäste kräftig in die Schüsseln, und ein reges Gespräch entwickelte sich. Der Wein und Isabeaus

Kräuterlikör taten ein Übriges. Auch die Kinder bekamen etwas Hippokrat, und die kleinen Mädchen der Ziegenhirtenfamilien wurden von Sidracs Jungen geneckt.

»Wo wollt ihr leben, Armido?«, fragte Jules unvermittelt.

Armido räusperte sich. »Nun, zuerst in Fontainebleau, und dann möchte ich mit Aleyd in meine Heimat ziehen.«

Jules runzelte die Stirn. »Uns verlassen? Willst du das, Aleyd?«

»Bitte, Jules, jetzt ist nicht der Zeitpunkt, darüber zu sprechen. Wir können das in den nächsten Tagen klären. Im Augenblick steht Estèves Schicksal im Vordergrund. Alles andere muss warten«, antwortete seine Schwester.

Élie wischte seinen Teller mit einem Brotstück ab. »Wenn das Wetter es zulässt, gehen wir morgen nach Embrun und fordern Estèves Freilassung. Jacob ist ein Rechtsverdreher und wird ihn da schon herausholen.«

Sidrac schüttelte den Kopf. »Seht euch an! Die wissen sofort, dass ihr aus dem Piemont geflohen seid. Flüchtlinge sind in der Stadt momentan nicht erwünscht. Die Atmosphäre ist aufgeheizt durch die Anwesenheit dieses Priesters.«

»Monsignor Sampieri«, ergänzte Armido tonlos.

Jules raufte sich die Haare. »Zum Teufel mit ihm! Warum taucht er ausgerechnet jetzt hier auf? Er muss dir gefolgt sein, Armido. Du hättest nicht kommen dürfen. Jetzt bringst du uns alle in Gefahr!«

»Das ist nicht wahr! Niemand konnte wissen, wohin ich reise! Ich habe Aleyds Brief nach dem Lesen verbrannt, und das Siegel war unverletzt, als ich ihn erhalten habe. Außerdem war Sampieri zu der Zeit in Paris«, verteidigte Armido sich.

Der Arzt strahlte Souveränität und Vernunft aus, und seine Stimme hatte Gewicht. »Beherrsch dich, Jules. Niemand ist schuld, dass Sampieri hier ist. Er wird wegen Estève gekommen sein oder wegen des Massakers im Piemont. Nur wenige Inquisitoren halten sich in Frankreich auf, und die hat der Papst höchstwahrscheinlich mit Aufgaben versehen. In Embrun fällt die Saat des Monsignore auf fruchtbaren Boden. Der Bischof hat das Pflänzlein der Zwietracht und des Hasses auf Fremde und Andersgläubige gezogen, und mit der Hilfe des Monsignore kann daraus ein starkes Gewächs werden.«

»Ein Geschwür!« Jacob ließ klirrend sein Messer fallen. »In diesem Land ist Justitia wahrhaftig blind, und wenn sie einmal hinsieht, werden die Falschen verurteilt.«

»Wir lamentieren nur. So befreien wir Estève nicht aus seinem Kerker«, murrte Jules.

»Unsere schriftlichen Eingaben beim *prévôt* haben bisher nichts gebracht, der hat uns schlicht an den Bischof verwiesen, angeblich, weil er sich in der Materie nicht auskennt«, sagte Aleyd.

»Aber es gibt doch keine unabhängigen Fürstbischöfe mehr in Frankreich«, warf Armido ein.

»Das ist richtig. Der gesamte Klerus, ausgenommen die Grafschaft Venaissin, ist dem König unterstellt und nicht dem Papst. Doch das hält weder den Klerus noch die Sorbonne davon ab, ihr eigenes Süppchen zu kochen. Die meisten sind doch einfache Leute, und wenn der Erzbischof einem kleinen Korbflechter, der weder lesen noch schreiben kann, sagt, Gott strafe das Dorf mit Hagel, dann glaubt er das«, meinte Sidrac.

»Und was schlägst du vor? Sollen wir vielleicht in die Stadt ziehen, uns vor den Erzbischofspalast stellen und die Fäuste schwingen?« Jacob streckte die verbrannten Hände aus und verzog sarkastisch den Mund. »Die wissen doch genau, dass wir nur zu den Waffen greifen, wenn wir angegriffen werden, und selbst dann sind wir leichte Beute, weil keiner von uns soldatisch gedrillt ist.«

»Wir brauchen Unterstützung. Die Lavbruchs sind jetzt in Lyon. Ihr Wort hat Gewicht …« Jacob wurde von Armido unterbrochen.

»Die Lavbruchs? Von denen hat Luisa erzählt. Sie sind mit ihr bis Piacenza gereist. Sampieri war mit von der Partie, und es sollte mich sehr wundern, wenn ihr Wort in Embrun Gewicht hätte. Sobald Sampieri hört, dass die Lavbruchs Vaudois sind, wird er sie unter irgendeinem fadenscheinigen Vorwand anklagen. Mit Rückendeckung des Erzbischofs Château-Morand und des feigen *prévôt* wird das kein Problem sein.«

»Wer ist denn der *prévôt*?«, erkundigte sich Élie.

»Bertrand Tellier, ein Günstling des Erzbischofs.« Sidrac nahm den Weinkrug und füllte die Becher ringsum auf.

»Aber bisher hattet ihr keine Probleme mit dem Erzbistum Embrun?« Élie sah in die Runde.

Pascal und Hugues wechselten vielsagende Blicke. Hugues, der ältere der beiden Ziegenhirten, erklärte: »Unsere Familien haben in Embrun gelebt, bis der Erzbischof gemeinsam mit dem *prévôt* eine Säuberung veranlasst hat. Das war vor vier Jahren. Mein Vater war über achtzig Jahre alt, und meine Frau lag krank im Bett, als sie mit diesem Befehlsschreiben zu uns kamen. Es war wegen unserer Religion. Sie sagten, dass sie deswegen Erkundigungen eingezogen hätten, und deshalb seien Kosten entstanden, für den Vogt, den Gerichtsschreiber und den Steuerbeamten. Wir sollten fünfzig Livres bezahlen, und wenn wir die Summe nicht zahlen wollten, hatte der Gerichtsbeamte Anweisung, uns unsere Schweine und Möbel wegzunehmen.«

Obwohl Sidrac, Suzanne, Isabeau und die Dubrays das Schicksal ihrer Nachbarn kannten, schwiegen sie höflich.

Hugues, dessen Gesicht von den harten Witterungsbedingungen in den Bergen zerfurcht war, fuhr fort: »Ich habe ihnen gesagt, dass wir kein Geld haben! Damals hatten wir eine kleine Metzgerei und lebten von den Schweinen, die wir in einem kleinen Stall hielten. Die haben sie uns zuerst fortgenommen. Pascal hat mir beim Schlachten geholfen. Mit den Schweinen haben wir unsere Existenz verloren. Die Möbel …« Er machte eine hilflose Geste. »Wir können auf dem Boden schlafen, aber ohne die Schweine mussten wir hungern. Mein Vater starb eine Woche darauf. Er war zu schwach geworden. Anlass zum Ärger war auch das Fronleichnamsfest. Wenn die römisch-katholische Kirche ihre Prozession durch die Stadt macht, werden die Häuser geschmückt. Wir tun das nicht, aber wir haben auch nichts dagegen, wenn die anderen das machen.«

Armido konnte sehen, wie sehr den schlichten Mann das Erzählen aufregte. Und doch ertrugen Hugues und Pascal ihr Schicksal mit bewundernswertem Gleichmut.

»Ich habe gesagt, dass ich niemanden daran hindere, vor meinem Haus zu schmücken, aber meine Religion erlaube mir nicht, es selbst zu tun. In meinem ganzen Leben habe ich das nicht tun müssen und auch mein Vater nicht. Als wir uns weiter geweigert haben, das Haus zu schmücken, haben sie uns beschuldigt, wir liefen mit der Bibel unter dem Arm durch die Stadt, um die Katholiken zu ärgern.«

Jetzt hob Pascal den Kopf. Er hatte ein ehrliches, rundes Gesicht. »Besser die Bibel unter dem Arm als ein Kartenspiel in der Hand, Messieurs, habe ich gesagt. Weiter haben sie uns beschuldigt, dass wir vor ihrem Priester den Hut nicht zögen. Dabei kehrte der uns den Rücken zu, sobald er uns nur von Ferne sah! Die Stimmung auf der Straße gegen uns wurde immer ärger.«

»Der Gerichtsschreiber befahl uns, uns in der kommenden Woche beim *prêvot* vorzustellen, um die restlichen Schulden zu bezahlen. Am Schluss hat er gesagt, dass wir auf einer Liste stehen mit roten Buchstaben und uns in Acht nehmen sollen!« Hugues starrte vor sich auf den Tisch. »Da kam Sidrac, unser *barbe,* und sagte, dass wir in den Bergen ein neues Zuhause finden könnten.« Ein schwaches Lächeln erhellte Hugues' Gesicht. »Die Leute in Embrun wollten uns Böses, und so sind wir weggezogen. Meine Frau ist am Fieber gestorben. Der Umzug war zu anstrengend.«

»Waren denn nicht mehr von euch in Embrun?«, wunderte sich Élie.

»Die sind schlauer gewesen und gleich nach der Plakataffäre fortgegangen in den Süden, wo größere Gemeinden leben. Wir waren naiv und haben geglaubt, die Leute würden uns tolerieren wie wir sie auch.« Hugues nahm seinen Becher in beide Hände und trank ihn in einem Zug aus.

»Hat es uns denn genützt, dass wir viele sind, Élie?«, fragte Jacob.

Aleyd nahm Armidos Hand in ihre. »Bist du sicher, dass du die richtige Frau und die richtige Religion gewählt hast? Das Leben an meiner Seite wird nicht leicht.«

»Ich möchte kein anderes, Aleyd. Also, was unternehmen wir nun wegen Estève?«

Jules sah ihn an. »In Embrun kannst du dich nicht blicken lassen, Armido, aber du hast ein Pferd und könntest nach Lyon reiten. Die Lavbruchs wohnen dort bei Étienne Dolet. Mit etwas Glück sind auch Marot und Rabelais dort, und die stehen zurzeit gut mit dem König. Überzeuge sie, dass sie für Estève sprechen. Wenn selbst das nichts nutzt, können wir nur versuchen, eine große Geldsumme aufzutreiben, aber ich befürchte, dass es dem Bischof und Sampieri darum nicht geht …«

»Mit Sicherheit nicht, das sind Fanatiker, die ein Exempel

statuieren wollen. Die Leute sollen sehen, was es bedeutet, sich der heiligen Kirche zu widersetzen. Angst und Schrecken, das ist es, was sie verbreiten wollen!«, pflichtete Armido ihm bei.

Und Sidrac fügte hinzu: »Die königliche Politik ist ihnen zu milde, und leider haben sie die Unterstützung der Partei des Dauphins Henri.«

Bei der Erwähnung des Dauphins ging ein Raunen durch die Gesellschaft. Élie hob seinen Becher: »Gott schenke dem König ein langes und gesundes Leben!«

Armido hatte auf seiner Reise nach Embrun von fahrenden Kaufleuten das Gerücht gehört, dass der König einen Fieberanfall gehabt habe. Und von Madame d'Étampes und ihrem Arzt hatte Armido in Paris erfahren, dass Franz I. an schmerzhaften Geschwüren im Analbereich litt und in regelmäßigen Abständen, die sich mit zunehmendem Alter verkürzten, durch das Aufbrechen dieser Geschwüre auf sein Lager gezwungen wurde. Die Details des königlichen Leidens hatten Armido schockiert. Wohlweislich behielt er diese Einzelheiten für sich. Der König war zeit seines Lebens ein sportlicher und kräftiger Mann gewesen und sollte noch viele Jahre vor sich haben. »Auf den König!«, sagte er.

Bei frühlingshaften Temperaturen war der Dorfplatz voller Menschen, die auf den Beginn des Spektakels warteten. Die Aussicht auf eine Hinrichtung hatte fast die gesamte Dorfbevölkerung auf den Richtplatz gelockt. Didier hielt sich vorsichtig im Hintergrund, die Kapuze seines Umhangs über den Kopf gezogen. Er konnte sich dieses Schauspiel jedoch nicht entgehen lassen. Dabei hätte nicht viel gefehlt, und der *bailli* hätte ihn mit Albin aufs Schafott gebracht. Beim Anblick des vom Blut dunkel gefärbten Richtblocks lief ihm eine Gänsehaut über den Nacken.

Didier stand an der Pferdetränke, neben sich eine alte Frau, die dauernd mit ihrer Krücke um sich schlug, bis er sie anstieß. »Eh, pass doch auf, Alte!«

Die Alte stützte sich auf ihren knorrigen Stock, schaute mit vom grünen Star blinden Augen in seine Richtung und öffnete einen fast zahnlosen Mund. »Sag schon, Bürschchen, ist der Dieb schon oben?«

Der Gestank, der aus der dunklen Mundhöhle strömte, mischte sich mit den nicht minder widerlichen Gerüchen, die den Platz durchströmten. Schwitzende und verlauste Menschen, deren Haare seit Wochen kein Wasser gesehen hatten, drängten sich um die Bühne, auf der die Soldaten den Richtblock aufgebaut hatten. Hier im Dorf lebten diejenigen, die das Schloss mit Getreide, Gemüse, Obst und Ähnlichem versorgten oder Gelegenheitsarbeiten übernahmen, dazu ein Schmied, ein Barbier und etwas außerhalb ein Müller. Die meisten waren Bauern, die von dem Wenigen ihr Leben fristeten, das sie behalten durften. Wer nicht im Schloss selbst lebte, galt als Abschaum, das wurde Didier einmal mehr klar, als er die Kreaturen ansah, die sich mit stumpfen, von Hunger und Leid ausgezehrten Mienen um das Schafott scharten. Daneben war ein Pferch aufgebaut, in dem sich die jungen Männer des Dorfes später bei einem beliebten Spiel vergnügen würden, dem Totschlagen von Schweinen.

Didier verscheuchte ein Huhn, das zwischen den Menschen nach Körnern pickte. Die Alte stieß ungeduldig mit ihrem Stock nach dem jungen Diener. »Du bist doch noch da, ich kann das riechen. Also, haben sie den Dieb schon vorgeführt? Ich habe gehört, dass sie ihm erst die Hände abschlagen.« Sie lachte heiser.

Ein großer Mann mit gebeugten Schultern und einem breiten Ledergürtel, an dem ein schlecht gepflegtes schartiges Schwert hing, wandte den Kopf. Didier erschrak, denn der Mann war ein Knecht des *bailli*. Doch der beachtete ihn nicht, sondern sagte zu der Alten: »Gevatterin, sie haben herausgefunden, dass der Dieb auch ein Mörder ist, oder jedenfalls ist das so gut wie sicher. Deshalb schlagen sie ihm erst die Hände ab und dann den Kopf.«

Die Alte kreischte vor Freude, und Didier machte einen Schritt nach hinten, wobei er mit einem Fuß in der Tränke landete. Leise fluchend schüttelte er den nassen Schuh. Mit dem dummen Albin hatten sie einen Sündenbock gefunden, dem sie auch den Mord an Piet anhängen konnten. Damit war der *bailli* seine Sorgen los und die Öffentlichkeit zufriedengestellt. Das Verfahren war kaum als solches zu bezeichnen gewesen. Seltsam genug, dass Mallêt solchen Wert auf die Vorladung von Luca Paserini gelegt hatte. Wenn er allerdings die Vorliebe des Sekretärs für Knaben und weibische junge Männer bedachte, schien es schon weit weniger merkwürdig. Und weibisch benahm sich der junge Paserini, dass es nicht mit anzusehen war.

Nachdem Paserini verschwunden war, hatte sich der *bailli* auf Albin gestürzt. Diese kleine Ratte hatte natürlich versucht, sich aus der Sache herauszureden, obwohl er so schuldig wie die helle Morgensonne war. Als Albin ihn dann mit hineinzog und von ihrer kleinen Abmachung plauderte, hatte Didier schwere Geschütze auffahren müssen und Albin mit früheren kleinen Diebstählen in den Kellerräumen belastet. Niemand konnte das Gegenteil beweisen, und der *bailli* schien dankbar, dass Albin ein notorischer Übeltäter war.

Die Alte schwang erneut ihren Stock und fragte einen Jungen, den sie am Kragen erwischt hatte, ob die Hinrichtung schon begonnen habe. Sie wollte den genauen Ablauf hören und vor allem jedes blutige Detail. Blutig würde es werden, und Didier verspürte für einen kurzen Moment Gewissensbisse. Doch dann griff er nach seinem Amulett und murmelte: »*In nomine Patris et Filii et Spiritus Sancti. Amen. In nomine domine nostri Jesus Christus crucifixi, surgo. Ille me benedicat, regat, protegat, custodiat et ad vitam perducat aeternam, amen. Abrenuntio tibi, Satana, et conjungo tibi, Deus. Et Verbum caro factum est et habitavit in nobis.*«

Ruhiger geworden ließ er nun den Rosenkranz durch die Finger gleiten. Plötzlich kam Bewegung in die wartende Menge. Die Spielleute, die vorher einen nervtötenden Lärm auf Flöten und einem Dudelsack von sich gegeben hatten, huben einen Trommelwirbel an. Die Leute johlten, als Albin von zwei Soldaten auf das Schafott geführt wurde. Sie mussten den vollkommen verängstigten Jungen die Stufen hinaufschleifen, denn seine Beine schienen ihm den Dienst versagt zu haben. Mit irrem Blick starrte Albin in die Menge. Seine Haut sah wund und aufgeplatzt aus. Das Hemd schlotterte um den mageren Körper.

»Ich habe den Mann nicht umgebracht!«, brüllte Albin plötzlich. »Ich war es nicht! Nein, nein! Ihr könnt mich dafür nicht töten!«

Didier duckte sich in den Schatten einer Hauswand, denn er fürchtete, dass Albin mit dem Finger auf ihn zeigen und die Meute aufstacheln könne. Zwei Hinrichtungen waren noch besser als eine. Er selbst hatte dem *bailli* den Floh ins Ohr gesetzt, dass Albin der Mörder sein könnte. Monsieur de Mallêt hatte die ganze Zeit über kaum ein Wort gesprochen und an seinem Ring gespielt. Irgendwann hatte Didier einen genaueren Blick auf den Ring erhaschen können und so etwas wie eine Erleuchtung gehabt. Als die Erkenntnis in sein Gehirn gesunken war, dass der Sekretär von Kardinal Tournon der Unbekannte sein musste, der ihn regelmäßig in den Beichtstuhl der königlichen Kapelle befahl, war alles ein Kinderspiel gewesen.

Mallêt konnte kein Interesse an seiner Verurteilung haben, denn noch war er ein guter Informant. Mit dem Mord an Piet war er jedoch einen Schritt zu weit gegangen. Albin war die ideale Lösung. Er hatte zwar eine gewisse Bauernschläue, aber Intrigen durchschaute er nicht. Didier spuckte aus. Der Kerl konnte ja nicht einmal lesen, geschweige denn schreiben. Ein Soldat schlug Albin so heftig ins Gesicht, dass dieser auf die grob gezimmerten Bretter fiel. Auf einer kleinen Empore seitlich des Schafotts hatten der *bailli*, Guy de Mallêt und ein anderer dörflicher Würdenträger, den Didier nicht kannte, Platz genommen. Die fette Matrone neben dem *bailli* musste dessen Frau sein. Sie trug ein zitronengelbes Kleid und fächelte sich unentwegt Luft mit einem Fächer zu.

Albin rappelte sich auf und stierte mit hängendem Kopf geradeaus. Er war an Händen und Füßen gefesselt, und aus der aufgeplatzten Wange rann Blut. Die Leute waren begeistert und machten keinen Hehl daraus. In ihren Augen konnte die Strafe nicht grausam genug sein, und an Spott und Schadenfreude sparten die Leute nicht. Ihr Alltag war geprägt vom nackten Kampf ums Überleben, von Härte und Missgunst. Da wurde nur selten Mitgefühl offenbart.

Didier schloss kurz die Augen. Neben ihm an der Hauswand rankte sich erstes zartes Grün mit kleinen weißen Blüten, die einen süßen Duft verströmten, ein kleines Wunder an diesem Tag. Blut und Blütenduft, dachte Didier, wie seltsam. Plötzlich wurde es still. Selbst die Vögel schwiegen. Er öffnete die Augen und sah gerade noch, wie das Beil des Henkers Albins Handgelenke durchtrennte. Blut schoss aus den Stümpfen, die Albin erst ungläubig anstarrte, bevor er in ohrenbetäubendes Geheul ausbrach. Das Volk schrie im gleichen Moment auf und klatschte begeistert Beifall. Ein Henkersknecht kam mit einem Becher und versuchte, Albins Blut darin aufzufangen. Schon ein paar Tropfen des frischen Blutes von Gerichteten sollten gefährlichste Krankheiten kurieren können und wurden von den Henkern teuer verkauft.

Der Henker, der eine schwarze, spitz zulaufende Maske trug, die den gesamten Kopf und die nackten Schultern bedeckte, wischte seelenruhig das blutige Beil sauber, stellte es vor sich auf den Boden und wartete auf die Befehle des *bailli*. Didier beobachtete, wie der junge Bursche der blinden Alten alles genau berichtete. »Jetzt tritt der Priester dazu und fragt, ob der Dieb die Beichte ablegen will.«

Welch ein Hohn! Wie konnten sie ein Geständnis erwarten, wo Albin vor Schmerzen nicht wusste, wo oben und wo unten war. Aber was hatte der Trottel erwartet? Wer in einem Schloss des Königs dessen Gäste bestahl, hatte nichts anderes als den Tod verdient. Daran hatte der *bailli* nach der Beweisaufnahme keinen Zweifel gelassen. Das Diebesgut war auf einem Tisch aufgebaut gewesen, und Albin hatte zugegeben, dass er die Sachen aus den Räumen der Künstler gestohlen hatte. Grivel und er selbst hatten Albin in der Nacht mit der Beute erwischt, und eine glaubwürdige Erklärung für sein Tun war Albin nicht eingefallen. Im Grunde hatte Didier nur dafür gesorgt, dass wieder Ruhe in die Mauern Fontainebleaus einkehrte, indem er die Theorie, dass der niederländische Künstler Albin beim Stehlen erwischt hatte, in den Raum gestellt hatte.

Die Spielleute versuchten, das Geheul des unglückseligen Albin zu übertönen, der den Priester ignorierte. Als der Geistliche die Hände hob, gab der *bailli* dem Henker ein Zeichen. Didier hatte reden hören, dass der Henker aus Melun stammte, denn hier im Dorf gab es kaum genügend Arbeit für einen Vertreter dieses Standes, der auch Abtritte reinigen und als Abdecker fungieren musste. Genau wie jeder anständige Christ verabscheute Didier Scharfrichter. Sie waren Parias, deren Söhne das Gewerbe zwangsweise übernahmen und die ihre Kinder nur mit ihresgleichen verheiraten durften. Auch Didier würde sich niemals mit einem Mann dieses Standes sehen lassen. Genauso hielt man es mit Leuten, die ein ähnliches Gewerbe ausübten, wie Büttel, Polizeidiener, Stadtknechte und Gefängniswärter. Sie waren unehrlich und galten als *levis notae macula*.

Solche Gedanken kamen Didier in den Sinn, während er gebannt unter seiner Kapuze hervor auf das Schafott schaute. Albin kniete sich freiwillig vor den Richtblock und legte den Kopf darauf. Das Volk, das vorher abfällig gebuht und mit faulem Gemüse nach dem wimmernden und heulenden Albin geworfen hatte, verstummte, beeindruckt von so viel Mut im Angesicht des Todes. Als die Spielleute erneut die Trommeln schlugen, bemächtigte sich eine Art nervöser Spannung der Menschen, die teilweise mit offenen Mündern nach vorn starrten. Auch Didier ging gespannt einen Schritt vor.

Der Priester trat noch einmal hinzu, sprach seinen Segen und begab sich dann in sicheren Abstand vom Richtblock. Albins Nacken wurde von seinen Haaren verdeckt, die der Henkersknecht zur Seite schob. Nun hob der Henker, dessen muskulöser Oberkörper vor Schweiß in der Sonne glänzte, sein Beil, das kurz aufblitzte und dann mit einem präzisen Schlag Albins Halswirbel durchtrennte. Der Kopf fiel in den vor dem Block platzierten Korb, und die Leute schrien fast erleichtert auf. Didier wandte den Blick vom schauerlichen Anblick des kopflosen Rumpfes ab. Nur aus den Augenwinkeln nahm er wahr, wie der Henker und sein Knecht mit der Beseitigung des Leichnams begannen.

Die blinde Alte zog einige Livres aus ihrem Gürtelbeutel und gab sie dem Jungen. »Geh und hol mir eine Hand voll Schamhaare von dem Gerichteten, und wenn das Geld reicht, auch einen halben Becher Blut.«

Mit Gerichteten wurde ein regelrechtes Geschäft betrieben, denn die Menschen waren abergläubisch, und alles, was von einem Hingerichteten stammte, war als zauberkräftige Medizin verwendbar. Dieser zugegebenermaßen unchristliche Gedanke hatte dennoch etwas Tröstliches, dachte Didier, wenn auch die Vorstellung, dass Albins Schamhaare möglicherweise in einem Tuch am Unterleib einer Frau getragen wurden, die sich dadurch eine Schwangerschaft erhoffte, nicht einer gewissen Komik entbehrte. Er wollte sich abwenden und den Dorfplatz verlassen, als ein Schrei vom Schafott ertönte. Der Henkersknecht, der Albins Rumpf aufheben wollte, hatte dabei das blutverschmierte Hemd des Toten nach oben geschoben und zeigte nun mit den Fingern auf den Brustkorb, auf dem sich auch aus der Entfernung deutlich sichtbar dunkle Flecken abzeichneten.

Die Leute bekreuzigten sich oder machten andere Zeichen, die das Böse abwehren sollten, und schrien aufgeregt durcheinander. Doch erst, als jemand das Wort »Pest« aussprach, geriet die Menge in Bewegung. Panik brach aus.

XXVI

Château de Ventadour

April 1538

Auf dem Hügelrücken zügelte Rosso Fiorentino sein Pferd. Das Château de Ventadour, in dem Franz I. und sein Hof sich niedergelassen hatten, lag westlich von ihm in Sichtweite auf einem Plateau. Der Toskaner begrüßte die milde Frühlingsluft, erinnerte sie ihn doch an seine Heimat, in der die Natur schon einen Schritt weiter war und die Sonne Wege und Felder zwischen den Zypressenhainen wärmte. Das Limousin, das er seit einer Woche in Franz' Gefolge durchreiste, war eine grüne Hügellandschaft, durchzogen von zahlreichen Wasserläufen und Seen. Wäre das Klima lieblicher, hätte er diesen Landstrich reizvoll gefunden, doch ständiger Regen und ein grauer Himmel ließen bei Rosso nicht den Wunsch aufkommen, hier länger als notwendig zu verweilen. Er lenkte sein Pferd zum Fluss hinunter, wo er es trinken ließ.

Die Luzège traf südlich auf die Dordogne, den größten Fluss der Region. Während sein Pferd laut schlürfend das kühle Wasser trank, wischte sich Rosso den Nieselregen aus dem Gesicht, der schon seit dem frühen Morgen niederging. Sein gewachster Umhang konnte die Feuchtigkeit nicht mehr abhalten, ein Zeichen, dass er den Rückweg antreten sollte. Schnaubend hob das Pferd den Kopf. Rosso gab dem jagderfahrenen Tier mit einem Schenkeldruck zu verstehen, dass es sich in Bewegung setzen sollte.

Auf den nassen Weiden standen Schafe und Kühe, auf kargeren, höher gelegenen Teilen Ziegen. Die Pferdehufe sanken tief in den Ufermorast ein, und Rosso trieb den Grauen auf den steinigen Weg, der dem Fluss bis zum Château folgte. Einige Meter vor ihm erweiterte sich das Flussbett, wurde flacher und dehnte sich zwischen Bäumen und Schilf aus. Gegen Mittag riss die Wolkendecke auf. Rosso schlug die Kapuze zurück, löste die Bänder des Umhangs und legte das schwere Kleidungsstück vor sich auf den Sattel. Der Schrei eines Falken ließ ihn nach oben sehen. Er liebte es, die eleganten Jäger der Lüfte zu beobachten. Der königliche Falkner trainierte seine Vögel bei jedem Wetter, und heute schien ein Hase das Opfer zu sein, denn Rosso entdeckte ein Langohr, das Haken schlagend über eine Wiese lief.

Die Zerstreuung an der frischen Luft tat ihm gut, er genoss es, einmal allein auszureiten, ohne eine Meute schnatternder Hofleute im Schlepptau. Selbst Pellegrinos Gesellschaft war ihm oft zu viel, vor allem störte ihn das vorwurfsvolle Schweigen, mit dem ihn sein langjähriger Weggefährte des Öfteren bedachte. Sie sprachen nicht darüber, doch Rosso wusste genau, dass Pellegrino sich an Luca störte. Da er seine Beziehung zu dieser ungewöhnlichen Frau jedoch nicht erklären oder gar rechtfertigen wollte, mied er das Thema wie der Teufel das Weihwasser. Pellegrino hingegen ließ immer wieder Anspielungen fallen, die es Rosso leicht gemacht hätten, über Luca zu sprechen, und es ärgerte ihn umso mehr, dass der Meister nicht darauf ansprang. Rosso war ein guter Menschenkenner und vermutete neben Pellegrinos Eifersucht ein weiteres Motiv für dessen Verärgerung. Rosso hatte nämlich längst begriffen, dass die junge Frau ein außerordentliches Talent für die Malerei besaß. Hätte man sie bereits als Kind gefördert, wäre sie eine große Malerin geworden und hätte manchen männlichen Kollegen ausstechen können. Auch Pellegrino konnte die Augen vor ihrem Talent nicht verschließen, wachte eifersüchtig über Rosso und fürchtete eine Beschneidung seiner Verantwortlichkeiten.

Ob sie wusste, in welch prekäre Lage sie sich durch ihre Verkleidung gebracht hatte? Wahrscheinlich nicht, sonst würde sie aus Furcht ihr Zimmer nicht mehr verlassen. Er kannte die Hyänen des Hofes besser als sie. Jedes noch so kleine Gerücht konnte sich zu einem Skandal auswachsen und eine Lawine ins Rollen bringen. Jede Schwäche wurde bei Hofe doppelt ausgenützt, um mit einer Intrige daraus Kapital zu schlagen. Darin waren die Franzosen genauso gewandt wie die Italiener.

Vom Château kam ein einzelner Reiter heruntergesprengt. Als sie an einer Weggabelung aufeinandertrafen, zügelte der verwegen aussehende Reiter sein Pferd. Für diese »wilden Reiter« des Königs, wie sie genannt wurden, hegte Rosso Respekt, denn sie beherrschten die Reitkunst wie kaum jemand sonst. »Wohin so eilig? Gelüstet es Seine Majestät nach Austern?«

Im Vorbeireiten rief der Kurier: »Ihr habt es erraten, Meister Rosso! Soll ich Euch einen speziellen Meeresfisch mitbringen?«

Doch eine Antwort erwartete der Kurier nicht, hob die Hand zum Gruß und ließ sein Pferd angaloppieren. Rosso lachte. Während der Fastenzeit kam es häufig vor, dass der König seine Kuriere zur nächstgelegenen Meeresküste sandte, damit sie frischen Fisch brachten. Dieser *Rex christianissimus*, ein Titel, den Franz gern gebrauchte, führte ein rastloses Leben, was aber nicht zwangsläufig den Verzicht auf höfischen Luxus bedeutete. Seit seiner Ankunft in Frankreich hatte Rosso bereits einige Male Gelegenheit gehabt, das fliegende Lager des französischen Regenten mitzuerleben. Er selbst zog das ruhige Leben in Fontainebleau allem anderen vor, doch dem Ruf des Königs konnte sich niemand entziehen.

Auch jetzt im Alter und trotz seiner häufiger ausbrechenden Krankheit zeigte der König keinerlei Neigung, sich in eines seiner Schlösser zurückzuziehen. Franz' Leben bestand darin, seine Ländereien zu bereisen und zu bejagen, und vielleicht, dachte Rosso, war es genau jene agile Lebensweise, die den König vor einem Dahinsiechen im Bett bewahrte. Rund um das Château de Ventadour waren weiße Zelte aufgebaut, in denen der Teil des Trosses untergebracht war, der im Schloss keinen Platz gefunden hatte. Bunte Wagen waren darunter, die den Schauspielern und Spielleuten gehörten, aber auch die Weinhändler, die Bäcker, Geflügel-, Obst- und Gemüsehändler begleiteten den königlichen Tross mit ihren teils abenteuerlich geschmückten Gefährten. Es war die Aufgabe des Großprofosen, die Händler zu organisieren, die ein Monopol zum Verkauf an die Höflinge erhielten. Demgemäß war ein Platz im königlichen Tross äußerst begehrt und der Großprofos ein umschwänzelter Mann.

Rossos Blick flog über die unterschiedlichen Waren und Menschen. Darunter waren auch Stroh- und Haferlieferanten, denn die Zahl der mitgeführten Reit- und Tragtiere war immens. Er hörte eine Hundemeute bellen. Die königlichen Jäger waren ebenso mit von der Partie wie die Piköre, die neben den Wagen mit den Jagdnetzen und Fallen standen. Von den einstmals grünen Weiden, die das Schloss umgaben, war unter dem Getrampel tausender Hufe und schwerer Wagen kaum noch etwas übriggeblieben, und der Regen spülte die Grasnarben aus, so dass Menschen und Tiere knöcheltief im Matsch wateten.

Die gute Laune des Malers verflüchtigte sich, als er in den Schlosshof einritt und den Connétable Montmorency an der Seite von Jean de Mallêt erblickte. Die beiden hochmütig dreinblickenden Männer standen neben den Zeltern, welche die Weinflaschen für die königliche Tafel transportierten, und diskutierten mit dem Mundschenk. Der arme Mann wedelte hilflos mit den Armen und zeigte wieder und wieder auf die vollbeladenen Tiere, die geduldig im Hof standen. Einen solchen Trubel hatten die Mauern des Château de Ventadour kaum schon einmal gesehen, und Rosso bedauerte den Schlossherrn, dessen Heim einem Feldlager glich. Ohne Montmorency Beachtung zu schenken, stieg Rosso ab und reichte sein Pferd einem bereits wartenden Stallburschen.

Zumindest ließ sich Charles de Ventadour nichts nachsagen und kümmerte sich aufmerksam um jeden Gast. Das mochte auch daran liegen, dass der einfallsreiche Ventadour eine Akademie zur Ausbildung von Pagen auf seinem Château leitete. Wohlhabende, Adlige und Familien, die nach Höherem strebten, brachten ihre männlichen Sprösslinge gerne als Pagen bei Hof unter, wo sie einem bereits etablierten Höfling dienten, um dann selbst Verbindungen zu knüpfen und in der Hierarchie des Hofes aufzusteigen. Es war daher nicht absonderlich, wenn einem das Wasser von einem Sohn des Duc de Soissons oder einem Comte de Villefranche gereicht wurde.

Rosso knüpfte sein Wams auf, denn das Reiten hatte ihn erhitzt. Er steckte die Lederhandschuhe in den Gürtel und suchte in dem riesigen Innenhof, der von Karren, Waren, hin- und hereilenden Knechten und Mägden, Hühnern, Schweinen und zu allem Überfluss von gelangweilt daherstolzierenden Höflingen bevölkert wurde, nach dem Aufgang zu den Gästequartieren. Die Längsseiten des Châteaus maßen an die einhundertachtzig Schritt, wie Rosso selbst gemessen hatte. Außer einem runden Turm und einer Kapelle gab es keine architektonischen Besonderheiten zu entdecken. Wie ein Bollwerk thronte das massige Château auf seinem Plateau an der Luzège. Rosso stapfte die ausgetretene Holztreppe hinauf in den ersten Stock, wo er mit Pellegrino zwei winzige Kammern bewohnte. Immerhin hatte man ihnen Räume im Schloss zugewiesen, denn in dieser feuchten Jahreszeit waren Rosso Zelte verhasst.

Der Gestank aus dem Hof drang ins Treppenhaus und bis in die Korridore. Aus einer der unzähligen Kammern, die lediglich durch Holzwände voneinander getrennt waren, war lustvolles Stöhnen zu vernehmen. Vor der Tür wartete ein Diener grinsend mit einem Tablett, auf dem ein Weinkrug und zwei Becher standen. Rosso kümmerte sich nicht darum, wie er sich überhaupt aus allem herauszuhalten suchte.

Mit einer Hand warf er den Riegel seiner Kammer zurück und stieß die Tür auf. Die abgestandene Luft roch ranzig, deshalb riss Rosso weit die Läden auf. Danach schlug er gegen die Verbindungstür. »Francesco! Was ist los? Warum hast du diesen Stall nicht gelüftet?«

Meister Rosso setzte sich aufs Bett und streckte die Beine aus. Pellegrino sollte ihm beim Ausziehen der Stiefel helfen, doch wo steckte der Kerl? Rosso mühte sich bereits mit dem zweiten Stiefel ab, als Francesco Pellegrino außer Atem zur Tür hereinstürzte.

»Meister, Ihr seid schon zurück?« Sofort bückte er sich und zog Rosso den Stiefel vom Bein. »Soll ich Euch ein Bad richten lassen? Möchtet Ihr etwas essen?«

»Gemüsesuppe und dann ein Bad.« Missmutig betrachtete Rosso die enge Behausung. Die Bretterwände waren roh belassen, es gab keinerlei Dekoration, nicht einmal einen Wandteppich. Auf derlei Primitivität war Rosso nicht vorbereitet gewesen, sonst hätte er Pellegrino einen Teppich und Decken mitnehmen lassen. Zumindest hegte er die Hoffnung, dass sein Aufenthalt im Limousin nur von kurzer Dauer war. Der König war seinen Künstlern gegenüber zwar außerordentlich großzügig, doch selbst Rosso Fiorentino musste sich gedulden, bis Seine Majestät geruhte, ihn zu rufen, um ihm den Grund seines Hierseins mitzuteilen.

Pellegrino sagte: »Es tut mir leid, dass ich bei Eurer Rückkehr nicht zugegen war, doch es gab einen traurigen Zwischenfall. Einer der Pagen ist zu Tode gekommen, und es wird geredet, dass es die Schuld des Dauphins Henri ist.«

»Henri und seine Meute sind wild und ungezügelt. Das wird dem König nicht gefallen.« Rosso sah dem Souper mit gemischten Gefühlen entgegen.

Der Festsaal des Châteaus war so unspektakulär wie die gesamte Anlage. Einzig die mitgebrachten Möbel und Bilder des Königs verliehen den Hallen etwas Glanz. Da der König während seiner Reisen bevorzugt in seinen Schlössern nächtigte, die allesamt unmöbliert waren, führte der Tross ständig ein umfangreiches Arsenal des königlichen Haushalts mit sich. In der Eingangshalle und im Saal hingen königliche Banner, auf denen Franz neben dem Papst zu sehen war. Trotz der verlorenen Kaiserwahl ließ Franz, wo immer es sich in Form von Symbolen oder Bildmotiven anbringen ließ, seinen Anspruch auf die Kaiserkrone demonstrieren.

Das Souper nahm er am liebsten im kleinen Kreis ein, und der Abend gehörte traditionsgemäß den Damen und den schönen Künsten. Franz liebte es, sich nach dem Essen von einem Poeten Verse vortragen oder sich von einem Gelehrten die neusten wissenschaftlichen Erkenntnisse erklären zu lassen. Später als zehn Uhr wurde es meist nicht, denn Franz legte nach wie vor großen Wert auf körperliche Ertüchtigung, und das schloss Völlerei und den Genuss von allzu viel Wein aus.

Meister Rosso stach lustlos mit seinem Messer in ein Stück gebratenen Fisch. Mit der Fastenzeit nahm er es nicht genau, aß Fleisch und trank auch Wein. Weil sich aber Franz' Religiosität mit zunehmendem Alter verstärkte, wäre es ein Affront gewesen, sich nicht an die Fastenregeln zu halten.

»Mundet Euch das Wasser nicht, Meister Rosso?« Jean de Mallêt saß ihm an der Tafel gegenüber. Der Adlige, der erst kürzlich zum Comte erhoben worden war, was er der Protektion des Connétable zu verdanken hatte, hob seinen Kristallkelch und prostete Rosso zu. Ein Siegelring und zwei kostbare Edelsteinringe schmückten seine Finger, und die Kleidung war von edelster Qualität. Es fehlte nicht viel, und Mallêt würde den König übertrumpfen. Der neu ernannte Comte trug einen kurzen, taubenblauen, ausgeschnittenen Schoßrock, dessen halblange Ärmel den Blick auf ein cremefarbenes Hemd aus feinster Lyoneser Seide freigaben. Die kurzen Kniehosen waren gepolstert und geschlitzt, die Strümpfe cremefarben. Mallêt hatte im Gegensatz zu Franz I. jedoch auf die gegürtete Pelzschaube und Brokat verzichtet.

»Ganz vorzüglich. Wo ist denn Euer Sohn, Monsieur?« Angewidert von der lächelnden Maske des Comte schob der Maler seinen Teller zur Seite. Der Appetit war ihm vergangen.

Die Nasenflügel des Comte blähten sich, das einzige Zeichen, dass er verstimmt war. »Er war noch mit Dringlichkeiten in Fontainebleau beschäftigt, müsste aber bald zu uns stoßen.«

»In Fontainebleau? Was könnte es in der Abgeschiedenheit der Wälder für einen vielversprechenden jungen Mann wie Euren Sohn zu tun geben?« Rosso wollte den Comte aus der Reserve locken, einen Kratzer auf der Maske des Höflings sehen, doch der Aristokrat hielt sich bedeckt.

»Nun, seid Ihr nicht in Fontainebleau tätig?«

Rosso wandte sich an die neben Mallêt sitzende Hofdame Madame de Tavannes, deren feurige Schönheit die meisten anderen Damen ausstach. »Madame, helft einem armen Künstler aus der Fremde. Würdet Ihr den Hof von Fontainebleau in Abwesenheit Seiner Majestät als karriereförderndes Pflaster für einen Sekretär von Kardinal Tournon bezeichnen?«

Élodie de Tavannes lachte melodisch. Ihre Stimme war rauchig und brachte Saiten in einem Mann zum Klingen, die ihn zu ihrem willenlosen Sklaven machen konnten. Unter langen Wimpern warf sie Rosso einen koketten Blick zu. »Aber Signor Rosso, ich würde Euch schon bald als Franzosen betrachten, so lange seid Ihr schon bei uns. Unser lieber Comte ist heute ein wenig kurz angebunden. Gebt nichts darauf.« Sie klappte ihren Fächer zusammen und klopfte Mallêt damit spielerisch auf die Finger.

Ein gefährliches Gespann, dachte Rosso. Zwei von der Natur mit Schönheit gesegnete Menschen, deren Gemüt wahrscheinlich so schwarz war wie die Roben der Poitiers und ihrer Clique. Der strenge Schnitt der nach spanischer Mode gefertigten Kleider von Diane de Poitiers und ihren Damen hätte in keinem größeren Gegensatz zu den Roben von Madame d'Étampes und ihren Hofdamen stehen können. Die strahlende Fröhlichkeit von Anne und die leuchtenden Farben der Kleider, die dezente Blicke auf weibliche Reize gewährten, hätten symbolträchtiger nicht sein können.

Auch die Königin war anwesend. Rosso bedauerte die weder schöne noch elegante Frau, die zwar die Schwester von Kaiser Karl, dem mächtigsten Herrscher des Abendlandes, war, doch für Franz nie etwas anderes als ein Unterpfand des Friedens nach der verlorenen Schlacht von Pavia geworden war. Dazu kam, dass ihre Ehe kinderlos geblieben war.

Franz' Kinder stammten alle aus seiner ersten Ehe mit Claude de France. Eleonore war Habsburgerin und der Thron, auf dem sie saß, feindliches Ausland. Das französische Volk jedoch rechnete ihr hoch an, dass sie Frieden gebracht hatte. Wie demütigend musste die Anwesenheit von Anne de Pisseleu sein, an deren Lippen ihr Gatte hing, während er seine Frau ignorierte. Rosso konnte Eleonore von Österreich nicht verdenken, dass sie ihre Zeit am liebsten zurückgezogen in Blois verbrachte. Doch in einigen Wochen stand ein Treffen mit Karl an, und auf ein Wiedersehen mit ihrem Bruder freute sich die Königin sicher über die Maßen.

Diane de Poitiers war nicht zugegen, was den mürrischen Ausdruck auf Henris Gesicht erklärte. Seine Frau, Katharina de Medici, unterhielt sich angeregt mit Anne und dem König. Rosso mochte die zukünftige Königin Frankreichs nicht nur, weil sie Italienerin war, sondern vor allem, weil sie Intelligenz und Witz versprühte. Während er die Anwesenden beobachtete und Mallêts provozierenden Blick spürte, wurde Rosso das Gefühl nicht los, dass etwas in der Luft lag. Er konnte es nirgends festmachen, und doch war er davon überzeugt, dass es zu einem Streit kommen würde. Vielleicht lag es am Wetter – Nebel und Regen legten sich auf die Gemüter –, vielleicht an der finsteren Miene des Schlossherrn, der den ganzen Abend über kaum ein Wort gesprochen hatte. Charles de Ventadour, ein ältlicher Mann mit einem tiefen Schmiss auf der Wange, saß zur Rechten des Königs.

Ein junger Franzose erhob sich nach Aufforderung des Königs und trug ein Liebessonett vor. Rosso schenkte dem mittelmäßigen Vortrag keine Aufmerksamkeit. Außer Marot und Rabelais interessierten ihn keine französischen Literaten. Von seinem Platz aus hatte er einen guten Blick auf Franz, Connétable Montmorency, der links neben dem König saß, und Henri, der mit den Fingern gelangweilt auf dem

Tisch trommelte und sich sogleich nach dem Ende des dichterischen Vortrags erhob. »Ich bitte, mich zu entschuldigen, Sire.«

Der König hob die Augenbrauen. »Ihr solltet Euch mehr für die Poesie begeistern, mein Sohn. Ein zukünftiger König sollte dem Volk ein Beispiel geben. Raufereien und Duelle sind keine vorbildhaften Interessen.«

Diese Maßregelung vor allen Anwesenden blieb nicht ohne Wirkung. Rosso sah, wie Henri die Lippen zusammenpresste, bis sie weiß wurden.

Montmorency, der sich bis dahin in vornehmes Schweigen gehüllt hatte, kam dem Thronfolger zu Hilfe. »Das Privileg der Jugend, Sire, ist der Überschwang. Ihr seid doch selbst ein großer Freund körperlicher Ertüchtigung.«

Franz spielte regelmäßig Paume, ein Ballspiel, bei dem nur wenige Höflinge ihn schlugen, da Franz über eine gute Kondition und eine enorme Körpergröße verfügte, die ihm eine ungewöhnliche Reichweite ermöglichte.

»Ich spreche nicht von gelegentlichen Entgleisungen. Die haben wir uns alle geleistet. Mir ist vielmehr ein Unglück zu Ohren gekommen, welches Ihr verschuldet habt!« Der König beugte sich vor und sah seinem Sohn direkt in die Augen.

Henri verlagerte sein Gewicht lässig auf ein Bein und spielte mit seinem Degen. »Wir haben gefochten, weiter nichts!«

»Vergesst nicht, mit wem Ihr sprecht, Henri!«, donnerte Franz. »Verkauft mich nicht für dumm! Ein Page ist zu Tode gekommen!«

Henri verzog den Mund und sagte mit kalter Stimme: »Eben, nur ein Page. Was für ein Gewese um einen Dienstboten! Er wollte mitspielen und …« Er zuckte mit einer Schulter. »Seine Fechtkünste waren bescheiden, und schwimmen konnte er auch nicht.«

Da schaltete sich Charles de Ventadour in das Gespräch ein. »Der Junge, über den Ihr so abfällig zu sprechen beliebt, war der Sohn meines besten Freundes, Louis de Guyenne. Philippe ist gerade dreizehn Jahre alt geworden. Man hatte ihn mir anvertraut. Und nun muss ich seinem Vater die traurige Botschaft überbringen.« Dem alten Mann standen Tränen in den Augen.

Seine Worte schienen Henri zu verunsichern, denn er wirkte plötzlich weniger selbstsicher, und rote Flecken zeigten sich auf seinen Wangen. »Das wusste ich nicht. Ich meine, es war ein Unfall. Wir haben uns zum Spaß duelliert. Mein Gott, Ihr wisst doch selbst, wie das ist, wenn Männer raufen und ihre Kräfte messen.«

Der Comte de Mallêt und auch alle anderen Anwesenden verfolgten das Geschehen schweigend mit ernsten Mienen, denn nur selten verlor der König die Beherrschung.

»Männer! Guyenne mit seinen dreizehn Jahren war wohl kaum ein Mann, oder wollt Ihr mir erzählen, dass Ihr Eure Kräfte mit Knaben messt? Das wäre doch wahrhaft erbärmlich!«, fuhr Franz seinen Sohn an. »Ihr entschuldigt Euch bei unserem Gastgeber und setzt eine schriftliche Entschuldigung an die Familie des Toten auf. Des Weiteren will ich eine Liste aller Beteiligten und einen detaillierten Bericht über den genauen Tathergang. Wenn Guyenne nicht schwimmen konnte, warum hat ihn niemand herausgezogen?«

»Ihr erwartet doch nicht, dass ich selbst einen Diener aus dem kalten Fluss fische?« Henri war ehrlich entrüstet.

Franz musterte seinen Sohn mit Trauer, Wut und Enttäuschung. Die einsetzende Stille währte so lange, wie eine Feder braucht, um zu Boden zu fallen. Dann sagte der König leise: »Ihr könnt gehen.«

Noch nie hatte Rosso den König so niedergeschlagen gesehen wie an diesem Abend. Nachdem Henri den Saal verlassen hatte, setzte Franz ein angestrengtes Lächeln auf, doch die Stimmung blieb gedrückt. Jedes Lachen klang gekünstelt, und schon bald löste der König die Tafel auf. Als Rosso sich erhob und zum Gehen wandte, winkte der König ihn zurück. »Auf ein Wort, Meister Rosso.«

Rosso Fiorentino wartete, bis die Gesellschaft sich zurückgezogen hatte und nur noch Franz, Montmorency, der Schlossherr und die im Hintergrund verharrenden Diener zugegen waren. Sogleich wirkte der Saal noch kälter und ungemütlicher. Durch die kleinen Fensteröffnungen zog es, der Putz bröckelte von den Wänden, und die aufgehängten Waffen waren rostig. Dazu hatten Kerzen und Lampen in vielen Jahren rußige Spuren hinterlassen. Das Château de Ventadour war nur noch ein blasser Schatten einstigen Glanzes, genau wie sein Hausherr, der niedergeschlagen in seinem Sessel saß.

»Vielleicht gehen wir in die Bibliothek, Sire?«, schlug Rosso vor.

Charles de Ventadour schüttelte müde den Kopf. »Die existiert nicht mehr. Ich habe alle Bücher verkaufen müssen, um das Schloss halten zu können. Ihr seht selbst, in welch erbärmlichem Zustand es ist. Mein Vater hat mir nichts als Schulden und diesen Haufen Steine hinterlassen.«

»Ah, nicht so pessimistisch, mein Bester«, sagte der König jovial. »Wir werden natürlich für die Unannehmlichkeiten, die das leichtsinnige Verhalten meines Sohnes verursacht hat, aufkommen.«

Die Miene des Schlossherrn hellte sich etwas auf. »Das ist äußerst großzügig von Euch, Sire! Wie kann ich Euch nur danken?«

»Geht mit dem Connétable und erklärt ihm im Einzelnen, welche Auslagen auf Euch zukommen. Niemand soll sagen, der König von Frankreich gehe verantwortungslos mit dem

Leben seiner Untertanen um.« Franz entließ Montmorency und Ventadour mit einem Handzeichen, doch bevor der Connétable sich erhob, beugte er sich noch einmal zu seinem König: »Sire, ich wollte wegen der Religionsfrage im Piemont mit Euch sprechen.«

Franz wiegelte ab. »Morgen nach dem Diner. Tragt Euer Anliegen im Kronrat vor.«

Etwas konsterniert stand der Connétable auf, verneigte sich und verließ mit soldatischem Schritt den Saal. Was der König so leichthin abtat, schien Rosso eine schwerwiegende Angelegenheit zu sein, zumindest für die Paserini. Für Armido und die protestantisch Gesinnten war Religionsfreiheit eine existenzielle Frage.

»Tapferer Mann, dieser Ventadour. Sein Vater war ein Spieler, ein Windhund.« Franz hielt inne und bot Rosso den Sessel neben sich an. »Sagt man bereits dasselbe von meinem Sohn? Ich befürchte es fast.«

Rosso Fiorentino kannte den König gut genug, um zu wissen, dass er offen mit ihm sprechen konnte. Auch wenn Franz das gute Leben liebte, die Staatskasse für seine Bau- und Kunstprojekte plünderte und irrational reagierte, sobald es um Mailand und Karl ging, so war er auch ein Vater. Henri war nicht der Sohn, den er sich als Nachfolger gewünscht hatte, und er hatte dessen älteren Bruder bis zu seinem Tod immer vorgezogen. Dies drohte sich nun zu rächen. »So weit würde ich nicht gehen, Sire. Henri ist wild und ungestüm, aber er wird mehr Verantwortungsbewusstsein zeigen, sobald er in die Pflicht genommen wird. Und dann gibt es noch seine Frau. Ich halte sehr viel von Katharina.«

Franz lächelte, und ein versonnener Ausdruck trat auf sein Gesicht. »Sie ist zum Herrschen geboren. Eine bessere Königin kann ich mir für Frankreich nicht wünschen. Sie ist intelligent und versteht mehr von Politik und Diplomatie als mancher Höfling. Deshalb gedulde ich mich in Bezug auf die Nachkommen, die sie noch nicht geboren hat. Wäre sie eine andere, hätte ich die Scheidung angeordnet, doch ich wünsche das Beste für mein Land, und sie ist das Beste, was uns passieren konnte. Henri ist zu dumm, das zu sehen. Er ist ganz vernarrt in Diane.« Er trank einen Schluck Wasser. »Auch ein König macht Fehler. Hätte ich vorausgesehen, dass Diane aus meinem Sohn eine Marionette macht, ich hätte sie nie ins Vertrauen gezogen. Doch nun ist es geschehen, und zurzeit ist es mir lieber, Henri stößt sich die Hörner bei der älteren Diane ab. Zumindest weiß ich sie einzuschätzen.«

Rosso wusste um die lange zurückliegende Affäre zwischen dem König und Diane de Poitiers.

»Aber …« Franz I. lächelte. »Nun lasst uns über die wichtigen Dinge des Lebens sprechen – die Künste, Eure Kunst! Ich kann es kaum erwarten, im Sommer nach Fontainebleau zurückzukehren. Denkt Ihr, dass die Galerie bis dahin fertig sein wird?«

»Wenn ich meine ganze Schaffenskraft einzig der Galerie widmen könnte, vielleicht. Doch selbst wenn ich mit den Fresken so weit bin, muss der Boden noch verlegt werden. Das Kabinett wird Euch überraschen, Sire.«

»Wirklich? Inwiefern? Macht es nicht zu spannend, Meister Rosso. Ich bin viel zu neugierig. Vielleicht muss ich Euch noch vor diesen leidigen Verhandlungen in Nizza besuchen.« Franz legte den Kopf zurück und sagte träumerisch: »Wo auch immer ich gerade bin, ich vergleiche alles mit Fontainebleau. Chambord wird großartig, prächtig, ein Château zum Ruhme Frankreichs. Euer Landsmann, Domenico da Cortona, leistet gute Arbeit. Blois, nun ja, Blois ist ein Kompromiss. Fontainebleau aber ist die Quintessenz all dessen, was Euer großartiges Land hervorgebracht hat und was mir lieb und teuer ist: Schönheit, Geist, Genialität, gemischt mit ein wenig französischer Noblesse …«

»Sire, nur dank Eurer Großzügigkeit ist es möglich, dass ich diese einzigartige Symbiose von Skulptur, Bild und Raum verwirklichen kann. Zudem habt Ihr wesentlichen Anteil am Gesamtkonzept. In ihrer Rätselhaftigkeit wird die Galerie einmalig sein. Nur die wenigsten verfügen über eine so umfassende Bildung wie Eure Majestät.«

»Käme das Kompliment aus dem Munde eines meiner höfischen Schmeichler, es bedeutete mir nichts, doch von Euch nehme ich es mit Stolz an.« Franz seufzte. »Eine Krone ist ein zweischneidiges Ding. Sie drückt, und sie ermöglicht einem Dinge, die den normalen Sterblichen auf ewig verwehrt sind. Mein Vermächtnis für mein Land besteht zu einem Teil in dem, was Ihr in Fontainebleau erschafft.« Er streckte die langen Beine aus. »Ich hoffe, Ihr seid Euch dieser Verantwortung bewusst«, sagte er mit einem feinen Lächeln.

»Ein Künstler strebt immer nach Vollkommenheit und ist sich selbst der schärfste Kritiker. Von daher könnt Ihr versichert sein, dass nur das Beste, das zu schaffen ich im Stande bin, Duldung findet«, erwiderte Rosso.

»Ihr nehmt kein Blatt vor den Mund, Meister Rosso, und Bescheidenheit ist nicht immer eine Tugend. Brav gesprochen! Schaut her!« Franz holte eine goldene Münze aus seinem Geldbeutel und ließ sie auf dem Tisch zu Rosso rollen.

Der nahm sie in die Hand und begutachtete die Prägung. Das königliche Porträt war ebenso wie die Bügelkrone darunter von herausragender Qualität. Seit dreihundert Jahren war die geschlossene Bügelkrone ein ausschließliches Insigne des römischen Kaisers. Wenn Franz dieses Symbol auf seine Münzen prägen ließ, musste man das als politische Botschaft deuten, wie der Herrscher seine Stellung auffasste und wie er sie von anderen verstanden haben wollte. Wie zur Bestätigung sagte Franz: »Ihr wisst, dass meine Urgroßmutter eine Visconti war?«

»Sire?« Rosso wusste natürlich, dass der König damit auf seine dynastischen Ansprüche anspielte, die bis zu Karl I. reichten, und hoffte nur, dass es keinen neuen Krieg geben werde.

»Wenn ich Mailand und Neapel besäße … Italien ist Sitz des römischen Kaisers, von jeher. Dort wurde die Antike wiedergeboren. Niemand als Ihr weiß das besser. Und dieser elende Tropf, dieser engstirnige Habsburger wurde von den Dummköpfen zum Kaiser gewählt …« Franz ballte die rechte Hand zur Faust und starrte abwesend auf eines der Banner. »Er wirft die Welt zurück in die Dunkelheit! Deshalb habe ich den Schmalkaldischen Bund unterstützt, den Protestanten die Hand gereicht.« Er sah Rosso an. »Es ist ein Kampf, ein täglicher, zäher Kampf. Ich möchte erneuern, ein zweiter Alexander sein! Aber die Realität zwingt mich in die Knie. Frankreich ist nicht England, wir leben nicht auf einer Insel. Außerdem sind Heinrichs Gründe für seine Abspaltung von der Kirche liederlich.«

Der Zwischenfall mit seinem Sohn hatte Franz melancholisch werden lassen. Rosso hielt ihn durchaus für liberal und neuen Ideen gegenüber aufgeschlossen, doch nur bis zu einem gewissen Grade. Sobald es um das Eindringen in den Machtbereich Seiner Majestät ging und zu viel königliche Milde den Lilienthron wanken ließ, wurden die Zügel wieder angezogen. Wer die Grenzen überschritt, innerhalb derer es sich gut in Franz' Reich leben ließ, der hatte die Konsequenzen zu tragen. Um Lucas willen hoffte Rosso, dass Armido sich dieser Grenzen bewusst war, denn letztlich war der Mann, der ihm hier so freimütig gegenübersaß, ein Monarch, ein Fürst, der seine Herrschaft mit allen Mitteln sicherte. Vielleicht war Baldassare Castigliones *Libro del Cor-*

tegiano gerade in Mode, doch Niccolò Machiavellis *Il Principe* war zeitlos. Rosso sah sich dem elegant parlierenden König gegenüber, der sicher alle Eigenschaften des *cortegiano* verkörperte, doch um seinen Thron zu verteidigen, bedurfte es der Ruchlosigkeit und Kompromisslosigkeit eines *principe*. Da machte sich der Maler keine Illusionen.

Rosso gab dem König die Münze zurück. »Eine gute Arbeit. Wer hat sie entworfen?«

»Cellini. Nicht gerade Euer Freund, ich habe davon gehört, aber der Mann ist ein ausgezeichneter Goldschmied.« Franz ließ die Münze auf dem Tisch liegen. »Behaltet sie. Das ist eine kleine Anzahlung für ein neues Werk, das ich mir von Euch wünsche. Ich möchte ein Gemälde, großformatig, gewaltig, originell – ich weiß, das seid Ihr immer, versteht mich richtig –, ich möchte ein Bild mit Kaiser Octavian und der tiburtinischen Sibylle. Die Heilige Jungfrau hält den neugeborenen Christus auf dem Arm, und darin verwoben ist die königliche Familie, was sage ich, der gesamte Hofstaat! Pferde, Tempel, das ganze Drumherum …«

»Sire, das wird viel Zeit in Anspruch nehmen. Die Galerie …?«

»Ah, mein Guter!« Franz stand auf und klopfte Rosso, der ebenfalls aufgestanden war, auf die Schulter. »Ihr habt mein vollstes Vertrauen, dass Ihr beides bewältigen werdet. Wann, denkt Ihr, könnte ich einen ersten Entwurf sehen?«

Rosso überschlug die Zeit, die er für all die anderen Nebenaufträge eingeplant hatte, doch die mussten warten. Wenn der König eine neue Idee hatte, wollte er so bald wie möglich eine erste Skizze sehen. »Lasst mich nach Fontainebleau zurückkehren, und ich sende Euch zwei Wochen später einen Entwurf.«

»Das ist ein Wort!« Gemeinsam mit dem Maler verließ der König den Saal. Vor der Tür wartete bereits sein Leibdiener, der ihn in seine Gemächer geleiten würde. »Die Königin?«, fragte er.

Der in blauen Samt gewandete Diener verneigte sich. »Hat sich bereits zur Ruhe begeben, Eure Majestät.«

»Madame d'Étampes?«

»Erwartet Euch.«

Der König straffte die Schultern, was seine stattliche Körpergröße betonte, und wandte sich an Rosso. »Zwei Wochen. Ich erwarte Eure Arbeit! Reist Ihr morgen früh ab?«

»Ja, Sire, es sei denn, Ihr habt noch weitere Aufträge für mich?«

Franz lächelte. »Nein, geht nur, mein lieber Rosso. Ich kann förmlich spüren, wie unruhig Ihr bereits seid, weil Ihr Euch nach Fontainebleau sehnt. Wäre ich nicht zum Herrscher geboren worden, ich denke, ich wäre gern Dichter oder Gelehrter an meinem Hof gewesen.«

»Ihr hättet Sonette zum Ruhme Frankreichs verfasst?«

»Eher über das Ritterideal und die Liebe. Wie heißt es so trefflich bei Chastellain: *Honneur semont toute noble nature, d'aimer tout ce qui noble est en son estre. Noblesse aussi y adjoint sa droiture.*«

»Die Ehre ermahnt jede edle Natur, alles, was in ihrem Wesen edel ist, zu lieben. So fügt der Adel seine Redlichkeit hinzu«, wiederholte Rosso das Zitat des burgundischen Dichters, der ihm nur so weit geläufig war, dass er von dessen Verehrung für die Antike und deren Helden wusste.

»Das bringt mich auf den erquicklichen Gedanken, für morgen Abend eine kleine Charade anzusetzen, um die *preux* aufleben zu lassen. Herrlich! Ihr habt mich wie üblich inspiriert, Meister Rosso. Zwei Wochen, vergesst es nicht!«

Rosso neigte leicht den Kopf und sah dem König nach, wie er leichten Schrittes auf das Gemach seiner Mätresse zusteuerte. Die *preux,* überlegte Rosso und nahm die wachhabenden Knechte kaum wahr, die stumm auf ihren Posten verharrten, mussten die neun ritterlichen Helden sein, die in der französischen Literatur häufig vorkamen. Jetzt erinnerte er sich, dazu gehörten drei Heiden, drei Juden und drei Christen, also Cäsar, Alexander und Hektor, dann David, Josua und Judas Makkabäus, sowie Artus, Karl der Große und Gottfried von Bouillon.

Die kalten, muffigen, feuchten Gänge und Räume des Schlosses schienen Rosso schier zu erdrücken. Um in den Genuss frischer Nachtluft zu kommen, stieß er die Tür zum Hof auf, wurde jedoch vom Gestank der Küchenabfälle, die hier zusammengekehrt worden waren, zurückgeworfen. Hundekot und Pferdemist taten ein Übriges, doch Rosso sprang beherzt auf eine einigermaßen saubere Fläche. Dort hob er sein Gesicht zum sternenklaren Nachthimmel. »Die Sibylle von Tibur«, murmelte er und starrte auf die hellen Punkte am nächtlichen Firmament. Wenn er sich nicht täuschte, war dort das Sternbild der Kassiopeia, ein von Ptolemäus entdecktes Bild.

Mit einem leisen Seufzer senkte er den Blick auf die Erde. In einem Seiteneingang standen zwei Höflinge, junge Burschen, die er in Henris Gefolge gesehen hatte. Wahrscheinlich diskutierten sie den Tod des Pagen. Armer Teufel. Sicher hatte er sich anfangs geehrt gefühlt, dass der Dauphin und seine Kumpanen ihn in ihr Amüsement einbezogen, und zu spät gemerkt, dass er nichts weiter als ein Spielzeug für sie war. Irgendwo schlug eine Tür zu.

»Meister Rosso? Seid Ihr das da draußen?«

Pellegrino stand mit einer Fackel vor dem Gebäudetrakt, in dem sich ihr Quartier befand.

»Francesco, ich komme.« Als er bei seinem Gefährten ankam, rümpfte dieser die Nase.

»Hier stinkt es wie in einer Kloake. Ich bin froh, wenn

der Tross endlich weiterzieht. Was will der König in diesem elenden Loch? Ich war bei den Händlern unten und habe Oliven und Schinken aus Parma aufgetrieben. Was sagt Ihr dazu?«

»Und einen Tropfen Sangiovese?«, fragte Rosso hoffnungsvoll.

»Selbstredend, Meister.«

Erheblich besserer Stimmung stieg Rosso hinter Francesco Pellegrino die Treppen hinauf und ignorierte Mäuse und anderes Getier, das sich in den Ecken verkroch, als der Schein der Fackel darauf fiel. Hätte er Wanzen in seinem Schlafraum gefunden, es hätte ihn keine Nacht dort gehalten, doch wenigstens von diesen Plagegeistern waren sie verschont geblieben. Nach dem ersten Schluck vollmundigen Rotweins atmete Rosso tief durch. »Auch ich habe eine gute Nachricht. Morgen reisen wir nach Fontainebleau zurück.«

»Fabelhaft!« Pellegrino strahlte. Genau wie sein Meister liebte er edle Kleidung und legte Wert auf Reinlichkeit.

»Einziger Wermutstropfen ist ein neuer Auftrag.«

Francesco hob erwartungsvoll die Augenbrauen, während er sich etwas Schinken abschnitt und zusammen mit Feigen, Käse und schwarzen Oliven auf einen Teller legte.

»Der König wünscht ein Gemälde mit dem Motiv der tiburtinischen Sibylle.« Rosso klaubte sich eine Scheibe Schinken vom Teller, wickelte eine Olive darin ein und schob sich den Bissen genüsslich in den Mund. Die vertrauten Aromen entfalteten sich, und mit geschlossenen Augen wähnte er sich fast in Florenz.

»Mit einer Wahrsagerin?«

»Nicht irgendeine. Die Sibylle von Tibur war eine Prophetin zur Zeit des Kaisers Augustus. Der römische Senat beschloss seine Apotheose, also die Erhöhung eines Menschen zum Gott. Augustus ging daraufhin zur tiburtinischen Sibylle, um sich Rat zu holen, ob er diese Erhöhung annehmen sollte. Sie sagte dem Kaiser die Ankunft eines Kindes voraus, das größer als alle römischen Gottheiten sein werde. Der Himmel riss auf und zeigte dem Kaiser in einer Vision die Heilige Jungfrau mit dem Jesuskind auf dem Arm.«

»Oh, natürlich, jetzt entsinne ich mich. Der Kaiser wird meist gezeigt, wie er die Krone abnimmt, und das Zepter liegt am Boden. Und der König setzt sich dem Kaiser gleich, oder warum möchte er ausgerechnet dieses Motiv?« Pellegrino zog einen gewachsten Jutesack hervor und begann zu packen.

»Die Deutung liegt dann im Auge des Betrachters, ganz wie der König es mag. Aber er möchte sich im Kreise der Familie und mit dem gesamten Hofstaat abgebildet sehen. In Gesellschaft von Augustus, der Sibylle und der Jungfrau kann man Franz dann auch als frommen Herrscher sehen, der die Zeichen richtig deutet und der Kirche huldigt. In unruhigen Zeiten wie diesen ist das eine kluge Botschaft.«

Francesco pfiff durch die Zähne. »Mit dem gesamten Hofstaat, hm? Das wird eine komplexe Komposition, und natürlich hätte er das Werk am liebsten übermorgen, nicht wahr?«

»Selbstverständlich. Er ist der König, nicht wahr?«

Sie scherzten noch eine Weile, bevor sie sich zur Ruhe begaben, denn am nächsten Morgen wollten sie bei Sonnenaufgang aufbrechen.

Da es in Strömen goss, ließ Rosso seinen Assistenten das Maultier beladen und sich um die Pferde und den Proviant kümmern, während er selbst in die Küche ging, um sich mit einem Teller warmer Grütze und einem Becher Gewürzwein zu stärken. Es gab nur eine Schlossküche in Ventadour, und in dieser drängten sich die königlichen Küchen- und Kellermeister, die für die verschiedenen Abteilungen zuständig waren. Für jedes Gericht gab es einen Spezialisten, einen Zuträger, Küchenkinder und Laufburschen. In Meister Rossos Augen stand der Aufwand des königlichen Reisezugs in keinem Verhältnis zum Zweck der Reisen. Tausende von Menschen und Pferden unablässig zu unterhalten verschlang Unsummen. Nun, das sollte seine Sorge nicht sein.

In Kisten wartete das königliche Geschirr darauf, aufgedeckt zu werden. Auch dafür war ein Diener zuständig, und wehe dem, der einen Teller des vergoldeten Porzellans zerbrach. Der Lärm war ohrenbetäubend. Menschen, Hunde, Hühner, und was sich sonst auf zwei oder vier Beinen durch Haus und Hof bewegte, schnatterten durcheinander. Rosso winkte einem Burschen, der einen Krug in der Hand hielt. Nachdem der Bursche ihm seine bescheidenen Wünsche erfüllt hatte, trat der Maler auf den Hof. Auch hier herrschte an diesem Morgen ein aufgeregtes Durcheinander. Fuhrwerke wurden angespannt und Reit- und Jagdpferde für die Damen und Herren des Hofes bereitgestellt.

Pellegrino stand neben ihrem Gepäck und führte eine lautstarke Auseinandersetzung mit einem Stallknecht. Als er Meister Rosso sah, winkte er ihm. »Ich weiß nicht genau, warum sie unsere Pferde nicht sofort herausführen können, aber es kann nicht mehr lange dauern. Entschuldigt die Verzögerung, Meister.«

»Schon gut. Umso besser wird das Wetter sein, wenn wir aufbrechen.« Die grauen Wolken verzogen sich langsam, und es hatte aufgehört zu regnen. Um sich die Beine zu vertreten, schlenderte Rosso über den Hof zu einem der überdachten Gänge, in denen die Hofgesellschaft flanierte, während sie auf den Beginn der Messe wartete. Nach dem Gebet ging man gegen elf Uhr zum Essen, und anschließend empfing Franz an manchen Tagen ausländische Botschafter oder gab Audienzen. Staatspolitische Angelegenheiten wurden meist noch vor der Messe besprochen, und das schien auch heute der Fall gewesen zu sein, denn eben kam eine Gruppe hochrangiger Männer, angeführt von Montmorency, um die Ecke.

Der Connétable wirkte ebenso wie der neben ihm schreitende Mallêt und ein weiterer Höfling der konservativen Fraktion außerordentlich zufrieden. Durch ihre schwarzweiße Kleidung unterschieden sie sich augenfällig von den farbig gewandeten Seigneurs, unter denen Rosso Chabot de Brion im Gespräch mit dem Marquis Lucien de Saint-Flour entdeckte. Beide zeigten ernste Mienen, vor allem Brion wirkte besorgt. Die Zeichen standen denkbar schlecht für Brion, den einstigen Liebhaber von Madame d'Étampes und ehemals Favorit des Königs. Parallel zur wachsenden Beliebtheit Montmorencys am Hof war der Stern Brions gesunken und hatte mit der Erhebung des Rivalen zum Connétable seinen derzeitigen Tiefpunkt erreicht. Der junge Marquis entdeckte Rosso.

»Ah, werter Meister! Wenigstens ein fröhliches Gesicht an diesem trüben Morgen.«

Philippe de Chabot, Seigneur de Brion, der in des Königs Alter war, rieb sich die hohe Stirn. Obwohl auch er ein erfahrener Feldherr war und die französische Außenpolitik viele Jahre lang beeinflusst hatte, wirkte er weniger soldatisch als Montmorency. Gram schien heute seine Schultern zu beugen, und dunkle Augenringe sprachen von sorgenvollen Stunden. Darüber konnten weder der schwere Pelz noch die kostbaren Waffen hinwegtäuschen. »Seid froh, dass Ihr nicht von den Launen des Hofes abhängig seid«, murrte der Seigneur.

»Seid vorsichtig, Philippe«, sagte der Marquis mit einem Blick auf Montmorency und die anderen, die sich in Hörweite befanden.

»Was soll mir jetzt noch passieren? Er hat mich als Verräter denunziert, aber das lasse ich mir nicht bieten!«, fauchte Brion und bedeutete Rosso, ihm und Saint-Flour zu folgen. Nachdem sie genügend Abstand zwischen sich und die Seigneurs gebracht hatten, erklärte er: »Ihr seid einer der wenigen ehrlichen Menschen hier am Hof, die Seiner Majestät nicht nach dem Mund reden. Nehmt Euch vor Montmorency und seiner Meute in Acht. Sie diskreditieren jeden, der ihnen im Weg steht. Im Moment bin leider ich das.« Er lachte freudlos. »Als genüge es ihm nicht, dass er mich beim Rennen um den Titel ausgestochen hat, muss er mich auch noch meiner Ehre und meiner Güter berauben.«

Fragend sah Rosso von Brion zum Marquis.

»Nur so viel, Meister«, der Marquis senkte die Stimme. »Wir sind den reformerischen Ideen freundlich gesinnt. Montmorency, Diane und Henri, dem sein bisschen Verstand in die Hose gerutscht ist, eifern den Spaniern nach. Habt Ihr von dem Massaker gehört, das der Gouverneur von Turin im Piemont angerichtet hat?«

Rosso Fiorentino nickte. Vor einigen Wochen hatte Montjehan seine Truppen in waldensische Täler im Piemont einfallen lassen.

»Meine Wenigkeit und Philippe haben sich deswegen bei Seiner Majestät beschwert. Montmorency macht ja noch nicht einmal einen Hehl daraus, dass er Montjehan, diesem Schlächter, seine Unterstützung gewährt hat.« Der junge Marquis hob verzweifelt die Hände und blickte sich vorsichtig um, doch die schwarzweiß gewandeten Seigneurs waren außer Sichtweite. »Anne hat sonst immer einen guten Einfluss auf den König, doch in Religionsfragen ist er in letzter Zeit vollkommen verbohrt. Er hat das Eingreifen des Connétable einfach so hingenommen und Montjehans Verhalten nicht gerügt! Und gerade eben hat Montmorency ein Verfahren gegen Philippe beantragt, wegen Veruntreuung von Staatsgeldern.«

Das war ein schweres Vergehen, auf das die Todesstrafe stand. Rosso sah Brion mitfühlend an. Auch wenn es sich um eine Intrige handelte, lag es doch bei Brion, sich von den Anschuldigungen reinzuwaschen. In finanziellen Angelegenheiten war mit dem König nicht zu spaßen. So war bekannt, dass Franz Kreditgeber, deren Anrecht auf die Dankbarkeit des Königs zu groß wurde, schlichtweg kaltstellte, was Verbannung, Enteignung und schlimmstenfalls den Tod bedeutete. War er die lästigen Schuldeneintreiber los, suchte er sich einfach einen neuen Finanzclan, der ihm Kredite gewährte. Niemand lehnte schließlich eine Bitte des Königs ab. Zudem war das Schicksal des zu Unrecht in Ungnade gefallenen Connétable Bourbon noch jedem gut in Erinnerung. Vor diesem Hintergrund verstand Rosso die Besorgnis des Seigneurs. Es lebte sich gut in der Gunst des Königs, doch sie zu verlieren konnte bitter sein.

»Ich bin betrübt, von Eurer prekären Lage zu hören, und kann nur hoffen, dass es Euch gelingt, die unverschämte Anklage von Montmorency abzuschmettern!«, sagte Rosso.

Brion nickte abwesend. Er grübelte anscheinend bereits über eine Strategie nach.

»Wie geht es Eurem Stukkador? Armido, war das nicht sein Name? Ein reizender Mensch, und auch seine Frau, entzückend. Ich hatte das Vergnügen, im Pariser Haus von Anne ihre Bekanntschaft zu machen«, sagte der Marquis und fügte an Brion gewandt hinzu: »Das ist der junge Mann, der von Mallêts Sprössling und einem Inquisitor in Paris befragt wurde. Scheußliche Sache.«

»Armido Paserini? Ich wünschte, ich könnte Euch sagen, wie es ihm geht.« Der Maler runzelte die Stirn. »Es scheint, dass er erneut in Schwierigkeiten steckt. Und es sieht nicht gerade rosig aus für die Reformisten.«

Brion hob abwehrend die Hände. »Bitte, kein weiteres

Wort. Hier haben selbst Getreidesäcke Ohren. Mir reicht meine derzeitige Misere. Ich möchte nicht auch noch in den Ruf der Ketzerei kommen.« Mit Schweißperlen auf der Stirn sah er sich nach den Knechten um, die in ihrer Nähe einen Ochsenkarren entluden.

»Jetzt übertreibt Ihr aber, Philippe. Nun, Meister, Ihr braucht Euch jedenfalls keine Sorgen zu machen. Künstler genießen Narrenfreiheit. Fast beneide ich Euch darum. Leider habe ich zwei linke Hände und kann weder zeichnen noch dichten.« Der Marquis lachte, doch Brions Miene blieb düster.

Von der anderen Hofseite her winkte Pellegrino, der die gesattelten Reitpferde und das bepackte Maultier am Zügel führte. Erleichtert verneigte sich Rosso vor den beiden Edelmännern. »Messieurs, es war mir ein Vergnügen!«

Aufatmend schritt Rosso Fiorentino über den belebten Schlosshof und überließ die Höflinge ihrem vom König bestimmten Tagesablauf. Vielleicht wurden Künstler mit großzügigerem Maß gemessen, doch letztlich waren sie alle in der einen oder anderen Weise vom König abhängig. und jeder Mensch hatte nur einen Kopf. Unwillkürlich rieb Rosso sich den Nacken. »*Diligitur nemo, nisi cui Fortuna secunda est*«, murmelte er ein Ovid-Zitat. Und Rosso war bestrebt, es sich mit seiner Glücksgöttin nicht zu verderben.

XXVII
Kybele

Zornvoll wandten die Bilder den Blick;
und die Mutter im Turmkranz
Sann, ob in stygische Flut sie hinab
die Frevelnden tauche.
Aber die Straf' ist zu leicht:
Und den Hals, der eben noch glatt war,
hüllet die gelbliche Mähn'.

Ovid, Metamorphosen, X. Buch

Und ich sage euch, er hatte nicht die Pest! Glaubt mir doch! Ich kannte ihn!«, rief Didier. Die Menschen auf dem Hof von Fontainebleau schrien dennoch wild durcheinander. Sie waren noch immer aufgewühlt von der Hinrichtung vor wenigen Tagen und der Hiobsbotschaft, die ein unbedachter Schaulustiger ausgerufen hatte.

Luisa stand am Fenster des königlichen Salons und beobachtete mit Besorgnis die aufgebrachte Menge: Bauern, Hilfsarbeiter, Wasserträger, Küchenjungen und -mädchen und alle, die niedere Arbeiten im Schloss verrichteten und ins Dorf gegangen waren, um Albins Kopf fallen zu sehen.

»Was krakeelen diese Idioten denn noch da unten? Der Hingerichtete hatte nicht die Pest.« Matteo stand mit gipsverschmierten Händen neben ihr. »Wenn er krank gewesen wäre, müsste die halbe Belegschaft des Schlosses bereits krepiert sein. Ich habe gesehen, was die Pest anrichtet. Ganze Dörfer oberhalb von Florenz sind innerhalb weniger Wochen ausgestorben.«

»Sie wissen es nicht besser, Matteo. Ah, da kommt der *bailli*.« Sie zeigte mit dem Finger auf den fetten Landvogt, der auf einem Braunen in den Hof ritt.

Gefolgt wurde der Landvogt von einem Dutzend Soldaten, die im Gleichschritt aufmarschierten und die Menge zur geschlossenen Hofseite drängten. Allein das Auftreten der grimmig blickenden Soldaten beruhigte die Leute. Luisa sah, wie Grivel aus dem Schloss kam, zum *bailli* ging, um rasch einige Worte mit ihm zu wechseln, und ihm etwas in die Hand drückte. Dann hob der Landvogt die Hand und brachte auch die letzten Schreihälse zum Verstummen. »Ich weiß nicht, welcher Unselige das fürchterliche Wort ausgesprochen hat.« Ein drohender Blick glitt über die einfältigen, trotzigen oder verschlagenen Gesichter. »Der Henker hat den Verurteilten vorher angesehen, und da hatte er nicht die Pest. Was ihr gesehen habt, war die Krätze, nichts weiter!«

»Ich hab selbst die Krätze, willst du sehen?«, rief ein glatzköpfiger Mann aus der Mitte. »Aber schwarze Flecke habe ich nicht!«

»Ja, wir wissen, was wir gesehen haben!«, schrie eine Küchenmagd, die Luisa an ihrer Schürze erkannte. Die Magd war nicht als Einzige zu den Mönchen ins Aderlasshaus gerannt und hatte ihr Blut gegeben, weil das angeblich vor der Pest schützen sollte. Außerdem sollten das Riechen an Böcken und der Gestank toter Hunde sowie obskure Salben aus gedörrten Kröten und Spinnen vor der Seuche bewahren. Luisa allerdings hielt mehr davon, sich Hände, Nase und Ohren mit Weinessig einzureiben. Letztlich jedoch war kein Mensch vor der Pest gefeit.

Erneut erhob sich Gemurmel, das jedoch abschwoll, als der *bailli* brüllte: »Ruhe! Ich lasse euch alle verhaften und in den Kerker werfen, wenn ihr nicht sofort wieder an eure Arbeit geht! Der Verurteilte hat sich die Haut mit einer schwarzen Tinktur eingerieben.« Er riss die Hand in die Höhe, in der eine kleine Flasche zu sehen war. »Das hier ist das Mittel, ihr Dummköpfe. Euer Kammerherr hat es mir eben gezeigt. Monsieur Grivel, kommt her.«

Grivel trat vor und stellte sich neben das Pferd des *bailli*. Er schien sich in seiner Rolle nicht wohl zu fühlen, zeigte jedoch eine entschlossene Miene. »Jawohl. Hört endlich auf, euch zu benehmen wie dummes Vieh. Viele von euch kannten Albin und wussten, dass er die Krätze hatte. Wir haben seine Sachen durchsucht und die Medizin gefunden, die er benutzt hat.«

»Und warum ist der feine Herr dann so schnell nach der Hinrichtung davongelaufen? Der sah aus, als wäre der Teufel hinter seiner Seele her!«, rief die Küchenmagd trotzig.

»Monsieur de Mallêt ist nicht geflohen, sondern in seiner Tätigkeit als Sekretär Seiner Exzellenz, Kardinal Tournon, in wichtigen Angelegenheiten abberufen worden. Deshalb hat er sich sofort nach der Exekution entfernt. So, und jetzt macht euch alle wieder an die Arbeit. Jeden, den ich innerhalb der nächsten halben Stunde nicht an seinem Platz finde, werde ich persönlich auspeitschen!« Wütend starte Grivel die Leute an, die ihm nun endlich Glauben zu schenken schienen. Zumindest kannten sie die schmerzhafte Wirkung seiner Bestrafungen. Es dauerte nicht lange, und der Platz hatte sich geleert.

Luisa trat vom Fenster zurück. »Sehr schlau, das mit der Tinktur.«

»Warum? Glaubst du, sie haben das erfunden?«, wunderte sich Matteo.

»Keine Ahnung. Ist letztlich auch egal. Hilfst du mir mit der Ceres? Die Ährenkrone ist mir zerbrochen.« Ihr Bruder hatte sich eine raffinierte Komposition ausgedacht, die allerdings höchste Ansprüche an den Stukkador stellte.

Sie sah sich in dem kleinen Salon um, der auf dem Weg zu den Gemächern von Madame d'Étampes lag. Dahinter lag das Zimmer der Geliebten des französischen Königs, in dem Primaticcio die Stuckfiguren paarweise in den Wandecken auf beiden Seiten der Fenster angeordnet hatte. Dort waren die Arbeiten fast abgeschlossen, und Primaticcio hatte bereits ein ovales Fresko fertiggestellt, das Luisa von ihrem Standpunkt aus sehen konnte. Es zeigte Alexander, der das Pferd Bukephalos bändigt. Leuchtende Farben und der Feldherr als Held – so hatte es sich der König gewünscht. Muscheln und Eierstabmuster fanden sich im Rahmen ebenso wie Früchte, zierliche Engel und halbplastische Frauengestalten. Während bei Rosso die Stuckaturen die komplexe Symbolik ergänzten und zur Ikonographie gehörten, setzte Primaticcio lediglich dekorative Akzente. Schön, aber Luisa vermisste den Funken genialer Verknüpfung, der sich in Rossos Werken fand.

Die Karyatide der Ceres, an der sie arbeitete, befand sich an einer Säule unterhalb der Decke. Das heißt, sie sollte dort ihren Platz finden, aber mit der beschädigten Krone konnte Luisa sie nicht anbringen. Sie kratzte sich an der Kappe, die sie noch immer trug. Manchmal hatte sie das Gefühl, dass Meister Rossos Diener sie argwöhnisch ansah, aber vielleicht bildete sie sich das nur ein, weil sie in ständiger Furcht vor der Entdeckung ihres Geheimnisses lebte.

»Üppig«, witzelte Matteo, als er die wohlgeformten Brüste der Karyatide begutachtete. »Die Damen von Meister Primaticcio sind mir sowieso immer etwas zu leblos.«

»Pst, lass ihn das bloß nicht hören. Schlimm genug, dass

ich gleich bei meiner ersten Arbeit einen Fehler mache. Da braucht er nicht auch noch Kritik zu hören.« Nervös sah sich Luisa nach dem Bologneser um, der jedoch im Nebenraum mit einem Fresko beschäftigt war.

Matteo grinste und begutachtete die Karyatide, die aus einem nackten Frauenoberkörper bestand, der unter einem kunstvoll drapierten Tuch in eine Säule überging, welche der Wand vorgelegt werden sollte. Die Decke selbst würde mit Holzkassetten versehen werden, ähnlich wie in der Galerie. Der Florentiner nahm die abgebrochene Ährenkrone in die Hand und drehte sie hin und her. »Die Bruchkanten sind glatt. Das kleben wir an.«

»Aber man wird die Schnittstelle sehen.«

»Da oben?« Matteo zeigte auf die Stelle unterhalb der Decke, an der die Karyatide sitzen würde.

Luisa stemmte die Hände in die Hüften, sah nach oben und danach in den Nebenraum, wo Primaticcio ihr auf seinem Gerüst den Rücken zuwandte. »Das ist richtig, Matteo. Ich dachte nur an den Meister. Wenn er meine Arbeit abnimmt, wird er das beanstanden.«

Leise sagte Matteo: »Wir stehen alle unter Zeitdruck. Seine Majestät will endlich Ergebnisse sehen. Glaub mir, er wird nichts sagen. Außerdem ist er nicht so ein Perfektionist wie Meister Rosso. Bei dem kämst du damit nicht durch.«

Sie zog eine Grimasse und nahm eine Schüssel, um Gips anzurühren, mit dem sie die Stuckarbeit flicken wollte. Zuerst gab sie das Wasser in die Schüssel und streute danach den Gips hinein. Bei umgekehrter Reihenfolge gäbe es sofort Klumpen. Sie streute so lange, bis sich kleine, trockene Inseln im Wasser zeigten und das Anmachwasser aufgesogen war. Als sie nun aber mit dem Spachtel umrühren wollte, blieb dieser in der schlagartig erstarrten Masse stecken. Luisa fluchte. »Eh, Matteo!«

Der Florentiner, der mit dem Säubern von Werkzeugen beschäftigt war, kam zu ihr. »Ja?«

»Sieh dir das an! Hast du mit diesem Gips schon gearbeitet?«

»Nein. Der kommt aus einem Sack, der heute geöffnet wurde.«

»Der ist alt! Falsch gelagert, hat Feuchtigkeit gezogen. Jedenfalls kannst du den wegwerfen.« Sie drückte ihm die Schüssel in die Hand und nahm sich eine andere. »Wo finde ich frischen Gips?«

Matteo betrachtete den unansehnlichen Klumpen in der Schüssel. »In der Werkstatt. Was hier ausgegeben wurde, stammt alles aus dem neuen Sack. Ärgerlich. Jetzt muss ich mich darum kümmern.«

Luisa setzte die Schüssel auf eine Kiste, wischte sich die Hände ab und rieb sich die Nase, die vom Staub kitzelte. »Besser gleich, bevor Meister Primaticcio das entdeckt. Er wird sehr schnell wütend.«

Die Stuckarbeiten in der Galerie waren abgeschlossen, und weil Meister Rosso nicht anwesend war, um die nächsten Arbeitsschritte anzuordnen, hatte Primaticcio alle Künstler und Handwerker bis auf weiteres zu sich beordert. So näherten sich zumindest die königlichen Gemächer langsam ihrer Fertigstellung.

Die folgenden Tage verbrachte Luisa damit, die Karyatide zu flicken, anzubringen und die Gussform für die nächste Skulptur, eine Kybele, zu fertigen. In der Ruhe von Rossos Arbeitszimmer hatte sie sich Ovids Metamorphosen vorgenommen. Kybele verkörperte eines der vier Elemente, die Erde, und wurde in der Kunst häufig mit einem Zepter, einem Globus oder einem Schlüssel dargestellt. Viel interessanter fand Luisa dagegen die Rolle der Kybele im zehnten Buch der *Metamorphosen*, wenn die Erdgöttin Rache an Atalanta und Hippomenes nimmt, die ihren Tempel entweiht haben. Anstatt die Kybele nur mit ihren Symbolen zu behaften, wäre es spannender und vieldeutiger, den Moment der Verwandlung ihrer Opfer zu zeigen. Luisa war davon überzeugt, dass Rosso und der König Gefallen an diesem Motiv fänden. Der Betrachter hätte ungleich mehr zu enträtseln, wenn er Kybele mit ihrem Löwengespann sähe.

Luisa saß beim Licht einer Öllampe und eines Kerzenleuchters an Rossos Arbeitstisch und zeichnete verschiedene Versionen von Kybele, Atalanta und Hippomenes. Die stolze Jägerin Atalanta hatte es Luisa angetan. Sie galt als unbesiegbare Läuferin, alle Bewerber, die sich mit ihr messen wollten und unterlagen, wurden getötet. Allein Hippomenes gelang es durch eine List und mit Hilfe der göttlichen Venus, das Wettrennen gegen Atalanta zu gewinnen. Luisa zeichnete die Jägerin, wie sie einen der goldenen Äpfel der Venus aufhob und dabei von Hippomenes überholt wurde. Als Nächstes skizzierte Luisa Kybele, die zornig zusehen muss, wie Atalanta und Hippomenes ihren Tempel durch einen Kuss entweihen. Unbewusst verlieh sie der Kybele die Züge der hochmütigen Diane de Poitiers, und Atalanta, die überlistete Liebende, war keine andere als die liebliche Anne de Pisseleu.

Die Kybele sollte eine halbplastische Karyatide werden, welche die Zügel des Wagens in den Händen hält. Luisa zeichnete einen der Löwen und schließlich den zweiten in dem Augenblick, in dem Atalantas Körper von der Verwandlung erfasst wird. Das Gesicht der schönen Frau drückte Entsetzen und Überraschung aus, und die Körperglieder schienen sich gegen die Umwandlung zu wehren. Luisa nagte an ihrer Unterlippe und überlegte angestrengt, wie sich der Wagen am besten in Stuck gießen ließe. Ein Relief wäre denkbar, aber zu starr für die bewegten Figuren. Nein, die Glieder sollten frei sein, sich recken und winden und das Drama zum Leben erwecken.

Plötzlich riss eine leise vertraute Stimme sie aus ihren Überlegungen. »Luca, du bist noch auf? Und arbeitest? Lass mich sehen!«

Sie hatte ihn nicht kommen hören, doch Meister Rosso stand in staubigen Reisekleidern hinter ihr und fuhr ihr kurz mit einer Hand über die Haare, bevor er das zuoberst liegende Blatt ergriff und studierte. »Vortrefflich! Mir gefällt es, den Löwen und die halb Löwin, halb Mensch gewordene Atalanta zu zeigen. War das deine Idee?«

»Ja. Wie war die Reise? Was wollte der König von dir?« Freudig wollte sie aufspringen und Meister Rosso um den Hals fallen, doch der machte einen Schritt rückwärts und sagte kühl: »Keine Vorkommnisse. Ein neuer Auftrag, wie ich es mir gedacht hatte. Francesco?«, rief er nach hinten, wo jemand eine Kiste über den Boden schob. »Lasst Brot und Wein und heißes Wasser für ein Bad bringen.«

Luisa hörte die Antwort nicht und erhob sich enttäuscht. »Ich werde mich in mein Zimmer zurückziehen. Danke, dass ich hier arbeiten durfte.« Erst jetzt sah sie, wie müde er aussah. Seine Augen waren ohne Glanz, und die Furchen um Nase und Mund schienen tiefer geworden zu sein.

Ein mattes Lächeln umspielte seine Lippen. »Morgen, Luca. Es ist schon spät.«

Sie wollte ihre Zeichnungen zusammenrollen, doch er hielt sie zurück. »Nein, lasst mich einen Blick darauf werfen. Und jetzt begebt Euch zur Ruhe. Ihr scheint sie so nötig zu haben wie ich.«

Sie nickte und ging an ihm vorüber, wobei sich ihre Hände kurz berührten. Mit ausdrucksloser Miene stand Pellegrino im Durchgang zum Nebenraum und beobachtete sie. Sein schönes Antlitz schien emotionslos, doch seine Augen blitzten, und seine Kiefermuskeln zuckten.

Zwei Tage waren seit Rossos Ankunft vergangen, und Luisa wartete sehnsüchtig darauf, mit ihm allein sein zu können. Sie vermisste seine Nähe, und es gab so viele Fragen, die sie ihm stellen wollte. Er war der Einzige, mit dem sie offen über ihre Sorgen, Ängste und Zweifel sprechen konnte, und manches Mal fühlte sie sich schmerzhaft einsam. Sich dauernd verstellen zu müssen zehrte an ihren Kräften, nur in seinen Armen durfte sie für kostbare Augenblicke sein, wer sie war. Außerdem konnte sie es kaum erwarten, Neuigkeiten vom Hof des Königs zu hören. Es kursierten die verschiedensten Gerüchte über den Dauphin, der einen Pagen getötet haben sollte, über eine Intrige, die Seigneur Chabot de Brion stürzen sollte, und über neue Verfolgungen der Protestanten. Rosso machte sich jedoch rar, zwar kontrollierte er die Arbeiten, die in seiner Abwesenheit ausgeführt worden waren, zeigte sich aber kaum in der Galerie oder den königlichen Gemächern. Vielmehr beließ er es bei den von Primaticcio vorgenommenen Einteilungen und zog sich in seine Gemächer zurück.

Nur einmal hatte Rosso direkt mit ihr gesprochen, um ihr zu sagen, dass sie bei der Ausführung der Kybele freie Hand habe. Das wiederum hatte Meister Primaticcio verärgert, der seine Komposition gefährdet sah. Von den Launen des jähzornigen Bolognesers unbeeindruckt, stand Luisa in der Werkstatt und grübelte über der Herstellung der Gussform für die Kybele. Die Figurengruppe würde nur durch eine mehrteilige Form zu bewältigen sein, und sie zeichnete die spiegelverkehrte Version des gewünschten Abdrucks.

Es war ein warmer Tag, und die Handwerker hatten die Tore der Werkstatt weit geöffnet, um die milde Frühlingsluft hereinzulassen. Drei weitere Stukkadore waren mit dem Gießen von Blattstäben und Rosetten beschäftigt. Der Römer und die zwei Bologneser waren raue Gesellen, die Luisa klar zu verstehen gegeben hatten, was sie von Armidos Abwesenheit hielten. Dass sie von Meister Rosso bevorzugt behandelt wurde, trug ebenfalls nicht zu ihrer Beliebtheit bei. Da sie jedoch besser zeichnete als die Männer und ihr niemand etwas vormachen konnte, wenn es um Gussformen und Schablonen ging, zollten ihr die Männer zumindest Respekt.

»Da kommt Meister Rosso«, sagte der Römer, und alle hoben erwartungsvoll die Köpfe.

Rosso Fiorentino kam mit einer großen Papierrolle unter dem Arm in die Werkstatt. Die Strapazen der Reise waren ihm nicht mehr anzusehen. Ganz im Gegenteil, er sprühte vor Energie und Begeisterung für seine Arbeit. »Wie kommt ihr voran?«

Die Männer zeigten auf die bereits trockenen Blatt- und Fruchtstäbe, die auf langen Tischen auslagen. In einer Kiste darunter lagen Bruchstücke und abgeschlagene Kanten. »Seht selbst«, sagte der Römer nicht ohne Stolz.

»Gute Arbeit«, lobte Rosso anerkennend und wandte sich an Luisa. »Ich habe mit Euch zu reden, Luca. Folgt mir, bitte.«

Erstaunt ließ Luisa die Kreide fallen und wischte sich die Hände im Gehen an ihrem Wams ab, denn Rosso war schon wieder draußen und ging über den Hof auf die Abtei zu. Durch eine kleine Pforte gelangte man in den Kräutergarten der Mönche, der von einer niedrigen Mauer umgeben war. Der Garten gehörte zu den letzten ursprünglichen Bestandteilen der Mathuriner-Abtei, die bald dem sich stetig ausweitenden Schlosskomplex würde weichen müssen. Der Duft von Rosmarin, Dill und Petersilie stieg von den geradlinig angelegten Beeten auf. Dazwischen lagen unregelmäßige Rasenflächen mit verstreuten kleinen blauen Blumen.

»Wilde Veilchen«, sagte Rosso und blieb neben einer eisernen Bank unter einer alten Trauerweide stehen. Außer ihnen war nur am Ende des Gartens ein alter Mönch zu sehen, der ein Beet umgrub. »Hier.« Rosso zog einen versiegelten Brief aus seinem Wams und reichte ihn Luisa.

Erwartungsvoll nahm sie das Schreiben entgegen. Sie erkannte die Handschrift sofort. »Von Armido!«

»Er hatte den Brief in einem Extrakuvert an mich adressiert. Ich nehme an, dass sein Inhalt erklären wird, warum er sich solche Mühe macht.« Seine Stimme war kühl und unbeteiligt.

Mit bebenden Fingern erbrach sie das Siegel und entfaltete das grobe, mit Flecken übersäte Papier. Die Schriftzüge waren unregelmäßig und in Eile gesetzt.

Sorellina,
es ist viel geschehen, seitdem ich Fontainebleau verlassen habe. Ich muss dich um Verzeihung bitten, dich und unsere Familie, denn ich habe mich mit Aleyd vermählt. Du weißt, was das bedeutet.

»Ich werde dich allein lassen«, sagte Rosso, doch Luisa griff nach seinem Ärmel.

»Bitte, geh nicht. Außer meinem Bruder bist du der einzige Mensch in diesem fremden Land, dem ich vertraue.« Sie suchte seine Augen und spürte, wie sich seine Anspannung löste.

Sein Blick wurde weicher, und er deutete auf die Bank. »Setzen wir uns.« Nachdem er sich versichert hatte, dass der Mönch sich nicht um sie kümmerte, nahm er Luisas Hand und drückte sie an seine Lippen. »Die Dinge scheinen so kompliziert. Es gibt so vieles, worauf ich Rücksicht nehmen muss.«

»Wenn du nur manchmal für mich da bist, so wie jetzt ...« Seine Nähe beruhigte sie ein wenig, und mit einem tiefen Seufzer nahm sie den Brief und las weiter.

Jules und Aleyd sind nach Embrun gegangen, weil sie einen Glaubensbruder befreien wollen. Estève Brun ist nun auch mein Bruder, denn wie du dir denken kannst, habe ich den neuen Glauben angenommen. Ich wollte dich nicht in Gefahr bringen und habe lange mit mir gerungen, doch Aleyds Schwangerschaft ändert alles. Sie braucht mich und ich sie. Verzeih mir, sorellina. *Es gibt so vieles, was ich dir sagen möchte, über den Glauben, der mein Herz mit Freude und Hoffnung füllt. Er ist für alle Menschen, und vor Gott sind alle gleich, Prediger, Aristokrat oder Besenbinder. Jeder soll die Heilige Schrift lesen und verstehen können.*

In Embrun droht höchste Gefahr! Monsignor Sampieri ist hier und wiegelt die Leute gegen uns auf. Zuerst habe ich in einem Gasthaus genächtigt, das von einem gewissen Arnaud und seiner Frau Aziza geführt wird.

Luisas Augen flogen über das Papier. Sie las über Suzanne und Sidrac, den aus dem Piemont entflohenen Vaudois, und versuchte sich den Weiler im Hochgebirge vorzustellen. Armido war jetzt tatsächlich ein Ketzer! Damit lieferte er sich den Häschern der Inquisition aus. Sie mochte sich gar nicht ausmalen, was geschehen würde, sobald Guy de Mallêt und Sampieri von Armidos Übertritt zu den Reformisten erfuhren. Und nun war Armido auf dem Weg nach Lyon, um Hilfe bei Marot und den Lavbruchs für die Befreiung Bruns zu erbitten.

»Was ist mit deinem Bruder, Luca? Wo steckt er?«, fragte Rosso, als er ihre besorgte Miene sah.

Wortlos reichte sie ihm den Brief.

»Gott steh ihm bei!«, sagte er schließlich leise und gab ihr das Papier zurück.

»Ich habe solche Angst um ihn.« Sie räusperte sich und wischte sich verstohlen eine Träne von der Wange.

»Dazu hast du auch allen Grund, Luca.« Rosso sah sich um, doch sie waren allein. Nur eine Schaufel lehnte noch dort, wo der Mönch gegraben hatte. »Verbrenne den Brief. Du weißt nichts von dem, was dein Bruder tut. Hörst du?« Eindringlich sah er sie an.

Sie nickte und zerknüllte nervös das Papier in ihren Händen.

»Niemand ist mehr sicher, Luca. Ich weiß nicht, ob du gehört hast, dass man Chabot de Brion den Prozess machen wird. Der Mann ist ein Seigneur, und er hat nichts verbrochen, außer dass er Montmorency und Dianes Partei im Wege steht. Er kämpft um seine Reputation. Entscheidend ist: Der König lässt es zu, dass man einen Seigneur, der ihm treu ergeben ist, anklagt. Auch das Wort von Madame d'Étampes hat in dieser Sache kein Gewicht. Und weil das so ist, bezweifle ich, dass der König den Fürbitten eines Marot überhaupt Gehör schenken wird.« Rosso stand auf. »Gehen wir ein wenig. Dieser kleine Garten ist wie ein Paradies, aber er wird wohl demnächst den Bauplänen von Gilles Le Breton zum Opfer fallen.«

Seite an Seite gingen sie zwischen den sorgfältig gepflegten Kräuterbeeten hindurch. Singvögel jagten Insekten, und auf der Mauer saß eine getigerte Katze blinzelnd in der Sonne, doch das Idyll nahmen die beiden kaum wahr.

»Einmal ist dein Bruder durch meine, vor allem aber durch die Fürsprache Annes ihren Fängen entkommen. Doch der Einfluss der Kirche und ihrer Geißel, der Inquisition, nimmt zu. Der Papst kommt nach Nizza, um mit König und Kaiser zu verhandeln. Franz wird seine Außenseiterposition nicht länger halten können. Seit einiger Zeit gibt es wohl auch böses Blut wegen eines geheimen Vertrags von Frankreich mit Suleiman dem Prächtigen. Unser lieber Franz wird sich also hüten, den Papst weiter vor den Kopf zu stoßen, indem er den Protestanten in Frankreich Vorschub leistet.« Rosso blieb stehen, um einen Rosmarinzweig abzubrechen und daran zu riechen. »Bald ist Ostern. Dann gibt es endlich wieder gebratenes Fleisch. Ein zartes Lamm passt gut zu diesem Rosmarin.«

»Wie konnte sich der König nur mit den Türken verbünden! Das ist nicht recht.« Luisa erinnerte sich gut an die düsteren Gesichter der Muselmanen in der Gastwirtschaft, die sich für die Violine der Lavbruchs interessiert hatten.

»Luca, es gibt vieles, das nicht richtig ist, aber die Dinge sind so, wie sie sind. Es ist ein Wunder, dass noch niemand deine Verkleidung durchschaut hat. Das darfst du nicht vergessen. Noch vor einiger Zeit hätte ich gesagt, dass es den König amüsieren würde, wenn er von deinem Rollenspiel erführe. Und vielleicht würde es das sogar noch jetzt, doch seit er Montmorency zum Connétable gemacht hat, gewinnen die Konservativen an Einfluss. Menschen wie die Kardinäle Tournon und Lorraine und Diane de Poitiers, die sich der spanischen Bigotterie verschrieben hat, würden dich benutzen, um ihren Einfluss geltend zu machen. Es wäre ein Vergnügen und eine Genugtuung für sie, dich zu demütigen und vor ein kirchliches Gericht zu zerren. Und jetzt, wo dein Bruder ein Ketzer ist, hätten sie alle Trümpfe in der Hand.«

Verzweifelt senkte Luisa den Kopf. Die Wahrheit war ernüchternd und bedrückend. »Aber ich werde nicht fortgehen!«

»Das verlangt ja niemand. Ich sage nur, wie es ist und dass du dich vorsehen musst.«

Sie rang die Hände. »Alles, was ich tue, ist meine Arbeit!«

»Ja, ich weiß. Die Welt ist ein seltsamer Ort ...« Er lächelte und klopfte ihr kameradschaftlich auf die Schulter. »Nun komm!«

Sie stopfte den Brief in ihr Wams. Es war nicht Armidos

Schuld und auch nicht die ihre, dass Neid und Missgunst den Hof und die Ambitionen der Menschen bestimmten.

»Monsieur Rosso!«, rief jemand von der Abtei herüber.

Sie hoben die Köpfe und entdeckten Didier, der mit den Armen wedelte und auf sie zurannte. »Monsieur! Euer Assistent sagt, es ist wichtig!«

»Was gibt es denn?«, fragte Rosso unwirsch.

»Das Holz, glaube ich. Die ganze Ladung ist unbrauchbar. Monsieur Scibec de Carpi ist außer sich und will alles hinwerfen.« Aufgeregt rannte Didier scheinbar ziellos hin und zurück.

»Wo?«

»In der Tischlerei.«

»Gut, danke«, sagte Rosso und schien zu erwarten, dass der Diener sich entfernte, doch Didier blieb. »Ja, was ist denn noch? Sag Scibec, dass ich gleich dort sein werde.«

»Noch eine Sache, Meister Rosso. Ihr wart nicht hier, als sie Albin hingerichtet haben, Gott sei seiner armen Seele gnädig. Aber die Leute im Schloss sind nervös, wegen der Pest …«

»Er hatte nicht die Pest!«, widersprach Luisa, die Didier immer weniger ausstehen konnte. Das kleine Wiesel spionierte überall herum.

»Nein, genau, das hat sich ja dann herausgestellt, aber die schlichten Gemüter, Ihr versteht …«

Ungeduldig unterbrach Rosso ihn: »Komm zur Sache, Mann!«

»Also der tote Mann am See unten, der, den Albin ermordet hat …« Didier warf einen raschen Blick auf Luisa, die den Diener misstrauisch musterte. »Nun, das hat Unglück über das Schloss gebracht. Heute Morgen ist wieder einer auf der vorderen Baustelle verunglückt, und jetzt das mit dem faulen Holz. Vielleicht liegt ein Fluch auf Fontainebleau …«, orakelte er düster.

»Dummes Gewäsch! Aberglaube!« Doch Rosso und Luisa wussten beide, was Aberglaube auf Baustellen anzurichten vermochte.

»Ich dachte, vielleicht könntet Ihr den Vorschlag machen, einen Exorzisten kommen zu lassen …« Weiter kam Didier nicht, denn Rosso wies mit dem Finger zum Ausgang und brüllte: »Mach, dass du fortkommst! Ich will nichts von solchem Unfug hören!«

So wütend hatte Luisa Rosso noch nie erlebt, die Adern an seiner Stirn waren geschwollen. Erschrocken hastete Didier davon. Kopfschüttelnd starrte Rosso hinter ihm her.

»Das gefällt mir ganz und gar nicht. Hier stiftet jemand absichtlich Unruhe. Aber ich werde dem Einhalt gebieten. Einen Exorzisten! Nicht in meiner Galerie, nicht in Fontainebleau!« Er strich sich über den kurzen Bart und legte eine Hand an den Knauf seines Degens. »Du gehst zurück in die Werkstatt und setzt deine Arbeit fort. Eigentlich hatte ich mit dir über diesen Entwurf sprechen wollen. Aber das muss warten. Ich lasse dich später rufen.« Er deutete auf die Rolle unter seinem Arm.

Sie folgte ihm durch den Garten und sah ihm nach, wie seine schlanke Gestalt entschlossenen Schrittes den Hof durchmaß.

Der römische Stukkador empfing sie mit beißendem Spott. »Na, was hatte der Meister seinem Lieblingsschüler zu sagen?«

Sie riss Armidos Brief aus ihrem Wams und hielt ihn dem Römer vor die Nase. »Er hat mir einen Brief von meinem Bruder gebracht und mir einen Entwurf gezeigt. Und jetzt lass mich meine Arbeit machen.«

»Oh, der Welpe kann schon beißen. Falls dein werter Bruder nicht einen sehr triftigen Grund für sein Fortbleiben hat, kann er sich zum Teufel scheren. Das darfst du ihm gerne ausrichten!« Die anderen Stukkadore nickten zustimmend, ließen sie aber danach in Ruhe.

Entschlossen machte sich Luisa an ihren Entwurf für die Gussform, doch sie konnte nicht verhindern, dass ihre Gedanken immer wieder abschweiften. Warum musste ihr Bruder sich ausgerechnet in diese Frau verlieben? Aber wer war sie, dass sie ihm deswegen einen Vorwurf machen konnte …

Vom Palazzo aus hatte man einen weiten Blick über die Stadt und die Berge. Irgendwo hinter dem dichten Schleier aus fallenden Schneeflocken lag die Durance, die bei Avignon in die Rhône floss. Die Stadt der Päpste, dachte der hagere Mann mit dem Raubvogelgesicht und beobachtete die Menschen, die sich mit Umhängen gegen Schnee und Kälte schützten. Störrisches Bergvolk hatte er in Embrun erwartet, doch die Bewohner hatten ihn überrascht. Sie hingen an seinen Lippen, als wäre er der Messias, so ausgedürstet waren ihre armen Seelen. Nun, er würde ihnen das Heil bringen, und wo sich der Teufel eingenistet hatte, würde er ihn austreiben.

»Monsignore, bitte, es ist kalt. Hier oben bleibt der Winter immer recht lang. Setzt Euch doch zu mir ans Feuer.«

Sampieri ließ die Brüstung der Galerie los, die den Palazzo des Erzbischofs von Embrun zierte. Ein stattliches Gebäude, wehrhaft und architektonisch interessant, barg es doch die Wohnräume des Erzbischofs, seinen Amtssitz und auch ein Gefängnis, in dem ein Ketzer auf seine Vernehmung wartete. Erzbischof Antoine de Lévis de Château-Morand konnte wahrhaft stolz sein auf seine Stadt. Mit ehrerbietig geneigtem Haupt trat der Monsignore in den Salon seines erzbischöflichen Gastgebers. »Ihr seid zu gütig, Exzellenz.«

Er raffte seine schlichte schwarze Soutane und ließ sich

auf einem Stuhl vor dem Kamin nieder. Das prasselnde Feuer vertrieb die feuchte Kälte, die bis zu den Knochen durchzudringen schien. Der Erzbischof lächelte und schnippte mit den Fingern, worauf ein livrierter Knabe mit einem Tablett zu ihnen trat und ein nach Kräutern und Gewürzen duftendes Getränk servierte. »Kein Wein, Monsignore, aber es kommt dem sehr nahe. Man sagte mir, dass die Mönche im Orient das Rezept erfunden haben.«

Sampieri führte den Becher zum Mund und nippte an dem aromatischen Gebräu, das würzig und mild zugleich war und ihn mit wohltuender Wärme durchströmte. »Ausgezeichnet.«

»Nicht wahr? Schließ das Fenster. Sollen wir hier etwa erfrieren?!«, fuhr der Erzbischof im nächsten Moment den jungen Diener an, der zusammenzuckte und sofort zur Galerie lief, um die Läden zu schließen. Antoine de Lévis war ein kräftiger Mann in den besten Jahren, der zur Fülle neigte. Volle geschwungene Lippen zeugten von einem genussreichen Leben, unter schweren Lidern lauerten jedoch wache Augen, denen nichts entging. Über dem erzbischöflichen Rock trug er einen pelzgefütterten Mantel. Den rechten Fuß, der geschwollen war, hatte er auf ein Fußbänkchen gelagert. Flandrische Tapisserien, schweres Mobiliar und prächtige silberne Kandelaber zeugten vom Wohlstand des hohen Kirchenmanns.

Die Dinge entwickelten sich gut, seit er den jungen Guy de Mallêt getroffen hatte. Sampieris Befürchtungen, hier in Frankreich nichts ausrichten zu können, hatten sich nicht bewahrheitet und sich sogar ins Gegenteil verkehrt. Sicher war das vor allem der unerschütterlichen Treue Kardinal Tournons zu Seiner Heiligkeit zu verdanken. Dieser Kardinal war ein Glücksfall für die Kirche, skrupellos und unnachgiebig gegenüber Ketzern. Dieses Übel musste wie Unkraut mit der Wurzel ausgerissen und für immer ausgerottet werden. Niemand durfte sich erdreisten, die Hoheit der heiligen römischen Kirche und ihrer Diener anzugreifen.

»Nun, Monsignore, was haltet Ihr von unserem Städtchen?«

»Ihr habt eine wundervolle Kathedrale. Notre Dame du Réal ist ein Juwel romanischer Baukunst, und die Wandmalereien in der Franziskanerkirche sind sehenswert, keine Frage.«

Der Erzbischof verzog die Lippen. »Ich hatte meine Frage auf die Einwohner bezogen. Sind sie gottesfürchtig?«

»Sehr, Exzellenz. Mit kleinen Einschränkungen vielleicht, aber schwarze Schafe finden sich in jeder Gemeinde. Gott schickt uns täglich Prüfungen, damit wir unsere Glaubensfestigkeit beweisen können.«

Seufzend trank der Erzbischof einen tiefen Schluck, wischte sich den Mund und sagte: »Genau. Ich sehe den Ketzer, den wir gefangen haben, als eine solche Prüfung an. Es kann nicht angehen, dass diese Leute frei herumlaufen und ehrliche, gottesfürchtige Bürger zu Abtrünnigen machen! Wisst Ihr, es scheint mir fast, als hätte der Himmel Euch geschickt, damit wir gemeinsam diese Stadt auf den richtigen Weg zurückführen.«

»Exzellenz, Ihr sprecht mir aus dem Herzen.«

Der Diener kam zurück, um ihnen nachzuschenken. Dabei stieß er gegen den Fuß des Erzbischofs, der aufschrie und nach dem Jungen schlug. Doch der war schneller und rannte aus dem Zimmer. Mit schmerzverzerrtem Gesicht rückte der Erzbischof den Fuß wieder in die Mitte des Bänkchens. »Dieses leidige Podagra wird in den kalten Monaten wirklich zur Plage.«

»Lasst den Tölpel auspeitschen, dann wird er sich merken, dass er aufzupassen hat«, empfahl Sampieri, der seinen Burschen mit äußerster Strenge behandelte.

»Ach, an und für sich ist er ein guter Junge. Heute ist es so arg, dass ich den Fuß nur anzusehen brauche, und tausend Nadelstiche durchfahren ihn.«

Viele hohe Herren litten an Gicht, und Sampieri wusste, dass ausschweifendes Leben und Völlerei schuld daran waren. Aber das konnte er dem Erzbischof nicht vorhalten. »Ich werde für Euch beten, Exzellenz.«

»Danke, Monsignore, doch ich bin mir meiner Verfehlungen bewusst. Nun, Ihr habt den weiten Weg nach Embrun sicher nicht wegen meines Podagras auf Euch genommen.«

Sampieri räusperte sich. Unterschätzen sollte er den Erzbischof nicht. In dem plumpen Körper verbarg sich ein wachsamer Geist. »Ich habe Euch die Vollmacht Seiner Heiligkeit gezeigt, Exzellenz. Es ist meine Aufgabe, den Kampf gegen die Häresie auch hier in Frankreich zu führen.«

»Fürchtet Seine Heiligkeit, dass wir den Protestanten gegenüber zu nachsichtig sind? Dem ist nicht so, das kann ich Euch versichern. Auch wenn es manchmal schwer ist und wir allein gegen den Unglauben kämpfen müssen. Die Position Seiner Majestät ist leider ambivalent«, verteidigte sich der Erzbischof.

»Seine Heiligkeit weiß das, deshalb bin ich hier. Im Norden Italiens, im Piemont und in dieser Region haben sich über Generationen Ketzergemeinden eingenistet. Es ist unser Anliegen, diese unliebsame Seuche auszurotten oder zumindest so weit einzudämmen, dass sie zu einer unwichtigen Erscheinung wird.« Sampieri beugte sich vor und fuhr mit fanatischer Leidenschaft fort: »Wir sind das Werkzeug Gottes! Die Ketzer sind verirrte Seelen, die befreit werden müssen durch die Reinheit unserer Taten! Einige unter ihnen sind stärker besessen als die anderen. Solche werden zu Wortführern und müssen zuerst auf den rechten Weg zurückgeführt werden!«

Erzbischof Antoine de Lévis de Château-Morand betrachtete eingehend seinen Fuß, der in einem weichen Strumpf steckte. »Seid Ihr wegen des Gefangenen hier?«

»Nicht nur, obwohl er sicher meiner besonderen Aufmerksamkeit bedarf. Ist er schon peinlich befragt worden?«

»Noch nicht. Aber wenn Ihr darin versiert seid, überlasse ich Euch diese Aufgabe.«

»Sehr schön. Soweit ich informiert bin, handelt es sich bei dem Gefangenen um einen Vaudois. Ich arbeite eng mit Guy de Mallêt zusammen, dem Sekretär von Kardinal Tournon.« Sampieri zögerte.

»Ich entsinne mich, Mallêt einmal in Begleitung des Kardinals gesehen zu haben. Ein junger Mann mit großen Ambitionen, wie ich vermute.«

»Und mit Visionen. Mallêt und natürlich der Kardinal sind beide bestrebt, Frankreich den Katholiken zurückzugeben. Da der Vater des jungen Mallêt bei Hof verkehrt, ist auch der junge Guy oft im höfischen Umfeld zu finden, wo er auf einen Ketzer aufmerksam wurde, der unter dem Schutz von Meister Rosso Fiorentino sein Unwesen treibt.«

Der Erzbischof runzelte die Stirn. »Fiorentino ist doch ein Landsmann von Euch. Ich habe bisher nichts gehört, das ihn belasten könnte. Außerdem wacht der König persönlich über seine Künstler.«

»Mit diesem verhält es sich etwas anders. Armido Paserini ist sein Name, und er verkehrt mit Jules Dubray, einem bekannten Wortführer der Vaudois. Sein Vater …«

»Ja! Dubray, ein Prediger, der auf dem Scheiterhaufen endete. Ich habe davon gehört. Weiter!« Es schien, dass der Erzbischof nun aufmerksamer zuhörte.

»Paserini ist nur ein Stukkador aus Siena. Er und sein jüngerer Bruder arbeiten in Fontainebleau für Meister Rosso. Über den Bruder weiß ich nichts. Im Christmonat des vergangenen Jahres ließ Guy de Mallêt bei einem berüchtigten Buchhändler in Paris eine Durchsuchung vornehmen. Im Vorfeld dieser Ermittlungen wurden wir eines Vaudois habhaft, der während der peinlichen Befragung verlauten ließ, dass Paserini ketzerische Ansichten vertritt oder gar selbst ein Ketzer ist. Um es kurz zu machen: Ich hatte Paserini bereits in den Händen, aber er erhielt unerwartete Hilfe durch eine gewisse Madame d'Étampes.«

»Ah, die königliche Mätresse. Ja, sie sympathisiert mit den Reformisten.« Der Erzbischof drehte den Kopf Richtung Tür. »Pierre!«

Langsam wurde die Tür einen Spalt breit geöffnet, und der Junge steckte den Kopf hindurch. Seine blassblauen Augen schauten ängstlich in den Raum. »Euer Gnaden haben gerufen?«

»Ja! Komm her!«

Das Wams schlotterte dem dünnen Jungen am Körper, und aus den kurzen Pluderhosen sahen magere Beine hervor. Er verneigte sich und blieb mit gesenktem Kopf vor dem Erzbischof stehen.

»Wie weit ist das Essen?«

»Es kann aufgetragen werden, wenn Euer Gnaden es wünschen.« Er flüsterte so leise, dass man ihn kaum verstehen konnte.

»Worauf wartest du dann? Gib Bescheid, dass wir einen Gast haben, und dann lass anrichten!« Lévis strich sich über den Bauch und winkte den Jungen fort.

Nachdem die Tür zugefallen war, fuhr Sampieri in seiner Erklärung fort: »Ich bin davon überzeugt, dass sich Paserini hier in Embrun aufhält – und mit ihm auch die Dubrays. Es handelt sich um Geschwister, müsst Ihr wissen. Jetzt sagt mir, habt Ihr Kenntnis von Leuten, die mit ihnen in Verbindung stehen oder sie womöglich beherbergen?«

Der Erzbischof erhob sich mühsam und griff nach dem geschnitzten Elfenbeinknauf seines Gehstocks. »Spontan fällt mir ein Wirt ein, dessen Frau eine Muselmanin ist. Er hat sie aus dem Orient mitgebracht, und obwohl sie behauptet, konvertiert zu sein, glaube ich das nicht. Dort könnten wir ansetzen. Dann gab es vor Jahren einen Prozess gegen eine Familie, die zu den Vaudois gehörte. Sie haben die Stadt verlassen, aber es gibt Gerüchte, dass sie noch in der Nähe leben. Eine äußerst interessante Sache, mein Bester. Aber bevor wir in medias res gehen, sollten wir etwas essen. Mein Koch bringt auch während der Fastenzeit ganz Erstaunliches zustande.«

Gemeinsam gingen die beiden geistlichen Würdenträger zu einem Tisch mit sechs Stühlen auf der anderen Seite des Raumes. Auf dem Tisch stand bereits eine Karaffe mit frischem Quellwasser, und kaum hatten sich die Männer niedergelassen, öffnete sich die Tür, und ein Dienstmädchen mit rosigen Wangen und einem hübschen Gesicht trug ein Tablett mit dampfenden Speisen herein. Sampieris Zufriedenheit wuchs. Die Dinge entwickelten sich noch besser als erhofft, und der Erzbischof schien der richtige Verbündete, um den heiligen Kampf gegen die Häresie in Embrun zu führen.

»*Ave Maria gratia plena. Dominus tecum*«, murmelte Sampieri und dankte dem Herrn für die schicksalhafte Fügung, die ihn nach Embrun gebracht hatte. »*Amen.*«

XXVIII
Verbrannte Hoffnung

Die Rauchsäule stand wie eine Warnung über der Stadt. Schwarz ragte sie in den blauen Frühlingshimmel auf und kündete von Unheil. Unwillkürlich zügelte Armido sein Pferd und ließ es in ruhigen Schritt fallen. Er war schon im Morgengrauen in Saint-Bonnet aufgebrochen und hatte Chorges und dann Saint-Apollinaire hinter sich gelassen. Für den Rückweg von Lyon hatte er einen Tag weniger gebraucht, denn Peter Lavbruch hatte ihm ein neues Pferd gegeben. Den Braunen aus dem Stall von Fontainebleau mit dem königlichen Brandzeichen würde er auf dem Rückweg in Lyon wieder abholen. Bis dahin konnte der sich im Stall des Buchdruckers Matthieu Casper erholen. Alles in allem war er zehn Tage fort gewesen. Was war geschehen? Mit einem flauen Gefühl im Magen beobachtete Armido die Rauchsäule, die aus der Stadtmitte aufzusteigen schien.

Noch befand er sich auf der Hauptstraße, die den Namen kaum verdiente, denn sie war wenig mehr als eine Schotterpiste mit zwei tiefen Fahrrinnen, in denen die Fuhrwerke dahinrumpelten. Der Fluss führte so viel Wasser, dass er stellenweise bereits über die Ufer trat. Die vergangenen sonnigen Tage hatten zu viel Schmelzwasser in den Bergen geführt. Einen Steinwurf entfernt sah er die Abzweigung, die unter Umgehung der Stadt in die Berge hinaufführte. Armido schnalzte mit der Zunge und ließ das graue Pferd, eine kleine, widerstandsfähige Rasse, die hier in den Bergen oft zu finden war, in leichten Trab fallen. Bald darauf bog er auf den schmalen Weg, der eine Anhöhe hinauf durch Mischwald und weiter oben durch reinen Nadelwald führte.

Neben dem Weg verlief ein reißend gewordener Bach. Entwurzelte Bäume und Geröll zeugten von der verheerenden Kraft des Schmelzwassers. Armido verlagerte sein Gewicht nach vorn, um dem Pferd den Aufstieg zu erleichtern. Bald würde er absteigen müssen.

Seine Mission war nicht erfolgreich verlaufen. Zwar hatten der Buchdrucker und seine Freunde Mitgefühl gezeigt, doch sahen sie keine Möglichkeit, ihm anders als mit Geld zu helfen. Zu groß war die Furcht der reformistisch gesinnten Gruppe vor neuerlichen Repressalien oder gar Verhaftungen durch die königliche Justiz. Und zu frisch waren die Wunden, die die Plakataffäre hinterlassen hatte. Auch Casper war peinlich befragt worden und nur knapp mit dem Leben davongekommen. Peter Lavbruch und seine Brüder, die nach Genf gereist waren, um mit Calvin zu sprechen, mussten sich ebenfalls bedeckt halten. Und so hatte Armido nichts vorzuweisen außer einem Beutel voller Goldstücke, die andererseits nicht zu unterschätzen waren.

Ein tiefhängender Tannenzweig nötigte ihn zum Absteigen. Armido, dessen Bart inzwischen dicht geworden war, so dass er als Südfranzose durchgehen mochte, stapfte den Berg mit dem Pferd am Zügel hinauf. Durch die dicht stehenden Nadelbäume drang wenig Sonne, und er befürchtete, dass die Dämmerung nicht mehr lange auf sich warten lassen werde. Selbst als Ortskundiger war es gefährlich, nach Einbruch der Dunkelheit durch die Berge zu streifen, und er hatte auch so genug Sorge, den richtigen Weg zu finden. Wenn er sich richtig erinnerte, gabelte sich nach diesem Wald der Weg. Der eine Pfad führte nach Réallon, der andere weiter hinauf ins Hochgebirge, wo sich der Weiler der Vaudois befand. Doch bevor er die Waldgrenze erreicht hatte, kam er an einen Felsblock, hinter dem ein kaum erkennbarer Pfad abzweigte. War dies die Abkürzung, von der Sidrac gesprochen hatte? Unschlüssig stand Armido neben seinem Pferd und klopfte ihm die Flanke.

Während er noch überlegte, hörte er melodisches Pfeifen und Hundegebell. Schon stob ein zotteliger schwarzer Hund aus dem Unterholz und blieb kläffend vor Armido stehen. Zumindest knurrte der Hund nicht.

»He, ist ja gut«, sprach er beruhigend auf das große Tier ein, das unverdrossen weiterbellte.

»Rufus! Aus!« Die energische Stimme brachte den Hund zum Schweigen, der jetzt lauernd um Armido herumstrich. Mit angelegter Armbrust trat ein junger Mann hinter zwei Fichten hervor. Er trug dunkelbraune und grüne Kleidung, die ihn mit dem Wald verschmelzen ließ. Über seiner Schulter hingen zwei Hasen.

Wahrscheinlich ein Wilderer, dachte Armido und war erleichtert, dass es keiner der Bischofsleute war. »Monsieur, bitte, ruft Euren Hund zurück. Ich bin nicht von hier und froh, Euch zu treffen. Sagt, führt mich dieser Weg hinauf zum Weiler von Sidrac Bayle?«

Der Wilderer stieß einen kurzen Pfiff aus, und der Hund setzte sich auf die Erde. Misstrauisch musterte der Mann Armido. »Was könnt Ihr von Sidrac wollen? Seid Ihr ein Spion des Bischofs?« Er behielt die Armbrust im Anschlag.

Armido grinste. »Dasselbe habe ich auch von Euch befürchtet. Nein, ich arbeite für Meister Rosso Fiorentino in Fontainebleau, aber die Liebe hat mich in diese unwirtliche Bergregion verschlagen.«

Rufus hatte sich wieder erhoben und schnüffelte an Armidos Beinen. Sein Herr nahm die Armbrust herunter. »Das klingt so seltsam, dass es wohl wahr ist. Auf Wilderei steht der Tod.« Er legte den Kopf schief. »Aber der Bischof von Embrun presst uns aus wie alte Zitronen.«

»Sagt, was ist in Embrun geschehen? Was bedeutet die Rauchsäule?«, fragte Armido.

»Verfluchte Sache. Seit dieser Priester dort ist, ist niemand mehr sicher. Der Bischof lässt ihn die Leute verhören und gefangensetzen, wie es ihm gefällt. So was hat es hier seit zweihundert Jahren nicht gegeben. Damals war schon einmal die Inquisition zu Gast. Sie suchen nach Ketzern.« Der Jäger stieß ein bitteres Lachen aus. »Angst und Schrecken wollen die verbreiten, und es gelingt ihnen! Arnaud ist kein Ketzer, zum Teufel! Er ist der rechtschaffenste Mensch, den ich kenne!«

»Arnaud?«, hakte Armido voller böser Vorahnung nach. »Der Wirt vom ›Silbernen Greifen‹? Azizas Mann?«

»Ihr kennt euch? Ja, eben der. Die Schergen des Bischofs haben ihn und Aziza geholt und einer peinlichen Befragung unterzogen. Niemand weiß, ob sie noch leben. Meine Schwester lebt in Embrun und hat mich heute Morgen besucht. Sie hatte Arnauds Mutter zu sich genommen, aber die alte Frau ist gestern gestorben, und jetzt haben die Soldaten wohl auch Arnauds Haus angesteckt.«

Eine eisige Faust umklammerte Armidos Herz. »Weiß der Bischof, wo Sidrac mit seinen Leuten lebt?«

»Wieso?«

»Wir sind Vaudois.«

»Ihr auch? Aber …?«

»Eine lange Geschichte. Meine Frau lebt bei Sidrac und Suzanne. Glaubt Ihr, dass ihnen etwas zugestoßen sein könnte?« Atemlos sah Armido den Jäger an.

»Ich habe nichts gehört, aber ich war seit dem Morgen im Wald, und der Weiler liegt auf der anderen Seite.« Er wies in Richtung des versteckten Pfades. »Mann, lasst uns gehen!«

Mit den sicheren Schritten des Bergbewohners führte der Jäger, der sich als Martin Dufy vorstellte, Armido durch das immer unwegsamere Gelände. Armidos Geschichte begleitete er mit erstaunten Ausrufen. Schließlich traten sie zwischen den Bäumen hindurch und erklommen den Bergrücken. Jetzt gab es nur noch wenig Grün. Moose und Flechten waren die vorherrschende Vegetation. Dufy und Rufus erreichten das Plateau zuerst und schauten auf die andere Seite des Berges.

Die Haltung des Mannes ließ Armido befürchten, dass etwas geschehen war. Er zog das Pferd hinter sich her und stellte sich neben Dufy. Vor ihnen lag die zerklüftete Bergwelt der Dauphiné. Rechts und links ragten verschneite Gipfel auf, von den Tälern wuchs der Grüngürtel hinauf, ging in Waldflächen über, und unterhalb ihres Standorts befand sich ein kleinerer Ausläufer der Bergriesen, auf dessen Westseite der Weiler der Vaudois lag. Die hohen Fichten und Tannen, die die vier Häuser umgaben, waren deutlich zu erkennen.

»Was ist?«, sagte Armido. Er horchte in das Tal hinab, doch kein Laut war zu vernehmen. »Ich kann nichts hören.«

»Das ist es eben«, sagte Dufy. »Es ist zu still!«

Nur ein Habicht kreiste lautlos über ihren Köpfen. Dufy wandte sich nach rechts, wo sich ein steiniger Pfad zwischen Felsen und vereinzelten windgeprüften Fichten den Hang hinunterwand. »Gebt dem Pferd Zügel. Es weiß selbst am besten, wie es die Hufe setzen muss.«

Armido tat wie geheißen und folgte dem kundigen Jäger durch die raue Gebirgswelt. Allein hätte er sich diesen Abstieg nicht zugetraut. Sie brauchten eine halbe Stunde, bis sie auf einem Hügelrücken anlangten, von dem aus es wieder aufwärtsging. Nach mehr als einer Stunde erreichten sie das Plateau, auf dem sich der Weiler befand. Die Sonne stand inzwischen so tief, dass das Licht gerade ausreichte, um die nähere Umgebung zu erkennen. Armido hatte sein Wams abgelegt und wischte sich mit dem Hemdsärmel über die verschwitzte Stirn. »Hätte ich den anderen Weg genommen, wäre ich noch nicht hier.«

Dufy ging stetigen Schrittes die letzten Meter hinauf. Die Anstrengung war ihm nicht anzumerken. »Nein. Die Dunkelheit hätte Euch vorher einen Strich durch die Rechnung gemacht. Aber jetzt seid leise. Rufus, geh vor!« Er bedeutete Armido, sich mit dem Pferd hinter den Bäumen zu halten. Beide Männer spähten wartend in die Dämmerung, die nur die Umrisse der Tannen und des Felsmassivs erahnen ließ.

Nach wenigen Minuten kam der Hund schwanzwedelnd zurück und stieß seinen Herrn an die Hand. »Keine Soldaten, sonst hätte er angeschlagen, aber er will mir etwas zeigen.« Dufy warf die Hasen auf die Erde und spannte seine Armbrust.

Armido band das Pferd an einem Ast fest und ging mit gezogenem Degen neben Dufy her. Normalerweise hätten sie jetzt Hühner, Ziegen oder Kinderlachen gehört. Vielleicht wären die Männer draußen beim Hämmern oder Sägen gewesen, doch es blieb alles still. Manchmal fegte eine Böe durch die hohen Tannen, dass das Holz knarrte. Armido schlug das Herz bis zum Hals, und seine Phantasie ließ die schrecklichsten Bilder in seinem Kopf entstehen. Er dankte Gott, dass er Dufy getroffen hatte, dessen umsichtiges Verhalten ihn vor Unbedachtheiten bewahrte. Endlich erreichten sie die Lichtung. Die Sonne war hinter den Bergen versunken und einem halben Mond gewichen. Der Berg und die hohen Bäume warfen gespenstische Schatten auf den verlassenen Platz, und der Geruch von verkohltem Holz hing in der Luft.

»Die Häuser …«, brachte Armido hervor.

»Verfluchte Mörderbrut! Sie haben alles niedergebrannt!

Rufus!« Der Hund stand im Eingang von Sidracs Haus und schlug an.

»Wir brauchen Licht!« Dufy ging durch den Türrahmen, das Blatt lag zertrümmert vor dem Haus. Vom Dach war nur das verkohlte Gebälk stehen geblieben, der Stall war bis auf die Grundmauern niedergebrannt. Zwischen den Trümmern regte sich etwas, gackernd lief ein Huhn heraus.

»Aleyd!«, brüllte Armido, und als er in das Haus stürzen wollte, kehrte Dufy mit einer Lampe zurück. »Zwei Männer, Armido. Einer ist tot, der andere schwer verletzt. Keine Frauen und Kinder.«

»O Gott!« Mit Tränen in den Augen folgte er Dufy in das Haus, in dem er vor wenigen Wochen seine Hochzeit gefeiert hatte.

Von Wohnstube und Küche war kaum noch etwas zu erkennen, die Soldaten hatten die Möbel zerschlagen, die Schränke geleert und alles verwüstet. Vor dem Kamin lag Élie auf dem Rücken, und zusammengekrümmt hinter einem umgestoßenen Tisch entdeckte Armido Jacob. Mit seinen blutüberströmten Händen umklammerte er einen Knüppel, und an seinem Kopf klaffte eine Wunde. Der gebrochene Blick und starre Pupillen zeigten an, dass jede Hilfe zu spät kam.

Élie jedoch gab ein Geräusch von sich, das wie ein Würgen klang, und Armido stürzte zu ihm, kniete sich auf den Boden und hielt Élies Kopf. Die Brandwunden waren verheilt, stattdessen breitete sich ein großer dunkler Fleck auf Élies beigefarbenem Hemd aus. Er lag in den Resten der ausgeschütteten Suppe. Der Topf lag in der Feuerstelle. »Élie, ich bin es, Armido. Um Himmels willen, was ist geschehen?«

Élies Atem ging stoßweise, und seine Augenlider flatterten. Armido wandte sich um: »Martin, könnt Ihr frisches Wasser auftreiben? Der Bach verläuft am Berg.«

Während der Jäger Wasser holte, schlug Élie die Augen auf. Es dauerte einen Moment, bis er Armido erkannte, der ihm über die Stirn strich. »Mein Freund, kannst du sprechen?«

Élie hustete und stieß einen Schmerzensschrei aus. Mit einer Hand griff er nach Armidos Hemd und zog ihn zu sich. Stoßweise brachte er die Sätze heraus. »Die Schergen des Bischofs waren hier. Ohne Warnung sind sie über uns hergefallen. Wir haben Frauen und Kinder in den Wald geschickt und uns verteidigt. Aber es waren zu viele. Ich habe gesehen, dass sie Sidrac mitgenommen haben.« Élie hustete, und Blut rann ihm über das Kinn.

Vorsichtig hob Armido das Hemd des Verwundeten und betrachtete die Stichwunde unter dem Rippenbogen. »Ruhig, Élie. Hör auf zu sprechen. Du brauchst deine Kraft.«

Dufy kam mit einem Krug Wasser zurück und reichte einen Becher und ein benetztes Tuch, mit dem Armido die heiße Stirn des Verwundeten abtupfte. Als er Élie den Becher an die Lippen setzte, drehte dieser den Kopf zur Seite. »Lass. Jacob?«

Traurig schüttelte Armido den Kopf.

»Jules?«

»Ist nicht hier.«

Élie schloss die Augen. »Er hat gekämpft wie ein Löwe, aber Aleyd …« Seine Stimme wurde brüchig.

Armido tupfte ihm erneut die Stirn ab. »Was ist mit Aleyd, Élie? Bitte, ich flehe dich an!«

Kaum hörbar flüsterte der Sterbende: »Bischof.« Sein Kopf sackte zur Seite, und er verschied mit einem röchelnden Seufzer.

Armido ließ Élies Kopf langsam zu Boden gleiten und drückte ihm die Augenlider zu. Dann machte er das Kreuzzeichen über dem Toten und murmelte: *»In nomine Patris et Filii et Spiritus Sancti. Amen.«*

»Der Herr sei seiner Seele gnädig. Amen«, sagte Dufy und bekreuzigte sich ebenfalls. »Ich war oben, aber da ist niemand. Lasst uns jetzt in den anderen Häusern nachsehen.«

Armido zögerte. »Die Frauen und Kinder sind irgendwo im Wald, sollten wir nicht zuerst nach ihnen sehen?«

»Da sind sie vorerst sicher. Aber vielleicht liegt noch ein Verwundeter in den Trümmern.«

Dufy hatte recht. Und wie sollte er Sidrac und Aleyd helfen? Élies Äußerung konnte nur bedeuten, dass beide gefangengenommen worden waren. Was war nur los in Frankreich? Obwohl der Papst nicht einmal hier residierte, gebärdeten sich seine Anhänger gottesfürchtiger und strenger als die meisten Römer.

»Kommt Ihr?«, rief Dufy von der Tür.

Schweren Herzens ließ Armido die beiden toten Glaubensbrüder zurück und trat hinter dem Jäger aus dem Haus. Von der kleinen Behausung der Kräuterfrau waren nur noch verkohlte Balken und einige Mauerreste stehen geblieben. Sie stocherten eine Weile in den stinkenden Überresten, fanden jedoch nur zwei tote Kaninchen, deren Fell zur Gänze versengt war. Rufus zerrte an einem der Tierkadaver, wurde aber von Dufy zurückgerufen.

Anders sah es im Haus des Ziegenhirten Pascal aus. Das Feuer schien hier nur den Stall erfasst zu haben und war an der Mauer verglüht, auf der im Schatten noch Schneereste verblieben waren. Sie stießen die Tür auf und wären fast über Pascals Körper gefallen, dessen Beine unter einer Tischplatte lagen. Armido warf das Möbel zur Seite und biss sich vor Schmerz und Wut über die Grausamkeit der bischöflichen Schergen auf die Lippen. Ein Schwerthieb hatte dem Ziegenhirten das Gesicht zerschnitten. Seine Hände waren blutig und zerfetzt, mit ihnen hatte er wohl die Angreifer abzuwehren versucht. Den Tod herbeigeführt hatte ein Spieß, dessen abgebrochener Schaft aus dem Bauch des Hirten ragte.

Dufy stand mit geballten Fäusten neben Armido. »Tapferer Mann. Er wollte sich mit der Tischplatte als Schild dem Mordgesindel entgegenstellen. Vielleicht hat er so seiner Familie Zeit verschafft, dass sie sich verstecken konnten.« Er warf Armido einen mitleidigen Blick zu. »Von uns hätte Euch niemand verraten. Die wenigsten wussten von der Existenz des Weilers und schon gar nicht, dass Ihr Vaudois seid. Sidrac kennen wir nur als Medicus.«

Von draußen drang klägliches Jammern zu ihnen, und sie fanden eine Ziege eingeklemmt in den Stalltrümmern. Die anderen Tiere der Herde waren entweder weggelaufen oder fortgetrieben worden. Dufy strich dem jammernden Tier über den Kopf und zog es dann unter lautem Protest heraus. »Der Hinterlauf ist gebrochen.« Kundig tastete er das verletzte Tier ab. »Komplizierter Bruch, und innere Verletzungen hat es auch. Ich muss es erlösen.« Er zog sein Jagdmesser heraus und durchtrennte dem Tier blitzschnell die Kehle.

Armido wandte sich ab.

»Wir lassen es ausbluten. Wenn wir die anderen im Wald finden, werden sie sich über etwas Fleisch freuen. Es scheint so, als hätten die Soldaten alles mitgenommen.«

»Wie kann man nur so unbarmherzig sein? Frauen und Kinder hungern zu lassen …« Armido stieg über die Bretter und Balken hinaus auf den freien Platz.

Bei Hugues' Haus begann der Weg durch den Wald nach Embrun. Fassungslos stand Dufy vor dem Schlachtfeld, das sich ihnen im Innern bot. »Hier waren die Soldaten zuerst.« Er wischte sich eine Träne aus dem Auge, und Armido schluchzte.

Hugues lag mit eingeschlagenem Schädel vor der Feuerstelle. Knochensplitter und Gehirnmasse waren ausgetreten und verteilten sich auf dem Fußboden. Nicht weit davon entfernt lag Sophie, die Frau des Ziegenhirten, unter einer Bank. In ihren Armen hielt sie ihr jüngstes Kind. Beide waren tot, getötet im Namen des Herrn. Nachdem Armido und Dufy das Haus durchsucht und niemanden mehr gefunden hatten, traten sie vor die Tür. Armido zündete sich ebenfalls eine Lampe an.

»Was meint Ihr, sollen wir nach den Frauen rufen?« Und wo war Jules? Armido hoffte, dass sein Freund zum Zeitpunkt des Überfalls entweder nicht hier gewesen war oder mit den Frauen hatte flüchten können.

Dufy nickte und hielt seinem Hund ein Kinderhemd vor die Nase, das er aus Hugues' Haus mitgenommen hatte. »Such, Rufus.«

Sie warteten, bis der Hund eine Spur aufgenommen hatte, und folgten ihm laut rufend in den Wald. »Suzanne! Wo seid ihr? Ich bin es, Armido!«

Rufus' Bellen und eine zaghafte Frauenstimme ertönten ungefähr zur selben Zeit, und kurz darauf trat eine vollkommen verstört aussehende Suzanne hinter einer Fichte hervor. Ihr Kleid war schmutzig und zerrissen, die Augen vom Weinen geschwollen. Mit ausgestreckten Händen wankte sie in Armidos Arme. Er drückte sie an sich und strich ihr über die zerzausten Haare. »Wo sind die anderen, Suzanne? Jules?«

Es dauerte, bis sie das Schluchzen so weit unter Kontrolle hatte, dass sie sprechen konnte. Misstrauisch beäugte sie den Jäger. »Martin Dufy, was macht Ihr hier?«

»Er hat mir geholfen, Suzanne. Ohne ihn wäre ich noch nicht hier«, beruhigte Armido sie.

»Ah. Armido, du hast ja keine Vorstellung! Es war so furchtbar! Sie haben uns überfallen, als wären wir die übelsten Verbrecher. Marie!«, rief sie in die Dunkelheit, und Pascals Frau kam mit drei kleinen Kindern heraus.

»Jules ist verwundet. Die Jungen sind bei ihm. Er kann nicht gehen, aber mit eurer Hilfe bringen wir ihn ins Haus. Steht es noch?«, fragte Suzanne und zeigte den Männern, wohin sie gehen mussten.

Rufus hatte die Flüchtlinge schon entdeckt und stand bellend und schwanzwedelnd vor einigen dicht stehenden Fichten, unter deren Zweigen sich die Frauen und Kinder zusammengekauert hatten. Die Kleinen weinten, doch bevor Suzanne sich bückte, fragte sie Armido leise: »Pascal und Hugues?«

»Sie sind tot, Suzanne, Élie, Jacob, Pascal, Hugues, seine Frau und ihr Kind. Und Aleyd?«

»Sie haben sie fortgeschleppt, zusammen mit Sidrac und Isabeau. Ich habe sie schreien gehört ... O Armido, wir müssen sie befreien! Sie dürfen sie nicht foltern. Aleyd ist in anderen Umständen. Sie kann das Kind verlieren!«

»Wenn sie nur am Leben bleibt!« Was auch geschehen mochte, er liebte seine Frau und würde sie den Klauen der Gottlosen entreißen. Denn jene waren es, die Gott verrieten, indem sie seine Gebote mit Füßen traten. Ihr schändliches Tun verhöhnte Gottes Wort, nicht das jener, die als Ketzer beschimpft wurden.

»Armido.« Suzanne berührte seinen Arm, und er ging in die Knie, um unter die Zweige zu Jules zu kriechen.

Der Atem seines Freundes ging stoßweise, die Augen in seinem bleichen Gesicht waren geschlossen.

»Kommt, Jungs. Armido kümmert sich jetzt um euren Onkel. Armido, gib auf seinen linken Arm acht.« Suzanne streckte die Hände nach ihren Kindern aus, die aus der Höhle hervorkrochen. Herabgefallene Fichtennadeln bedeckten den Waldboden und hielten die vom Boden aufsteigende Kälte ein wenig ab, doch für jemanden, der viel Blut verloren hatte, war dieses Lager denkbar ungeeignet.

Jules' Körper war von einem Umhang bedeckt, den Armido sachte anhob, um sich ein Bild vom Zustand seines Freundes zu machen. Ein Stofffetzen war notdürftig um Jules' Oberschenkel gewickelt worden, und der linke Arm und die Hand waren ebenfalls verbunden. Armido befühlte Jules' Stirn, die heiß und nass war, und tätschelte seine Wange. Endlich öffnete Jules die Augen, die einen fiebrigen Glanz hatten. Doch er erkannte Armido.

»Ich konnte sie nicht retten, Armido. Es tut mir so leid. Ich schäme mich so!«

»Nicht, Jules. Ihr habt euch tapfer geschlagen. Jetzt müssen wir dich hier herausbringen. Dann überlegen wir gemeinsam, wie wir sie befreien. Martin!«

Mit Hilfe des kräftigen Jägers zogen sie Jules unter den Zweigen hervor. Dann hob Dufy den Verwundeten auf und legte ihn sich über die Schulter. »Lasst, Armido. So geht es am besten. Hier!« Er drückte der wartenden Marie seine Lampe in die Hand. »Geht voraus und leuchtet mir, Armido!«

Im Weiler entschieden sie sich für Hugues' Haus, das am wenigsten zerstört war. Die Leichen von Hugues und seiner Familie sowie von Élie und Jacob trugen sie in Pascals Haus. Die Frauen holten Tücher und deckten sie über die Körper ihrer Angehörigen. Marie bemühte sich, ihre unendliche Trauer vor den Kindern zu verbergen. Sie kümmerte sich nicht nur um ihre eigenen drei, sondern auch um die beiden Mädchen von Hugues, die nun Waisen waren. Gemeinsam kniete sie sich mit den Kindern neben den Toten auf den Boden und betete. »Eure Eltern und euer Bruder sind jetzt im Himmel, wo Gott schon auf sie wartet.«

Die Kleinen schluchzten zwar noch, doch sie schienen Trost in Maries Erklärungen zu finden. Auch Suzanne liefen die Tränen über die Wangen, während sie sagte: »Gott schenke ihnen Frieden. Amen.«

Alle bekreuzigten sich und verließen Pascals Haus, das zum Leichenhaus geworden war. Während Marie sich weiter um die Kinder kümmerte, half Suzanne beim Aufräumen in Hugues' Haus. Mit Tränen in den Augen wischte sie Blut und Knochensplitter weg, während die Männer zusammentrugen, was noch an brauchbaren Möbeln vorhanden war. Aus dem oberen Stockwerk holten sie einen Strohsack, polsterten ihn mit Decken und betteten Jules darauf, der fiebrig vor sich hin dämmerte. Suzanne kippte das schmutzige Wasser auf den Hof und kam mit einem neuen Eimer zurück ins Haus. Sie wusch sich die Hände und trat neben Armido an Jules' Lager.

»Hast du dir seinen Arm schon angesehen?«

»Nein«, antwortete Armido und ahnte Böses.

Sie schlug die Decke zurück und griff nach Jules' verwundetem Arm. Als sie den Verband abwickelte, zuckte Jules zusammen und schlug die Augen auf. Suzanne legte ihm die kühle Hand auf die Stirn. »Schlaf, wenn du kannst. Armido, irgendwo steht eine Flasche Obstwasser.«

In einer Truhe fand Armido das Gewünschte und entkorkte die Flasche. Suzanne träufelte Jules etwas von dem starken Schnaps in den Mund. Als er ruhiger atmete, nahm sie den letzten Tuchfetzen von seinem Arm. Armido schlug die Hand vor den Mund, als er die klaffende Wunde sah, die sich über den Unterarm bis zum Handgelenk zog. Der Schwerthieb war bis auf den Knochen gegangen und hatte alle Sehnen durchtrennt. Das Fleisch klaffte weit auseinander und färbte sich an den Rändern bereits dunkel. Schmutz und Sekrete verunreinigten die Wunde.

Suzanne senkte ihre Stimme zu einem Flüstern. »Der Wundbrand hat bereits eingesetzt. Er hat gekämpft bis zum Letzten und uns alle herausgebracht, aber dabei ist Schmutz in seine Wunde gekommen. Ich hätte sie nähen können.

Nicht so gut wie Sidrac, aber ich hätte es gemacht. Doch so …« Mit ernster Miene sah sie Armido an.

»Amputation?« Das Wort klang furchtbar, doch wenn Jules' Leben anders nicht zu retten war, mussten sie es tun.

In diesem Moment kam Dufy mit den Armen voller Decken und Lebensmittel zurück. »Ich habe gerettet, was nicht verdorben war.« Sein Blick fiel auf Jules, und er legte seine Lasten ab und trat näher. Scharf sog der Jäger die Luft ein. »Das sieht übel aus.«

»Und das Bein?«, fragte Armido.

Suzanne nahm den Verband auch dort ab. »Ein Spieß, aber der Stich ist nicht so tief. Das heilt wieder. Vier, fünf Stiche mit einem festen Faden werden reichen.«

»Seid Ihr eine Heilerin wie Euer Mann?« Dufy sah sie bewundernd an.

»Nein, das nicht, aber ich kann helfen. Ich habe meinem Mann oft genug zugesehen und die Arzneien angemischt. Also, was sagt Ihr zu seinem Arm? Je eher wie handeln, desto größer sind seine Chancen zu überleben. Wenn das Schwären einmal richtig einsetzt, kann ich nichts mehr tun.«

Je länger Armido vor Jules stand und auf Knochen und Sehnen starrte, die sich weißlich zwischen dem Fleisch abzeichneten, desto flauer wurde ihm. »Müssen wir ihm das wirklich antun?«

Der Jäger nickte. »Ich glaube, ja. Eine Nacht noch, und es kann zu spät sein. Dann steigen die Gifte auf. Soll ich Öl heiß machen?«

»Nein!«, kam es aus Suzannes und Armidos Mund.

Erstaunt sah die Arztfrau den Stukkador an. »Was weißt du über die Chirurgie?«

»Nicht viel. Aber in Paris hat mich ein gelehrter Medicus nach der Folter behandelt, und er berichtete, dass ein Feldscher namens Paré von der Behandlung mit Öl abrät.«

Dufy zuckte mit den Schultern. »Was immer die Herrschaften meinen. Soll ich den Mann dann binden, damit er sich nicht wehrt, wenn wir schneiden?«

»Wartet noch. Ich will erst in unser Haus gehen und nachsehen, was von den Arzneien meines Mannes übrig ist. Sidrac verwendet eine Essenz aus Alraunwurzel und Mohn, mit denen er einen Schwamm tränkt und ihm dem Patienten auf Mund und Nase legt. Ich habe das mehrfach mit Erstaunen beobachtet. Die Patienten haben sich kaum gerührt, während er geschnitten hat.« Sie wandte sich an Marie und die Kinder. »Die Kleinen sollen das nicht mit ansehen, Marie. Bring sie nach oben und leg sie schlafen. Sing ihnen etwas vor, wenn du magst.«

Marie, eine schlichte Frau mit großen Augen in einem schmalen Gesicht, erhob sich und nahm eines der Kleinkinder auf den Arm.

»Da oben liegen noch Strohsäcke und Decken«, sagte Dufy, während Suzanne das Haus verließ.

»Können wir ein Feuer im Kamin machen? Die Kleinen haben Hunger. Wir haben seit dem frühen Morgen nichts gegessen.« Tatsächlich sahen Marie und die Kinder erschöpft aus.

Froh, etwas Nützliches tun zu können, entfachten die Männer ein Feuer aus zerbrochenen Stuhlbeinen und Scheiten, die hinter dem Haus gelegen waren. Armido suchte einen Topf, der sich am Haken über der Feuerstelle befestigen ließ, und gab Wasser hinein. Rufus hatte sich neben dem Kamin hingelegt, wurde jedoch von seinem Herrn aufgescheucht. »Los, komm, mein Alter. Wir holen die Hasen, und Euer Pferd bringe ich auch mit, Armido.«

»Armido!«, rief Jules leise.

Sofort eilte der Gerufene an das Krankenlager. »Ich bin hier.«

»Was geht vor? Mein Arm!« Jules hatte den Kopf gehoben und starrte entsetzt auf das dunkelrote Fleisch und die Sehnen, die sich aufgerollt hatten.

»Ich fürchte, den wirst du verlieren, mein Freund. Aber besser den als dein Leben.«

Jules biss sich auf die Lippen. »Wo hat uns das alles nur hingeführt? Vielleicht hätte ich auf Aleyd hören sollen.«

»Sobald du wieder bei Kräften bist und Aleyd frei ist, gehen wir von hier fort. In Siena lassen sie uns in Frieden leben, solange wir nicht auffallen.«

»Nein, das ist dein Weg, nicht meiner.« Er sog die Luft zwischen zusammengebissenen Zähnen ein. »Teufel noch eins, sind das Schmerzen. Wer wird schneiden, du etwa?« Jules brachte ein Grinsen zustande.

Armido hielt die Hände hoch. »Das sind die begnadeten Hände eines Künstlers. Sie haben Frauenkörper von berückender Schönheit aus Gips geformt.«

»Gib mir was zu trinken!« Jules trank mehrere Schlucke vom scharfgebrannten Obstschnaps und ließ den Kopf zurücksinken.

Es dauert nicht lange, und Suzanne kehrte mit einem Korb voller Tiegel, getrockneter Kräuter und chirurgischer Instrumente wieder. »Das konnte ich auf die Schnelle sammeln. Es sieht so furchtbar dort aus …« Sie schluckte und setzte den Korb auf einem Tisch ab.

»Hast du dieses Mittel?«

Suzanne nahm einen handtellergroßen Schwamm und eine verkorkte Phiole aus dem Korb. Des Weiteren legte sie chirurgische Messer, Zangen und eine Säge auf den Tisch. Es folgten eine Nadel und eine kleine Spule. »Tiersehne«, erklärte Suzanne. »Sidrac schwört darauf. Andere nehmen Haare oder Hanf. Schau hier.«

Sie nahm einen Tiegel aus dem Korb und löste das Band,

welches das Pergament hielt. Ein scharfer, doch auf würzige Art angenehmer Geruch entströmte dem kleinen Gefäß. »Isabeau sammelt die Kräuter, die Sidrac für diese Salbe braucht. Manche halten sie für seltsam, aber sie ist eine sehr kluge Frau und kennt jede Pflanze und ihre Wirkung. Alle Frauen in ihrer Familie waren Kräutersammlerinnen. Ihre Urgroßmutter war eine Heilerin und starb auf dem Scheiterhaufen in Avignon. Danach haben die Frauen sich zurückgezogen. Für Sidrac war sie ein Glücksfall.«

Als Suzanne schwieg und traurig den Salbentiegel abstellte, fragte Armido: »Aber sie leben, nicht wahr? Sie haben sie mit nach Embrun genommen?«

»Sie leben. Ja.« Sie vermied es, ihn anzusehen, und schien fast erleichtert, als Dufy mit seiner Lampe hereinkam. »Licht«, sagte sie. »Wir brauchen so viel Licht wie nur möglich.«

Es dauerte nicht lange, und sie hatten aus den anderen Häusern Kerzen und Lampen zusammengetragen und im Raum verteilt. Marie kümmerte sich um das Essen, und Armido und Dufy holten zwei Eimer Wasser aus der Quelle hinter den Bäumen. Als sie wieder in den hell erleuchteten Wohnraum traten, lag Jules mit geschlossenen Augen auf seinem Lager und atmete gleichmäßig. Auf Mund und Nase hatte Suzanne den Schwamm gelegt, den sie immer wieder mit der Tinktur aus der Phiole beträufelte. Sie hatte Jules' blutiges Hemd aufgeschnitten und den Oberkörper gewaschen. Auch die Hose hatte sie aufgetrennt und die Stichwunde gereinigt.

Über eine Stuhllehne hatte sie saubere Tuchstreifen gehängt, daneben lag ein Stapel von Unterröcken und Bettlaken. »Er wird viel Blut verlieren, aber ich werde, so schnell ich kann, arbeiten. So, wer von euch wird sägen?«

Armido erbleichte, doch Dufy war unbeeindruckt. »Ich

bin Jäger und an das Zerlegen von Tierkörpern gewöhnt. Sag mir, wie wir es machen.«

Jules' Arm lag auf einem mehrfach gefalteten Tuch, das bereits rot gefärbt war. Die lange Wunde hatte durch das Säubern wieder zu bluten begonnen. Suzanne band den Arm oberhalb der Wunde ab und stoppte die Blutung. Dann zeigte sie auf eine Stelle unterhalb des Ellbogens. »Dort. Zuerst muss ich die Adern veröden. Armido, dafür brauche ich einen Dolch, der im Feuer erhitzt wird.«

Gehorsam legte Armido die Klinge seines Dolches in die Glut.

»Martin, die Hautlappen, die gleich über den Knochen herausragen, müssen stehen bleiben, damit ich sie zusammennähen kann.« Suzannes Hände zitterten, als sie nach einem der scharfen chirurgischen Messer griff.

»Ich werde ihn halten, falls er erwacht«, sagte Armido.

Dufy nahm die ellenlange Säge zur Hand und wischte sich mit dem Handrücken den Schweiß von der Stirn. »Gut denn.«

Beherzt legte Suzanne mit wenigen Schnitten den Unterarmknochen frei und zeigte Dufy, wo er den Knochen durchsägen sollte. Das Geräusch, das dann erklang, würde Armido nie vergessen, doch er hatte keine Zeit, darüber nachzudenken, weil Jules' Beine zuckten und er mit dem gesunden Arm um sich schlagen wollte. Suzanne tropfte mehr Alraunenessenz auf den Schwamm und drückte ihn fest auf Jules' Gesicht, bevor sie den Dolch aus der Glut zog und damit die heraushängenden Adern und Fleischränder verödete.

Sie bekreuzigte sich. »Gott steh mir bei! Ich kann nur hoffen, dass ich das Richtige tue …«

»Rufus!«, fuhr Dufy seinen Hund an, der an der abgetrennten Gliedmaße schnüffelte. Der Jäger wickelte Jules' Unterarm in ein Tuch und ging damit nach draußen.

Armido sah gebannt zu, wie Suzanne die Hautenden um den Stumpf vernähte. »Du machst das großartig, Suzanne. Sidrac wäre stolz auf dich!«

Verbissen stach sie durch das Fleisch und verknotete schließlich den Faden aus tierischer Sehne. Dann schmierte sie von der Paste aus dem Tiegel auf die Naht und das wunde Fleisch und legte einen Verband aus Tuchfetzen an. Schließlich löste sie den strammen Tuchstreifen, der die Blutung unterbunden hatte. Innerhalb eines Augenblicks tränkte sich der Verband mit Blut. »Jetzt das Bein.«

Sie vernähte die Stichwunde am Oberschenkel, gab Salbe darauf und legte ebenfalls einen Verband an. Erschöpft sank sie auf einen Stuhl, legte die Hände vors Gesicht und weinte. Armido vergewisserte sich, dass Jules ruhig lag und nicht von seinem Bett rollen konnte, bevor er zu Suzanne ging und sie in die Arme nahm.

»Marie.« Ohne Suzanne loszulassen, drehte er sich nach Marie um, die mit der Essenszubereitung beschäftigt war. »Gib mir irgendetwas. Ein Stück Brot, egal.«

Die junge Frau drückte ihm ein Stück Käse in die Hand, das er Suzanne in den Mund schob. »Kauen!«

Gehorsam aß sie den Bissen auf und weigerte sich auch nicht, als Armido ihr einen Becher von dem Obstschnaps zu trinken gab. Er wartete, bis die Farbe in ihre Wangen zurückkehrte.

»Der Hase braucht noch eine Weile, bis er gar ist. Aber wir können Dörrfleisch, eingelegte Pflaumen und Käse essen. Brot ist auch noch da«, sagte Marie von hinten.

»Sehr schön. Bring erst den Kindern, Marie, dann essen wir«, ordnete Armido an. Er tätschelte Suzannes Hände, die noch blutverschmiert waren, ebenso wie ihrer aller Kleidung. »Suzanne, du bist eine starke Frau.«

Sie schluchzte.

»Wir müssen alle stark sein, für Sidrac, Aleyd und Isabeau! Für deine Kinder! Suzanne, wir holen sie aus dem Gefängnis. Diese ungeheuerliche Tat kann nicht ungesühnt bleiben. Ich habe Geld aus Lyon mitgebracht. Morgen reite ich nach Embrun.«

Die erschöpfte Frau sah ihn aus leeren Augen an. »Du? Sie werfen dich in den Kerker, genau wie die anderen. Darauf warten sie doch nur. Nein, Armido. Du kannst nicht gehen!«

»Aber wir müssen etwas tun!«, rief er und sprang auf, besann sich jedoch und fuhr in ruhigem Ton fort: »Wir sind alle am Ende unserer Kräfte. Morgen sehen wir weiter.«

»Morgen …«, flüsterte Suzanne, und in ihrer Stimme lag wenig Hoffnung.

Armido wusch sich die Hände. Morgen würde er einen Weg finden zu erfahren, was in Embrun vor sich ging, und dann wollte er Luisa eine Nachricht zukommen lassen. Sie musste erfahren, was geschehen war. Vielleicht gelang es ihr mit Meister Rossos Unterstützung, noch größeres Unrecht zu verhindern. Er kannte seine Schwester gut genug, um zu wissen, dass sie alles daran setzen würde, ihm zu helfen.

XXIX

Die *Sibylle von Tibur* und der *Éléphant fleurdelysé*

Wie viele Sibyllen gibt es? Vier? Oder waren es zwölf?«, sinnierte Luisa, während sie in den blauen Mittagshimmel schaute. Sie lag auf dem Rücken im warmen Gras am Ufer eines Sees mitten im Wald von Fontainebleau. Die Maisonne war bereits so warm, dass Luisa am liebsten in den Teich gesprungen wäre, doch Rosso hatte davon abgeraten. Wenn jemand sie überraschte, brächte sie das in erhebliche Erklärungsnot.

»Zwölf«, antwortete Rosso, der auf Armeslänge neben ihr lag. Nur ihre Fingerspitzen berührten sich. »Sag mir, wie sie heißen und was sie gesehen haben.«

Sie verfolgte den Flug eines Reihers und lauschte dem Summen der Bienen, die in rosafarbenen Blütenköpfen nach Nektar suchten. »Die Sibylle von Cumae sagte die Geburt Christi voraus, die von Samos das Kind in der Krippe, und die von Delphi wusste von der Dornenkrönung. Dann war da die cimmerische, die die stillende Maria sah, die europäische wusste von der Flucht nach Ägypten, die agrippinische …« Sie stockte. »Hmm …«

»Die Geißelung. Die Kreuzigung gehört zur hellespontischen Sibylle und die Auferstehung zur phrygischen. Fehlen noch die Sibyllen von Persien, Libyen und Erythräa, denen die Weissagung an Augustus von der Ankunft Christi zugesprochen wurde. Aber das hat man erst festgelegt, als man entsprechend den zwölf Aposteln zwölf Sibyllen brauchte. Ursprünglich ist es die Sibylle von Tibur, die Kaiser Augustus wegen der Apotheose befragt.«

»Mein Bruder hat mir erzählt, dass Michelangelo die fünf Sibyllen an die Decke der Sixtinischen Kapelle im Vatikan gemalt hat.« Sie spürte, wie Rosso die Hand fortzog.

»Michelangelo ist ein Besessener, immer auf der Suche nach Perfektion, ein Genie. Er hat den David geschaffen! Dann die Sixtinische Kapelle, Grabmäler, und er ist Architekt!« Rosso hatte sich aufgesetzt und beugte sich zu ihr, um ihr ins Ohr zu flüstern: »Wenn ich an Gott glaube, dann, weil es Männer wie Michelangelo gibt, aber behalte das für dich, sonst ende ich auf dem Scheiterhaufen.« Er lachte, stand auf und zog sie mit sich hoch.

»Ich finde, dass dein Entwurf für das Gemälde großartig ist, und ich sage das nicht, um dir zu schmeicheln.«

»Nein, du bist ehrlich. Das schätze ich an dir.« Er strich ihr eine Haarsträhne aus der Stirn und betrachtete sie verträumt. »Was für ein herrlicher Tag!«

Gemeinsame Stunden mit Rosso waren selten, und Luisa verwahrte jede Minute im Herzen, wusste sie doch, dass selbst, wenn er mit ihr zusammen war, seine Gedanken meist schon um ein neues Projekt kreisten. Doch sie hatte sich damit abgefunden, seine Muse zu sein. Sie legte den Kopf an seine Brust. »Die Galerie, Giovanni, die Galerie zeugt von deinem Genius.« In Momenten der Zweisamkeit nannte sie ihn bei seinem Geburtsnamen, ein Privileg, das er ihr gestattet hatte.

Seufzend warf er den Kopf in den Nacken und atmete tief ein. »Die Pflicht ruft. Aber wir hatten uns etwas Müßiggang verdient, und die Gelegenheit war günstig.« Er grinste. »Pellegrino ist launischer als ein Weibsbild, die Ablenkungen in Paris tun ihm gut.«

Sie hoben ihre Umhänge auf und gingen zu den Pferden,

die zwischen den Bäumen grasten. Der Winter war lang gewesen und hatte Menschen und Tiere mit Nässe und Kälte geprüft, doch der Frühling zeigte Frankreich von seiner schönsten Seite. Die ausgedehnten Wälder um das Schloss waren prächtig, reich an Wild und landschaftlicher Schönheit. Luisa ließ ihr Pferd neben Rosso in Trab fallen und sog die vorübergleitenden Szenerien in sich auf. Zartes Grün auf bemoosten Felsen, Wiesen, Bäche und Laubwald aus Birken, Eschen, Eichen und Weiden, Haselnusssträucher, Wildbeeren und immer wieder Fichten, Tannen und Kiefern.

Im Schritt ritten sie die Allee zum Schloss entlang. Wie sie Rosso kannte, würde er die Arbeit in der Galerie sofort wieder aufnehmen wollen, denn er war mit dem Entwurf für Franz' Gemälde zufrieden. Sie überlegte, welches Fresko das nächste war, das Rosso malen würde, als ein Bote, kenntlich an seiner grauen Livree, mit einem Brief auf sie zugelaufen kam.

»Meister Rosso! Meister Rosso!«, rief der Bursche schwitzend und außer Atem den Brief schwenkend.

»Warum so eilig?«, fragte Rosso, nachdem er sein Pferd zum Stehen gebracht hatte. Das temperamentvolle Tier schnaubte und scharrte mit den Hufen. Der Künstler kramte eine Münze aus seinem Gürtel und warf sie dem Burschen zu. Im Gegenzug erhielt er den Brief.

Der Bote verbeugte sich. »Er wurde von einem Eilkurier gebracht, Monsieur. Ich habe Euch überall gesucht, bis man mir sagte, dass Ihr zu Pferd unterwegs seid.«

Rosso nickte und entließ den Mann. Erst dann erbrach er das Siegel und entfaltete den Bogen, in dem sich ein weiteres versiegeltes Schreiben befand, das er in der Hand behielt, während er die wenigen Zeilen auf seinem Bogen überflog. »Keine guten Nachrichten, fürchte ich, und ich habe nur die kurze Fassung.« Dann erst reichte er Luisa den versiegelten

Umschlag. »Von deinem Bruder, doch lies es in Ruhe. Nicht hier vor allen Leuten.«

Beunruhigt nahm Luisa den Brief entgegen, konnte ihre Neugier jedoch nicht bezwingen und brach das Siegel auf. Rasch überflog sie die Zeilen, stopfte den Brief aber rasch in ihren Gürtel, als sie Rossos finstere Miene sah.

Die Bauarbeiten am Südflügel waren in vollem Gang, und widerwärtiger Gestank zeigte an, dass man dabei war, die Abtritte zu säubern. Vor den Küchen saßen Mägde in der Sonne und schnitten Gemüse, Knechte halfen den Bauern beim Entladen der Ochsenkarren. Das erste Wintergemüse war geerntet worden und würde den Speiseplan endlich frischer und nahrhafter gestalten.

Die Stallungen lagen vor ihnen. »Hat Armido dir auch von dem Überfall und den Entführungen berichtet?«, fragte Luisa, doch Rosso winkte ab.

»Nicht hier.« Er stieg vom Pferd, reichte einem Stallknecht die Zügel und klopfte sich Staub und Pferdehaare von seinen Hosen. Nicht weit vom Stall entfernt befand sich eine Tränke, an der ein Hund seinen Durst stillte. Rosso scheuchte den Hofhund fort und spritzte sich Wasser ins Gesicht.

Luisa tat es ihm nach, denn nach einem Ritt war man jedes Mal paniert mit Sand und Staub. Schließlich machten sie sich auf den Weg zur Galerie. Vor den Stufen zum Galerieeingang winkte Rosso einer der Mägde, die vor der Küche saßen. »Lass uns Bier bringen und von dem Dinkelbrot, wenn es frisch ist. Aber nicht das schlechte Dünnbier!«

Die Magd errötete, legte ihr Messer beiseite und stand auf. »Ja, Monsieur.«

Luisa hatte mittlerweile gelernt, dass gutes Bier hier besser schmeckte als schlechter Wein, der ihnen oft aufgetischt wurde. Und in der Wärme löschte das von den Mönchen gebraute Bier den Durst auf angenehme Weise. Immer wieder fasste sie nach Armidos Brief, wurde aber von Rossos Kopfschütteln davon abgehalten, ihn hervorzuholen.

In der Galerie wurden sie von Matteo erwartet, der eine Tagwerkfläche für das Fresko mit einem riesigen Elefanten verputzt hatte. Außer Matteo befanden sich Scibec, drei seiner Mitarbeiter und zwei Burschen, die den Boden fegten, in der Galerie. Die Hinrichtung Albins hatte Spuren hinterlassen. Vor allem für die unteren Dienstboten waren die Zeiten härter geworden, denn sie wurden von jedem argwöhnisch beobachtet und schienen auch einander kaum zu trauen. Niemand wollte als Dieb verdächtigt oder gar verurteilt werden. Rosso hatte sich von Grivel zwei junge Burschen aus Paris aussuchen lassen, denen er Reinigungsaufgaben in der Galerie auftrug.

»Meister Rosso, Ihr seid zur rechten Zeit zurück. Der Putz hat exakt den richtigen Feuchtigkeitsgrad«, empfing Matteo den Maler stolz.

Rosso stieg auf das Gerüst und prüfte Matteos Aussage, indem er die Oberfläche des Mörtels leicht eindrückte. »Perfekt!«

Ohne weiter auf Luisa zu achten, ließ er sein Wams auf die Bretter des Gerüsts fallen, warf sich seinen Kittel über, den Matteo bereitgelegt hatte, und griff nach der Pause mit der Teilzeichnung für diesen Ausschnitt.

»Meister!«, rief Luisa zaghaft.

»Nicht jetzt! Ich habe Arbeit zu tun und Ihr auch!«, kam es barsch von oben.

Enttäuscht wandte Luisa sich ab. Für die Zeit, die er für das Fresko brauchte, würde er nicht ansprechbar sein. Und sie konnte ihm nicht verdenken, dass er sich nicht dauernd mit den Angelegenheiten ihres Bruders abgeben wollte. O Armido! Sie legte eine Hand auf den Brief in ihrem Gürtel und sah eine Weile zu, wie Rosso die Vorzeichnung mit schnellen sicheren Bewegungen eingravierte. Der Elefant war eines ihrer Lieblingsmotive.

Der *Éléphant fleurdelysé*, wie er im Französischen hieß, sollte das Fresko in seinem antiken Ambiente dominieren. Wie die übrigen Fresken entstand der Elefant in einem bereits fertigen Stuckrahmen, flankiert von zwei vertikalen Fresken, die noch zu malen waren. Luisa hoffte, eine der beiden vergleichsweise großen weiblichen Figuren malen zu dürfen. Zu sehen waren die Stuckarbeiten: der bekrönte Salamander nebst geflügelten Jünglingen, die auf den Ecken des Rahmens lagerten und durch ihre Gestik die Verbindung zu den benachbarten Bildern und Figuren schufen.

Matteo gesellte sich zu ihr. »Der Elefant war das Emblem Julius Cäsars.«

»Ich weiß gar nicht, wo ich beginnen soll, wenn ich an das Bild denke, das er jetzt malt. Zum einen steht der Elefant für Weisheit und Klugheit, dann der Bezug zu Cäsar und ein Storch, der die Güte des Königs verkörpern soll. Alles versinnbildlicht Franz und die Monarchie, und der Elefant symbolisiert die Ewigkeit.«

»Und auf dem Elefanten die lilienübersäte Decke mit dem bekrönten F, und dort, wo Meister Rosso jetzt beginnt«, er deutete auf die linke untere Ecke, »dort werden drei antikisch gewandete Jünglinge stehen, Franz' Söhne«, sagte Matteo.

Ergänzend fügte Luisa hinzu: »Die wiederum den Fortbestand der Monarchie symbolisieren. Und das knüpft an die Motive des Achilles- und des Jungbrunnenfreskos an, deren Thema die Prinzenerziehung ist. Hier wird Franz vom Elefanten verkörpert. Und im Relief darunter sieht man Alexander den Großen, wie er den gordischen Knoten zerschlägt. Ein schönes Rätsel für den geneigten Betrachter.«

»Aber nur für einen, der sich gut in der Antike auskennt«, meinte Matteo.

»Wo wäre sonst der Reiz?«

Matteo schnaubte verächtlich. »Zu viel geziertes Getue ist nichts für mich. Eine perfekt geglättete Putzfläche hat auch etwas für sich.«

Sie lachte. »Da sprichst du ein wahres Wort.« Bevor sie vollends ins Philosophieren gerieten, wurden sie von einem Diener unterbrochen, der mit einem Tablett hereinkam.

»Brot und Bier!« Freudestrahlend goss Matteo sich einen Becher ein, brachte aber zuerst einen zu Rosso auf das Gerüst.

Luisa nahm ihren Becher und ein Stück vom Dinkelbrot, das noch warm war, und ging in das königliche Kabinett, wo sie sich in die Fensternische kauerte, um endlich Armidos Brief in aller Ruhe zu lesen.

Armido beschrieb seine Reise nach Lyon und die Rückkehr in den überfallenen Weiler. Welch ein Grauen! Und sie bewunderte Suzanne und deren Mut bei der Amputation von Jules' Unterarm. Allein die Vorstellung bereitete Luisa Übelkeit. Doch Wunden heilten. Weitaus schlimmer war Armidos Bericht über den unnachgiebigen Erzbischof.

.... Martin Dufy ist ein echter Freund geworden. In all diesem Unglück hat das Schicksal uns diesen guten Mann zur Seite gestellt. Er hat mir auch versprochen, diesen Brief einem Kurier mitzugeben, der auf dem Weg nach Paris ist. Wenn du den Brief also erhältst, dann ist das Dufy zu verdanken. Außerdem ist er für mich nach Embrun gegangen, um die Lage zu erkunden. Ich hatte ein Schreiben an den Bischof aufgesetzt, in dem ich das Geld aus Lyon für die Freilassung von Sidrac, Aleyd und Isabeau anbot. Martin hat den Brief durch einen Burschen übergeben lassen, um nicht selbst in Verdacht zu geraten.

Luisa, meine ganze Hoffnung lag in dem Schreiben, doch

allein die Anwesenheit von Sampieri hätte mich eines Besseren belehren sollen. Der Erzbischof hat eine Freilassung rundheraus abgelehnt. Mit dem Geld könnte ich ihnen Erleichterung im Kerker verschaffen, ließ er mich wissen, mehr nicht. Sidrac und Isabeau sollen zu Pfingsten auf dem Scheiterhaufen brennen. Aleyd, die jetzt im siebten Monat unser Kind unter dem Herzen trägt, soll erst gebären dürfen, bevor man sie verbrennt. Gott steh mir bei! Ich habe noch nie so sehr gehasst, wie ich den Erzbischof, Sampieri und Guy de Mallêt hasse. Gott vergebe mir! Wenn ich einen von ihnen in meine Hände bekäme, er wäre des Todes.

Dufy war nicht selbst im Kerker, um sie zu sehen, doch man hat ihm gesagt, dass sie Aleyd nicht der peinlichen Befragung unterzogen haben. Dafür haben die teuflischen Schergen ihr barbarisches Ritual an Isabeau vollzogen, der es schlecht geht. Sidrac ist kräftiger und hält sich besser. Von dem anderen Glaubensbruder weiß ich nur, dass er sich weigert, einen Eid zu schwören.

Sorellina, *vergib mir, wenn ich dich in Schwierigkeiten bringe, aber du bist die Einzige, die mir jetzt noch helfen kann. Jules hat mich Briefe an Marot und Madame d'Étampes schreiben lassen, aber ich weiß nicht, wie lange es dauert, bis sie helfen, wenn sie es überhaupt vermögen. Aber du stehst dich gut mit Meister Rosso, der vom König verehrt wird.* Sorellina, *ich bitte dich, nein, ich flehe dich an, uns zu helfen! Eine Nachricht kannst du mir zukommen lassen, indem du den Brief an das Hospital der Heiligen Cäcilie in Chorges zu Händen Martin Dufys sendest. Wir müssen uns verstecken, und obwohl ich nicht glaube, dass man eine Nachricht an Meister Rosso abfangen wird, verschweige ich unser Versteck.*

Dein verzweifelter Bruder

Durch das geöffnete Fenster drangen die Geräusche des täglichen Lebens vom Hof herein. Ein Müller wollte seine Mehlsäcke an den Mann bringen, und ein Barbier bot seine Dienste an. Klopfen, Hämmern und laute Flüche begleiteten die Versuche des Wagners beim Reparieren eines Wagens mit geschlossener Kabine. Luisa erinnerte sich noch gut an die unbequeme Fahrt in einem solchen Gefährt auf ihrem Weg von Siena hinauf in den Norden. Ihre abenteuerliche Reise, Siena, ihre Familie, das alles schien so weit zurückzuliegen. Sie faltete den Brief und steckte ihn in ihren Gürtel. Nie hätte sie sich träumen lassen, dass Armido einmal ihrer Hilfe bedürfen würde. Immer war es umgekehrt gewesen.

Seufzend erhob sie sich und betrachtete die Wand über dem Kamin. Der leere Platz im Stuckrahmen wartete noch auf sein Bildnis. In vielen Nächten hatte sie an der *Semele* gearbeitet und war nie zu einem zufriedenstellenden Ergebnis gekommen, bis sie durch Zufall eine junge Magd beim Füttern der Enten am Teich beobachtet hatte. Das eigenwillige Gesicht der jungen Frau, die geschürzten Lippen und ihre melancholischen blauen Augen hatten sie seither nicht mehr losgelassen. Nach weiteren Vorzeichnungen war sie endlich so weit, dass sie Rosso das Blatt zeigen konnte. Heute Abend wollte sie mit ihm sprechen und ihm dabei auch die Zeichnung vorlegen.

Bis es so weit war, konnte sie Matteo beim Anmischen der Farben für den nächsten Tag helfen. Matteo pfiff eine Weise, die sie aus ihrer Heimat kannte, und füllte eine Flasche mit Kalkwasser. »Wichtig ist, dass sie gut verkorkt ist. Wenn sich eine Haut bildet, kann ich das Wasser weggießen.« Er zog an ihrer Lederkappe. »Was trägst du immer diese speckige alte Kappe? Langsam wird es zu warm dafür, oder hast du einen beuligen Schädel?«

Sie zog den Kopf weg und schubste seine Hand fort. »Lass das nur meine Sorge sein. Sag mir lieber, wie du dieses herrliche Blau herstellst. Für die Werkstatt in Siena haben wir bei Bedarf nur geringe Mengen von den Ingiesuati aus Florenz gekauft, und diese Mönche verlangen gesalzene Preise.«

Geschmeichelt nahm er einen Tiegel mit bereits eingesumpfter Farbe und einen mit dem Farbpulver zur Hand. Fast liebevoll hielt er die Tiegel ins Licht. »Es gibt viele geheime Rezepte für die Herstellung von Azurium ultramarinum. Ich habe Cennino Cenninis Traktat dazu gelesen, und darin beschreibt er die Herstellung in über vierzig Schritten. Aber ...« Er hob den Zeigefinger. »Ich werde das Wesentliche für dich zusammenfassen. Am Anfang hast du einen, sagen wir, walnussgroßen Lazurstein, den du erhitzt und dann sofort in Essig wirfst. Dadurch lösen sich die Unreinheiten.«

»Wirklich in Essig? Wird das Blau dadurch nicht zerstört?«

Matteo verdrehte die Augen. »Es würde ja wohl niemand so einen teuren Stein in Essig werfen, wenn die Farbe dann dahin wäre ... Also, so ein Stein kann wochenlang in Essig liegen, ohne dass das Blau sehr darunter leidet. Nach dieser Behandlung zerkleinere ich das Stück auf einem Reibstein so weit, wie es mir möglich ist, und verknete das anschließend mit dem *pastello*.« Er zeigte ihr eine Kugel des speziellen Kitts.

Sie befühlte die Textur der knetbaren Masse und schnupperte daran. »Was ist drin? Leinöl, Wachs, Terpentin und?«

»Kolophonium und weißes Pech, aber der Rest ist mein Geheimnis. Das Lazursteinpulver wird über den erhitzten *pastello* gesiebt, bis sich alles vollständig gemischt hat, und danach lässt man die Masse zwei Wochen unter Wasser stehen. Die meiste Arbeit macht es, die Masse in immer neuem Wasser stundenlang zu kneten, wobei die Farbe sich herauslöst.«

»Ah, die Unreinheiten bleiben im *pastello,* und das blaue Wasser ist der Reingewinn.«

»Matteo! Komm her! Ich finde den roten Ocker nicht!«, rief Meister Rosso von oben.

Sofort sprang Matteo auf, drückte aber vorher Luisa die Tiegel in die Hand. Mit noch größerer Bewunderung für den kostbaren reinen Blauton betrachtete sie nun das Pulver, das in der Sonne wie das Meer schimmerte. Kein Wunder, dass *Azzurro oltramarino* als die edelste Farbe galt und dem Gold gleichgesetzt wurde. Und es wunderte sie auch nicht, dass Albin davon gestohlen hatte. Dass der schmächtige Junge der Mörder des untersetzten Niederländers gewesen sein sollte, fand sie hingegen immer noch fragwürdig, aber unter der Folter hätte er wahrscheinlich jeden Mord gestanden, wenn ihm das nur weitere Qualen ersparte.

Eine Weile half sie Matteo noch beim Säubern von Pinseln und Spachteln. Jetzt war eine ungünstige Zeit, Rosso zu fragen, was sie als Nächstes tun durfte. Also ging sie hinüber in die königlichen Gemächer und begutachtete die fertigen Stuckarbeiten am Kamin des kleinen Salons und ihre Kybele mit dem Löwen und der sich verwandelnden Atalanta. Primaticcio hatte zuerst nur die Gussformen gesehen und gemeint, dass die Vielteiligkeit das Gießen unmöglich machen würde, aber sie hatte ihn eines Besseren belehrt. Sie kratzte sich unter der Kappe am Kopf und fand, dass Atalantas leidender Ausdruck sich im Gesicht und in den verrenkten Gliedern zeigte. Das war immer das Entscheidende, dachte sie, die Bewegung der Körper. Allzu elegante Posen brachten Starrheit. In Rossos *Kreuzabnahme* in Volterra hatte sie das zum ersten Mal begriffen.

Die Kirchenglocken hatten bereits zur Sext geläutet, das Abendessen in der Schlossküche war vorüber, und Luisa saß in ihrem Zimmer auf dem Bett und schnitt sich dünne Stücke von einem trockenen Weidenzweig ab. Die Holzstücke waren nicht länger als ihr Handballen und dünner als ihr kleiner Finger. Sie spitzte jedes der Holzstäbchen an einem Ende an und bündelte je fünf Stäbchen, indem sie die Päckchen oben und unten mit Kupferdraht umwickelte. Dann nahm sie eine Tonschale, füllte sie bis zum Rand mit den Bündeln und setzte den Deckel darauf, wobei sie darauf achtete, dass die Ränder luftdicht abschlossen. Um sicherzugehen, umwickelte sie die Schale mit dem Kupferdraht und ließ sie auf dem Bett stehen. Später wollte sie in die Küche hinuntergehen und die Schale in den Ofen legen, wenn dieser noch warm vom Brotbacken war. Sie brauchte neue Zeichenkohle, und wenn sie das Holz selbst schnitzte, konnte sie die Größe bestimmen. In Siena hatten sie die Schalen abends dem Bäcker in ihrer Straße gegeben, der sie über Nacht in seinen Ofen gelegt hatte.

Bei Kerzenlicht saß sie später über der Zeichnung ihrer *Semele*, als es an die Tür klopfte. »Ja, bitte?«

Didier kam mit einem Tablett herein. »Ich bringe Euch Wein und Feigen mit einer Empfehlung von Meister Rosso, der Euch in einer Stunde zu sprechen wünscht.«

Hörte sie einen Unterton? Sie studierte das schmale Gesicht des Provenzalen, der den Blick senkte, als sie ihn direkt ansah. »Setz es dort ab.« Sie zeigte auf ihre Kleidertruhe, denn der Tisch war mit Papieren, Büchern und Zeichenutensilien übersät, und warf einen Blick auf die Kerze, um abschätzen zu können, wann eine Stunde vergangen sein würde.

»Verzeiht, Monsieur. Euer Bruder, wann erwartet Ihr ihn zurück?«, fragte der Diener unvermittelt.

»Was geht es dich an?« Die Neugier des Dieners war unangemessen. »Nimm die Tonschale dort vom Bett und bring sie in die Küche. Dort stellst du sie tief in den Ofen hinein.

Die Köchin kennt die Schalen der Künstler und wird sie morgen früh herausnehmen, bevor sie das erste Brot bäckt.«

Didier verneigte sich und hob die Schale vom Bett, als handelte es sich um die Kronjuwelen. »Gewiss, Monsieur. Verzeiht. Ich wagte nur zu fragen, weil ich im Falle einer Rückkehr das Zimmer von Monsieur Armido gerichtet hätte.«

Das unterwürfige Verhalten und die versteckten Blicke des Dieners gefielen Luisa noch weniger. Als die Tür hinter ihm ins Schloss fiel, atmete sie auf. Seit Wochen schon war sie nervös und sich ihrer Verkleidung ständig bewusst. Jede kleinste Anspielung auf ihr weibisches Aussehen, mochte sie noch so unbedeutend oder scherzhaft gemeint sein, erschien ihr wie eine Drohung. Durch den Übertritt ihres Bruders zu den Vaudois und die Zuspitzung der Ereignisse in Embrun hatte sich auch ihre Position dramatisch gewandelt. Sie erhob sich und goss sich von dem kräftigen Rotwein ein. Der Alkohol verbreitete eine wohltuende Wärme in ihrem Innern, und sie entspannte sich ein wenig. Doch immer wieder kreisten ihre Gedanken um Armido. Und je länger sie über alles nachdachte, desto mehr drängte sich ein Name in den Vordergrund. Es war nicht allein die Freundschaft mit Jules Dubray, und auch Monsignor Sampieri war nicht die treibende Kraft, nein, Guy de Mallêt hatte mit seinem Hass die Hatz auf Armido angestachelt.

Sie trank den Becher in einem Zug leer. Und wenn sie es recht bedachte, hatte alles damit begonnen, dass ihr Bruder sie gegen die Nachstellungen des Sekretärs verteidigt hatte. »Ich stehe tief in deiner Schuld, Armido«, flüsterte sie. Obwohl die Stunde noch nicht ganz vorüber war, stand sie leicht berauscht vom Wein auf und verließ ihr Zimmer. Sie musste mit Meister Rosso sprechen.

Sein Kammerdiener öffnete ihr die Tür. »Wartet hier.«

In den Nächten war es noch immer kalt, und Feuchtigkeit zog aus den dicken Schlossmauern und konnte nur mit Hilfe eines Feuers im Kamin gemindert werden. Die Scheite im kleinen Salon von Meister Rossos Wohnräumen glühten im Kamin. Luisa nahm einen Schürhaken und stocherte in der Glut, bis die Funken stoben. Eine Haarsträhne löste sich aus ihrem kurzen Zopf. Armer Jules, dachte sie, als ihr plötzlich siedend heiß wurde, und die Glut war nicht der Grund. Sie hatte Armidos Brief auf ihrem Tisch liegen gelassen. Der Schürhaken entglitt ihrer Hand, und sie rannte wie von einem Skorpion gebissen durch den Raum zur Tür.

»Ich komme sofort zurück!«, rief sie dem verdutzten Kammerdiener zu, der aus dem Nebenraum kam.

Dann lief sie, so schnell sie konnte, über den dunklen Korridor zu ihrem Zimmer, stieß die Tür auf und stürzte an den Tisch, wo der Weinbecher neben einer Schreibfeder und einem Stück Zeichenkohle lag. Atemlos schob sie die Papiere auseinander. Armidos Brief war noch da! Sie faltete ihn zusammen und steckte ihn in ihren Gürtel. Als sie den Blick hob, fiel er auf die Verbindungstür zu Armidos Zimmer. Sie war davon überzeugt, dass die Tür vorhin fest verschlossen gewesen war. Jetzt stand sie einen Spalt breit offen. Mit wenigen Schritten war sie an der Tür und riss sie auf. »Was zum Teufel treibst du hier?«, fuhr sie Didier an, der neben Armidos Bett stand und sie scheinbar überrascht ansah.

»Ich ziehe frisches Leinenzeug auf, Monsieur.«

Argwöhnisch betrachtete sie den Provenzalen. »Wo ist denn das frische Leinen?« Das Bett sah gemacht aus, und neue Tücher waren nicht zu sehen.

»Das hole ich, sobald ich das alte Zeug abgezogen habe«, kam es dreist zur Antwort.

Mehr aus Wut über ihre eigene Nachlässigkeit schlug sie die Zwischentür zu. Hatte Didier den Brief gelesen? Konnte er überhaupt lesen? War genug Zeit gewesen, um erneut in ihr Zimmer zu gehen und dann in den Nebenraum zu flüchten? Aber vielleicht interessierte sich der Diener auch überhaupt nicht für ihre Korrespondenz. Mit dieser wenig befriedigenden Überlegung kehrte sie zurück zu Meister Rosso.

»Warum bist du so schnell wieder entschwunden?«, empfing er sie verwundert an seinem Arbeitstisch. Er trug einen bodenlangen Überrock aus Samt über offenem Hemd und Hose.

Sie zog sich einen Sessel an den Tisch, warf eine mit Fell abgesetzte Decke darüber und kuschelte sich hinein. »Ich hatte Armidos Brief vergessen.«

»Du hättest ihn sofort nach dem Lesen vernichten sollen. In Zeiten wie diesen sollte man keinerlei belastendes Material bei sich haben.« Er deutete auf einen Weinkrug und Schüsseln mit Rosinen und Nüssen. »Nimm dir. Und erzähl mir, was dein verrückter Armido treibt.«

Sie berichtete und schloss mit ihrem Schuldgefühl.

Seine klugen dunklen Augen betrachteten sie eine Zeit lang, bevor er sich über den Bart strich und nachdenklich sagte: »Armido verlangt viel von dir.«

»Aber nein! Ich bin …«

»Seine Schwester«, betonte er.

»Manchmal wünschte ich, ich wäre tatsächlich Luca.«

»Wirklich?« Amüsiert hob Rosso eine Augenbraue, wurde aber sofort wieder ernst. »Gib dich keinen Illusionen hin. Madame d'Étampes hat dir zwar einmal geholfen, aber auch ihr Einfluss ist begrenzt. Marots Stern hängt an einem seidenen Faden. Er kann froh sein, wenn er bei Hof geduldet wird. Vergiss niemals, dass Franz in erster Linie ein König ist, erst danach kommt der Humanist.«

»Willst du damit sagen, dass es richtig ist, was in Embrun

geschieht? Dass dieser Erzbischof und der Monsignore willkürlich morden dürfen?«, entrüstete sich Luisa.

»Nein. Sei nicht albern. Hier.« Er goss ihr einen Becher Wein ein.

Luisa kostete. Der Wein war schwer. Sie wollte ihrem Bruder helfen, aber sie wollte auch malen. »Ich gehe zum König, wenn es sein muss.«

»Er wird dich nicht anhören.«

»Dann begleite mich!«

»Ich habe zu arbeiten. Mein Platz ist hier!« Mit ausgestrecktem Arm machte er eine ausgedehnte Bewegung, die Zeichnungen und Bücher einschloss, die sich um sie herum auftürmten. »Den König zu erzürnen hieße, dies alles aufzugeben.«

»Aber das verlange ich doch nicht. Ein Empfehlungsschreiben von dir könnte mir helfen, mir Zutritt bei Seiner Majestät zu verschaffen.«

»Vielleicht. Ich denke darüber nach.« Rosso lehnte sich zurück, und Luisa kannte ihn mittlerweile gut genug, um zu wissen, wann ein Thema für ihn beendet war.

Der Künstler schien jedoch nicht verärgert, denn er rollte das zuoberst liegende Blatt zusammen, und Luisas Zeichnung kam zum Vorschein.

»Ich habe deinen Entwurf für die *Semele* hier vorliegen.« Gebannt beobachtete sie seine Mimik, die jedoch nichts verriet.

»Ich habe eine der Mägde studiert, und jetzt scheint mir die Liebende mehr Ausdruck zu haben.«

Kritisch betrachtete er das Blatt. »Eine Verbesserung ist es auf jeden Fall. Aber sie muss noch mehr leiden. Hingebung, Liebe ohne Vorbehalte und das Wissen um den nahen Tod – das alles will ich in ihrem Gesicht lesen.«

Ihre Euphorie für den Entwurf war verflogen.

Er rollte das Blatt zusammen und gab es ihr. »Du kannst es. Geh in dich, lass das Gefühl für diese Figur wachsen. Du kannst es nicht erzwingen.«

Sie strich über die Rolle. »Willst du wirklich, dass ich sie male?«

Verärgert sah er sie an. »Reiz mich nicht, Luca.«

Nein, er spielte nicht mit ihr. Wie hatte sie so etwas denken können. Rosso Fiorentino war ehrlich und hatte sie nicht ködern wollen. Wozu auch? Er hatte genügend erstklassige Künstler hier in Fontainebleau, die ihm bei den Fresken halfen. Einen unsicheren Grünschnabel brauchte er sicher nicht. »Es tut mir leid.« Sie rutschte aus dem Sessel und stand auf.

»Willst du schon gehen?«

»Nun, ich dachte …«

»Sei nicht so empfindlich. Wenn es um die Kunst geht, kenne ich keine Nachsicht.« Er berührte ihre Hand. »Aber du solltest langsam wissen, dass du mir vertrauen kannst und ich alles in meiner Macht Stehende tun werde, dir zu helfen.«

Sie trat zu ihm und hätte am liebsten geweint, als er sie umarmte und an sich drückte.

XXX

Der Köhler vom Mourre Froid

Tausendmal gab Vordeutung des Wehs der stygische Uhu;
Tausendmal floss von Tränen das Elfenbein; und Gesänge
Wurden gehört, und drohende Wort' aus heiligen Hainen.

Ovid, Metamorphosen, XV. Buch

Langsam ging der kleine Mann mit den struppigen Haaren um den riesigen kegelförmigen Haufen herum, klopfte hier, zerrte dort an einem vorstehenden Zweig oder warf eine Hand voll Moos auf den Haufen. Armido hatte nie viel von Köhlern gehalten, galten sie doch als einfache, kauzige Kreaturen, die einsam im Wald hausten. Die meisten Köhler waren von vernarbten Brandwunden gezeichnet, litten durch ständigen Schlafmangel unter Angstzuständen und waren so arm, dass sie selten mehr als Wassersuppe zu essen bekamen. Qualmender, beißender Rauch stieg aus dem Kegel auf, und Armido hüstelte, denn obwohl er nicht im Wind stand, kratzte der Rauch ständig im Hals. Der kleine Mann, dessen magerer Körper in verdreckten Lumpen steckte, grinste, als er Armido husten hörte. Dabei entblößte er ein Gebiss, in dem schwarze Lücken die Anzahl der Zähne überwogen.

»Und heute ist die Luft klar. Wartet mal auf einen nebligen Tag, und Ihr haltet es hier keine Stunde aus.«

»Wenn ich in Zukunft einen Sack Kohlen sehe, weiß ich, wie viel Arbeit darin steckt, Pierre.« Armido nickte dem Köhler zu, und bevor er die Lichtung verließ, warf er einen Blick auf den Gipfel des Mourre Froid, der gigantisch und schneebedeckt vor ihnen aufragte. Das Hochgebirge flößte ihm, der an die sanften Hügel der Toskana gewöhnt war, immer noch Furcht ein.

Er lenkte seine Schritte in den dichten Nadelwald. Nur vereinzelt fanden sich auf dieser Höhe Laubbäume, deren Blätter Pierre für seinen Meiler benötigte. Was er darüber hinaus an Reisig und Blattwerk brauchte, holte er sich aus tiefer liegenden Regionen, oder er ließ es sich von seinen stillen Helfern bringen. Jedesmal wenn Armido wie jetzt an den Hütten der Aussätzigen vorüberging, lief ihm ein Schauer über den Rücken. Die Kapuzen tief in die verstümmelten Gesichter gezogen, hockten die Leprosen vor ihren Hütten oder schlichen wie bizarre Schatten umher. Als Martin Dufy von dem Versteck bei einem Köhler erzählt hatte, hatte er Armido wohlweislich verschwiegen, dass dort auch eine kleine Gruppe Leproser lebte. Zu tief verwurzelt war die Furcht vor der tückischen Krankheit.

Der weiche Waldboden verschluckte seine Schritte, und die dicht ineinander verstrickten Äste ließen nur wenig Sonnenlicht hindurch. Es ging auf Mittag zu, doch hier unten herrschte ein gleichbleibend diffuses Licht.

»Gott zum Gruße«, sagte Armido, als eine schlanke Frauengestalt in sicherer Entfernung von ihm verharrte.

Er hatte erfahren, dass die junge Frau, deren Gesicht von Knoten entstellt und deren Nase zerstört war, einmal schön gewesen sein sollte. Sie war die Tochter eines Ratsherrn aus Embrun, doch nachdem die Krankheit ausgebrochen war, hatte ihre Familie sie verstoßen. Hinter jeder erbarmungswürdigen Gestalt verbarg sich eine leidvolle Geschichte, doch hier fristeten sie alle ein namenloses Dasein. In der Umgebung wusste man von den Leprosen, aber es würde niemandem einfallen, sich den Aussätzigen freiwillig zu nähern. Darüber hinaus gab es Vorschriften zum Schutz der Gesunden, an die sich die Leprakranken zu halten hatten. Die Leprosen mussten ihre Kleidung kennzeichnen oder mit einer Rassel Laut geben, wenn sie sich Menschen näherten, und sofort aus dem Wind gehen. Sie durften auch nicht aus Quellen trinken oder sich in offenem Wasser waschen. Nicht einmal kirchlich beigesetzt wurden die Aussätzigen.

Armido wandte den Blick ab, folgte dem ausgetretenen Pfad um einen Felsvorsprung herum, hinter dem sich ein Bach den Berg hinunterwand, und gelangte zu zwei größeren Hütten, die durch einen Stall verbunden waren. Die Hütten bestanden aus je zwei Räumen und waren aus verschieden großen Baumstämmen grob zusammengezimmert. Eine Schicht aus Lehm und Stroh hielt den Wind aus den Ritzen fern. Die stark bemoosten Dächer bedurften der Ausbesserung, einem starken Regenguss würden sie kaum standhalten. Doch in ihrer jetzigen Situation konnten die Verfolgten keine Ansprüche stellen und mussten vielmehr dankbar sein für Pierres Großmut. Ohne zu zögern, hatte der Köhler sein Lager geräumt und war in einen Verschlag bei seinem Meiler gezogen.

Suzannes Söhne saßen vor dem Haus und steckten die Köpfe zusammen. Ihnen fiel die Untätigkeit, während ihr Vater im Gefängnis saß, besonders schwer, und Suzanne hatte Mühe, die Jungen davon zu überzeugen, dass von Glaubensbrüdern keine Hilfe zu erwarten war. Der Älteste sah auf. »Armido, gibt es Nachricht aus Embrun?«

»Nein. Tut mir leid, Éric. Wie geht es deinem Onkel?«

Aus der Hütte hinter ihnen ertönte Kindergeschrei. Marie hatte alle Hände voll mit der Versorgung der Kleinen zu tun.

Éric machte eine vage Handbewegung. »Wir sind keine bösen Menschen und haben nichts Unrechtes getan. Warum behandeln sie uns wie Verbrecher?« Aus den blauen Kinderaugen sprachen Trauer und Unverständnis.

»Dein Vater könnte dir das sicher mit einem Bibelzitat erklären. Es ist das Schicksal der von Gott Geliebten, Schlimmes zu erleiden, bevor sie ins Himmelreich gelangen.« Armido war sich bewusst, dass er Sidracs Platz nicht einnehmen konnte, doch er versuchte, so gut er vermochte, der kleinen Flüchtlingsgemeinde Trost zu spenden. »Unsere Zeit wird kommen, Éric, davon bin ich überzeugt.«

»Wenn wir bis dahin nicht alle tot sind …«, sagte der Junge trotzig, und Armido konnte ihm nicht widersprechen.

Suzanne öffnete die Tür der zweiten Hütte und kam mit einer Schale voll blutigen Wassers heraus. Sie entleerte die Schale hinter dem Stall, in dem sich die wenigen Hühner, drei Ziegen und ein Schwein befanden, die sie aus dem Weiler hatten retten können. Sie winkte Armido zu sich, außer Hörweite der Jungen. »Jules' Stumpf schwärt. Das Fleisch will nicht heilen, und Materie tritt aus. Ich tue, was in meiner Macht steht, aber …« Hilflos schüttelte sie den Kopf.

»Er darf nicht sterben!« Armido packte sie an den Schultern. »Hörst du, Suzanne? Was kann man noch tun? Ich helfe dir! Sollen wir ihn zur Ader lassen?«

»O nein! Das würde ihn nur noch mehr schwächen. Armido, ich bin kein Arzt. Wenn doch nur Sidrac hier wäre. Er wüsste, was zu tun ist! Der beschwerliche Weg über den Berg hierher hat Jules viel Kraft gekostet.«

»Hat er noch immer Fieber?«

»Ja. Vielleicht etwas weniger als gestern.« Sie lächelte schwach. »Hast du mit den Jungen gesprochen? Éric nimmt es sehr schwer.«

Der älteste der Bayles saß mit gerunzelter Stirn bei seinen Brüdern.

»Nachdem ich bei Jules war, nehme ich sie mit zum Meiler. Das wird sie ablenken.«

Suzanne nickte dankbar, und Armido ging zur Hütte, die er sich mit Jules und den Jungen teilte. Er zog die niedrige Tür auf, und Sonnenlicht erhellte den kleinen Raum, in dem Jules auf dem einzigen Bett, einem einfachen Holzgestell, lag. Die anderen schliefen auf Reisighaufen.

»Lass die Tür auf, Armido.« Jules' Stimme klang brüchig.

Armido zog sich einen Schemel heran und hockte sich zu seinem Freund, dessen Armstumpf frisch verbunden auf seiner Brust lag. »Martin Dufy wollte heute noch vorbeikommen. Vielleicht bringt er Neuigkeiten aus Embrun. Wir werden sie befreien, Jules. So viel Ungerechtigkeit kann der Herr nicht zulassen!«

Auf Jules' Stirn standen Schweißperlen, und seine Wangen waren gerötet, doch die ungesunde helle Zirkelung um seinen Mund war verschwunden. Armido wertete das als gutes Zeichen. Jules tastete mit der gesunden Hand nach seinem verbundenen Arm und zuckte zusammen. Mit zusammengepressten Zähnen sagte er: »Der Herr verlangt viel von uns, aber ich zweifle nicht an unserem Glauben. Selbst jetzt nicht.« Plötzlich riss er die Augen auf, und der alte Kampfgeist flammte in ihm auf. »Wenn ich jetzt zweifelte, wäre alles umsonst, Armido! Wir geben nicht auf, niemals! Sie können mich foltern, mir die Eingeweide herausreißen, aber deshalb schwöre ich keinen falschen Eid, glaube ich nicht an ihren liederlichen Papst und …« Er rang nach Luft und hustete.

Armido nahm ein Tuch aus dem Korb neben Jules' Lager und tupfte dem Verletzten die Stirn ab. »Ruhig, Jules. Du musst dich schonen. Ich habe meiner Schwester geschrieben.«

»Was kann sie schon tun? Nein, Marot oder Estienne werden uns helfen.« Jules murmelte noch etwas, dann schlief er erschöpft ein.

An der Loyalität des Dichters und des Buchdruckers zweifelte Armido nicht, doch angesichts der Tatsache, dass sie ihren Kredit an Großmut beim König bereits über Gebühr beansprucht hatten, glaubte Armido nicht länger an das Gewicht ihres Einflusses.

Draußen winkte er Suzannes Söhne zu sich. »Na kommt. Wir schauen uns den Meiler an. Wisst ihr, wie Kohle gemacht wird?«

Die Jungen schüttelten die Köpfe. Éric stieß missmutig gegen Tannenzapfen, die auf dem Weg lagen. »Ist doch auch egal.«

Als sie zu den Hütten der Aussätzigen kamen, wurden die Jungen still und hielten sich dicht an Armido. Ein alter Mann – vielleicht sah er durch die fehlende Nase und die verkrüppelten Hände auch nur so aus – humpelte vor ihnen über den Pfad.

»Er muss anhalten!«, sagte Éric. »Wenn er Gesunde sieht, muss er uns sofort aus dem Weg gehen!«

»Der Mann ist blind, Éric«, sagte Armido. »Danke dem Herrn, dass du gesund bist.«

»Krankheit ist eine Strafe«, meinte der Junge abfällig.

Armido ignorierte die Bemerkung. Der Meiler qualmte, und von Pierre war nichts zu sehen. Sie fanden den Köhler unter einer Fichte, wo er Moos vom Boden kratzte. »Sollen wir helfen?«

Pierre grunzte unverständlich und zeigte auf einen Korb. »Na, dann los«, forderte Armido die Jungen auf, doch Éric machte keine Anstalten, sich zu bücken.

»Das ist keine Arbeit für uns«, sagte er störrisch.

»Ach ja? Dann solltest du auch nicht in der Hütte dieses

Mannes schlafen. Er hätte sich auch weigern können, uns aufzunehmen.« Langsam wurde Armido ärgerlich.

Mit vor der Brust verschränkten Armen erwiderte Éric: »Wir bezahlen ihn doch dafür! Ich habe gesehen, wie du ihm Goldmünzen gegeben hast.«

»Jetzt reicht es mir aber. Natürlich bezahlen wir ihn für seine Gastfreundschaft. Aber die Gefahr, der er sich aussetzt, indem er uns aufnimmt, ist nicht mit Gold aufzuwiegen. Hast du das vergessen? Und jetzt hilfst du ihm!« Die scharfen Worte verfehlten ihre Wirkung nicht, und nach kurzer Zeit hatten sie den Korb mit Moos, Gras und trockenen Zweigen gefüllt.

Der Köhler ging zu seinem Meiler und zeigte ihnen, wie man mit den gesammelten Pflanzen Löcher stopfte, feuchte Erde darübergab und alles fest andrückte. »Ich habe lufttrockene Holzscheite um den Quandel, den Feuerschacht, aufgesetzt und dann Zweige aufgeschichtet. Zum Schluss wird die feuchte Erde darübergezogen. Dieser Meiler brennt seit vier Tagen. Es wird noch zwei bis drei Tage dauern, bis alles richtig kocht und das Holz anfängt, zu Kohle zu werden.«

Während des Brennvorgangs war es Pierres Aufgabe, dafür zu sorgen, dass das Feuer im Mittelschacht weder erlosch noch zu kräftig wurde und den Haufen in Flammen aufgehen ließ. Die Verkohlung dauerte mehrere Wochen. Pierre zeigte auf einen halbfertigen Meiler zwischen den Bäumen. »Der wird als Nächstes gezündet.« Plötzlich hielt er inne und horchte in den Wald. »Da kommt jemand. Zwei Männer. Geht in Deckung!«

Armido scheuchte die Jungen ins Dickicht hinter dem brennenden Meiler. Eng aneinandergekauert hockten sie unter den überhängenden Ästen einer Tanne, deren Nadeln stachen und juckten. Eigentlich konnte es sich nur um Martin Dufy handeln, doch bei zwei Männern war Vorsicht geboten. Nach endlosen Minuten wurden sie aus ihrem unbequemen Versteck befreit.

»Armido! Kommt raus! Martin und Arnaud sind hier!«, rief Pierre.

Sofort eilten sie zu den Neuankömmlingen und begrüßten sie aufs Herzlichste. Dufy trug die Kleidung eines Jägers und hatte ihnen ein Rebhuhn und eine Wildschweinkeule mitgebracht. Es waren Monate vergangen, seit Armido den Wirt aus Embrun gesehen hatte. Die Strapazen der letzten Zeit hatten Arnaud gezeichnet und den einst strahlenden Augen ihren Glanz genommen. Er war das lebende Abbild von tiefstem Gram und Verzweiflung.

Armido nahm ihn in die Arme und erschrak über den abgemagerten Körper. »Arnaud!«, sagte er und drückte den Mann, der ihm damals ohne weiteres geholfen hatte, fest an sich. »Es ist gut, Euch zu sehen. Aziza?«

Arnaud schüttelte den Kopf. Seine Augen lagen tief und waren von dunklen Schatten umgeben. An den Händen entdeckte Armido Spuren von Quetschfolter und befürchtete das Schlimmste. Armido schickte die Jungen zu Suzanne, um ihre Ankunft anzukündigen.

»Mit dem Bart hätte ich Euch kaum erkannt«, sagte Arnaud.

Armido kratzte sich den dichten Vollbart. »Gut so, aber in Italien werde ich mich wieder rasieren.«

»Sie wollen Aziza nicht gehen lassen, weil sie behaupten, dass sie eine Ungläubige, eine Ketzerin ist. Mich haben sie gefoltert, weil ich ihnen verraten sollte, wo hier in der Nähe Vaudois leben.« Arnaud sah zu Boden. »Ich hätte nichts gesagt, aber als ich Aziza schreien hörte, konnte ich nicht anders. O Gott! Hätte ich gewusst, was sie vorhaben, ich hätte kein Wort gesagt …« In seiner Verzweiflung schlug er die Hände vors Gesicht. »Diese Mörder! Und im Grunde war alles umsonst. Sie wollen Aziza mit den anderen auf dem Scheiterhaufen verbrennen.« Er schluchzte. »Der Kerker ist ein feuchtes Loch, in dem Gestank und Ungeziefer einem zusetzen, wenn es die Folterknechte nicht tun. Meine wunderschöne Aziza … Sie haben ihr den Kopf geschoren und sie der Streckfolter unterzogen. Was habe ich getan?«

Armido legte ihm den Arm um die Schulter. »Arnaud, das ist nicht Eure Schuld. Niemand hätte sie daran hindern können. Dieser Monsignore ist ein Teufel, der sich dort einnistet, wo er willige Werkzeuge findet, die ihm bei seinem grausamen Tun dienen. Mit der Gefangennahme von Estève hat es angefangen, und als Monsignor Sampieri nach Embrun kam, fand er fruchtbaren Boden für seine böse Saat. Bitte, Arnaud, habt Ihr meine Frau gesehen?«

»Sie haben ihr nichts getan, Armido, aber durch ihren Zustand ist sie geschwächt. Die Wärter, diese Lumpen, behalten das meiste, was die Angehörigen den Gefangenen schicken, für sich.«

Armido war erleichtert zu hören, dass sie Aleyd nicht gefoltert hatten. »Kommt, gehen wir zu Suzanne. Sie wird auf Nachricht von Sidrac warten.« Fragend sah er Arnaud an.

»Er ist ein tapferer Mann, genau wie die bedauernswerte Isabeau …« Der Wirt biss sich auf die Lippen, und Armido fragte nicht weiter.

Martin Dufy schulterte die Keule und den Fasan und folgte den beiden Männern. Als sie die Behausungen der Leprosen passierten, zuckte Arnaud kaum merklich zusammen. Dufy grüßte die junge Frau und den blinden Alten, die er aus Embrun kannte.

»Martin, Arnaud! Wie ich mich freue, euch zu sehen!« Suzanne kam ihnen entgegengelaufen und winkte ihren Jungen. »Helft ihm. Bringt das Wildbret hinter den Stall.«

Während die Jungen mit dem Fleisch davongingen, setzten sich die Erwachsenen auf zwei Baumstämme, die zu diesem Zweck vor den Hütten lagen. Marie brachte einen Krug mit Honig gesüßten Wassers. »Wie geht es Sidrac, Aleyd und Isabeau? Und deiner Frau, Arnaud, was ist mit Aziza?«

»Die Frauen sind stark, obwohl beide auf der schrecklichen Leiter waren. Sie haben sie an den Armen aufgezogen.« Es fiel Arnaud sichtlich schwer, über die Grausamkeiten im Kerker des Erzbischofspalasts von Embrun zu sprechen.

Suzanne sog die Luft ein. Jeder wusste, was die Leiter bedeutete. Die Füße des Opfers wurden am unteren Ende der Leiter an Ringen befestigt, die Hände an einem Seil, das über Rollen nach hinten lief. Die Hände wurden rückwärts über den Kopf gezogen, bis zur Streckung der Arme, was zu Ausrenkungen der Schultern führen konnte.

»Isabeau und Aziza werden nicht nur der Ketzerei, sondern auch der Hexerei bezichtigt. Es ist fürchterlich, was diese Bestien ihnen antun … Als ich das letzte Mal im Kerker war, konnte Isabeau nicht sprechen, weil sie ihr das Gesicht zerschlagen haben, und sie ist von den Wächtern …« Wieder versagte Arnaud die Stimme.

Die Zuhörer schwiegen. Es bedurfte keiner Ausführungen, um den schrecklichen Missbrauch und die Demütigungen, denen die Frauen ausgesetzt waren, zu erklären.

»Aziza hat sich gewehrt und die Männer in ihrer Sprache verflucht. Sie haben Angst vor ihr und rühren sie nicht mehr an.« Arnaud wischte sich die Tränen aus den Augen. »Sidrac war auf der Leiter und auf dem gespickten Stuhl.«

Unwillkürlich berührte Armido seine Unterarme.

Suzanne, die neben Arnaud saß, griff nach seinen Händen, die geschwollen waren. Seine Daumen waren verbunden. »Wie schlimm haben sie ihm zugesetzt?«

»Er kann sich wieder erholen, wenn man ihn vor der nächsten Befragung aus dem Kerker holt. Die Wunden sind oberflächlich, und er hat sich seine linke Schulter, die sie ihm ausgekugelt hatten, selbst wieder eingerenkt.«

»Oh, Sidrac. Ja, er kann das. Tapferer Mann, Gott gebe ihm Kraft!«, murmelte Suzanne. Sie hielt noch immer Arnauds Hände. »Deine Daumen?«

»Sie haben sie gequetscht und mir dann die Nägel herausgerissen. Ich habe dabei in die Augen von Monsignor Sampieri gesehen. Der Mann hat Freude am Leiden anderer. Armido, Ihr wisst, dass ich lange im Orient war. Am Hofe des Sultans ging man wahrlich nicht zimperlich mit Gefangenen oder Verbrechern um, und die Osmanen kennen Strafen, deren Grausamkeit alles übertrifft, was ich hier gesehen habe. Aber sie wurden dem Volk zur Abschreckung vor Augen gebracht. Sampieri ist eine niedrigere Kreatur als jeder Henker, denn er genießt das Foltern. Er stellt seine Fragen, um den Geist seiner Delinquenten zu verwirren, und weidet sich an ihrer Verzweiflung.«

»Den Eindruck hatte ich auch, obwohl ich im Vergleich zu Euch noch glimpflich davongekommen bin. Warum haben sie Euch gehen lassen, Arnaud?«, fragte Armido.

»Ich wollte nicht gehen. Ich wollte bei Aziza bleiben oder zumindest in ihrer Nähe. Aber sie haben mich nachts vor die Stadttore geschleppt und mir verboten, die Stadt wieder zu betreten. Martin ist für mich in den Kerker gegangen und hat einen Korb mit Brot und Fleisch dort gelassen.«

»Die Gaststube ist verbrannt und geplündert worden«, sagte Dufy. »Darauf haben diese Geier doch nur gewartet.«

»Was ist mit Magus, dem Apotheker?« Suzanne erhob sich.

»Er war drei Tage und Nächte im Kerker des Erzbischofs. Nach einer peinlichen Befragung ersten Grades haben sie ihn gehen lassen. Sein Laden ist seitdem geschlossen«, erklärte Dufy und zupfte nachdenklich an seiner Unterlippe.

»Ich glaube übrigens, dass er es war, der euren Weiler verraten hat. Ihn haben sie noch vor Arnaud festgenommen.«

»Aber ich habe der Folter trotzdem nicht standgehalten und euch verraten«, sagte Arnaud reumütig.

»Wir tragen dir das nicht nach.« Suzanne ging in die Hütte, in der Jules lag und wahrscheinlich sehnsüchtig auf Nachrichten wartete.

»Geht es Aleyd wirklich gut?«, wollte Armido wissen.

Dufy nickte. »Wie Arnaud sagte, sie ist geschwächt, aber wohlauf. Immerhin haben sie Respekt vor einer Schwangeren. Aber die anderen sollen Pfingsten brennen. Daran hat sich nichts geändert.«

»Dann bleiben uns nur noch wenige Wochen, um das zu verhindern.«

»Wie wollt Ihr das verhindern, Armido? Der Erzbischof hat Euer Geld abgelehnt.« Arnauds verweinte Augen und seine Miene drückten Verzweiflung aus. »Habt Ihr eine Streitmacht, um Embrun zu stürmen?«

»Nein. Ich wünschte es! Dann würde ich den Erzbischof und Sampieri eigenhändig mit dem Schwert aufschlitzen. Aber wir werden Hilfe von anderer Seite erhalten, darauf vertraue ich!«

»Die Poeten in Lyon haben nichts zu melden. Von der Schwester des Königs ist auch keine Hilfe mehr zu erwarten, und Ihr sagtet selbst, dass Euch Madame d'Étampes kein zweites Mal beistehen wird.« Arnaud leerte seinen Becher. »Habt Ihr nichts Stärkeres?«

Der Tod ihres Mannes hatte jedes Lachen aus Maries Gesicht verbannt, doch sie fand Trost in der Sorge um die Kinder und das leibliche Wohl der Übrigen, weshalb sich die zierliche Frau erhob, um einen Krug gebrannten Obstwassers zu holen.

»Woher also nehmt Ihr Eure Sicherheit auf Hilfe?«, beharrte Arnaud. »Ich bin Katholik. Meine Frau ist schon vor Jahren konvertiert, und trotzdem verfolgen sie uns. Das Gesetz gewährt uns keinen Schutz. Wer soll uns noch schützen?«

»Der König.«

Arnaud lachte kurz auf. »Der König? Mein lieber Freund, der König ist auf dem Weg nach Nizza, um sich gut zu stellen mit dem Papst und Kaiser Karl. Dieser König hat vor gar nicht langer Zeit einen Pakt mit Suleiman geschlossen, um den Kaiser zu schlagen. Aber jetzt hat König Franz Angst vor einer Allianz von Kaiser und Papst, weil die beiden viel Geld gesammelt haben, um gegen Suleimans Streitmacht zu kämpfen. Franz braucht die Kirche als Einkommensquelle, und genauso braucht er das Parlament von Paris.«

»Die Sorbonne und das Parlament sind konservative und jeder Reform feindlich gesinnte Institutionen, ja«, meinte Armido.

»Ja, und wie können wir da auf den König hoffen?«

»Meine Schwester ...« Armido zögerte, selbst unsicher geworden.

Versöhnlich sagte Arnaud: »Ich bin der Letzte, der die Hoffnung auf ein Wunder aufgibt, und vielleicht beschert uns Eure ungewöhnliche Schwester genau das.«

Herr, du meinst es gut mit mir, dachte Didier und gab dem Botenjungen, der einen Brief aus der Hand von Meister Rossos Kammerdiener erhalten hatte, einen Silbertaler. »Ich kümmere mich um die Weiterleitung, mach dir keine Gedanken.«

»Ich weiß nicht ...« Der Junge mit der Hasenscharte lispelte stark, drehte und wendete den Silbertaler aber fasziniert hin und her. »Ich hätte den Brief nur direkt dem Kurier geben dürfen, der unten wartet. Wenn ich einen Fehler mache, wird Monsieur Grivel mich schlagen.«

»Ich muss sowieso hinunter in die Küche, das habe ich doch gesagt. Dort übergebe ich den Brief. Nun geh schon«, scheuchte Didier den Jungen weiter.

Nur einen blinzelnden Augenaufschlag lang zögerte der Junge, dann siegte das Silber, und er vernachlässigte seine Pflicht und überließ den Brief Didier. Bisher hatte der alte Kammerdiener des italienischen Meisters die Briefe entweder selbst dem Kurier übergeben oder seine Frau geschickt, doch heute hatte er diesen kleinen Bastard beauftragt. Didier erkannte eine Schwachstelle, wenn sie sich ihm bot. Für Bestechlichkeit hatte er eine Nase. Der Bursche mit der Hasenscharte war neu im Schloss und versuchte sich bei allen einzuschmeicheln. Das würde nie gut gehen. Man konnte nur einem Herrn gut dienen und musste wissen, wer seine Feinde waren. Jeder hatte Feinde, auch Diener. Armer, ahnungsloser Bastard. Didier sah sich im Treppenhaus um, doch er war allein. Flink wie ein Wiesel rannte er hinunter in eine der Vorratskammern.

Durch ein kleines Fenster fiel Licht herein, und entlang den Wänden standen Kisten mit Winteräpfeln. Die Früchte sahen nicht mehr prall und frisch aus, doch ihr Duft erfüllte den ganzen Raum. Didier setzte sich auf ein Fass, in dem in Salz gelegte Gurken und Zwiebeln lagerten, und öffnete vorsichtig das Siegel. Das Risiko war gering, denn er hatte genau beobachtet, dass der junge Paserini beim Meister gewesen war. Sie hatten lange geredet, und dann war der Kammerdiener mit dem Brief erschienen. Nein, er war sich sicher, dass dieser Brief mit dem Verschwinden Armido Paserinis zu tun hatte. Mittlerweile kursierten im Schloss unzählige Gerüchte über den Stukkador. Von Spielschulden, einer Liebschaft und Spionage war die Rede, doch Didier wusste es besser. Der Mann war ein Ketzer.

Rasch öffnete er den Brief, der an einen gewissen Dufy

in einem Hospital in Chorges adressiert war. Wo zum Teufel lag das? Doch als er die ersten Zeilen las, fiel es ihm ein. Der Ort war in der Dauphiné, nicht weit von Gap nahe Embrun. Der junge Paserini hatte tatsächlich an seinen Bruder geschrieben, und der Meister deckte ihn. Didier schnalzte zufrieden mit der Zunge. Der Inhalt dieses Briefes war mit Sicherheit ein Goldstück wert und würde ihn wieder in die Gunst der Exzellenz heben, die er seit Wochen nicht gesprochen hatte.

Es war nur eine kurze Nachricht, und der Sinn erschloss sich ihm nicht vollständig. Der junge Paserini wolle an höchster Stelle etwas für seinen Bruder tun, dieser solle abwarten und ihm vertrauen. Didier überlegte, doch er konnte sich keinen Reim darauf machen. Nun, Seine Exzellenz würde das anders sehen, denn dieser Mann kannte die großen Zusammenhänge, die ihm, dem kleinen Diener, stets ein Rätsel bleiben würden.

Zufrieden faltete Didier den Brief sorgfältig wieder zusammen. Er entzündete einen Kerzenstumpen, der auf dem Fenstersims stand, und erhitzte das Siegelwachs gerade so weit, dass es den Bogen wieder verschloss. Das Siegel war nicht mehr intakt, aber auf den ersten Blick und mit etwas Schmutz war das nicht zu sehen. Didier zog den Brief einmal über den schmutzigen Fußboden und blies überschüssigen Dreck fort. Durch den Korridor und die großen Küchen lief er auf den Hof, wo ein gesatteltes Pferd wartete. Die lederne Tasche hinter dem Sattel und das königliche Wappen verrieten, dass es sich um das Tier eines Eilboten handelte. Suchend sah Didier sich um und entdeckte den Kurier, einen verwegen aussehenden Burschen, beim Schäkern mit einer Magd.

»He! Wartet Ihr noch auf einen Brief aus dem Schloss?«, rief Didier dem Kurier zu.

Jener kniff der kichernden Magd die Wange und kam lässig auf Didier zu. »Ja, ganz richtig. Wo ist das Schreiben?«

»Hier!« Didier drückte ihm den schmutzigen Brief in die Hand.

Der Kurier runzelte die Augenbrauen. »Was ist denn damit passiert, und wieso hat das so lange gedauert?«

Bevor er den Umschlag näher betrachten konnte, drückte Didier ihm ebenfalls einen Silbertaler in die Hand. »Bitte, meldet es nicht. Ich habe ihn fallen lassen. Man wird mich auspeitschen, wenn die Herrschaft das erfährt.« Didier machte ein zerknirschtes, unterwürfiges Gesicht.

Mit den Zähnen prüfte der Kurier die Münze, steckte sie ein und warf Didier einen vielsagenden Blick zu. »Schon gut, spar dir deine Geschichte. Solche wie dich gibt es überall. Ich komme viel rum. Hast Glück, ich bin spät dran, sonst hätte ich dich gemeldet.« Damit ging er zu seinem Pferd, steckte den Brief in die Ledertasche und saß mit einem eleganten Satz auf.

Didier sah ihm nach, bis er zwischen den Bäumen verschwunden war. Du weißt gar nichts, dachte er und bereitete sich in Gedanken auf das Treffen mit Seiner Exzellenz vor.

XXXI
Unerwartete Hilfe

Ich kann immer noch nicht verstehen, was in den Erzbischof von Embrun gefahren ist! Ihr hättet früher zu mir kommen sollen!«, sagte Robert Estienne, während er sein Pferd in eine schärfere Gangart trieb.

Sie hatten sich für die Strecke über Dijon entschieden, weil die Überquerung des Côte-d'Or-Massivs weniger anstrengend war, als wenn sie vom südlichen Zentralmassiv aus nach Osten schwenkten. Die ersten Tage ihrer gemeinsamen Reise waren für Luisa strapaziös gewesen, da sie es nicht gewohnt war, stundenlang im Sattel zu sitzen. Als sie am Abend abgesessen waren, hatten ihre Muskeln so geschmerzt, dass sie sich kaum bewegen konnte. Doch sie hatte die Zähne zusammengebissen und sich gesagt, dass es mit der Zeit besser werden würde.

Sie klopfte dem Pferd den Hals und schnalzte mit der Zunge, damit es Robert folgte. Die beiden bewaffneten Knechte, die sie begleiteten, schlossen automatisch auf.

Robert Estienne, der bekannte Pariser Buchdrucker, reiste nie ohne Schutz, aber nachdem Luisa ihn um Hilfe gebeten hatte, schien ihm selbst diese Art des Reisens viel zu riskant. Er hätte Luisa lieber mit einer ganzen Gruppe von Kaufleuten gen Süden ziehen sehen. Doch die Zeit drängte, und eine Reisegruppe war wesentlich langsamer als vier berittene Männer. »Aber wie hätte ich das tun sollen, Robert?

Mein Bruder hat mir erst kürzlich von dem Überfall berichtet«, antwortete Luisa.

Sie hatte sich eingehend mit Rosso Fiorentino beraten. Anfangs hatte er ihr davon abgeraten, überhaupt etwas zu unternehmen, weil er die immer häufiger aufbrechenden religiösen Konflikte in Frankreich für ein Zeichen hielt, das der König nicht ignorieren konnte. Er hatte ihr Franz' Gründe dargelegt, deretwegen der Monarch sich wahrscheinlich gegen eine Intervention entscheiden würde. Doch Luisa konnte Rosso davon überzeugen, dass sie ihrem Bruder helfen musste und dass sie es tun würde, ob mit oder ohne seine Unterstützung. Kopfschüttelnd hatte Rosso sie angesehen und schließlich seinen Entwurf hervorgeholt. Eigentlich hatte Rosso seinen aus Paris zurückgekehrten Assistenten Pellegrino mit dem Entwurf nach Nizza senden wollen, doch so hielt er es für einen taktisch klugen Schachzug, Luisa das vom König erwartete Bild überbringen zu lassen. In Anbetracht der angespannten politischen Lage war es wenig wahrscheinlich, dass Franz sie unter normalen Umständen vorlassen würde, doch einen Mitarbeiter Rossos, einen Vertreter *di belle arti,* würde er empfangen.

Da nur noch knapp zweieinhalb Wochen bis Pfingsten verblieben, hatten sie schnell handeln müssen. Robert Estienne, der über den Ernst der Lage noch nicht informiert gewesen war, hatte sich sofort bereit erklärt, mit Luisa nach Lyon zu reisen, um dort Unterstützung in den reformistischen Kreisen zu erbitten. Sein persönliches Erscheinen würde mehr Eindruck machen als Jules' Briefe oder Armidos Bitten. Estienne wurde auch eingeweiht, dass sich hinter dem schmächtigen Luca eine Frau verbarg, und konnte dementsprechend Sorge für sie tragen.

Zum wiederholten Male hatte Papst Paul III. zu Friedensgesprächen gebeten, diesmal in Nizza. Bereits im Februar

1538 hatten Paul III., Kaiser Karl V. und Venedig eine Liga gegen die immer bedrohlicher auftretende Streitmacht Suleimans gegründet. Franz jedoch hatte heimlich mit Suleiman, dem großen Herrscher des Osmanischen Reiches, paktiert, nun aber lief der König Frankreichs Gefahr, dass sich die Mächte des Christenreichs gegen ihn wandten, wenn er sich der Liga nicht anschloss.

Nizza und seine Festung waren das Einzige, was Charles von Savoyen noch von seinem Herzogtum geblieben war, und er traute seinen Gästen nicht über den Weg. Daher wollte er keinerlei Risiko eingehen, auch noch die Zitadelle und damit den Rest seiner Souveränität zu verlieren. Der Papst wartete in einem Kloster bei Nizza, Kaiser Karl hatte sich in der Bucht von Villefranche mit zweiunddreißig Kriegsgaleeren verschanzt, und Franz hatte sich im Château de Villeneuve eingerichtet, wo er von siebentausend Soldaten bewacht wurde.

Nein, die Lage war alles andere als entspannt, und Luisa fragte sich, ob der König sich ihr Anliegen überhaupt anhören würde. Andererseits langweilten Franz politische Verhandlungen, wie sie vom venezianischen Botschafter Giustiniani wusste.

Estienne verscheuchte Fliegen, die vom Schweiß auf seiner Stirn angezogen wurden. Es wurde mit jedem Tag wärmer, und die Pferdekörper waren durch das straffe Tempo ebenfalls erhitzt. Hose und Hemd klebten am Körper, und Luisa litt besonders, weil sie ihre Weste nicht ablegen konnte, zu groß war die Gefahr, dass ihre Körperformen sie verrieten. Mit dem Handrücken wischte sie sich immer wieder den Schweiß ab.

»Luca, wir machen gleich eine Rast«, sagte Estienne und hob die Hand.

»Das ist nicht nötig, ich kann …«

Doch er hörte nicht auf sie, sondern ließ die Knechte vorausreiten, um einen geeigneten Platz zum Lagern zu finden. »Was nutzt Ihr Eurem Bruder, wenn Ihr vor Entkräftung nicht in Nizza ankommt. Und die Pferde müssen trinken.«

Die Straße, der sie seit dem frühen Morgen folgten, war schmal und verlief entlang dem Bergmassiv. Auf der anderen Seite befand sich sumpfiges Flussland, denn die Saône verzweigte sich südlich von Dijon. Hinter Chagny würden sie auf den Fluss treffen, und dann folgte die Straße der Saône bis Lyon. Die Knechte, zwei kräftige junge Männer aus Meaux, die Estienne seit fünf Jahren treu dienten, kamen zurück.

»Nicht weit von hier machen eine Gruppe Kaufleute und Pilger Rast in einem Wäldchen. Wir könnten uns dazugesellen. Sie haben uns eingeladen und scheinen freundlich.«

Estienne nickte, und seine Männer ritten jetzt langsam voraus. »Erzählt mir alles noch einmal ganz genau. Aleyd geht es wirklich gut?«

»Weil sie ein Kind unter dem Herzen trägt, wird sie von der Folter verschont. Das ist das einzige Anzeichen von Erbarmen, das die Schergen von Embrun zeigen. Und der arme Jules hat einen Arm verloren.« Sie mochte sich nicht vorstellen, was Sidrac und Isabeau erleiden mussten. Armido hatte nur kurze Zeit in der Bastille verbracht und war dem Folterstuhl rechtzeitig entronnen, doch schon die kurze Bekanntschaft mit dem grauenvollen Gerät hatte übelste Verletzungen an Körper und Seele hinterlassen.

»Wisst Ihr, ich mochte Aleyd immer besonders gern. Natürlich war ich schon verheiratet, aber sie ist eine besondere Frau, schön und klug. Euer Bruder kann sich glücklich schätzen, dass sie ihn erhört hat. Und Jules ist mein Freund, eine unverwüstliche Kämpfernatur, der Schmerzen ertragen kann. Den Verlust seiner Schwester aber könnte er nicht verwinden. Wir müssen alles tun, damit Ihr rechtzeitig nach Nizza kommt«, sagte Estienne, während sie die von Schlaglöchern übersäte Straße verließen und eine Böschung hinunterritten.

Das üppige Grün der Buchen und Birken am Flüsschen bildete den Hintergrund für das farbenprächtige Durcheinander aus sich ausruhenden Pilgern, Kaufleuten verschiedenster Nationalität, Dienern, Packtieren und Karren. Ein Stimmengewirr aus französischen Dialekten, Hebräisch, Niederländisch, Italienisch und Arabisch schlug den vier Reitern entgegen. Sie saßen ab und führten zuerst die Pferde zum Tränken an die Saône, die sich hier flach in einer idyllischen Auenlandschaft ausbreitete. Der größere der Knechte streckte seine Hand nach den Zügeln von Luisas Tier aus. »Gebt sie mir, Ihr und Monsieur Robert könnt Euch dort vorn niederlassen, wir lockern den Pferden die Gurte und kommen gleich.«

Luisa und Estienne nahmen dies gerne an, wuschen sich aber zuerst die Gesichter im Flusswasser. Als sie dann unter einer Birke im Gras saßen, fragte Luisa: »Seid ehrlich zu mir, Robert, glaubt Ihr, dass meinen Bruder die Schuld an Aleyds Unglück trifft?«

»Was? Nein! Wie kommt Ihr darauf?« Der Buchdrucker wischte sich Wassertropfen aus seinem kurz gestutzten Bart. »Wenn jemanden Schuld trifft, dann die Theologen der Sorbonne, das Parlament, die Kirche, Leute wie den verbohrten Beda und jetzt eben Sampieri. Natürlich führt eines zum anderen, und Armidos Fehde mit Guy de Mallêt hat die Richtung vorgegeben. Hitzköpfigkeit bei Hofe ist gefährlich. Aber …« Er riss an einem Grashalm. »Die Dinge sind, wie sie sind. Ich habe vor fünf Jahren großartige Männer auf dem Scheiterhaufen enden sehen, Männer, gegen die Jules wie ein Revolutionär erscheint. Aber selbst diese Gelehrten hat der König lieber sterben lassen, als sich gegen die Meinung der Sorbonne zu stellen.«

»Monsieur Estienne!«, rief einer der Knechte und winkte ihnen.

Sie sprangen auf und folgten dem Mann die Böschung hinauf. Der Knecht wartete hinter einem Gebüsch und bedeutete ihnen, dasselbe zu tun. »Dort, seht Ihr die beiden Reiter?«

Luisa kniff die Augen zusammen, um die gut gekleideten Männer besser erkennen zu können, die in einiger Entfernung auf der Straße als Schlusslicht einer Gruppe mit Wagen vorüberritten. Der Jüngere wandte den Kopf und sah in ihre Richtung. Luisa fuhr zurück. Für Sekunden hatte sie in die Augen von Guy de Mallêt geblickt, doch er konnte sie unmöglich gesehen haben.

Auch Estienne schien den Sekretär des Kardinals erkannt zu haben. »Gut gemacht, Gérard. Jetzt wissen wir, wen wir vor uns haben. Aber sie scheinen im Gefolge des Kardinals zu reisen und werden langsamer sein als wir.«

Nachdenklich nestelte Luisa an den Bändern ihrer Weste. »Kann er verhindern, dass ich mit dem König spreche?«

»Da er nicht weiß, was Ihr vorhabt, gibt es dafür keinen Grund, aber Vorsicht ist allemal geboten. Ich werde Euch Gérard mitgeben.«

Am 4. Juni 1538 ritt Luisa an der Seite von Gérard, dem Knecht aus Meaux, auf der Straße von Grasse durch die hügelige Landschaft Südfrankreichs. Das Château de Villeneuve lag oberhalb des gleichnamigen Dorfes inmitten von Pinien- und Eichenwäldern und Olivenhainen, bei deren Anblick Luisa Heimweh nach der Toskana erfasste. In der felsigen Landschaft, die reich an den verschiedensten Pflanzen und Kräutern war, entdeckte sie Lavendelbüsche, nahm den Duft von Thymian, Salbei und Rosmarin wahr und erfreute sich an Palmen, Eukalyptus- und Ölbäumen. Weinberge hatte sie schon früher während ihrer Reise gesehen, doch jetzt bedeckten grüne Reben ganze Bergrücken.

»Wie reich das Land hier unten ist«, sagte Luisa bewundernd.

»Lasst Euch von den Weinbergen nicht täuschen. Paris, Marseille, Bordeaux und Lyon sind die Handelszentren. Vor allem Lyon dürfte Euch ein Begriff sein, da viele italienische Bankiers dort ansässig sind und unserem verschwenderischen König ihr Geld leihen«, grinste Gérard.

Sie hatte den Knecht als aufgeweckten und erstaunlich gebildeten Mann kennengelernt, der zwar aus ärmsten Verhältnissen stammte, aber in die Schule der Reformierten in Meaux gegangen war.

»Was Franz ihnen nicht immer dankt«, meinte Luisa und staunte über das riesige Meer an Zelten, das sich vor ihnen bis hinauf zur Burg ausbreitete. Die größeren Zelte waren mit bunten Wimpeln geschmückt, und Fahnen mit der französischen Lilie und dem königlichen Salamander waren zu Dutzenden geflaggt. Weiß, Blau und Gold schienen die vorherrschenden Farben, doch je näher sie dem riesigen Lager kamen, desto bunter wurde es. Man konnte die Nähe des Meeres nicht nur spüren, sondern auch riechen. Entsprechend reich war das Angebot an Früchten, Gemüse und Fischen aller Art, das die Händler bereithielten. Gaukler, Musikanten und Schauspieltruppen probten lautstark ihre Künste vor phantastisch geschmückten Wagen. Piköre, Jäger und ihre Hundemeuten, Falkner und schließlich die Stallmeister und -knechte, die sich um Tausende von Pferden zu kümmern hatten, beanspruchten den Platz eines kleinen Dorfes für sich.

Dazu kamen die Familien der fliegenden Händler und

Kaufleute, zu denen Juwelen- und Seidenhändler zählten, die die feinsten Waren mit sich führten. Der Hof hatte auch auf Reisen Gelüste und luxuriöse Bedürfnisse, die jederzeit befriedigt werden mussten. Weniger erhaben, doch nicht minder wichtig waren die Prostituierten, die in eigens für ihr Gewerbe hergerichteten Wagen mitreisten.

Gérard konnte seine Augen kaum von den üppigen Dirnen wenden, die sich ihm mit weit ausgeschnittenen Miedern anboten. »Na, Ihr schaut so säuerlich drein, das schöne Geschlecht hat es Euch wohl nicht so angetan?«

Estienne hatte die Knechte nicht eingeweiht. Je weniger Menschen von Luisas Verkleidung wussten, desto länger würde sie ihr Geheimnis bewahren können. »Dafür scheinen es die Weibsbilder auf dich umso mehr abgesehen zu haben«, grinste Luisa und zog ihr Barett, das sie seit dem Morgen trug, tiefer ins Gesicht. Aufmerksam glitt ihr Blick über die schier unendlichen Reihen von Menschen und Tieren, die sich im Umfeld der Burg zusammendrängten. Durch die Wärme machten sich die strengen Gerüche von tierischen und menschlichen Ausdünstungen, Kot und Abfällen bereits unangenehm bemerkbar. In einigen Tagen würde der Gestank hier unerträglich sein. Luisa sah, wie eine Frau eine Schüssel mit Kammerlauge vor ihrem Zelt auskippte, und sah angeekelt weg. Wie viel Profit auch immer die Bewohner des Dorfes von Villeneuve durch das königliche Lager machten, nach dem Abzug dieser Meute würden sie Monate brauchen, um das Land zu säubern.

Unterhalb der Burg schienen nur das niedere Volk und weniger wichtige Höflinge zu lagern, Hochadel und Klerus hielten sich innerhalb der mächtigen Burg auf, deren Türme und Zinnen strahlend weiß in der Sonne glänzten. Von allen Türmen wehte die Lilienflagge und kündete von der Anwesenheit des Königs von Frankreich. Je näher sie dem Burgtor kamen, desto militärischer wurde es. Geschütze standen geputzt auf dem Rasen, und bis an die Zähne bewaffnete Soldaten exerzierten unter dem Gebrüll eines Offiziers über das offene Feld. Man hatte rings um die Burg einen Ring freigelassen, in dem sich ausschließlich Militär aufhielt.

»Ich kann mir ja kaum vorstellen, dass der Kaiser hergekommen ist, um anzugreifen«, meinte Luisa angesichts der überwältigenden Menge an Kavallerie und Infanterie.

»Hätte mich der Kaiser ein Jahr lang eingekerkert, wäre ich auch vorsichtig.« Gérard lenkte sein Pferd zwischen zwei Geschützen hindurch. »Wahrscheinlich würde ich gar nicht mit dem Kerl sprechen wollen, der dann auch noch meine Söhne jahrelang einkassiert hat. Ach ja, und dann musste Franz auch noch die Schwester von Karl heiraten.«

»Obwohl das doch zur Aussöhnung der beiden beigetragen haben soll. Trotzdem, das muss hart für Eleonore gewesen sein. Immerhin ist sie Habsburgerin im Feindesland«, sagte Luisa, ohne nachzudenken.

Erstaunt sah Gérard sie an. »Wen kümmert es schon, was Frauen denken!«

Diese Worte brachten sie zum Schweigen und verdeutlichten ihr einmal mehr, wie privilegiert sie durch ihre Hosenrolle war.

Angesichts der zu erwartenden erhöhten Sicherheitsvorkehrungen hatte Rosso ihr ein Empfehlungsschreiben mit seinem Siegel mitgegeben, welches sie die erste Hürde, die Wachen am äußeren Burgtor, passieren ließ. Im Gegensatz zum verträumten Fontainebleau handelte es sich hier um ein Château mit ausgeprägtem Festungscharakter. Über dem Außentor befanden sich Erker, die Pechnasen, deren Bretter mit Eisenbändern und Nägeln beschlagen waren. Der dunkle Tortunnel, durch den sie nun ritten, war mit

Schießscharten ausgestattet. Gérard zeigte nach oben, wo sich eine Öffnung abzeichnete. »Ein Mörderloch. Dadurch können sie von oben den eindringenden Feind beschießen. Die Fallgitter sind auch recht imposant.«

Luisa bestaunte die aufwendig gebauten Verteidigungsvorrichtungen und den mächtigen Bergfried, den Hauptturm der Burg, der vor ihnen in den Nachmittagshimmel aufragte, als sie in den Hof kamen. Der Palas, das Repräsentations- und Wohngebäude des Burgherrn und seiner Familie, war auf der rechten Seite, und im Anschluss daran war auch eine Kapelle zu finden.

»Ich kenne mich bei Hof nicht aus, aber dass der Kerl dort vorn uns nicht den Hintern küssen will, ist mir klar.« Gérard hielt sein Pferd am Zügel und blieb stehen.

Luisa tat es ihm nach, denn der Mann, der mit hochrotem Kopf und einem prallen Wanst wie ein Bulle auf sie zustampfte, sah in der Tat bedrohlich aus. »Was wollt ihr hier? Ich bin der Hausmarschall. Lieferanten können sich unten beim Profos melden. Kuriere haben ihre Botschaften mir oder einem der Offiziere zu übergeben. Ihr habt keine Waren dabei, also gebt mir eure Nachricht und verschwindet«, bellte er sie an.

Nach mehreren Tagen des Reisens klebte der Staub in allen Poren, die Stiefel waren verkrustet, und ihre Hemden hatten längst ihre ursprüngliche Farbe verloren. Luisa sah von sich zu Gérard und konnte den Hofmarschall verstehen, denn sie boten in ihrer abgerissenen Kleidung zweifellos einen erbärmlichen Anblick. »Monsieur, wir sind weder Lieferanten noch Kuriere. Ich komme mit einer Arbeit von Meister Rosso direkt aus Fontainebleau und ersuche um eine Audienz bei Seiner Majestät. Wenn Ihr also die Güte hättet, uns ein Quartier zuzuweisen. So können wir Seiner Majestät nicht entgegentreten.«

Der Hausmarschall verengte die Augen zu schmalen Schlitzen und schnaufte. Mit einer Hand hielt er sich den strammen Wanst, der in einem gefältelten Rock steckte, von dem die Knöpfe jeden Moment abzuspringen drohten. »Habt ihr ein Dokument, das Euch ausweist?«

»Bitte, Monsieur.« Luisa reichte ihm Rossos Schreiben. Während der Mann las, ließ sie den Blick über den weitläufigen Burghof gleiten, in dem Gardisten mit wachsamen Blicken auf- und abgingen. Gruppen von plaudernden Höflingen und Hofdamen, Vertreter des Klerus, livrierte Diener, Pagen, Stallknechte und Küchenpersonal, das sich mit angelieferten Waren abmühte, Pferde, Maultiere, Hunde, Schweine und Federvieh liefen durcheinander. Die Wirtschaftsgebäude gegenüber dem Palas waren aus Holz. Dort befanden sich auch die Lagerräume für Öl, Waffen, Pech und Bauholz, wie die offen stehenden Türen verrieten. Auf dem Wehrgang der Burg standen Armbrustschützen und Arkebusiere. Die ganze Anlage machte den Eindruck, als befände sie sich im Kriegszustand, was in gewisser Weise auch zutraf. König Franz fühlte sich von Karls Kriegsschiffen bedroht, und es war erst wenige Monate her, dass die verfeindeten Herrscher einen Waffenstillstand auf Zeit geschlossen hatten.

Mit abfälliger Miene gab der Hausmarschall Luisa das Dokument zurück. »Kuriere, dachte ich's mir doch. Seine Majestät gibt zurzeit keine Audienzen. Aber niemand hindert euch daran, vor der Burg zu warten. Vielleicht findet ihr in einem der Zelte Unterschlupf.« Er winkte einer Wache, die eine gewaltige Hellebarde trug. »Diese zwei haben hier drinnen nichts zu suchen.«

»Nein! So lassen wir uns nicht abspeisen! Wenn Seine Majestät erfährt, wie Ihr seine Künstler behandelt, werdet Ihr schon sehen, was Ihr davon habt.« Doch ihr Schimpfen war zwecklos, der Wachmann stellte sich einfach vor sie und versperrte ihnen den Weg zum Hof, während sich der Hausmarschall bereits einer herrschaftlichen Karosse zuwandte, die eben einfuhr.

Luisa hielt ihr Pferd am Zügel und sah sich verzweifelt nach einem bekannten Gesicht um. Tatsächlich kam ihr unter den Höflingen eine Dame bekannt vor, und als sich die schlanke Frau mit der roten Lockenpracht umdrehte, erkannte sie Élodie de Tavannes.

»Entweder Ihr unternehmt jetzt etwas, oder alles war umsonst. Denkt daran, Euch bleibt kaum Zeit!«, sagte Gérard leise. »Kennt Ihr denn niemanden von denen dort vorn?«

»Doch, aber genau die Falschen.« Madame de Tavannes stand neben einem Mann in schillernder Hoftracht, von dem Luisa hoffte, dass er sie nicht bemerkte, denn von Jean de Mallêt war gewiss keine Hilfe zu erwarten.

Ihre Pferde begannen unruhig zu tänzeln, denn der Wachmann stieß sie immer wieder bedrohlich mit dem stumpfen Ende seiner Hellebarde an. Da endlich stieg Luisas Mut, denn der vertraute Anblick eines grauen Spitzbarts erschien unter einem Balkon. Sie winkte und rief: »Signor Giustiniani! Signore!«

Der venezianische Botschafter hob den Kopf und suchte nach der Quelle der Rufe. Als er sie erblickte, erhellte sich seine Miene. »Signor Luca!« Er schien ihre ungemütliche Situation zu erkennen, denn nachdem er sich an einem Maultier und mehreren Pagen vorbeigezwängt hatte, kam er mit ausgebreiteten Armen auf sie zu und überschüttete sie mit einem Wortschwall in Italienisch. »Welche Freude! Landsleute, vertraute Gesichter!« Er stutzte. »Wo ist Euer Bruder? Wie seht Ihr aus?«

Luisa seufzte. »Das ist eine lange Geschichte. Signore, ich muss Seiner Majestät diesen Entwurf von Meister Rosso persönlich geben!« Sie zeigte auf Gérard. »Lasst uns Französisch sprechen. Gérard, darf ich dir Signor Giustiniani vorstellen, den Botschafter Venedigs?«

Gérard neigte höflich den Kopf. »Angenehm, aber ich glaube, wir haben ein dringendes Problem.«

Der Wachmann hörte nicht auf, sie zu bedrängen. »Schluss jetzt. Hinaus mit euch!«, sagte er barsch.

»Ah, lasst mich das machen. *Maresciallo*!«, herrschte der Botschafter den einige Schritte von ihnen entfernten Hausmarschall an, der sich verdutzt umdrehte. »Zu mir, sofort!«

Mit rotem Kopf kam der gewichtige Mann zu ihnen. »Monsieur, auch wenn es sich um Landsleute von Euch handelt, kann ich nicht jeden …«

»Ihr könnt, denn dieser junge Mann ist der Meisterschüler des großen Meisters Rosso Fiorentino. Er hat die lange Reise von Fontainebleau hierher auf sich genommen, weil Seine Majestät auf dieses Kunstwerk wartet, und Ihr wagt es, ihn abzuweisen? Außerdem ist Monsieur Paserini ein persönlicher Freund von mir und Madame d'Étampes.«

Vor allem die letzten Worte schienen tiefen Eindruck auf den Hausmarschall zu machen, der sich mehrfach verneigte, sich die Stirn wischte und einen der livrierten Diener heranwinkte. »Verzeiht, Monsieur, aber das hat Monsieur Paserini nicht erwähnt.«

Bei der wiederholten Nennung des Namens horchte Madame de Tavannes auf und stieß Mallêt in die Seite, dass dieser sich umschaute, bis er Luisa entdeckt hatte. Er fixierte sie kurz und wandte sich wieder ab. Sein Sohn war noch nicht hier, Luisa und Gérard hatten den Wagen von Kardinal Tournon an einem Gasthof gesehen, den sie kurz nach ihrer Rast an der Saône passiert hatten.

»Trotzdem, Monsieur, ich habe kein Quartier im Palas zur Verfügung. Auch die Stallungen sind hoffnungslos überfüllt.

Selbst Teile der Wirtschaftsgebäude haben wir schon belegt. Ihr seid schon länger hier und wisst selbst, welch ein Durcheinander hier herrscht.« Der Hausmarschall rang nach Luft, warf einen Blick auf die herrschaftliche Gruppe, die er hatte stehen lassen müssen, und verzog gequält das Gesicht. »Dort wartet der Comte de Beaulac, den ich hier unterbringen muss! Versteht Ihr?«

»Wie viele Räume sind für den Comte reserviert?«, fragte Giustiniani.

»Drei, aber …«

»Dann bekommt er nur zwei! Sehr schön. Ich wusste, dass Ihr ein verständiger Mann seid.« Giustiniani drückte dem Hausmarschall ein Geldstück in die Hand, und der schwergewichtige Mann gab sich geschlagen.

»Wenn ich das hier überlebe, gebe ich mein Amt auf …« Er griff sich theatralisch ans Herz, wies den wartenden Diener an und ging mit ausgebreiteten Armen auf den inzwischen wütend schimpfenden Comte zu.

»Signor Giustiniani, wie kann ich Euch nur danken. Ihr könnt nicht wissen, wie wichtig es für mich ist, den König so bald wie möglich zu sehen.« Luisa griff nach seiner Hand und drückte sie fest.

Der Botschafter lächelte. »Landsleute müssen sich unter die Arme greifen. Sagt, wo ist Euer Bruder, Luca?«

Sie drückte kurz einen Finger gegen die Lippen und fragte den Diener, der sie in ihr Quartier bringen sollte: »Wo kann mein Begleiter hier die Pferde unterstellen?«

»Fragt den Stallmeister. Ihr findet ihn dort vorn.« Der Diener wies auf die linke Seite des Hofes. Unterhalb einer schmalen Treppe, die zum Wehrgang hinaufführte, lagen die Ställe.

Gérard nahm Luisa die Zügel ab. »Ich mache das und treffe Euch dann später. Wo?«

»Palas, hinter dem Musikzimmer, eines der Zimmer zum Zwinger«, sagte der Diener.

Luisa löste noch die Lederhülse mit Rossos Zeichnung von der Satteltasche und schüttelte ihren Stiefel, mit dem sie in einen weichen Pferdeapfel getreten war. Der Hof war gepflastert, aber gegen den stetigen Betrieb von ein- und ausgehenden Menschen und Tieren waren die Knechte mit ihren Besen und Schaufeln machtlos. Zu Luisas Missbehagen führte der Diener sie direkt auf die Höflinge zu. Hinter der Gruppe befand sich der Eingang zum Ostflügel, und um dorthin zu gelangen, kreuzten sie das Blickfeld von Madame de Tavannes und Mallêt.

»Auf ein Wort, Paserini!«, befahl der Comte de Mallêt und stellte sich Luisa mit einer Hand an seinem Degen in den Weg. Die jungen Hofdamen in ihren kostbaren Roben ermutigten ihn anscheinend, sich in Positur zu werfen. Er trug kurze gestreifte Pluderhosen, weiße Strümpfe, ein Hemd mit gebauschten Ärmeln und darüber ein kurzes, eng anliegendes Wams. Blau, Braun und Gold waren heute seine Farben, und auf seinem Barett prangte eine riesige exotische Feder.

Giustiniani hob die Hand. »Lasst den jungen Paserini in Ruhe, Comte!«

»Was habt Ihr mir schon zu sagen, Botschafter.« Ein verächtlicher Blick streifte den Venezianer. »Wo steckt Euer Bruder, Paserini? Es gibt Gerüchte, dass er in eine verräterische Intrige gegen den König verwickelt ist.«

»Ihr lügt! Mein Bruder ist dem König treu ergeben und nur der Kunst wegen in dieses Land gekommen«, verteidigte sie Armido.

»Dann sagt mir doch, wo er sich aufhält!« Comte de Mallêt machte eine Handbewegung in Richtung seines Publikums. »Wir alle wüssten es gern.«

»Ach ja? Woher das Interesse an einem unbedeutenden Stukkador? Das scheint mir doch sehr seltsam. Ich kann nur vermuten, dass Ihr persönliche Gründe für Eure Frage habt. Seit wann verschwendet ein Comte seine Zeit an unbedeutende Ausländer? Und jetzt lasst mich vorbei, denn ich habe einen Auftrag zu erledigen.« Entschlossen drängte sie sich zwischen Mallêt und den pikierten Höflingen hindurch. Sofort setzte ein hämisches Zischeln und Tuscheln hinter ihrem Rücken ein. Mit wachsender Furcht schritt sie auf den offenen Eingang zu.

Giustiniani und der Diener eilten ihr nach.

»Euer Bruder ist ein Ketzer!«, rief der Comte von hinten.

Die Stille, die diesem Ausruf folgte, war weitaus bedrohlicher als jedes Gemurmel, doch der Botschafter legte ihr die Hand auf den Rücken und schob sie durch die Türen. »Nicht antworten, Luca«, flüsterte er. »Er will Euch fordern. Ihr könnt kein Duell mit ihm ausfechten. Das wäre Euer sicherer Tod. Weitergehen!«

Zitternd ging sie in die Halle, deren Wände mit Waffen und einer Tapisserie geschmückt waren. Der Diener schob sich an ihr vorbei und ging die gewundene Treppe hinauf. »Hier entlang, Messieurs.«

Sie packte die Rolle fester und stieg hinter dem Diener die Treppe hinauf. Der Botschafter folgte ihr schweigend. Ihr Quartier entpuppte sich als winzige Kammer mit einem Strohsack und einem schmalen Fenster. In solchen Kammern brachte man für gewöhnlich die Dienerschaft unter. »Bring uns einen zweiten Strohsack!«, sagte sie zu dem Diener, der sie unverhohlen musterte.

»Gewiss, Monsieur.« Er verneigte sich und zog die Tür beim Gehen hinter sich zu.

Luisa warf den Riegel vor und atmete hörbar aus. »Dieser verfluchte …«

Giustiniani stellte sich ans Fenster und sah in den Zwinger hinunter. Der schmale Geländestreifen trennte die Kernburg von der Außenmauer. Von unten klangen Geräusche von aufeinanderschlagenden Degen herauf. Pagen und Edelmänner übten sich in der Waffenkunst. »Was um Himmels willen habt Ihr mit dem Comte zu schaffen? Ausgerechnet mit diesem für seine hinterhältigen Intrigen bekannten Mann?«

»Oh, Signor Giustiniani!« Sie nahm das Barett ab und rieb sich das Gesicht. In den Augenwinkeln hatte sich Staub gesammelt. Nicht einmal eine Wasserschüssel stand in der kargen Kammer. »Ihr habt keine Vorstellung davon, in welch ernsthaften Schwierigkeiten mein Bruder steckt!«

»Ich beginne es zu ahnen. Wollt Ihr mich einweihen? Vielleicht kann ich Euch helfen?« In seiner eleganten Hoftracht wirkte der grauhaarige Botschafter älter als bei ihrem letzten Treffen. Seine dunklen Augen drückten echtes Mitgefühl aus.

Doch Luisa bezweifelte, dass er ihr helfen konnte, da die Position eines ausländischen Botschafters am königlichen Hof ohnehin schwierig war. »Ich danke Euch, Signore, aber ich möchte Euch nicht unnötig in Bedrängnis bringen. Nur so viel: Armido muss sich verstecken, weil er eine Protestantin geehelicht und selbst ihren Glauben angenommen hat.«

»Aber …«

»Nein, wartet! Seine Frau gehört zu einer Gruppe, die sie Vaudois nennen. Und diese Leute werden in Frankreich und Italien als Ketzer verfolgt.« Sie senkte die Stimme und blickte zur Tür, vor der sie Schritte vernommen hatte. »Habt Ihr von den jüngsten Vorfällen in Embrun gehört?«

Erschrocken faltete er die Hände. »Mir ist das Treiben eines unbarmherzigen Inquisitors Hand in Hand mit dem

Erzbischof in Embrun zu Ohren gekommen. Und darin ist Armido verwickelt? Das ist schlimm, wirklich schlimm …«

»Wisst Ihr noch mehr?«

»Nicht über Embrun, aber über die päpstliche Politik in Bezug auf das Ketzerproblem.« Er verzog den Mund. »Was sind Ketzer? Leute, die nicht an die heilige römische Kirche glauben. Darf man zweifeln? Nicht dieser Tage. Mir kam zu Ohren, dass Papst Paul die Kirche von Grund auf reformieren will, allerdings nicht, um die neuen Strömungen aufzufangen. Nein, er steuert hart gegen den protestantischen Wind aus dem Norden und denkt, dass sich das neue Gedankengut wieder ausrotten lässt.« Giustiniani wiegte den Kopf. »Das wird nicht gelingen. Aber der Kampf wird blutig werden, und ich befürchte finstere Zeiten für die kommenden Generationen. Der Papst plant, Kardinal Carafa zum Generalinquisitor zu ernennen.«

Unter dem Straßenstaub erblasste Luisa. Schon jetzt war Carafa als unerbittlicher Ketzerverfolger berüchtigt. Mit ausgeweiteten Machtbefugnissen wären die Folgen für Italien verheerend. Sie begann zu verstehen, was Giustiniani andeutete.

»Die Zeichen stehen denkbar schlecht für reformistisches Gedankengut. Paul III. ist hier in Nizza, um mit Kaiser Karl und Franz eine Allianz gegen die Osmanen zu gründen. Und obwohl es geheim sein sollte, weiß inzwischen jeder, dass der französische König Karl so sehr hasst, dass er sich mit Suleiman verbündet hat, um sich endlich sein Stück Italien zu holen.« Der Venezianer seufzte. »Ich schätze den König sehr. Er ist ein gebildeter Mann, eloquent, großzügig und ritterlich. Wenn die Dinge anders stünden, würde er seine Soldaten nach Embrun schicken und solche Kleingeister wie den Erzbischof und seinen teuflischen Inquisitor aufs Schafott bringen. Aber unter den gegebenen Umständen hat er alle Hände voll damit zu tun, vor der Welt sein Gesicht als höchst christlicher Herrscher zu wahren.«

»Und trotzdem glaube ich an ihn und seinen Sinn für Gerechtigkeit«, sagte Luisa und hielt die Lederhülse hoch. »Das hier ist meine Eintrittskarte zu einem Gespräch mit Seiner Majestät.«

»Das Glück ist mit den Jungen! Gott erhalte Euch Euren Optimismus! Wahrscheinlich habe ich bereits zu viel gesehen, als dass ich noch an hehre Taten glauben kann. Aber …« Er hob einen Finger. »Ihr sollt den König sehen. Zumindest dabei kann ich Euch helfen. Heute Abend speist der König im kleinen Kreis und hat dazu Musiker und Tänzer, einen Dichter, dessen Namen ich vergessen habe, und den Entdecker Jacques Cartier eingeladen. Das ist der richtige Rahmen für Rossos Werk. Wir treffen uns am Gehege der wilden Tiere.«

»Ich kann Euch gar nicht sagen, wie dankbar ich Euch bin!« Luisa ergriff seine Hand.

»Aber Ihr habt mir noch nicht gesagt, woher Eure Fehde mit dem Comte de Mallêt rührt und warum Ihr den König so rasch sehen müsst«, hakte der Botschafter nach.

Luisa trat neben ihn an das Fenster und beobachtete die Männer, die sich im Fechten übten. Wo der Rasen endete, standen blühende Obstbäume, und auch ein Kräutergarten war zu sehen. Ein tierisches Brüllen, das sie nicht einordnen konnte, ertönte und ließ die Männer kurz mit dem Fechten innehalten.

»Ein Löwe. Der Duc de Villeneuve hält sich eine Reihe exotischer Tiere. Ihr werdet ihn heute Abend kennenlernen, ein exzentrischer Mann«, erklärte Giustiniani und sah Luisa weiter erwartungsvoll an.

XXXII
Von göttlicher und königlicher Gnade

Etiam innocentes cogit mentiri dolor.
[Schmerz zwingt sogar Unschuldige zu lügen.]

Publilius Syrus, *Sententiae*

Ich flehe Euch an, hört auf!« Ein Schrei erstickte jedes weitere Wort der jungen Frau auf der Streckbank.

Sie lag rücklings auf der mit eisernen Dornen gespickten Bank. Ihre Arme waren kopfüber gezogen und die Beine an den Knöcheln festgebunden. Die weiße Haut ihres nackten Körpers war mit blauen Flecken und bereits verschorften Wunden von früheren Folterungen bedeckt. Kerkerhaft, schlechte Ernährung und die Folterungen während der peinlichen Befragungen hatten dem zarten Körper der Frau zugesetzt. Die Haare ihrer Scham waren von demselben flammenden Rot wie ihre langen Locken, die sich unter ihrem Körper wie ein blutiges Tuch ausgebreitet hatten.

Monsignor Sampieris Bursche stand neben der erbarmungswürdigen Delinquentin und starrte fasziniert auf deren Körpermitte, während der Folterknecht das Rad der Streckbank unerbittlich weiterdrehte. Plötzlich ertönte ein schriller Schrei, und das fürchterliche Geräusch von zerreißenden Sehnen und einem splitternden Gelenk schreckte selbst den Inquisitor auf. Sampieri hob die Hand, und der

Knecht drehte das Rad zurück, so dass die Arme der Delinquentin schlaff zwischen den Seilen hingen. Der Kopf der Frau war zur Seite gesackt, und ihre Augen waren geschlossen.

»Atmet sie noch?«, fragte Sampieri.

Der Knecht beugte sich über das von Sonnenflecken übersäte Gesicht und legte seine grobe Hand mit der schwieligen Innenseite auf die Brust der Frau. Nach einer Weile hob er den Kopf. »Ich glaube schon. Das Herz schlägt noch.«

»Mach sie los und gieß ihr Wasser ins Gesicht«, befahl der Monsignore.

Während der Knecht dem Befehl nachkam, tippte Sampieris Bursche den Bauch des Opfers mit dem Finger an. »Sie ist eine Hexe, Monsignore! Seht Euch ihre Scham an. Diese roten Haare kommen vom Teufel!«

»Halt den Mund, Rutilio«, kanzelte Sampieri seinen Burschen ab. Sie waren nicht allein im Kerker des erzbischöflichen Palastes von Embrun. Neben Monsignor Sampieri saß auf einem Stuhl mit geschnitzten Armlehnen der Erzbischof selbst, der dieser Befragung trotz seines gichtigen Fußes höchstselbst beiwohnte. Ein Schreiber notierte jede Aussage, und ein Dominikanermönch, der das Rechtswesen studiert hatte, fungierte als Qualifikator. Es war seine Aufgabe festzustellen, ob der Beschuldigte der Häresie verdächtig sei beziehungsweise in welchem Grad, leicht, stark oder schwer.

Antoine de Lévis de Château-Morand schlug ungeduldig auf seine Lehne. »So kommen wir nicht voran. Sie ist schon wieder bewusstlos, und jetzt scheint sie ernsthaft verletzt. Lasst den Knecht gegen einen anderen auswechseln.« Er schnippte mit den Fingern, und ein junger Dominikanermönch, der neben dem Richtertisch an der Wand lehnte, trat vor.

»Euer Exzellenz?« Seine Kutte und das darüber getragene Skapulier mit Kapuze waren blendend weiß, und an seinem Gürtel, einer schwarzen Kordel, hing ein Rosenkranz mit einem silbernen Kreuz.

»Hol einen neuen Folterknecht. Guillaume ist ein guter Mann. Warum haben wir diesen hier gewählt? Er ist viel zu grob.« Bei den letzten Worten hatte der Erzbischof die Stimme gesenkt.

Der Mönch beugte sich vor. »Er hatte sich bei der Sache mit dem Juden bewährt, Exzellenz.«

»Ach? Ja nun, aber jetzt ist er zu brutal. Hol Guillaume.« Château-Morand winkte den Mönch fort, der sich verneigte und leise auf Sandalen verschwand.

Das Gewölbe hatte nur ein hoch gelegenes, vergittertes Fenster, durch dessen Halbrund das Licht der untergehenden Sonne schien. Mehrere Laternen und Fackeln sorgten im Kerker für zusätzliches Licht. Rutilio piekte die rothaarige Frau mit einem spitzen Eisenstab unterhalb der ausgerenkten Schulter an, und nachdem der Knecht ihr kaltes Wasser über das blasse Gesicht gegossen hatte, flackerten ihre Lider.

»Sie wird wach!«, rief Rutilio aufgeregt.

»Dann können wir ja endlich weitere Fragen stellen«, meinte der ungeduldige Erzbischof und rückte vorsichtig seinen Fuß auf einer kleinen Bank zurecht. »War diese hier diejenige, die einen Ausländer geheiratet hat, der für den König arbeitet, und deren Bruder ein gefährlicher Wortführer der Ketzer ist?«

»Nein, Exzellenz. Diese hier ist die Kräuterfrau. Ihr meint Aleyd Dubray, die Schwester von Jules Dubray, der uns leider entwischt ist. Ihr Mann ist der Ausländer, ein Künstler, was die Sache etwas erschwert.« Gereizt trommelte Sampieri auf dem gewichtigen Buch, das vor ihm auf dem Tisch lag.

»Warum ist das ein Problem? Ketzer ist Ketzer!«, sagte der Erzbischof.

Sampieri schloss kurz die Augen, bevor er antwortete: »Leider, Euer Exzellenz, ist das eben nicht so, denn Künstler genießen bei Seiner Majestät und seiner Mätresse einen besonderen Status. In Paris hatte ich das zweifelhafte Vergnügen, die Bekanntschaft von Madame d'Étampes zu machen.« Sampieri ballte die Hand zur Faust. »Ich hatte ihn schon vor mir auf dem Stuhl, aber sie hat ihn mir wieder entrissen!«

»Sehr ärgerlich. Ich dachte, ihr Einfluss wäre im Schwinden begriffen …«, sinnierte der Erzbischof.

»Immerhin haben wir seine schwangere Frau. Früher oder später bekommen wir auch ihn und ihren Bruder, verlasst Euch drauf! Die Zeit ist auf unserer Seite, Exzellenz. Seine Heiligkeit ist nicht nur wegen eines Bündnisses in Nizza«, meinte Sampieri vieldeutig.

Die vollen Lippen des Erzbischofs machten ein schmatzendes Geräusch, als dieser sich einen Weinkelch an den Mund hielt. Was für ein dekadenter Trottel, dachte Sampieri. Aber er brauchte den Erzbischof, genau wie er den jungen Sekretär brauchte. Wo steckte Guy de Mallêt nur? Er hatte ihm doch eine Botschaft zukommen lassen, dass er seiner Unterstützung in Embrun bedurfte.

Die Frau auf der Streckbank kam zu sich und hustete. Mühsam hob sie den Kopf und öffnete die verquollenen Augen. Ihre Lippen waren trocken und aufgesprungen, das einstmals hübsche Gesicht entstellt von durchlebtem Leid und von Angst. Isabeau versuchte, die Arme zu bewegen, doch nur der linke Arm gehorchte ihr. Die rechte Schulter war aus dem Gelenk gerissen und schwoll bereits an. Knöchel und Handgelenke waren von den Fesseln blutig gescheuert. »Lasst mich endlich sterben«, stammelte Isabeau unter unerträglichen Schmerzen, »lasst mich sterben …«

»Gebt der Frau ein Tuch, damit sie sich bedecken kann«, sagte der Erzbischof. Sampieris missbilligende Miene konnte er nicht sehen.

»Eine Hexe verdient keinen Respekt. Außerdem ist sie es gewohnt, fadennackend ums Feuer zu tanzen und Männern mit ihren Zaubersprüchen die Köpfe zu verdrehen«, zischte Sampieri, und Rutilio kicherte zustimmend.

Dankbar nahm Isabeau das Tuch an, das ein junger Diener des Bischofs ihr reichte, und setzte sich unter Mühe auf. »Ich bin keine Hexe! Was auch immer Ihr mir vorwerft, aber eine Hexe bin ich nicht!«

So viel Starrsinn und Widerspenstigkeit hätte Sampieri der kleinen Frau nicht zugetraut, doch es würde ihr nichts nutzen. Er beherrschte die Kunst, ein Verhör zu führen, und verstand es, die Söhne und Töchter der Hölle durch verschiedene Techniken in die Falle zu locken. Unzählige Vademecums, in denen Inquisitoren ihre Erfahrungen darlegten, hatte er studiert und wusste, wie man die schlauen Heuchler, diese Diener des Teufels, entlarvte, und jedes Mittel war legitim, damit sie ihre widerwärtigen Verbrechen gestanden. »Dann bist du nicht Isabeau Chiout, die man die Kräuterfrau nennt?«

»Doch, die bin ich, aber …«

»Die Kräuterfrau, die Frauen in Not hilft?«, fuhr er sie scharf an.

»Was meint Ihr damit?«

»Das weißt du genau! Zeugen haben unter Eid ausgesagt, dass du mehreren Frauen aus Embrun dabei geholfen hast, ein ungeborenes Kind zu töten!«

»Das ist nicht wahr! Ich sammle Kräuter und habe der einen oder anderen Frau gesagt, wie man sie anwenden kann, aber niemals habe ich getan, was Ihr sagt!«, verteidigte Isabeau sich.

»Wie man die Kräuter anwendet, ist gleichzusetzen mit der Beihilfe zum Kindsmord«, stellte Sampieri fest.

Die Feder des Schreibers kratzte über die Seiten eines großen Prozessbuchs.

»Ihr dreht meine Worte so, wie es Euch passt! Ich habe keiner Frau gesagt, wie sie mit Kräutern ein Kind in ihrem Leib töten kann. Ich habe ihnen erklärt, wie man einen Sud gegen Husten, Breiumschläge bei Fieber, Salben gegen Ausschlag …«

»Genug!«, herrschte Sampieri sie vom Tisch aus an. »Willst du behaupten, die Zeugen haben unter Eid gelogen?«

»Ja! Ich schwöre bei Gott dem Allmächtigen, dass ich nie etwas Unrechtes getan habe!«, rief die tapfere Isabeau.

Der Erzbischof neigte sich Sampieri zu. »Vielleicht täuscht Ihr Euch. Sie ist sehr überzeugend.«

»Ihr versteht das Prinzip des Inquisitionsverfahrens nicht. Es ist nicht meine Aufgabe, die Unschuld des Angeklagten zu beweisen, sondern ich sammle Beweise für seine Schuld.« Seine Erklärung wurde von Isabeau unterbrochen.

»Wer sind die Denunzianten, die mich beschuldigen? Ich will sie sehen, und dann sollen sie ihre Verleumdungen vor meinem Angesicht wiederholen!«

»Mäßige dich. Zeugen genießen den Schutz der Anonymität.« Der Monsignore wandte sich an den Qualifikator. »Hegt Ihr Zweifel an der Schuld der Delinquentin?«

Der Dominikaner, ein Mann jenseits der vierzig, dessen Wangen traurig herunterhingen und seinem Gesicht einen gelangweilten Ausdruck verliehen, versteckte die Hände in den Ärmeln seines Skapuliers. »Keinesfalls, Monsignore. Die Fakten sind eindeutig. Sie lebt in einer Gemeinschaft von Häretikern, gibt sich der Magie und der Heilkunde hin, was an sich schon ausreicht, um sie auf den Scheiterhaufen zu bringen, und wir haben glaubhafte Zeugen.«

Die schwere Kerkertür ging auf, und der junge Dominikaner kam in Begleitung eines muskulösen Mannes herein, dessen unbewegliche Miene durch über der Nase zusammengewachsene Augenbrauen zusätzlich verfinstert wurde.

»Ihr seid ein Haufen von Lügnern und Feiglingen!«, schrie Isabeau verzweifelt unter Aufbringung aller Kräfte. »Ihr versteckt euch hinter eurem Priesterrock und betreibt Unzucht und Völlerei, dass es eine Schande ist! Und solches Geschmeiß wirft sich zum Richter auf über uns, deren einzige Sünde es ist, dass wir die Bibel lesen und verstehen und uns nicht von euren schmutzigen Röcken einschüchtern …«

Weiter kam sie nicht, denn Sampieri war aufgestanden und hatte dem neuen Folterknecht mit wutverzerrter Miene ein Zeichen gegeben, woraufhin dieser Isabeau packte, ihr mit seiner Pranke den Mund zuhielt und sie brutal auf die dornige Streckbank zurückwarf. Mit geübtem Griff nahm er das Tuch, das sie bedeckt hatte, knüllte ein Ende zusammen und stopfte es ihr in den Mund. Dann warf er ihre Arme nach hinten, befestigte die Fesseln an der Schlaufe des Rades und drehte es so weit, dass ihr Körper sich spannte, sie aber bei Bewusstsein blieb.

Lévis de Château-Morand drehte an seinem goldenen Erzbischofring und murmelte: »Woher wissen diese Leute so viel …«

Guillaume nahm einen Kerzenstumpen und hielt die Flamme durch einen Freiraum der Streckbank an Isabeaus Haut. Sie bäumte sich auf und weinte.

»Das wird dich lehren, dieses ehrwürdige Gericht zu beleidigen!«, meinte Sampieri trocken. »Bist du nun willens, auf unsere Fragen zu antworten?« Er nickte Guillaume zu, der das Rad so drehte, dass sich die Frau etwas entspannen konnte, und nahm ihr den Knebel aus dem Mund.

»Ja«, schluchzte die Kräuterfrau.

»Ist es wahr, dass du in einem Verband mit Leuten lebst, die man als ketzerische Vaudois kennt?«

»Nein!«

Ein Blickwechsel zwischen Sampieri und dem Folterknecht hatte zur Folge, dass Isabeau erneut eine Brandwunde zugefügt wurde.

»Ich wiederhole meine Frage. Lebst du mit den Vaudois zusammen?«

»Ja«, flüsterte sie kaum hörbar.

Triumphierend sah Sampieri zum Qualifikator. »Dann stimmt es, dass du seit Jahren Ketzerei treibst?«

Ein leises »Ja« kam von der Streckbank.

Ergeben bestätigte Isabeau alle Anschuldigungen, die man ihr im Zusammenhang mit Hexerei und ihren Kenntnissen als Kräuterfrau zur Last legte, und stockte erst, als Sampieri sie fragte, ob sie den Aufenthaltsort der flüchtigen Vaudois aus dem Weiler kannte.

»Nein, bei Gott, ich weiß nicht, wo sie sind.«

Auch weitere Folterungen von Guillaume konnten sie in diesem Punkt nicht beeinflussen. Sie verriet niemanden und nannte auch keine Namen von Predigern.

»Und willst du nun vor diesem heiligen Inquisitionsgericht auf die Knie fallen und abschwören, auf dass wir dir die Absolution erteilen?«, fragte Sampieri.

Guillaume nahm Isabeau die Fesseln an Knöcheln und Armen ab und half der Entkräfteten von der Bank auf die Füße. Sie konnte sich kaum aufrechthalten, ein Arm hing unnatürlich verdreht herab, und Brandmale und Reißwunden von den eisernen Dornen bedeckten ihren Rücken. Während der Folterungen hatte sie sich die Lippen aufgebissen, und ihr Blick schien wirr, doch Isabeau hob das Kinn. »Ich spucke auf euch alle!«

Der Erzbischof wurde unruhig: »Sie ist nicht bußfertig

und will nicht abschwören. Wir verschwenden unsere Zeit. Verlest das Urteil.«

Monsignor Sampieri nickte, räusperte sich und stand auf. »Wir, das Inquisitionsgericht und der durch göttliche Barmherzigkeit berufene Erzbischof der Stadt Embrun, die wir uns vergewissern wollten, ob das, was uns gegen dich gesagt worden ist, sich auf irgendeine Wahrheit stützt und ob du in der Finsternis wandelst oder im Licht, haben geruht, die Zeugen sorgfältig zu vernehmen, dich vorzuladen und zu verhören und alles bis ins Einzelne zu tun, was uns gemäß den kanonischen Bestimmungen zu tun oblag.« Es folgten eine Reihe juristische Wendungen, bis Sampieri zum Schluss kam. »Wir müssen also leidvoll verkünden, dass du eine verworfene Gesinnung hast und es verschmähst, dich an unseren gesünderen Rat zu halten. Die Kirche Gottes hat lange Zeit gehofft, dass du unter Anerkennung deiner Schuld ablassen würdest, du aber verharrst in störrischer Haltung. Nun weiß die Kirche nicht, was sie dir anderes zu Dank und Lohn tun kann, als dass du den Übrigen ein Beispiel seist und andere von solchen Ketzereien ferngehalten werden. Solche Untaten dürfen nicht ungestraft bleiben. Deshalb urteilen wir Erwählten, die hochheiligen Evangelien vor uns liegend und damit im Angesicht Gottes, dich als unbußfertig und verstoßen dich als verstockten Ketzer. Fürderhin können wir nicht weiter für dein ewiges Seelenheil sorgen und sagen uns daher von dir los.«

Monsignor Sampieri räusperte sich. »Wir entlassen die Verurteilte in die Freiheit.«

Isabeau stand mit erhobenem Kinn und geschlossenen Augen nackt vor dem kirchlichen Gericht und hörte sich ihr Todesurteil an. In die Freiheit entlassen zu werden bedeutete aus dem Mund eines Inquisitors nichts anderes, als dass dem weltlichen Gericht, welches das Urteil vor der Hinrichtung während eines Autodafés verkündete, nahegelegt wurde, den schmachvollen Tod auf dem Scheiterhaufen zu bestimmen. Natürlich überließen die Inquisitoren die Schmutzarbeit den Vertretern der weltlichen Macht, konnten die Kleriker auf diese Weise doch für sich beanspruchen, ihre Hände nicht mit Blut befleckt zu haben.

Nachdem die Verurteilte hinausgeführt worden war, erhob der Erzbischof sich umständlich. Er stützte sich auf einen Gehstock, um den gichtigen Fuß zu entlasten. »Wenn diese Frau schon so verstockt ist, können wir von den Männern bei erneuter Befragung wohl kaum mehr erwarten.«

Sampieri klappte das große Buch zu, das vor ihm auf dem Tisch lag. »Nein, aber wir sollten ein Exempel an diesen widerspenstigen Leuten statuieren und alle, die aus dem Weiler stammen, verbrennen. Das scheint mir das geeignete Mittel, die Flüchtigen aus der Reserve zu locken. Und«, Sampieri hob den Zeigefinger, »indem wir diese grausamste Strafe verhängen, die das ewige Verderben, die Qualen des Höllenfeuers, nach sich zieht, zeigen wir dem Volk, was es heißt, sich gegen die einzig wahre Kirche zu stellen!«

Der Qualifikator mischte sich ein. »Aber die Schwangere dürfen wir nicht verbrennen und den Gelehrten mit Namen Brun empfehle ich weiter in Haft zu behalten. Er scheint mir mehr über die Verstecke und die Organisation der Sekte zu wissen und wird nach einer gewissen Zeit vielleicht sprechen.«

»Gut. Über die Schwangere können wir später noch einmal beraten. Sie ist unser Pfand und bringt uns eventuell einen wichtigeren Mann, Jules Dubray. Aber der Arzt muss brennen. Er ist eine angesehene Persönlichkeit hier in Embrun. Mein Bursche hat sich für mich umgehört. Sein Tod wird die Zweifler und Aufsässigen einschüchtern«, erwiderte Sampieri.

»Darf ich die Messieurs nun zum Essen bitten?«, lud der

Erzbischof ein. »Der verehrte *prévôt*, Monsieur Tellier, wird uns dabei Gesellschaft leisten.«

Obwohl Sampieri sich mehr von der Verhandlung versprochen hatte, war er mit dem Ausgang des Prozesses zufrieden, da er die Autorität der Inquisition in Embrun bestätigt sah. Den *prévôt* würde er beim Essen von der Notwendigkeit einer drastischen Strafe überzeugen. Seine Heiligkeit würde sein Wirken in Embrun begrüßen, war es doch ganz im Sinne der päpstlichen Politik. Und der *Rex christianissimus*, wie sich der Monarch der Franzosen so gern nannte, war in einer Lage, die es ihm nicht erlaubte, den Papst vor den Kopf zu stoßen.

Die Kleriker waren im Begriff, den Kerker zu verlassen, als ein junger Mönch zu ihnen trat. »Exzellenz, Eure Männer haben einen Gefangenen gemacht, der Eure Aufmerksamkeit verdient.«

Der Erzbischof wirkte verdrossen. »Hat das nicht Zeit bis nach dem Essen?«

Aus dem Dunkel des Kellergewölbes im bischöflichen Palast lösten sich die Gestalten von zwei Knechten, welche einen gefesselten Mann in ihrer Mitte führten. Ein triumphierendes Lächeln glitt über Sampieris Gesicht. Dieser Tag war voller Überraschungen!

Luisa hatte noch nie einen echten Löwen gesehen, sie kannte den majestätischen König des dunklen Kontinents nur aus der Mythologie und aus Illustrationen. Daniel in der Löwengrube war eine Geschichte aus dem Alten Testament, und der Apostel Markus wurde mit einem Löwen dargestellt. Allerdings hatte das magere Tier, dessen Mähne zerzaust und stellenweise ausgefallen war, wenig Ähnlichkeit mit *Panthera leo* oder den gewaltigen Bestien, die sich auf Fresken und Gemälden tummelten.

»Oh, er sieht traurig aus, findest du nicht, Gérard?«

Sie standen vor dem Gehege der wilden Tiere des Duc de Villeneuve. In einem der zwei großen Käfige hinter dem Obstgarten lief ein Löwe unablässig hin und her, in dem anderen hockte ein Bär auf einem Baumstumpf. Etwas abseits beleuchteten Laternen ein kleines Haus, das einem überdimensionalen Puppenhaus glich, nur war die Vorderfront vergittert, und drei Affen sprangen darin herum.

Gérard sah sich die ganze Zeit über wachsam um, denn Luisa hatte ihm von Mallêts bedrohlichem Auftreten erzählt. »Hm, kein Leben für ein Tier, das sonst durch die Wüste jagt oder wo es lebt. Warum musste er Euch hier treffen? Es ist so dunkel, und man kann nicht alle Ecken und vor allem den Garten nicht einsehen.«

»Ah, da seid Ihr!«, ertönte schon die sonore Stimme des venezianischen Botschafters. »Brav, Ihr habt Euren Begleiter dabei, allerdings kann er nicht mit in den Salon.«

Gérard runzelte die Stirn. »Und wenn jemand einen heimtückischen Anschlag zu verüben versucht?«

Giustiniani machte eine dramatische Geste, wobei seine golddurchwirkte Schaube flatterte. »Keine Sorge, im Moment sind mehr Wachen und Soldaten auf der Burg als Höflingsvolk und Diener. Auch im Salon sind wir nicht unter uns. Die schottische Leibgarde des Königs ist stets präsent. Nein, blanker Stahl wird heute nicht das Mittel der Wahl sein, wahrscheinlicher wäre eine Prise Gift im Wein.«

Entsetzt starrte sie den Botschafter an, der jedoch herzlich lachte.

»Macht nicht so ein Gesicht! Das wird nicht geschehen! Ihr trinkt, was ich trinke, und haltet Euch in meiner Nähe.« Giustiniani schien bester Laune und schien dem Wein schon reichlich zugesprochen zu haben, denn plötzlich begann er zu deklamieren:

»Euch Kleine trug ich in Gewandes Falten
Von dannen, wo der Berg Carena stand;
Und eine Löwin, zahm – durch Zaubers Walten –
Vom Dickicht her zu euch die Wege fand.
Aus ihren Zitzen – Mühe galt's verwenden! –
Ließ ich euch zwanzig Monde Nahrung spenden.«

»Das ist aus Ludovico Ariostos *Orlando Furioso*«, sagte Luisa und spielte nervös mit der Lederrolle, in der sich Rossos Zeichnung befand.

»Bravo! Ruggiero und Marfisa liefern sich als Ritter und Ritterin einen erbitterten Zweikampf, als eine Geisterstimme ihnen verkündet, dass sie Zwillingsgeschwister sind.«

Bevor der weinselige Botschafter weiter deklamieren konnte, sagte Luisa: »Sollten wir nicht gehen? Gérard kann uns bis zum Salon begleiten.«

»Ah, ja.« Giustiniani warf einen letzten Blick auf die Tiere. »Manchmal vermisse ich Venedig so sehr, dass es schmerzt. Ich bin nicht mehr der Jüngste. Hier entlang!« Er zeigte auf eine Laterne, die an einem Stallgebäude hing. »In fremder Erde begraben zu werden wäre furchtbar. Vor meinem Tod will ich noch einmal die Lagune sehen und die Stimme eines Gondoliere hören.«

Das Heimweh des Botschafters war verständlich, aber Luisa hatte andere Sorgen und hoffte, dass der Mann sein Versprechen halten und sie dem König vorstellen werde. Vom Zwinger mit seinen Gehegen ging es vorbei an den Stallungen und den Wirtschaftsgebäuden, in denen noch gekocht und gewaschen wurde. Luisa hatte sich gewaschen, die Haare stramm gebunden und ein elegantes Barett mit Federschmuck aufgesetzt. Kurze Pluderhosen und ein eng anliegender blauer Schoßrock vervollständigten ihre höfische Garderobe.

Im Hof ging es vergleichsweise ruhig und beschaulich zu, lediglich die Ankunft einer Karosse brachte die Knechte und Stallburschen, die vor einem Weinfass hockten und sich bereits dem Kartenspiel widmeten, in Bewegung.

»Kardinal Tournon und seine Bagage, wenn mich nicht alles täuscht. Ich hatte mich schon gewundert, wo er steckt. Er lässt sich sonst keine Gelegenheit für einen großen Auftritt entgehen«, bemerkte Giustiniani und wollte weitergehen, doch Luisa hielt inne.

»Dann ist Guy de Mallêt auch hier. Er wird verhindern, dass ich mit dem König spreche, und falls es mir doch gelingen sollte, eine Begnadigung zu erwirken, wird er mich heimlich töten!« Luisa war verzweifelt und versuchte, die Gesichter der Reiter zu erkennen, was im spärlichen Licht der Fackeln nicht möglich war.

»Ach was. Nur Mut, kommt jetzt. Sie sind ja gerade erst angekommen«, ermunterte der Venezianer sie und zog sie mit sich auf den Palas zu, vor dessen Eingang vier Gardisten der königlichen Leibwache standen.

Gérard durfte sie bis in die Halle begleiten, musste dort aber auf einer Bank Platz nehmen und auf sie warten, was er ohne zu murren tat. Ein livrierter Diener erschien und wollte wissen, was sich in Luisas langer Lederhülse befand. Mit der Inspektion zufrieden sagte er kurz: »Folgt mir.«

Der Botschafter und Luisa wurden eine Steintreppe hinauf in den ersten Stock geführt, wo zwei Soldaten die Tür zum Salon bewachten. Bis auf wenige Leuchter und Halterungen für Fackeln und Kohlebecken waren die Wände aus massiven Steinquadern kahl. Durch die Türen drangen fröhliche Stimmen, Musik und Gesang.

»Eine kleine Gesellschaft?«, fragte Luisa skeptisch.

»Für einen König gelten andere Maßstäbe. Ah!« Der Botschafter verneigte sich tief, denn die Türen schwangen auf, und der Zeremonienmeister, ein würdiger Herr in schillernder Robe und mit dem obligatorischen Stab, ließ sie eintreten.

Befangen und sich ihrer schlichten Kleidung bewusst, betrat Luisa hinter dem Botschafter den Salon, der die Größe eines Saales hatte, doch durch kostbare flämische Tapisserien und Vorhänge in changierenden Rottönen wohnlichen Charakter zeigte. Die Leibwache des Königs hatte sich an strategischen Punkten wie Türen und Fenstern postiert, hielt sich aber im Hintergrund, und die farbenfrohen Uniformen der Männer verschmolzen im Gesamtbild des prächtig ausgestatteten Raumes mit der Dekoration. König Franz I. saß in einem hohen Armlehnstuhl in der Nähe des Kamins. Seine Robe war von strahlendem Weiß, Gold und Blau, die große weiße Feder auf seinem Barett von erlesener Schönheit.

Der Zeremonienmeister stieß mit seinem Stab auf den Boden, die Musiker hörten auf zu spielen, und die Tänzer hielten in ihrer Bewegung inne. Verlegen angesichts der Aufmerksamkeit, die man ihr nun widmete, umklammerte Luisa ihr Lederetui und schritt zwischen den Gästen hindurch, die sie neugierig musterten.

»Monsieur Giustiniani bringt einen Gast aus Fontainebleau mit einer persönlichen Botschaft von Meister Rosso«, verkündete der Zeremonienmeister und vollführte einige kunstvolle Bewegungen mit seinem Stab.

Franz I. war in ein Gespräch mit seiner Nachbarin vertieft, hob den Kopf und winkte huldvoll. Im Schutz des Botschafters trat Luisa auf die hochgeborenen Seigneurs Frankreichs zu, die sich um den König versammelt hatten.

»Der große schlanke Mann mit der blauen Feder ist der Duc de Villeneuve, daneben seine Gattin, dann Baron Saint-Blancard, und die anderen dürften Euch bekannt sein«, flüsterte Giustiniani ihr rasch zu.

Der Connétable Montmorency stand rechts vom König, und etwas weiter entfernt entdeckte sie den Comte de Mallêt. Luisas Mut sank mit jedem Schritt, der sie dem Monarchen näher brachte. Doch dann fiel ihr Blick auf die Dame neben dem König, Katharina de Medici lächelte sie freundlich an. Auch der König sah ihr mit Wohlwollen entgegen, und in gebührendem Abstand verneigte sie sich tief und wartete, während Giustiniani sie vorstellte.

»Sire, dieser junge Künstler aus Fontainebleau kommt mit einem Werk von Meister Rosso zu Euch. Wenn Ihr erlaubt?«

Franz, der mit elegant gekreuzten Beinen auf seinem gepolsterten Stuhl saß, lud sie ein, auf den Teppich zu treten, auf dem die Stühle der königlichen Familie standen. Der Platz der Königin war leer, auch Madame d'Étampes schien nicht anwesend, und nur Kronprinz Henri stand in der Nähe seines Vaters und tuschelte mit Diane de Poitiers.

Luisa öffnete die lederne Hülse und zog die Zeichnung von Rosso Fiorentino hervor. Auseinandergerollt hielt sie sie dem König entgegen. »Sire, es ist mir eine große Ehre, Euch den Entwurf der *Sibylle von Tibur* von Meister Rosso überreichen zu dürfen.«

An den königlichen Händen, die das Blatt ergriffen, blitzten mehrere edelsteinbesetzte Ringe. Konzentriert studierte der König die Zeichnung und hielt sie schließlich Katharina hin. Atemlos wartete Luisa auf die Reaktion des Königs und stieß einen tiefen Seufzer aus, als er lächelte und sich entspannt zurücklehnte. »Er hat sich Zeit gelassen, unser Meister, aber er hat mich nicht enttäuscht! Großartig! Ich bin mehr als zufrieden. Das könnt Ihr ihm ausrichten.«

»Und meine Anerkennung«, fügte Katharina de Medici hinzu. »Der Entwurf ist exquisit. Wie Meister Rosso mit dem Thema der Sibylle spielt und den Bezug zur königlichen Familie aufbaut, ist wundervoll! Es gibt nur wenige so großartige Künstler, die sich in der Mythologie und der Philosophie derart auskennen.« Sie zwinkerte schelmisch. »Kein Wunder, er ist Florentiner! Und Ihr, junger Freund, stammt Ihr ebenfalls aus meiner Heimatstadt? Wie ist Euer Name?«

»Luca Paserini, Euer Gnaden. Ich komme aus Siena. Aber Siena steht Florenz in nichts nach!«, sagte sie stolz und hätte sich am liebsten auf die Zunge gebissen. Sie war hier nicht in Italien, und Katharina war keine gewöhnliche Landsmännin, sondern die zukünftige Königin von Frankreich. »Verzeiht.« Zerknirscht senkte sie den Kopf.

Doch Katharina lachte vergnügt. »Oh, Ihr seid köstlich! Ich fühle mich fast wie zu Hause!«

Franz hob amüsiert die Augenbrauen.

»Sire, es besteht eine ewige Konkurrenz zwischen Florenz und Siena, und kein wahrhafter Bewohner einer dieser Städte würde je die kulturelle oder wirtschaftliche Überlegenheit der anderen eingestehen. Obwohl Ihr zugeben müsst, Luca, dass Florenz durch Michelangelo und Rosso einen großen Vorsprung gewonnen hat«, erklärte Katharina.

»Da muss ich Euch recht geben, *Vostra Eccellenza*«, sagte Luisa, wobei sie automatisch ins Italienische verfiel. Sie hörte, wie die Musik einsetzte und die Anwesenden ihre unterbrochenen Unterhaltungen wieder aufnahmen. Giustiniani räusperte sich vielsagend, doch der König schien keinen Anstoß an Luisas Unterhaltung mit Katharina zu nehmen.

Vielmehr musterte er sie interessiert. »Normalerweise hätte Rosso mir Monsieur Pellegrino gesandt. Warum Euch? Ich entsinne mich, wartet!« Er legte einen Finger an die Lippen. »Wart Ihr es nicht, der in der Galerie von Fontainebleau mein Porträt nach der Büste zeichnete?«

Sie errötete. »Ja, Sire. Mein Bruder und ich kamen als Stukkadore zu Meister Rosso. Meine Familie hat eine Stukkadorwerkstatt in Siena, aber ich habe auch dort schon gemalt.« Verlegen schwieg sie, denn der König konnte unmöglich ihre Geschichte hören wollen.

»Ihr seid bescheiden, Luca, Eure Zeichnung war hervorragend. Meister Rosso hat das ebenfalls erkannt«, sagte der König freundlich.

In seinen hellen Augen lag ehrliches Interesse, und er gab ihr das Gefühl, als hätte er sie persönlich zu einem Gespräch geladen. Sie konnte gut verstehen, wie dieser Mann mit seinem Charme nicht nur die Frauen an seinem Hof für sich einnahm. Unwillkürlich warf sie einen Blick auf die Seigneurs, denen sie die Aufmerksamkeit des Monarchen gestohlen hatte. Der Duc de Villeneuve, ein attraktiver Mann mit dunklem Spitzbart, unterhielt sich mit dem Baron Saint-Blancard, dessen breite Schultern und militärisches Gebaren auf einen hohen Rang als Feldherr schließen ließen. Montmorency und Mallêt warfen sich düstere Blicke zu, und Luisa stotterte: »Sire, Ihr seid zu gütig. Verzeiht, dass ich es wage, aber ich möchte Euch um eine Gunst bitten. Es geht um meinen Bruder.«

Schlagartig verschwand der freundliche Ausdruck aus Franz' Augen. Im Hintergrund kündeten Geraschel und laute Stimmen von neuen Gästen. Und als der Zeremonienmeister seinen Stab zu Boden fahren ließ, war Luisas Zeit vorüber.

»O Majestät, bitte!« Sie fiel auf die Knie und faltete die Hände. »In Embrun geschehen furchtbare Dinge. Der Erzbischof und ein Inquisitor verurteilen Unschuldige und wollen sie zu Pfingsten auf den Scheiterhaufen bringen!«

»Genug!«, donnerte plötzlich die Stimme des Connétable, und Luisa erzitterte. »Wachen, bringt diesen unverschämten ausländischen Schmarotzer fort, der es wagt, Seine Majestät zu beleidigen!«

»Eccellenza!«, flehte Luisa Katharina auf Italienisch an und erklärte ihr in einem Wortschwall, was Armido und seiner Frau drohte.

Als zwei der schottischen Leibgardisten sie vom Fußboden reißen wollten, hob Franz I. seine Hand. »Das ist nicht nötig. Ich danke Euch für die Zeichnung von Meister Rosso. Doch politische Angelegenheiten erörtere ich nur während meiner Audienzen. Embrun, sagt Ihr …« Er überlegte und sah über ihren Kopf hinweg zu den neugierig gaffenden Gästen. »Exzellenz!«, rief er plötzlich, und zu Luisas unsäglichem Schrecken kam Kardinal Tournon zu ihnen.

»Sire, wir wären schon früher hier gewesen, aber unser Wagen hatte einen Achsenbruch«, sagte der Kardinal mit schmeichlerischer Stimme.

»Was wisst Ihr über die Vorgänge in Embrun? Ist das nicht ein Erzbistum?«, fragte der König.

Der Kardinal räusperte sich. »Ja, Embrun … Antoine de Lévis de Château-Morand ist dort Erzbischof. Guy, kommt doch einmal zu uns!«, bat der Kardinal seinen Sekretär, der sofort herbeieilte.

Luisa blieb mit gesenktem Blick in kniender Stellung. Sie zitterte.

Eifrig erklärte Guy de Mallêt: »Es scheint ganz so, als hätte der Erzbischof ein Nest von Ketzern in der Nähe von Embrun aufgestöbert. Monsignor Sampieri steht ihm als Inquisitor bei der Beseitigung des Problems bei. Es sollte dort bald wieder Ruhe einkehren.«

»Ketzer? Ist Euer Bruder etwa ein Ketzer, Luca?«, wandte sich Franz an sie und sah Luisa ernst an.

Ohne zu überlegen schüttelte sie den Kopf. »Aber nein, Sire!«

Mallêt protestierte: »Dieser Bursche lügt! Ich habe Beweise …«

»Danke, Messieurs«, unterbrach der König den Sekretär und entließ alle mit einem Kopfnicken.

Luisa erhob sich und wollte den Mund öffnen, aber eine

versteckte Geste von Katharina brachte sie zum Schweigen. Giustiniani zog hinten an ihrem Wams und zog sie außer Sichtweite des Königs und der Seigneurs. Hinter einem mannshohen Kandelaber und einem runden Käfig, in dem ein buntgefiederter Vogel hockte, blieb er stehen.

»Luca Paserini, Ihr seid entweder mutig oder verrückt! Wahrscheinlich beides!« Der Botschafter atmete tief ein und sah sich kurz um. Der Vogel plusterte sich auf und beäugte sie neugierig. Von den Gästen schien sie niemand weiter zu beachten, denn Tänzer waren aufgetreten, und ein Mann mit einem verwegenen Gesicht saß jetzt neben dem König. Dieser schien von den Erzählungen des neuen Gastes fasziniert.

»Jacques Cartier, ein großer Forscher! Er hat den Atlantik überquert und neues Land gefunden, das er Kanada genannt hat. In der Sprache der dortigen Ureinwohner heißt das ›Dorf‹.« Giustiniani legte Luca eine Hand auf die Schulter. »Ihr habt Glück, dass Cartier hier ist und den König ablenkt. Was denkt Ihr Euch nur? Männer wie der Kardinal oder der Connétable zögern nicht einen Moment, sich von unbequemen Quälgeistern zu befreien. Ihr solltet den Hof so schnell wie möglich verlassen. Ich habe weder die Mittel noch die Macht, Euch zu beschützen, so gern ich das auch täte.« Er senkte seine Stimme zu einem Flüstern. »Ich verabscheue den Kardinal und Montmorency, aber ich würde mir eher die Zunge abbeißen, als das öffentlich zuzugeben, versteht Ihr mich?«

Sie biss die Zähne zusammen. Giustiniani meinte es gut mit ihr, und er hatte recht. »Aber ich musste es versuchen. Armido ist mein Bruder«, sagte sie leise.

»Ich weiß.« Mit väterlicher Fürsorge drückte der Venezianer ihre Schulter und winkte einem Diener, der ein Tablett mit Weinkelchen trug. »Hier, trinkt das.« Er reichte ihr einen goldenen Kelch, der mit Rotwein gefüllt war.

Sie probierte und war überrascht. »Der ist gut! Besser als das, was sie uns in Fontainebleau kredenzen.« Abgesehen von dem Wein, den sie bei Rosso getrunken hatte, aber das musste Giustiniani nicht wissen.

»Hier unten im Süden ist vieles anders und fast wie in Italien. Aber nur fast …« Giustiniani lächelte und trank einen großen Schluck. »Oh, seht doch! Cartier hat Wilde von seiner Reise mitgebracht! Wie aufregend exotisch sie aussehen!« Er reckte den Kopf, und auch Luisa wagte sich hinter dem Vogelkäfig hervor, um einen Blick auf die Fremden zu erhaschen.

Drei Männer mit kupferfarbener Haut und buntem Federschmuck standen vor dem König. Ihre Haltung war stolz, und es hätte Luisa nicht gewundert, wenn einer von ihnen selbst ein König in seiner Heimat war. Die adligen Damen tuschelten aufgeregt und zeigten auf die ebenmäßigen Muskeln der Wilden. Nur Katharina schenkte dem keine Aufmerksamkeit, sondern erhob sich, wechselte einige Worte mit dem König, nickte ihrem Gatten zu und entfernte sich mit ihren Hofdamen. Luisa bewunderte die Würde und Eleganz, mit der Katharina sich bewegte. Ihre herbe Schönheit verblasste neben den ebenmäßigen Zügen von Diane de Poitiers, doch die Italienerin strahlte Kraft und Intelligenz aus. So sah keine Verliererin aus.

»Wo ist Madame d'Étampes?«, fragte sie den Botschafter.

»Sie hat sich schon zeitig mit der Königin zurückgezogen. Die beiden verstehen sich gut und planen einen Besuch bei Seiner Heiligkeit, schließlich ist Eleonore die Schwester des Kaisers.«

»Begleitet denn Franz seine Frau nicht?«

»Wo denkt Ihr hin! Zu den Verhandlungen in vier Tagen schickt er Montmorency und den Kardinal von Lothringen, und Karl lässt sich durch Los Covos und Kanzler Granvelle vertreten. Aber ich glaube, der Papst setzt größere Hoffnungen auf die Diplomatie der Frauen. Neben Madame d'Étampes werden die Duchesse von Vendôme, Katharina de Medici und Franz' Schwester Marguerite von Navarre Königin Eleonore auf dem Schiff nach Nizza begleiten.«

»Mit dem Schiff? Was für ein Aufwand!«, wunderte sich Luisa.

»Aber welch ein Schauspiel wird das im Hafen von Nizza geben! Und soweit ich weiß, wird der Papst sechsundzwanzig Kardinäle als Empfangskomitee schicken. Daran seht Ihr, dass er sich viel von der Begegnung mit den Damen verspricht.«

Sie verfielen in freundschaftliches Schweigen, schauten dem bunten Treiben im Saal zu, lauschten der Musik und sprachen Wein und kandierten Früchten zu, die gereicht wurden. Luisa fühlte sich zunehmend unwohl, immer wieder meinte sie, Mallêts verschlagenen Blick auf sich zu spüren.

»Signor Giustiniani, ich möchte mich zurückziehen. Bringt Ihr mich zur Tür?«

»Natürlich. Beherzigt meinen Rat und verlasst Château Villeneuve gleich bei Sonnenaufgang.« Er geleitete sie zum Ausgang.

Während sie sich zwischen den Gästen und Dienern hindurchdrängten, konnte sich Luisa des Gefühls nicht erwehren, dass sich Mallêts Blicke in ihren Rücken bohrten.

Die Gardisten ließen sie in den Korridor hinaus, und Giustiniani drückte ihr die Hand. »Es tut mir leid, dass Ihr nicht mehr erreichen konntet. Sollte sich noch eine Gelegenheit ergeben, das Thema anzusprechen, werde ich es versuchen.« Der grauhaarige Botschafter lächelte schief. »Allerdings sind Botschafter, die es sich mit einer Partei bei Hofe verscherzt haben, schon aus geringfügigeren Anlässen ihres Kopfes verlustig gegangen ...«

»Ihr habt mehr als genug für mich getan. Und man wird

mich schon nicht sofort beseitigen. Das wäre doch zu auffällig.« Sie bemühte sich um einen scherzhaften Ton, konnte ihre Anspannung aber kaum verbergen.

»Gehabt Euch wohl, mein junger Freund.« Giustiniani küsste sie nach italienischer Manier auf die Wangen und ging wieder in den Saal.

Die leere Hülle unter dem Arm, schritt Luisa den Korridor im flackernden Licht der Lampen zur Treppe entlang. Durch kleine Öffnungen in der Wand strömte kühle Abendluft herein, und sie hörte den Löwen im Zwinger brüllen. Fast hatte sie die Treppe erreicht, als eine wohlbekannte Stimme sie zurückhielt.

»Luca Paserini, ich habe mit Euch zu reden!«

»Aber ich nicht mit Euch!«, gab sie zurück und rannte auf die Stufen zu, doch Guy de Mallêt war schneller und packte sie am Ärmel.

»Diesmal entkommt Ihr mir nicht. Was glaubt Ihr eigentlich, wer Ihr seid? Ausländischer Abschaum!« Er riss sie zu sich herum, umfasste ihren Nacken und presste seine Lippen auf ihre.

Darauf war sie nicht gefasst gewesen. Wenn er ihre Identität entdeckte, war sie verloren. Sein Mund schmeckte sauer, und sein Atem roch faulig. Mit aller Kraft stemmte sie sich gegen ihn und entwand sich seinem Griff. Das Barett flog von ihrem Kopf, doch sie schaffte es ins Treppenhaus.

»Gérard!«, schrie sie verzweifelt. »Gérard! Hilf mir!«

Schon war Mallêt wieder hinter ihr und warf sie gegen die Wand des spindelförmigen Treppenhauses. Luisa drehte ihren Kopf hin und her, um seinem gierigen Mund zu entkommen.

»Ihr macht mich verrückt! Warum sperrt Ihr Euch dagegen? Ihr könnt Eurem Schicksal nicht entkommen!«, murmelte der liebestolle Mallêt an ihrem Ohr.

»Ihr widert mich an!«, stieß sie hervor und suchte nach ihrem Dolch.

Endlich hörte sie jemanden die Treppe heraufeilen, und kurz darauf blitzte blanker Stahl an Mallêts Kehle.

»Lasst meinen Freund los, Monsieur, oder …«, befahl Gérard, und seine Miene bestätigte, dass dies keine leere Drohung war.

Mallêt nahm die Hände von Luisa, die sofort von ihm abrückte.

»Zwei Mal seid Ihr mir entwischt, ein drittes Mal werdet Ihr nicht so viel Glück haben. Darauf schwöre ich einen Eid!« Mallêt atmete schwer und drückte mit einem Finger die Spitze von Gérards Degen zur Seite. Bevor er die Treppe hinaufging, sagte er mit bedrohlich leiser Stimme: »Die Frau Eures Bruders stirbt zuerst, dann er. Und es gibt niemanden, der das verhindern kann. Die Gefängnisse der Inquisition sind tief und dunkel. Wir sehen uns wieder, Luca, und dann gnade Euch Gott!«

Guy de Mallêt strich über sein dunkelgrünes Wams und schritt, ohne sich umzusehen, gemessen die Treppe hinauf.

Luisa schluckte, und ein kalter Schauer fuhr durch ihre Glieder. »Lass uns gehen.«

Gérard wandte sich noch einige Male um, während sie die Stufen in die Halle hinunterstiegen. Draußen im Hof zögerte Luisa. »Wo sind unsere Pferde, Gérard?«

»Nicht hier in der Burg. Der Stallmeister hat sie in einem provisorischen Stall bei den Pferden der Truppe untergebracht. Warum, wollt Ihr noch heute Nacht fort?«

»Ja.«

Er steckte den Degen zurück und fuhr sich über die Stirn. »Schön und gut, aber wir kommen in der Dunkelheit nicht weit und brauchen ein Quartier. Ihr wisst selbst, wie es in der Umgebung aussieht.«

»Das ist mir gleich.« Sie sah zum Mond, der halbrund am sternenklaren Himmel stand. »Es regnet nicht. Wir könnten unter freiem Himmel schlafen.«

»Dann sind wir marodierenden Banden ausgeliefert. Kommt schon, Luca. Lasst uns in die Kammer gehen, die sie uns gegeben haben. Da kann ich die Tür im Auge behalten …«

»Und wenn er mit seinen Schergen kommt? Was sollen wir dann tun? In der Kammer sind wir wie Lämmer auf der Schlachtbank.« Panik und Tränen stiegen in Luisa auf. Sie sah sich hilflos um.

»Das glaube ich nicht. Wenn dieser Mallêt das vorhätte, wärt Ihr schon lange tot. So wie ich das sehe, will er Euch in sein Bett zwingen.«

Der weitläufige Hof wurde seitlich von Fackeln und Laternen beleuchtet, in der Mitte stand eine Tränke. Unter den Vordächern der Stallungen und der Wirtschaftsgebäude hockten Soldaten und Knechte und würfelten oder spielten Karten. Ein alter Hofhund schlich über den Platz und ließ sich in einem Strohhaufen nieder. Es wäre tatsächlich vernünftig, bis zum Morgen innerhalb der Burgmauern zu warten.

»Na schön. Warum spricht er davon, dass Armido sterben wird? O Gott, Gérard, haben sie meinen Bruder auch gefangen? Ich hatte ihm einen Brief geschickt und ihn gebeten, nichts zu unternehmen.«

»Ich weiß es nicht, Luca, aber das ändert für den Moment auch nichts. Wir können heute nichts mehr tun! Was wollt Ihr denn machen? Etwa allein nach Embrun reiten und den Erzbischof um Gnade bitten?«

Luisas Augen schimmerten feucht. »Wenn es sein muss …«

»Hört auf, so zu reden! Wir reiten morgen nach Lyon und suchen Robert auf. Hier sind alle viel zu sehr mit den bevorstehenden Verhandlungen in Nizza beschäftigt.« Gérard legte den Arm um ihre Schulter und schob sie Richtung Zwinger, hinter dem sich der Garten und der Eingang zu ihrer Unterkunft befanden.

Niedergeschlagen trottete sie neben Gérard her, als plötzlich eine weibliche Gestalt vor ihnen auftauchte. Die junge Frau trug einen dunklen Umhang und hatte die Kapuze ins Gesicht gezogen.

»Seid Ihr der Künstler aus Fontainebleau?«, flüsterte sie auf Italienisch.

Gérard zog seinen Degen. »Wer seid Ihr?«

Die Frau schlug die Kapuze zurück, und ein hübsches Gesicht mit dunklen Augen und unverkennbar italienischen Zügen kam zum Vorschein. »Ich bin Cecilia di Cerchi, erste Kammerzofe der *Eccellenza*.«

Luisa erwiderte auf Italienisch: »Ich bin Luca Paserini.«

Daraufhin zog die Kammerzofe einen Brief aus ihrem Ärmel und reichte ihn Luisa. »Nehmt das mit den besten Wünschen der *Eccellenza*.«

Erstaunt betrachtete Luisa den Brief, der mit dem königlichen Siegel versehen war. »Aber was …?«

»Seine Majestät verabscheut alles, was mit der Inquisition zu tun hat, aber die Seigneurs zu verprellen wäre in der jetzigen Situation sehr unklug.« Cecilia sah sich um, doch sie standen allein vor dem Obstgarten gegenüber dem rückwärtigen Aufgang zum Palas.

»Meine Herrin versteht sich gut mit dem König, besser als mit ihrem Gatten, diesem Trottel.« Sie kicherte. »Sie sagt, Ihr sollt nach Embrun reiten und dem Erzbischof diesen Brief vorlegen, und er wird Euren Bruder freilassen.«

»Und die Frau meines Bruders?«

»Oh, das weiß ich wirklich nicht.« Zwei Wachen näherten sich mit klirrenden Waffen, und Cecilia zog sich die Kapuze über den Kopf. »Ich muss gehen. Sie ist nicht wohl, und wir reisen zurück nach Blois.«

»Sagt Eurer Herrin tausend Dank! Ich stehe auf ewig in ihrer Schuld!«, versuchte Luisa der Zofe noch zu sagen, doch die huschte bereits auf leisen Sohlen durch die Dunkelheit davon.

»Was gibt es?«, rief ein Wachmann laut und hielt seine Laterne in die Höhe.

Rasch steckte Gérard den Degen wieder zurück. »Wir suchen unser Quartier.«

»Wo soll es denn liegen?« fragte der Wachmann argwöhnisch.

»In der Nähe des Musikzimmers.«

»Dort vorn! Ihr habt wohl zu viel getrunken!« Kopfschüttelnd ging die Wache weiter.

Luisa konnte ihr Glück nicht fassen und bewegte sich wie in einem Nebel. Erst in der Kammer und nachdem Gérard den Riegel vorgelegt hatte, legte sie den Brief auf einen der Strohsäcke und betrachtete ihn ehrfürchtig. »Ist das zu glauben?«

Gérard beugte sich zu ihr und studierte die Lilie, die sich deutlich im Wachs zeigte. »Ist das die Schrift der *Eccellenza*?«

»Ich denke ja. Katharina de Medici hat einen Gnadenerlass für meinen Bruder erwirkt!« Weinend brach Luisa auf dem Stroh zusammen, doch dieses Mal waren es Tränen der Erleichterung.

XXXIII

... und die Hoffnung stirbt zuletzt

Kardinal Carafa stand am Hafen von Nizza inmitten seiner Amtskollegen, die Seine Heiligkeit Paul III. für den Empfang von Eleonore von Österreich, Königin von Frankreich, abberufen hatte. Hundert Edelleute und ebenso viele königliche Bogenschützen erwarteten die hochrangigen Damen unter Palmen und mit Blumen bekränzten Girlanden. Ängstlich darauf bedacht, dass man ihm nicht auch noch die Grafschaft Nizza fortnahm, hatte Karl III., jetziger Herzog von Savoyen, es abgelehnt, den Habsburger Kaiser und den französischen König in seiner Stadt aufzunehmen. Und so hatte sich der Papst mit seinem Gefolge im Monastère Notre Dame de Cimiez einquartiert. Fast wie ein Unterhändler zwischen den verfeindeten Parteien versuchte Paul III. alles, um eine Annäherung zwischen Karl und Franz zu erwirken. Und deshalb warteten sie nun also in der Hitze auf die französische Königin.

Die Sonne brannte vom mittäglichen Himmel, und Carafa sah einigen der beleibteren Kardinäle zu, wie sie ihre Gesichter mit Taschentüchern trockneten und sich Luft zuwedelten. Lieber wären er und seine Kollegen in Rom geblieben, doch Seine Heiligkeit hatte darauf bestanden, dass sie mitkamen. In der Reihe vor ihm standen Sadoleto und Contarini und unterhielten sich.

Kardinal Gasparo Contarini war im vergangenen Jahr

maßgeblich an der Verfassung des *Consilium de emendanda ecclesia* beteiligt gewesen, aber der Stern Contarinis war im Sinken begriffen. Der venezianische Kardinal wurde alt, was Carafa mit einiger Genugtuung feststellte. Die Zeiten, als Contarini als venezianischer Botschafter an Karls Hof weilte oder am Reichstag von Worms teilnahm, waren lange vorüber. Noch als Laie hatte Contarini ein Buch gegen die Lehren Luthers verfasst, und sein Ruf als Theologe hatte Paul III. auf ihn aufmerksam werden lassen. Inzwischen vertrat Contarini eine gemäßigte Linie und versuchte, die Kirche auf versöhnlichen Kurs mit den Lutheranern zu bringen.

Das markante Profil Contarinis hob sich gegen den wolkenlosen blauen Himmel ab, als er sich plötzlich zu Carafa umdrehte. »Sagt uns doch, Carafa, was wisst Ihr über das Treiben eines gewissen Monsignor Sampieri hier in Frankreich?«

Die rote Dalmatika von Kardinal Contarini flatterte leicht in einer Brise, die vom Meer herüberwehte. Ein Aufseufzen ging durch die Reihen der Würdenträger.

»Wie kommt Ihr darauf, dass ich etwas darüber wüsste?« Mit dieser Gegenfrage versuchte Carafa seine Überraschung zu verbergen.

»Nun, er ist Euer Schützling. Dann wäre es doch eher befremdlich, wenn Ihr nichts über seine Aufgaben wüsstet.« Contarinis intelligente Augen über den Tränensäcken musterten Carafa kritisch.

»Ihr seid gut informiert, Contarini.«

»Anders könnte sich wohl keiner von uns in seiner Position halten, und vergesst nicht, dass ich einmal Botschafter war.«

»Wie könnte ich«, sagte Carafa. »Genau aus diesem Grund hat Seine Heiligkeit Euch doch eingeladen, weil Ihr den Kaiser kennt und uns Frankreich als Bündnispartner bescheren helfen sollt.«

Sadoleto mischte sich ein. »Und Ihr seid hier, weil Ihr Eure ketzerfeindliche Politik weiter vorantreiben sollt. Seine Heiligkeit ist wie immer äußerst diplomatisch.« Er verzog das Gesicht. »Auch ich bin neugierig. Habt Ihr dem eifrigen Monsignore empfohlen, nach Embrun zu gehen?«

Carafa fühlte sich ertappt. »Man sollte sich immer vor Augen halten, wie schnell Gerüchte fliegen.«

»An dem Gerücht ist viel Wahrheit. Die Frage ist nur, wie viel? Schafft Eure Hetzkampagne uns jetzt sogar Feinde in Frankreich? Das wäre kaum im Sinne der Verhandlungen. Immerhin wird die Königin von Navarre auch erwartet, und die ist bekanntermaßen reformistisch gesinnt«, sagte Contarini.

»Ach ja«, bemerkte Carafa abfällig und fügte maliziös lächelnd hinzu: »Nur leider hat ihre Stimme kein Gewicht mehr.«

Ein kleiner Mann mit spitzer Nase und durchdringenden dunklen Augen wandte sich zu ihnen um. Kardinal Jean de Bellay, ehemals Bischof von Paris, war des Italienischen mächtig. »Verzeiht, wenn ich mich einmische, aber Ihr erwähntet Embrun.« Er senkte die Stimme. »Meinen Segen hat die Vorgehensweise des Monsignore dort, und seid versichert, Tournon steht auch dahinter, sowie die gesamte Sorbonne und das Parlament von Paris. Wir haben wahrlich auf einen Anstoß zu schärferem Durchgreifen gewartet.«

Ungeduldig hakte Contarini nach: »Dann ist es also wahr, dass dort ein Inquisitionsgericht Ketzer zum Tod durch den Scheiterhaufen verurteilt hat?«

Bellay sah fragend zu Carafa, der zögerlich nickte. »Ganz genau weiß ich es nicht, aber möglich wäre es.«

»Ah! Dann ist es wahr!«, rief Contarini, und andere Kardinäle wandten neugierig die Köpfe.

»Und wenn schon«, zischte Carafa. »Nur auf diesem Weg

kann die Kirche die Ketzerbrut in ihre Schranken weisen! Sie müssen uns fürchten! Seht Euch doch um. Wo sie die Knute nicht spüren, wie in den deutschen Landen, breiten sie sich aus wie Flöhe auf einem Hund.«

Doch Contarini ließ sich nicht einschüchtern. »Die Inquisition wird nicht zum Ruhme der Kirche beitragen, Carafa.«

»Vielleicht nicht, aber sie wird helfen, sie zu erhalten, und darüber lohnt es sich nachzudenken«, erwiderte Carafa.

Der heftige Wortwechsel wurde durch die Ankunft der königlichen Galeere unterbrochen, die im Hafen festgemacht hatte. Die adligen Damen wurden von Kanonenschüssen aus den Galeeren des Kaisers begrüßt und dann über einen Steg an Land geführt. Carafa beobachtete, wie Königin Eleonore in ihrem prächtigen, golddurchwirkten Kleid über den mit Rosen bestreuten Platz schritt. Sie ist genauso wenig ansehnlich wie ihr Bruder, dachte der Kardinal und setzte sich mit den anderen in Bewegung, um die Damen willkommen zu heißen. Nachdem sie so lange gestanden hatten, tat es gut, sich zu bewegen.

Er musterte die übrigen Damen. Eine Blonde schien einigermaßen passabel. Dabei handelte es sich wohl um die Geliebte des Königs, eine gewisse Anne de Pisseleu, und die Dunkelhaarige war die Schwester des Königs, vor der er sich in Acht nehmen musste. Es hieß, sie habe einen wachen Verstand und eine scharfe Zunge. Sadoleto und Contarini unterhielten sich angeregt weiter. Sollten sie! An seinem Einfluss auf den Papst konnten sie ebenso wenig rütteln wie an der Tatsache, dass die Kirche einer festen, nach außen hin sichtbaren Führung bedurfte. Die Gläubigen mussten auf den rechten Weg geleitet werden wie kleine Kinder. Ein spitzer Stein bohrte sich durch seine dünnen Sohlen, und er fluchte leise.

Die Kardinäle hielten an und bezeugten der Königin von

Frankreich ihren Respekt, den sie freundlich erwiderte. Carafa vermisste nur Katharina de Medici, die wegen einer Unpässlichkeit in Blois weilte. Die Heirat von Katharina und Henri war vom päpstlichen Vorgänger, Clemens VII., eingefädelt worden. Durch diesen politischen Schachzug war die Florentiner Familie in die Reihen des höchsten Adels aufgenommen worden und hatte nicht schnell genug eine der goldenen Kugeln in ihrem Wappen mit der französischen Lilie schmücken können.

Kardinal Charles de Hémard de Denonville und sein römischer Kollege Cristoforo Giacobazzi luden die Damen im Namen Seiner Heiligkeit in das Benediktinerkloster ein, in dem Seine Heiligkeit sie erwartete. Carafa war in Gedanken noch bei Katharina, die das Schicksal zur zukünftigen Königin von Frankreich bestimmt hatte – das Schicksal oder ein hinterhältiger Giftanschlag. Darin hatte ihre Familie Erfahrung. Ihr Bruder Alessandro war ein verkommenes Subjekt gewesen und hatte seinen Cousin vor drei Jahren vergiften lassen. Aber auch dem jetzigen Papst wurde nachgesagt, seine Mutter und die eigene Schwester durch Gift beseitigt zu haben.

Nun, sinnierte Carafa, er würde diese Medici im Auge behalten, denn irgendwann würde ihre Stimme Gewicht haben, und dann war es gut zu wissen, in welcher Windrichtung ihre Fahne hing. Immerhin war sie Katholikin, was hoffen ließ, dass sie der päpstlichen Ketzerpolitik folgen werde. In zwei Tagen war Pfingsten, und den Einwohnern Embruns sollte ein eindrucksvolles Schauspiel zur Erhebung ihrer Seele geboten werden.

»Bitte, ich flehe Euch demütig an! Lasst mich mit meiner Frau sprechen! Ihr habt doch, was Ihr wollt. Wir werden sterben, was macht es da für einen Unterschied, wenn ich sie noch einmal sehe?« Armido hatte sich vor dem Erzbischof von Embrun auf den Boden geworfen und die Hände gefaltet. Die schwere Eisenkette, die an einem Ring in der Kerkerwand befestigt war, rasselte an seinem Fuß. Das scharfkantige Eisen hatte die Haut bereits empfindlich aufgescheuert.

Er wusste, dass es töricht gewesen war, hierher zu kommen und auf die Gnade des Erzbischofs zu hoffen. Aber er hatte es mit den anderen im Wald nicht mehr ausgehalten. Die Untätigkeit, die Hilflosigkeit und der Anblick des verstümmelten Jules hatten ihn zermürbt. Ohne jemandem etwas davon zu sagen, war er nach Embrun geritten. Suzanne und Jules hätten ihn davon abgehalten. Doch er musste sie sehen, musste Aleyds Stimme noch einmal hören. Auf dem Weg nach Embrun war er Martin Dufy begegnet, der einen Brief von Luisa bei sich trug. Seine Schwester meinte es gut, wollte ihn vertrösten und verhindern, dass er sich in Gefahr begab, aber konkrete Hilfe konnte auch sie ihm nicht anbieten. Wie konnte er bis zum letzten Tag warten und dann tatenlos zusehen, wie sie Aleyd und die anderen verbrannten?

Die winzige Hoffnung, dass der Erzbischof sein Opfer annehmen und Aleyd dafür gehen lassen würde, hatte ihn getrieben. Doch als man ihn vor den in einem gepolsterten Sessel ruhenden Château-Morand führte und er neben dem Erzbischof die emotionslose Miene Sampieris sah, hatte Armido sich einen dummen Narren gescholten. Während der Erzbischof noch eine Spur von Mitgefühl zeigte, beugte sich Sampieri vor und sagte kalt: »Wir sind Gottes Werkzeug auf Erden. Ihr habt Euch gegen Gott versündigt, indem Ihr seinen rechtmäßigen Stellvertreter leugnet. Erwartet keine Milde von uns.«

Château-Morand hatte sich geräuspert und ihn dann kommentarlos abführen lassen. Seitdem befand sich Armido im Kerker des Erzbischofspalasts. Zweimal innerhalb von vier Tagen hatten sie ihn bisher verhört, und heute hatten sie ihn einer Streckfolter unterzogen. Seine Schultern und diverse Brandwunden schmerzten, dass es ihm die Tränen in die Augen trieb, und seit zwei Tagen plagten ihn Durchfall und Erbrechen, aber das alles wäre ohne Belang, wenn sie ihn nur zu Aleyd ließen.

Der Erzbischof war in Begleitung eines jungen Dieners in den Kerker gekommen, um sich über den Zustand der Gefangenen zu informieren.

»Ach ja, die Schwangere. Es geht ihr nicht gut, und ich befürchte fast, sie wird es nicht bis zur Hinrichtung schaffen.« Der Kleriker stützte sich auf seinen Gehstock, dessen Knauf vergoldet war. »Gib mir ein Tuch und träufle von dem Duftwasser darauf!«, befahl er dem Jungen an seiner Seite, der sofort ein besticktes Seidentuch und einen winzigen Flakon aus einem Beutel zog. Geschickt zog der Junge den kleinen Stopfen heraus und benetzte das Tuch mit der Essenz. Der Erzbischof hielt sich das Tüchlein vor die Nase. »Dieser Gestank hier ist kaum zu ertragen!«

Als der süßliche Geruch, eine Mischung aus Veilchen und Moschus, zu Armido drang, konnte er sich nicht länger beherrschen und übergab sich, wobei er die erzbischöflichen Füße nur knapp verfehlte.

»In Gottes Namen, gebt doch Acht!«, rief Lévis de Château-Morand angewidert und wedelte mit seinem Tuch.

Armido stützte sich mit einer Hand auf dem Boden ab, wischte sich den Mund, wobei er das Erbrochene in seinem Bart verschmierte, und wiederholte seine Bitte: »Darf ich zu meiner Frau?«

»Ihr habt doch hoffentlich nicht die Cholera?« Der Erzbischof gab einem der Wärter ein Zeichen, Armido zu helfen. »Streckt die Zunge vor!«

Armido tat wie geheißen.

Erleichtert wedelte der Geistliche mit seinem Dufttuch. »Sie ist von normaler Farbe. Ihr dürft eine Stunde mit Eurer Frau sprechen. Die Scheiterhaufen werden schon morgen brennen, warum sollte ich da nicht gnädig sein.« Damit wandte er sich um und humpelte davon.

Schon morgen! Doch die Freude über das Wiedersehen mit seiner Frau verdrängte die Todesangst, und Armido nahm kaum wahr, wie der Knecht seine Fußfessel aufschloss. Gleich würde er sie sehen! »Wasser, bitte, ich möchte mir das Gesicht waschen«, sagte er zu dem Wärter, einem dicklichen Mann mit gleichgültiger Miene.

»Komm mit. Dort vorn kannst du dich säubern. Stinkst wie ein ganzer Schweinekoben!«

Der Wärter führte ihn aus der Nische, in der er auf einem Haufen Stroh gehockt hatte, in eine gewölbte Halle, von der aus sternförmig verschiedene Gänge abführten. An einem Wandstück befand sich ein steinernes Becken mit einem Pumpenschwengel. Armido betätigte die Pumpe und ließ eiskaltes Wasser über Kopf und Oberkörper laufen. Er spülte den Mund aus und trank von dem frischen Wasser, um sich danach die Haare aus dem Gesicht zu streichen.

»Sidrac! Isabeau!«, rief er plötzlich laut und erhielt sofort Antwort.

»Armido! Ich bin hier drüben!«, ertönte Sidracs Stimme.

Armido sah den Wärter an, der die Schultern zuckte und sich abwandte. »Ich muss pinkeln. Wenn ich mich umdrehe, bist du wieder hier!«, befahl er.

Er brauchte nicht zu befürchten, dass Armido floh, denn zum einen wollte dieser seine Frau sehen, und zum anderen waren alle Ausgänge des Kerkers bewacht, die winzigen Fenster vergittert und über Mannshöhe angebracht. So schnell es sein Zustand erlaubte, rannte Armido in den Gang, aus dem er Sidracs Stimme vernommen hatte.

»Sidrac!«, sagte er und entdeckte eine Hand, die sich ihm aus einer der mit schwerem Gitterwerk verriegelten Zellen entgegenstreckte. Armido ergriff die Hand und musste einen Schrei unterdrücken, als er seines Freundes ansichtig wurde. Der Arzt und Prediger schien um Jahre gealtert. Die Haare hingen ihm strähnig ums Gesicht, die Wangen waren eingefallen, ein Auge war zugeschwollen, die einstmals stolze Gestalt des Arztes wirkte kleiner und gebeugt. Sidrac hielt Armidos Hand fest. »Du bist hier. Wie geht es Suzanne und den Kindern?« Traurig glitt sein Blick über Armido, an dessen Körper die Folter Spuren hinterlassen hatte.

»Mein Freund, deiner Familie geht es gut. Élie, Jacob und Hugues sind tot.« Armido schloss für einen Moment die Augen. »Jules ist schwer verwundet, aber er kommt durch. Ich muss gehen, Sidrac.«

Er musste sich von Sidrac losreißen, weil der ihn nicht gehen lassen wollte und das Gesicht schluchzend gegen die Gitterstäbe drückte. Eilig ging Armido zur Pumpe zurück, wo der Wärter bereits nach ihm Ausschau hielt. »Hier lang!«

Aleyds Zelle lag gegenüber dem Gang, in dem sich Sidracs Zelle befand. Auch dort waren die vorderen Fronten der Verliese vergittert, so dass die Wärter jederzeit sehen konnten, wie es um die Gefangenen bestellt war. Die Frauen, die hier auf ihr Schicksal warteten, lagen oder hockten mit leerem Blick auf schmutzigem Stroh. Der Gestank war auch hier unerträglich. Ratten liefen furchtlos über die zum Teil regungslosen Körper und zuckten nur zurück, wenn der Wärter mit seinem Knüppel nach ihnen schlug. In einer Ecke lag eine Gestalt, die Armido bekannt vorkam. »Isabeau?«

Das menschliche Häuflein regte sich, und Isabeaus Gesicht kam unter einer Flut verfilzter roter Haare zum Vorschein. Sie brachte ein unverständliches Krächzen heraus, und Armido sah, dass man ihr mehrere Zähne herausgebrochen hatte. Die schmalen Glieder waren mit Wunden und Blutergüssen übersät, und Armido, der das anzügliche Grinsen des Wärters wohl bemerkte, schauderte.

Der Wärter schlug mit seinem Knüppel gegen das Gitter. »Na, mein Täubchen? Das hochmütige Getue haben wir dir ausgetrieben!« Er lachte rau und machte eine eindeutige Geste.

Isabeau spuckte aus, zog die Beine an ihren Körper und wiegte sich hin und her, wobei ihre langen Haare sie umgaben wie ein schützendes Gewand. Ihr Blick war abwesend und nach innen gerichtet, und Armido trat zurück, um sie nicht noch weiter zu beschämen. An der nächsten Zelle ging der Wärter wortlos und ohne hineinzusehen vorbei.

Armido trat neugierig näher und erkannte die schöne Aziza, die mit gekreuzten Beinen würdevoll auf dem Boden saß. Ihre Augen waren klar und voll ungebrochenen Stolzes. Erkennen flammte in ihnen auf. »Monsieur Armido!«, sagte sie mit ihrer rauchigen Stimme.

»Euer Mann lebt und wird Euch befreien!«, sagte Armido leise, obwohl er nicht wusste, ob es überhaupt in Arnauds Macht lag, seiner Frau zu helfen.

Sie schenkte ihm ein warmes Lächeln. »Ich weiß.«

»So, hier ist es!«, rief der Wärter, und Armido eilte zu ihm. »Die dort vorn hat den bösen Blick«, sagte der Mann ängstlich und schaute sich nach Azizas Zelle um, als sei der Teufel hinter ihm her. »Sie hat uns verflucht!«, flüsterte er und machte ein Zeichen zur Abwehr des Bösen.

Und vielleicht wirkt ihr Fluch, und ihr alle krepiert an der Pestilenz, dachte Armido und trat in Aleyds Zelle, die der Wärter ihm aufgeschlossen hatte.

»Aleyd!« Mit drei Schritten war er bei seiner Frau, die mit dem Rücken zum Gitter auf einem Lager aus Stroh und groben Wolldecken lag. Ihre Bettstatt sah damit unwesentlich bequemer aus als die ihrer Leidensgenossinnen. Das Verlies war kaum breiter als Aleyds Lager und vier Schritte tief. In einer Ecke stand ein Eimer, der Abort, aus dem bestialischer Gestank durch einen aufgelegten Deckel drang. Ein umgefallener Becher und eine Holzschüssel, in der er Reste eines Graupenbreis auszumachen glaubte, standen auf der anderen Seite. Erst als sich die vermeintlichen Graupen bewegten, begriff Armido, dass es Maden waren. Mit dem Fuß stieß er die Schüssel zur Seite und beugte sich zu seiner Frau.

Sanft berührte er ihre Schulter. Krachend fiel die Tür ins Schloss.

»Weniger als eine Stunde bleibt dir noch, weil du auf dem Hinweg getrödelt hast, verstanden?« Zur Bekräftigung seiner Worte schlug der Wärter mit seinem Knüppel gegen das Gitter.

Aleyd bewegte sich leicht. Ihre hellbraunen Locken waren geflochten, und nur einzelne Strähnen sahen unter einer Haube hervor. Selbst in ihrem Zustand und an diesem unchristlichen Ort sorgte sie sich um ein anständiges Äußeres. Vorsichtig legte Armido sich neben sie und flüsterte in ihr Ohr: »Aleyd, wovon träumst du?«

Zärtlich glitt seine Hand um ihren runden Leib, in dem sich ihr Kind regte. Ihre Hand schob sich auf seine. »Wenn das nur ein Traum ist, dann lass ihn niemals enden.« Sie führte seine Hand an ihre Lippen, küsste sie und benetzte sie dabei mit ihren Tränen.

Schluchzend verbarg er das Gesicht in ihrem Nacken und drückte die Lippen auf ihre warme Haut. »Geliebte, wohin wir auch gehen werden, unser Traum wird niemals enden. Wer von uns zuerst im Garten des ewigen Friedens und der unendlichen Liebe ist, wird auf den anderen warten.«

Eine ganze Zeit, die beiden wie eine Ewigkeit erschien, lagen sie in inniger Umarmung. Doch Armido konnte die drohende Rückkehr des Wärters nicht vergessen. »Dein Bruder lebt, Aleyd. Suzanne, Marie und die Kinder sind in Sicherheit.«

»Wo sind sie?«, flüsterte sie.

»Bei einem Köhler am Mourre Froid.«

»Das ist gut, dorthin werden die Soldaten nicht kommen. Und Élie, Jacob und …?«

»Nein«, murmelte er kaum hörbar und streichelte ihren Bauch. »Wir brauchen einen Namen für unser Kind, Aleyd.«

Sie drückte seine Hand, und er spürte, wie sie gegen das Weinen ankämpfte. »Julie, wenn es ein Mädchen ist, und Armand, wenn es ein Junge ist. Was hältst du davon?«

»Ja, mein Herz«, flüsterte er mit brechender Stimme und drehte sie zu sich um. Ihre schönen meerblauen Augen waren nass, und ihre Lippen zitterten, als er sie küsste.

Plötzlich zuckte sie zusammen und legte die Arme um ihren Leib.

»Aleyd!«

Sie atmete schnell und stoßweise und verzog schmerzvoll das Gesicht. Er hielt ihren Kopf und strich über ihre Stirn, bis die Kontraktionen vorüber waren.

»Mach dir keine Sorgen, Armido. Das ist normal. Unser Kind ist ungeduldig und will seine Eltern sehen.« Sie brachte ein Lächeln zustande und griff nach seiner Hand. »Ich wünsche es mir so sehr, Armido. Und ich möchte es aufwachsen sehen.«

»Wir werden ihm gute Eltern sein, Aleyd.« Er wollte ihren Namen sagen, immer und immer wieder, und sie dabei ansehen, und während er das dachte, wurde ihm bewusst, dass Gott nicht in seinen Gedanken war. Vielmehr wuchs der Hass auf diejenigen, die schuld an ihrem Unglück waren.

Las sie die Zweifel und die Schuldgefühle in seinen Augen? »Gott hat uns nicht verlassen, Armido. Zweifle nicht an deinem Glauben, denn ich tue es auch nicht. Wir dürfen den Hass nicht in unser Herz lassen. Nicht einmal in der Stunde höchster Not.«

Wie konnte sie nur so fest an einen Gott glauben, der sie doch vergessen hatte? Sie hatten alles für ihn aufgegeben, sich demütig den Geboten der Heiligen Schrift gebeugt und gelebt, was Christus predigte. Der Lohn dafür waren Verfolgung, Folter und Mord.

Sie hustete und setzte sich auf. Armido half ihr und legte ihr den Arm stützend um den Rücken.

»Armido, ich liebe dich, und ich liebe Gott.« Sie faltete seine Hände und umschloss sie mit ihren. Dann sah sie ihm in die Augen und begann das Paternoster zu sagen. Armido fiel ein, doch die Worte kamen automatisch und hatten nichts mit seinen Gedanken gemein.

»Amen«, murmelten sie.

Er küsste sie und bewunderte ihre Stärke. »Wenn ein Wunder geschieht, das uns rettet, dann glaube ich …«

Sie drückte sanft ihren Zeigefinger gegen seinen Mund und zog ihn in die Arme. Diesmal war sie es, die ihm Halt gab und ihm Mut machte.

Doch ihre Zweisamkeit wurde jäh unterbrochen, als der Wärter seinen Knüppel die Gitterstäbe entlangrasseln ließ. »So, ihr Turteltäubchen, genug gegurrt. Komm schon, Mann, sonst hole ich dich, aber meine Hände sind nicht so zart wie die deiner Holden!« Er lachte laut, doch seine Haltung duldete keine Widerworte.

Armido legte die Hände um das Gesicht seiner Frau und sah ihr in die Augen. »Nichts kann uns trennen«, flüsterte er.

Aleyd nickte stumm, während ihr die Tränen über die Wangen liefen. Er stand auf, drehte sich abrupt um und ging auf den Wärter zu, der die Tür hinter Armido ins Schloss warf, den Schlüssel umdrehte und ihm einen Stoß gab, damit er sich in Bewegung setzte. Plötzlich ertönte ein herzzerreißender Schrei, und Aleyd stürmte an das Gitter.

»Armido!«, rief sie und streckte die Hände hindurch.

Es gelang ihm, sie einmal kurz zu ergreifen, dann stieß der Wärter ihm den Knüppel in den Rücken.

»Geh schon! Und du, hör auf zu weinen, morgen ist es sowieso vorbei!«

»Morgen schon?! O Gott! Armido!«, schrie Aleyd, doch er konnte ihr nicht antworten, denn der Wärter schlug ihm immer wieder mit dem Knüppel auf die Schultern, dass er nach Luft ringen musste und Mühe hatte, aufrecht durch den Gang zu wanken.

»Ich werde dir Beine machen! Ketzerpack!«, brüllte der Wärter.

Benommen von den Schlägen, lag Armido kurz darauf wieder angekettet auf dem Stroh in seiner Nische und rief sich jede Einzelheit seiner Begegnung mit Aleyd ins Gedächtnis zurück. »Sei stark, Aleyd«, murmelte er, bevor die Ohnmacht sich gnädig um Schmerzen und Erinnerungen hüllte.

XXXIV
Höllenfeuer

Die Route durch die Alpes de Provence war schwierig und anstrengend für Menschen und Pferde gewesen. Von Castellane aus waren Luisa und Gérard dem Verdon gefolgt, dessen Wasser über Jahrtausende die kargen Kalksteinmassive ausgewaschen hatten. Mächtig und erdrückend ragten die bizarren Formationen über ihnen auf, während sie auf einem ausgetretenen Pfad den Fluss entlang nach Colmars, einstmals Grenzort von Savoyen, und von dort an Barcelonnette vorbei nach Les Thuiles geritten waren. Das Gebirge hatte sie einen Tag gekostet, und die Strecke an der Ubaye mitten durch das Hochgebirge war nicht weniger aufreibend.

Durch eine Lawine waren sie zu einem weitläufigen Umweg gezwungen worden, und Gérards Pferd begann zu lahmen, so dass sich ihr Reisetempo erheblich verlangsamte. In Gérards Gegenwart fühlte Luisa sich sicher. Instinktiv schien er immer dann zu verschwinden oder sich abzuwenden, wenn sie sich umkleiden wollte. Nur selten dachte sie daher an ihre Hosenrolle, mit der sie inzwischen vertrauter war als mit ihrem Frausein.

Sie hatten lange überlegt, ob sie das Begnadigungsschreiben einem Kurier anvertrauen sollten, doch der wäre kaum schneller, und das Risiko, dass er bestochen wurde oder einem Überfall zum Opfer fiel, war nicht geringer als das, das sie eingingen, wenn sie selbst nach Embrun ritten. Guy de Mallêt konnte nicht wissen, wohin sie aufgebrochen waren, und sie hatten auch keine Verfolger bemerkt.

Da Luisa und Gérard nach fünf Tagen auf der Straße abgerissen aussahen und keine Waren bei sich führten, schienen sie keine allzu begehrliche Beute für Wegelagerer, doch verlassen konnte man sich darauf nicht, zudem besaßen sie Pferde und Waffen, die es zu stehlen lohnte. Gérard war äußerst wachsam. Jetzt streckte er den Arm aus und zeigte auf eine kleine Karawane von bunt gemischtem Volk, die sich langsam auf Embrun zubewegte. »Sieh dir das an! Die sensationslüsternen Gaffer sind schon unterwegs!«

Luisa runzelte die Stirn und schnalzte mit der Zunge, um ihr Pferd ein letztes Mal zu fordern. Heute war Pfingstsonntag!

»Wir dürfen nicht zu spät kommen, Gérard! Es sind so viele, wie sollen wir an ihnen vorbei in die Stadt gelangen?«

»Immerhin sind sie noch unterwegs, was bedeutet, dass es noch nicht angefangen hat.«

»Aber was ist, wenn die Urteile schon verlesen sind? Können sie Armido dann noch begnadigen?«

»Natürlich! Ihr habt einen königlichen Gnadenerlass in den Händen. Den darf niemand ignorieren, auch die Kirche nicht, schon gar nicht in Frankreich! In Spanien wäre das vielleicht anders.« Er gab seinem Pferd ebenfalls die Sporen und drängte es den Hügel hinunter zwischen die Schaulustigen, darunter waren zahlreiche Kinder und gebrechliche Alte, die sich mühsam mit ihren Krücken vorwärts schleppten. Händler mit Süßwaren und Wein hofften auf gute Geschäfte.

Luisa erwehrte sich mit Mühe eines Bettlers, der an ihrem Sattelgurt riss, und preschte einige Meter vor.

»Lass uns im Wasser reiten!«, rief sie Gérard zu, der zustimmend nickte.

Solange das Ufer der Durance flach abfiel und der Fluss

nicht allzu tief wurde, kamen sie im Wasser schneller voran als auf der überfüllten Straße. Kurz vor Embrun zügelte Luisa ihr Pferd und klopfte dem braven Tier beruhigend auf den Hals.

»Und wie kommen wir bis zum Richtertisch? Sampieri kennt mich!« Sie zog das Barett tiefer ins Gesicht, griff in den Beutel an ihrem Gürtel und zerrieb etwas Zeichenkohle zwischen den Fingern. Damit schmierte sie sich Kinn und Wangen ein, um Bartwuchs vorzutäuschen.

»Lasst das meine Sorge sein. Außerdem wird er kaum mit Euch rechnen. Seht Ihr die reichen Bauern dort vorn?« Einige gut gekleidete Landleute strebten auf das äußere Stadttor zu. Zwei Frauen saßen auf gutmütigen Arbeitspferden, das Familienoberhaupt ritt mit erhobenem Haupt auf einem Schecken.

Luisa und Gérard schlossen sich dem Gefolge der betuchten Landleute an. Als die Reihe an ihnen war und der Wächter nach ihren Namen fragte, wiederholte Gérard den Namen der Familie und nuschelte: »Wir sind Cousins aus Arles und ...« Anscheinend zufrieden mit der Erklärung winkte der Wächter sie durch.

Sie waren abgestiegen und führten ihre Tiere nun am Zügel. Leise sagte Luisa: »Der hält uns tatsächlich für Verwandte von diesen Leuten. Wie war der Name?«

Gérard wollte etwas sagen, hob stattdessen jedoch die Hand. Sie waren mit den Schaulustigen eine enge Gasse zur Kathedrale hinaufgegangen. Der Turm von Notre Dame du Réal überragte alle Gebäude Embruns, doch was ihnen den Atem stocken ließ, war nicht die beeindruckende lombardische Architektur, sondern das farbenprächtige Schauspiel, das sich ihnen auf dem Platz vor der Kirche bot.

»Steigt auf den Rücken Eures Pferdes und sagt mir, was Ihr seht!«, schlug Gérard vor.

Die Menge schob sich immer weiter, doch Gérard brachte die Pferde an einer Hausmauer zum Stehen, wo er beruhigend auf sie einsprach. Inzwischen vertraut mit ihrem Tier, schwang Luisa sich in den Sattel, hockte sich auf und balancierte schließlich auf seinem Rücken. Als das Pferd sein Gewicht verlagerte, geriet Luisa aus dem Gleichgewicht, erwischte jedoch die Dachtraufe des Hauses hinter ihr und fing sich wieder.

»Was seht Ihr?«

»O Gott!« Mit offenem Mund starrte sie auf den Platz, auf dem zwei Bühnen aufgebaut waren. Alles, was in Embrun Rang und Namen hatte, schien sich versammelt zu haben. Zwei Mönche trugen die Standarte, ein scharlachrotes, mit Silberspitzen und Quasten umrandetes Taftrechteck mit dem Wappen der Inquisition, und pflanzten sie auf der Bühne der Ehrentribünen auf. Luisas Blick glitt über die wogende Menschenmenge, entdeckte die Soldaten des Erzbischofs, welche die Ehrentribüne bewachten, und ein Pult, auf dem ein großes Buch, ein Kasten mit Schriftrollen und verschiedene liturgische Gegenstände lagen, die golden in der Sonne glänzten. Die Sonne blendete sie, doch sie meinte, unter einem roten Baldachin Monsignor Sampieri neben dem Erzbischof zu erkennen, den seine Bischofsmütze und die violette Robe hervorhoben.

Die Bürger Embruns lauschten den Worten eines Priesters, der sich mit ausgebreiteten Armen vor sie gestellt hatte. Luisa konnte ihn nicht verstehen, denn die Menschen um sie herum begannen zu johlen und zu schreien, als Soldaten auf die zweite Bühne marschierten und die Verurteilten brachten.

»Armido!«, entfuhr es ihr, doch sie verschluckte den Schrei und biss sich auf ihre zur Faust geballte Hand.

»Ich kann ihn sehen! Sie haben ihm die Haare geschoren!«

»Das machen sie mit allen Verurteilten. Hat er auch ein weißes Hemd an?«

»Ja.« Luisa konnte ihre Tränen nicht länger zurückhalten.

Gérard griff hart nach ihrem Knöchel. »Reißt Euch zusammen! Wir dürfen nicht auffallen!«

Neben ihnen standen zwei Mägde und ein Stadtbüttel, die sich bereits nach ihnen umsahen. Der Stadtbüttel, kenntlich durch seine Schärpe und den schwarzen Hut, hakte die Daumen wichtigtuerisch in seinen Gürtel, an dem das amtliche Siegel hing. »Kennt Ihr etwa einen der Delinquenten?«

»Gott behüte!«, sagte Gérard und brachte ein abfälliges Lachen hervor. »Aber mein Kamerad hat einen Freund von uns in der Menge vorn an der Bühne entdeckt. Sagt, Monsieur, wie können wir weiter nach vorn gelangen? Mein junger Freund hier hat noch nie solch ein bewegendes Schauspiel gesehen.«

Die finstere Miene des Büttels erhellte sich. »Schade, dass ihr heute Morgen nicht hier wart. Es gab eine Prozession, wie wir sie hier in Embrun schon lange nicht mehr erlebt haben!«

Eine der Mägde fügte begeistert hinzu: »Die Glocken haben geläutet, und dann sind Mönche und Priester mit Kerzen in den Händen durch die geschmückten Straßen gegangen und haben Gottes Lob gesungen. Dahinter kamen die Würdenträger mit den Standarten und natürlich Soldaten mit glänzenden Hellebarden. Und die Ketzer haben sie auf einem Karren vorgeführt. Gestunken haben die! Ketzer stinken, weil der Geschmack der Vorhölle an ihnen klebt. Oh, das war ein Anblick!«

»Und die Trauermesse war unvergleichlich! Der Inquisitor hat sehr streng zu den Ketzern und auch zu uns gesprochen. Ich bekam eine richtige Gänsehaut, als er die vielen furchtbaren Strafen aufzählte, die auf arme Sünder in der

Hölle warten«, sagte die andere Magd, kicherte und strich über ihren hellen Rock, den sie zur Feier des Tages frisch angezogen hatte.

Gott helfe den schlichten Gemütern, dachte Luisa.

»Wo kommt ihr überhaupt her?« Der Büttel musterte ihre staubige Kleidung.

Luisa bückte sich, doch Gérard legte die Hand auf den Sattel und sagte schnell: »Lyon. Wir hatten in Gap Handel zu treiben und haben einen Abstecher nach Embrun gemacht, weil wir uns diese Gelegenheit nicht entgehen lassen wollten.«

»Ah, na ja. Müsst euch schon selbst nach vorn durchschlagen.« Damit war das Interesse des Büttels an ihnen erloschen, und Gérard nickte zum Abschied. Dann zog er die Pferde von der Mauer fort ins Gedränge. Luisa rutschte in den Sattel und beugte sich zu Gérard.

»Er fand uns doch nicht verdächtig?«

»Euer italienischer Akzent hätte den Kerl vielleicht auf dumme Gedanken gebracht. Auf den Kopf gefallen schien er mir nicht.«

Luisa blieb im Sattel sitzen und überließ es Gérard, sich mit den Leuten auseinanderzusetzen, die unwirsch reagierten, wenn sie von den Pferdehufen getreten wurden.

»Eh, bringt die Pferde heraus!«, schrie ein breitschultriger Mann, an dessen Gürtel ein Hammer hing.

Mit dem war nicht zu spaßen, und sie mussten einsehen, dass sie mit den Tieren nicht weiterkamen. Gérard sah sich unschlüssig um und winkte Luisa abzusteigen. Sie stellte sich neben ihren Beschützer und konnte jetzt gerade noch das Dach des roten Baldachins sehen. Je näher sie der Bühne kamen, desto deutlicher wurde die Stimme des Mönchs, der die Anklagen der Verurteilten auf Latein vorlas, gespickt mit Zitaten aus der Bibel und den Kirchenvätern. Wie mussten sich Häftlinge fühlen, die nicht einmal wussten, warum sie sterben sollten?

Eine Frau ermahnte ihren Sohn: »Die Leute haben Böses getan, deshalb werden sie jetzt verbrannt. Sie haben der Heiligen Gottesmutter Schande gemacht und kommen dafür ins ewige Höllenfeuer. Dahin kommen alle, die dem Priester nicht folgen, hörst du!«

Der Vater des Jungen hob seinen Sohn auf die Schultern. »Sieh genau hin!«

»Wie lange dauert es denn noch, bis sie die Scheiterhaufen anzünden?«, maulte der Junge.

»Alles der Reihe nach. Sie sind erst bei der Frau mit den roten Haaren, der Hexe. Hier, nimm von den Mandeln!« Er drückte seinem Sohn Süßigkeiten in die Hand, die er bei einem der vielen fliegenden Händlern gekauft hatte.

Angewidert wandte Luisa sich ab und flüsterte: »Ich kann nicht allein nach vorn gehen, Gérard. Ich schaffe das nicht!«

»Wie saßen die Angeklagten?«, fragte Gérard leise.

»Was?«

»In welcher Reihenfolge sie saßen. Sie sitzen doch auf den Schandbänken, nicht in Käfigen, oder?«

»Nein! In Käfigen?«

»Das machen sie oft so, vor allem in Spanien. Später, Luca. Später erzähle ich Euch, warum ich so viel über die spanische Inquisition weiß. Also, wo sitzt Euer Bruder? Vor der, welche sie die Hexe nennen, oder dahinter?«

Endlich begriff sie. »Er sitzt ganz am Ende, das neben ihm muss Sidrac sein, der Prediger, und die Frau vor ihnen Isabeau.« Der Anblick der zierlichen, von der Folter gezeichneten Frau war ihr durch und durch gegangen. Von Armido hatte sie nicht viel sehen können, und vielleicht war das gut so. Immer wieder musste sie sich zur Ruhe ermahnen. In jedem Soldaten, jedem Büttel, jedem Gerichtsdiener, der sie mit Blicken streifte, meinte sie einen Feind zu entdecken. Was, wenn Mallêt ihr doch gefolgt war? Vielleicht wollte er sichergehen, dass Armido und die anderen tatsächlich getötet wurden? In der Vergangenheit hatte es oft genug weltliche Gerichte gegeben, die sich geweigert hatten, die von der Inquisition geforderte Todesstrafe durchzuführen.

»Hört Ihr mir überhaupt zu? Ich sagte, dass es noch eine Weile dauern wird mit dem Verlesen der Klageschriften.« Gérard schüttelte ihren Arm. »Ihr seid wirklich nur Haut und Knochen«, bemerkte er.

»Ich dachte nur, dass der *prévôt*, oder wer hier gerade Richter ist, die Todesstrafe vielleicht ablehnt. Das wäre möglich.«

»Möglich wohl. Immerhin hatte Franz die Kirche von Frankreich nach dem Sieg von Marignano gezwungen, sich ihm unterzuordnen. Aber die Zeiten haben sich wieder geändert. Schaut mal nach links.«

Sie folgte seinem Blick, konnte aber außer der Menschenmenge und Pfeilern, die aus der zweiten Bühne ragten, nichts Auffälliges entdecken.

»Die Pfähle!«

»Auf der Bühne?«

»Drei Stück, für jeden einen«, fügte Gérard bitter hinzu.

Sie kletterte auf ihr Pferd und erkannte, was Gérard meinte. Was sie für eine zweite Bühne gehalten hatte, war nichts anderes als das Schafott! Drei Pfähle waren in genügendem Abstand voneinander aufgebaut, so dass für die Haufen aus Reisig und Holz, die in Brand gesteckt werden sollten, Platz blieb. Sie ließ sich langsam vom Sattel gleiten und klammerte sich an den warmen Pferdeleib.

»Es ist beschlossene Sache«, flüsterte sie. »Ich muss jetzt nach vorn und diesem Wahnsinn ein Ende setzen!« Sie war drauf und dran, Gérard und die Pferde stehen zu lassen, um sich allein durch die lauter werdende Menge zu kämpfen.

»Die Soldaten werden Euch nicht durchlassen. Und bis Ihr auf dem Podest seid, ist Euer Bruder womöglich schon tot. Wir müssen die Soldaten von der Ehrentribüne ablenken, damit Ihr hinaufklettern könnt. Wenn Ihr der Menge dann das Schreiben hinhaltet, muss man Euch hören. Das sind Hunderte von Zeugen.«

»Aber wie?« Ratlos sah sie auf die vor ihr stehenden Gaffer, die ungeduldig Schmährufe ausstießen und auf den Vollzug der Strafe drängten. Blutrünstige Aasgeier, dachte sie, die vergaßen, dass morgen vielleicht einer von ihnen dort oben auf sein Urteil wartete.

»Los jetzt! Wenn alles gut geht, treffen wir uns unten am Fluss«, sagte Gérard zu ihr.

Händler und Schaulustige drängten sich um die Kathedrale und die Bühnen, dazwischen liefen Kinder, Hunde, Hühner und Schweine umher und lieferten eine ohrenbetäubende Geräuschkulisse. Beißende Gerüche von Schweiß und ranzigen Haaren mischten sich mit Schwaden von Geröstetem, Weihrauch und Wachs. Alles schob sich bis an die angrenzenden Häuser, deren düstere Steinfassaden im Kontrast zum wolkenlosen blauen Sommerhimmel standen. Ein beklemmendes Szenario.

Die Leute beschwerten sich lautstark, als Gérard die Pferde weiter nach vorn zog. Luisa folgte ihm auf dem Fuß. Erst als ihnen zwei Soldaten mit gekreuzten Spießen entgegentraten, wurden sie zum Stillstand gebracht. Nur Luisa sah, wie Gérard ihr einen auffordernden Blick zuwarf und dann seinem Pferd die Sporen von unten in die Weichteile stieß. Das arme Tier wieherte ob der unerwarteten Misshandlung, stieg hoch und schlug unkontrolliert um sich. Als sich das wild gewordene Tier blindlings in die Menge stürzte, setzten sich einige der Soldaten vor der Ehrentribüne in Bewegung, um die Störung des Prozesses zu beseitigen. Luisa nutzte den Moment allgemeiner Aufgeregtheit und rannte nach vorn zur Bühne, wobei sie Hindernisse brutal zur Seite trat und um sich schlug, wenn eine Hand nach ihr griff. Sie duckte sich unter einer Hellebarde hindurch, rollte sich einmal über die Erde, kam wieder auf die Füße und griff nach dem Ende eines roten Teppichs, der über den Bühnenrand herunterhing. Daran zog sie sich hoch, stützte sich mit einem Fuß auf dem Gerüst der Bühne ab und schwang sich unter dem Einsatz ihrer ganzen Kraft auf die Bühne.

Dort stand sie vor dem Pult eines verdutzten Dominikanermönchs, der in dem dramatischen Vortragen von Sidracs Urteil innehielt und sie indigniert anschaute. Ohne weiter auf den Mönch oder die aufgebrachten Gesichter auf der Ehrentribüne zu achten, riss sie den Brief des Königs aus ihrem Gürtel und hielt ihn den Zuschauern hin.

»Bürger von Embrun, seht her! Ich habe ein Begnadigungsschreiben Seiner Majestät, des allerchristlichsten Königs von Frankreich!«, rief Luisa laut und mit der tiefsten ihr möglichen Stimmlage.

Einige Leute drehten sich um und wandten ihre Aufmerksamkeit von den fliehenden Pferden und den Soldaten ihr zu.

»Ihr Bürger, ich zeige euch dieses Dokument mit dem königlichen Siegel, damit ihr bezeugen könnt, dass ich die Wahrheit spreche!«

Sie hörte schwere Stiefel auf den Bühnenbrettern, Stahl klirrte, und dann schrie jemand: »Verhaftet diesen Irren! Welche Infamie, die heilige Inquisition bei ihrer von Gott gegebenen Aufgabe zu stören!« Die Stimme überschlug sich fast.

Luisa ging zum Bühnenrand und zeigte den Brief den unten Stehenden. Unter den Schaulustigen waren belesene Bürger, und ein Mann mit federbestücktem Barett rief: »Das ist das Siegel Seiner Majestät!«

Ein Raunen ging durch die Menge.

Von hinten schrie dieselbe Stimme, die ihre Verhaftung gefordert hatte: »*Exurge, Domine, judica causam tuam*! Steh auf, o Gott, tritt ein für deine Sache! *Exurge, Domine*!«

Armido war aufgesprungen und streckte die gefesselten Hände nach vorn. »Luca! Gottes Segen sei mit dir! Geh fort, verschwinde, bevor sie dich auch noch foltern und töten!«

Aus dem Raunen der Menge erhoben sich Protestschreie. »Man muss den Jungen anhören! Eine Begnadigung durch den König!«

»*Exurge, Domine*!«, kreischte Monsignor Sampieri wie von Sinnen. Er stand unter dem roten Baldachin und fuchtelte wild mit den Armen.

Wie viele Soldaten auf die Bühne gekommen waren, konnte sie nicht sehen, doch sie blieb stehen und hielt das Schreiben in die Höhe, auf dem für alle sichtbar das Siegel mit einer seidenen Kordel prangte. Als sie von hinten gepackt wurde, rief sie: »Die Wahrheit vor Gott! Die Wahrheit vor Gott!«

»Verlest das Schreiben!«, kam ein Ruf von unten. »Wir wollen es hören!«, schloss sich ein anderer an.

Luisa wurde von zwei Soldaten gepackt. Ihr Herz raste. Wenn sie ihr das Schreiben fortnahmen, war alles vergebens! Rosso, Fontainebleau, ihre Kunst, alles verlor seinen Sinn, wenn Armido heute starb. Es durfte nicht sein! »Hohes Gericht! Messieurs! Ich flehe Euch an, in Gottes Namen, gewährt Gnade!«

Sie ließ sich auf die Knie fallen, wobei die Soldaten ihren Griff lösten. Die Bürger von Embrun schienen beeindruckt, erwartungsvolles Schweigen legte sich über den Platz. Das Schweigen der Menge war wirkungsvoller als jeder Aufruhr, denn der Erzbischof erhob sich und breitete die Arme aus.

»Lasst den jungen Mann zu mir kommen!«, rief er mit

salbungsvoller Stimme und mit einem drohenden Blick auf Sampieri, der widerstrebend seinen Platz wieder einnahm.

Luisa erhob sich und ging über einen roten Teppich auf die Ehrentribüne zu. Vor dem Erzbischof kniete sie nieder und reichte ihm das Dokument, das er mit spitzen Fingern entgegennahm. Nachdem er das Siegel eingehend geprüft hatte, erbrach er es und entfaltete das königliche Schreiben.

Luisa verschränkte die Hände ineinander und betete stumm, dass der König auch Aleyd begnadigt hatte. Auf Freiheit für die anderen wagte sie nicht zu hoffen. Gebannt hing sie an den bischöflichen Lippen, die zuerst stumme Worte formten, bevor der Erzbischof mit einem Nicken das amtliche Schreiben dem Dominikaner reichte, der zuvor das Urteil verlesen hatte.

Laut sprach der Mönch: »Im Namen Seiner allerchristlichsten Majestät, des Herrschers über Frankreich und …« Es folgten alle Titel, die König Franz I. führte, »… wird befohlen, den durch ein kirchliches Gericht zu Unrecht verurteilten Armido Paserini sofort in die Freiheit und die Obhut seines Bruders Luca Paserini, des Überbringers dieses Schreibens, zu entlassen …«

Ein Aufschrei ertönte von der Ehrentribüne, und Monsignor Sampieri vergaß seine würdevolle Position als Vorsitzender des Inquisitionsgerichts. Wutentbrannt rannte er nach vorn und riss dem Mönch das Blatt aus den Händen. »Das ist unmöglich! Dieser Fetzen hier ist eine Fälschung! Nehmt den Betrüger fest! Ketzerbande alle miteinander!« Sampieri stand in seinem schwarzweißen Gewand da wie der Racheengel selbst. Sein Bursche kam ebenfalls nach vorn und wollte Luisa am Ärmel greifen, doch sie wehrte ihn ab und drehte sich zum Publikum um, das offensichtlich Gefallen an der Vorstellung fand, die Leute johlten jetzt, und einige schienen bereits Wetten abzuschließen, ob es ihr gelingen würde, Armido vor dem Scheiterhaufen zu bewahren.

»Ich war selbst beim König in Villeneuve und habe mit ihm und Katharina de Medici gesprochen!«, rief sie. »Ich bin kein Betrüger! Der Connétable war dort und hat mich gesehen!«

Ein anerkennendes Raunen erklang. Der Connétable war nach dem König der mächtigste und am meisten gefürchtete Mann im Land. Auch wenn Sampieri davon nicht beeindruckt war, der Erzbischof kannte die Reichweite des Zorns der Mächtigen und gab dem Mönch ein Zeichen, der daraufhin zu Sampieri trat.

»Gebt mir das Schreiben, Monsignore. Der Erzbischof wünscht es!«

Luisa meinte, Sampieris Zähne knirschen zu hören, als er das Papier widerwillig aus den Händen gab. »Und die anderen, Euer Exzellenz?«, wagte Luisa zu fragen, die die Gunst der Stunde nutzen wollte. »Was ist mit Armidos Frau? Sie ist schwanger.«

Seine Exzellenz Antoine de Lévis de Château-Morand betrachtete das Siegel und die Unterschrift des Königs und wechselte einen Blick mit Sampieri, den Luisa nicht deuten konnte. Dann nickte er. »Auch die Kirche ist voller Gnade und Mitleid. Die Schwangere kann ebenfalls gehen. Qualifikator!«

Einer der Dominikaner stand auf und stieg die Tribüne hinunter.

»Ihr begleitet den Freigelassenen und diesen Mann hier in den Kerker. Dort können sie die Schwangere mitnehmen und müssen dann die Stadt sofort verlassen. Sie dürfen sich hier nie wieder sehen lassen. Und …« Der Erzbischof sah sie bedächtig an und senkte die Stimme, so dass nur sie, der Qualifikator und Sampieri seine Worte hören konnten. »Ich lege Euch nahe, dieses Land zu verlassen. Ihr seid Ausländer. Die Straßen Frankreichs sind unsicher, und Seine Majestät kann Euch nicht in jeder dunklen Gasse beschützen. Habt Ihr mich verstanden?«

Sie schluckte. Die Drohung war eindeutig. Wenn die Kirche ihr Recht nicht offiziell auf dem Scheiterhaufen erhielt, konnte der Tod sie auch anderswo ereilen.

Der Erzbischof räusperte sich und sagte laut: »Ihr Bürger von Embrun. Wie es sich ergeben hat, hat Seine Majestät uns einmal mehr an seiner unendlichen Güte und Weisheit teilhaben lassen und einen Verurteilten begnadigt. Wir und die heilige römische Kirche können nur hoffen, dass sich der Auserwählte dieser Gnade als würdig erweist und sein zweites Leben zu Gottes Lob und Wohlgefallen nutzt.«

Während Luisa die Bühne erklommen und die Hinrichtung unterbrochen hatte, waren die Scheiterhaufen um die Pfähle aufgeschüttet worden, und aus der Menge wurden nun Steine nach den Verurteilten geworfen. Nur durch die Soldaten, die Gérard erfolglos verfolgt hatten, wurde die mordlüsterne Menge im Zaum gehalten.

Immer wieder warf Luisa ängstliche Blicke zu Armido, der in der Mitte seiner Leidensgenossen stand und ihnen die Hände auf die Schultern gelegt hatte. Der Mann neben ihrem Bruder saß aufgerichtet und mit stolzem Blick auf der Bank, während die junge Frau mit flammend rotem Haar ausdruckslos ins Leere starrte. Sie schien schwere Verletzungen durch die Folter erlitten zu haben und war kaum mehr als ein Schatten.

Warum konnte sie nicht alle retten? Aber sie durfte nicht undankbar sein. Der König hatte mehr getan, als unter den Umständen zu erwarten gewesen war. Luisa faltete die Hände. Und Katharina de Medici war ihr Engel! Gott schenke dieser gütigen Frau ein langes Leben, betete sie. Hoffentlich würde sie der Erzbischof nun endlich gehen lassen. In dem Moment hob er eine Hand, und es ertönte ein Trommelwirbel. Sampieri zog sich würdevoll auf seinen Platz unter dem Baldachin zurück.

Eine spannungsgeladene Stille legte sich über den Platz um die Kathedrale von Embrun. In den Mienen der Schaulustigen, die gekommen waren, um Menschen sterben zu sehen, machte sich Erwartung auf den ersehnten Schrecken breit. Das Schauspiel von königlicher Gnade war ein unterhaltsames Intermezzo gewesen, doch der Volkszorn verlangte sichtbare Strafe, den grausamen Arm Gottes auf Erden.

Die Trommelwirbel schwollen an, und je vier Soldaten marschierten auf die Bühne und packten zuerst Isabeau und dann Sidrac. Armido weinte und rang verzweifelt die Hände. Luisa konnte nicht hören, was der Prediger sagte, doch es sah so aus, als machte er Armido Mut, obwohl er es war, der auf den Scheiterhaufen geführt wurde. Die Soldaten schleppten beide zu den Pfählen, wo bereits die Henker warteten. Luisa hatte gehört, dass man den Henker vorab bezahlen konnte, damit er einem einen gnädigen Tod durch Erdrosseln bescherte. Das musste vom Volk unbemerkt bleiben, denn sonst fühlte es sich um den schaurigen Todeskampf betrogen, den das Verbrennen eines lebendigen Verurteilten bescherte.

Armido war auf den Boden gesunken und hatte sich die Arme über den Kopf geschlagen. Als die Flammen aufschlugen und das Reisig der Scheiterhaufen zu knistern begann, schrie Armido auf, sein Rücken schüttelte sich unter Weinkrämpfen. Der Erzbischof sagte zu Luisa: »Seht gut hin! Den Flammen habt Ihr Euren Bruder entrissen, aber die Hölle hat viele Strafen für Ketzer bereit. Jederzeit!«

Fassungslos und mit brennenden Augen starrte sie auf die

Scheiterhaufen. Die Frau wand sich heftig unter ihren Fesseln und brüllte vor Schmerzen. Plötzlich stürzte sie nach vorn in das Feuer, als ihre Fesseln versengt waren, wurde aber sofort mit Lanzen von den Soldaten zurück an den Pfahl gestoßen. Sidrac Bayle, der Prediger und Arzt, stand mit stoischer Miene und geschlossenen Augen am Pfahl. Die Lippen bewegten sich im stummen Gebet. Weder Sidrac noch Isabeau bescherte der Henker einen leichten Tod.

Luisa schloss die Augen. Der Geruch von verbranntem Fleisch verursachte ihr Würgereiz. Als endlich das Brüllen der Frau erstarb, schlug sie zitternd die Hände vors Gesicht. Ihre Reaktion schien den Erzbischof mit Genugtuung erfüllt zu haben, denn er gab dem Qualifikator den Befehl, sie nun zum Kerker zu bringen. Um die Bühne zu verlassen, mussten sie an der Ehrentribüne und damit an Sampieri vorübergehen, dessen kalte Augen Luisa durch und durch gingen. Kein Wort kam über seine schmalen Lippen, doch sein hasserfüllter Blick verfolgte sie bis hinunter auf den gepflasterten Platz. Erst als sie Armido in die Arme fiel, konnte sie die entsetzliche Angst vor drohender Rache abschütteln.

»Armido!« Schluchzend umklammerte sie ihren Bruder, der ihre Umarmung zwar erwiderte, doch kein Wort sagte.

»Dort entlang!«, befahl einer der Soldaten, die sie zusammen mit dem Qualifikator durch die Schaulustigen geleiteten. Hinter ihnen huben die Mönche an zu singen.

Luisa umfasste die Hand ihres Bruders und hielt sich den Unterarm vors Gesicht, denn Qualm und der Gestank von verkohltem Fleisch und Weihrauch ließen sie würgen.

Armido ging neben ihr wie in Trance. Er konnte nicht begreifen, dass er dem Feuer entronnen war, in dem seine Freunde eben ihr grauenvolles Ende gefunden hatten. Seine kleine Schwester hatte ihn gerettet, und dennoch konnte er sich nicht freuen, denn ein besserer Mann als er hatte sterben müssen. Sidrac Bayle war ein unendlicher Verlust für die Gemeinde und für seine Familie. »Aleyd …«, murmelte er und erinnerte sich, dass auch er fast eine Familie gehabt hätte.

»Wir holen sie jetzt aus dem Kerker, Armido«, sagte Luisa und tätschelte seinen Arm.

Er zuckte zusammen, denn man hatte ihn der Brandfolter unterzogen, und die Wunden waren noch frisch. Sampieri hatte es sich nicht nehmen lassen, ihn noch einmal persönlich zu befragen. Sampieri, dieser Dämon in Menschengestalt. Hätte Armido nicht geschworen, ein guter Christ zu sein, wäre das Leben des Pfaffen keinen Pfifferling wert. Er spürte die Hand seiner Schwester kaum, sah die Menschen wie undeutliche Schatten. Nur manchmal stach eine Fratze aus der Masse heraus, und Armido schreckte zurück vor schmutzigen Händen, die ihn packen wollten, oder geifernden Mündern, die Unverständliches riefen. Als sie zum Erzbischofspalast kamen, sträubte sich alles in ihm, durch das dunkle Tor zu gehen, hinter dem sich die Folterhöhle der Inquisition befand.

»Du kannst hier oben warten, Armido, und ich hole Aleyd«, sagte Luisa.

»Nein, nein.« Er fasste sich, und sie gingen durch den Innenhof auf den Arkadengang zu, von dem aus die Treppe in den Kerker hinunterführte. Durch die hohen Mauern des erzbischöflichen Palasts drang das Geschrei vom Platz nur gedämpft herein, doch der Gestank von Angst und Tod war auch hier spürbar.

Die Soldaten waren am Eingang stehen geblieben. Nur der Qualifikator, ein Dominikaner mit teilnahmsloser Miene, führte sie jetzt durch die düsteren Gewölbe, in denen man nie wusste, ob es Tag oder Nacht war. Der Kerkermeister trat ihnen aus einer Kammer entgegen, wischte sich den Mund und zeigte auf Armido. »Was will denn der hier?«

»Er wurde begnadigt. Wo befindet sich die schwangere Ketzerin?«, wollte der Dominikaner wissen. »Sie wird ebenfalls entlassen.«

Der Kerkermeister hob die Augenbrauen. »Aber …«

»Keine Erklärungen!«, wurde er rüde von dem Mönch unterbrochen. »Wo ist die Person?«

»Ihr seid zu spät«, antwortete der Kerkermeister mit einem gleichgültigen Achselzucken.

»Warum, wieso zu spät? Sie wurde nicht verbrannt!«, rief Armido verzweifelt.

»Kommt mit und seht selbst.« Der Kerkermeister brachte sie zu einem Gewölbe, von dem sternenförmig mehrere Gänge abführten. »Hier ist der Frauentrakt.«

Armido erkannte das Becken wieder, an dem er sich gewaschen hatte, bevor er Aleyd hatte sehen dürfen. Luisa überkam eine fürchterliche Ahnung, doch sie sagte nichts, als Armido an ihnen vorbeistürzte und den Gang suchte, in dem er die Zellen der Frauen wusste. Die anderen folgten ihm langsamer.

»Aleyd!«, schrie er. »Aleyd! Wir sind gerettet!«

Luisa sah mit Schaudern die leeren Zellen der Frauen, als Armido einen markerschütternden Schrei ausstieß und zurückkam.

»Wo ist sie? Was habt ihr Hurensöhne mit ihr gemacht?« Armido wollte sich auf den Kerkermeister stürzen, doch der hatte schon seinen Knüppel gezückt und hielt ihn warnend hoch.

»Nur gemach, mein Freund!«, warnte er Armido scharf.

Nun kamen auch Luisa und der Qualifikator näher und konnten sich davon überzeugen, dass die Gittertüren offen standen und die Zellen leer waren. In der letzten Zelle war eine dunkle Lache auf dem Boden zu sehen, und auch die Strohsäcke wiesen große dunkle Flecken auf.

»Ist das Blut?«, fragte Luisa vorsichtig.

»Ganz recht, Monsieur. Die Ketzerin hatte vorzeitig Wehen und ist bei der Geburt des Kindes gestorben«, sagte der Kerkermeister.

Armido griff nach den dicken Eisenstäben und schlug mit dem Kopf dagegen. »Nein!«

»Ist das Kind ebenfalls tot? Und wo sind die Leichen?«, fragte Luisa und verstand plötzlich den wissenden Blickwechsel zwischen dem Erzbischof und Sampieri. Sie hatten gewusst, dass Aleyd gestorben war. Nur deshalb hatte er sich so großzügig gegeben. Wie viel Schlechtigkeit musste in diesem Menschen wohnen!

»Wohin sie alle kommen, ins Massengrab für die Armen und Aussätzigen vor der Stadt. Da braucht ihr gar nicht erst zu suchen, die findet ihr niemals«, sagte der Kerkermeister und beobachtete argwöhnisch Armido, der das Gitter losließ und sich umdrehte.

»Ich will meine Frau und mein Kind sehen. War es ein Junge oder ein Mädchen?«, fragte er. In seinem weißen Gewand mit dem struppigen Bart und den geschorenen Haaren wirkte er auf Luisa wie ein Fremder, und er war auf eine beängstigende Weise beherrscht, so dass sie befürchtete, er könnte jeden Moment entweder zusammenbrechen oder einen der beiden Männer umbringen.

»Was weiß ich. Es war tot!«, meinte der Kerkermeister und sah den Qualifikator hilfesuchend an. »Wir haben sie tot gefunden und weggeschafft.«

»Es hat wirklich keinen Sinn, draußen vor der Stadt nach den Leichen zu suchen.« Der Dominikaner räusperte sich. »Die Körper werden mit Gips und Kalksand überstreut. Diese Regelung ist neu und soll die Pest fernhalten.« Stolz über die fortschrittliche Beseitigung der Leichen schwang in seiner Stimme. »Die Gruben sind riesig. Und was die Abdecker mit den Toten machen, ist bekannt … In Gottes Namen, geht! Verlasst die Stadt!«

Alles, was irgendwie von Wert war, wurde von den Leichenfledderern beansprucht, bevor die Leichen in den Gruben verschwanden, selbst Kleidung und Haare. Sprach da tatsächlich Mitleid aus den Worten des Mönchs, oder hatten sie etwas zu verbergen? Luisa war unsicher, aber es war weder die Zeit noch der Ort, Nachforschungen anzustellen. Sie mussten dankbar sein, dass Armido lebte, und sollten Embrun so schnell wie möglich verlassen, bevor Sampieri oder der Erzbischof ihre Köpfe zusammensteckten und ihnen womöglich einen Meuchelmörder hinterherschickten.

Armido rannte zur Nachbarzelle, sah hinein, lief zur nächsten Zelle, rüttelte an den Gittern und fragte: »Wo ist Aziza?«

»Wer?« Unverständnis sprach aus der Miene des Qualifikators.

Der Kerkermeister hängte den Knüppel an seine Hose. »Ihr meint die Hexe? Sie hat uns mit fremdländischen Flüchen belegt.« Rasch machte er ein Kreuzzeichen und berührte einen kleinen Beutel an seinem Gürtel, was der Qualifikator mit Missbilligung quittierte.

»Sie wurde nicht verbrannt. Aziza?«, rief Armido laut und horchte in die Gänge, aus denen keine Antwort kam.

»Brauchst nicht schreien. Die ist fort.« Für diese Auskunft erntete der Kerkermeister einen strafenden Blick von dem Dominikaner.

»Mehr können wir nicht für euch tun. Ich habe Order, euch bis zum Stadttor begleiten zu lassen.« Damit war die Sache für den Qualifikator abgeschlossen.

Luisa hatte nur noch den Wunsch, dem Kerker den Rücken zu kehren und Embrun zu verlassen. »Armido, *caro*.

Wir können hier nichts mehr ausrichten. Lass uns gehen«, drängte sie ihren Bruder sanft auf Italienisch.

Da die Mönche des Lateinischen mächtig waren, war es sinnlos, ihrem Bruder auf Italienisch Vertrauliches mitteilen zu wollen. Das musste warten, bis sie unter sich waren.

Mit hängendem Kopf und einem letzten traurigen Blick auf die Tür zu Aleyds Zelle folgte Armido ihr. Sie nahm seine Hand und drückte sie fest, doch er schien nichts zu spüren, und seine Augen waren leer. Das Schicksal hatte ihm in den vergangenen Wochen mehr aufgebürdet, als ein Mensch ertragen kann, dachte Luisa, es würde lange dauern, bis er das Erlebte und den Verlust überwunden hatte. Doch sie hoffte, dass die Arbeit ihm helfen würde, seine Arbeit in Fontainebleau. Meister Rosso würde ihn wieder aufnehmen, und dort war er in Sicherheit, denn der König hatte ihn begnadigt. Zumindest hegte sie diese Hoffnung, und hoffen durfte sie.

Während in Embrun die Scheiterhaufen brannten, hielt Papst Paul III. Hof in Nizza. Galant plauderte er mit der Gemahlin des französischen Königs, der Königin von Navarre und der Herzogin d'Étampes. Königin Eleonore plante auch einen Besuch bei ihrem Bruder, Kaiser Karl, dessen Schwester Maria von Ungarn ebenfalls in der südfranzösischen Hafenstadt weilte.

XXXV

Vallis Lacrimarum

Tal der Tränen (Psalm 83,7)

Weine, solange du Zeit hast, solange
deine Seele in deinem Körper ist …
Erwirb das Heilmittel für die Zukunft,
während du lebst … damit die Tiefe des Abgrunds
dich nicht verschlinge.

Le Bestiaire,
aus einer Predigt über Matthäus 12, 36–37

Eine Eskorte aus vier erzbischöflichen Soldaten begleitete Luisa und Armido zum Stadttor von Embrun. Immer wieder zeigten Leute mit dem Finger auf Armido und schrien: »Ketzer!«

Kurz bevor sie das Stadttor erreichten, traf sie ein Stein. Die Soldaten hielten den Pöbel zwar auf Abstand, doch Luisa ahnte, dass sie es guthießen, wenn der Mob seinem Unmut tätlich Luft machte.

»Ab jetzt seid ihr auf euch gestellt. Lasst sie durch!«, befahl der Anführer der Eskorte den Wachen am Tor. Die bärbeißigen Männer nahmen ihre Hellebarden zur Seite und ließen Luisa und Armido passieren.

Allein standen sie nun auf dem steinigen Weg, der von Embrun hinunter in die Ebene und zum Fluss führte. Noch war das Volk in der Stadt und vergnügte sich auf dem Fest, das der Hinrichtung folgte. Luisa nahm ihr Barett ab und reichte es Armido. »Besser, du setzt das auf. Und zieh meine Weste über.«

Das Barett verdeckte Armidos geschorenen Kopf, und die lange Weste seiner Schwester ließ ihn wie einen exotischen Kaufmann aussehen. Dann sah er sich um.

»Komm schon, Gérard wartet unten am Fluss auf uns!«, sagte Luisa und machte zwei Schritte, doch Armido schüttelte den Kopf.

»Ich will sie sehen.«

»Was?« Luisa hielt inne.

»Die Gruben. Ich will Aleyd sehen!«, beharrte Armido und ging auf einen alten Mann zu, der eine Kuh vor sich her trieb. »Entschuldigt, guter Mann, wo sind die Gräber der Armen?«

Mit zusammengekniffenen Augen musterte ihn der Alte, hob seinen Gehstock und wies nach unten. Braune Stumpen wurden sichtbar, als er den Mund öffnete. »Hinter der Flussbiegung. Da verscharren sie unsereinen. Hier oben ist alles felsig.« Er legte den Kopf schief. »Seid ihr fremd hier? Wen sucht ihr denn?«

»Danke«, sagte Armido, ohne auf die Frage einzugehen, und verließ den Weg, um seitlich den Hang hinunterzulaufen.

Luisa blieb keine Wahl. Sie musste ihrem Bruder folgen. »Armido! Warte, überleg doch, was du tust!«

Sein Atem ging schwer, und sein Körper war am Ende seiner Kräfte, doch er schleppte sich weiter. »Das tue ich. Hast du Geld?«

»Ja, aber …«

»Ich werde dem Totengräber ihre Leiche abkaufen und sie anständig beerdigen lassen, und wenn es das Letzte ist, was ich tue.«

Durch Gestrüpp und über staubige Felder gelangten sie hinunter zur Durance. Ein holpriger Weg, dessen tiefe Furchen auf die Leichenkarren deuteten, die ihre traurige Fracht hier entlangbrachten, führte sie vom Fluss weg auf die Rückseite Embruns, das sich über ihnen erhob.

Nach fünf Gehminuten hielt Luisa voller Ekel den Ärmel vors Gesicht. »O nein!«, murmelte sie und blinzelte.

Die Erde war hier ausgedörrt und staubte unter jedem ihrer Schritte. Das Schlimmste aber war der Kalkstaub, der aus der riesigen Grube vor ihnen aufstob, als einer der Totengräber eine Schaufel voll Kalksand hineinwarf. Wie angewurzelt blieb sie stehen und starrte auf die Leiber der Toten, die sich in der Grube vor ihnen stapelten. Der Verwesungsgestank war unerträglich, hielt Krähen jedoch nicht davon ab, ihre Runden zu fliegen und hin und wieder in die Grube zu stoßen, um sich am Fleisch der Toten gütlich zu tun.

Armido ging ungerührt auf den Totengräber zu, der sich ein Tuch vor die Nase gebunden hatte. Sein zerrissenes Hemd verdeckte die vom Kalk zerfressenen Hände und Arme kaum, die seltsam verwachsenen Füße steckten in durchgelaufenen Sandalen.

»Ich suche nach meiner Frau. Sie wurde gestern oder vielleicht auch erst heute Morgen zusammen mit unserem neugeborenen Kind hergebracht«, rief Armido.

Der Totengräber steckte die Schaufel in die Holzkiste mit dem Kalksand und kam zu ihnen. Er klopfte sich die Hände an seinem Hemd ab, das ihm über die schmutzige Hose hing. Dann zog er das Tuch von der Nase und entblößte einen von einer Hasenscharte entstellten Mund.

»Ich weiß nichts von einer Frau mit Kind«, lispelte er und wollte weitergehen.

Armido winkte Luisa. »Gib ihm einen Centime.«

Widerwillig holte Luisa eine Kupfermünze aus ihrem

Geldbeutel und ließ sie in die offene Hand des Totengräbers fallen. Aus seiner Nase floss Rotz, den er sich mit dem Handrücken abwischte. Er grinste dümmlich. »Gestern war ich nicht hier. Heute Morgen ist eine Fuhre gekommen. Die habe ich da vorn reingeworfen. Ein Haus ist abgebrannt.«

Armido und Luisa traten an den Rand der Grube und suchten unter dem hellen Sand und dem aufsteigenden Staub, der in Augen und Hals brannte, nach Hinweisen auf die Identität der Toten. Die Leichen von zwei kleinen Mädchen fielen Luisa ins Auge. Die Kindermünder waren aufgerissen und voller Kalk, die Ärmchen lagen unnatürlich verdreht. Darunter lag der halbverkohlte Körper eines Mannes. Luisa wandte sich ab und entleerte ihren Magen würgend auf den Boden.

Ihr Bruder spähte weiter in das Massengrab. »Wer ist gestern hier gewesen?«, fragte er schließlich.

Der Totengräber kratzte sich den Kopf und schien zu überlegen. Dann schlurfte er davon. Luisa richtete sich auf. »Armido, ich halte das nicht aus. Ich warte am Fluss auf dich.« Sie gab ihm zwei Silbertaler. »Das müsste reichen.«

Er nickte nur.

Ohne sich umzusehen, rannte Luisa den Weg zurück, über eine Wiese und hinunter zum Flussufer, wo sie sich auf die Knie warf und den Kopf in das kühle Wasser hielt. Ungeachtet des schlammigen Bodens und der Schlingpflanzen trank sie das Wasser in langen Zügen und legte sich erschöpft ins Gras. Es dauerte einige Zeit, aber schließlich entdeckte sie Armido, wie er sich langsam über den Weg auf sie zu schleppte. Rasch rappelte sie sich hoch und lief auf ihn zu, gerade noch rechtzeitig, um ihn aufzufangen, denn er torkelte, war blass, und kalter Schweiß stand ihm auf der Stirn. Sie half ihm bis ans Ufer, wo er sich das Barett vom Kopf riss und einige Schlucke Wasser trank.

»Der Totengräber hat nachgefragt. Sie liegt in einer Grube, die sie heute Morgen zugeschüttet haben. Nichts zu machen, da holen sie sie nicht heraus.« Er barg sein Gesicht in den Händen. »Ich habe gebetet. Mehr konnte ich nicht tun.«

»Sie wäre froh, wenn sie wüsste, dass du lebst«, versuchte Luisa ihn zu trösten.

»Ich hätte mein Leben für sie gegeben.«

»Armido, komm, bitte. Wir müssen gehen!« Sie stand auf.

»Wohin, Luisa?«, fragte er mit tonloser Stimme.

»Zuerst suchen wir Gérard, der mich bis hierher begleitet hat. Er wartet mit den Pferden. Dann gehen wir nach Lyon. Robert Estienne und deine Freunde werden dir helfen, Armido.«

»Ich will zu Jules und Suzanne.«

»Doch nicht sofort. Du bist völlig erschöpft. Wir müssen hier weg. Ich habe ein ungutes Gefühl wegen des Erzbischofs und Sampieris.« Flehentlich sah sie ihn an und war froh, als er sich endlich erhob. Sie drückte ihm das Barett in die Hand.

Gérard wartete ein gutes Wegstück flussabwärts auf sie. Als sie die vertraute Gestalt des Knechtes auf einem Felsbrocken am Fluss entdeckte, winkte sie kurz. Gérard erhob sich und kam auf sie zu.

»Armido, es freut mich, Euch wohlbehalten zu sehen«, begrüßte er den vom König Begnadigten. Er war kein Mann, der unnütze Fragen stellte, und zeigte auf eine Baumgruppe. »Die Pferde warten dort. Ich habe von einem Kaufmann aus Arles günstig einen Zelter erstanden. Luca, wartet!«

Gérard wühlte kurz in seinem Gepäck und warf ihr dann eine Weste und ein verschlissenes Barett zu. »Das solltet Ihr tragen.«

Sie sah ihn prüfend an, zögerte kurz und folgte seinem Rat. Er war ein nicht zu unterschätzender Mann und ein guter Freund. »Danke.« Zu ihrem Bruder sagte sie: »Du nimmst mein Pferd, Armido. Ein gemütlicher Zelter ist für mich genau richtig.« Sie lächelte ihn an, doch ihr Bruder reagierte nicht. »Danke, Gérard.«

Er sah sie fragend an, doch Luisa schüttelte den Kopf, und sie holten die Pferde. Gérard nahm ein Stück Brot und Wurst für jeden aus der Satteltasche. Sie aßen rasch und tranken stark verwässerten Wein aus einem Lederschlauch.

»Wird es gehen, Armido?«, fragte Luisa.

Armido setzte einen Fuß in den Steigbügel, als Gérard eine Hand auf den Sattel legte.

»Zieht das Hemd aus, Armido. Hier, nehmt eines von meinen.« Er zerrte ein braunes Hemd aus seiner Satteltasche und warf es Armido zu, der es ohne Widerrede überzog. Sein weißes Hemd warf er in den Fluss, wo es sich einmal aufbauschte, um dann in den undurchsichtigen Fluten zu versinken.

Es entging Luisa nicht, dass ihr Bruder das Gesicht schmerzhaft verzog, als er sich auf den Pferderücken schwang. Schweigend folgten sie dem Weg entlang der Durance. Es begegneten ihnen weit weniger Reisende als auf dem Hinweg. Die enge Straße, die gerade genügend Raum für ein Fuhrwerk oder zwei Pferde ließ, verlief die meiste Zeit parallel zu den an vielen Stellen reißenden Wassern der Durance. Der Duft von Kiefern und Tannen hing in der Luft. Gérard erzählte vom rötlichen Arvenholz der Zirbelkiefern, das als äußerst wertvoll galt und kostbaren Möbeln und Schnitzereien vorbehalten war. Die Hänge hinauf standen Silberdisteln und in größeren Höhen Enzian und der verwandte Génépi, aus dem Bergbewohner einen Kräuterlikör brauten. Überall, wo Wasser floss, grub es sich tief in das weiche kalkhaltige Gestein hinein und schuf die zerklüftete Gebirgswelt der Südalpen.

An einer Weggabelung hielt Gérard an. »Wir sollten den Wald meiden und den kleinen Umweg in Kauf nehmen. Ich werde das Gefühl nicht los, dass man uns verfolgt.«

»Mir ist niemand aufgefallen«, meinte Luisa und blickte zurück, wo lediglich zwei Kinder mit einer Ziege liefen.

Gérard tippte sich an die Nase. »Instinkt. Als wir das letzte Mal angehalten haben, um die Pferde trinken zu lassen, sind zwei Männer vorbeigeritten, die mir verdächtig schienen. Vielleicht täusche ich mich, aber sie haben uns länger beobachtet, als normale Reisende es getan hätten.«

Sie befolgten Gérards Rat. Erst als die Sonne den Horizont berührte und ihre glühenden Strahlen die Berglandschaft in satte Rottöne tauchten, zügelte Gérard sein Pferd.

»Chorges liegt jetzt hinter uns. Ich halte es für besser, wenn wir außerhalb von Ortschaften übernachten. Weniger Menschen bedeutet weniger neugierige Fragen.«

»Chorges!«, kam es plötzlich von Armido.

Seine Begleiter sahen ihn fragend an.

»Ich möchte im Hospital der heiligen Cäcilie eine Nachricht für Martin Dufy hinterlassen«, sagte er und machte Anstalten, sein Pferd zu wenden.

»Nein!«, riefen Gérard und Luisa wie aus einem Munde.

»Warum nicht?«

»Bitte, Armido, es könnte uns wirklich jemand gefolgt sein, und bald wird es dunkel. Dann haben wir auf der Straße keine Möglichkeit, uns zu verteidigen. Wir müssen durch ein Waldstück, um nach Chorges zu gelangen«, erklärte Gérard.

Armido runzelte die Stirn. »Das ist mir egal.«

»Aber sie könnten uns im Wald gefolgt sein und warten nur darauf, dass …«, weiter kam Gérard nicht, denn ohne auf die entsetzten Gesichter seiner Begleiter zu achten, gab Armido seinem Pferd die Sporen und preschte auf den Wald zu, der unterhalb des Weges lag, auf dem sie die Ortschaft umgangen hatten.

Luisa und Gérard wechselten einen kurzen Blick und folgten ihm. Er war ihnen mehrere Pferdelängen voraus und erreichte den Wald, bevor sie ihn eingeholt hatten.

»Könnt Ihr mit einem Degen umgehen?« Gérard zog einen Degen, den er hinter seinem Sattel befestigt hatte, hervor und warf ihn Luisa zu. Dann zog er seinen eigenen Degen aus der Scheide.

Kaum hatte Luisa den Degen gepackt, als auch schon Schreie ertönten. »Armido!«, rief sie.

»Ich habe es doch gewusst!«, fluchte Gérard. »Bleibt hinter mir, Luca!« In gestrecktem Galopp jagte er sein Tier auf dem breiter werdenden Weg in den Mischwald, wo sie von Dämmerung umfangen wurden. Hatten draußen die Strahlen der Abendsonne noch die Kraft, Wege und Felder zu erhellen, so schränkten dichtes Blattwerk und hohe Tannen ihre Sicht erheblich ein.

Gérard stieß einen Schrei aus und schwang den Degen gegen plötzlich zwischen den Bäumen auftauchende Männer in dunklen Umhängen. Während er sich zwei der Meuchelmörder mit kräftigen Hieben vom Leib hielt, schrie Luisa nach ihrem Bruder.

»Armido!«

Das flirrende Spiel aus Licht und Schatten machte es schwierig, die Männer auf den Pferden zu unterscheiden, doch vor ihr zeichnete sich eine große Gestalt mit markantem Profil ab. Das war nicht ihr Bruder. Sie stieß ihrem Zelter die Sporen in die Seite, dass er einen Satz machte, und zog dem Mann in dem Umhang ihren Degen über den Rücken.

Überrascht drehte sich der Angegriffene um, hob seinerseits den Degen zum Hieb und hätte ihr den Schädel gespalten, wenn nicht Armido plötzlich von hinten gekommen und dem Mann mit seinem ganzen Gewicht in den Schlagarm gefallen wäre. Er riss den Mörder mit sich auf den Waldboden, wo die Männer hin und her rollten.

Luisa musste ihren Blick von den Kämpfenden losreißen, denn ein weiterer Reiter kam von der Seite auf sie zu. Inzwischen hatte sich Gérard seines Gegners entledigt und eilte ihr zu Hilfe. Er stieß dem Angreifer seinen Degen in den Bauch, so dass jener zusammensackte und sich ins Dunkel schleppte.

»Gérard, dort!« Sie zeigte auf die am Boden Kämpfenden. Gérard drängte sein Pferd vor und zog dem oben liegenden Angreifer die Klinge über die Schulter.

Der Mann schrie auf, ließ von Armido ab und wollte sich aufrichten, wurde jedoch von Gérards Klinge empfangen, die ihm knirschend zwischen die Rippen fuhr und einen Schwall Blut aus seinem Mund spritzen ließ. Gérard zog seine Waffe zurück, und da bemächtigte sich eine unnatürliche Stille des blutigen Schauplatzes. Kein Vogel zwitscherte, nur in der Ferne waren Pferdehufe zu vernehmen, doch auch dieses Geräusch erstarb.

Luisa ließ ihre Waffe fallen, schwang das Bein über den Sattel und ließ sich von dem breiten Pferderücken gleiten. »Sind sie alle fort?«

Gérard atmete schwer aus. »Ja. Es waren drei, höchstens vier. Einer liegt hier, einen hat Euer Bruder erwischt, und zwei sind verwundet geflüchtet.« Er hielt den Degen weiter kampfbereit in der Hand und horchte lauernd in den Wald.

»Armido, sag doch was!«, schluchzte Luisa und kniete sich über ihren Bruder, der reglos auf dem Rücken lag. Ein dunkler Fleck zeichnete sich auf dem braunen Hemd ab, und sein Blut tränkte bereits die weiße Hose, die sich gespenstisch im Dämmerlicht vom Rest der Umgebung abhob.

Sie ergriff seine Hand und presste sie sich gegen die Brust. Sein Brustkasten hob und senkte sich unter großer Anstrengung, und plötzlich flackerten seine Augenlider, und er sah sie an.

»*Sorellina.*«

»Lass mich nicht allein! Ich bringe dich nach Hause, Armido.« Sie strich ihm über die Stirn und hörte es in seinen Lungen rasseln.

»Ich bin zu Hause. Gott vergebe mir ...« Sein Blick wurde starr, und sein Kopf sackte zur Seite. Mit einem letzten Seufzer entwich die Luft aus seinen Lungen.

»Nein, geh nicht, Armido.« Schluchzend hielt sie seine Hand umklammert und legte ihm den Kopf auf die Brust. »Nein ...«, weinte sie und küsste seine Wangen. Als er sich nicht rührte, schüttelte sie seine Schultern. »Armido! Komm zurück! Ich brauche dich doch!«

»Lasst ihn gehen. Er hat seinen Frieden«, sagte Gérard leise.

Luisa weinte und schloss ihrem Bruder die Augen. »Warum nur? Bin ich denn ganz umsonst zum König geritten?«

Gérard zog sie sanft von ihrem Bruder fort. »Nein, alles hat einen Sinn. Ihr braucht Euch nicht vorwerfen, Eurem Bruder nicht jede Hilfe gegeben zu haben, derer Ihr fähig wart. Armido hat gewusst, was er tat. Vielleicht ist es so besser.«

»Aber er hatte seine Arbeit. Er hätte mit mir zurück nach Fontainebleau kommen können!«, sagte Luisa und betrachtete das Gesicht ihres Bruders, in dem die Leiden tiefe Spuren hinterlassen hatten.

»Hätte er das wirklich? Habt Ihr darüber nachgedacht, was passiert wäre, wenn der Hof zurückkommt und mit ihm Mallêt und der Inquisitor?« Gérard bückte sich und durchsuchte einen der toten Meuchelmörder.

»Der König hat ihn begnadigt, aber vielleicht hast du recht. In Embrun werden sie Beweise gesammelt haben, dass er zum Ketzer geworden war.« Mit gemischten Gefühlen erinnerte Luisa sich nun an die Begegnung mit dem König und Katharina de Medici in Villeneuve. Sie hatte sich für ihren Bruder verbürgt und praktisch versichert, dass er ein gläubiger Katholik sei.

Gérard hatte auch den anderen Toten durchsucht. »Nichts. Kein Hinweis, wer sie geschickt hat, aber ich fresse meine Kappe, wenn die nicht vom Erzbischof gekommen sind. So einer lässt sich nicht einfach einen Delinquenten vom Scheiterhaufen wegstehlen.«

»Was machen wir jetzt?« Sie wischte sich über das tränennasse Gesicht. Gérard, dessen Wange aufgeplatzt und dessen Hose auf dem Oberschenkel zerrissen und blutig war, hob die Waffen der Angreifer vom Boden auf und wickelte sie in eine Decke. »Noch haben wir etwas Licht. Wir können Armido nach Chorges bringen. Neben dem Hospital der heiligen Cäcilie gibt es eine kleine Kirche. Gap ist zu weit und die Abbaye de Boscodon auch.«

»Und die hier?« Sie stieß mit ihrem Fuß gegen den von Gérard getöteten Mörder.

»Die lassen wir hier liegen. Wird schon jemand kommen und sich die Kleider und die Pferde holen. Wir legen Armido auf den Zelter«, drängte Gérard mit Blick auf die untergehende Sonne.

Mit zusammengepressten Lippen half Luisa, den Körper ihres Bruders auf den Pferderücken zu hieven. Als sie Armidos Lippen ein letztes Mal küsste, waren sie bereits kalt. Gérard legte einen Umhang über Armido und band ihn fest. Luisa suchte nach ihrem Pferd, das in der Nähe graste, und saß auf.

»Werden wir nicht viele Fragen zu beantworten haben,

wenn wir in die Stadt kommen?«, fragte Luisa und duckte sich unter den tiefhängenden Zweigen einer Weißtanne.

»Lasst mich machen.« Er griff nach den Zügeln des Zelters mit seiner traurigen Last und ritt vorweg. Die Waffen der Meuchelmörder befestigte er hinter Armido.

Sie hatten Mühe, sich im zunehmenden Dunkel auf dem Weg zu halten, und Luisa war froh, als sie die Lichter der Stadt am Fluss entdeckte. Über dem Stadttor von Chorges hing eine Laterne, und in einem Ring steckte eine Fackel. Das Licht reichte gerade aus, um seinen Schein auf das Wächtertor zu werfen, aus dem lautes Schnarchen tönte.

Gérard stieg ab, gab Luisa die Zügel und klopfte an die offene Tür. »Heda! Hier sind Reisende, denen übel mitgespielt wurde!«

In dem engen Verschlag hustete jemand, spuckte aus, irgendetwas wurde umgestoßen. Dann erschien ein verschlafener Mann mit Schnauz- und Spitzbart. Sein Leib ragte über den Hosenbund, und unappetitliche Ausdünstungen begleiteten das Erscheinen des Torwächters von Chorges, dessen halb herabhängender Hosenlatz mehr enthüllte als verbarg. »Wer wagt es, nach Sonnenuntergang die Stadtruhe zu stören?«, raunzte der Mann und rülpste.

Dann sah er das Packpferd mit Armidos Leiche, stülpte sich seinen Morion über das spärliche Haupthaar und stiefelte näher. »Ein Toter? Hatte er die Blattern? Dann könnt ihr gleich wieder umkehren. In Gap sind die Blattern ausgebrochen.«

»Gut zu wissen. Wir sind Buchdrucker auf dem Weg von Colmar nach Lyon. Im Wald oberhalb des Flusses sind wir überfallen worden, und meinen Freund hat es erwischt. Wie du sehen kannst, bin ich verwundet, und mein junger Freund hier muss den Verlust seines Bruders betrauern.«

Die Miene des Wächters wurde zusehends düsterer, denn er sah Arbeit auf sich zukommen. Nachdenklich schob er den Helm in den Nacken. »Ihr könnt nicht bleiben. Vielleicht hat doch einer von euch die Blattern.«

Gérard nahm eine Münze aus seinem Geldbeutel und drückte sie dem Wächter in die fettige Hand. »Ich kann verstehen, dass wir ungelegen kommen, aber wir wollen nur zum Hospital der heiligen Cäcilie und zum Priester. Morgen früh reisen wir weiter. Und wir würden uns dann erneut für deine Mühe erkenntlich zeigen.«

Der Wächter steckte die Münze ein und ging auf den Zelter zu. Luisa wollte sich ihm in den Weg stellen, als er den Umhang hob, der Armido bedeckte, doch Gérard machte ein beruhigendes Zeichen, und sie trat zur Seite.

»Ihr habt euch gewehrt?«, fragte der Wächter argwöhnisch und entdeckte die eingewickelten Degen und Dolche der Angreifer.

»Natürlich, und zwei haben wir erwischt. Sie liegen oben im Wald. Die Waffen habe ich als Beweismaterial gesichert«, sagte Gérard und sah gelassen zu, wie der Wächter sie an sich nahm.

»Das muss ich konfiszieren.« Er warf die Waffen in seinen Verschlag.

»Da oben müssen auch noch ihre Pferde sein«, legte Gérard den nächsten Köder aus.

Eine ungeahnte Energie schien den Wachmann zu durchströmen. Er sah sich um. »Wart ihr die Einzigen da oben und jetzt auf dem Weg?«

Gérard und Luisa nickten.

»Zum Hospital folgt der rechten Gasse bis zum Schmied. Da seht ihr den Kirchturm, und gleich daneben ist es.«

Sie nahmen die Pferde am Zügel und gingen langsam durch das dunkle Tor. Dahinter eröffnete sich ihnen ein finsteres Labyrinth schwer einsehbarer Gassen mit geduckten Häusern einfachster Bauart. Chorges war arm, und seine

Bewohner hatten sich bereits in ihre kargen Behausungen zurückgezogen. Nur Ratten und eine magere Katze huschten durch die enge Gasse, an deren Ende sie das Feuer in der Esse der Schmiede brennen sahen.

Luisa führte ihr Pferd hinter Gérard und dem Zelter, auf dem sie Armidos Körper immer dann erkennen konnte, wenn Licht aus den Fenstern oder von einer Laterne in die Gasse fiel. Sie weinte still und wischte sich zwischendurch das Gesicht mit dem Ärmel ihres Hemdes ab. Die Hufe ihrer Tiere klapperten laut auf dem unebenen Pflaster, und der Schmied, der mit seinem Gehilfen noch zu später Stunde an der Esse stand, trat aus der Werkstatt heraus.

»Braucht ihr neue Beschläge für eure Tiere?«, fragte er und warf einen neugierigen Blick auf Gérards Verletzungen und dann auf den Zelter.

»Nein. Das Hospital ist dort oben?«, fragte Gérard.

»Neben der Kirche. Nicht zu verfehlen. Seid ihr überfallen worden? Böse Zeiten. Die Steuern fressen die Leute auf und treiben selbst gute Männer als Gesetzlose in die Wälder.« Sein rotes Gesicht schien ohne Arg, doch Gérard gab keine Erklärungen.

»Danke.« Sie gingen weiter, bis sie den Kirchplatz erreichten.

Vor der Tür eines einstöckigen Gebäudes brannte eine Laterne. Ein eiserner Türklopfer und ein Kreuz waren alles, was auf den Eingang des Cäcilienhospitals hindeutete. Gérard betätigte den Klopfer. Nach einiger Zeit wurde auf Augenhöhe eine kleine Luke geöffnet.

»Was wollt ihr?« Die männliche Stimme klang ungeduldig und abweisend.

»Wir brauchen eure Hilfe«, sagte Gérard.

»Da seid ihr nicht die Einzigen. Wir sind voll belegt. Sucht euch ein Gasthaus. Der Herr sei mit euch!« Die Luke flog zu.

»Wartet! Wir wollen eure Hilfe nicht umsonst!«, rief Gérard. Diesmal dauerte es nur einen Moment, und dann schwang die massive, mit Eisen beschlagene Tür auf. Ein gebeugter Mönch in schwarzer Kutte erwartete sie.

»Bruder Blasius, was ist das für ein Lärm?« Eine Ordensschwester, deren verschmierte Schürze von ihrer Arbeit an Krankenlagern zeugte, kam mit einer Lampe hinzu.

Blasius öffnete die Flügeltüren. »Hier entlang. Im Stall ist genug Platz, denn die meisten Patienten sind so arm, dass sie gerade die Kleider auf ihrem Leib besitzen. Schwester Barbara, bereitet alles für die Wundversorgung vor«, sagte der Mönch, als er Gérards Gesicht sah. Sein runzeliges Gesicht und der gebeugte Rücken sprachen von hohem Alter, doch seine Augen waren hell und wach.

»Wir sind überfallen worden.« Gérard erklärte, was geschehen war, während sie dem Mönch über einen dunklen, schmalen Innenhof zum Stall des Hospitals folgten.

Bruder Blasius nickte. »In letzter Zeit hören wir oft von Überfällen in der Gegend. Ich hatte schon befürchtet, ihr bringt die Blattern, die in Gap ausgebrochen sind. Was soll mit dem Verstorbenen geschehen?«

»Habt Ihr einen Raum, in dem die Toten aufgebahrt werden?«, fragte Gérard.

»Natürlich. Leider ist die Überlebensrate unserer Patienten nicht so hoch, wie wir es uns wünschen. Aber das liegt auch daran, dass sie meist erst kommen, wenn es schon zu spät ist.« Er winkte einem jungen Ordensbruder, an dessen Kutte Stroh hing und der eine Forke trug. »Hilf mir mit dem Leichnam hier, Bruder Antoine.«

Gemeinsam hoben sie Armidos Körper vom Pferd. Luisa hielt den Kopf ihres Bruders und deckte die Kapuze des Umhangs über den geschorenen Schädel. Der vielsagende Blickwechsel der Mönche entging ihr nicht.

»Ich hole eine Trage.« Bruder Antoine verschwand, und Luisa und Gérard sattelten die verschwitzten Pferde ab, die sich ihr Heu redlich verdient hatten. Mit Stroh rieben sie sie trocken.

Bruder Blasius schlug das Kreuzzeichen über Armido und murmelte ein Gebet. »Wer ist der Mann, ein Freund, sagtet Ihr?«

»Mein Bruder«, murmelte Luisa und wischte sich die Augen.

»Gott gebe Euch Kraft. Ah, wir können Euren Bruder jetzt hinüber ins Hospital bringen.« Der junge Mönch kam mit einer einfachen Trage zurück, die aus einem Stück Tuch und zwei Stangen bestand.

Sie betteten Armido darauf, und Gérard und der junge Mönch hoben die Trage vom Boden auf. Still folgte Luisa dem kleinen Zug über den dunklen Hof. Bruder Blasius schlurfte mit einer Öllampe voran und führte sie in einen Kellerraum, in dem drei Tische standen. Auf einem lag ein abgedeckter Leichnam.

»Einer unserer Pfründner. Er ist vor drei Tagen friedlich entschlafen«, sagte Blasius und bekreuzigte sich.

»Ein Pfründner?«, fragte Luisa.

»Nun, unser Hospital lebt von den Gaben guter Bürger, aber eben auch vom Erbe reicher Pfründner, die bei uns ihren Lebensabend verbringen und dafür gepflegt werden, wenn sie unserer Hilfe bedürfen. Monsieur Flammant war Notar und hat vier Jahre in einem Einzelzimmer bei uns verbracht. Er hatte keine Familie, und mit seinem Nachlass können wir das Hospital renovieren und Heilmittel für die Armen kaufen.« Blasius legte Armidos Hände über Kreuz und murmelte ein Gebet für den Toten. »Danke, Bruder Antoine.«

Der junge Mönch verneigte sich und eilte davon.

Jetzt hob Blasius den Blick und musterte Gérard und Luisa. »Von mir habt Ihr nichts zu befürchten. Wir sind ehemalige Benediktiner und haben unser ganzes Tun der Pflege Kranker verschrieben. Ihr müsst mir Euren Namen nicht nennen«, sagte er zu Luisa. »Ich denke, Ihr kommt aus Italien. Es gibt viele religiöse Strömungen, die von der Kirche nicht geduldet werden, und Seine Heiligkeit hat einen strengen Kurs eingeschlagen.« Er legte sacht eine Hand auf Armidos Arm. »Ich kenne die Wunden, welche die peinliche Befragung der Inquisition hinterlässt.«

Luisa atmete schwer und sah hilfesuchend zu Gérard.

»Bruder, bitte, dieser Mann wurde zu Unrecht befragt, und Seine Majestät hatte ihn begnadigt.«

Blasius hob die Augenbrauen. »Die Wunden sind frisch, und nur in Embrun herrscht derzeit ein Inquisitionsgericht.« Er schwieg nachdenklich.

Luisa zitterte und starrte auf ihren Bruder. »Armido«, flüsterte sie.

»Der Arm des Erzbischofs reicht weit, und Chorges gehört zu seinem Amtsbereich. Doch wir sind kein Kloster.« In den Augen des alten Mönches blitzte es auf. »Wir sind ein selbstverwaltetes Hospital und leben von den Zuwendungen unserer Wohltäter.« Hier machte er eine vielsagende Pause.

Gérard begriff. »Oh, unsere Großzügigkeit steht außer Frage. Dessen seid gewiss. Wäre es möglich, unseren Freund in einem Armengrab bestatten zu lassen?«

Luisa entfuhr ein leiser Schrei. Der schreckliche Anblick der Gruben von Embrun mit den unter Kalksand verwesenden Leichen stand ihr noch vor Augen. »Nein. Das hat er nicht verdient«, flüsterte sie.

»Immerhin läge er dann in geweihter Erde«, meinte Gérard.

»Nun. Unser seliger Pfründner, Monsieur Flammant, wird

morgen mit allen Ehren bestattet. Wir könnten Eurem seligen Bruder dieselben Ehren zuteil werden lassen. Monsieur Flammant ist der letzte Träger des Familiennamens, und die Flammants besitzen seit Generationen eine Gruft in der Kirche.« Er legte die Fingerspitzen seiner gefalteten Hände an die Lippen.

»Wie?«, fragte Luisa, doch Gérard nahm sie am Arm und zog sie zur Seite.

»Einen Moment, Bruder.«

Der Mönch nickte und drehte sich zum Tisch.

Gérard sagte mit gesenkter Stimme: »Hört gut zu, Luca. Dieser Mann bietet uns eine unverhoffte Möglichkeit, Eurem Bruder ein christliches Begräbnis zu geben, ohne dass Ihr in Gefahr geratet.«

»Aber wie soll das gehen? Armido würde doch namenlos im Grab dieses Fremden …« Sie machte eine vage Handbewegung und schluchzte.

»*Sorellina*, war es nicht das, was Euer Bruder gesagt hat?« Er sah sie eindringlich an. »Ich bin nicht blind und habe mir selbst meine Gedanken gemacht, vor allem, weil Robert mich gebeten hat, *besonders* auf Euch Acht zu geben.«

»Er hat es dir gesagt?«, flüsterte sie.

»Nein, aber wir sind zusammen gereist, und Euer Verhalten, nun ja, und jetzt …« Sein Blick wurde weich. »Luca, es ist eine gute Lösung. Besser als ein Armengrab oder ihn im Wald zu verscharren. Was sollen wir denn sonst tun?«

»Könnte ich ihn nicht nach Hause bringen?«

»Wohin, nach Siena? Er hat doch selbst gesagt, dass er hier seine Heimat gefunden hat. Seine Frau und sein Kind sind in französischer Erde begraben.«

»Aber seine Familie …«

»Er hat seine Familie hier verloren. Und denkt nur an den langen Weg und die Hitze!«

Die praktische Seite hatte sie nicht bedacht. Der Leichnam würde innerhalb kürzester Zeit zu verwesen beginnen, und allein die Vorstellung war entsetzlich.

»Wären die Zeiten anders, hätten wir ihn in die Gemeinde seiner Frau gebracht. Aber im Piemont fanden Vertreibungen von Vaudois statt, und ich weiß nicht, wie es um den Luberon bestellt ist. Ob Katholiken oder Protestanten, wir sind alle Christen, oder nicht?«

Sie sah zu dem alten Mönch, der zwei Kerzen entzündete und in ein stilles Gebet vertieft schien. Wie sollte sie Pietro ihre Entscheidung erklären? Immerhin konnte sie ihm auf diese Weise verschweigen, dass Armido konvertiert war, denn ihre Familie würde das niemals verstehen. »Denkst du, der Mönch lässt zu, dass Armidos Initialen auf der Grabplatte eingemeißelt werden?«

Gérard seufzte erleichtert. »Fragen wir ihn.«

Sie besprachen die Einzelheiten des Begräbnisses mit dem Mönch, der keine Einwände gegen Luisas Wunsch hatte. Unter dem Namen und dem Sterbedatum des Notars würden die Initialen A. P. stehen, und niemand außer dem Mönch, Gérard und Luisa würde je wissen, was die Buchstaben bedeuteten. Luisa übergab dem Mönch die Hälfte ihrer Goldfranken, die Meister Rosso ihr mit auf den Weg gegeben hatte.

»Aber wir müssen ihn noch heute Nacht in die Gruft der Flammants schaffen«, sagte der Mönch. »Ihr geht jetzt zu Schwester Barbara und lasst Euch verarzten und verpflegen. Man wird Euch eine Kammer für die Nacht anweisen, und nach den Vigilien treffen wir uns hier wieder. Zwischen den Vigilien und dem Morgengebet schlafen die Brüder und Schwestern fest. Ich kümmere mich um Euren Bruder. Soll er diese Kleidung anbehalten? Wir können ihn waschen.«

Gérard nickte. »In den Satteltaschen ist frische Kleidung.«

»Aber bitte, wickelt ihn danach wieder in den Umhang und deckt mit der Kapuze seinen Kopf ab«, sagte Luisa und zupfte an dem Stoff, so dass man den kahlrasierten Schädel nicht sah.

Als sie nach dem Essen in der kleinen Kammer auf ihren Holzpritschen lagen und auf das Läuten zu den Vigilien warteten, sagte Luisa leise in die Dunkelheit: »Können wir diesem Blasius wirklich vertrauen?«

»Er bringt sich selbst genauso in Gefahr, wenn sie ihn erwischen, wie uns. Aber ich glaube fast, er macht das nicht zum ersten Mal. Vielleicht hat er so schon Selbstmördern oder sonst wem zu einem christlichen Grab verholfen. Dass er dafür Geld annimmt und damit die Armen und Kranken pflegt, wiegt seine Sünden irgendwie wieder auf, finde ich.«

»Glaubst du an die heilige römische Kirche?«

»Ja, das tue ich, aber genauso glaube ich, dass es auch andere Wege gibt, Gott zu dienen. Vor der Inquisition macht mich der Gedanke zum Ketzer, und ich weiß von Robert, dass es nicht immer klug ist, seine Gesinnung öffentlich zur Schau zu tragen.«

»Dabei halten sich die Vaudois doch bedeckt. Jedenfalls treten sie nicht so laut auf wie die Protestanten in den deutschen Landen oder gar Calvin in Genf.«

»Die Verbreitung des protestantischen Gedankenguts wird nicht aufzuhalten sein, es fragt sich nur, wie jeder Herrscher damit umgeht. Ich meine, seht Euch Heinrich VIII. an! Der treibt es so toll, dass es beispiellos ist, gründet seine eigene Kirche, nur weil der Papst ihm die Scheidung verweigert hat, und lässt die Köpfe rollen, dass das Schafott gar nicht mehr trocknet.«

»Aber Franz schien doch so aufgeschlossen! Er liest Bembo und Aretino und die antiken Philosophen! Daheim in Siena hieß es immer, er sei ein toleranter König, einer, unter dem die Religionen nebeneinander existieren.« Luisa wurde langsam müde, und ihre Augen brannten vom Weinen. »Armido hat auf ihn gebaut.«

»Und Franz hat ihn begnadigt. Vergesst das nicht! Ich bin nur ein Knecht und nicht derjenige, das Tun eines Königs zu erklären. Aber er ist nicht der Schlechteste. Unter Heinrich hättet Ihr möglicherweise schon Euren Kopf verloren, und Karl hätte Euch in einem seiner Inquisitionsverliese verrotten lassen. Versucht ein wenig zu schlafen. Ich wecke Euch.«

Sie dämmerte in einem Zustand zwischen Schlaf und Wachen und warf sich hin und her. Ihre Kindheit wurde lebendig, und sie sah Armido in der Werkstatt, wie er ihr das Anfertigen von Schablonen und das Antragen von Stuck erklärte, ihr Zeichenkohle in die Hand drückte und sie Entwürfe machen ließ, die er nicht verwendete, aber mit Lob überhäufte. Und dann hatte er sie mit nach Volterra genommen. Sie war wieder vierzehn Jahre alt und stand neben ihrem Bruder in der Kapelle der Compagnia della Croce di Giorno, der Bruderschaft des heiligen Kreuzes, in San Francesco. »Das ist wahre Kunst!«, hatte Armido gesagt, als sie vor dem Bildnis der Kreuzabnahme standen. RUBEUS FLO war die Signatur der Öltafel, und Armido erklärte ihr, dass dieses Werk von Rosso Fiorentino gemalt worden war, den er sehr verehre, weil in seiner Kunst eine ungezähmte Wildheit und Exzentrik liege, die ihresgleichen suche. Und plötzlich vermischten sich die Gesichter von Armido und Rosso, und Luisa starrte mit aufgerissenen Augen in die Dunkelheit.

Der eine der beiden Menschen, die sie am meisten auf der Welt liebte, lag kalt und tot aufgebahrt in einem Armenhospital in einem öden Landstrich eines Landes, das sie zu hassen begann. In der Kirche wurden die Glocken zu den Vigilien geläutet. Zitternd richtete sie sich auf der Pritsche auf, umschlang die Knie mit ihren Armen und wiegte sich hin und her. »Nicht so, Armido. Nicht so …«, weinte sie bitterlich.

»Luca«, flüsterte wenig später Gérard. »Wie ist eigentlich Euer richtiger Name?«

»Luisa«, kam es kaum hörbar von ihr.

»Hätte ich mir fast denken können. Kommt. Seid Ihr gefasst genug?« Der Mond leuchtete vom wolkenlosen Nachthimmel und warf silbriges Licht in die Kammer. Gérard stand vor ihr und musterte sie prüfend. »Das ist eine harte Prüfung, aber Ihr seid stärker als mancher Mann, den ich kenne.«

»Ich sehe mich schon lange nicht mehr als Frau«, schniefte sie. »Bringen wir es hinter uns. Wenn ein christliches Begräbnis alles ist, was ich für meinen Bruder tun kann, dann ist das wenig genug.«

»Was ich in Armidos Augen gelesen habe, nachdem Ihr aus Embrun gekommen seid, war nichts als tiefe Verzweiflung. Er erschien mir wie ein Gebrochener.« Gérard räusperte sich. »Die Inquisition, wie ich sie in Spanien erlebt habe, bricht jeden, und wer sie überlebt, weiß, wie es in der Hölle ist. Nur, dass man dann die Hölle zeit seines Lebens in sich trägt.«

»Hat man dich gefoltert, Gérard?«

»Nein, aber ich habe Opfern in Madrid geholfen, die den Kammern des Grauens entfliehen konnten. Hört Ihr?« Er horchte in die nächtliche Stille. »Die letzte Tür ist vor einigen Minuten zugefallen. Jetzt schlafen sie alle.«

Er zündete eine Kerze an und öffnete vorsichtig die Tür. Ihre Kammer befand sich im ersten Stock über dem Krankensaal. Am Ende des Flures brannte eine Lampe, die den Weg zu einer schmalen, ausgetretenen Treppe wies. Gérard ging voran. Aus einigen Türen klangen leise Schnarchgeräusche, als sie am Krankensaal vorüberkamen, hörten sie jemanden vor Schmerz stöhnen und die beruhigende Stimme von Schwester Barbara.

Gérard verdeckte die Flamme mit einer Hand und wandte sich rasch zur anderen Seite, wo sich die Lagerräume und der Raum für die Toten befanden. »Diese Tür muss es sein.«

Entlang den unverputzten Wänden standen Kisten und Fässer. Winzige Öffnungen auf Augenhöhe sahen auf den Hof, auf dem es dunkel und still war. Gérard kratzte an der roh gezimmerten Tür vor ihnen.

»Kommt herein!«, erklang Bruder Blasius' Stimme.

Luisa schlug sich die Hand vor den Mund, als sie ihren Bruder gewaschen und in sauberen Kleidern vor sich liegen sah. Wie sie es gewünscht hatte, bedeckte die Kapuze den Kopf, und man hätte denken können, er schliefe, denn sein Gesichtsausdruck war friedlich, fast schien es, als lächle er. Nur seine über der Brust gefalteten Hände und die unnatürliche Blässe zeigten, dass Armido den ewigen Schlaf schlief.

Sie beugte sich über ihn und hauchte ihm einen Kuss auf die Stirn. »Mögest du in Frieden ruhen, Armido«, flüsterte sie.

»Ich habe ihn gesalbt und ihm die Sakramente gespendet. Bruder Antoine hat mir beim Waschen und Ankleiden geholfen, aber hiervon muss er nichts wissen. Es gibt Dinge, die versteht er nicht.« Er zeigte auf die Trage, die hinter den Tischen an der Wand lehnte. »Wenn Ihr das Hospital morgen früh verlasst, sage ich ihm, dass Ihr Euren Bruder mitgenommen habt. So, und jetzt sollten wir keine Zeit verlieren. Die steinernen Sarkophage haben schwere Deckel.«

Es kostete Luisa alle Kraft, den Körper ihres Bruders zuerst auf die Trage legen zu helfen und sie dann durch das Hospital, über den Hof und schließlich durch einen Seiteneingang in die Kirche zu schaffen. Zweimal mussten sie die Last absetzen und sich den Schweiß von der Stirn wischen.

Blasius war keine Hilfe, denn er erleuchtete den Weg. Bevor sie durch die enge Tür des Kirchenschiffs traten, sagte er: »Seid so leise wie irgend möglich. Vater Marius schläft in einer Kammer hinter der Sakristei.«

Soweit sie es erkennen konnten, handelte es sich um eine einschiffige Kirche von schlichter Art. Durch eines der spitzbogigen Fenster fiel ein Streifen Mondlicht auf das einfache Gestühl, der Fußboden war mit unregelmäßig geschlagenen Steinplatten bedeckt. Der Mönch ging an der Wand entlang Richtung Altar, bis er unvermittelt stehenblieb. Vor ihnen tat sich ein dunkles Loch auf. Eine Grabplatte war bereits zur Seite geschoben worden, und daneben lag eine kurze Leiter auf dem Boden.

»Die Gruft der Flammants«, flüsterte der Mönch und hielt seine Lampe in das Loch im Kirchenboden.

Undeutlich waren die Umrisse mehrerer Särge zu erkennen.

»In einen der hinteren Särge legt ihr den Toten. Die Deckel liegen nur auf und lassen sich schieben. Nehmt das Licht mit hinunter. Ich bleibe oben und halte Wache.« Bruder Blasius hielt die Lampe, während Gérard die Leiter in die Gruft hinunterstellte.

»Wie, um alles in der Welt, sollen wir Armido dort hinunterbringen?«, murmelte Luisa. Sie hatten die Trage auf den Boden gelegt.

»Ich nehme ihn auf die Schultern. Ihr geht zuerst hinunter und haltet die Lampe«, ordnete Gérard an.

Ohne nachzudenken befolgte Luisa die Anweisung und kletterte in die muffige Gruft hinunter, wobei sie ihre Angst zu unterdrücken suchte. Staub und Spinnweben kratzten sie im Hals und lösten einen Hustenanfall aus. Die Lampe zitterte in ihrer Hand, und heißes Öl tropfte auf ihr Bein. Sie tappte unsicher umher und stieß gegen den ersten Sarg. Dahinter standen an den Wänden drei weitere, einer nur halb so groß. Der Sarg eines Kindes.

»O Gott …«, krächzte sie und fuhr sich über das Gesicht, um besser sehen zu können.

Mit dem in den Umhang gewickelten Körper ihres Bruders kletterte Gérard schwer atmend die Leiter hinunter und wäre beim Aufkommen auf dem Boden fast gestürzt. Doch Luisa stellte rasch die Lampe auf einen Sarg und stützte ihn von hinten. Schnaufend ließ er die Leiche zu Boden gleiten. Luisa vermied es hinzusehen und zeigte auf einen der Särge an der Wand. »Den?«

Gemeinsam ruckelten sie an dem steinernen Deckel, der sich erstaunlich leicht bewegen ließ, allerdings begleitet vom lauten Geräusch aneinanderschleifender Steine. Sie holte die Lampe und sah hinein. Eine bereits mumifizierte Leiche in Kleidungsresten wurde sichtbar. Gérard ging zum Loch und rief nach oben: »Wir legen ihn in den Sarg hinten in der Ecke.«

»Ja, ja, macht schnell, es beginnt bereits zu dämmern«, drängte der Mönch.

»Jetzt müssen wir gemeinsam anpacken«, sagte Gérard zu Luisa.

»Da hinein?«

»Ja. Da Monsieur Flammant der letzte Vertreter seiner Familie ist, wird niemand jemals wieder diese Gruft öffnen und kontrollieren, wer hier bestattet wurde.«

Sie bekreuzigte sich und griff nach Armidos Füßen. Auf Gérards Zeichen hievten sie den Körper in den offenen Sarg, wobei das Skelett unter dem Gewicht des frischen Leichnams knackte und sie Knochen splittern hörten. Obwohl ihre Hände schweißnass und kaum ruhig zu halten waren, ordnete sie die Kleidung ihres Bruders, zog die Kapuze über sein Gesicht und murmelte dabei das Paternoster. »Verzeih mir, Armido!«

Dann schob sie mit Gérards Unterstützung den Sargdeckel zurück, wobei die Steinflächen aneinander schliffen und kratzten, dass sie fürchtete, ganz Chorges würde davon erwachen. Mit einem dumpfen Ton, der die gesamte Gruft zu erschüttern schien, ruckte der Deckel in seine Ausgangsposition.

»Löscht das Licht!«, rief Bruder Blasius plötzlich von oben.

Gérard tat wie geheißen, und angespannt standen sie unterhalb des Loches und horchten in das Kirchenschiff hinauf.

»Was treibt Ihr zu dieser Stunde hier, Bruder? Seltsame Geräusche haben mich aus dem Schlaf gerissen.« Die Stimme klang unwirsch und strafend.

»Oh, Vater Marius, welche Überraschung!«

»Und wieso steht Ihr hier im Dunkeln? Das ist sehr merkwürdig, Bruder!«

»Und dabei habe ich mir die größte Mühe gegeben, keinen Laut von mir zu geben! Mir ist die Lampe in die Gruft gefallen, weil ich sehen wollte, ob für morgen früh alles gerichtet ist. Wisst Ihr, Vater, Bruder Antoine vergisst immer irgendetwas. Er ist ein herzensguter Junge und, wenn es um seine Pferde geht, äußerst zuverlässig, wirklich, aber Ihr habt ein Licht. Das ist gut, Vater, dann komme ich gleich mit Euch zurück …« Die Stimmen entfernten sich, und Gérard und Luisa atmeten auf. »Ich muss hier heraus, sonst fange ich an zu heulen und zu schreien«, sagte Luisa und tastete sich auf die Leiter zu.

Mit Hilfe des Mondlichts und der aufkommenden Dämmerung fanden sie den Weg aus der Kirche hinaus und zurück in den Hof. Dort wartete Blasius an der Pforte auf sie.

»Welch ein Segen, der Vater hat keinen Verdacht geschöpft. Aber Ihr solltet heute früh die Ersten sein, die das

Hospital verlassen. Es wird bald zu den Laudes läuten. Ihr findet Antoine im Stall bei den Tieren. Richtet es so ein, dass Ihr vor den Laudes zum Tor hinaus seid.«

Der alte Mönch geleitete sie über den Hof zurück ins Hospital und gab ihnen dort eine Kerze. »Gott segne Euch. Und zweifelt nicht, dass Ihr das Richtige für Euren Bruder getan habt. Er wird hier seinen Frieden finden. Ich werde ihn täglich in meine Gebete einschließen.«

Luisa neigte den Kopf. »Danke, Ihr wisst nicht, was mir das bedeutet. Es, es ist so viel geschehen …«

Sie standen vor dem Treppenaufgang, und ein Luftzug, der durch die unverglasten Fensteröffnungen wehte, ließ die Kerzenflamme flackern. Für einen kurzen Moment meinte Luisa im gütigen Gesicht des alten Mönchs einen der Heiligen von Meister Rossos Gemälden zu sehen.

»Wir alle haben unsere Geschichte, und manchen prüft der Herr schwerer als andere. Gott schütze Euch!«

Aus dem Krankensaal ertönte ein langgezogenes Heulen. Sie schraken zusammen, doch Blasius lächelte milde. »Eine arme verirrte Seele, die wir davon abhalten konnten, sich in die Fluten der Durance zu stürzen. Ihre fünf Kinder sind an den Blattern gestorben. Aber ich fürchte, sie ist nicht zu retten.« Traurig den Kopf schüttelnd, ging er auf die Doppeltüren des Saales zu.

Während die Türen sich schlossen, hörten sie Schwester Barbara. »Gott mit dir, Bruder. Gut, dass du da bist.«

Müde stiegen Luisa und Gérard die Stufen in den ersten Stock hinauf. Nach den Strapazen der letzten Tage und einer schlaflosen Nacht lag ein weiterer schwerer Tag vor ihnen.

»Ob sie zurückkommen, um uns auch noch zu töten?«, fragte Luisa leise.

»Daran solltet Ihr nicht einmal denken. Wir packen jetzt zusammen und bringen so viel Wegstrecke wie möglich zwischen uns und Chorges. Und wenn sich ein passender Platz bietet, machen wir Rast, um den Schlaf nachzuholen.«

Sie raffte den Umhang von der Pritsche, auf dem sie geruht hatte. »Und eine Nachricht für Dufy?«

Gérard schüttelte den Kopf. »Wir sollten nicht mit ihm in Zusammenhang gebracht werden. Lasst etwas Zeit vergehen. Und wem nützt es, von Armidos Tod zu wissen? Jules und die anderen in den Bergen haben genug Kummer.«

Ihr Kopf juckte, und sie kratzte sich.

»In der Nähe von Corps gibt es Seen, in denen wir uns reinigen können«, sagte Gérard mitfühlend.

Aber zuerst mussten sie Chorges unbehelligt verlassen.

XXXVI
Aigues-Mortes
Juli 1538

Der gealterte Botschafter Venedigs, der sich nach nichts mehr sehnte, als endlich die Heimreise antreten zu können, um an den noch verbleibenden Tagen seines Lebens den salzig-modrigen Geruch der Lagune atmen zu können, betrachtete den erneuten Halt des königlichen Trosses mit gemischten Gefühlen. Eine weitere ereignislose Verhandlung war das Letzte, wonach ihm der Sinn stand, auch wenn dieses Mal die Vorzeichen günstiger schienen, denn Karl und Franz wollten sich in Aigues-Mortes von Angesicht zu Angesicht gegenübertreten.

Signor Giustiniani ließ seinem Pferd die Zügel, es folgte automatisch den anderen, die bereits auf die düstere Festungsanlage der kleinen Hafenstadt zusteuerten. Schon aus der Entfernung waren die Masten von mindestens vierzig Galeeren zu sehen. Die Regenten hatten es vorgezogen, auf ihren Galeeren anzureisen, während der Großteil des königlichen Trosses über Land zog. Da es mit Sicherheit seine letzte Reise innerhalb Frankreichs war, hatte Giustiniani sich einer Gruppe italienischer Kaufleute und Bankiers angeschlossen. Vor allem die Bankiers waren besser informiert als andere, immerhin ging es um ihr Kapital, mit dem der König seine Unternehmungen großzügig finanzierte.

»Auf der vorderen Galeere dürften Baron Saint-Blancard und Montmorency sein. Sollten die nicht den König ankündigen?«, fragte Onorato Bardi, Spross der mächtigen Familie aus Florenz, die über eine riesige Handels- und Bankenkompagnie herrschte und lukrative Transaktionen in Flandern, England und Frankreich tätigte.

»Die königliche Fregatte läuft gerade ein, wenn ich die Flaggen richtig deute«, erklärte Giustiniani. »Nun, lassen wir uns die Einzelheiten des Spektakels beim Essen vorlegen. Ich bin neugierig, welche Quartiere uns erwarten.«

Bardi war ein hübscher Florentiner im heiratsfähigen Alter, den die französischen Hofdamen umschwärmten wie die Bienen den Honig. »Bei der Hitze ist mir ein Zelt recht, und die Nacht wird ohnehin kurz werden ...« Er grinste und sah zu einer Gruppe kichernder Damen, die in einem offenen Wagen saßen und sich Luft zufächelten.

An diesem Abend wurde auf der Galeere des Kaisers gespeist, und nur ausgewählte Höflinge waren geladen. Bereits am Abend darauf richtete Franz das Diner aus und ließ seinen Todfeind angesichts dieser Prachtentfaltung vor Neid erblassen. Nicht nur die Galeeren waren geschmückt, auch an Land verwandelten Girlanden und Lampions, unzählige Kerzen und Blumengestecke die königliche Zeltstadt auf den Wiesen vor der Festung in eine Märchenwelt. König Franz und sein kaiserlicher Gast speisten an einer Tafel, deren mit Duftwasser beträufelte Tischwäsche mehr kostete, als eine Pächterfamilie in einem Jahr verdiente. Giustiniani nahm Spuren von Anstrengung und Krankheit im Gesicht des Königs wahr und hoffte, dass Franz nicht von einem neuerlichen Anfall seiner schlimmer werdenden Krankheit niedergeworfen wurde. Königliche und kaiserliche Leibwachen waren mit polierten Brustharnischen und stolz aufgestellten Hellebarden überall präsent. An diesem Abend feierten die beiden mächtigsten regierenden Häupter des christlichen Abendlands ihre Versöhnung.

Gaukler und Musikanten sorgten für Unterhaltung, doch Glanzlicht waren die hochgestellten Persönlichkeiten, die in dieser Konstellation nur äußerst selten aufeinandertrafen. Es war rührend, die Freude auf dem Gesicht von Königin Eleonore zu sehen, als ihr Bruder und ihr Gatte sich demonstrativ umarmten.

Giustiniani, der neben Bardi stand, bemerkte leise: »Das hätten Montmorency und der Kardinal nicht besser inszenieren können. Schaut Euch den Kaiser an, ganz der großherzige Bruder, der um Verzeihung bittet.«

Tatsächlich umarmte Karl, der mit seinem abnorm vorstehenden Kinn und dem untrainierten Körper neben dem ebenmäßig gewachsenen Franz noch hässlicher wirkte, auch dessen Sohn Henri. Der Dauphin ließ es geschehen, ohne das Gesicht zu verziehen. Immerhin hatte er seine in düsterer Gefangenschaft verbrachte Kindheit Karl V. zu verdanken. Marguerite, die Schwester des Königs, und Madame d'Étampes saßen mit den anderen Seigneurs an der Tafel und betrachteten ergriffen die Begegnung der beiden verfeindeten Männer. Während die Musiker eine Gavotte anstimmten, überreichte Franz dem Kaiser einen Goldring mit einem kostbaren Diamanten. Der Kaiser hob überrascht die Augenbrauen und las laut die eingravierte Inschrift vor: »*Dilectionis testis et exemplum* – meiner Zuneigung Zeuge und Beweis. Wundervoll! Ich danke Euch!«

Anscheinend hatte der Habsburger mit einer derartig gefühlvollen Geste nicht gerechnet und nahm spontan die Kette vom Goldenen Vlies ab, um sie Franz umzuhängen. Verblüfft riss sich nun der französische König das Collier vom Orden des heiligen Michael vom Hals und legte es dem Kaiser um. Mit Tränen in den Augen umarmten und küssten sich die beiden Männer und tauschten Einladungen und Schmeicheleien aus, die kein Ende nehmen wollten.

»Wertester Schwager, bald wird Fontainebleau, das Juwel meiner Schlösser, fertig sein, und Ihr müsst dieses Kunstwerk mit Eurem Besuch krönen. Meister Rosso und Le Breton schaffen mit diesem Bauwerk Unvergleichliches! Vor allem die Galerie, die Rosso Fiorentinos Genius widerspiegelt, ist von noch nie dagewesener Originalität, ein französisch-italienisches Arkadien!«, schwärmte Franz I. stolz von seinem Lieblingsschloss.

Giustiniani schmunzelte, stellte er sich doch das Gesicht des humorlosen Karl vor, wie er durch die Galerie wandelte und von den Heldentaten seines Gastgebers in mythologischen Allegorien überhäuft würde.

»Meine Güte, wollen sie vielleicht noch die Kronen austauschen?«, frotzelte Bardi.

Giustiniani lachte verhalten. »Das würde zu erheblichen Spannungen führen. Seht nur die Berater auf beiden Seiten, wie sie jede Bewegung mit kritisch taxierenden Augen bewachen.«

»Beim eisigen Blick von Kardinal Tournon fröstelt es mich jedes Mal, obwohl Montmorency sicher nicht besser ist, und der kaiserliche Großkanzler scheint mir auch kein Ausbund an Milde zu sein.« Bardi hielt einen Diener an und nahm sich einen Weinkelch vom Tablett. »Zumindest ist der Wein heute Abend ausgezeichnet.«

Giustiniani winkte einem eleganten, gut aussehenden Mann. »Marquis, darf ich Euch etwas fragen?«

Lucien de Saint-Flour, der Geliebte von Madame d'Étampes, lächelte und verneigte sich vor dem Botschafter und Onorato. »Ich habe Euch schon gesehen, aber leider den Namen vergessen. Verzeiht.«

»Onorato Bardi, meines Zeichens Bankier aus Florenz«, erwiderte Onorato höflich.

»Ah! Ohne Euch würden wir nur so halb so gut bei Hofe

leben, habe ich nicht recht?« Sein Lachen war ohne Falschheit.

»Leider sind auch unsere Mittel nicht grenzenlos«, bedauerte Bardi und spielte auf die schlechte oder nicht vorhandene Zahlungsmoral Seiner Majestät an.

»Aber heute könnt Ihr darüber hinwegsehen, werter Bardi, oder nicht? Schaut Euch die Majestäten an, wie sie schimmern und leuchten in ihren goldenen Roben und über den Frieden reden!« Der Marquis hatte gerötete Wangen und schien dem Wein schon kräftig zugesprochen zu haben.

»Das, mein lieber Marquis, wäre meine Frage. Wird dieser Friede von Dauer sein? Ich bin Venezianer, wie Ihr wisst, und würde der Serenissima gerne die Botschaft überbringen, dass die Liga einen standhaften Verbündeten gewonnen hat.« Fragend sah der alt gewordene Botschafter den Marquis an, der durch seine Geliebte über alle Staatsgeheimnisse auf dem Laufenden war.

»Wenn Ihr mich heute fragt, sage ich: Schaut Euch die beiden Männer an, die sich wie beste Freunde in den Armen liegen. Wer könnte an ihren friedvollen Absichten zweifeln?« Der Marquis trank einen Schluck und kostete das Bouquet des vollmundigen Roten. Er atmete tief durch und fügte dann hinzu: »Aber einem Herrscher ist es nur selten vergönnt zu menscheln, um es salopp zu formulieren. Frankreichs Beitritt zur Liga des Papstes hat Folgen, die auf der Hand liegen. Erstens hat Seine Majestät Heinrich VIII. verprellt, der einen so wankelmütigen Verbündeten nicht länger braucht. Zweitens ist der Sultan nun zu Recht aufs Tiefste beleidigt. Ich bin zwar kein Freund der Osmanen, aber Suleiman hätte Franz unterstützt und ist beziehungsweise war ein loyaler Bündnispartner. Habt Ihr bemerkt, dass nur noch ein Vertreter des Sultans hier ist?«

Giustiniani und Onorato Bardi suchten in der Menge der

festlich gekleideten Höflinge nach den osmanischen Vertretern. Tatsächlich stand nur ein orientalischer Würdenträger mit einer Hand an seinem Krummsäbel an eine Pinie gelehnt und beobachtete das bunte Treiben mit gerunzelter Stirn.

»Kein gutes Zeichen. Die anderen sind wahrscheinlich wütend abgereist. Der Sultan wird toben, wenn er hiervon erfährt.« Der Marquis drehte seinen Kelch zwischen den Fingern.

»Und Mailand? Es geht dem König immer um Mailand!«, meinte Bardi. »Franz ist doch besessen von Mailand. Deshalb die Kriege!«

»Mailand. Ja.« Nachdenklich strich sich der Marquis mit dem Ringfinger einen Tropfen von der Unterlippe. »Da durch den tragischen Tod seines zweifellos begabteren Bruders Henri zum Thronfolger aufgestiegen ist, kommt nur noch Charles für eine Investitur des Herzogtums Mailand in Frage. Es geht das Gerücht, Charles, seit kurzem nun Herzog von Orléans, könne die verwitwete Christine von Dänemark ehelichen.«

Der dritte Sohn Seiner Majestät war vom Wesen seinem verstorbenen Bruder ähnlich, und es war ein bedauernswerter Schicksalsschlag, dass nicht er, sondern Henri dem Thron näher stand. »Christine von Dänemark, Nichte des Kaisers und Witwe des letzten legitimen Herzogs von Mailand, würde im Fall einer Ehe mit dem Herzog von Orléans Mailand als Mitgift einbringen. Ich habe bereits ähnliche Andeutungen aus dem Lager Montmorencys gehört«, sagte Giustiniani.

Der junge Bankier zwinkerte einer braunhaarigen Schönheit aus dem Gefolge des Kaisers zu. »Meine Herren, ich denke, ich werde die diplomatischen Beziehungen auf persönlicher Ebene vertiefen, und möchte mich verabschieden.«

Lucien de Saint-Flour und Botschafter Giustiniani bemerkten das Objekt von Bardis Aufmerksamkeit, und der

Marquis lachte verständnisvoll. »Aber nehmt Euch in Acht. Die junge Dame ist bereits versprochen, und ich habe gehört, dass ihr Zukünftiger ein spanischer Grande ist, deren Degen steckt bekanntlich locker …«

Später an diesem Abend, König und Kaiser hatten sich bereits zurückgezogen, schlenderte Giustiniani allein an der Festungsmauer entlang auf den Hafen zu. Er liebte das Meer und spürte täglich sein Heimweh wachsen. Hieß es nicht, dass man sich im Alter nach der Heimat sehnt? Nun, er stand in seinem sechsten Jahrzehnt und hatte sich einen ruhigen Lebensabend in der Serenissima verdient. Gemächlich spazierte er unter Palmen die Kaimauer hinunter. Im Licht der Fackeln und Lampen wiegten sich die Schiffsrümpfe sanft auf der See. Hier und dort ertönte ein nautisches Kommando oder Geräusche, die auf ein Schäferstündchen schließen ließen.

Er erinnerte sich, dass am Ende der Hafenanlage, die langsam zu versanden drohte, die Ufer sanft ins Meer abfielen und einen schmalen Streifen Sand hinter blühenden Büschen und Palmen freigaben. Dorthin wollte er gehen, um in dieser schwülen Julinacht dem Plätschern des Meeres zu lauschen. An den Wegesrändern standen fast kniehohe Lavendelbüsche, deren Duft die lästigen Mückenschwärme zumindest ein wenig fernhielt. Aigues-Mortes, die »Stadt der toten Wasser«, eine Bezeichnung, die als Einladung für die Plagegeister gelten mochte, war von Sümpfen und flachen Teichen umgeben. Giustiniani kannte die Gefahr, die von dem in ihnen wohnenden Ungeziefer ausging, aus seiner Heimat. Es gab mehr Arten von Sumpffieber, als er aufzählen konnte. Und in jedem Jahr starben Tausende Menschen am Fieber.

Er öffnete die Bänder seines Hemdes und genoss die frische Meeresbrise auf der Haut. Sümpfe gab es auch um Paris reichlich. In Verbindung mit Kälte und Feuchtigkeit produzierten sie ein ungesundes Klima, und obwohl er das ewige Reisen satt hatte, war er dem König dankbar für dessen Reiselust, verhinderte sie doch, dass sie allzu lange in der stinkenden Stadt an der Seine verbleiben mussten. Der Botschafter hustete. Dieser Husten würde ihn irgendwann ins Grab bringen.

Die Positionslichter der Fregatten lagen nun hinter ihm, und dort unten schimmerte verheißungsvoll das Meer. Er verließ den Pfad und trat auf Steine, die spitz in seine dünnen Sohlen stachen.

»Und wenn ich Euch sage, dass Ihr Euch durchsetzen müsst! Hört auf mich, ich kenne mich aus bei Hofe!«

»Ich bin kein grünschnäbliger Ministrant mehr. Der Kardinal vertraut mir immer öfter wichtige Aufgaben an.«

Giustiniani verharrte auf dem Abhang und ging langsam in die Hocke, was ihn einige Mühe kostete, denn seine Kniegelenke protestierten vernehmlich. Die ältere Stimme kannte er gut, sie gehörte dem Comte de Mallêt, einem äußerst unangenehmen Mann. Seine Reputation beinhaltete Falschheit, Korrumpierbarkeit und Skrupellosigkeit. Allerdings hatte er eine Schwäche für das schöne Geschlecht, wie die Schwangerschaft von Madame de Tavannes bewies, wenn man den Gerüchten Glauben schenken konnte.

»Dann beweist Euch endlich! In Eurem Alter haben andere bereits eine Bischofsmütze auf dem Kopf!«, zischte der Comte.

»Ich werde Euch nicht enttäuschen, Vater. Immerhin hat sich in Embrun einiges getan, oder nicht?«, erwiderte Guy de Mallêt.

»Aber dieser Paserini ist entkommen. Das ist ein Rückschlag!«

»Den Flammen mag er entronnen sein, nicht aber dem Schwert!« Triumph lag in Guys Stimme.

Was um Gottes willen bedeutete das? Giustiniani lauschte nun wahrhaft interessiert, denn die Paserini lagen ihm am Herzen. Sie waren begabte junge Landsleute, die es zu unterstützen galt.

»Erklärt Euch!«, verlangte der Vater.

Die Gestalten von Vater und Sohn zeichneten sich als dunkle Silhouetten gegen das silberne Mondlicht und das Meer ab. Guy trug seit einigen Wochen nur noch die schlichte schwarze Robe des geistlichen Standes.

»Ihr wärt überrascht, wie gut mein kleines Spitzelsystem funktioniert. Sicher entsinnt Ihr Euch, dass der junge Paserini in Villeneuve war?«

»Natürlich. Verabscheuungswürdiger kleiner Sodomit!«

Sein Sohn lachte böse. »In dieser Hinsicht sind wir uns nicht ähnlich, nicht wahr, Vater? Nun, es ist ihm gelungen, eine Begnadigung für seinen Bruder zu erwirken.«

»Ich weiß, ich weiß«, sagte der Comte ungeduldig.

»Monsignor Sampieri ist ein zuverlässiges Werkzeug der Inquisition, und wir stehen in ständigem Kontakt. So konnte sich der Monsignore vorbereiten und Maßnahmen für eine etwaige Begnadigung treffen. Der Erzbischof ist etwas schwerfällig, aber kooperativ. Soweit ich weiß, haben seine Männer Armido Paserini im Wald von Chorges erwischt.«

»Und sein Bruder? Sind sie nicht allein gereist?«

»Nein, leider war ein bewaffneter Begleiter dabei, der sich als widerstandsfähiger erwiesen hat als erwartet. Aber der Junge ist ohnehin kein Ketzer. Er wird keinen Ärger mehr machen.«

»Ist er nicht das Schätzchen von Meister Rosso?«, stichelte der Comte.

Giustiniani sah, wie sich Guy wütend abwandte. Luca wusste gar nicht, wie viel Glück er bislang gehabt hatte.

»Was wisst Ihr davon?«

»Nehmt ihn Euch, wenn Ihr ihn haben wollt, und dann vernichtet ihn. Solange Seine Majestät lebt, stehen die Italiener unter königlichem Schutz, aber dieser Junge hasst Euch! Damit ist er eine Gefahr. Herrje, Guy, es ist doch ein Leichtes, im richtigen Augenblick einen Dolch platzieren oder ein Glas Wein reichen zu lassen, das unverträglich ist …«

Guy sagte nichts, und Giustiniani befürchtete, dass der Sekretär des Kardinals Luca mehr begehrte, als er zugeben würde.

»Ihr habt doch kein Mitleid mit dem Jungen? Nun, ich erwarte klare Verhältnisse, sonst nehme ich die Angelegenheit selbst in die Hand.«

»Nein! Der Hof wird im August wieder in Fontainebleau sein. Dann regle ich alles. Und Ihr könnt schon eine violette Robe in Auftrag geben.« Die beiden Männer umarmten sich und klopften sich auf die Schulter.

Giustiniani sackte rückwärts auf die Steine. Welch ein teuflisches Duo! Er musste Luca warnen! Selbst nach dem Tod seines Bruders würde Luca nach Fontainebleau zurückkehren, denn er verehrte und liebte Meister Rosso und die Kunst. Eine Nachricht musste Rosso erreichen, bevor Guy de Mallêt seine perfiden Absichten in die Tat umsetzen konnte. Gleich morgen würde er eine Nachricht nach Fontainebleau abschicken.

XXXVII
Schatten über Fontainebleau

Nie war vordem eine der latinischen Hamadryaden
Emsiger, als Pomona,
in blühender Gärten Bestellung,
Nie geschäftiger eine für saftige
Früchte des Baumes.
Davon ward sie benannt.

Ovid, Metamorphosen, XIV. Buch

Der Pavillon der Pomona lag am äußersten Ende der von Mauern eingefassten Parkanlage. Das überdimensional hohe und spitze Dach, welches auf mit Kompositkapitellen versehenen Pfeilern ruhte, ragte in der Morgensonne empor. Dachfirst und Ecken wurden von aufgesetzten Kugeln betont. Die nach Süden und Osten gelegenen Seiten waren offen, während im Norden und Westen Mauern den Pavillon verschlossen. In unmittelbarer Nähe befand sich nicht nur die Quelle, sondern auch das westliche Ende des Schlossflügels, in dem eine Grotte angelegt werden sollte. Die dafür benötigten Sandsteinquader wurden bereits von Arbeitern herbeigeschafft. Das Schloss würde seinem König zur Ehre gereichen, denn es vereinigte auf perfekte Weise Elemente französischer und italienischer Architektur. Vor allem der italienische Einfluss trat immer deutlicher zu Tage, dachte

Luisa nicht ohne Stolz, als sie die exquisite Silhouette des Pavillons erblickte.

Vor fast zwei Monaten hatte sie Fontainebleau verlassen, aber wie viel hatte sich seitdem verändert. Sie hatte sich verändert. Armidos Tod hatte einen Schatten auf ihr Leben geworfen, und sie hatte das Gefühl, dass er mit jedem Tag länger und schwärzer wurde und sie langsam zu erdrücken drohte.

»Schau her. Diese Bank ruht ebenfalls auf Kugeln. Sie werden noch vergoldet, genau wie die auf dem Dach.« Rosso Fiorentino war vor ihr in den Pavillon getreten und erklärte die Fortschritte der vergangenen Wochen.

Es war Sonntag, der einzige Tag der Woche, an dem die Arbeiten ruhten und sich die Künstler und Handwerker oberflächlichen Vergnügungen widmen konnten, ohne den obligatorischen Kirchgang zu versäumen. Die meisten Männer waren ins Dorf gegangen, wo eine Gauklertruppe gastierte. Andere waren auf der Jagd, und einige vertrieben sich mit Spaziergängen im Park die Zeit.

»Eigentlich bedeutet *pavilio* Zelt. Aus Italien kennen wir den *padiglione* als Holzkonstruktion, die ein vergängliches Gartenelement ist. Ich habe mich jedoch für einen beständigen Steinbau entschieden, der mit kostbarem Dekor und illusionistischer Wandmalerei versehen wird.« Rosso stand vor den beiden Wänden und breitete die Arme aus. »Der Besucher des Pavillons soll sich von einer Landschaft, einem Laubengang in die Welt der Götter entführen lassen. Da das Thema die Pomona ist, habe ich mich für die Geschichte von Vertumnus und Pomona aus Ovids Metamorphosen entschieden.« Er machte eine Pause und sah zu Luisa, die sich an einen Pfeiler gelehnt hatte und die begonnenen Stuckarbeiten betrachtete, an denen ihr Bruder mitgewirkt hätte, wäre er noch am Leben.

»Pomona, die Metamorphosen, folgst du mir?«, fragte Rosso, doch es lag keine Ungeduld in seiner Stimme.

»O ja. Entschuldige. Ovid. Vertumnus entbrannte in Liebe zur Nymphe Pomona, die sich um ihren Obstgarten sorgte, jedoch keinem Mann Zutritt gestattete. Der listige Vertumnus nahm die Gestalt einer alten Frau an und erzählte der Nymphe von einem hartherzigen Mädchen, das nach dem Selbstmord des verschmähten Liebhabers zur Strafe versteinerte. Als Vertumnus seine wahre Gestalt annahm, entbrannte Pomona in Liebe zu ihm. In aller Kürze«, sagte sie.

»Ich will nun jenen Augenblick festhalten, in dem die alte Frau die Nymphe zu überzeugen versucht, Vertumnus zu erhören, und Amor hat seinen Pfeil schon im Anschlag. Natürlich steht die Illusion der Natur im Vordergrund. Der Stuckrahmen macht deutlich, dass es sich um ein Bild handelt, aber genau wie in der Galerie werden die Realitätsebenen auch im Pavillon vermischt.« Rosso stellte sich vor die freien Flächen, in denen die Fresken entstehen sollten, und formte mit den Händen phantastische Gebilde. »Aus Stuck werden ringsherum Satyrpaare, Fruchtgirlanden, Putti und Karyatiden mit Obstkörben lebendig werden. Und ich meine lebendig! Für deinen Bruder wäre es ein Fest gewesen …« Er lächelte, und sie wusste, dass er sie aufmuntern wollte.

»Und das andere Fresko? Es ist Platz für zwei Bilder. An jeder Wand eines.«

Rosso räusperte sich. »Primaticcio hat gedrängelt und genörgelt, bis er die Erlaubnis bekam, das andere Fresko zu gestalten.« Er wischte die Idee des ungeliebten Rivalen fort wie eine lästige Fliege. »Er hat sich für Priapus in seiner Rolle als Schützer der Gärten und als Fruchtbarkeitsgott, der auch für die Natur zuständig ist, entschieden. Ein Schriftzug unter seinem Fresko wird lauten ›a fontene bleau‹.«

Gemeinsam kehrten sie dem Pavillon den Rücken. »Es gefällt dir nicht, was er vorhat?«

Rosso zuckte mit den Schultern. »Es entspricht seiner kleingeistigen Natur. Ich streite mich nicht mit ihm. Mein Projekt ist die Galerie, und da redet er mir nicht hinein.« Er packte ihren Arm. »Das Konzept geht auf! Franz ist Cäsar, Triumphator, und zugleich ist alles Allegorie, verleiht der Phantasie des Betrachters Flügel.« Er lachte und blinzelte in die Morgensonne. »Und falls Karl je hierherkommt, wird er es bewundern, weil er es nicht versteht! Wäre ich so plump wie Primaticcio, würde der Kaiser angesichts der Galerie Franz wahrscheinlich sofort den Krieg erklären …«

»Besonders subtil ist Primaticcio nicht, aber er ist ein sorgfältiger Handwerker.«

»Nur machen Sorgfalt und handwerkliches Können allein keinen großen Künstler aus.« Aus dem Park klang Gelächter zu ihnen herüber. Rosso und Luisa sahen zu den Männern dort hinüber, die fröhlich miteinander rauften. Unter ihnen waren Thiry, Penni und einige römische Stukkadore. »Manche von ihnen sind großartige Maler, die meine Vorlagen auf die beste Art umsetzen, die ich mir nur wünschen kann. Aber …« Er sah sie von der Seite an.

»Ich verstehe, und es war nicht meine Absicht, Primaticcio zu verteidigen.«

»Cellini beispielsweise ist ein räudiger Bastard, aber als Goldschmied vollbringt er Großes.«

Vor ihnen tauchte das alte Schloss zwischen den Bäumen auf. Das Wasser des Teiches glitzerte in der Morgensonne, und jemand ruderte ein Boot zum kleinen Pavillon.

»Bevor ich die Arbeiten in Fontainebleau übernommen habe, war immer Amboise das bevorzugte Schloss Seiner Majestät. Bist du schon einmal dort gewesen?«

Luisa verneinte.

»Leonardo da Vinci hat von 1516 bis zu seinem Tod drei Jahre später in Amboise gelebt. Der König ist besonders stolz, dass es ihm damals gelungen war, den großen alten Meister nach Frankreich zu holen. Man hat mir gesagt, dass Franz Leonardo sogar als Vater bezeichnet hat. Er liebte dessen geniale Fähigkeiten als Ingenieur und Architekt. Hast du gewusst, dass Leonardo Pläne entworfen hat, die Loire zu begradigen und die Sologne trockenzulegen?«

»Er hat sich mit Flussläufen beschäftigt?« Sie hatte von den Kriegsmaschinen gehört, die Leonardo für den Herzog von Mailand hatte entwerfen müssen, aber warum sollte sich ein Künstler mit einem Fluss befassen?

»Das ist wahrer Genius, Luca. Die Natur in ihrer Ganzheit zu verstehen, den menschlichen Körper zu erfassen, innen wie außen. Es gibt noch so vieles zu entdecken und zu begreifen.« In Gedanken versunken ging er eine Weile schweigend neben ihr her. Sein blauer Umhang wehte um ihn.

So vieles, das wir nicht verstehen, dachte Luisa und sah einen alten Mönch in einem Hospital vor sich, der allem Schlechten, was sie durch die kirchliche Inquisition erfahren hatte, widersprach und Güte zeigte, wo sie Verrat und Strafe erwartet hätte. »Bruder Blasius, Gott schütze Euch«, murmelte sie.

»Es ist gut so«, sagte Rosso unvermittelt und blieb am Rande des Teiches unter den herabhängenden Zweigen einer Weide stehen, deren dichtes Blattwerk sie vor Blicken schützte.

Sie hatte Rosso alles erzählt. Fast alles, nur ihre Lüge vor dem König hatte sie verschwiegen. Es tat ihr gut zu wissen, dass Rosso ihre Entscheidung, Armido in jener Gruft zu beerdigen, gutgeheißen hatte. Gérard hatte sie von Chorges sicher nach Lyon gebracht. Infolge einer günstigen geographischen Lage am Zusammenfluss von Rhône und Saône und einer für die Italienfeldzüge der französischen Könige strategisch bedeutsamen Position hatte sich Lyon lange vor Paris Italien geöffnet. Italienische Bankiers, Händler, Diplomaten und Künstler hatten italienische Kultur und Lebensart mitgebracht und die Stadt geprägt. Was Lyon jedoch zum bedeutendsten Zentrum des Humanismus neben Paris machte, waren die zahlreichen Buchdrucker und Verleger, die sich hier niedergelassen hatten.

Robert Estienne hatte sie im Haus von Étienne Dolet erwartet, einem Buchdrucker, der vor zwei Jahren das Lexikon *Commentarii Linguae Latinae* veröffentlicht hatte. Dolet war ein geistvoller und freundlicher Gastgeber, und sie hatten einige Nächte dort verbracht, bevor sie zusammen mit Robert und einer Gruppe Kaufleute Richtung Norden aufgebrochen waren.

»Ich vermisse meinen Bruder so sehr, und ich kann meiner Familie nicht einmal sagen, was geschehen ist.« Sie hatte Pietro einen kurzen Brief geschrieben und von einem Unfall berichtet. Weder Armidos Heirat noch die Vaudois noch den Prozess in Embrun erwähnte sie. Je weniger Menschen davon wussten, desto besser.

»Es würde den Verlust nur schmerzlicher machen. Du weißt, was geschehen ist, und du hast dir nichts vorzuwerfen. Im Gegenteil. Deine Loyalität deinem Bruder gegenüber ist beispiellos.« Rosso legte ihr die Hand auf die Schulter, nahm sie jedoch rasch wieder fort, als sie Stimmen auf dem Rasen hörten.

Seit ihrer Rückkehr hatte sich auch das Verhältnis zu Rosso verändert. In der Öffentlichkeit war er noch zurückhaltender im Umgang mit ihr geworden, lobte sie nur, wenn sie allein waren, und vermied vor allem vor Pellegrino jede Berührung. Sie durfte keinen Anspruch auf Rosso erheben, doch sie fühlte sich allein, und Armidos Zimmer hatte einer der römischen Stukkadore bezogen. Eine Katastrophe für Luisa, die sich nun ständig unter Beobachtung fühlte und sich nicht mehr waschen mochte, weil sie in ständiger Angst vor Entdeckung ihrer Identität lebte.

Die Stimmen entfernten sich wieder. »Giovanni«, sagte sie. »Ohne Armido habe ich Angst allein in meinem Zimmer. Er war zwar nicht immer da, aber die anderen hatten Respekt vor ihm.«

Er sah sie nachdenklich an. »Es ist schwer für dich. Vielleicht solltest du nach Siena zurückgehen.«

Tränen füllten ihre Augen. »Nein, bitte schick mich nicht fort! Ich werde Grivel fragen, ob ich die Kammer neben Scibec bekommen kann. Die *Semele* wird Mitte August fertig sein.«

»Das Fresko macht gute Fortschritte, in der Tat. Aber ich wusste, dass du etwas Besonderes schaffen kannst.« Er hob die Zweige an und wartete, bis sie vor ihm auf den Rasen hinaustrat, der durch die lange Trockenheit seine sattgrüne Farbe eingebüßt hatte. »Luca.«

Sie drehte sich zu ihm um und las die widersprüchlichsten Gefühle in seinen Augen. »Du musst dir keine Gedanken meinetwegen machen. Es war meine Entscheidung hierherzukommen, und ich trage die Konsequenzen meines Tuns. Mit Gottes Hilfe werde ich das Fresko beenden, und dann gehe ich nach Siena zurück.«

»Sei nicht so hart gegen dich selbst. Du kannst immer auf meine Hilfe zählen, das weißt du. Aber im Moment sind mir die Hände gebunden, weil ich jeden guten Mann im Schloss brauche, und Pellegrino leitet die Arbeiten am Pavillon. Ich kann ihn nicht fortschicken.«

Beschämt senkte sie den Blick, wusste sie doch, worauf er anspielte. »Nein, das würde ich niemals von dir verlangen.«

»Der Hof kehrt bald zurück, und der König will Ergebnisse sehen. Wir alle stehen in der Pflicht.« Seine Stimme wurde weicher. »Wenn die Galerie fertig ist, sieht es anders aus. Dann habe ich mehr Zeit. Niemand verlangt, dass du gehst, am wenigsten ich. Du pflegst keine Verbindungen zu Ketzern?«

Vehement schüttelte sie den Kopf.

»Dann hast du nichts zu befürchten, außer, dass jemand dein Versteckspiel durchschaut, aber die Hosenrolle scheint dir in Fleisch und Blut übergegangen zu sein. Verhalte dich unauffällig, konzentriere dich auf deine Arbeit, und alles wird sich zum Guten wenden.« Sein Lächeln sollte sie ermutigen, doch es erreichte seine Augen nicht.

Am nächsten Morgen gehörte sie zu den Ersten, die in der Galerie erschienen. Nur Matteo war, wie immer, schon vor ihr dort und hatte die Putzfläche für Meister Rosso bereits vorbereitet.

»Guten Morgen, Trauerkloß. Lauf nicht dauernd mit dieser Leichenbittermiene herum. Das verdirbt mir die Laune.«

Sie verzog das Gesicht. »Danke für dein Mitgefühl, Matteo.«

»Hilft es vielleicht, wenn ich dir heulend die Farben reiche, dir heulend den Mörtel mische, dir …« Er schlurfte mitleiderregend hin und her und sah so komisch dabei aus, dass er Luisa ein schwaches Lächeln entlockte.

»Schon gut. Tut mir leid, wenn ich unausstehlich bin, aber er war mein großer Bruder, meine Familie …« Sie presste die Lippen aufeinander und schluckte die aufsteigenden Tränen hinunter.

Matteo griff nach einem Eimer mit frisch angerührtem Mörtel. »Komm mit!«

Dann ging er vor ihr ins nördliche Kabinett und kletterte auf das Gerüst vor der noch dreiviertel freien Bildfläche der *Semele*. Geräuschvoll setzte er den Eimer ab und drückte Luisa einen Hobel in die Hand. »Los, trag den Putz auf und hör mir zu.«

Sie nahm den schmutzigen Kittel vom Gerüst, zog ihn über ihre Kleidung und begann die Teilfläche, die sie heute bemalen wollte, zu verputzen.

Matteo lehnte sich an das Gerüst und sah ihr mit vor der Brust verschränkten Armen zu. »Wir sind ja unter uns, aber trotzdem sage ich es nur ein Mal – dein Bruder war ein Vaudois.«

»Woher …?« Entsetzt glitt ihr der Hobel aus der Hand und fiel polternd zu Boden.

»Ich habe das nur vermutet, aber deine Reaktion ist Beweis genug. Im Schloss kursieren die wildesten Gerüchte, seit Armido in Paris der peinlichen Befragung unterzogen wurde. Keine Angst, ich behalte das für mich. Du bist doch ein guter Katholik?« Er grinste, als sie ernsthaft nickte und den Hobel aufhob.

»Na schön. Ich weiß nichts über die Vaudois, außer, dass sie der Kirche ein Dorn im Auge sind, genau wie die Protestanten, aber die haben schon starke Gemeinden in den deutschen Landen gebildet. Wir sind in Frankreich. Und ich habe eine ziemlich gruselige Geschichte über eine Sekte gehört, die es hier vor Hunderten von Jahren gegeben hat. Die Katharer.«

Der Putz ließ sich leicht verschmieren, und der wohlvertraute Geruch von nassem Mörtel beruhigte sie. »Katharer?«, fragte sie erstaunt.

»Ja genau. Schsch!« Matteo beugte sich über das Gerüst und horchte in den Durchgang zur Galerie. »Diese neugierigen Diener tratschen alles herum, und schon kommt man in Verdacht! Also, wo war ich stehengeblieben, ja, ich habe viel Zeit in der netten Bibliothek da oben verbracht und bin auf diese Geschichte gestoßen. Es ging schon einmal sehr blutig zu in Südfrankreich. Im Languedoc, damals Okzitanien genannt, gab es reiche und einflussreiche Familien, die kirchlich eigenständig waren und ein Gegengewicht zu den ständig mächtiger werdenden Kapetingern der Île-de-France und ihrem Königtum bildeten. Um es kurz zu machen, die Kapetinger machten gemeinsame Sache mit den Päpsten und warfen gierige Blicke gen Süden. Sie nannten die Gegner im Süden *Cathari* und erklärten sie als Feinde der römischen Kirche zu Ketzern. Jene Menschen selbst nannten sich *boni homines* und praktizierten eine dualistische Religion.« Matteo hob einen Finger. »Entscheidend war, dass die Kirche sich damals einen Rechtstitel gesichert hat, nämlich Krieg gegen Ketzer führen zu dürfen. Zusammen mit dem nordfranzösischen Königtum erzwangen die Zisterzienser und vor allem die Dominikaner die Unterwerfung des Südens.«

»Matteo, das ist ja alles recht interessant, aber warum erzählst du mir das?« Sorgfältig strich sie die Oberfläche des Feinputzes glatt.

»Weil du ein netter Mensch, aber viel zu naiv bist. Dieser Hof ist eine Schlangengrube, und Seine Majestät kommt in die Jahre. Seine Macht und die Stellung des Königshauses zu sichern ist sein ganzes Bestreben. Die königliche Liebe zur Kunst ist Blendwerk.«

»Ach ja?« Sie drehte sich um und machte eine ausgreifende Handbewegung. »Alles unwichtig?«

»Wenn der Lilienthron in Gefahr wäre, ja.«

»Na schön, worauf willst du also hinaus?«

»Darauf, dass diese Katharer auch nicht viel anders waren als die Vaudois. Sie haben sich Gedanken über die römische Kirche gemacht, lehnten die klerikale Hierarchie ab und führten eigene Rituale ein: *haeretecari, endura, consola-*

mentum und *apparellamentum*. Indem sie selbst tauften und die Sterbenden weihten, reduzierten sie den kirchlichen Einfluss, und es fielen Einnahmen fort, die sonst an die Kirche gegangen wären. Am schwersten jedoch wog, dass sie Gnostiker waren, weil das bedeutete, dass sie ohne Priester oder Kirche in direkten Kontakt mit Gott treten und geheimes Wissen erlangen konnten.«

Unweigerlich kam Luisa die *Resolution von Chanforan* in den Sinn, die sie bei Armido gefunden hatte. Jetzt tat es ihr leid, dass sie sich nie mit ihrem Bruder über den neuen Glauben unterhalten hatte. Matteo hatte recht, auch die Vaudois lebten nach eigenen Regeln und lehnten die Autorität der Kirche ab.

»Jedenfalls inszenierten Papst und König vor dreihundert Jahren eine perfide Intrige gegen die Katharer, insbesondere gegen einen Grafen von Toulouse. In deren Verlauf wurde der Graf enteignet und zutiefst gedemütigt. In der Folge begann die Inquisition richtig zu wüten – mehr als dreißigtausend Männer, Frauen und Kinder wurden innerhalb von fünfunddreißig Jahren im Languedoc hingeschlachtet. Es heißt, dass das Blut knöcheltief durch die Kirchen floss, in denen sich die Flüchtlinge versteckt hatten. Die päpstlichen Soldaten sollen sich irgendwann beklagt haben, dass sie nicht mehr wussten, wen sie da überhaupt töteten. Waren es nun Häretiker oder Christen?«

Den Hobel in der Hand, starrte sie Matteo mit offenem Mund an. Zufrieden mit ihrer Reaktion ging er zur Leiter.

»Jetzt weißt du, was geschehen kann, wenn man den Mächtigen ins Handwerk pfuscht. Die Protestanten haben etwas ins Rollen gebracht, gewiss, aber glaub ja nicht, dass die Kirche einfach zuschaut. Und der König ist auf päpstliche Unterstützung angewiesen. Sonst wäre er wohl kaum zu den Verhandlungen nach Nizza gereist, oder?«

»Ich dachte, die Plakataffäre vor ein paar Jahren wäre eine Ausnahme gewesen«, murmelte Luisa.

»Das war der Anfang einer neuen Linie in der französischen Politik.« Matteo setzte einen Fuß auf die Leiter. »Du leistest wirklich gute Arbeit, Luca. Es reicht doch, dass dein Bruder für den neuen Glauben sterben musste. Die einstmals tolerante Atmosphäre hier bei Hof ist vergiftet …«

Aus der Galerie kam ein Diener mit einem Besen und einer Schaufel zu ihnen herein. Sofort verstummte Matteo und verließ das Kabinett. Luisa dachte lange über seine Worte nach und sah immer mehr Parallelen zwischen den Katharern und den Vaudois. Und die Erkenntnis, dass dies die Kirche, in diesem Fall verkörpert von Leuten wie Kardinal Tournon, genauso sehen würde, trieb ihr eine Gänsehaut über den Rücken.

Hinter der Mauer des Küchengartens war es dunkel genug, bis hierher reichte der Schein der Fackeln nicht. Didier zog die kichernde Dienerin hinter sich her. Neben einem verblühenden Oleander drückte er die dralle Dienerin Madame d'Étampes' gegen die Mauer. Der Quartiermeister des königlichen Trosses war bereits gestern Abend eingetroffen und hatte das gesamte Schloss in Aufruhr versetzt. Riesige Mengen an Wildbret, Schweinen, Enten, Gänsen und anderem Geflügel wurden in die Küchen getragen, um dort zu Terrinen, Pasteten oder Braten verarbeitet zu werden. Didier und das übrige Gesinde wurden von Grivel gescheucht wie schon lange nicht mehr. Glücklicherweise hatte der König einen Großteil seines Hofes schon nach Paris in den Louvre vorausgeschickt. Seine Majestät liebte die intime Atmosphäre in Fontainebleau.

Didier hatte das Gesinde des königlichen Trosses in Augenschein genommen und sofort seine Chance erkannt. Ein paar Komplimente und ein Stück billiger Tand hatten ihm das Herz des dicklichen Mädchens mit der Warze am Mund zufliegen lassen. Nun, im Dunkeln waren alle Katzen grau, hieß es, und daran war viel Wahrheit, dachte Didier und schob die Röcke über die fleischigen Schenkel. Mit einer Hand zog er die Schnüre seines Hosenlatzes auf und rieb sich an der feuchten Wärme des Mädchens.

Dieses schien erfahrener, als er angenommen hatte, denn sie zog sein Gesicht zwischen ihre großen Brüste und schob ihm stöhnend das Becken entgegen. Er wusste von Burschen, die eine Vorliebe für dralles Fleisch hatten, doch er gehörte nicht dazu und konzentrierte sich, um ihr das zu geben, was sie erwartete. Nach wenigen heftigen Stößen war es vorüber, doch sie hielt ihn noch immer umklammert, während sie zitterte. Angewidert machte sich Didier von ihr los und zurrte seine Hose zu.

»Jetzt erzähl mir, was du von Madame d'Étampes' Zofe gehört hast.«

Die Dienerin wischte sich den Schweiß von der Oberlippe und blieb schwer atmend an die Mauer gelehnt stehen, während sie die Röcke ordnete. »Du hast es aber eilig.« Dabei schürzte sie die Lippen, und Didier sah mit Abscheu die haarige Warze, die sich unterhalb des Mundwinkels mitbewegte.

Seine Ungeduld wuchs. »Sag es mir einfach!«, zischte er leise und legte im Schutz der Dunkelheit die Hand an den Griff seines Dolches.

»Also, ich bringe das frische Wasser und die Quehle, und während ich das mache, hören sie fast immer auf zu reden.« Sie kicherte dümmlich. »Einmal lagen sie da im Bett und tranken Wein, und da hat sie von einem Künstler erzählt, der ihr leidtat, weil er von der Inquisition erwischt worden war.«

»Und? Glaubst du, dafür gebe ich mich mit dir ab?«

»Erst den Silberling. Du hast mir einen Silberling versprochen!«

Dieses fette hässliche Monstrum machte ihn wütend. Didier zog den Dolch und wollte ihr ihn in den Leib stoßen, als hinter der Mauer Stimmen erklangen.

»Wir sind wohl nicht alleine?«, gickelte die Dicke.

»Scht! Halt den Mund, dummes Stück!«, befahl Didier und suchte an der Mauer nach einem Vorsprung, an dem er sich festhalten konnte, um hinüberzuschauen.

Zwischen den Kräuterbeeten gingen zwei Männer in vertrauter Haltung spazieren. Vom Schloss wehte leise Musik herüber und vermengte sich mit dem liturgischen Gesang der Mönche aus der nahen Abtei. Über dem Eingang zur Abtei hing eine Laterne.

»Die Guisen sind auf unserer Seite. Wenn Ihr erst König seid …«

»Ich bin aber noch nicht König!«, fauchte der andere Mann, bei dem es sich um niemand anderen als den Dauphin Henri handelte. »Was wollt Ihr also von mir?«

»Ihr könntet schneller König werden, als Ihr denkt. Euer Vater ist nicht gesund …« Die Worte hingen bedeutungsschwer in der Luft.

Didier hielt den Atem an. Wurde hier ein Mordkomplott gegen Seine Majestät geplant?

»Davon will ich nichts hören! Ich bin kein Vatermörder!«, wehrte sich Henri. »Ihr geht zu weit, Monsieur!«

Der andere Mann hob den Kopf, und Didier erkannte die scharfen Gesichtszüge des Comte de Mallêt. Was für eine durchtriebene Sippe diese Mallêts doch waren!

»Ah, Ihr missversteht mich, Verehrtester«, sagte Mallêt eifrig. »Mein Sohn hat mir von der Begnadigung eines Ketzers berichtet, der hier in Fontainebleau als Handwerker tätig ist. Das ist ein Skandal! Mir geht es nur darum, die religiöse Ordnung, die schließlich Rückgrat und Stütze des Staates ist, aufrechtzuerhalten. Ich spreche für die Konservativen, wenn ich mir mehr Unterstützung von Seiner Majestät in dieser Sache wünsche.«

»Katharina hat mir von diesem Fall berichtet, und es scheint, dass zumindest dieser eine Mann zu Unrecht verurteilt wurde. Mein Vater ist äußerst großzügig, was die Künstler betrifft, die er aus dem Ausland kommen lässt.« Henri schien ungeduldig zu werden. »Letztlich ist es nur ein unwichtiger Handwerker.«

»Sehr richtig, doch umso wichtiger erscheint es mir, dass solche ketzerischen Auswüchse im Keim erstickt werden, damit sie keine Schule machen können. Das Volk ist empfänglich für die teuflischen Verlockungen der Protestanten. Mein Sohn ist im Kampf gegen die Häretiker besonders erfolgreich.«

»Verstehe. Comte, ich werde an Euren Sohn denken, wenn es um die Verteilung von Abtswürden und Pfründen geht. Womöglich haben wir sogar einen Bischofssitz, der eines würdigen Amtsträgers bedarf«, sagte Henri und steuerte den Ausgang des Gartens an.

»Ihr könnt auf die Loyalität unserer Familie zählen.«

Didier rutschte mit einem Schuh von der bemoosten Mauer und landete rücklings im Gras. Dieser Ausflug hatte sich gelohnt.

»Was ist mit meinem Silberling?«

Didier stand auf, klopfte sich Gras von seinem Wams und sagte verächtlich: »Wofür?«

Die Dicke richtete ihr Dekolleté. »Nun, die Zofe hat auch erzählt, dass dieser Künstler zum zweiten Mal gefangen wurde, in Embrun. Aber seinem Bruder ist es wohl gelungen, eine Begnadigung bei Seiner Majestät zu erwirken, und so ist er dem Scheiterhaufen entkommen.«

»Und, wo ist er jetzt?«

»Tot. Ermordet.« Sie streckte die Hand aus.

»Das allein ist keinen Silberling wert.«

»Aber was ist, wenn er von den Leuten ermordet wurde, die ihn lieber hätten brennen sehen?«, fragte sie leise.

»Ach? Du meinst, der Erzbischof von Embrun hat ihn ermorden lassen? Aus Rache?«

Schulterzucken war die Antwort. »Das habe ich läuten hören.« Beharrlich hielt sie ihm die geöffnete Hand hin.

»Na schön.« Er gab ihr das versprochene Geldstück. »Und jetzt verschwinde!«

Die Dienerin stapfte davon, und Didier strich prüfend über sein Wams, unter dem der Brief knisterte, den er seit drei Wochen stets bei sich trug und hütete wie seinen Augapfel. Es war purer Zufall gewesen, dass er zugegen war, als Bec, dieser hässliche Trottel, den Kurier entlohnte und den Brief auf einem Tablett nach oben bringen wollte. Alle nannten den Burschen mit der Hasenscharte nur Bec, ein Kürzel von *bec-de-lièvre*, seiner Missbildung. Der Brief war an Meister Rosso adressiert und kam aus Südfrankreich, was sofort seine Aufmerksamkeit erregt hatte, denn das bedeutete Nachrichten aus dem Umkreis des Hofes. Das Schreiben trug nicht das königliche Siegel, sondern stammte vom venezianischen Botschafter. Und er hatte sofort messerscharf kombiniert. Die Paserini waren Italiener, genau wie der Botschafter, und er hatte sie bei einigen Gelegenheiten die Köpfe zusammenstecken sehen. Und glücklicherweise hatte sich der Brief als noch interessanter erwiesen, als er gedacht hatte. Sehr viel interessanter.

Didier grinste und machte sich auf den Weg zur Schlosskapelle, wo man ihn erwartete. Beschwingt von den Möglichkeiten, die sich ihm plötzlich zu eröffnen schienen, ging er über den dunklen Hof. Einen Diener beachtete kaum jemand. Gesinde war nichts weiter als ein notwendiges Übel, das gefüttert und bezahlt werden musste, damit die Aristokratie in Saus und Braus leben konnte. Wer achtete schon auf die Schatten, die für die Annehmlichkeiten sorgten, derer sich die Reichen tagtäglich erfreuten. Aber damit war es vorbei, wenn er schlau vorging. Und mit diesem Brief konnte er zwei Parteien gegeneinander ausspielen. Das würde zwar dem Tanz auf der Klinge eines Damaszenerschwertes gleichkommen, aber wenn sein Plan aufging, war er ein gemachter Mann und konnte dem Hof den Rücken kehren.

Es war überall zu spüren, dass der König in Fontainebleau war. Fackeln beleuchteten die Höfe und Gartenanlagen, und aus einem Salon im ersten Stock klang Musik. Das Festessen war lange vorüber, und die Höflinge flanierten durch die weitläufige Schlossanlage. Er selbst hatte geholfen, überall auf dem Gelände Kübel mit phantastisch beschnittenem Buchs und Schalen mit duftenden Blüten aufzustellen.

Didier ging zwischen den geometrisch angelegten Beeten hindurch, in denen Veilchen, Primeln und Stockrosen ihre Pracht entfalteten, während in anderen Beeten Kräuter ihre aromatischen Düfte verströmten. Dort hinten war der Pavillon der Pomona, er erkannte die goldenen Kugeln auf dem Dach, die im Fackelschein erglänzten. Welche Verschwendung! Rasch setzte er seinen Weg durch den weitläufigen Park fort, denn Seine Exzellenz wurde ungehalten, wenn er sich verspätete. Nun, heute würde ihm vollste Aufmerksamkeit geschenkt werden, dessen war er sich gewiss.

Die königliche Leibgarde war ebenso präsent wie die Wachsoldaten, die sich sonst die Zeit bei Würfelspielen vertrieben, doch Didier konnte unbehelligt über den geharkten Sandweg zwischen Parterres und altem Schloss auf den Eingang der Kapelle zugehen. Auf den Stufen zum Kapelleneingang hockte ein betrunkener Wachsoldat. Der Mann lehnte mit offenem Mund schnarchend an der Mauer, der Helm war in den Nacken gerutscht. Ein Weinkrug lag neben ihm auf dem Boden. Vorsichtig zwängte sich Didier durch die nur angelehnte Tür und bekreuzigte sich hinter dem Gestühl, bevor er zu den Beichtstühlen nahe dem Altar ging und sich auf die Kniebank des hinteren kniete.

»*In nomine Patris et Filii et Spiritus Sancti. Amen.* Ich erwarte Neuigkeiten, Didier.« Es raschelte hinter dem Gitter, und Didier sah sich um, doch sie waren allein in der Kapelle.

»Euer Exzellenz, Ihr werdet überrascht sein.« Er nahm den Brief aus seinem Wams, faltete ihn auseinander und hielt ihn gegen das Gitter.

»Was soll das? Es ist zu dunkel. Lies vor!«

»Ja, Exzellenz. Er ist von Marino Giustiniani, Botschafter aus Venedig, an Meister Rosso. Mein Italienisch ist nicht sehr gut, aber ich fasse es zusammen. Der Botschafter erklärt, dass er in Aigues-Mortes ungewollt Zeuge einer nächtlichen Unterhaltung wurde.«

Er konnte hinter dem Gitter schwer atmen hören. Zufrieden fuhr Didier fort. »Zwei Männer aus dem nahen Umfeld des Königs haben sich über die Ketzer unterhalten, die in Embrun verurteilt worden sind. Dabei fiel der Name Paserini, und der Vater empfahl die Beseitigung der Paserini-Brüder, obwohl der Ältere begnadigt worden war. Es geht wohl um Politik und die Gefahr, die von Ketzern ausgeht. Davon verstehe ich nichts, Exzellenz. Der Botschafter warnt aber Meister Rosso, dass die Paserini in Gefahr sind und einen heimtückischen Anschlag befürchten müssen.«

»Wer weiß von diesem Brief?«

»Außer dem Botschafter niemand.«

»Der alte Narr ist längst in Venedig«, murmelte der Mann hinter dem Gitter mehr zu sich selbst.

»Aber …« Didier räusperte sich bedeutsam. »Ich habe aus

anderer Quelle erfahren, dass Armido Paserini durch Männer des Erzbischofs von Embrun getötet worden ist, nachdem er Embrun verlassen hatte.«

Seine Exzellenz sog scharf die Luft ein. »Du bist erstaunlich gut informiert, Didier.«

»Nun, ich bin ein aufmerksamer Beobachter und ein guter Zuhörer. Ich habe Euren Ring gesehen, Exzellenz. Derselbe Ring ist mir bei dem Comte de Mallêt und seinem Sohn aufgefallen.« Jetzt hatte Didier alle Karten auf den Tisch gelegt, und er fühlte sich sicher, denn noch war er von Nutzen für die Mallêts.

Plötzlich wurde das Gitter aufgeschoben, und Didier sah sich dem scharf geschnittenen Gesicht Guy de Mallêts gegenüber. »Dann lassen wir doch das Versteckspiel.« Der Sekretär verzog den Mund zu einem schmalen Lächeln. »Du hast dich bewährt, und ich habe dir deine Eigenmächtigkeit in der Sache mit dem niederländischen Handwerker verziehen. Bewähre dich ein letztes Mal, und ich belohne dich fürstlich.«

Didier sah sich um, doch niemand sonst befand sich in der Kapelle. Auf dem Altar flackerte die Flamme des ewigen Lichtes. Er hatte Mallêt am Haken. »Was muss ich tun?«

»Das ist ziemlich offensichtlich, oder nicht? Wir beiden wissen sehr gut, wer die Männer waren, die der schmierige kleine Botschafter belauscht hat.«

Jetzt war es an Didier zu grinsen.

»Eigentlich hatte ich andere Pläne mit Luca Paserini, aber vielleicht ist es besser so. Vergifte ihn.«

»Dann muss die Belohnung wahrhaft fürstlich sein, denn danach verlasse ich den Hof. Ich will nicht so enden wie Albin!«

Mallêt schüttelte einen Geldsack vor Didiers Augen und entnahm zwei Goldmünzen. »Zwei vorweg und acht nach vollbrachter Tat. Mit zehn Goldmünzen kannst du dir im Süden eine neue Existenz aufbauen. Dort stammst du doch her. Jedenfalls sprichst du wie ein Provenzale.«

»Ja, Exzellenz. Aber zwei Goldmünzen sind zu wenig. Ich muss das Gift beschaffen und Leute bestechen. Fünf jetzt und zehn danach.« Didier pokerte hoch, doch er musste die günstige Gelegenheit beim Schopfe packen. Guy runzelte die Stirn, und Didier konnte förmlich sehen, wie der Sekretär abwog, wie viel ihm die Tat wert war.

»Acht nach der Tat.«

»Einverstanden.«

»Wer hat dir von Embrun erzählt?«

»Exzellenz, ich kann meine Quellen nicht preisgeben, das müsst Ihr verstehen.«

»Der König geht morgen auf die Jagd. Übermorgen zieht der Hof nach Paris. Ich erwarte am Tag meiner Abreise eine Nachricht von dir, dass du erfolgreich warst.«

»So schnell? Aber Exzellenz! Wie soll ich in der kurzen Zeit das Gift beschaffen?«

»Für jemanden, der so schlau ist wie du, dürfte das kein Problem sein. Jeder Tag, den es länger dauert, kostet dich ein Goldstück.«

»Das ist ungerecht …«, protestierte Didier, doch Mallêt zog das Gitter zu und verließ den Beichtstuhl.

Erschrocken erhob sich Didier. Guy de Mallêt überragte ihn um einen halben Kopf und wirkte durch ständiges Trainieren der Fechtkunst kräftig, und er bewegte sich geschmeidig. Sein Blick schien ihn durchbohren zu wollen, und Didier schwieg. Mit diesem Mann durfte er es sich auf keinen Fall verderben, ihn zu verärgern konnte tödliche Folgen haben. Anscheinend hatte sich Mallêt ganz für den Auftritt als Vertreter der Geistlichkeit entschieden, denn er trug nur noch das schwarze Gewand der Priester, allerdings aus edelstem

Tuch und mit Seidenborte. Dieser Mann konnte bald Bischof sein, vielleicht sogar mehr. Didier verneigte sich tief. »Ich werde Eure Exzellenz nicht enttäuschen und …«

Ein Luftzug und sich entfernende Schritte waren alles, was Didier noch von Mallêt vernahm, der die Kapelle eilig durch den Seitenausgang verließ.

XXXVIII

Ciguë aquatique

Luisa machte einen Schritt zurück, klemmte den Pinsel zwischen die Zähne und wischte sich die verschmierten Hände an ihrem Kittel ab. Rosso hatte sie das gesamte Fresko der *Semele* malen lassen, und bis auf die rechte untere Ecke war es vollendet. Dominiert wurde das Fresko von dem Liebespaar, das sich im Vordergrund auf einer Bettstatt rekelte. Nymphen gossen aus Kübeln kühlendes Wasser auf die hingebungsvoll daliegende Semele, die den vor ihr knienden Jupiter erwartete und nicht ahnte, dass sie während des Liebesaktes vom göttlichen Feuer verzehrt werden würde. Leidenschaft und der Schmerz um den unvermeidlichen Tod der Geliebten zeichneten sich auf Jupiters Gesicht ab. Was noch fehlte, waren der Oberkörper der Semele und die Kissen, auf denen sie ruhte.

Sie nahm den Pinsel aus dem Mund, stellte ihn in einen Becher mit Kalkwasser und deckte die offenen Farbtiegel ab, die sie morgen noch brauchen würde. Von Matteo hatte sie gelernt, dass Rosso einen satten Grünton gern aus *azzurite, giallorino, arzica*, Eigelb und zerstoßenen *pruni meroli*, die nur in der Nähe Roms gefunden wurden, anmischen ließ. Überhaupt hatte sie von dem jungen Florentiner viel über die Herstellung von leuchtenden Freskofarben gelernt.

»Fertig für heute?«

»Mir ging gerade durch den Kopf, dass du mir eine Menge über Farben beigebracht hast, Matteo.«

»Eh, natürlich, du warst ja auch ein Grünschnabel, aber ein talentierter, sonst hätte ich mir die Mühe nicht gemacht. Wir gehen zum Essen. Kommst du mit?«

Sie zog den Kittel aus, warf ihn über das Geländer und kletterte die Leiter hinunter. »Ich bin vollkommen schmutzig.«

Er grinste und schüttelte die Locken, aus denen Späne flogen. »Meinst du, die anderen nicht? Ich habe Scibec mit dem Boden geholfen. Wenn alles erst fertig ist, wird der König überwältigt sein.« Den Blick nach oben auf das Oval gerichtet, in dem die frischen Farben im Abendlicht leuchteten, das durch die offenen Fenster fiel, meinte er: »Großartig, Luca, wirklich! Ist nicht zu übersehen, dass die beiden Kabinette erotischen Themen gewidmet sind. Aber nicht nur wegen der Bilderthemen. Ich finde, Meister Rosso hat sich mit dem Entwurf der *Semele* selbst übertroffen, und du hast ihn mit unglaublicher Sensibilität ausgeführt.« Nachdenklich legte er einen Finger an die Lippen. »Ich bin wirklich gespannt auf ihr Gesicht. Wird sie ihn ansehen?«

»Nein. Sie liegt mit leicht nach hinten geneigtem Kopf, geöffneten Lippen und geschlossenen Augen. Die Perspektive ist heikel, weil ich das Gesicht von oben und der Seite malen muss. Aber so wird die Beziehung zwischen Jupiter und dieser Sterblichen, der er in Liebe zugetan war, noch eindrucksvoller. Der Betrachter steht ja unten und sieht praktisch Jupiters zwiespältige Gefühle, während der seine Geliebte anschaut.«

»Dann wirst du morgen fertig!«

Sie nickte und spritzte sich Wasser aus einer bereitstehenden Schüssel ins Gesicht. Wenn Meister Rosso genauso begeistert wie Matteo war, würde er sie vielleicht in Fontainebleau behalten wollen.

»Sag mal, hast du Rabelais' *Gargantua* gelesen?« Er wartete, bis sie sich abgetrocknet hatte, um dann mit ihr das Kabinett zu verlassen. Auch die anderen in der Galerie hatten ihre Arbeit mittlerweile beendet.

»Das Buch, das er nach dem *Pantagruel* geschrieben hat? Gehört habe ich davon. Bücher, von denen die Konservativen nicht angetan sind, oder?« Sie sah sich nach Rosso um, doch das Gerüst vor *L'Unité de l'État*, der Einheit des Staates, war leer. Auf der gegenüberliegenden Seite prangte der gewaltige Elefant unter eindrucksvollen Stuckfiguren und dem obligatorischen goldenen Salamander.

»Genau, und deshalb sind sie ja so interessant. Brauchst nicht nach Meister Rosso zu suchen«, deutete Matteo ihren Blick richtig. »Er ist mit Primaticcio, Le Breton, Badonin und einigen Kupferstechern in Besprechungen, es geht um den Zeitplan. Im Übrigen liest selbst Katharina de Medici Rabelais, wie ich gehört habe. Im siebenundfünfzigsten Kapitel gibt es eine bemerkenswerte Stelle.« Er machte eine spannungsgeladene Pause.

Luisa ging durch die Türen am westlichen Ende der Galerie, wo sie im Korridor auf weitere Künstler trafen, die ebenfalls auf dem Weg in die Küchen waren. »Ja?«

»Da geht es um die Lebensweise der Thelemiten. Diese sollen sich nicht nach Gesetzen und Regeln richten, sondern nach ihrem eigenen Willen und der freien Entscheidung. Stell dir das mal vor, die einzige Ordensregel hieß: Tu, was du willst!«

»Erst hältst du mir einen Vortrag über das Schicksal der Katharer und vergleichst sie mit den Vaudois, und jetzt das? Matteo, ich habe genug Sorgen!« Verärgert stieß sie mit dem Fuß gegen eine Holzkiste, in der es daraufhin raschelte und quiekte. Aus der Küche kam eine Vielzahl verlockender Düfte, denn der König weilte in Fontainebleau. Gestern war er mit seinem Gefolge auf der Jagd gewesen und hatte verkünden lassen, dass sie erst morgen nach Paris weiterreisen würden.

Matteo griff sie fest am Arm und zog sie mit sich zur Wand, außer Hörweite von zwei Mägden und einigen römischen Stukkadoren. Luisa erkannte Lonzo, der auf ihren Bruder geschimpft hatte, und verzog das Gesicht. Hier wussten alle nur, dass Armido bei einem Überfall getötet worden war, und gegen Gerüchte konnte sie nichts machen.

»Ich denke weiter, Luca. Wenn Katharina de Medici Rabelais liest, ist sie toleranter als ihr Gatte, der ganz unter dem Pantoffel der Poitiers steht. Es ist wichtig zu wissen, wo die Leute bei Hof stehen. Man kann nie wissen, wen man braucht, oder nicht? Dein Meister Rosso ist doch wieder ziemlich dicke mit Pellegrino.«

Sie machte sich los. »Ach, lass mich. Was geht es dich an! Ich habe keinen Hunger.«

Angesichts der Männer, von denen viele sie misstrauisch und manche sogar feindselig musterten, seit sie ohne Armido aus Embrun zurückgekehrt war, verspürte sie kein Verlangen, sich an einen der langen Tische zu setzen. Scibec war nicht zu sehen. Wahrscheinlich war er mit den anderen in der Besprechung. Als sie ihn gebeten hatte, das Zimmer mit ihr zu tauschen, hatte er das ohne Zögern getan. Sie wusste, dass Rosso keine Zeit hatte, wenn der König hier war, und dennoch hatte sie das Gefühl, dass noch etwas anderes ihn davon abhielt, sich allein mit ihr zu treffen. Der Verlust ihres Bruders wog schwer genug, und sie verdrängte den Gedanken, dass Rossos Gefühle zu ihr erkaltet waren, obwohl sich diese Möglichkeit nicht von der Hand weisen ließ.

Mit hängendem Kopf und schwerem Herzen stieg sie die Treppen hinauf zu den Quartieren. Unterwegs stieß sie mit einem der Diener zusammen, der etwas murmelte, doch sie hörte ihn gar nicht, winkte ab und ging weiter. Sollte sie sich die ganzen Monate etwas vorgemacht haben? War sie nichts anderes als ein amüsanter Zeitvertreib für Rosso Fiorentino gewesen? Ihr Bruder hatte sie gewarnt. »O Armido«, schluchzte sie und rannte blindlings durch das Schloss, in dem es von Höflingen und Gesinde wimmelte.

In ihrer Kammer warf sie die Tür hinter sich ins Schloss und riss als Erstes das kleine Fenster auf. Die Luft war muffig, was an den feuchten Steinwänden lag, an denen ein grauer Belag heraufkroch. Auf dem Tisch stand ein Weinkrug. Sie kippte den Krug, um zu schauen, ob noch Wein vom Vorabend darin war, doch er war leer. Ihr Stolz auf das Fresko und die Freude, es Rosso zu zeigen, schmeckten mit einem Mal schal. Sie kratzte sich die eng gebundenen Haare und wollte eben zur Tür gehen, um neuen Wein zu bestellen, als es klopfte.

»Ja.«

Ein junger Diener kam mit einem Tablett herein. Er lispelte stark, was an einer Verstümmelung seiner Oberlippe lag. »Meister Rosso schickt das. Mit seinen Empfehlungen.«

Erstaunt sah sie auf das Tablett, auf dem ein Weinkrug und eine Schale mit frischem Obst standen. Augenblicklich hob sich ihre Stimmung. »Hat er sonst noch etwas gesagt?«

»Nein, nein«, stotterte der Junge und setzte das Tablett zitternd auf dem Tisch ab. Den leeren Krug nahm er an sich.

Sie kramte eine Kupfermünze aus ihrem Gürtelbeutel und gab sie dem Jungen, der ihrem Blick auswich.

»Soll ich frisches Wasser bringen?«

Die Waschschüssel war mit einem unappetitlichen grünen Belag bedeckt, und Luisa nickte. »Bring gleich eine neue Schüssel mit.«

Der Junge nickte und verschwand. Sie konnte sich nicht helfen, doch sie mochte den Burschen nicht, den sie oft mit

Didier gesehen hatte. Dem Provenzalen hatte sie verboten, ihre Kammer zu betreten, weil sie ihm misstraute. Seufzend schenkte sie sich einen Becher von dem Roten ein, der würzig roch und unverdünnt schien. Sie setzte sich auf den Stuhl vor dem Fenster und trank den Wein gierig. Er war gut und wärmte ihre Seele. Um nicht sofort trunken zu sein, griff sie nach einer der frischen Feigen, die sie besonders gern mochte. Der klebrige Saft lief ihr am Kinn herunter, und sie verschlang auch die restlichen vier Früchte.

Draußen wurde gesungen, und Musik spielte. Man hatte die Türen der Pavillons am See geöffnet und dort Buffets für die königliche Gesellschaft aufgebaut. Die Damen und Seigneurs vergnügten sich mit Bootsfahrten zum Seepavillon, in dem es ebenfalls exotische Köstlichkeiten gab, oder vertrieben sich die Zeit im Park. Die weiten Grünanlagen waren noch nicht vollendet, und es würde noch einige Jahre brauchen, bis die Bäume und Sträucher die gewünschten perfekten Formen angenommen hatten, doch schon jetzt war Fontainebleau eine prachtvolle Anlage mit italienischem Flair. Mit geschlossenen Augen hing sie ihren Gedanken nach.

Sie goss sich einen weiteren Becher Wein ein und hatte ihn bereits zur Hälfte geleert, als sie einen bitteren Beigeschmack bemerkte. Vielleicht bildete sie sich das auch ein, doch dann begann ihr Herz plötzlich wie rasend zu schlagen, und sie rang nach Luft. Als sich ihr Puls etwas beruhigt hatte, krampfte sich ihr Magen zusammen, und ihre Beine begannen unkontrolliert zu zucken. Sie fiel seitlich vom Stuhl und wollte schreien, doch ihre Zunge war wie gelähmt. Ihre Finger bogen sich zu Krallen, und ihre Arme schlugen wild um sich, ohne dass sie etwas dagegen tun konnte.

Sie spürte, wie sie in ihre Hosen urinierte, und wollte sich erheben, doch ihre Glieder waren wie abgeschnitten von ihrem Verstand und führten ein wildes Eigenleben. Keuchend ertrug sie den Anfall und wartete, bis sie Arme und Beine wieder kontrolliert bewegen konnte. Was ging hier vor? Benommen gelang es ihr, sich an einen Bettpfosten zu lehnen, und sie wollte um Hilfe schreien, als ein neuer Krampf sie überfiel und ihren Magen wie in einem Schraubstock drehte. »O Gott!«, brüllte sie schließlich und konnte nichts dagegen tun, dass ihr Schleim aus dem Mund lief und ihr Hemd besudelte.

Sie lag auf dem Rücken und rang nach Luft, als sie ein Paar Beine sah, das an ihr vorbei zum Tisch ging. Ihre Hände wedelten hilflos durch die Luft, doch die Beine verschwanden wieder und ließen sie allein. Sie spuckte und keuchte, hustete und wand sich in endlosen Krämpfen. Wie lange sie so gelegen hatte, konnte sie nicht sagen. Es schienen ihr Stunden zu sein.

»Luca?«, rief irgendwann eine Stimme, und wieder erschienen Beine, dieses Mal blieben sie neben ihr stehen. Ihre Sicht war getrübt, und sie sah nur verschwommene Umrisse.

Sie stammelte etwas und spürte, wie sie hochgehoben wurde. Dann kippte man ihr kaltes Wasser ins Gesicht. Ihre Zunge war schwer und pelzig. Alles, was sie herausbrachte, war ein unverständliches Stammeln.

»Dreht ihn um. Er muss sich erbrechen.« Eine neue Stimme.

Man zerrte an ihr herum, klopfte ihr auf den Rücken, und dann stieß ihr jemand etwas Widerliches in den Hals, das sie herauszuwürgen versuchte, aber nicht loswerden konnte. In Todesangst würgte und hustete sie und schlug nach denen, die sie gepackt hielten und ihr den Hals zudrückten. Als sie schon glaubte zu ersticken, gab der Widerstand endlich nach, aber ihr Magen war in Aufruhr, und ihre wunde Speiseröhre würgte und krampfte, bis sie den gesamten Mageninhalt hinausbefördert hatte. Erschöpft sank sie auf den Rücken und fühlte sich dem Tod näher als dem Leben. Ihre Atmung wurde flach, und sie versank in einen unwirklichen Zustand zwischen Schlaf und Wachen.

Mit einem Mal wurde es hell um sie, und sie hörte eine vertraute Stimme, die ihren Namen rief. »Luisa!«

Sie weinte glücklich. »Armido!«

Ihr Bruder stand vor dem Fenster am Fußende ihres Bettes. Das Licht hinter ihm umhüllte seinen Kopf mit einer Gloriole. Sein Gewand war gleißend weiß, und er lächelte sie an. »Komm mit mir, Luisa. Meine Frau und unsere Eltern warten auf uns.« Er streckte ihr die Hände entgegen, und sie wollte sie ergreifen, als ein dunkler Schatten es verhinderte und sich über sie beugte.

Ihr Bruder verschwand, und es wurde dunkel. »Nein!«, rief sie laut. »Geh nicht fort, Armido! Lass mich nicht hier allein …« Schluchzend öffnete sie die Augen und starrte in die Dunkelheit ihrer Kammer.

Sie lag in ihrem Bett im Schloss von Fontainebleau. Auf dem Tisch verlöschte eben eine Kerze, und durch das geöffnete Fenster sah sie den Mond. Und dann bewegte sich der dunkle Schatten neben dem Bettpfosten auf sie zu.

Ängstlich krallten sich ihre Hände in das Bettlaken. »Ich komme in die Hölle …«, murmelte sie.

»Sei nicht albern. Deine Vergehen sind nicht schwerwiegend genug, um den Teufel zu locken, und außerdem glaube ich nicht an die Hölle. Aber sag es niemandem, sonst werde ich auch als Ketzer verurteilt. Selbst Künstler genießen nur ein begrenztes Quantum an Narrenfreiheit.«

»Du?« Ihre Augen hatten sich an das spärliche Licht gewöhnt, und sie erkannte die vertraute Gestalt von Meister Rosso. Seine Stirn war gerunzelt, als er sich zu ihr auf die Bettkante setzte und ihr die Stirn fühlte.

»Noch kalt, aber besser als vorhin. Was hast du dir nur dabei gedacht?«

»Wieso ….?« Verständnislos suchte sie nach einer Erklärung für seinen vorwurfsvollen Gesichtsausdruck.

»Nun, hast du nicht versucht, deinem irdischen Dasein zu entfliehen?«

»Bitte? Du meinst, ich wollte mich umbringen?« Sie hustete. »Oh, du solltest mich besser kennen. Ich habe nicht den Mut eines Empedokles.«

Da entspannte sich Rossos Gesicht, und er griff nach ihrer Hand. »Ich habe es auch den anderen gegenüber abgestritten, die diese Möglichkeit in Erwägung zogen.«

»Den anderen?« Beschämt erinnerte sie sich an ihr würdeloses Verhalten.

»Mach dir keine Gedanken. Scibec hat dich gefunden und sofort nach mir geschickt, und ich habe Michel Remin, den Medicus, der deinen Bruder damals in Paris versorgt hat, zu Rate gezogen. Nur wir beide haben dich entkleidet und zum Erbrechen gebracht, und Remin wird nichts sagen.«

Erst jetzt bemerkte sie, dass sie nackt unter dem Laken lag. »Oh.«

Sanft drückte Rosso ihre Hand. »Luca, nein, ab heute werde ich dich Luisa nennen, denn Lucas Zeit hier in Fontainebleau ist vorbei.«

»Nein! Bitte, schick mich nicht fort! Die *Semele* ist fast fertig. Ich fühle mich schon viel besser. Morgen kann ich wieder arbeiten, und dann …«

Doch Rosso schüttelte den Kopf, und seine Augen duldeten keinen Widerspruch. »Diesmal nicht. Luisa, begreifst du denn nicht? Jemand hat versucht, dich zu vergiften!«

Tränen liefen ihr die Wangen hinunter. Deswegen musste sie gehen. Jemand wollte sie aus dem Weg räumen, und deshalb musste sie gehen. »Aber wer? Ich will doch niemandem etwas Böses!«, schluchzte sie. »Ich will doch nur hier bei dir sein und malen.«

Er streichelte ihr die Hand und legte sie auf das Laken. »Es spielt keine Rolle, obwohl ich meine Vermutungen habe. Tatsache ist, dass du hier in höchster Gefahr bist, und ich hätte das früher erkennen müssen. Es ist reiner Zufall, dass Scibec nicht zu den Festlichkeiten in den Park gegangen ist, sondern nach oben ging, um sich auszuruhen. Er hat dich wirr reden hören. Was hast du gegessen oder getrunken und wo?«

»In der Galerie dasselbe wie Matteo und dann erst wieder hier auf dem Zimmer. Den Wein und die Früchte, die du mir geschickt hattest.«

»Ich habe dir nichts geschickt.« Er drehte sich um. »Auf dem Tisch steht nichts.«

Sie schloss kurz die Augen und erinnerte sich. »Jemand war hier und hat alles wieder mitgenommen.«

»Wer hat dir den Wein gebracht?«

»Ein hässlicher kleiner Bursche, er lispelt.«

Rosso überlegte kurz. »Er wird bestochen worden sein, das Gift aber nicht selbst hineingegeben haben. Darum kümmere ich mich später. Remin sagte, die Symptome, die du gezeigt hast, hat er schon oft gesehen, auch bei Tieren. Es gibt ein starkes Gift, das man aus dem Wasserschierling gewinnen kann: *Cicuta virosa* oder, wie sie hier sagen, *Ciguë aquatique*.«

»*Cicuta virosa*?«

Rosso Fiorentino erhob sich. Unter seinem dunkelblauen Mantel schimmerte ein weißes Hemd, der einzige Kontrast im dunklen Zimmer. Er stand neben dem Bett, und sie fühlte, dass er sie betrachtete, obwohl sie seine Augen nicht richtig sehen konnte. »Schierling. Eine der ältesten Giftpflanzen. Sokrates trank den Schierlingsbecher. Remin sagt, dass es für einen, der sich auskennt, ein Leichtes ist, die Pflanze in den Sümpfen zu finden. Und Sümpfe gibt es hier genug.«

Langsam kam er um das Bett herum, beugte sich noch einmal zu ihr und hauchte ihr einen Kuss auf die Stirn. »Schlaf ein wenig. Du brauchst deine Kräfte für die Reise.«

»Reise?« Sie wollte sich erheben und sagen, dass sie nicht gehen würde, doch ihr Körper war so schwer, und sie musste blinzeln, um ihre Augen offen zu halten.

»Es ist zu deinem Besten, glaub mir.«

Mit Rossos warmer Stimme im Ohr glitt sie hinüber in einen tiefen, traumlosen Schlaf, aus dem sie nur einmal kurz erwachte. Michel Remin, der freundliche Medicus, gab ihr eine Medizin, die ihre Magensäfte beruhigen sollte, und danach schlief sie erneut ein.

Als sie das nächste Mal erwachte, schien ihr helles Sonnenlicht ins Gesicht. Irgendetwas stimmte nicht. Das Fenster kam ihr viel größer vor als vorher, und sie hörte nicht die Stimmen der Handwerker nebenan, sondern ein melodisches Frauenlachen und Vogelgezwitscher. Sie richtete sich in ihren Kissen auf. Ihre Kissen! Sie befühlte das feine Leinen mit den zarten Spitzenbordüren. Alles duftete nach Rosen und Jasmin. Dann fühlte sie das dünne Hemd aus feinstem Batist auf der Haut. Ein Hemd, wie es vornehme Damen trugen. Das Bett hatte einen Baldachin und war von gerafften hellblauen Vorhängen umgeben. Sie schlug die weiche Decke zurück und setzte die Füße auf den Boden. Neben dem Bett standen seidene Pantöffelchen, und auf dem glänzenden Steinfußboden lagen wundervolle orientalische Teppiche. Auf einem Sessel fand sie einen hellblauen Umhang, den sie umlegte und mit einem bestickten Gürtel zuband.

Das Fenster reichte bis auf den Boden. Eine der Flügeltüren war geöffnet, und sie sah auf einen wildwuchernden Garten voller Blumen. Bienen summten und flogen von Blüte zu Blüte, auf einer Terrasse lag schlafend eine Katze in der

Sonne. Luisa setzte vorsichtig einen Fuß vor den anderen. Ihr Körper fühlte sich fremd an, doch sie konnte gehen und blieb vor einem kleinen Tisch stehen, auf dem ein Wasserkrug stand. Daneben lag ein Spiegel, den sie neugierig aufnahm, um sich zu betrachten. Erschrocken sah sie in ein hohlwangiges Gesicht mit riesigen Augen, die von dunklen Schatten umgeben waren. Ihre Haare hingen ihr wirr bis auf die Schultern.

»Ah, Madame ist aufgewacht. Wie fühlt Ihr Euch?« Das war die melodische Frauenstimme. Sie gehörte einer herzlichen Frau mittleren Alters, die eine weiße Haube auf dem aufgesteckten Haar und ein duftiges zartrosa Kleid mit ebenso weißer Schürze trug.

»Ich, wo bin ich?« Luisa stützte sich auf dem Toilettentischchen ab und sah sich in dem großen Zimmer um, in dem an einer Wand eine Tapisserie hing, in einer Ecke standen ein Schrank und eine Truhe, und in einer großen Vase auf dem Boden verbreitete ein Strauß Rosen seinen süßen Duft. Sie hatte keine Erinnerung daran, wie sie hierhergekommen war und was Fiebervision und was Wirklichkeit gewesen war.

»Langsam. Am besten, Ihr setzt Euch erst einmal und trinkt etwas Wasser mit Honig. Das hat der Medicus empfohlen. Wenn Ihr Appetit habt, könnt Ihr ein Stück trockenes Brot essen und später eine kräftige Brühe. Ich bin die Haushälterin hier und heiße Martine, Madame, und Ihr befindet Euch auf dem Landgut von Madame d'Étampes.«

Als Luisa sie nur verständnislos ansah, ergänzte Martine: »Nicht weit von Gien. Unterhalb des Hauses fließt die Loire, der schönste Fluss Frankreichs!«

Fassungslos ließ sich Luisa in einen der bequemen Sessel fallen, trank, aß ein Stückchen weiches Brot und lauschte den Worten der fürsorglichen Martine.

»Ihr seid schon eine Woche hier und dem Tod nur knapp

entronnen. Ihr seid ja immer noch ganz blass und viel zu dünn, aber das ist ja kein Wunder. In den ersten Tagen habt Ihr Euch nur übergeben, und wir hatten Mühe, Euch überhaupt etwas einzuflößen. Aber der Medicus ist ein feiner Mann und hat sich alle Mühe mit Euch gegeben. In einigen Tagen kommt er wieder, um nach Euch zu sehen. Aber jetzt solltet Ihr ein schönes heißes Bad nehmen. Das belebt, und danach esst Ihr meine gute Brühe. Die hat noch jeden wieder auf die Beine gebracht.«

»War Meister Rosso hier?«

»Nein. Einen Mann dieses Namens habe ich hier noch nie gesehen. Der Medicus hat Euch im Wagen von Madame hergebracht. Ich lasse jetzt das Bad richten.« Martine ging zum Fenster. »Soll ich es schließen?«

»Nein, die frische Luft tut mir gut.« Luisa sah teilnahmslos zu, wie Martine die Vorhänge richtete, das Bett glattstrich und den Raum durch die Tür verließ.

Rosso hatte sie nicht hierhergebracht, sondern Remin geschickt. Stück für Stück kam die Erinnerung zurück. Der Wein und die Feigen auf dem Tablett, das der Bursche mit der deformierten Oberlippe gebracht hatte. Jemand hatte ihn bezahlt, dass man sie vergiftete. Welch ein Aufwand, warum hatte derjenige sie nicht einfach erstochen? Gelegenheit hätte sich doch reichlich geboten. Oft genug war sie allein auf dem Gerüst im Kabinett oder durch den Park spaziert. Es war vorbei! Rosso hatte sie fortbringen lassen. Aber die *Semele* war nicht fertig! Sie hatte noch kein Gesicht!

In den nächsten Tagen aß sie mit zunehmendem Appetit, wobei sie ständig darüber nachgrübelte, was sie tun konnte, um nach Fontainebleau zurückzukehren. Von Martine erfuhr sie kaum etwas, denn die liebenswerte Frau wusste nichts. Sie kümmerte sich um das Haus und das leibliche Wohl der Patientin und war ihrer Herrin, der Geliebten des Königs, offensichtlich sehr zugetan. Luisa sehnte die Ankunft des Arztes herbei, der ihr Neuigkeiten aus Fontainebleau bringen konnte. Bis dahin hatte sie Zeit, sich wieder an das Tragen von Frauenkleidung zu gewöhnen. Anfangs vermisste sie die Bequemlichkeit der Hosen, doch als ihre Wangen voller wurden und sie im Spiegel das vertraute Gesicht Luisas sah, wie sie es aus Siena kannte, rang sie sich ein schwaches Lächeln ab.

Eines regnerischen Nachmittags hörte sie Pferdehufe auf der Straße, und kurz darauf erschien Michel Remin.

Luisa hatte auf ihrem Bett geruht und in Rabelais' *Pantagruel* gelesen, den Martine ihr aus Madame d'Étampes' Bibliothek geholt hatte. Als Remin ins Zimmer trat, saß sie in ihrem Lieblingssessel am Fenster. Sie trug ein schlichtes ockerfarbenes Kleid, das Martine ihr aus der Garderobe ihrer Herrin gegeben hatte. Die hellen Augen des Arztes musterten sie aufmerksam, doch er schien zufrieden mit dem Fortschreiten ihrer Genesung. Er trug einen kurzen Bart, wie er Mode in Frankreich war, und ein schlichtes dunkles Wams über seinem weißen Hemd. Seine Bewegungen waren besonnen, alles an ihm strahlte Ruhe und Gelassenheit aus.

Remin zog sich einen Stuhl heran und setzte sich ihr gegenüber. »Es freut mich, Euch in so guter Verfassung vorzufinden, Luisa.« In seiner Sprache klang ihr Name weich und fremd.

»Ich fühle mich gut, dank Eurer kundigen Pflege, wie ich gehört habe. Aber bitte, sagt mir, wann kann ich zurück nach Fontainebleau?«

Michel Remin atmete hörbar ein, bevor er erklärte: »Ich werde offen zu Euch sein. Meister Rosso wünscht nicht, dass Ihr zurückkommt.«

Sie schlug die Hände vor das Gesicht und brach in Tränen aus.

»Bitte, hört mich an, Luisa, dann werdet Ihr verstehen.« Remin räusperte sich. »Dass Ihr noch lebt, habt Ihr Scibec de Carpi zu verdanken, der Euch gerade noch rechtzeitig gefunden hat. Scibec hat Meister Rosso benachrichtigt, und da ich gerade im Schloss war, konnte er mich um Hilfe bitten. Wäre nur ein wenig mehr Zeit verstrichen, hätte das Gift Euch getötet. Ich habe Euch zum Erbrechen gezwungen. Vielleicht erinnert Ihr Euch? Es tut mir leid, wenn ich Euch Schmerzen bereitet habe, aber anders konnte ich Euch nicht helfen. Das Gift musste den Körper verlassen.« Remin erhob sich und trat ans Fenster, an dem die Regentropfen herunterliefen.

»Der Regen ist gut für das trockene Land. Die Felder sind staubtrocken. Man sollte denken, es wäre nass genug, weil Frankreich so viele Flüsse und Sümpfe hat, doch auch die sind irgendwann ausgedörrt. Glücklicherweise war das Gift, mit dem man Euch töten wollte, mir nicht unbekannt. Der Wasserschierling ist in den meisten Sümpfen beheimatet. Eine unscheinbare Pflanze mit kleinen weißen Blüten. Doch seine Wirkung ist verheerend.«

»*Ciguë aquatique*«, sagte sie tonlos.

»Richtig. Nun, wer sich ein Gift beschaffen will, der wird immer einen Weg finden. Es gibt genügend Kräuterfrauen, die sich damit ihr Geld verdienen. Es dürfte Euch interessieren, dass der Junge, der Euch den Wein gebracht hat, ausgepeitscht wurde. Der Junge ist von einem Kammerdiener namens Didier dafür bezahlt worden, dass er Euch sagt, der Wein und die Früchte wären von Meister Rosso.«

»Didier. Das wundert mich nicht, obwohl ich ihn nicht für so bösartig gehalten hätte. Verschlagen und ein Dieb, aber nicht fähig, einen Menschen zu töten.« Nun sah sie den Diener in anderem Licht und fragte sich, ob nicht auch Armidos Verrat und sogar sein Tod auf dessen Spitzelei zurückgingen.

»Vier Tage nach Eurer Abreise ist er tot im Wald von Fontainebleau gefunden worden. Die Wölfe hatten sich bereits an ihm gütlich getan, so dass die Ursache seines Todes nicht festzustellen war, doch es ist wohl anzunehmen, dass sich sein Auftraggeber seiner entledigt hat. Ein Mitwisser weniger. Vielleicht wurde er auch zu gierig.« Remin zuckte die Schultern.

»Mein Gott … Das ist so entsetzlich …« Sie schüttelte den Kopf.

»Mit einem Mörder wie Didier solltet Ihr kein Mitleid haben. Aber ich verstehe, dass die Umstände Euch Angst machen. Und Ihr habt allen Grund, Euch zu fürchten, denn der wahre Mörder bleibt unerkannt.« Er drehte sich wieder zu ihr um und setzte sich auf seinen Stuhl. »Luisa. Versteht Ihr nun, warum Meister Rosso Euch nicht mehr nach Fontainebleau kommen lassen kann? Er fürchtet um Euer Leben, und er ist ehrlich besorgt um Euch. Ihr habt ihn nicht gesehen. Er hat die erste Nacht, in der wir nicht wussten, ob Ihr überhaupt überlebt, an Eurem Bett gewacht, und er hat dafür gesorgt, dass niemand zu Euch gelangen konnte.«

Sie hörte ihm ernst zu.

»Ihr habt es nur Rosso zu verdanken, dass niemand weiß, wer Luca ist. Scibec weiß es auch nicht. Nur Rosso und ich haben Euch gewaschen und behandelt.«

Beschämt senkte sie den Bick.

»Ich bin Arzt, Luisa. Es ist meine Aufgabe, Menschen zu heilen, und vor den Augen eines Arztes sind alle Kranken gleich.« Er lächelte. »Hört Ihr? Ihr dürft Rosso nicht gram sein. Er hat richtig entschieden, als er Euch hierherbringen ließ.«

Auch wenn ihr Verstand dem Arzt recht gab, war der Schmerz über Rossos Entscheidung, die ihm allem Anschein nach schwer gefallen war, kaum zu ertragen. »Aber er ist nicht hier. Hat er gesagt, wann er mich besucht?«

Remin lehnte sich zurück. »Er wird Euch nicht besuchen, Luisa, so leid es mir tut.«

Sie kämpfte gegen die Tränen und biss sich auf die Lippen.

»Wie ich es sehe, seid Ihr stabil genug, um zu reisen. Morgen wird Euch ein Wagen abholen und nach Italien bringen. Um die Finanzen müsst Ihr Euch nicht sorgen. Das ist geregelt.« Remin schwieg.

Alles war so plötzlich über sie hereingebrochen, dass sie das Geschehen noch nicht in seiner ganzen Tragweite begreifen konnte. Sie hatte sich nicht einmal von Rosso verabschieden können. Verzweifelt rang sie die Hände. »Monsieur …«

»Michel, bitte.«

»Michel. Meine Sachen und die meines Bruders?«

»Es ist bereits alles hier im Haus. Im Schloss haben wir verlauten lassen, dass Ihr einem schweren Fieber zum Opfer gefallen seid. Der Tod Eures Bruders und die Strapazen der vergangenen Monate waren zu viel. Durch diese kleine Lüge wird der Mörder in Sicherheit gewiegt, und Ihr könnt unbesorgt nach Siena zurückkehren. Luca gibt es nicht mehr, und nach Luisa wird niemand suchen.«

»Ja, das ist vernünftig.« Niemand wird nach Luisa suchen, dachte sie und schloss die Augen.

»Rosso wird Euch schreiben«, sagte Remin. »Jetzt müsst Ihr erst einmal vollständig genesen. Lebt Euch zu Hause ein. Eure Familie wird sich freuen, Euch zu sehen. Und dann, Ihr werdet sehen, dann wird sich alles zum Guten wenden!«

Mit großen traurigen Augen sah sie Michel Remin an. »Wird es das?«

»Aber ja doch! Seid voller Zuversicht! Denkt nur, was Ihr überstanden habt! Oh, beinahe hätte ich etwas Wichtiges vergessen.« Er nestelte in der Innenseite seines Wamses, zog einen goldenen Ring aus einer versteckten Tasche und reichte ihn der überraschten Luisa.

Das Schmuckstück hatte die Form eines Siegelrings, allerdings war das Siegel nicht in Gold graviert, sondern in einen sandfarbenen Edelstein, der flach geschliffen und in Gold gefasst war. Ein Pferd und sechs Kugeln, von denen eine die französische Lilie trug.

»Das Medici-Wappen?«, fragte Luisa.

»Das Pferd ist eine Spielerei, die Katharina sich ausgedacht hat. Sie sendet Euch den Ring mit ihrer aufrichtigen Anteilnahme für den Verlust Eures Bruders und den besten Wünschen für Eure Genesung. Und sie sagt, dass Ihr auf ihre Hilfe bauen könnt, solltet Ihr noch einmal nach Frankreich kommen.«

»Warum, ich meine, woher weiß sie …?«

»Nun, sie war mit dem König in Fontainebleau und hat sich bei Meister Rosso nach Euch und Eurem Bruder erkundigt. Offensichtlich hält Rosso sie für vertrauenswürdig und hat ihr die Wahrheit über Euch gesagt.« Remin sah Luisa bewundernd an. »Ihr müsst großen Eindruck auf sie gemacht haben.«

»Villeneuve. Armidos Begnadigung hatte ich nur ihr zu verdanken.« Was für eine starke großherzige Frau, dachte Luisa und bedauerte, dass die zukünftige Königin Frankreichs mit einem Mann geschlagen war, der ihr weder charakterlich noch intellektuell gewachsen war.

»Natürlich weiß auch Madame d'Étampes, dass Ihr hier seid, und sendet ebenfalls Genesungswünsche. Außerdem könnt Ihr Euch an Kleidern nehmen, was Ihr möchtet.« Michel Remin erhob sich. »Ich werde mich nun von Euch verabschieden, denn ich werde noch in Montereau erwartet.«

Luisa erhob sich ebenfalls. »Ich habe noch so viele Fragen, und es erscheint mir so unwirklich, dass ich hier bin …« Hilflos brach sie ab. »Ich kann doch nicht einfach gehen!«

»Ihr müsst. Hier seid Ihr nicht sicher. Und es würde Meister Rosso das Herz brechen, wenn Euch etwas zustieße.«

Sie senkte den Blick.

»Ihr glaubt mir nicht. Bedenkt alles in Ruhe, Luisa. Auf der Reise habt Ihr genügend Zeit, und dann werdet Ihr verstehen.«

Mit tränenerstickter Stimme flüsterte sie: »Danke, Michel«, und umarmte den Arzt, der sie auf die Wangen küsste. »Sagt ihm, nein … Er wird mir schreiben, nicht wahr?«

Remin, der sich verstohlen eine Träne aus dem Augenwinkel wischte, nickte. »Ja, das wird er. Übrigens gefällt mir Luisa besser als Luca. Ich fand Luca immer etwas zu weibisch …«

Luisa lachte unter Tränen und stand noch lange, nachdem er den Hof verlassen hatte, am Fenster und blickte in den regennassen Garten hinaus. In ihrer Hand hielt sie den Ring von Katharina de Medici und wusste, dass sie wiederkommen würde. Vielleicht nicht morgen, aber irgendwann.

Fontainebleau

Oktober 1547

Les Nynfes ia en mile ieus s'esbatent
Au cler de Lune, & dansans l'herbe abatent:
Veus tu Zephir de ton heur me donner,
Et que par toy toute me renouelle?
Fay mon Soleil deuers moy retourner,
Et tu verras s'il ne me rend plus belle.

Die Nymphen schon bei tausend Spielen weilen;
Im Mondschein tanzen sie die Gräser nieder.
Zephir, willst du mit mir dein Glück nicht teilen,
Dass ich mich ganz erneuere durch dich?
So sende mir doch meine Sonne wieder,
Und du wirst sehen, sie verschönert mich.

Sonett von Louise Labé

Meister Primaticcio, ich bitte Euch im Namen von Rosso Fiorentino, für den ich dieses Fresko malen durfte, lasst mich mit Ihrer Majestät, der Königin von Frankreich, sprechen. Sie wird mich empfangen!« Eindringlich sah sie Primaticcio an, der sich den Bart kratzte und aus seiner Verärgerung keinen Hehl machte. Er war immer noch der launische, rechthaberische Mann, der niemanden neben sich duldete.

»Sie ist eine Fremde und hat nichts zu verlangen. Ich werde sie den Wachen übergeben, und dann kann sich ein Gericht mit ihr beschäftigen«, insistierte Mallêt.

»Wer ist diese Person überhaupt?«, mischte sich Diane de Poitiers ein.

»Luisa Paserini«, sagte Luisa mit fester Stimme.

Primaticcio musterte sie und lachte plötzlich laut auf. »Mein Gott! Ihr habt uns alle zum Narren gehalten!« Seine Miene verdüsterte sich. »Obwohl Euer Bruder mir Ärger gemacht hat. Aber das ist lange her. Ihr habt tatsächlich die *Semele* gemalt?« Er drehte sich zu dem ovalen Bild über dem Kamin und studierte es anerkennend. Die anderen folgten seinem Beispiel.

Nicht alles, dachte Luisa. Ich musste gehen, bevor ich ihr Gesicht malen konnte. Verstohlen wischte sie sich eine Träne aus dem Auge. Nach ihrer überstürzten Abreise hatte Rosso das Fresko vollendet, und er hatte Jupiters Geliebten ihr Gesicht gegeben. Semele verkörpert die reine Liebe, hatte Rosso gesagt, und jetzt trug sie Luisas Züge. All die Jahre hatte sie an seinen Gefühlen gezweifelt. Neun lange Jahre, die sie in der Werkstatt ihrer Familie in Siena verbracht hatte. Sie hatte nicht erwartet, von Pietro und den anderen mit offenen Armen aufgenommen zu werden, und sich damit zufrieden gegeben, kleine Aufgaben in der Werkstatt ausführen zu dürfen. Der Schmerz über Armidos Verlust wog schwer, und Pietro spürte, dass sie nicht die ganze Wahrheit über die Geschehnisse in Frankreich sagte.

Jeden Tag hielt sie nach einem Kurier Ausschau, doch es dauerte zwei Jahre, bis ein Brief von Meister Rosso kam. Darin stand nichts außer einem Satz: »Wenn du von meinem Tod hörst, denk an Empedokles.« Es hatte sie schwer getroffen, doch sie wusste, dass er seine Gründe für diese schwerwiegende Entscheidung gehabt haben musste. Und es hatte sie getröstet, dass sie mit Sicherheit der einzige Mensch war, dem er sich anvertraut hatte, denn Selbstmord war eine Todsünde.

»Luisa Paserini! Hört Ihr mich?« Primaticcio sah sie an.

»Verzeihung. Ja, Meister?«

Unwillkürlich lächelte er. »Bedauerlich, dass Ihr nur eine Frau seid. Ihr wart ein guter Stukkador und ein hervorragender Maler, wie ich zugeben muss. Ich werde Euch persönlich zu Ihrer Majestät bringen.« Die letzten Worte sagte er betont langsam und hielt dabei die Augen des Comte de Mallêt fest.

»Sie ist eine Ketzerin!«, protestierte dieser.

»Das ist nicht wahr!«, rief Luisa. »Ich bin eine gläubige Katholikin.«

In diesem Moment erschienen die Wachen, und auf dem Hof erklang das Getrappel von Pferdehufen und Wagenrädern. Primaticcio reagierte schnell, packte Luisas Arm und zerrte sie aus dem Kabinett in die Galerie. »Das ist Katharina de Medici. Ich habe Rosso als Mensch nicht gemocht, aber im Namen der Kunst, geht!«

Luisa rannte durch die dunkle Galerie auf den Ausgang zu, stieß die Tür auf und stürzte die Treppen hinunter und der Königin von Frankreich und ihrem Gefolge, das den Wagen entstieg, vor die Füße. Diener hielten zahlreiche Fackeln und erleuchteten den Hof. Luisa machte einen tiefen Hofknicks und wartete mit gesenktem Kopf, als sie kurz darauf Primaticcios Stimme hinter sich hörte: »Eure Majestät, bitte verzeiht diesen ungewöhnlichen Überfall, aber Signora Paserini hat ein persönliches Anliegen und bittet untertänigst um eine Audienz.«

»Ich bin müde von der Reise. Morgen, Meister, morgen«, sagte Katharina und wollte mit ihren Hofdamen weitergehen, doch Luisa hob den Kopf und streckte ihr die Hand mit dem Ring hin, den ihr Katharina vor neun Jahren geschenkt hatte.

»Majestät, bitte.«

Im Licht der Fackeln leuchtete der Stein matt auf und zog Katharinas Aufmerksamkeit auf sich. Die zierliche Königin musterte Luisa mit dunklen intelligenten Augen und winkte ihr. »Gehen wir zum See. Ich möchte mir die Beine vertreten.«

Wie auf Befehl formierten sich die königlichen Hofdamen zu einer geordneten Gruppe und warteten, dass die Königin sich in Begleitung Luisas in Bewegung setzte. Aus den Augenwinkeln sah Luisa den Comte de Mallêt und Diane de Poitiers auf der Treppe stehen, schweigend bezeugten sie der Königin ihre Ehrerbietung.

Katharina trug ein prächtiges goldbesticktes Kleid, das ihre schlanke Figur betonte. Ihre Züge wirkten reifer und härter als damals, doch als sie Luisa ansah, lächelte sie.

»Der Ring! Ich hatte ihn vergessen. Das ist wie viele Jahre her?«, wechselte die Königin ins Italienische.

Luisa konnte kaum glauben, dass sie neben der Königin von Frankreich auf die Terrasse des Pavillon des Poêles zuging, als wären sie die vertrautesten Freundinnen. »Neun Jahre, Majestät.«

»Helft mir, Signora, wann habe ich Euch diesen Ring gegeben? Oh!«, sie legte einen Finger an die Lippen. »Ich weiß es wieder! Ihr seid die Malerin von Fontainebleau!« Sie klatschte in die Hände. »Aber es waren dramatische Umstände, unter denen Ihr das Schloss verlassen habt.« Die Königin drehte sich zu ihren Hofdamen um. »Lasst uns allein!«

Die Damen verneigten sich und hielten sich in gebührendem Abstand, so dass Katharina und Luisa ungestört sprechen konnten. Langsam spazierten sie über die sanft abfallende Terrasse auf den See zu, der ruhig in der Dunkelheit lag. In seiner Mitte leuchtete der kleine Pavillon, in dem Franz I. intime Feste gegeben hatte.

»Meister Rosso war ein wunderbarer, exzentrischer Mann, ein großartiger Künstler! Ich vermisse ihn! Er hatte eine unvergleichliche Art und so ausgefallene Ideen. Fontainebleau, die Galerie, das ist sein Werk, es trägt seine Handschrift, auch wenn Primaticcio alles daran setzt, dem allen hier seinen Stempel aufzudrücken.« Katharina schien mit den Gedanken ganz in der Vergangenheit zu weilen und schlenderte zu einer steinernen Bank am Seeufer. Laternen spendeten unter Bäumen und an den Wegrändern Licht, und Luisa sah, dass die Wege geharkt und die Hecken dicht gewachsen waren.

Die Königin raffte die seidig raschelnden Röcke und ließ sich auf der Bank nieder. Mit einer Hand machte sie eine einladende Bewegung, und Luisa setzte sich neben sie. »Ich wäre so gern dabei gewesen, als die Galerie eröffnet wurde. Sie hat Rosso so viel bedeutet.«

»Ihr habt ihn geliebt, nicht wahr?«

Luisa nickte.

»Wenn ich an jene Zeit zurückdenke, dann glaube ich, dass er Euch sehr zugetan war. Wer hätte das ahnen können …« Katharina faltete die Hände in ihrem Schoß und blickte auf das schwarze Wasser des Sees hinaus, in dem sich die Lichter spiegelten. »Nachdem Ihr fort wart, war er fast Tag und Nacht mit der Galerie und den Pavillons beschäftigt. Der Kaiser kündigte bald darauf seinen Besuch an. Karl musste aus politischen Gründen durch Frankreich reisen, und im Winter kam er erst nach Chambord und danach nach Fontainebleau. Über Chambord äußerte er sich entzückt. Rossos Galerie würdigte er, doch es wundert mich nicht, dass er sich nicht zu Begeisterungsstürmen hinreißen ließ.« Katharina lachte leise. »Hat sich doch der selige Franz in der Galerie als Cäsar und rechtmäßigen Kaiser preisen lassen. Und danach, ich erinnere mich an einen mittelprächtigen Skandal, der verursacht wurde, weil jemand eine große Summe Geld aus Rossos privater Schatulle gestohlen hatte. Eine seltsame Geschichte war das.« Nachdenklich schüttelte die Königin den Kopf. »Leider konnte ich damals noch nicht so über meine Zeit verfügen, wie ich es heute kann, sonst wäre ich nach Fontainebleau gereist.«

Gespannt ließ Luisa die Königin die Ereignisse resümieren, die zu Rossos plötzlichem Tod geführt hatten.

»Es hieß, dass Pellegrino das Geld genommen hatte, und Rosso war darüber so erbost, dass er Pellegrino vor das Pariser Gericht zerren ließ, wo man den armen Mann unter qualvoller Folter befragte. Doch er gab nichts zu. Man konnte die Anschuldigungen nicht beweisen und ließ ihn frei. Francesco, so war sein Name, war ein hübscher Mann, aber nach der Folter war nichts von ihm übrig. Furchtbar, wirklich.«

»Aber wer hat denn das Gerücht in die Welt gesetzt, dass Pellegrino der Dieb war?«

»Eine kluge Frage, Luisa. Der arme Rosso muss sich dasselbe gefragt haben. Es hat ihn am Boden zerstört, dass Pellegrino nun überall herumposaunte, was für ein Lügner der ehrenwerte Meister Rosso war. Aus den ehemals besten Freunden waren erbitterte Feinde geworden. Und dann starb Rosso ganz unerwartet unter seltsamen Umständen. Wieder machten Gerüchte die Runde, in denen es hieß, Rosso habe sich Gift bringen lassen. Rosso war in Fontainebleau, wo er sich vor allen verbarg, und schickte einen Gehilfen nach Paris, um Farben zu kaufen. Dieser Gehilfe – oder war es ein Bauer aus dem Dorf? Ich weiß es nicht mehr –, jedenfalls soll der eine Ampulle angebracht haben, die mit Wachs verschlossen war, aber das Gift war angeblich so stark, dass er sich schon beim Transportieren die Finger verätzte. Nun, das sind Gerüchte, und Rosso hatte viele Neider. Ich gebe nichts darauf. Franz war tief erschüttert über Rossos Tod.«

Katharina de Medici strich über den kostbaren Seidenstoff ihres Kleides. »Der Hof hatte seinen Glanz verloren, und Franz war ein kranker Mann.«

Die beiden Frauen schwiegen eine Weile, dann fuhr Katharina fort: »Tournon saß damals mit im Gericht, und die Mallêts hatten ebenfalls ihre Finger im Spiel. Es klebt viel unschuldiges Blut an ihren Händen. Ihr wisst von den Verfolgungen der Vaudois?«

»Man hat uns berichtet, dass es nach der Verfügung von Mérindol vor zwei Jahren zu grausamen Hinrichtungen von Männern, Frauen und Kindern in den Dörfern der Vaudois im Luberon gekommen ist.«

»In seinen letzten Jahren hat Franz viele Fehler gemacht. Schuld trägt vor allem der Kardinal, der ihn zu den Ketzerverfolgungen drängte. Sogar Étienne Dolet haben sie im letzten August auf den Scheiterhaufen gebracht. Und warum? Nur weil er den Dialog *Axiochus* übersetzt hat, der nicht einmal von Platon ist! Ignoranten!«, schimpfte die Königin. »Und dann die Grausamkeiten in Meaux. Sie haben die friedfertigen Protestanten, die nur ihre Choräle sangen, durch die Straßen getrieben und ihnen mit Schlägen die Glieder gebrochen, sie in Käfige gesteckt und Étienne Magin auf dem Place du Marché die Zunge herausgeschnitten.«

Von den Hinrichtungen im letzten Oktober waren nur bruchstückhafte Nachrichten nach Siena gedrungen. Luisa hielt sich entsetzt die Hand vor den Mund.

»Vierzehn Protestanten haben sie zusammengebunden und verbrannt. Nein, das war nicht recht!« Katharina atmete tief ein und sah sich kurz um. »Der Kardinal ist nicht mehr im Kronrat, aber Henri hat nicht auf den Rat seines Vaters gehört und Diane und den Guisen zu viel Macht gegeben. Die Zeiten sind nicht besser geworden, Luisa. Wie kann ich Euch helfen?«

Luisa zog einen Brief aus ihrem Beutel am Gürtel und entfaltete ihn. »Ihr erinnert Euch an meinen Bruder Armido? Ihr habt den König damals in Villeneuve dazu bewogen, ihn zu begnadigen.«

»Villeneuve, ja, ich entsinne mich. War er nicht einer dieser Vaudois und sollte in Embrun verbrannt werden?«

»Majestät, er hatte nichts Unrechtes getan. Nachdem wir Embrun verlassen hatten, wurden wir überfallen, und er wurde getötet. Aber er war verheiratet. Seine Frau hat im Kerker ein Kind zur Welt gebracht. Aleyd starb bei der Geburt, und man sagte uns, dass das Kind tot sei, aber …«, sie strich über den Brief, »eine Mitgefangene hat mir geschrieben. Sie hat gesehen, wie die Dominikanermönche das Neugeborene mitgenommen haben. Es wurde in ein Kloster gebracht!«

Die Mitgefangene war niemand anderes als Aziza, die Frau Arnauds, der seinen gesamten Besitz verkauft und mit dem Erlös das Leben seiner Frau erkauft hatte. Danach waren er und Aziza aus Frankreich geflohen und nach Jahren der Wanderschaft in das Land ihrer Väter zurückgekehrt. Am Hof des Sultans hatten sie Aufnahme gefunden, denn der Wesir, der Arnaud nach dem Leben getrachtet hatte, war inzwischen verstorben. Aziza hatte es für ihre Pflicht gehalten, die Familie der Paserini von der Existenz des Kindes zu unterrichten, und vor einem Jahr den Brief abgeschickt. Auf vielen Umwegen war er schließlich in der Werkstatt der Paserini in Siena gelandet, wo er die ganze Familie in Aufruhr versetzt hatte.

»Ein Kind?« Die Züge der Königin wurden weich, wusste sie doch selbst, wie kostbar das Leben eines Kindes war. Sie selbst hatte über zehn Jahre auf die Geburt ihres ersten Kindes gewartet, gebangt und gehofft.

»Aber ich weiß nicht, wie ich es finden soll. Wenn irgendjemand erfährt, dass ich es suche … Der Erzbischof von Embrun und der damalige Inquisitor würden sich erinnern …« Bei dem Gedanken an Sampieri und die Scheiterhaufen von Embrun zitterte Luisa.

»Wohin wollt Ihr jetzt, Luisa Paserini?«, fragte die Königin.

»Nach Straßburg, wo ich die Familie meiner verstorbenen Schwägerin besuchen möchte. Sie wissen noch nichts von dem Kind.« Luisa hatte herausgefunden, dass Aleyds Bruder, Jules Dubray, mit Suzanne, der Witwe des in Embrun verbrannten Sidrac, nach Straßburg gegangen war. Dort lebten sie im Haus der Brüder Lavbruch.

Katharina erhob sich. »Ihr habt in diesem Land viel Leid erfahren.«

Im Gesicht der Königin las Luisa, dass sie genauso gut von sich selbst sprechen könnte.

»Aber ich bin die Königin, und ich bin eine Medici.« Stolz hob sie das Kinn. »Wenn es um Verrat, Intrigen und Geheimnisse geht, macht uns niemand etwas vor – und schon gar nicht irgendein Mönch. Selbst Savonarola haben wir zu Fall gebracht. Gebt mir den Ring, Luisa.«

Erstaunt zog Luisa den Siegelring von ihrem Finger und reichte ihn der Königin.

»Wartet in Straßburg auf eine Nachricht von mir und vertraut nur dem Überbringer dieses Rings.«

Überwältigt von der Großherzigkeit der Königin versank Luisa in einen tiefen Hofknicks. »Ich danke Euch, Majestät.«

Es raschelte, und Katharina de Medici, die Königin von Frankreich, schritt auf die wartenden Hofdamen zu, die bereits ungeduldig flüsternd auf sie warteten.

Es war im Februar des Jahres 1548 im Haus der Gebrüder Lavbruch in Straßburg. Luisa Paserini saß neben Jules Dubray in der Nähe des knisternden Kaminfeuers und lauschte dem Spiel von Thomas und Josef. Die Brüder hatten aus Piacenza neue Instrumente mitgebracht und übten sich im Spiel der Violinen, die einen vollen Klang hatten. Peter Lavbruch saß an einem Tisch und schrieb an einem Buch über den Glaubensgrundsatz der Vaudois, die sich in den letzten Jahren mehr und mehr den Protestanten angenähert hatten. Jules war blass und kämpfte immer noch mit den Folgen seiner Verwundung, doch wenn es ihm gut ging, diskutierte er mit Peter und den anderen Protestanten in Straßburg und rief die Leute zu öffentlichen Diskussionen auf.

Suzanne trug schwarze Witwenkleidung und führte die Arbeit ihres verstorbenen Mannes weiter. Ihr ältester Sohn studierte Medizin in Montpellier, und sie selbst wurde in Straßburg als Hebamme geschätzt. Die Freude über Luisas Auftauchen in Straßburg vor vier Monaten war unbeschreiblich gewesen, und man hatte Luisa wie ein lange vermisstes Familienmitglied aufgenommen. Doch langsam wurde sie unruhig und erwog, nach Siena zurückzukehren. Pietro kränkelte und bedurfte ihrer Hilfe. Und es schien so, dass Katharinas Nachforschungen ergebnislos geblieben waren oder sie die Sache schlicht vergessen hatte. Das Kind von Aleyd und Armido müsste, wenn es überlebt hatte, zehn Jahre alt sein. Doch die Hoffnung auf eine Nachricht aus Frankreich sank mit jedem verstreichenden Tag.

Luisa erhob sich und goss Jules heißen Gewürzwein nach. Sie hatte niemandem hier von der *Semele* erzählt. Vielleicht würde sie das auch nie tun, denn nur Armido hätte sie verstanden. Armido, an den sie täglich dachte, genau wie an Rosso und ihre gemeinsame Zeit in Fontainebleau. Es gab Dinge, die ihre Kraft im Verborgenen entfalteten, und wenn Luisa an die *Semele* dachte, durchströmte sie eine innere Wärme, die sie alles Leid ertragen ließ. Seit sie das Fresko in

Fontainebleau gesehen hatte, wusste sie, dass das immer so bleiben würde. Das Leben ist ein Mysterium, aber manchmal gewährt es dem Sterblichen einen Hauch von Gewissheit, dachte Luisa, und allein dafür lohnt es sich zu leben.

Die Tür wurde geöffnet, und eine Dienerin erschien. Sie ging zu Peter und flüsterte ihm etwas ins Ohr. Dieser nickte, stand auf, und die Dienerin lief wieder hinaus. Etwas an Peters Haltung verunsicherte Luisa. Nervös umklammerte sie den Krug. Sie mochte den warmherzigen Saitenmacher, der mit seiner fröhlichen Art die Seele des Hauses war. »Was?«, fragte sie und stellte den Krug ab.

Doch Peter hob die Hand. »Warte.«

Dann öffnete sich die Tür erneut, und die Dienerin schob einen schmächtigen Jungen von etwa zehn Jahren in den Raum.

»Dieser Ring ist für meine Tante, Luisa Paserini«, sagte der Junge in reinstem Französisch und streckte die geöffnete Hand aus, in der der Siegelring der Medici lag.

Nachwort

Historische Personen und Begebenheiten sind faktengetreu dargestellt, doch aus dramaturgischen und atmosphärischen Gründen habe ich mir erlaubt, die Wahrheit hin und wieder auszuschmücken.

Le premier château de France wird das Schloss von Fontainebleau in der Literatur häufig genannt, und damit ist nicht allein das Alter, sondern auch der Rang dieses *maison royale* gemeint. Bereits im 16. Jahrhundert begründet sich der Ruf der Schlossanlage als eine der schönsten in Europa. Maßgeblichen Anteil daran hat die Galerie des exzentrischen und genialen Rosso Fiorentino. Wenn man sie heute betritt, wird man die königlichen Kabinette vergeblich suchen, und auch die Farben der Fresken sind verblasst. Durch Anheben und Absenken der Decke hat der gesamte Raumeindruck gelitten. Die Bäder wurden 1697 unter Ludwig XIV. zerstört und in Appartements umgebaut.

Die Baugeschichte des Schlosses ist nicht lückenlos dokumentiert. Vor allem über das Entstehen der Galerie gibt es verschiedene Theorien. Weitestgehend bin ich den Ausführungen von Dorothee Herrig: »Fontainebleau – Geschichte und Ikonologie der Schloßanlage Franz' I.«, München 1992, gefolgt.

Die Ausstattung der Galerie verherrlichte in jedem Bildmotiv, jedem Fresko und jedem Ornament den Hausherrn

Franz I. Angelegt als langgestreckter Verbindungssaal, lud die Galerie zu Gesprächen und zur Muße ein. Aller Wahrscheinlichkeit nach barg die Galerie die größte Antikensammlung Frankreichs. Mit Hilfe der fortschrittlichen italienischen Künstler ließ Franz I. einen neuen und dennoch typisch französischen Raum- bzw. Architekturtypus kreieren, eine Symbiose aus der beliebten Gartenlaube, den antiken Arkadengängen, den Kryptoportiken und dem originellen Dekorationssystem des Rosso Fiorentino. Erst später wird Ähnliches in der Sala Regia des Vatikan oder der Galerie des Palazzo Spada zu finden sein.

Da Rosso Fiorentino (*1494 Florenz, †1540 Fontainebleau) keine Lebenserinnerungen hinterlassen hat wie etwa sein Künstlerkollege Cellini, sind die Informationen über sein Leben spärlich und basieren fast ausschließlich auf Giorgio Vasaris (1511–1574) Künstlerbiographien, die 1550 veröffentlicht wurden.

Rossos Arbeiten zeugen schon früh in Komposition und narrativem Detail von seiner außergewöhnlichen Originalität und seiner Fähigkeit zu unkonventionellen Lösungen. Bis zum Sacco di Roma arbeitete Rosso unter dem Einfluss von Michelangelo und Raffael in Rom, danach in Venedig. 1530 wurde Rosso durch die Fürsprache von Aretino nach Frankreich gerufen und bald nach seiner Ankunft zum Leiter aller Bauprojekte, Malereien und Dekorationen gemacht.

Francesco Primaticcio kam 1532 an den französischen Hof, nachdem Giulio Romano nicht angeworben werden konnte. Sicher hat auch Primaticcio Anregungen aus seiner Zeit im Palazzo del Te in Mantua mit eingebracht, und die in Venedig aufkommende Mode der aufgerollten Wappenschilder hat Einfluss auf die Gestaltung des plastischen Rollwerks genommen, doch die alles entscheidende Rolle bei der Gestaltung der Galerie hatte Rosso Fiorentino, der Lieblingskünstler des Königs Franz I. Die beiden Männer verband gegenseitige Achtung und Bewunderung. Beide liebten das luxuriöse Leben und die Kunst über die Maßen. Während Franz der holden Weiblichkeit huldigte, gibt es über Rossos Privatleben – bis auf seine innige Freundschaft zu Pellegrino – keine Belege. Da Rosso allem Schönen zugeneigt war, scheint mir eine Affäre mit einer als Mann verkleideten Künstlerin, deren Geist und Fähigkeiten Rosso schätzte, durchaus denkbar.

Vasari betont in seiner »Vita« Rossos Universalität und beschreibt ihn als perfekte Verkörperung des *cortegiano*, des Hofmanns, nach Baldassare Castiglione, dessen gleichnamiges Buch Rosso besaß. Des Weiteren verweist er darauf, dass Rosso in Frankreich das Leben eines Fürsten führte, eine Tatsache, die auch von Antonio Mini, einem Schüler Michelangelos, berichtet wird, der sich in den Dreißigerjahren des 16. Jahrhunderts am Hof aufhielt. Immer wieder betont Vasari den ehrenhaften Charakter Rossos, der bei allen Mitarbeitern außerordentlich beliebt war. Vor diesem Hintergrund ist die Intrige, die am Hof um Rosso gesponnen wurde und zu seinem Selbstmord führte, umso tragischer. Rosso wird als Malerphilosoph charakterisiert, dem Horaz, Aristoteles und Empedokles vertraut waren. Kurz vor seinem Tod schuf er die Zeichnung einer männlichen Figur im Pilgergewand, bei der es sich um Empedokles handeln könnte (heute im Getty Museum, Malibu). Da Suizid seit den Schriften des Augustinus mit Mord gleichgesetzt wurde und als Todsünde galt, erscheint Rossos Freitod umso bemerkenswerter.

Der Karton der Sibylle von Tibur ging verloren, genau wie die Fresken der Kabinette (dokumentiert durch Radierungen), die während späterer Umbaumaßnahmen an der Galerie vollständig abgerissen wurden.

Für die Figur Franz' I. dienten mir als Primärquellen

die Biographien von Gerd Treffer und René Guerdan. Die Reisezüge dieses großen französischen Renaissancekönigs sind legendär. Für die Dramaturgie des Romans war es nötig, Aufenthalte des königlichen Trosses, wie den in Ventadour, zu erfinden. Der königliche Hofstaat umfasste weitaus mehr Personen, als erwähnt werden, doch habe ich mich bewusst auf einige herausragende Berater wie den Connétable Montmorency oder Kardinal Tournon beschränkt. Fontainebleau war das »chez soi« von Franz I., sein Zuhause, und, wie Benvenuto Cellini in seinen Lebenserinnerungen betont, »die größte Lust, die er im Reiche hatte«. Der König liebte Feste und Dekorationen von raffinierter Sinnhaftigkeit, weshalb auch das auf den ersten Blick uneinheitliche Schloss von Fontainebleau als Residenz von besonderer, durchdachter Bedeutung zu verstehen ist.

Ab 1519 war Franz I. davon besessen, Kaiser Karl V. zu besiegen und italienisches Gebiet zu erobern, wobei er seine dynastischen Ansprüche bezüglich Mailands auf seine Urgroßmutter Valentine Visconti und in Hinsicht auf Neapel bis zu Karl I. von Anjou zurückführte. Weder finanzieller Ruin noch verlustreiche Kriege gegen Karl V. oder die Feindschaft der christlichen Welt aufgrund seines Pakts mit den Osmanen vermochten Franz von seinem Ziel abzuhalten. Italien war der Sitz der römischen Kaiser und verkörperte den Schauplatz der als Wiedergeburt der Antike verstandenen Renaissance, und Rossos Galerie thematisiert dies in Bezug auf Franz I. Vasari bemerkt, dass Franz in Fontainebleau beinahe »ein neues Rom« geschaffen habe, ein Satz, der zur Floskel wurde.

Als Krieg führender Herrscher erfolglos, war Franz doch in Kunst und Kultur der führende Fürst seiner Zeit. Mittels der Druckgraphik wurden das Schloss und seine Kunstschätze berühmt und Fontainebleau bekannt als ein lebendiges Gesamtkunstwerk. Für Meister des 17. Jahrhunderts wie Poussin oder Rubens wurde diese druckgraphische Quelle unentbehrlich, und es entstand der Begriff der »Schule von Fontainebleau«.

Die Vorliebe des Königs für alles Italienische kam auch in seiner Gemäldesammlung zum Ausdruck, die von Agenten wie Battista della Palla zusammengetragen wurde. Werke von Leonardo da Vinci (unter anderem *Mona Lisa, La Belle Ferronière, Anna Selbdritt*), Andrea del Sarto, Raffael, Giulio Romano, Sebastiano del Piombo, Fra Bartolomeo, Pontormo, Bronzino und einige Tafelbilder von Rosso sind darunter. Die Kunstsammlung Franz' I. begründete die Sammlung im Louvre. Neben Fontainebleau sind der Kunst- und Architektursinnigkeit Franz' I. einige der schönsten Schlösser Frankreichs zu verdanken: Amboise, Blois, Chambord und der neue Louvre. Auf den Rat von Guillaume Budé schuf Franz I. das königliche Kolleg, aus dem das spätere Collège de France erwuchs.

Fontainebleau war Lustschloss und Residenz und blieb im Unterschied zu Versailles und zum Louvre über siebenhundert Jahre lang der typischste Ausdruck französischen Herrschaftsverständnisses. Nur in Fontainebleau fanden kontinuierlich Baumaßnahmen statt, die das Schloss zum *maison des siècles* und zum »ersten Schloss Frankreichs« werden ließen.

Bis zur Plakataffäre 1534 galt Frankreich in Bezug auf die Protestanten als tolerant. Schwankend in seiner Haltung den Lutheranern gegenüber und unter dem Einfluss seiner den Humanisten zugeneigten Schwester Marguerite eher offen, veränderte sich danach die Einstellung von Franz I. Solange die Reformation die öffentliche Ordnung nicht gefährdete, hatte er stillgehalten, doch nachdem ein Plakat, auf dem die katholische Messe als Götzendienst verurteilt wurde, an die königliche Schlafzimmertür zu hängen kam, setzte der

König eine Unterdrückungskampagne in Gang. Nach jener ersten schrecklichen Verfolgung von Ketzern (vor allem protestantischen Buchdruckern) erließ der König 1535 das Edikt von Coucy (sechs Monate Amnestie für Häretiker, um in ihre Häuser zurückzukehren und zu bereuen). Der Religionskonflikt äußerte sich 1537 in weiteren Repressionen gegen Waldenser und Misshandlungen von lutherischen Predigern. Der Streit von Farel mit Montjehan, dem Gouverneur von Turin, sowie die Mithilfe Montmorencys bei der Plünderung des Piemonts sind belegt, fanden allerdings einige Monate später im Jahr 1538 statt, als in meinem Roman dargestellt.

Königliche Briefe gerieten in Umlauf, welche die Jurisdiktion in Fällen von Häresie an Sekundärgerichte, *baillis* und *sénéchaux*, übergaben. Diese Briefe waren 1540 Auslöser für den Erzbischof in Aix, zusammen mit dem *parlement* die Verfolgung der Häretiker zu betreiben.

Die Ereignisse spitzten sich zu und gipfelten im Frühjahr 1545 im Massaker an den Waldensern des Luberon. Auf Drängen der päpstlichen Kanzlei und des Barons d'Oppède, verantwortlich für die Justiz in Aix, genehmigte der König die Vollstreckung der ausgesetzten »Verfügung von Mérindol«. In der Folge wurden zwanzig Dörfer zerstört, die Bewohner ermordet, geschändet oder gefangengenommen. Es gab Tausende von Toten, und sechshundert Männer wurden auf die Galeeren verschleppt. Der König soll seine Entscheidung bis zum Tod bereut haben.

Die Waldenser (in Frankreich Vaudois) nannten sich selbst »Arme Christi«, »Arme von Lyon« oder einfach »Brüder«. Ihre Verfolger bezeichneten sie als Ketzer oder eben nach dem Namen ihres geistigen Vaters, Petrus Valdes († vor 1218), als Waldenser. Säulen ihres Glaubens waren die Ablehnung der Todesstrafe, des Lügens, des Eids, der Beichte, der Heiligen und der Eucharistie. Sie erkannten die Macht der Kirche nicht an und ließen Laienprediger zu. Sie verweigerten den Reliquienkult, arbeiteten an Festtagen, machten keine Wallfahrten und stellten Frauen den Männern gleich. Im Piemont trafen sich die Waldenser, weil die schwer zugänglichen Schluchten guten Schutz boten.

Im Grunde entdeckte Luther wieder, was die »Armen von Lyon« seit Jahrhunderten vertraten. Allerdings glaubten die Waldenser im Gegensatz zum *sola fide*, dem Herzstück des lutherischen Gedankenguts, dass der Mensch selbst zu seinem Seelenheil beitragen kann. Die im Roman erwähnte Bibel von Olivétan ließen die Waldenser 1535 in Neuchâtel drucken. Seit etwa 1530 beteiligten sich die Waldenser an der Reformation, und damit begann der Niedergang des Waldensertums, das durch Dogmenfreiheit und die oben erwähnten Punkte gekennzeichnet ist. Die Geschwister Dubray sind Fiktion, ebenso wie die Lavbruchs und *barbe* George. Den Gefangenen von Embrun gab es wirklich. Er wurde gefoltert und zwei Jahre nach seiner Gefangensetzung hingerichtet. Robert Estienne ist eine historische Figur, ein Buchdrucker und Gelehrter, der zwar von Franz I. unterstützt wurde, durch seine Bibelkommentare jedoch in Konflikt mit den Konservativen geriet. Nach dem Tod von König Franz ging er nach Genf, eröffnete eine Druckerei und veröffentlichte zahlreiche Werke Calvins.

Marguerite de Navarre, auch Margarete von Angoulême, die Schwester des Königs, ist eine wichtige Figur des französischen Humanismus. Ihre Werke »Le Miroir de l'âme pécheresse«, »Cantiques spirituels« oder »Marguerites de la marguerite des princesses« zeigen sie als Mystikerin und Dichterin. Als Christin und Platonikerin, die zu ihren Lebzeiten auf wenig Verständnis stieß, zeichnet sie sich im »Heptameron«, dem aufschlussreichen und ernüchterndsten Text der französischen Renaissance, aus. Leider schwand ihr Einfluss auf Franz, nicht zuletzt durch intrigante Männer wie Montmorency.

Anne de Pisseleu, Herzogin von Étampes, verdrängte die erste Mätresse des Königs und zog Franz bis an sein Lebensende in ihren Bann. Sie war gebildet, charmant und förderte Gelehrte und Künstler. In ihrer Beziehung zum König war sie diskret. Das Hôtel-Neuf in der rue l'Hirondelle, wo Madame d'Étampes lebte, war tatsächlich mit dem Königs-Palais, dem Hôtel des Tournelles, durch einen unterirdischen Gang quer unter der rue Saint-Antoine verbunden.

Katharina de Medici kam als junges Mädchen nach Frankreich, um Henri, den späteren Kronprinzen, zu heiraten. Nicht von auffälliger Schönheit, zog sie die Aufmerksamkeit ihres Schwiegervaters durch ihre Intelligenz auf sich. Franz I. erkannte die Stärke und den wachen Geist Katharinas und unterstützte sie, solange er lebte. Es war seinem Leibarzt zu verdanken, der die organische Ursache für das Ausbleiben von Nachkommen von Katharina und Henri klärte, dass eine Scheidung abgewendet werden konnte. Aus der unscheinbaren Katharina wurde mit den Jahren eine starke Königin, die sich neben der hartherzigen Diane de Poitiers und dem ihr hörigen Henri behauptete. Zeit ihres Lebens war Katharina eine engagierte Beschützerin und Förderin ihrer in Frankreich lebenden Landsleute. Aus diesem Grund habe ich mir erlaubt, Katharina als Luisas Fürsprecherin in Villeneuve auftreten zu lassen, obwohl sich Katharina zu jener Zeit eigentlich in Blois aufhielt, um eine Unpässlichkeit auszukurieren. Aus Quellen geht hervor, dass Franz seine Schwiegertochter gerade in Villeneuve und Nizza sehr gern an seiner Seite gehabt hätte, weil er ihr kluges Urteilsvermögen schätzte. Da er andererseits um ihre Gesundheit und die Sicherung der Nachkommen besorgt war, fügte er sich dem Rat der Ärzte, die kränkelnde Katharina in Blois zu belassen.

Den großen Humanisten, Gelehrten und Reformatoren – Guillaume Farel, Jacques Lefèvre d'Étaples, Clément Marot, dem Bischof von Meaux und seinem Kreis, Calvin, Aretino, um nur einige zu nennen – standen die katholische Kirche und die konservativen Theologen der Sorbonne gegenüber. Kardinal Carafa steht für die unbarmherzige und engstirnige Haltung der Kirche gegenüber allen neuen religiösen und geistigen Strömungen. 1536 wurde Carafa von Papst Paul III. in die Reformkommission berufen, verhinderte jedoch alle echten Reformen innerhalb der Kirche. Schon 1532 hatte Paul III. einen Generalinquisitor zur Bekämpfung der neuen Ketzerei ernannt, und Carafa betrieb zielstrebig die Reorganisation der römischen Inquisition, die 1542 von Paul III. mit der Bulle *Licet ab initio* forciert wurde. Nachdem Carafa 1555 als Paul IV. den Papstthron bestiegen hatte, verlieh er der Inquisition Vorrang vor allen römischen Behörden. In der Verfolgung der beiden angesehenen Kardinäle Reginald Pole und Giovanni Morone zeigt sich der antireformatorische Furor Carafas, dessen Pontifikat als Schreckensherrschaft in die Geschichte eingegangen ist.

Louise Labé (um 1524–1565) war die Frau eines Seidenhändlers aus Lyon. Nach den Vorstellungen ihrer Zeit war sie umfassend gebildet und nahm als Mitglied der Lyoner Dichterschule maßgeblich Anteil am kulturellen Leben Lyons. Sie verfasste unter anderem ein Streitgespräch über das Verhältnis von Torheit und Liebe, Elegien und von Petrarca beeinflusste Sonette. In der Literatur wird sie als einzige Vertreterin eines »weiblichen Petrarkismus« bezeichnet.

Abschließend noch ein Wort zu Rosso Fiorentino, dessen *Kreuzabnahme* ich im Museo Civico in Volterra gesehen habe. Diese mittelalterliche Stadt erhebt sich inmitten karger, zerfurchter Hügellandschaft auf einem Bergrücken. Das Museum befindet sich im Palazzo Minucci-Solaini. In einem der ursprünglich belassenen Renaissanceräume hängt Rossos großformatiges Werk im Halbdunkel, von Strahlern effektvoll erhellt, und bannt den Betrachter mit seiner unerwartet leuchtenden Farbigkeit und den ausdrucksvollen monumentalen Figuren. Selten war ich von einer Kreuzabnahme so berührt und erlebte die ganze Tragik des Dargestellten vollkommen neu. In diesem Moment stellte ich mir vor, wie Luisa als junges Mädchen vor dem in ihrer Zeit unerhört emotionalen Gemälde stand und sich in dessen Maler verliebte, ohne ihn zu kennen.

Dank

Mein Dank gilt allen, die mir bei der Entstehung dieses Romans geholfen haben, insbesondere:

Enzo und Beth in Casole d'Elsa, Dr. Orietta Giusfredi, die mich schon bei der Recherche in Lucca als ortskundige Kunsthistorikerin und unverzichtbare Führerin im Labyrinth der Archive unterstützte, dem Museum in Fontainebleau, Dr. Barbara Heinzius, meiner Lektorin Regine Weisbrod, mit der das Redigieren eine Freude ist, und meinem Agenten Dr. Harry Olechnowitz, der mir mit Rat und Tat zur Seite steht. Mein besonderer Dank gilt meiner Familie, für ihre Liebe und ihren Glauben an mich, und nicht zuletzt Lily für kreative Denkpausen am Meer.

Personen

[* kennzeichnet historische Figuren]

WERKSTATT VON ROSSO FIORENTINO IN FONTAINEBLEAU

Luisa/Luca Paserini: Malerin und Stukkadorin (Stuckateurin) aus Siena

Armido Paserini: Stukkador und Luisas Bruder

Rosso Fiorentino*: Künstler aus Florenz, *peintre ordinaire du roi* am Hofe König Franz' I., schuf die Galerie im Schloss von Fontainebleau

Francesco Pellegrino*: Rossos Assistent

Francesco Primaticcio*: Künstler aus Bologna

Léonard Thiry*: flämischer Maler

Francesco Scibec de Carpi*: Kunsttischler, schuf die Holzvertäfelung in der Galerie von Fontainebleau

Matteo: Florentiner Malergehilfe

Jules Dubray: führendes Mitglied der Vaudois (Waldenser)

Aleyd Dubray: seine Schwester

Peter, Thomas und Josef Lavbruch: Saitenmacher und protestantische Brüder aus Straßburg

George: Prediger/*barbe* der Vaudois

Paris

David Louven: ein Vaudois

Thibault Ariès: Buchhändler

Robert Estienne*: Buchhändler und Humanist

Clément Marot*: Humanist und Dichter

Hof von Franz I.

Franz I.*: König von Frankreich, Förderer der Künste

Madame d'Étampes* / Anne de Pisseleu: Mätresse des französischen Königs, Humanistin

Marquis Lucien de Saint-Flour: Geliebter von Madame d'Étampes

Élodie de Tavannes: Hofdame von Madame d'Étampes

Josette: ihre Zofe

Didier: Diener

Claude Grivel: Kammerherr in Fontainebleau

Marguerite de Navarre*: Schwester Franz' I., Humanistin, unterstützte Protestanten

Michel Remin: Leibarzt des Königs

Katharina de Medici*: Frau von Dauphin Henri

Henri*: Dauphin, zweiter Sohn von Franz I., Konservativer

Diane de Poitiers*: seine Mätresse, Konservative, Gegnerin der Protestanten

Connétable Montmorency*: enger Berater des Königs

Comte Jean de Mallêt: intriganter Höfling

Guy de Mallêt: sein Sohn, Sekretär von Kardinal Tournon

Kardinal Tournon*: erklärter Gegner der Protestanten, Mitglied des Kronrats

Embrun

Sidrac Bayle: Prediger und Medicus

Suzanne: seine Frau und Cousine von Jules Dubray

Isabeau: Kräuterfrau
Arnaud und Aziza: Wirt aus Embrun und seine orientalische Frau
Martin Dufy: Jäger
Antoine de Lévis de Château-Morand*: Erzbischof von Embrun
Monsignor Sampieri: Inquisitor
Rutilio: sein Bursche
Bertrand Tellier: *prévôt*

Quellenangaben

Louise Labé zitiert aus:
Louise Labé: Sonette und Elegien. Neu übersetzt von Monika Fahrenbach-Wachendorff, mit einem Nachwort und Anmerkungen von Elisabeth Schulze-Witzenrath. Tübingen: 3., unveränderte Auflage 2004. © 2004 Narr Francke Attempto Verlag GmbH + Co. KG:

Matteo Maria Boiardo zitiert aus:
Italienische Lyrik, 50 Gedichte, Italienisch / Deutsch, herausgegeben und übersetzt von Jürgen von Stackelberg, Gedicht 39, Reclam, Ditzingen 2004.

Ludovico Ariosto, Orlando Furioso, zitiert nach der Übersetzung von Alfons Kissner.

Ovid, Metamorphosen, zitiert nach der Übersetzung von Johann Heinrich Voß.

Inhalt